HEYNE <

Das Buch

Nach einer jahrhundertelangen Fehde herrscht endlich Frieden im Land zwischen den Bergen. Die Trolle sind siegreich in ihr unterirdisches Reich zurückgekehrt, und die Wlachaken versuchen, die Folgen des blutigen Bürgerkrieges zu überwinden. Umso erstaunter ist der ehemalige Rebell Şten, als plötzlich eine Meute Trolle vor den Toren seiner Stadt erscheint. Sie werden von dem gewaltigen Kämpfer Pard geführt, der behauptet, dass die Trollin Anda die Macht über einen Großteil der Trolle an sich gerissen und den Anführer Druan getötet hat. Doch vor seinem Tod hat Druan sein Wissen seinem Zögling Kerr anvertraut, der Pard geraten hat, bei den Menschen nach einer Möglichkeit zu suchen, die unüberwindlich scheinende Trollkriegerin zu besiegen.

Auch an der Oberfläche von Wlachkis zieht ein neuer Sturm am Himmel auf: Gerade als Ştens Schwester Flores und seine Frau Viçinia in der Stadt Turduj weilen, um mit den Masriden Friedensverhandlungen zu führen, wird die Festung von einem abtrünnigen Marczeg angegriffen. Aus den ehemaligen Todfeinden müssen nun Verbündete werden, wenn sie nur die kleinste Hoffnung haben wollen, zu überleben. Während seine Familie einen verzweifelten Kampf führt, muss Şten noch einmal Pard vertrauen und sich auf den Weg machen, um den Trollen beizustehen. Denn tief in den Eingeweiden der Erde wartet eine Bedrohung auf sie, die nicht nur das Volk der Trolle, sondern ganz Wlachkis zu vernichten droht …

Der Autor

Christoph Hardebusch, geboren 1974 in Lüdenscheid, studierte Anglistik und Medienwissenschaft und arbeitete anschließend als Texter bei einer Werbeagentur. Sein Interesse an Fantasy und Geschichte führte ihn schließlich zum Schreiben. Seit dem großen Erfolg seines Debüt-Romans »Die Trolle« ist er als freischaffender Autor tätig. Er lebt und arbeitet in Heidelberg.

Mehr zu Autor und Buch unter:
www.hardebusch.net

CHRISTOPH HARDEBUSCH

DIE SCHLACHT DER TROLLE

Roman

Originalausgabe

WILHELM HEYNE VERLAG
MÜNCHEN

FSC
Mix
Produktgruppe aus vorbildlich
bewirtschafteten Wäldern und
anderen kontrollierten Herkünften

Zert.-Nr. SGS-COC-1940
www.fsc.org

Verlagsgruppe Random House FSC-DEU-0100
Das FSC-zertifizierte Papier *München Super* für Taschenbücher aus dem Heyne-Verlag liefert Mochenwangen Papier.

Originalausgabe 04/2007
Redaktion: Uta Dahnke

Printed in Germany 2007
Umschlagillustration: Thomas von Kummant
Umschlaggestaltung: Nele Schütz Design, München
Karten: Andreas Hancock
Satz: Buch-Werkstatt GmbH, Bad Aibling
Druck und Bindung: GGP Media GmbH, Pößneck

www.heyne.de

ISBN: 978-3-453-53270-0

Für meine Liebe

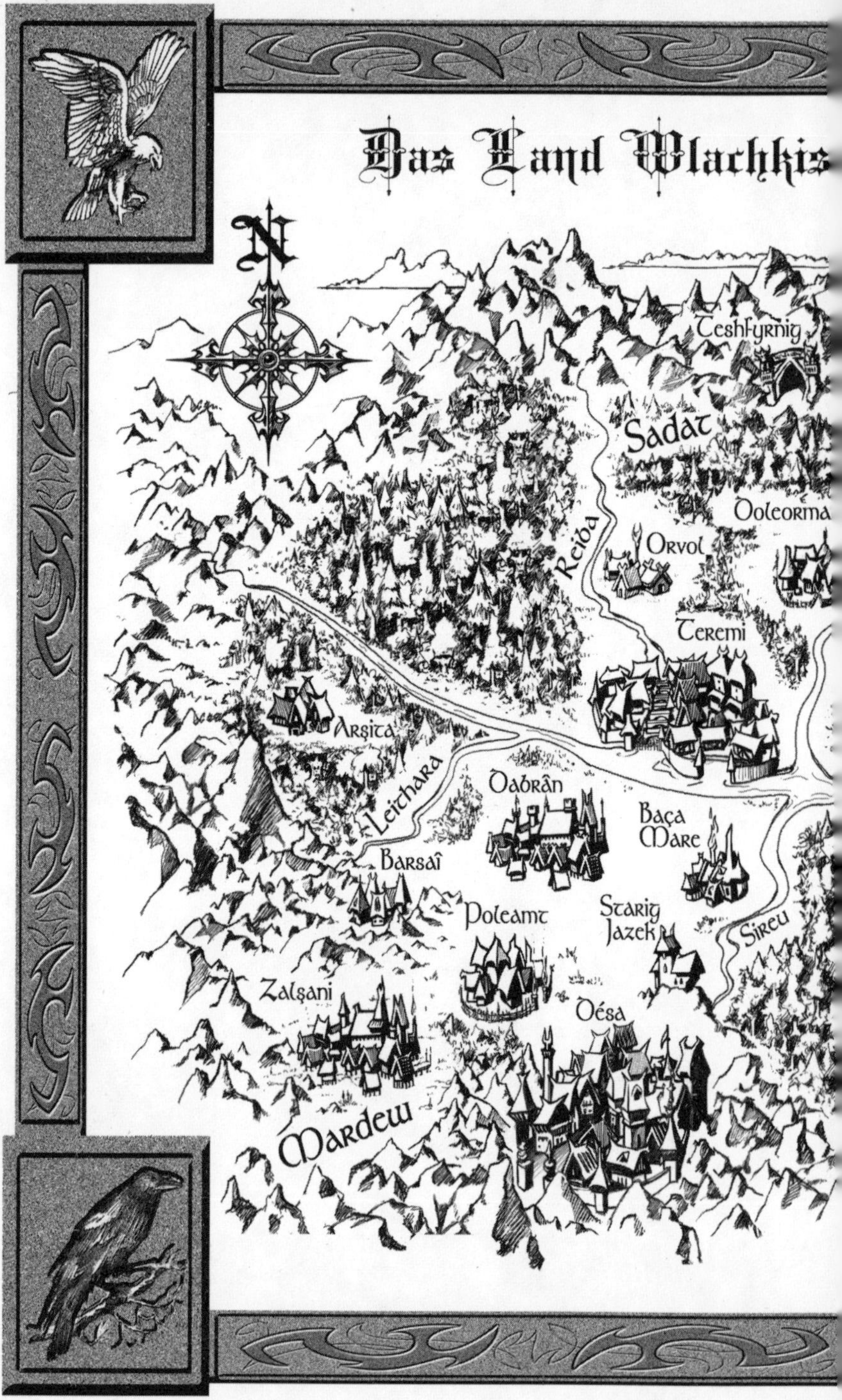
Das Land Wlachkis
N
Teshfyrnig
Sadat
Orvol
Reida
Teremi
Arşita
Leithara
Dabrân
Baça Mare
Barsaî
Poleamt
Starig Jazek
Sireu
Zalşani
Désa
Mardew

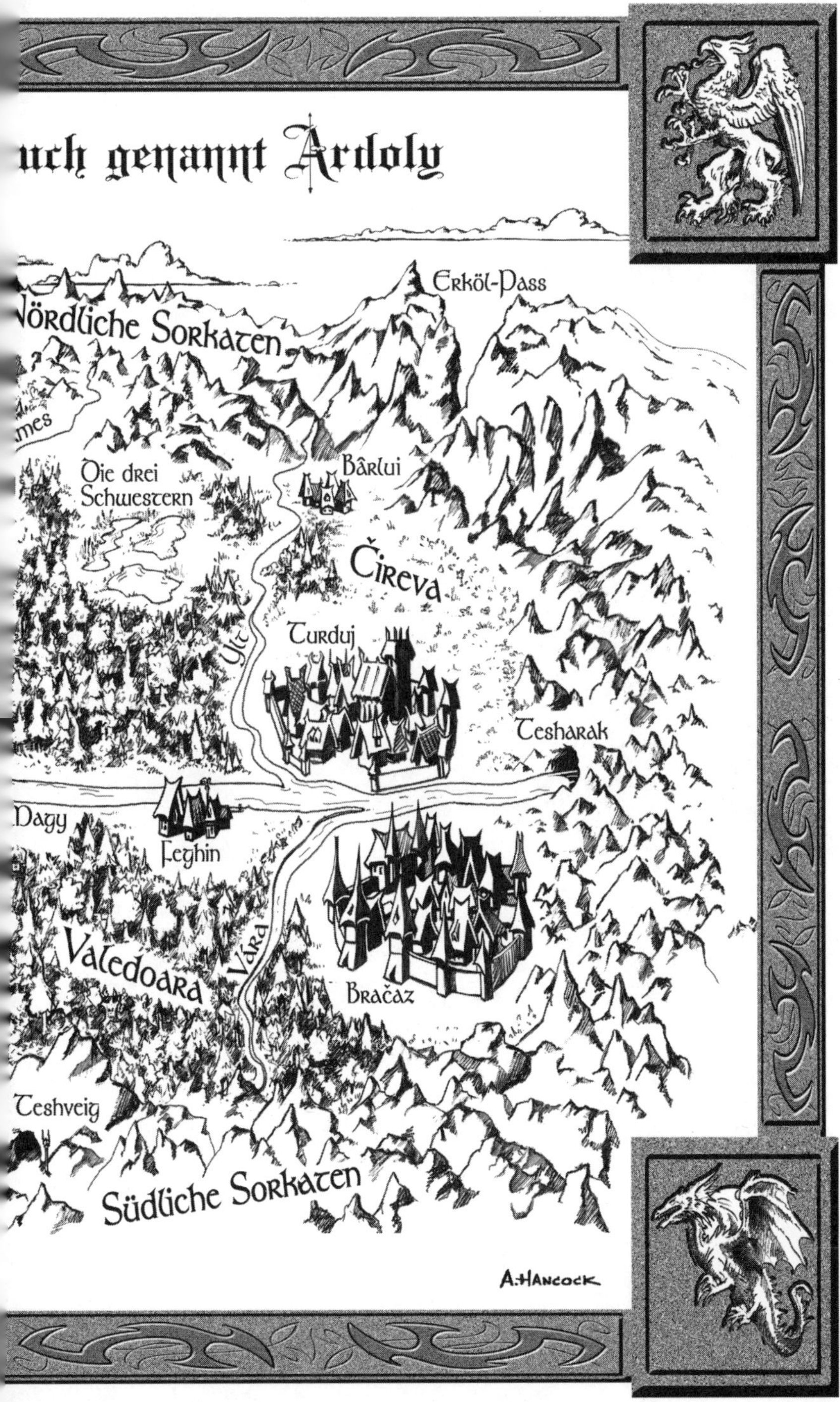
uch genannt Ardoly
Erköl-Pass
Nördliche Sorkaten
mes
Bârlui
Die drei Schwestern
Čireva
Turduj
Ylt
Tesharak
Dagy
Feghin
Valedoara
Vâra
Bračaz
Teshveig
Südliche Sorkaten
A.HANCOCK

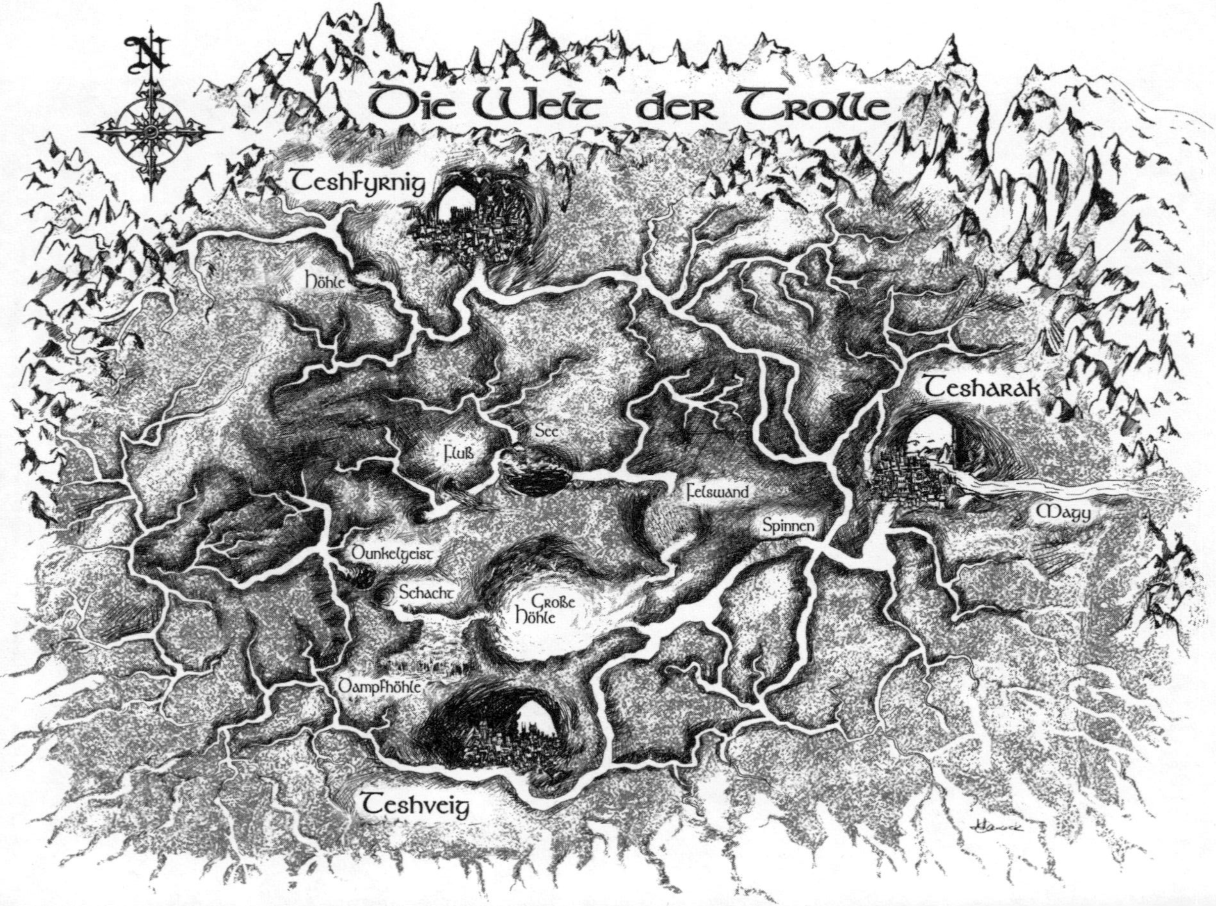

N
Die Welt der Trolle
Teshfyrnig
Höhle
Fluß
See
Tesharak
Felswand
Magy
Spinnen
Dunkelgeist
Schacht
Große Höhle
Dampfhöhle
Teshveig

Dramatis Personae

Trolle

Pards Stamm

Druan	Anführer der Trolle an der Oberfläche
Grena	Junge Jägerin
Kerr	Druans Zögling
Pard	Anführer des Trollstamms unter Tage
Remm	Späher
Sek	Jäger
Vrok	Junger Jäger

Turks Stamm

Cas	Jäger
Drak	Jäger
Förs	Späher
Jrax	Krieger
Keru	Stumme Trollin, Heilerin
Schleicher	Späher
Turk	Anführer

Andas Trolle

Anda	Anführerin
Ark	Jäger
Sbon	Jäger

Verstorbene

Roch	An der Oberfläche von einem Zraikas getötet
Zdam	Von Marczeg Zorpad erschlagen

Wlachaken

Freie Wlachaken

Andreş	Diener in Teremi
Costin Kralea	Buravogt von Dabrân, einst Maler in Teremi
Flores cal Dabrân	Söldnerin aus Teremi, Şten cal Dabrâns Schwester
Ionna cal Sareş	Herrscherin über die Freien Wlachaken, auch genannt die *Löwin von Désa,* Sitz in Teremi
Istran Ohanescu	Adliger an Ionnas Hof
Kaline	Geistseherin an Ionnas Hof
Larea	Wirt in Teremi
Leanna cal Paşcali	Adlige an Ionnas Hof
Livian	Heilerin
Maniu	Soldat in Teremi
Micon cal Doleorman	Bojar von Doleorman
Neagaş	Krieger aus dem Mardew
Rajav	Soldat in Teremi
Riclea	Verwalterin in Dabrân
Şten cal Dabrân	Bojar von Dabrân, Vicinias Gemahl
Vangeliu	Geistseher
Vasile	Soldat in Dabrän
Viçinia cal Sareş	Ionna cal Sareş' Schwester, Ştens Gemahlin

Historische Personen und andere

Anéa	Historische Königin
Léan	Historische Königin
Natiole Târgusi	Rebell aus dem Mardew
Radu	Historischer erster König, auch genannt *der Heilige*
Tirea	Historischer letzter König

Masriden und Szarken

Hof der Bekesars

Ferál	Soldat
Gyula Békésar	Herrscher über das Čireva, Sitz in Turduj
Ignác	Waffenmeister
Irinyi	Soldatin
Köves	Späher
Maiska	Soldatin
Odön	Baró im Čireva
Rurjos	Baró im Čireva
Sanyás	Priester des Albus Sunaş
Száb	Soldat
Tamár Békésar	Marczeg Gyulas Sohn

Hof der Szilas'

Laszlár Szilas	Herrscher über das Valedoara, Sitz in Bračaz

Historische Personen und andere

Arkas Dîmminu	Historischer König
Sciloi Kaszón	Zorpads rechte Hand
Zorpad Dimminu	Historischer Marczeg

Dyrier

Attaga	Sargans Zeremonienmeisterin
Balaos	Sargans Leibwächter
Germere	Sargans Tänzerin und Unterhalterin
Sargan Vulpon	Ehemaliger Spion

Elfen

Ruvon	Ein Anführer des Elfenvolkes
Tarlin	Geistseher des Elfenvolkes

Prolog

Tief in der Welt, verborgen unter Fels und Stein, lag der Dunkelgeist in tiefem Schlaf. Hier gab es keine grausame Sonne, keinen scharfen Wind, kein Spiel von Tag und Nacht; nur ewige Dunkelheit und Ruhe. Die Wärme der Welt legte sich um seinen Leib, hielt die Kälte fern, die aus seinem Inneren zu strömen drohte.

Die Schmerzen waren nichts mehr als eine ferne Erinnerung. Vielleicht nicht einmal das. In seinem zerschmetterten Geist verschwammen Wirklichkeit und Traum, Wachen und Schlafen, bis alles eins war.

Weit über seinem Versteck bedeckte Schnee das Land. Er konnte die Kühle des weißen Mantels spüren. Das Land schlief; das Leben hatte sich zurückgezogen und wartete auf den Frühling.

Die Ruhe erfreute den Dunkelgeist, auch wenn er nicht wusste, warum.

War das Land in Aufruhr, dann wurden seine Träume finster und seine Erinnerungen blutig. Waren seine Träume und Erinnerungen finster und voller Blut, dann geriet das Land in Aufruhr.

In den Gebeinen der Welt spürte er seine Kinder ihren endlosen Weg ziehen. Viele Bilder tanzten in seinem Geist umher; Bilder, deren Bedeutung er nicht mehr begreifen konnte. Sie ergaben keinen Sinn, auch wenn eine leise Stimme schrie, dass dies einst anders gewesen sei. Doch auch die Stimme sprach wirr, unverständlich, war voller Lügen und Widersprüche. Das Wissen darum kratzte an seinem Geist und schlug ihm Wunden.

Sein Leib war gebrochen, sein Geist zersprungen.

Etwas näherte sich, ein Kind der Felsen und der Steine.

Angst durchströmte den Dunkelgeist. Er spürte Ehrerbietung, Zorn und Hass.

Dann kamen die Schmerzen, die ihn aus seinen Träumen rissen und in die grausame Welt zurückholten, wo alles finster und ohne Bedeutung war.

1

Die Schreie hallten durch die Gänge und Höhlen, wurden von den Felswänden zurückgeworfen und erklangen als Echos, sodass die Rufe der Verfolger aus allen Richtungen zugleich zu kommen schienen. In dem engen Tunnel wirkten ihre Schreie wie die einer Hundertschaft blutrünstiger Monstren. Das kleine, schwache Licht schaukelte beim Laufen und warf verzerrte Schatten an die vorbeihuschenden Wände. Die Jäger, die sie verfolgten, holten rasch auf. Ihre geschärften Sinne wiesen ihnen sicher den Weg zu ihrer Beute. *Und ihre Beute, das sind wir,* dachte Kerr verzweifelt, der die Anstrengung ihrer schon viele *Dreeg* dauernden wilden Flucht in jedem Muskel seines Leibes spüren konnte. Erschöpfung und Müdigkeit hatten sich längst bleiern auf ihn gelegt, doch Kerr zwang sich, weiterzulaufen, denn ein Innehalten hätte den sicheren Tod bedeutet. Dennoch fragte er sich, wie weit er wohl noch rennen konnte, bevor er einfach zusammenbrach.

»Noch ein Stück«, schnaufte Druan hinter ihm, als könne er die Gedanken des jüngeren Trolls lesen. »Wir haben es gleich geschafft!«

Für mehr als ein bestätigendes Grunzen reichte Kerrs Atem nicht, und selbst dieses ließ ihn nach Luft ringen. Doch dann spürte er Druans Hand auf seiner Schulter, die beruhigende Gegenwart des erfahrenen Trollkämpfers, und seine Atmung wurde wieder regelmäßig, auch wenn seine Brust brannte und er das Gefühl hatte, jeden Augenblick ersticken zu müssen.

»Nur noch ein Stück«, wiederholte der Troll, und Kerr hoffte still, dass er recht haben mochte, denn die Rufe der Jäger wurden immer lauter und schienen immer näher zu kommen. Das Licht genügte kaum, um die Umrisse der Felsen zu erkennen, zwischen denen sich die beiden Trolle einen Weg bahnten, doch selbst in absoluter Dunkelheit hätte sich Kerr am Atem der Berge orientieren können, der über den Stein strich und in Kerrs Geist Bilder von allem entstehen ließ, was ihn umgab.

Ein stetig zunehmender Luftzug auf seinem Gesicht versprach Kerr bald, dass sie sich tatsächlich ihrem Ziel näherten. Längst wusste der junge Troll nicht mehr, wo sie sich befanden. Die Gänge waren ihm nicht vertraut, das Gestein wirkte an dieser Stelle dunkler und rauer als in den Höhlen, in denen er bisher gelebt hatte. Die Wärme der Luft auf seiner Haut sagte ihm, dass er und Druan auf ihrer Flucht immer tiefer in die Eingeweide der Welt eingedrungen waren. Unvermittelt zuckte die Erinnerung an rot glühendes, flüssiges Gestein in ihm auf, das ohne Vorwarnung aus dem Boden brach und selbst die größten und stärksten Trolle verschlang. *Diese Hinterhältigkeit der kleinen Bastarde ist vorbei,* beruhigte Kerr sich selbst, *Druan, Pard und Anda haben ihre Pläne durchkreuzt.* Dennoch erschauderte er bei der Erinnerung an die Zeit, als die Erde selbst sich gegen die Trolle gewandt hatte.

Dann öffnete sich vor ihnen der Gang zu einer gewaltigen Kaverne, in deren Dunkelheit sich das sanfte Leuchten ihres Pilzlichts verlor. Selbst hier, in dieser großen Höhle, konnte Kerr den langsamen, stetigen Herzschlag des Landes spüren: ein unbestimmter Druck tief im Leib, langsam anschwellend, als würde die ganze Welt vibrieren, nur um schließlich langsam zu verebben. Jeder Troll spürte den Schlag des Herzens, der seit Urzeiten *Dreeg* genannt wurde, manche stärker, manche schwächer. Aus Druans Erzählungen wusste Kerr, dass man ihn selbst an der Oberfläche fühlen konnte, dass sogar die Länder fern der Knochen der Welt, Länder, die unter dem schrecklichen Himmel lagen, von dem Schlag des uralten Herzens erfüllt waren. Der Gedanke an die Oberwelt, auf der man dem gnadenlosen

Blick der ewigen Weite des Himmels ausgesetzt war, jagte Kerr Angst ein, denn er hatte noch nie die schützenden Tunnel und Höhlen seiner Heimat verlassen.

»Der Graben«, erklärte Druan und wies nach vorn, ohne anzuhalten. Auch Kerr rannte weiter, doch plötzlich spürte er ein flaues Gefühl im Magen. Wie zur Bestätigung verlangsamte Druan seinen Schritt und sah sich wachsam um.

»Was?«, begann Kerr, da hob Druan abwehrend die Hand und sog prüfend die Luft durch die Nüstern. Verwirrt blickte Kerr sich um, doch der kleine Ballen fluoreszierender Pilze in seiner Hand leuchtete nur wenige Trollschritte weit und half kaum, in der Höhle etwas zu erkennen. Der junge Troll schloss die Augen und verließ sich nur noch auf seine anderen Sinne. Warme Luft aus den Tiefen des Grabens strich über seine Haut, und das leise Rauschen des ewigen Luftstroms drang an seine Ohren. Es roch gut, erdig und alt, doch noch ein anderer Geruch lag in der Luft.

»Trolle!«, murmelte Kerr, und Druan nickte. Erst jetzt fiel ihm auf, dass die Jagdrufe verstummt und von einer tödlichen Stille ersetzt worden waren, die noch furchteinflößender wirkte als der Lärm zuvor.

»Wenn ich es dir sage, läufst du, Kerr«, befahl Druan leise.

»Aber ...«, wollte der junge Troll widersprechen, doch ein leises Kratzen vom Rand des Grabens her ließ ihn verstummen.

»Sie sind hier«, flüsterte Druan.

»Wir müssen den Graben erreichen.«

Mit einem Nicken setzte sich Druan wieder in Bewegung, doch anstatt zu rennen, schlich er leise in Richtung des Grabens.

»Vielleicht ist es Pard«, vermutete Kerr. Doch der ältere Troll antwortete nicht. Kerrs Haut prickelte, und seine Rückenmuskeln verkrampften, da er jeden Augenblick mit einem Angriff rechnete. Unbewusst öffnete und schloss er die linke Hand, während er mit dem kleinen Pilzlicht in der Rechten den Weg erleuchtete. Die schweren Tritte der rennenden Verfolger ließen den Felsboden vibrieren. Kerr konnte es mit seinen bloßen Sohlen spüren. Dort draußen in der undurchdringlichen Dunkelheit bewegte sich noch etwas, leise, fast unhörbar. Noch ehe er Druan warnen konnte, knurrte dieser schon kehlig und fletschte die Zähne. Angestrengt starrte Kerr in die Finsternis. Einen Herzschlag lang glaubte er, eine huschende Bewegung zu sehen, dann war es vorbei, und er wusste nicht, ob er es sich nur eingebildet hatte. Unvermittelt zischte Druan: »Lauf!«

Verwirrt blickte Kerr den älteren Troll an, der sich mit einem Schrei nach vorn warf. Aus den Schatten lösten sich zwei Gestalten, groß und ungeschlacht, die Druans kämpferisches Brüllen erwiderten. Die zwei Angreifer stürzten sich auf Druan, der sich unter dem Schlag des einen hinwegduckte und den anderen ansprang. Dumpf prallten die Leiber aufeinander, Klauen kratzten über harte, hornige Haut, Fangzähne gruben sich in Fleisch. Obwohl sein Gegner größer als er selbst war, gelang es Druan, ihn zum Taumeln zu bringen, und schließlich gingen die beiden Kontrahenten in einem Gewirr aus Gliedmaßen zu Boden. Der andere Gegner wandte sich den Kämpfenden zu, sodass er Kerr den Rücken zudrehte. Ohne an Druans Befehl zu denken, warf sich der junge Troll auf den Feind, gerade als dieser Druan packen wollte. Der Klumpen Pilze klatschte auf den Boden und ließ die Schatten tanzen.

Die raue Haut schmeckte bitter, als Kerr seine Fänge in die Schulter des Angreifers grub. Zähflüssiges, dunkles Blut quoll aus der Wunde und hinterließ einen seltsam erdigen, unbekannten Geschmack auf Kerrs Zunge, doch er kümmerte sich nicht darum, sondern riss seinen Kopf zurück und einen Brocken Fleisch aus der Schulter des Feindes, der schmerzerfüllt aufbrüllte.

»Lauf!«, erklang Druans Stimme seltsam gedämpft, doch Kerr hörte nur das Brüllen seines Gegners, dem er wieder und wieder die Pranken in den Rücken schlug. Nichts war wichtig, außer seinen Feind zu töten, zu zerfetzen, Blut zu schmecken und seine Schmerzen und seine Angst zu riechen. Druan war vergessen, die eigene Furcht war vergessen, als der gegnerische Troll herumwirbelte und die Zähne fletschte. Kerr beantwortete die Herausforderung mit einem Brüllen und sprang in die ausgebreiteten Arme seines Feindes. Die Wucht des Aufpralls trieb den großen Troll einige Schritte zurück, seine Klauen rissen Haut und Fleisch von Kerrs Rücken und gruben sich in seine Seite. Wieder biss der junge Troll zu, diesmal in den Hals, seine Arme drückten den Feind an sich, ließen ihn nicht zurückweichen, während Kerrs Fänge Muskeln und Sehnen durchtrennten.

Schläge prasselten auf Kerr nieder, trieben ihm die Luft aus der Brust, aber er ließ nicht los, schnappte immer wieder zu, grub sein Maul tiefer. Schließlich packte sein Feind Kerrs Kopf und drückte ihn zurück, weg von dem Hals, von dem Fleisch und dem Blut. Aufheulend wand sich der junge Troll, doch die Pranken seines Gegners waren unerbittlich stark.

Mit einem Ruck riss der andere Troll Kerr von sich weg und schleuderte ihn zu Boden. Hustend blickte der junge Troll auf und sah, wie sein Feind eine Hand, zwischen deren Fingern dunkles Blut hervorquoll, auf die klaffende Wunde presste. Noch einmal musste Kerr husten und spuckte einen Schwall Blut aus. Verwundert fragte er sich, ob es seines oder das des Feindes war, in dessen Miene sich Verachtung zeigte. Kerrs Zorn und Wut waren plötzlich verflogen, ebenso schnell, wie sie über ihn gekommen waren. Irgendwo in der Dunkelheit knurrten und keuchten Druan und dessen Gegner.

Vorsichtig richtete sich Kerr auf, jederzeit auf einen Angriff gefasst, doch sein Feind grinste nur bösartig.

»Steh auf«, fauchte der große Troll mit rauer Stimme. »Lass es uns zu Ende bringen!«

Ohne die Augen von seinem Gegner zu nehmen, streckte Kerr seine Arme aus und ballte die Hände zu Fäusten. Unbewusst knirschte er mit den Zähnen, während er die mächtigen Muskeln seines Feindes musterte. Der andere Troll war sicherlich ein bis zwei Köpfe größer als Kerr und von massiger Gestalt. Seine Haut war dunkel und von kleinen Wölbungen übersät. Für einen Augenblick schien es Kerr, als ob diese Beulen sich bewegten, als ob etwas unter der Haut des Trolls entlangkroch, wie Insekten vielleicht. Verwundert schüttelte Kerr den Kopf. *Schatten,* dachte er, *mehr nicht. Aber ja, sie sind anders. Die Augen.* Tatsächlich waren die Augen seines Gegners von einer tiefen Schwärze erfüllt, dunkler als Kerr es jemals bei einem anderen Troll gesehen hatte. Sie wirkten eher wie Löcher in dem breiten Gesicht, denn ihnen fehlte der gelbe Rand.

Vorsichtig umkreisten die Trolle einander, bis der Große stehen blieb und die Hand von der Wunde nahm. Genüsslich leckte er sich das eigene Blut von den Fingern und sah Kerr amüsiert an. Erstaunt erkannte dieser, dass von der Bisswunde kaum eine Spur zu entdecken war. Unter dem Blut konnte er neue Haut sehen, die sich bereits jetzt dort spannte, wo Kerr vor wenigen Augenblicken noch gewütet hatte. Entsetzt blickte der junge Troll auf die blutige Hand seines Feindes.

»Du kannst mich nicht besiegen«, erklärte der große Troll gelassen, als hätte er Kerrs Gedanken gelesen. »*Wir* sind wahre Trolle. Schließ dich uns an, noch kannst du es.«

»Nein«, keuchte Kerr und biss die Zähne zusammen.

»Dann wirst du sterben!«

»Es ist falsch«, entgegnete der junge Troll wild.

»Falsch?«, der große Troll lachte böse auf. »Wie kann es falsch sein zu siegen? Wie kann es falsch sein, unsere Feinde zu vernichten?«

In der Dunkelheit verstummten die Geräusche der anderen Kämpfer. Siegessicher blickte der Troll Kerr an: »Dein Freund ist tot. Jetzt bist du dran.«

Verzweifelt lauschte der junge Troll in die Finsternis, blickte aus den Augenwinkeln nach links und rechts, doch Rettung war nirgends in Sicht. Seine Arme und Beine fühlten sich schwer an, erschöpft vom langen Laufen und dem heftigen Kampf. Sein Rücken schmerzte von den machtvollen Hieben seines Feindes. Doch all diese Empfindungen schwanden nun, sanken in seinen Leib hinab und flossen aus seinen Füßen in den Stein der Berge. Stattdessen ergriff eine Kälte von ihm Besitz, als wäre er bereits tot. *Ich kann gegen sie beide nicht gewinnen. Und es kommen noch mehr von ihnen. Aber ich kann einen von ihnen mitnehmen.*

Vor wenigen Augenblicken hatte der drohende Tod ihm noch Angst eingejagt, jetzt bedeutete er nichts mehr. Kerr sammelte noch einmal seine Kräfte, spannte seine Muskeln an. Da tauchte Druan hinter dem Gegner auf, blutüberströmt und mit tiefen Wunden übersät. Überrascht zögerte Kerr einige Herzschläge, als Druan mit einem wütenden Schrei über den Troll herfiel. Während dieser herumwirbelte, sprang nun auch Kerr nach vorn und packte einen Arm. Druan hatte seine Fänge in die Schulter des anderen geschlagen, während Kerr ihn nun zu Boden zog. Gemeinsam drückten sie den Feind mit dem Gewicht ihrer Körper nach unten und schlugen auf ihn ein.

»Lauf!«, befahl Druan wieder, und für einen Moment sah Kerr die Augen des älteren Trolls aufblitzen. Obwohl seine Instinkte dagegen rebellierten, obwohl er nichts sehnlicher wünschte, als den Leib seines Feindes zu zerfetzen, erhob er sich taumelnd und stolperte davon. Weit kam er jedoch nicht, denn mehrere Gestalten lösten sich aus der Dunkelheit und schnitten ihm den Weg in Richtung Felsspalte ab. Entsetzt erkannte Kerr weitere riesige Trolle. Bevor er reagieren konnte, waren zwei bei ihm und packten ihn mit eisernem Griff. Ohne seine Versuche, sich zu wehren, zu beachten, schleiften sie ihn wortlos zurück zu Druan und dem anderen Troll, die widerwillig voneinander abließen, als eine tiefe Stimme rief: »Genug!«

Keuchend kniete Druan am Boden, während sein Gegner langsam aufstand und einige Schritte zurücktrat. Erst jetzt sah Kerr die Gestalt, die gesprochen hatte. Es war ein gewaltiger Troll, größer als jeder andere, den Kerr jemals gesehen hatte. Die Kreatur stand am äußersten Rand des Lichtkreises, als ob sie selbst den schwachen Schein verabscheuen würde. Nur ein dunkler Schatten war zu sehen, doch strahlte dieses Wesen eine unfassbare Macht aus, die jeden Gedanken an Gegenwehr in Kerr einfach auslöschte.

»Du hast versagt, Druan«, ertönte die Stimme erneut.

»Nein«, widersprach der Troll und richtete sich mühsam auf.

»Ein Mal noch biete ich dir meinen Weg an. *Unseren* Weg.«

»Lass die Spielchen, Anda«, sagte Druan müde. »Bringen wir es zu Ende.«

Verblüfft blickte Kerr zu der monströsen, dunklen Gestalt. *Das ist Anda? Aber sie ist riesig, noch größer als Pard! Das kann nicht sein!*

»Wirf dein Leben nicht weg«, antwortete Anda und riss Kerr damit aus seinem entsetzten Staunen. »Ich kann einen Troll wie dich an meiner Seite gebrauchen. Stark, schnell, schlau. Einen Krieger.«

»Du hast mich beinahe zu dem gemacht, was du selbst bist«, entgegnete Druan gepresst. »Ich habe getötet. Trolle getötet! Aber ich werde nicht leben wie du!«

»Du? Getötet?«, fragte Anda lachend. »Wohl kaum.«

Auf einen Wink von ihr trat ein Troll in den Lichtschein, dessen Leib von tiefen Narben überzogen war, die jedoch alt und verheilt wirkten.

»Tut es weh, Ark?«, fragte die Trollin, und der Vernarbte schüttelte grinsend den Kopf. Mutlos sah Kerr, wie

Druan ein wenig in sich zusammensackte, doch dann riss er erstaunt die Augen auf, als der ältere Troll keuchend lachte.

»Ihr könnt nicht gewinnen«, zischte Anda, »dafür seid ihr nicht Troll genug!«

»Ich bleibe ich«, konterte Druan und warf Kerr einen drängenden Blick zu, »das wirst du nicht ändern. Also beweg deinen Hintern hierher und bring es zu Ende!«

Mit diesen Worten brüllte Druan auf und warf sich in Richtung des kümmerlichen Häufchens Leuchtpilze. Mit einer Hand schleuderte er die Pilze in Richtung Kerr und wandte sich dann wieder Anda zu, die unbewegt dastand – anders als Kerrs Wächter, die vor dem Licht zurückzuckten, als wäre es brennendes Feuer. Ohne nachzudenken, riss sich Kerr los und rannte in die Dunkelheit. Hinter sich hörte er animalisches Brüllen, Schmerzenslaute und Schläge, doch er kümmerte sich nicht darum, sondern lief immer weiter, bis er den Eindruck hatte, dass die Felsspalte ganz nah sein musste. Seine Augen waren in der umfassenden Dunkelheit nutzlos, doch als er langsamer wurde, spürte er den Wind, der über den Stein strich, hörte die Echos der Schreie, die von den Felswänden abprallten. Er verließ sich nun ganz auf seine anderen Sinne, trat vor bis an den Rand der Spalte und ließ sich hinab in die unbekannte Tiefe.

Immer noch erklangen Gebrüll und Kampfeslärm.

Voller Trauer und Zorn dachte Kerr, dass dies wohl das Letzte war, was er von Druan hören würde. Und er versprach ihm ebenso wie sich selbst: *Ich werde Pard finden.*

Dann verklangen die Geräusche über ihm, und nur das Pfeifen des Windes blieb. Langsam, Stück für Stück, stieg der junge Troll hinab. Seine tastenden Hände und Füße suchten geübt nach Halt und fanden auch die kleinste Spalte. Schon wähnte er sich in Sicherheit, da drang ein Ruf zu ihm hinab: »Kerr!«

Sofort hielt er inne und wagte kaum zu atmen.

»Die Dunkelheit hat keine Geheimnisse mehr vor uns, Kerr, es hat keinen Sinn, sich zu verstecken!«

Unwillig, der Stimme glauben zu schenken, aber im Innersten davon überzeugt, dass sie die Wahrheit sprach, antwortete Kerr: »Wenn ihr mich wollt, müsst ihr mich holen!«

Ein Lachen antwortete ihm, dann regneten um ihn herum Steine herab, prallten mit Getöse gegen die Felswand und schlugen tief unter ihm auf den Boden der Felsspalte.

»Ich denke nicht, junger Troll. Kämpfe an unserer Seite, sei, was du wirklich bist! Hilf uns, all unsere Feinde zu vernichten!«, ertönte Andas Stimme.

»Ihr seid keine Trolle!«, schrie Kerr, der an Druans geschundenen Leib denken musste, voller Hass.

»Wir sind mehr Troll, als du dir vorstellen kannst«, verhöhnte ihn Anda und ließ weitere Steine auf Kerr niederprasseln. Schmerzhaft schlugen die Geschosse auf seine Schultern und Arme, und als eines seinen Kopf traf, dachte Kerr für einen Moment, er würde den Halt verlieren. Doch seine Finger ließen nicht los, auch wenn er ein Stück wegsackte, und so hing er einige wilde Herzschläge lang an der Felswand, bevor er sich wieder fing.

»Trolle töten keine Trolle!«, rief er, nur um leise für sich zu wiederholen: »Trolle töten keine Trolle.«

Nur diese Worte gingen durch seinen Kopf, immer wieder, denn die Ungeheuerlichkeit dessen, was er kurz zuvor beobachtet hatte, ließ sich kaum fassen. Seit Urzeiten galt diese Regel, der alle Trolle folgen sollten. Niemand brach sie, der Gedanke allein war undenkbar, die Tat unmöglich. Doch nun galt das nicht mehr, denn die Stille oben konnte nur bedeuten, dass Druan tot war, erschlagen von den Trollen seines eigenen Stammes.

»Wie du willst«, hallte Andas Stimme von oben. »Du bist es nicht wert, die neuen Wege zu beschreiten. Trolle töten. Trolle töten alles, was sich ihnen entgegenstellt. Keine Flucht mehr, keine Niederlagen! Wir sind Trolle!«

Die letzten Worte hatte die Trollin hinausgeschrien, und sie kehrten als Echo zurück, wehten durch die Höhle und den Felsspalt: »... sind Trolle ... Trolle ... Trolle.«

Die Macht in diesen Worten fuhr Kerr durch Mark und Bein, und düstere Verzweiflung ergriff Besitz von ihm, denn er begann zu ahnen, dass Anda und die Trolle, die ihr folgten, unbarmherzige Jäger sein würden.

»Trolle töten keine Trolle«, gab er zurück, doch selbst in seinen eigenen Ohren klang seine Erwiderung schwach und zittrig.

»Wie du willst«, wiederholte Anda abfällig, »dann folge doch einfach Druan.«

Aus mehreren Kehlen ertönte ein tiefes Lachen, das Kerr nicht deuten konnte, dann prallte etwas Schweres gegen ihn, etwas Feuchtes, das ihn von der Wand riss und unaufhaltsam in die Tiefe stürzen ließ. Ein Schrei löste sich von seinen Lippen. Ein letztes Mal fuhr es ihm durch den Kopf: *Trolle töten keine Trolle!* Dann schlug er auf dem harten Felsboden auf, und die Dunkelheit verschlang ihn ganz.

Stimmen rissen ihn wieder hinauf, auch wenn die Rückkehr in seinen Körper schier unerträgliche Schmerzen bedeutete. Ein Stöhnen entrang sich seiner Kehle. Jemand träufelte ihm einige Tropfen lauwarmen Wassers auf die Lippen. Irgendwo in einigen Schritt Abstand war eine schwache Lichtquelle, die jedoch mehr Schatten als Licht zu spenden schien. Massige Gestalten, deren Gesichter im Schatten lagen, standen um Kerr herum.

»Kerr?«, fragte eine vertraute Stimme, die der junge Troll nach kurzem Grübeln als die Pards erkannte.

»Ja«, krächzte er zur Antwort.

»Was ist geschehen?«

»Sie ... sie haben Druan getötet. Und mich von der Felswand gestoßen«, antwortete Kerr langsam, denn jeder Atemzug ließ einen stechenden Schmerz in seiner Brust aufflammen.

»Wie viele?«

»Ich weiß nicht. Viele. Anda war dabei.«

»Anda!«, knurrte Pard mit tiefem Grollen.

»Sie haben Druan oben getötet. Sie haben ihn bestimmt mitgenommen.«

»Nein. Er ist hier«, erwiderte Pard und deutete hinter sich, wo ein Troll sich gerade über eine am Boden liegende Gestalt hermachte.

»Sie haben ihn ... sie haben ihn hinuntergeworfen? Sie haben nicht sein Fleisch genommen?«

»Nicht einmal das.«

Plötzlich musste Kerr an seine letzten Augenblicke in der Felswand denken, an den Aufprall, der ihn in die Tiefe gerissen hatte.

»Sie haben ihn auf mich geschleudert«, erkannte er. »Sie haben ihn getötet und weggeworfen. Wie ... wie ...«

»Wie abgenagte Knochen«, fauchte Pard grimmig.

»Druan hat mir von Anda erzählt. Darüber, was ihr zusammen an der Oberfläche erlebt habt. Was ist mit ihr geschehen?«, fragte Kerr.

»Weiß nicht.«

»Wir müssen aufbrechen, Pard«, fiel ein anderer Troll in das Gespräch ein, »sie könnten noch in der Nähe sein. Wir müssen in Bewegung bleiben.«

Pard grunzte zustimmend und sah Kerr prüfend an. »Kannst du aufstehen?«

Schwach versuchte der junge Troll sich aufzurichten, doch seine Gliedmaßen wollten ihm einfach nicht gehorchen.

Nachdem Pard den Bemühungen eine Zeitlang zugesehen hatte, wandte er sich an zwei andere Trolle: »Wir nehmen ihn mit. Los, helft im!«

»Was?«, fragte einer der Trolle entgeistert. »Mitnehmen?

Wer weiß, ob er überhaupt durchkommt. Wir müssen schnell sein!«

»Wir nehmen ihn mit!«, donnerte Pard. »Also spar dir deinen Atem, verfluchter Zwergenmist! Oder …«

Das letzte Wort hing drohend in der Luft. Einen Herzschlag lang sah es so aus, als wolle der andere Troll sich widersetzen, doch dann nickte er missmutig. Pard wandte sich wieder Kerr zu.

»Was hat Druan dir gesagt?«

»Er wollte dich finden. Er sagte, wir müssen zu den Menschen. Zu Şten und … *Van… Vangeliu?* An die Oberfläche, weil dort …«

Ein lautes und ausführliches Fluchen unterbrach ihn. Es dauerte eine Weile, bis Pard sich wieder beruhigt hatte. »Großartig. Die beschissene Oberfläche mit ihren schwachsinnigen Menschen. Zdam, Roch, jetzt Druan. Ich bin wohl der Letzte, der weiß, wie es da aussieht.«

»Anda«, warf Kerr ein.

»Ja, Anda auch. Deswegen sollten wir uns beeilen, sie kennt die Wege genauso gut wie ich. Ausgerechnet Şten! Ich kann sein Jammern schon wieder hören«, stöhnte Pard. »Nein! Nicht töten! Lasst bitte alle am Leben«, rief er mit hoher Fistelstimme, was ihm einige erstaunte Blicke der anderen Trolle einbrachte.

»Los komm, Kleiner. Besuchen wir Druans Kumpel«, forderte er Kerr dann auf, bevor er sich abwandte.

»Es wird lange dauern, bis meine Wunden geheilt sind!«, gab Kerr zu bedenken.

»Sei's drum. Wir lassen niemanden mehr zurück. Wir sind schon zu wenige«, erwiderte Pard, bevor er rief: »Nehmt so viel Fleisch mit, wie ihr könnt. Wir brechen bald auf.«

Andere Trolle gesellten sich zu dem, der bereits mit Druans Fleisch beschäftigt war, und machten sich an die Arbeit. Schließlich waren alle bereit.

Als ihn starke, raue Hände packten und stützten, fühlte

sich Kerr zum ersten Mal nach langer Zeit wieder sicher, auch wenn der kleine Trupp Trolle von gefährlichen Feinden verfolgt wurde und einem ebenso gefährlichen Ziel entgegenging. *Pard führt uns,* dachte Kerr, *er wird uns sicher an die Oberfläche bringen.*

2

Obwohl die Sonne schon tief über dem Horizont stand, brannte ihre Hitze auf Ştens nackten Schultern. Schweiß sammelte sich auf seiner Haut, lief in dünnen Rinnsalen an seinem Körper hinab. Achtlos wischte er ein paar Tropfen aus seinen Augenbrauen, bevor sie ihm in die Augen gelangen konnten, und gönnte sich eine kurze Pause. Dann trieb er den Spaten wieder in die dunkle, schwere Erde und grub weiter. Der Wlachake hatte sich und seinen Männern für den Tag ein Ziel gesetzt, das er nun auch vor Sonnenuntergang erreichen wollte, damit sie die flachen Gräben am morgigen Tage fertigstellen konnten. Im Abstand von einigen hundert Schritt standen sie jeweils zu zweit und hoben schmale Rinnen aus, durch die schon bald das Wasser des nahe gelegenen Flüsschens fließen sollte.

Neben Şten cal Dabrân rammte Vasile seine Schaufel in den Boden. Allerdings verriet das vom Wetter gegerbte Gesicht des älteren Soldaten seine mangelnde Begeisterung für die Aufgabe. Doch die Arbeit musste getan werden, denn der Sommer war in diesem Jahr heiß und trocken, und nun drohte der Weizen auf den Feldern zu verdorren. Also hatte Şten vier Dutzend seiner Krieger dafür eingespannt, mit ihm gemeinsam Bewässerungsgräben vom Cernis bis zu den Äckern zu ziehen.

Şten selbst genoss die monotone, anstrengende Arbeit beinahe. In dieser Schufterei konnte er aufgehen, konnte schaufeln, bis die Muskeln sich beschwerten und die Knochen ächzten, bis sein Geist an nichts anderes als an die Wasserrinne dachte. Nach einem Tag Arbeit, von Sonnenaufgang bis Sonnenuntergang, war sein Körper so erschöpft, dass der Schlaf selten lange auf sich warten ließ. Also arbeitete Şten weiter, mit dem guten Gefühl, etwas Sinnvolles zu tun.

Vasile schnaufte und stützte sich für einen Moment auf den Griff seines Werkzeugs. »Ihr solltet es langsamer angehen lassen, Bojar«, sagte der Mann gepresst und fuhr sich mit der Hand über den kahl rasierten, schweißglänzenden Schädel. »Einem verfluchten Masriden den Kopf einzuschlagen ist nicht halb so anstrengend wie diese dreimal verfluchte Buddelei.«

Zweifelnd blickte Şten den Veteranen an.

»Wir haben aber nun einmal Frieden, Vasile, oder doch beinahe«, erwiderte der junge Bojar und ließ ebenfalls die Schaufel sinken. »Da ist es nicht mehr deine Aufgabe, irgendwelche Schädel einzuschlagen.«

»Vielleicht sollten wir dann ebenso von hier verschwinden wie Eure Trollfreunde, Herr. Wisst Ihr, wohin sie gegangen sind?«

»Zurück in ihr eigenes Reich, tief in den Eingeweiden der Erde.«

Şten seufzte. Er hatte sich manches Mal seit der großen Schlacht gegen die Masriden gefragt, was aus den Trollen geworden sein mochte. Führten sie unter den Bergen ihren gnadenlosen Krieg gegen die Zwerge weiter? An der Oberfläche hatte sich zumindest keiner mehr blicken lassen, seit Druan sich von ihm verabschiedet hatte – der Einzige der Trolle, der auf ihrer gemeinsamen Reise tatsächlich so etwas wie ein Freund geworden war. »Den Trollen gefällt es ebenso wenig wie dir, nicht zu kämpfen.«

»Und da könnt Ihr für mich keine andere Arbeit finden, als hier draußen den Bauern zu spielen?«

Mit übertrieben nachdenklichem Gesicht rieb sich Şten die dunklen Stoppeln am Kinn, das er seit einigen Tagen nicht mehr rasiert hatte. »Ich habe mir sagen lassen, dass die Latrinen auf der Burg eine neue Kalkschicht brauchen können … entweder das, oder du suchst dir einen anderen Bojar, dem der Sinn mehr nach Kriegszügen steht als mir.«

Vasile machte ein erschrockenes Gesicht. »Nein, Herr, das würde ich auf keinen Fall tun! Keiner von uns, der mit Euch gekämpft hat, würde das! Und wenn es sein muss, ziehen wir für Euch auch einen Graben vom Cernis bis zur Reiba, damit Ihr darauf Boot fahren könnt.«

»Das wird vermutlich nicht nötig sein, Vasile. Soweit ich weiß, mag die Bojarin keine Bootsfahrten.«

Bei der Erwähnung Viçinias seufzte der Mann erleichtert, beruhigt, dass es Şten offenbar nicht ernst war mit seinem Vorschlag, ihn fortzuschicken.

»Und mit einer so schönen Frau will man keinen Streit, nicht wahr? Nicht einmal Ihr, Bojar?«

Statt zu antworten, grinste Şten nur in sich hinein und begann von neuem mit der Arbeit.

Erst als er in der Ferne Hufgetrappel hörte, schaute Şten wieder auf. Mit der Rechten beschattete er seine Augen und sah zu der Straße hinüber, die sich durch eine Pflanzung niedriger Obstbäume schlängelte. Auf der festgestampften roten Erde ritt ein einzelner Reiter schnell, aber nicht hastig in Richtung Stadt. Aus der Entfernung konnte Şten keinerlei Hinweise auf die Identität des Reiters erkennen, aber er oder sie kam aus dem Norden, vermutlich vom Magy und damit aus Teremi. Als der Reiter am offenen Tor der Stadt vorbeiritt und auf die Feste Rabenstein zuhielt, die sich hinter den Fachwerkhäusern Dabrâns erhob, erhärtete sich Ştens Verdacht, dass es sich um einen Boten handelte.

»Ich denke, heute Abend kannst du früher in die Taverne einkehren«, sagte er zu Vasile. »Ich werde zur Burg gehen und schauen, was der Bote für Nachrichten bringt.«

Ein erfreutes Lächeln zeigte sich auf Vasiles Zügen, und er machte sich auf den Weg zum nächsten Graben, um den anderen die gute Nachricht zu überbringen. Seufzend schulterte Şten den Spaten, hob sein Bündel auf, warf einen letzten, bedauernden Blick auf seine Arbeit und machte sich auf den Weg zurück zur Feste.

Bevor er allerdings auch nur den Cernis an einer besonders schmalen Stelle überquert hatte, verließ ein anderer Reiter die Burg und hielt direkt auf ihn zu. Diesmal stellte sich die Frage, um wen es sich handelte, gar nicht erst, denn die langen, roten Haare, die im Wind wehten, zeigten Şten schon von weitem, dass es Viçinia war, die im lockeren Trab auf ihn zukam. Şten nutzte die kurze Verschnaufpause, die sich ihm bot, für ein schnelles Bad im Fluss, wobei er sich notdürftig Dreck und Schweiß vom Körper wusch und auch sein langes, dunkles Haar vom Staub reinigte. Gerade als er die nassen Strähnen wieder zu einem Zopf zusammenband, erreichte ihn Viçinia und sah auf ihn herab.

»Angenehm.«

Verwirrt blickte Şten sie an: »Was ist angenehm?«

»Dein Anblick«, antwortete sie mit einem Lächeln und sprang vom Pferd. »Das Wasser auf deiner nackten Haut«, neckte sie ihn und strich mit dem Finger sachte über seine Brust. Ein kalter Schauer lief Şten über den Rücken, und auf seinen Armen bildete sich eine Gänsehaut. *Ich bin vermutlich der glücklichste Ehemann in ganz Wlachkis,* dachte er bei sich. Verschwörerisch blinzelte er ihr zu und sagte: »Vorsicht, Nemes Viçinia, was sollen die Leute nur von diesem Betragen halten?«

»Davon, dass eine Frau ihren Mann liebt und begehrt?«, fragte Viçinia unschuldig. »Und warum so förmlich, Şten? Ein Mann, der wenig mehr als eine nasse Hose trägt, muss doch nicht auf das Protokoll achten.«

»Gerade wenn ein Mann nur eine Hose trägt, sollte er äußerst höflich sein«, widersprach Şten, »sonst könnte man seine Absichten falsch verstehen.«

»Und was sind deine Absichten?«

»Zumeist sind sie finsterer Natur«, erwiderte Şten mit grimmiger Miene und zog seine laut auflachende Frau an sich. Seine Hände wanderten über ihren Rücken und pressten sie an sich. Seine Lippen fanden die ihren, und er ließ sich für einen wunderbaren Moment einfach in ihre Umarmung fallen, genoss ihren Duft, ihre Wärme, ihre Nähe. Mit geschlossenen Augen spürte er ihren Kuss, dann lösten sie sich voneinander. In ihren Augen konnte Şten seine eigene Liebe gespiegelt sehen. Doch dann erinnerte er sich an den Reiter, und der Moment verging.

»Es gibt Neuigkeiten?«, fragte er und zog sich sein Hemd über den Kopf.

»Ja. Du hast den Boten sicherlich gesehen. Ionna hat Nachricht aus dem Osten erhalten.«

»Von Marczeg Gyula?«, erkundigte sich Şten vorsichtig. Obwohl der Waffenstillstand mit den Masriden nun bereits das ganze Jahr gehalten hatte, plagten ihn immer noch Erinnerungen an den grausamen Kampf gegen Marczeg Zorpad. Zu lange hatte Şten gegen die Masriden gekämpft, als dass er nun einfach auf ihr Wort vertraut hätte.

»Die Verhandlungen laufen gut. Gyula scheint kurz davor zu sein, einem dauerhaften Frieden zuzustimmen«, erläuterte Viçinia, doch Şten sah in ihren Augen, dass diese gute Nachricht nicht alles war.

»Wenn es nicht nur eine Finte ist, um uns in Sicherheit zu wiegen, dann sind das die besten Neuigkeiten, seit Ionna Zorpad das verfluchte Herz durchbohrt hat. Warum freust du dich also nicht?«

»Ich freue mich doch. Ein Frieden, vielleicht gar ein Bündnis, ist mehr, als wir uns erhofft haben.«

»Aber?«

»Ionna will eine Gesandtschaft an Gyula Békésars Hof schicken. Einen Unterhändler, dem sie vertrauen kann und dessen Wort Marczeg Gyula als bindend betrachtet.«

»Natürlich«, erwiderte Şten ergeben. »Möglicherweise gar eine Verwandte Ionnas? Vielleicht ihre Schwester, deren diplomatisches Geschick schon während des Krieges zur Legende wurde?«

»Ionna hat mich gebeten ...«

»Gebeten?«, unterbrach Şten sie mit hochgezogenen Augenbrauen. »Nicht befohlen?«

»Nein, sie hat mich gebeten, diese Verhandlungen zu übernehmen. Sie glaubt, dass meine Anwesenheit unseren Angeboten Gewicht verleihen wird.«

»Da hat sie recht«, stimmte der Wlachake zu, nur um leise hinzuzufügen: »Leider.«

»Bitte?«, fragte Viçinia mit gerunzelter Stirn, aber Şten winkte ab: »Ach, nichts. Es ist nur die Hitze, die macht mich ganz schwindelig!«

»So, so, schwindelig«, erwiderte Viçinia boshaft und fasste sich mit einer dramatischen Geste an die Stirn. »Ach, herrje, ich bin Şten cal Dabrân. Schaufeln wurde mir nicht in die Wiege gelegt, und die Hitze macht mich ganz schwindelig!«

»He!«, rief Şten gespielt zornig und packte seinen Spaten. »Soll ich dir zeigen, wie gut ich schaufeln kann?«

Ohne auf eine Antwort zu warten, begann er mit dem Spaten Wasser aus dem Fluss hinüber zu seiner Frau zu spritzen, die jedoch nur die Arme ausbreitete und »Herrlich!« rief.

Schließlich tauchte er selbst seinen Kopf noch einmal unter, bevor sie sich auf den Weg zur Burg machten. Unterwegs sprachen sie nicht mehr über die Botschaft und versuchten in stillem, beiderseitigem Einverständnis, den Gedanken an die baldige Trennung zu unterdrücken.

Als sie sich der Burg näherten, einem gedrungenen, rechteckigen Wehrgebäude, fiel Ştens Blick unweigerlich auf den Ostturm, dessen geschwärzte und halb eingestürzte Mauern anklagend in den Himmel ragten. Als die Bediensteten des Baró Házy nach der letzten Schlacht gegen die Masriden Burg Rabenstein fluchtartig verlassen hatten, war ihr Zorn groß genug gewesen, um noch ein Feuer zu legen. Nur ein beherztes Eingreifen der Bewohner Dabrâns hatte verhindert, dass die Anlage bis auf die Grundmauern niederbrannte.

Noch eine Arbeit, die endlich getan werden muss, dachte Şten, wobei er sich leicht schuldig fühlte, ausgerechnet den Wiederaufbau des Turmes schon so lange hinausgezögert zu haben. Da der alte Wohntrakt seiner Familie zerstört war, hatten Viçinia und er ihr Schlafzimmer in den Gemächern des Burgvogts eingerichtet, und Costin war zeitweilig zum Gesinde gezogen. Doch obwohl sich seine Frau nicht beschwerte und Costin sogar froh darüber zu sein schien, während seiner Aufenthalte auf der Burg reichlich weibliche Gesellschaft zu haben, versetzte der Anblick des Turms Şten jedes Mal einen Stich.

Da Şten nach einem herzhaften Mahl noch einige Gespräche mit Händlern und Handwerkern aus der Stadt führen musste, die sich über den schlechten Zustand der Straßen und den dadurch verminderten Handel beschwerten, dauerte es bis weit nach Sonnenuntergang, bis er Viçinia wiedersah. Sie hatte sich in das kleine Schreibzimmer zurückgezogen und verfasste einige Briefe und Depeschen, die ihre Reise vorbereiten sollten. Als Şten das Zimmer betrat, einen Krug mit verdünntem Wein und zwei Becher in der Hand, wandte sie sich ihm zu: »Haben die Wölfe von dir abgelassen?«

Das ließ den Wlachaken auflachen, aber seine Antwort war ernst: »Ihre Forderungen sind berechtigt. Die Straßen sehen schlecht aus, der letzte Herbst und Winter haben viel zerstört. Aber wir brauchen gerade jeden Mann und jede Frau auf den Feldern und für den Aufbau der Stadt. Ich würde die Straßen gern wieder herrichten lassen, allein, mir fehlen die Arbeitskräfte.«

»Was ist mit den Flüchtlingen? Wenn die Unterkünfte erst gebaut sind, gibt es kaum mehr etwas für sie zu tun.«

»Wir können doch nicht Frondienste von ihnen verlangen. Dann wäre ihr Los im Freien Wlachkis kaum besser als unter der Knute der Masriden«, widersprach Ştefan mit einem Stirnrunzeln. Müde ließ er sich auf einen Stuhl sinken und schenkte sich und Viçinia ein.

Die Wärme stand in dem Raum, obwohl die Fenster geöffnet waren. Die dicken Mauern der Burg erwärmten sich bei Tage, speicherten die Hitze und sorgten so für drückende Nächte.

»Dann bezahl sie für ihre Arbeit.«

»Mit welchem Geld? Baró Házy, möge sein Name dreimal verflucht sein, hat uns nur leere Truhen hinterlassen. Aber wir können auch keine Steuern eintreiben, es ist einfach nichts da. Házy hat das Land ausgeblutet, um die Soldaten zu bezahlen, die Zorpad von ihm verlangte. Der Krieg hat alles aufgefressen.«

»Was ist mit den Händlern? Können sie keinen Beitrag leisten?«, erkundigte sich Viçinia, griff nach ihrem Becher und trank einen Schluck.

»Möglich«, sinnierte Ştefan, »immerhin würden ihnen bessere Straßen zugute kommen. Aber wer soll das vorbringen?«

»Ich kann mit den Händlern sprechen. Gleich morgen, auf meinem Weg zu Gyula Békésar, rede ich mit Matei. Er hat viel Einfluss bei den Kaufleuten.«

»Aber eigentlich ist es meine Aufgabe«, widersprach Ştefan. »Ich bin der Bojar von Dabrân. Ich kann weder von dir noch von meinen Leuten verlangen, meine Aufgaben zu meistern.«

»Du leistest großartige Arbeit, Ştefan, das weißt du. Die Menschen in Dabrân sehen das auch. Du kannst aber nur mit den Mitteln arbeiten, die dir zur Verfügung stehen. Und das letzte Mal, als du mit den Kaufleuten ernsthaft verhandelt hast, endete das Ganze in einem ziemlichen Geschrei. Das passiert mir nicht so leicht.«

Mit einem zustimmenden Nicken seufzte Ştefan. Die Verwaltung von Dabrân hatte sich nach seiner Einsetzung als Bojar als ein gewaltiger Albtraum entpuppt. Natürlich war Şten immer bewusst gewesen, wie hart das Los der Wlachaken unter den Masriden war, aber das volle Ausmaß des Problems hatte ihn erst getroffen, als er sich um die Versorgung der vielen Menschen in der Stadt und im Umland kümmern musste.

Nach dem Sieg der Wlachaken waren viele ihrer Brüder und Schwestern aus dem Osten in die freien Gebiete geflohen. Menschen, die all ihre Habe hatten zurücklassen müssen, die erschöpft und hungrig in den Städten und Dörfern der Wlachaken erschienen waren, ausgemergelt von der langen Wanderung, gehetzt und verfolgt durch ihre masridischen Lehnsherren, die ihre Untertanen nicht hatten ziehen lassen wollen.

Diese Flüchtlinge aus den östlichen Gebieten, in denen noch die beiden Marczegs der Masriden herrschten, gepaart mit dem verhängnisvollen Ergebnis der letzten Ernte, die durch das schlechte Wetter sehr gering ausgefallen war, sorgten für ständige Versorgungsengpässe. Der Krieg hatte zudem zahllose Bauern von ihrem Land abgezogen, das nun brachlag und erst wieder bewirtschaftet werden musste. Saatgut war Mangelware, ebenso wie Vieh, denn im harten Winter hatten die Menschen ihre letzten Vorräte aufgebraucht. Das Schreckgespenst einer Hungersnot ging im Lande um.

In anderen Baronien sah es kaum besser aus, auch wenn Şten das Gefühl hatte, dass Baró Házy besonders grausam und verschwenderisch gewesen war. In Teremi tat Ionna, was sie konnte, um ihr Volk zu versorgen, aber das vom Krieg gebeutelte Land stellte sie immer wieder vor schier unlösbare Probleme. Dazu kam der weiterhin schwelende Streit mit den Masriden, der Wachsamkeit und Soldaten an den provisorischen Grenzen erforderte; Soldaten, die als Arbeiter auf den Feldern fehlten.

Immer wieder gab es Masriden und Szarken, welche die Grenzen überschritten und die Wlachaken überfielen. Mehr als einmal hatte Şten mit den Waffenträgern seiner

Baronie ausreiten müssen, um die Feinde zu vertreiben. So wie die Länder der Wlachaken aus dem Osten neuen Zustrom erhielten, so waren viele von Zorpads Kriegern und Anhängern nach dem Sieg der Wlachaken in den Osten geflohen und hatten sich in den Dienst von Marczeg Békésar und Marczeg Szilas gestellt. Diese Geschlagenen schürten den Hass auf die Wlachaken und die Angst vor Ionnas Armee und sorgten immer wieder für Zwischenfälle, die den Waffenstillstand bedrohten. Bisher war es bei einzelnen Aktionen geblieben, und Şten wusste, dass es umgekehrt auch eine Handvoll Wlachaken gab, die, vom Taumel des Sieges über Zorpad ergriffen, den Krieg in die Ländereien der anderen Masridenherrscher weitertragen wollten, bis auch der Letzte von diesen aus Wlachkis vertrieben war. Doch obwohl Şten diesem Gedanken durchaus nicht abgeneigt war, wusste der Wlachake auch, dass sein Volk kriegsmüde war, die Kornkammern leer, die Felder unbestellt und die Städte und Dörfer verarmt. Und so hatten sich Şten und Viçinia in den Ratsversammlungen, die Ionna einberufen hatte, stets für die Einhaltung des Waffenstillstandes ausgesprochen.

»Woran denkst du?«, fragte seine Frau sanft und riss Şten damit aus seinen Gedanken.

»Krieg, Frieden, all so etwas«, antwortete er ausweichend.

»Gib den Menschen eine Aufgabe. Sag ihnen, dass sie helfen können. Kein Frondienst, keine Knechtschaft, sondern aus freien Stücken«, schlug Viçinia vor.

»Was? Ach, du meinst die Straßen. Das wäre vielleicht möglich. Aber noch sind alle mit dem Bau der Häuser und Unterkünfte beschäftigt. Außerdem muss die Stadtmauer instandgesetzt werden. Und natürlich der Ostturm …«

»Dennoch, bis zum Winter ist noch Zeit. Ich bin sicher, dass du viele findest, die lieber arbeiten, als untätig herumzusitzen.«

»Ich werde es mir überlegen. Sobald die dringenden

Arbeiten erledigt sind. – Aber keine Sorge, du musst die schlechten Wege nur bis Teremi ertragen, ab da kannst du auf dem Magy flussabwärts nach Turduj fahren.«

Mit zusammengezogenen Augenbrauen funkelte Viçinia ihn an: »Du weißt genau, dass ich es nicht so gemeint habe. Denkst du, ich lasse dies alles gern hinter mir, um mit den Masriden über einen Frieden zu verhandeln? Glaubst du nicht, dass ich lieber bei dir bleiben würde?«

»Doch«, antwortete Şten zerknirscht und rieb sich die Augen. »Verzeih mir, ich bin müde.«

»Als du vor einigen Wochen losgezogen bist, diese Marodeure zu jagen, habe ich dir da Vorwürfe gemacht? Es musste getan werden«, fuhr Viçinia fort, die offensichtlich mehr als nur ein wenig verärgert war.

Beschwichtigend hob der Wlachake die Arme und lächelte seine Frau an: »Ich weiß, ich weiß. Dennoch gefällt mir der Gedanke an Trennung nicht. Ich wünschte, wir hätten mehr Zeit füreinander.«

»Ich auch, Şten«, flüsterte Viçinia. »Aber vielleicht haben wir das ja bald. Wenn erst wirklich Frieden herrscht ...«

»Frieden, ja. Was schreibt deine Schwester denn? Für wie ehrlich hält sie Gyulas Angebot?«, fragte Şten.

»Sie würde nicht nach mir schicken, wenn sie nicht daran glauben würde.«

»Hat sie Bedingungen erwähnt?«

»Anscheinend hat Ionnas Verzicht auf die Königswürde den Marczeg überzeugt. Solange Ionna sich nicht als Königin von ganz Wlachkis ausruft und somit den Herrschaftsanspruch des Marczegs bedroht, scheint er gewillt, Frieden zu halten. Es sind auch Verhandlungen im Gange, Gefangene auszutauschen.«

»Es war eine schlaue Taktik von Ionna, den Thron nicht zu beanspruchen«, meinte Şten. »Die Befürworter des Krieges in unserem Volk haben somit die Hoffnung, dass sich Ionna bald wieder das Schwert umgürtet, um Königin zu werden ...«

»Während die beiden Marczegs sich ihr ebenbürtig fühlen können und nicht durch einen angenommenen Königstitel bedroht werden«, ergänzte Viçinia.

»Die beiden Marczegs, ja … was sagt Laszlár Szilas denn zu der ganzen Sache? Was wird das Valedoara tun?«

»Wenn Ionna als Herrin über das Mardew und den Sadat mit Gyula, dem Herrn des Şireva, ein Bündnis eingeht, wird Marczeg Szilas wenig mehr übrig bleiben, als ebenfalls Frieden zu suchen. Auch wenn das Valedoara reich ist und Laszlár viele Soldaten befehligt, kann ihm nicht an einem Krieg mit uns und Gyula gelegen sein. Eine Allianz zwischen Ionna und Gyula wird Laszlár zum Abschluss eines Paktes zwingen«, erklärte Viçinia.

Nachdenklich strich sich Şten über das Kinn. Im Geiste ging er die verschiedenen Beziehungen noch einmal durch, die so lange für ein Gleichgewicht der Kräfte in Wlachkis gesorgt hatten. Nur in der Unterwerfung der Wlachaken waren sich die Masriden einig gewesen, ansonsten hatte jeder der mächtigen Marczegs den Königsthron für sich selbst begehrt. Lange Zeit hatte keiner eine deutliche Vormachtstellung erringen können, denn keiner der drei Herrscher im Lande war allein stark genug gewesen, die anderen beiden zu besiegen. Erst mit dem Tode Zorpads in der Schlacht und dem Sieg der letzten Freien Wlachaken des Mardews, die von Ionna angeführt wurden, war dieses Machtgefüge zerbrochen. Aber so wenig die Masriden den neuerlich erstarkten Wlachaken trauten, so wenig war es ihnen gelungen, das Misstrauen untereinander dauerhaft zu überbrücken. *Der Schlag wäre diesen Sommer gekommen,* befand Şten, *als hier alles im Umbruch war. Dass es nur einzelne Übergriffe gab, zeigt, dass unsere Feinde untereinander nicht einig werden konnten. Und wir benötigen die Ruhe eines Friedens, auch wenn er nur kurz währt.*

»Wie lange soll die Ruhe dauern?«, fragte Şten laut.

»Ein Jahr, zwei, eine Hand voll? Ich weiß es nicht. Aber wir beide wissen, dass es nicht für immer sein wird.«

Vor Ştens innerem Auge tauchte ein Gesicht auf, hager, mit hellen Augen und gerahmt von kurzen, dunklen Locken. *Du hattest recht, mein Freund,* dachte Şten wehmütig, *für uns wird es in dieser Welt niemals Frieden geben. Mögest du ihn in der nächsten Welt finden.*

»Was ist mit dir?«, erkundigte sich Viçinia, die manchmal die geradezu unheimliche Fähigkeit besaß, Ştens Gefühle zu erkennen.

»Erinnerungen«, gab der Wlachake zu. »Ich musste an etwas denken, was mir Nati gesagt hat, bevor er ...«

Vorsichtig stellte Viçinia ihren Becher ab, trat zu Şten und kniete vor ihm nieder. Ihre Augen suchten die seinen, und er konnte sehen, dass sie seine Trauer um den Freund teilte.

»Natiole wäre stolz auf das, was wir erreicht haben. Er hat es sich stets gewünscht«, gab sie zu bedenken.

»Nichtsdestotrotz ist er tot. Er hat gesagt, dass unsere Vergangenheit uns immer einholen wird. Das Einzige, was wir erreichen können, ist Frieden für andere.«

»Glaubst du, dass er recht hatte?«, fragte Viçinia und strich mit den Fingern über seine Wange.

»Ich weiß es nicht. Manchmal glaube ich das, und wenn ich all die Schwierigkeiten sehe, die sich vor uns auftürmen, fällt es mir schwer, nicht zu zweifeln. Nun musst du zu den Masriden, bald schon reite ich vielleicht gegen Freischärler, die einen Krieg erzwingen wollen. Wird es nächstes Jahr anders sein? Und das Jahr danach? Was ist, wenn der Frieden endet und wir wieder gegen die Masriden ziehen?«

»Vielleicht wird uns niemals echter Frieden geschenkt werden, Şten, aber, bei den Geistern, ich werde die Zeit nutzen, die wir haben. Vielleicht müssen wir ewig mit den Schatten der Vergangenheit leben. Aber immerhin leben wir. Und wir sind zusammen. Ist das denn nichts?«, fragte Viçinia.

Mit einem Lächeln versuchte Şten seine düstere Stimmung zu überspielen: »Doch, natürlich. Aber manchmal beginne ich mich bereits wie Pard zu fühlen: Vielleicht ist Frieden wirklich nur etwas für Schwächlinge, denen die Sonne das Gehirn ausgekocht hat.«

Viçinia unterdrückte ein Schaudern, und Şten dachte an den hünenhaften Troll, der in der Entscheidungsschlacht gegen die Masriden, aber auch davor immer wieder bewiesen hatte, welch gewaltiger und Furcht einflößender Kämpfer er war. Für die riesige Kreatur zumindest war »Frieden« eher ein Schimpfwort gewesen.

Seine Frau sah Şten forschend an. »So kenne ich dich kaum.«

Verwirrt blickte der Wlachake in ihre dunklen Augen. Er schüttelte den Kopf und lachte dann. »Ist es nicht das, was man über uns Wlachaken sagt? Dass wir ein schwermütiges Völkchen sind?«

Jetzt musste auch Viçinia lachen. »Ein schwermütiges Völkchen, das alle Erschwernisse des Lebens ohne zu jammern erträgt, mein Lieber.«

»Ich habe nicht gejammert«, widersprach Şten heftig. »Höchstens ein wenig. Und nur, weil ich von der wunderbaren Frau getrennt werden soll, die mir meine Nächte versüßt!« Er packte Viçinia an den Armen und zog sie sacht auf seinen Schoß.

Langsam ließ Viçinia ihre Hand unter Ştens Hemd gleiten und strich mit den Fingernägeln über seine Haut, was ihm wohlige Schauer über den Rücken jagte.

»Süße Nächte, soso. Das ist also alles, was ich dir bedeute?«

»Nein, natürlich nicht«, erwiderte der Wlachake mit gespieltem Ernst. »Ich erfreue mich auch an den süßen Tagen, die du ... he!«

Die sanften Finger hatten sich in Krallen verwandelt, die sich nun in seine Haut gruben. Breit grinsend umschlang er ihren Leib mit den Armen und drückte sie an sich. Ihre roten Haare fielen ihm auf die Brust und das Gesicht, und er atmete ihren Duft ein, der ihn betörte. Ihre Hände wanderten über seinen Rücken, während die seinen durch ihr Haar strichen. Eine brennende Hitze kroch seinen Nacken empor. Ihre Lippen fanden sich wie von selbst, und seine Zunge öffnete zärtlich ihren Mund. Sie musste seine Erregung spüren, denn sie stöhnte leise und bewegte leicht die Hüften, was auch ihn aufstöhnen ließ.

Auf einmal erhob sie sich und sah ihn durch die roten Strähnen an, die ihr ins Gesicht fielen.

»Komm«, flüsterte sie mit rauer Stimme und nahm seine Hand. Langsam stand er auf und sog ihren Anblick förmlich in sich auf, die schlanke Figur, die helle Haut, das zerzauste Haar, die fiebrig glänzenden Augen. Sie zog ihn in Richtung Tür, doch er wollte nicht so lange warten, also umarmte er sie wieder und schob ihr langsam das Kleid hoch. Als sie seine Absicht erkannte, ließ sie sich mit einem lustvollen Seufzen zu Boden gleiten. Seine Hände strichen weiter über ihren Körper. Sie erbebte unter seinen Liebkosungen, während er ihr Kleid öffnete und es ihr gänzlich über den Kopf schob. Seine Lippen suchten ihre Brüste, küssten ihre harten Brustwarzen. Erregt drängte sie sich an ihn. Ihre Finger öffneten den Verschluss seiner Beinkleider, streichelten über seinen Bauch und glitten dann tiefer. Als sie beide nackt waren, zog er Viçinia auf sich und drang in sie ein, spürte die Hitze ihres Körpers, ihren Atem an seinem Ohr, ihre zärtlichen Worte, während sie sich liebten, erst langsam, dann immer schneller, und er immer und immer wieder ihren Namen flüsterte.

Später lagen sie nebeneinander auf dem Bett, nur von einem dünnen Laken bedeckt. Obwohl es mitten in der Nacht war, drang nur eine laue Brise durch das schmale Fenster des Gelasses. Viçinia hatte sich an Şten geschmiegt und schlief tief und friedlich. Der junge Bojar lag jedoch wach neben ihr, und schließlich löste er sich aus ihrer

Umarmung, stand auf und schlich beinahe geräuschlos zum Fenster. Von dem hoch gelegenen Turmzimmer aus konnte er auf das schlafende Städtchen Dabrân hinuntersehen, die weiß getünchten Häuser und Katen, die sich innerhalb der Stadtmauer aneinanderdrängten. Dahinter erstreckten sich Felder, Obstbäume und Wälder bis zum Horizont. Schon in vielen Nächten, in denen er keinen Schlaf finden konnte, hatte er hier gestanden und das Land betrachtet, das sein Erbe war. Der Anblick wirkte normalerweise beruhigend, und dennoch fühlte er plötzlich eine unbestimmte Furcht in sich aufsteigen, die er sich selbst nicht erklären konnte.

Hinter ihm ertönte ein Geräusch, und dann stand Viçinia an seiner Seite und schlang ihre Arme um ihn.

»Ich komme bald zurück, Liebster«, murmelte sie mit noch vom Schlaf benommener Stimme. »Mach dir keine Sorgen. Und dann werden wir alle Straßen, Brücken und Mauern bauen, die gebaut werden müssen.«

Ohne ein weiteres Wort zog sie ihn zum Bett zurück, und Şten folgte ihr bereitwillig, schloss sie in seine Arme und küsste sie. Bewusst genoss er jeden Moment und hätte alles darum gegeben, die Sonne daran zu hindern, aufzugehen und den Tag der Trennung anbrechen zu lassen.

3

Von seiner Position aus konnte der junge Reiter gut in das Tal hinabsehen. Zu seiner Linken wand sich der Fluss Ylt, der hier noch ein schmales graublaues Band war, durch die Landschaft, zur Rechten erhoben sich die ersten Ausläufer des Vorgebirges. Auch wenn sie vor dem Hintergrund der bis in die Wolken ragenden Berge der Nördlichen Sorkaten eher wie kleine Hügel wirkten, so waren sie doch schon sicherlich mehrere hundert Schritt hoch. Aber der Blick des Mannes verweilte nicht auf den majestätischen Bergen oder auf dem Fluss, der im Sonnenlicht funkelte, sondern suchte im Tal vor ihm nach der Quelle des Rauchs, den er und seine Gefährten erspäht hatten. Dort unten lag das Dorf Bârlui, eines der nördlichsten Dörfer des Şireva, umgeben von dichtem Wald. Doch auf die große Entfernung konnte er wenig erkennen, so sehr er auch die Augen zusammenkniff und mit der Hand beschattete. Zumindest sah er keine Bewegung in der Nähe des Weilers und auch keine Feuer brennen.

Neben ihm wurde sein Begleiter anscheinend ungeduldig und sah sich immer wieder um.

»Nur die Ruhe, Mann«, fuhr Tamár ihn an, ohne den Blick von dem Dorf abzuwenden.

»Ja, Vezét«, erwiderte der Reiter und benutzte dabei die traditionelle Anrede für Anführer. »Es ist nur …«

Die Worte verklangen, und der junge Mann ignorierte sie zunächst einfach. Erst als er trotz seiner Aufmerksamkeit nicht erkennen konnte, ob in dem Dorf etwas im Argen lag oder nicht, wandte er sich schließlich doch an seinen Gefährten: »Was ist denn?«

»Die Sonne steht schon tief, Vezét. Wenn wir noch einen

sicheren Lagerplatz erreichen wollen, müssen wir uns beeilen. Das Lager der Flößer ist wohl der beste Ort.«

Amüsiert sah Tamár den Szarken an, dessen dunkle, ungekämmte Haare sein Gesicht einrahmten und ihm ein wildes Aussehen gaben. Der ungepflegte, stoppelige Bart und die dicken Augenbrauen taten das ihre, den Eindruck noch zu verstärken. Von einem Ohr waren nur noch Reste übrig, der größte Teil war einem Axthieb zum Opfer gefallen in einem Kampf mit Räubern vor vielen Jahren.

»Köves, es ist doch nicht das erste Mal, dass du in der Wildnis unterwegs bist. Warum bist du heute so nervös?«, erkundigte sich Tamár mit einem Grinsen.

»Der Wald ist gefährlich, Vezét«, erwiderte der szarkische Späher, wobei er es vermied, Tamár in die Augen zu sehen. Stattdessen wanderte sein Blick über den Waldrand, als erwarte er jeden Augenblick, dass eine furchtbare Kreatur zwischen den schlanken Bäumen auftauchen würde.

»Das ist der Grund?«

Köves nickte stumm, und er suchte kurz Tamárs Augen, nur um dann den Blick wieder zu Boden zu senken.

»Nun denn. Dann lass uns aufbrechen. Allerdings reiten wir nach Bârlui. Ich will mich persönlich davon überzeugen, dass dort alles in Ordnung ist.«

»Bârlui, Vezét?«, entfuhr es dem Szarken. »Aber das Dorf werden wir nicht vor Anbruch der Nacht erreichen!«

»Beim Himmlischen Licht!«, schnauzte Tamár seinen Untergebenen an. »Was ist denn los mit dir? Du hörst dich an wie ein wlachkischer Bauer, nicht wie ein Krieger!«

Verlegen murmelte Köves etwas vor sich hin und wagte es nicht, Tamár direkt anzusehen. Doch dieser hatte genug von den Marotten des Szarken: »Sprich gefälligst laut oder schweig!«

»Ja, Vezét«, antwortete Köves trotzig.

»Also, jetzt, da du deine Zunge und deinen Mut wiedergefunden hast, sag mir, warum du unbedingt vor Einbruch der Nacht eine Siedlung erreichen willst. Wirst du auf deine alten Tage weich und möchtest in einem Bett schlafen?«, stichelte Tamár, dem sehr wohl bewusst war, dass Köves kaum älter als er selbst sein konnte und wohl auch nicht mehr als fünfundzwanzig Sommer gesehen hatte.

»Vezét, ich habe gehört, dass die Wälder noch unsicherer sind als sonst«, antwortete der Szarke widerwillig.

»Gerüchte also?«

»Ja, Herr.«

»Von wem stammt dieses Gerede? Und was soll *unsicherer* bedeuten?«, hakte Tamár nach. Es überraschte den jungen Masriden, dass Köves die Gerüchte erwähnte. Tamárs Vater hatte auf seine übliche bedächtige Weise versucht, die Verbreitung der schlechten Nachrichten zu unterbinden und nichts nach außen dringen zu lassen, was er nicht vorher überprüft und gebilligt hatte. Auch deshalb hatte er Tamár überhaupt erst mit den Reitern in den Norden entsandt. Dass solche Gerüchte kursierten, wusste Tamár, aber dass sie sich schon unter den Soldaten seines Vaters verbreiteten, beunruhigte ihn. *Ängstliche Soldaten sind schlechte Gefolgsleute,* dachte der Masride bei sich, während er Köves auffordernd ansah.

»Ein Händler in der Stadt hat Irinyi erzählt, dass schon lange keine Karawanen das Kleinen Volkes mehr in Turduj waren. Außerdem sind angeblich Leute verschwunden, Herr.«

Wieder musterte Tamár den Szarken, während er nachdachte und innerlich den Aberglauben verwünschte, der unter den Soldaten grassierte. *Diese verfluchten Wlachaken mit ihren verfluchten Geschichten über die Wälder! Als wenn es nicht genug Probleme zwischen den Bergen gäbe!*

Laut sagte er: »Natürlich sind die Wälder gefährlicher als früher, Köves. Die Wlachaken reden vielleicht von Frieden, aber ihre Banditen überfallen unser Volk, wo immer es möglich ist. Nur sind sie feige. Harmlose Wanderer kommen ihnen gerade recht, aber wir sind zwanzig, bewaffnet und gepanzert. Wenn uns einer von den Gesetzlosen über den Weg läuft, hängen wir ihn an die nächste Buche, als Warnung für seinesgleichen.«

Unsicher blickte Köves ihn an, und Tamár lachte auf: »Dachtest du, dass sich irgendwelche Monster in den Wäldern versteckt halten?«

»Ihr kennt die Geschichten, Vezét«, gab Köves entschuldigend zurück.

»Ja. Aber mehr ist auch nicht daran, es sind nur Geschichten. Wir sind nicht tief im Wald. Hier gibt es nur Menschen, und mit denen werden wir fertig. Also, auf jetzt, dann erreichen wir Bârlui noch früh genug, um eine Magd zu suchen, die dein Lager mit dir teilt!«

Mit einem leichten Druck des Schenkels wandte Tamár sein Pferd und trieb es auf den steinigen Weg von der Kuppe des Hügels. Am Fuße wurden die beiden schon vom Rest der kleinen Truppe erwartet, die sich in der Aue des Ylt ein schattiges Plätzchen gesucht hatten und dort ausruhten. Als ihr Anführer kam, sprangen die Männer und Frauen auf und sahen ihn erwartungsvoll an. Nur der braun gebrannte Sanyás blieb am Flussufer in der Sonne stehen. Er hielt die Augen geschlossen, und seine Lippen bewegten sich, während er ein leises Gebet murmelte. Für einen Moment von dem Anblick gefesselt, spürte Tamár Bewunderung für den festen Glauben des Sonnenpriesters des Albus Sunaş. Die Anwesenheit des großen Mannes in der weißen Robe, der seine Jugend schon eine Weile hinter sich gelassen hatte und stets mit ruhiger, aber fester Stimme sprach, war gut für die Soldaten, denen die furchtbaren Geschichten der Überlebenden von Zorpads vernichtender Niederlage noch in den Knochen steckten. Es war klug von Tamárs Vater gewesen, die Sonnenmagier und die Krieger gemeinsam auszusenden, wie der junge Masride zugeben musste, auch wenn er selbst nicht daran gedacht hatte. *Vater hat recht, wenn er sagt, dass Kriege nicht nur durch das Schwert gewonnen werden.*

»Aufgesessen!«, rief Tamár nun mit befehlsgewohnter Stimme. »Wir brechen auf. Unser Ziel ist Bârlui. Köves übernimmt mit Irinyi die Vorhut, ihr beiden die Nachhut.«

Innerhalb kürzester Zeit waren die Soldaten auf ihre Pferde aufgestiegen und formierten sich, während Tamár dem Waffenmeister Ignác von den spärlichen Ergebnissen seines Rittes zur Hügelkuppe berichtete. Dann setzte sich der Trupp in Bewegung.

Aufmerksam spähte Tamár in den Wald, während er in Gedanken der Frage nachging, wie er die Moral seines Trupps steigern konnte.

Die Pferde waren ungewöhnlich nervös. Vielleicht spürten sie die Anspannung der Reiter, oder der Geruch des Rauches verängstigte sie. Links von ihm flüsterte eine der Soldatinnen beruhigend auf ihr Tier ein, jedoch konnte Tamár in der Dunkelheit zwischen den Bäumen nicht erkennen, wem die leise Stimme gehörte. Sein Blick war auf das Dorf geheftet, und er suchte ergebnislos nach irgendeinem Anhaltspunkt. Der starke Brandgeruch und die Silhouette eines halb eingestürzten Hauses vor dem vom letzten Licht der Sonne erhellten Himmel hatten dem Krieger bestätigt, dass seine Entscheidung, zu dem Dorf zu reiten, richtig gewesen war. Etwas war dort vorgefallen, und vielleicht konnten sie herausfinden, was. Zunächst einmal mussten sie jedoch auf den Bericht der Späher warten, die leise zum Dorf gehuscht waren. Denn der junge Masride hatte nicht vor, blind in eine Falle zu laufen. Ungeduldig trommelten seine Finger auf dem mit hartem Leder überzogenen Holz der Sattelgabel. Wut über die Dreistigkeit des Angriffes stieg in ihm auf. Seit ewigen Zeiten gehörte Bârlui zu den Ländereien seines Hauses. *Wer wagt es, uns derart offen herauszufordern?,* fragte er sich zornig, und er schwor im Stillen, die Angreifer zu finden und dafür zu sorgen, dass sie nie wieder ihre Füße auf den Boden seiner Heimat setzten.

Endlich erschien die geduckte Gestalt Köves', der sich aufrichtete und mit einem hellen Stück Stoff winkte. Als er das vereinbarte Zeichen sah, pfiff Tamár und ließ aufsitzen, während er sein Streitross langsam in Bewegung setzte. Der Brandgeruch wurde stärker, je näher sie Bârlui kamen, und schließlich mischten sich noch andere Gerüche darunter: verbranntes Fleisch, vergossenes Blut und die anderen Begleiter des Todes, die Tamár nur zu gut kannte. Obwohl Köves' Signal bedeutete, dass keine unmittelbare Gefahr im Dorf lauerte, waren Tamárs Nerven angespannt, als er die vordersten Gebäude passierte. Auf den ersten Blick erschienen die meisten Ställe und Wohnhäuser intakt, doch rechts vom Pfad war ein Gebäude halb in sich zusammengestürzt, während weiter vorn ein anderes offensichtlich gebrannt hatte. Von dort stammte auch der Rauch, den sie gesehen hatten.

»Entzündet Fackeln«, befahl Tamár. »Durchsucht das Dorf in Dreiergruppen. Wenn es Überlende gibt, bringt sie zu mir. Köves?«

»Ja, Herr?«, sagte der Szarke und näherte sich Tamár.

»Was habt ihr herausgefunden?«

»Wir haben keine Menschenseele gefunden, Vezét, aber hier muss es einen fürchterlichen Kampf gegeben haben. Überall sind Spuren zu sehen. Dort hinten ist der Boden geradezu mit Blut getränkt«, erläuterte der Späher und wies auf den Dorfplatz, der im Schatten lag.

»Was für Spuren? Pferde? Krieger? Waren das Wlachaken?«, drängte der junge Masride, auch wenn er kaum glauben konnte, dass die verstreuten Gesetzlosen hinter einem solchen Angriff steckten.

»Es war zu dunkel, um genauer nachzusehen, Herr. Wir wollten kein Licht machen, bevor wir nicht sicher waren, dass es ungefährlich ist.«

»Dann nimm dir jetzt eine Fackel und sieh nach. Ich will wissen, wer dafür verantwortlich ist. Und wohin sie gegangen sind.«

Mit einem Nicken drehte Köves sich um und lief zu einem der kleinen Trupps, die sich gebildet hatten. Sanft lenkte Tamár sein Pferd an Ignács Seite.

»Waffenmeister, was hältst du von der Sache?«, erkundigte er sich, während er versuchte, irgendwo Hinweise auf die Natur der Angreifer zu finden.

»Schwer zu sagen, ohne Spuren. Sie waren jedenfalls gründlich.«

»Wlachaken?«

»Der Großteil der Bauern hier waren Wlachaken«, sagte Ignác. »Warum sollten sie ihre eigenen Leute überfallen?«

»Vielleicht haben sie nur Angehörige unseres Volkes getötet, und die Wlachaken haben sich ihnen dann angeschlossen«, spekulierte der junge Krieger, »aber das ergibt keinen Sinn.«

»Vielleicht waren es Krieger des Kleinen Volks.«

»Zwerge?«, fragte Tamár erstaunt. »Wieso denkst du das?«

»Seit der Sadat gefallen ist, gab es kaum Kontakt zu ihnen. Es kommen keine Händler mehr. Die Flüchtlinge aus dem Westen haben erzählt, dass Krieger des Kleinen Volks auf der Seite von Marczeg Zorpad gekämpft haben. Vielleicht rächen sie sich für ihre Toten.«

Nachdenklich erwog Tamár diese Möglichkeit. Es stimmte, dass die Gesandten seines Vaters mit leeren Händen von den üblichen Handelsplätzen zurückgekehrt waren. Offenbar waren die Tore der Zwergenbingen fest verschlossen, und das Kleine Volk schien derzeit nicht gewillt, wieder mit den Menschen zusammenzutreffen. Mit einem Lächeln erinnerte sich der junge Masride an einen der seltenen Wutausbrüche seines Vaters, dem die fehlenden Zölle aus dem Zwergenhandel mehr Sorgen zu bereiten schienen als die drohende Gefahr durch die rachsüchtigen Wlachaken in Teremi. *Aber ein Überfall?*, fragte sich Tamár, *auf ein hilfloses Dorf? Warum sollten die Krieger des Kleinen Volkes etwas Derartiges tun?* Ohne von der Theorie des Waffenmeisters überzeugt zu sein, antwortete er: »Wir schließen vorerst keine Möglichkeit aus. Wir werden die Nacht hier verbringen und gegebenenfalls im Licht des Tages weiter suchen. Finde eine passende Unterkunft, Waffenmeister, und teile Wachen ein.«

»Mir gefällt es auch nicht, die Leute getrennt in der Dunkelheit herumstöbern zu lassen«, erwiderte der Veteran, und Tamár blickte ihn überrascht an. Sorgenfalten waren auf der Stirn des Waffenmeisters zu sehen, und seine Hand ruhte auf dem Knauf des Schwertes an seiner Hüfte.

»Denkst du, dass die Angreifer noch in der Nähe sind?«, erkundigte sich Tamár.

»Möglich. In der Nacht können wir sowieso wenig ausrichten. Es ist besser, zusammenzubleiben und morgen weiterzusuchen.«

»Du hast recht«, stimmte Tamár dem erfahrenen Krieger zu, der seinem Vater seit vielen Sommern treu und gut diente. Wenn der Waffenmeister der Situation misstraute, tat Tamár gut daran, seinem Rat zu folgen. Plötzlich erschienen dem jungen Masriden die Gerüchte auch weniger lächerlich als auf der sonnenbeschienenen Hügelkuppe. Die Wälder waren gefährlich für die Arglosen, und keiner konnte wissen, was hier in Bârlui geschehen war. Solange sie keine Hinweise darauf hatten, war Vorsicht angebracht, auch wenn das Verlangen nach Rache immer noch in Tamár brannte. Außerdem waren die Pferde von dem langen Ritt erschöpft und mussten versorgt werden, wenn sie morgen eventuell eine Verfolgung aufnehmen wollten.

»Sammeln!«, rief er also laut und überließ Ignác das Wort. Die erschöpften und besorgten Gesichter der Soldaten wirkten im Fackelschein bleich, als sie sich ihre Befehle anhörten. Eines der Pferde schnaubte, und plötzlich tänzelte Tamárs Hengst zur Seite. Verwirrt beugte sich der junge Krieger nach vorn, tätschelte den Hals seines Reittiers und flüsterte seinen Namen: »Ruhig, Szeg, ruhig. Was beim …«

Doch die Worte blieben ihm im Halse stecken, als er bemerkte, dass alle Pferde von einer eigenartigen Nervosität erfasst worden waren, schnaubten und wie wild mit den Augen rollten. Neben ihm versuchte Ignác seinen Wallach zu besänftigen, der den Kopf unruhig schüttelte, als suche er in der Dunkelheit nach etwas.

»Vezét ...«, begann der Veteran, doch Tamár schnitt ihm mit einem lauten Befehl das Wort ab: »Zu den Waffen!«

Überall stiegen und sprangen die Krieger in die Sättel und zogen ihre Waffen. Die Angst der Pferde schien nun auch von den Soldaten Besitz ergriffen zu haben, die sich bemühten, ihre Tiere unter Kontrolle zu bringen. Alle Augen waren auf die sie umgebende Dunkelheit gerichtet. Erst jetzt fiel Tamár auf, dass die Nacht bis auf die Geräusche der Pferde und Reiter absolut still war. In den Mienen seiner Untergebenen sah er Furcht, die jederzeit in Panik umschlagen konnte. Also rief er Befehle, um ihnen die Angst zu nehmen: »Sammeln! Bildet einen Kreis! Fackeln an jede Seite, ich will Licht in allen Gassen!«

Unter Rufen und dem lauten Stampfen der Hufe formierte sich ein loser Kreis. Noch während das Chaos langsam in Ordnung überging, ertönte vom Nordrand des Dorfes ein lautes Krachen, so als ob Holzfäller einen Baum gefällt hätten. Alle Köpfe flogen herum, und so erhaschte jeder der Soldaten einen Blick auf das Monstrum, das plötzlich in den Lichtschein der Fackeln stürmte.

»Beim Ewigen Licht!«, schrie Sanyás. »Ein Dunkelgeist!«

Unfähig zu reagieren, konnte Tamár nur zusehen, wie die gewaltige menschenähnliche Gestalt den vordersten Soldaten erreichte und einfach aus dem Sattel riss. Mächtige Fangzähne schlugen sich in den Leib des Unglücklichen, dessen entsetzte Schreie abrupt endeten. Wie benommen nahm Tamár die Einzelheiten wahr. Die dunkle, grobe Haut des Monsters schien sich über gewaltige Muskeln zu spannen. Die Pranken, die nun den Krieger achtlos beiseite warfen, endeten in grausamen Klauen. Als die Kreatur den Kopf in den Nacken legte und »Menschlinge!« brüllte, sah der junge Masride Furcht erregende Hauer aus dem Maul ragen. Sein Pferd bäumte sich auf, warf sich gegen seinen Reiter und wollte vor dem Monster fliehen. Da endlich löste sich Tamár aus seiner Erstarrung. Während er verzweifelt versuchte, im Sattel zu bleiben, rief er: »Drauf! Schlagt es in Stücke!«

Doch das urtümliche Monstrum ließ die Pferde fast wahnsinnig werden. Kaum mehr als ein oder zwei Soldaten gelang es, ihre Tiere in Richtung des Wesens zu treiben und mit den Schwertern auf es einzuschlagen. Linkerhand begann Köves, seinen Bogen zu spannen, während rechts ein Schrei ertönte: »Es ist ein Troll!«

Endlich gelang es Tamár, seinen Hengst wieder so weit zu beruhigen, dass er auf seine Kommandos reagierte. Mit gezogener Waffe galoppierte der junge Masride auf das Monstrum zu und rief wieder: »Drauf!«

Sein beidhändiger Überkopfschlag traf den erhobenen Arm der Kreatur, dann war Tamár vorbei und wendete sein Streitross. Mit einem schnellen Blick versuchte Tamár die Lage einzuschätzen. Als ginge ihn das Gefecht gar nichts an, kniete Sanyás inmitten der schnaubenden Pferde und des Lärms auf dem Boden. Köves hatte seinen Bogen im Anschlag und ließ Pfeil um Pfeil von der Sehne schnellen, die alle ihr Ziel fanden. Zwei weitere Szarken begannen ebenfalls, das Monstrum unter Beschuss zu nehmen. Keine leichte Aufgabe, denn inzwischen waren einige Krieger mit den Schwertern in den Nahkampf gegangen. Irinyi, die offensichtlich abgeworfen worden war, drang sogar zu Fuß gegen die Kreatur vor, duckte sich unter den massigen Armen hinweg und trieb ihre Axt in die Flanke. Allerdings lag im Schmutz zu Füßen des Wesens auch ein Pferd mit nur noch schwach zuckenden Vorderläufen, das seinen Reiter offensichtlich unter sich begraben hatte. Doch um Verluste konnte Tamár sich jetzt nicht kümmern, zunächst galt es, das Monstrum zu töten. Also trieb er Szeg wieder an, packte den Griff seines großen Schwertes fester und stürmte auf das Wesen ein. Sein Hieb war perfekt gezielt und mit voller Kraft ausgeführt, doch er spürte, dass die Klinge nur wenige Fingerbreit in den knotigen Hals des Wesens eindrang.

Sofort riss er Szeg herum. Pfeile ragten aus Brust und Hals der Kreatur, einige Wunden bedeckten Arme und Leib, doch Tamár konnte nicht erkennen, dass eine der Verletzungen tief oder gar tödlich war. Stattdessen wütete das Wesen fürchterlich unter den Masriden und Szarken. Die Pranken waren unparierbar. Trafen sie einen Menschen, so rissen sie ihn aus dem Sattel, brachen Knochen, zermalmten Fleisch. Dunkle Schatten huschten über die Haut des Wesens, des Trolls, der die Zähne fletschte und knurrte.

Vor Anstrengung keuchend, versuchte Tamár festzustellen, wie man gegen dieses Monstrum angehen konnte. Dann sah er eine Möglichkeit, als die Kreatur ihren Arm vor das Gesicht hob. *Es schützt seine Augen!*, erkannte Tamár und fletschte die Zähne.

»Auf den Kopf! Zielt auf den verfluchten Schädel!«, befahl der Masride laut, woraufhin die Bogenschützen höher zielten. Doch noch immer zeigten die Angriffe kaum eine Wirkung. Unvermittelt entdeckte Tamár hinter dem Wesen eine Bewegung. Das Blut schien ihm in den Adern zu gefrieren, als er weitere der Kreaturen sah, die sich auf den engen Wegen zwischen den Gebäuden hindurchzwängten. Eines der Wesen scherte sich gar nicht um die Hindernisse, sondern riss einfach einen Teil eines Hauses nieder. Mit aufgerissenen Augen sah Tamár, wie fester Stein zu Staub wurde, wie gewaltige Beine alles niederwalzten, was ihnen im Weg stand.

»Zurück! Zu mir!«, schrie er gellend und richtete sich in den Steigbügeln auf. Plötzlich wurde die Welt weiß, grelles Licht blendete ihn und zwang ihn, die Augen zu schließen. Rufe und Schreie drangen an sein Ohr, wie aus weiter Ferne. Vorsichtig spähte Tamár aus zusammengekniffenen Liedern und erblickte Sanyás, dessen Hände hoch über den Kopf erhoben waren und der eine gleißende Kugel aus reinem Licht zu tragen schien. Die Robe des älteren Priesters, obwohl eigentlich von Schmutz und Blut bespritzt, leuchtete weiß, und die blonden, von weißen Strähnen durchzogenen Haare umgaben sein Haupt wie eine Aureole. Verwirrt blickte Tamár zu dem Monstrum, das zu Boden gefallen war und reglos auf der Erde lag. Da begriff er, was geschehen war. *Das Ewige Licht des Himmels,* dachte er, *hat den Dunkelgeist getötet. Dem Licht sei Dank!* Eine Welle der Erleichterung spülte durch Tamárs Brust, und seine Demut gegenüber dem Ewigen Licht war so groß wie nie zuvor. Dennoch galt es, den Moment zu nutzen.

»Zu mir!«, befahl der junge Masride, doch viele der überlebenden Soldaten wirkten wie benommen und schienen seine Worte nicht zu verstehen. Mit einem Sprung war Tamár aus dem Sattel und lief zu Sanyás, der langsamen Schrittes auf die gefällte Kreatur zuging.

»Wart Ihr das?«, fragte der Krieger den Priester.

»Ich erinnerte mich an die Geschichten. Den Kampf gegen die Wlachaken und ihre Dunkelgeister«, ertönte Sanyás Stimme leise. Die Worte klangen atemlos.

»Dann sind es tatsächlich Trolle!«, zischte Tamár aufgebracht, doch der Sonnenmagier antwortete nicht. Aus der Nähe konnte Tamár sehen, dass die Züge des Sonnenpriesters angespannt waren, als würde er eine große Last tragen. Ein schneller Blick in die Runde zeigte dem Krieger, dass die Soldaten sich langsam erholten. Vor allem jedoch waren die anderen Wesen nirgends zu sehen, gerade so, als wären sie vom Erdboden verschluckt worden.

»Zu mir, verflucht noch einmal!«, rief der Masride erneut aus und lief zu dem reglos daliegenden Troll. Erst jetzt konnte Tamár erkennen, wie gewaltig die Bestie eigentlich war. Der Körper mochte weit über drei Schritt messen, mit dicken Armen und Beinen und einer Haut, die dunkelgrau wie Fels und von seltsamen rauen Stellen bedeckt war. Hörner erhoben sich von der Stirn über den Schädel, dazu hatte die Kreatur tief liegende Augen, und gefährliche Hauer ragten aus einem breiten Kiefer. Die Nase war nur schwach ausgebildet, ebenso wie die Ohren für den massigen Schädel geradezu lächerlich klein wirkten.

Vorsichtig stieß Tamár das Wesen mit der Spitze seines Schwertes an, was jedoch keine Reaktion hervorrief. Neben ihm beugte sich Köves vor und strich mit der Hand über den Arm des Monsters, als könne er nicht fassen, dass es tatsächlich existierte.

»Kümmert euch um die Verletzten«, befahl Tamár. »Holt die Pferde.«

Wieder stieß er mit dem Schwert zu, diesmal jedoch lehnte er sein Gewicht auf die Klinge. Erstaunlich schwer drang die geschärfte Spitze ein, die dicke Haut des Ungetüms schien es wie eine Rüstung zu schützen.

»Es schläft nur«, flüsterte Köves. Tamár sah den Späher erstaunt an: »Wie bitte?«

»Es ist nicht tot, es atmet. Seht doch, Vezét«, erklärte der Szarke, und tatsächlich hob und senkte sich die Brust des Monsters beinahe unmerklich.

»Dann töten wir es eben jetzt«, befahl Tamár grimmig und schlug mit dem Schwert nach dem dicken Hals. Erneut drang seine Klinge nicht weit genug ein, um dem Monster gefährlich zu werden, also schlug er wieder und wieder zu, bis dickes, dunkles Blut aus der Wunde lief und auf den Boden troff. Gegenüber baute sich Irinyi auf, packte ihre Axt beidhändig und schlug ebenfalls zu, immer abwechselnd mit Tamár. Dankbar blickte er die junge Frau an, die sein Lächeln erwiderte. Plötzlich wurde sie jedoch von etwas getroffen und ging mit einem schrillen Schrei zu Boden. Überall um sie herum schlugen Geschosse mit dumpfem Krachen ein. Es schien nur so Felsen, Steine und halbe Bäume zu regnen. Tamár duckte sich unter einem kopfgroßen Felsbrocken hinweg und kauerte sich dann hinter den Leib des gefallenen Trolls, um Deckung zu finden. Als er zu Irinyi hinüberschaute, sah er, dass ihr Gesicht von Blut überströmt war.

»Ich … ich kann … nicht mehr lange. Das Licht … brennt«, keuchte Sanyás, dem der Schweiß in Strömen über das Gesicht lief und dessen Arme zitterten. Fluchend blickte Tamár sich um, versuchte zu erkennen, woher die Geschosse kamen, doch er konnte kein eindeutiges Ziel ausmachen. *Selbst wenn, ohne das Licht können wir gegen diese Monstren nichts ausrichten,* dachte er und rief: »Auf die Pferde! Nehmt die Verwundeten mit. Wo ist Ignác?«

Stumm deutete Köves auf eine furchtbar entstellte Leiche, deren Arme und Beine gebrochen zu sein schienen und deren Kopf fehlte. Am verzierten Waffenrock konnte Tamár jedoch erkennen, dass der Szarke recht hatte: Der Waffenmeister war in das Ewige Licht eingegangen.

»Nimm Irinyi mit«, befahl Tamár Köves und lief zu seinem eigenen Pferd. Mit einem Satz sprang er in den Sattel und drückte Szeg herum.

»Nach Süden!«, brüllte er in der Hoffnung, dass die Monster seinen Befehl nicht deuten konnten, und lenkte sein Streitross dann neben Sanyás. Der Sonnenpriester schien der Ohnmacht nahe, sein Gesicht war kalkweiß, und seine Augen zuckten unkontrolliert. Als Tamár sah, dass die kläglichen Überreste seiner kleinen Truppe sich gesammelt hatten, packte er den Priester an der Robe und warf ihn vor sich über die Kruppe des Pferdes. Mit einem Schnalzen und den Hacken trieb er Szeg an, noch bevor das Licht in den Händen des Priesters erloschen war. Im Dorf und dem umliegenden Wald ertönte triumphierendes, blutgieriges Gebrüll, indes Tamár sich tief nach vorn duckte und verzweifelt versuchte, nicht nur sich selbst, sondern auch den bewusstlosen Sanyás bei dem wahnwitzigen Ritt durch die Nacht auf dem Pferd zu halten.

4

Die letzten paar hundert Schritt ging Flores zu Fuß. Ihr Pferd war erschöpft von dem langen Ritt, und die junge Wlachakin hatte nicht vor, es zu Schanden zu reiten, nur um ein wenig früher an der Fährstation anzukommen. Die Wagen der Händler rumpelten hinter ihr auf der ausgetrockneten Erde der Straße und wirbelten Staub auf, der von dem sanften Wind in dicken Wolken nach Osten geweht wurde. Die heiße Sonne machte allen Tieren zu schaffen, und auch die Menschen schwitzten und fluchten unter ihren Strahlen. Flores hingegen genoss die Wärme. Sie hatte ihre Rüstung abgelegt und auf dem Pferd festgezurrt und trug nun nur eine Hose und ein einfaches Hemd, dessen lose Zipfel im Wind flatterten. So nahe an Teremi erwartete sie keinerlei Schwierigkeiten mehr, auch wenn sie Schwert und Dolch natürlich am Waffengürtel trug.

Schon oft war Flores cal Dabrân von ihren vielfältigen Aufträgen als Söldnerin nach Teremi zurückgekehrt, doch im letzten Jahr hatte der Anblick der Stadt sich verändert. Von den Zinnen der Feste Remis hingen nun die grünen Banner der Fürstin Ionna cal Sareş mit dem schwarzen Raben, der Ionnas Feldzeichen war. Die einige Schritt langen schweren Stoffbahnen bewegten sich kaum im Wind, anders als die Wimpel auf dem mächtigen Bergfried. Zu Füßen der Festung, deren dunkler Stein sie selbst an einem sonnigen Tag düster erschienen ließ, lagen die Häuser und Hafenanlagen Teremis mit ihrer weißen Tünche und den hohen Giebeln. Früher hatte Flores die Stadt als zusammengekauert empfunden, geduckt unter Zorpads Knute. Jetzt hingegen schien sie einfach die Nähe und Sicherheit der Burg zu suchen, so düster diese auch wirken mochte.

Hat sich tatsächlich alles verändert?, fragte sich Flores, *oder ist es nur mein Blick, der anders ist? Oder ist es einfach die Sonne, die alles verwandelt?*

Am Ufer des Magy, dessen Kraft selbst so weit oben am Flusslauf schon zu erahnen war, hatten die *Navari,* die Fährleute, neben der hölzernen Hütte ein fleckiges Tuch gespannt, in dessen Schatten sie saßen und das Moraspiel spielten. Unter lautem Gejohle wurden die Hände ruckartig bewegt, dann riefen alle ihre Zahlen, und schließlich wurde unter viel Geschrei der Sieger ermittelt. Vom Klagen der Verlierer sowie dem Spott der Gewinner begleitet, wurden die Einsätze eingesammelt, und die Fährleute waren so abgelenkt, dass sie Flores erst bemerkten, als diese sich vor dem Sonnensegel aufbaute und ihr Schatten in die Mitte der Spieler fiel. Erbost schauten die Männer und Frauen auf, doch Flores wies ungerührt mit dem Daumen über die Schulter und sagte: »Kundschaft.«

Sofort kam Bewegung in die Runde, die Fährleute sprangen auf, klopften sich den Staub von den Hosen und bereiteten sich auf die Ankunft der Karren vor, die sich gemächlich näherten. Es gab mehr als genug Kunden für jeden der Navari, deshalb blieben die üblichen Streitereien der Fährleute untereinander aus. Während die Händler die Preise für die Überfahrt nach Teremi aushandelten, ließ sich Flores in den Schatten fallen und trank einen Schluck Wasser, das sich jedoch in ihrem Mund lauwarm anfühlte und nur wenig erfrischend war. Das Gezeter brandete über sie hinweg, ohne sie zu berühren. Sie schloss einfach die Augen und lauschte dem beruhigenden Murmeln des Magy, der ihr von den fernen Ländern erzählte, durch welche seine trügerisch träge erscheinenden Wassermassen noch strömen würden. Er floss an Turduj vorbei und dann hinab in die Dunkelheit unter den mächtigen Sorkaten, wo in der Tiefe allerlei Wunder existieren mochten, die niemals ein Menschenauge erblicken würde, ehe er im prächtigen Dyrien wieder ans Licht der Sonne zurückkehrte.

Seit jeher hatte der mächtige Magy Wlachkis geteilt und gleichzeitig geeint. Denn ein Großteil des Handels und des Verkehrs innerhalb des Landes lief über den Strom und seine zahlreichen Zuflüsse. Die Menschen hatten den Geistern des Flusses Opfergaben dargebracht, bis die Priester des Albus Sunaş die alten Riten als Aberglauben gebrandmarkt und verboten hatten. Für die Masriden war der Magy wenig mehr als ein guter Weg, um Waren zu transportieren, Soldaten von einem Ende des Landes zum anderen zu schaffen und Fisch zu fangen. Sie hatten keinen Sinn für die Beziehung der Wlachaken zu ihrem Land und unterdrückten die alten Traditionen, wo sie nur konnten. *Arrogante Bastarde,* dachte Flores schläfrig, *sie haben sogar mich in den Widerstand getrieben!*

Eine raue Berührung an ihrem Bein weckte sie aus ihrem Halbschlaf und ließ ihre Hände zu ihren Waffen fahren.

»Aufbruch, Liebes«, teilte ihr ein bärtiger Fährmann mit, der ihr geöffnetes Hemd wohlgefällig musterte, bevor er geräuschvoll ausspuckte. Noch halb im Traum berührte Flores ihre Klingen in den Scheiden und schüttelte den Kopf. Ehe der Mann sich abwenden konnte, verpasste die junge Wlachakin ihm einen spielerischen Tritt und erwiderte: »Bevor ich deine Liebste bin, müsste meine Großmutter wieder Jungfrau werden!«

Der Mann schenkte ihr ein anzügliches Grinsen, das seine zahlreichen Zahnlücken enthüllte: »Bevor du meine Liebste wirst, müsstest du das ganze Metall weglegen.«

»Zwei unerfüllbare Bedingungen«, stellte Flores fest und tätschelte den Knauf ihres Schwertes, »und jetzt troll dich!«

Mit einem Achselzucken wandte er sich ab, und die junge Wlachakin rief ihm nach: »Danke!«

Die Überfahrt über den Fluss verlief ereignislos. Der heiße Sommer hatte dafür gesorgt, dass die Wasser nur langsam flossen. Im Apaş, dem alten Hafenviertel von Teremi angekommen, ließ sich Flores ihren noch ausstehenden Sold auszahlen, ließ ihr geliehenes Pferd bei seinem Eigentümer zurück und packte sich ihre Habseligkeiten auf den Rücken. *Kein Wunder, dass der Gaul so langsam war,* stöhnte sie innerlich, als sie durch die Straßen ging, *mein Bündel wiegt ja mehr als ich selbst!*

Die Straßen waren weitaus belebter als früher, was aber angesichts des Zustroms von Flüchtlingen aus dem Osten von Wlachkis nicht verwunderlich war. Hier und da sah Flores noch Spuren des Krieges und seiner Nachwirkungen. Nicht weit vom Hafen entfernt stand die ausgebrannte Ruine eines Hauses. Mit einem Frösteln erinnerte sich Flores an die Nacht, als Wlachaken das Haus in Brand gesetzt hatten, um die Masriden dort zu töten. Alle Patrouillen waren zu der Stelle gelaufen und hatten versucht, das Feuer daran zu hindern, auch auf die umliegenden Gebäude überzugreifen. Erst in den frühen Morgenstunden hatten Flores und die anderen, erschöpft und schmutzig, den Sieg gegen die Flammen davongetragen.

Plünderungen hatten auch andere Gebäude beschädigt, ehemalige Wohnsitze von Masriden waren von Flüchtlingen besetzt worden, und es gab nur noch wenige Masriden und Szarken, die geblieben waren, obwohl Ionna ihnen Schutz zugesagt hatte. Denn der Zorn der Wlachaken war groß, und der Hass saß tief. Die Soldaten der Fürstin hatten die schlimmsten Ausschreitungen verhindert, aber sie konnten nicht überall sein und jeden beschützen. Auch Flores hatte sich an den nächtlichen Patrouillen beteiligt, doch es gefiel ihr genauso wenig wie Ionnas Kriegern, die Waffen im Zweifelsfall gegen andere Wlachaken erheben zu müssen. Als Söldnerin hatte man gute Verdienstmöglichkeiten, gerade in gefährlichen Zeiten wie diesen, also hatte sie ihren Abschied genommen und sich wieder von reichen Händlern anwerben lassen, zum Schutz für deren Waren auf den oft langen Transportwegen.

Offensichtlich hatte Ionna die Übergriffe schließlich unter Kontrolle bekommen, wohl auch durch die öffentliche Verurteilung und Hinrichtung einiger Plünderer, wie man sich im Lande erzählte. Doch Flores kümmerten die Gerüchte gerade nicht, sie war einfach froh, wieder dort zu sein, wo sie sich zuhause fühlte.

Ihr Zimmer war unverändert, und sie warf ihre Sachen in die Ecke, wischte sich den Schweiß von der Stirn und wollte sich gerade mit dem Krug in den Hof aufmachen, um etwas Wasser zu holen, da fiel ihr Blick auf einen länglichen Brief, den man ihr während ihrer Abwesenheit unter der Tür durchgeschoben haben musste. Neugierig hob sie den Brief auf und erkannte sogleich das Wappen des Siegels. *Ionnas Rabe,* dachte sie verwundert. *Was mag die Fürstin von mir wollen?*

Rasch überflog sie das Schreiben. Der Inhalt war zwar blumig formuliert, doch die Aussage war klar: Sobald sie nach Teremi zurückkehrte, sollte sich Flores cal Dabrân in der Feste Remis melden, auf Einladung und ausdrücklichen Wunsch der Voivodin Ionna, der Herrin über das Freie Wlachkis.

Auch die Feste hatte sich verändert. Wo einst die schweren Wandteppiche der Masriden hingen, waren jetzt wieder die Überreste der früheren Wandbemalungen der Wlachaken zu erkennen. Die Eroberer hatten versucht, alle Erinnerungen des Volkes an seine eigene Vergangenheit zu unterdrücken. Selbst Kinder- und Heldenlieder zu singen war nicht ungefährlich gewesen, zu schnell hatte man wegen Aufruhr verdächtigt und angeklagt werden und dann auf Nimmerwiedersehen in Zorpads Kerkern verschwinden können. Jetzt ließ Ionna die Mosaiken und Fresken wieder restaurieren oder dort, wo der Zahn der Zeit zu sehr genagt hatte, neue Bilder schaffen. Eines war bereits fertiggestellt, wie Flores bemerkte.

Es zeigte den entscheidenden Augenblick der letzten Schlacht gegen die Masriden, in der die Wlachaken mit

Hilfe der Trolle ihre Unterdrücker und deren Verbündete aus dem Kleinen Volk besiegt hatten. Inmitten des Gemetzels erschlug Ionna mit ihrem mittlerweile legendären Schwert Marczeg Zorpad. Vergeblich suchten Flores' Augen die Reihen der Wlachaken ab, doch sie konnte weder ihr eigenes Gesicht noch das ihres Zwillingsbruders Şten erkennen. *Sehr schade. Damit hätte man potenzielle Auftraggeber doch sicherlich beeindrucken können.* Mit einem Grinsen trat Flores durch die große Tür in den Saal der Feste, wo ein Diener sie empfing und in das kleinere Besprechungszimmer führte. Einst hatten gläserne Fensterscheiben den Raum geziert, doch diese waren im Chaos nach der Schlacht zerstört worden, ob von Masriden oder von Wlachaken, wusste keiner mehr zu sagen. Jetzt standen die Fenster offen. Die dünn geschabten Tierhäute waren abgehängt, um ein wenig Wind in den Raum zu lassen, der ansonsten in der Hitze brütete.

»Ah, Flores cal Dabrân! Ich hatte gehofft, dass Ihr bald zurückkehren würdet.«

»Voivodin«, antwortete die junge Frau knapp und verbeugte sich. Tatsächlich schien Ionna über Flores' Anwesenheit erfreut. Ihr Lächeln wirkte aufrichtig, und sie neigte in einer freundlichen Geste das Haupt. Die Fürstin war groß gewachsen, und man sah ihr an, dass sie beinahe ihr ganzes Leben lang Krieg geführt hatte. Selbst in der Sicherheit der dicken Mauern der Feste hatte sie ihr Schwert um die Hüften gegürtet, auch wenn sie nur ein schlichtes dunkelgrünes Wams trug. Graue Strähnen mischten sich bereits in ihr kastanienbraunes Haar, und die langen Jahre der Verantwortung für ein geknechtetes Volk hatten tiefe Linien in ihr Gesicht gegraben. Die Ähnlichkeit mit Viçinia war zwar unverkennbar, doch Ionna wirkte weitaus distanzierter und kälter als ihre jüngere Schwester.

»Wie war Eure Reise, Flores?«, erkundigte sich die Fürstin und wies mit der Rechten auf den Tisch, wo Krüge und Becher standen. »Etwas Wein?«

»Sehr gern«, antwortete Flores und nahm den metallenen Becher entgegen, den ihr ein Diener mit einer stummen Verbeugung reichte. »Meine Reise war überraschend angenehm. Keine Zwischenfälle, nur gutes Wetter. Es scheint mir, als ob das Land sich langsam zu erholen beginnt.«

Dann nahm sie einen vorsichtigen Schluck von dem schweren Roten und sah Ionna aufmerksam über den Rand des Bechers hinweg an. Doch die Miene der Voivodin verriet nicht, was sie dachte.

»In der Tat hatten wir in letzter Zeit weniger Schwierigkeiten. Die Banden von Kriegern, die keinen Herrn mehr haben, sind immer noch ein Problem, aber mittlerweile bekommen wir diese Marodeure besser in den Griff. Und an den Grenzen ist es ruhig.«

»Wieso ruft Ihr dann eine Söldnerin zu Euch?«, fragte Flores so unverblümt, dass Ionna auflachte.

»Direkt wie immer!«, erwiderte die Fürstin. »Vielleicht wollte ich einfach nur die Schwester meines Schwagers einladen. Wäre das nicht möglich?«

»Natürlich. Aber würdet Ihr dafür ein offizielles Schreiben schicken?«

»Nein, Ihr habt recht, Nemes Flores. Ich wollte Euch fragen, ob Ihr mir einen Dienst erweisen würdet«, gab Ionna zu und fügte lächelnd hinzu: »Natürlich gegen eine angemessene Entlohnung.«

»Zurzeit bin ich ohne Auftraggeber und wäre dementsprechend einem Angebot nicht abgeneigt.«

»Es handelt sich um eine Angelegenheit von größter Wichtigkeit, die uns beide betrifft.«

»Uns beide?«, erkundigte sich die junge Söldnerin erstaunt. »Inwiefern?«

»Meine Schwester muss eine Reise unternehmen, und ich würde es gern sehen, wenn Ihr sie begleitet.«

»Eine Reise? Wenn Ihr Söldlinge dafür anheuert, dann muss diese Reise allerdings gefährlich sein«, vermutete Flores und trank noch einen Schluck Wein.

»Sagen wir es so: Es wäre mir einfach wohler, wenn ich Euch an ihrer Seite wüsste, und ich bin sicher, dass meine Schwester und Euer Bruder das genauso sehen. Ich ...«, begann Ionna, doch ein Trompetenstoß vom Hof unterbrach sie. Laute Stimmen hallten zwischen den Mauern der Burg und mit einem Stirnrunzeln ging die Fürstin zum Fenster, um herauszufinden, was vor sich ging. Flores gesellte sich zu ihr, doch sie konnten nur Echos hören, der Tumult fand im Haupthof statt, auf den keines der Fenster ging.

»Was bei den ...«, murmelte Ionna sichtlich verärgert und rief einer der Wachen, die auf den Außenmauern patrouillierten, zu: »He! Maniu! Finde heraus, was dort vor sich geht, und beende es!«

Mit einem kurzen Nicken lief der junge Krieger los, während Ionna sich wieder Flores zuwandte.

»Es ist ein diplomatischer Auftrag. Ich erwarte keine Gefahr, aber Ihr versteht sicherlich, dass ich meine Schwester keinem unnötigen Risiko aussetzen möchte. Sie vertraut Euch, ich vertraue Euch und Euren Fähigkeiten ebenfalls, deshalb habe ich Euch rufen lassen.«

»Verstehe. Ich stehe zu Eurer Verfügung. Wann soll die Reise denn losgehen? Ich hoffe, dass noch ein wenig Zeit ist, da ich mich um einige meiner Angelegenheiten in der Stadt kümmern möchte. Herrscht nachts noch die Ausgangssperre?«

»Noch ist Viçinia nicht einmal in Teremi eingetroffen, deshalb kann es wohl einige Tage dauern, bis ihr aufbrechen könnt. Die Sperre wurde aufgehoben, aber noch wird verstärkt patrouilliert«, erklärte die Fürstin, als plötzlich ein gehetzt aussehender Diener in den Raum stürzte.

»Herrin, es sind Besucher im Hof. Sie verlangen, Euch zu sehen, Herrin. Es sei wichtig, Herrin!«

»Beruhige dich, Andreş. Wer ist im Hof?«

»Dyrier, Herrin«, keuchte der ältere Mann atemlos, und Flores sah Ionna fragend an: »Erwartet Ihr Dyrier, Voivodin?«

»Nein«, antwortete Ionna knapp und befahl dem Diener: »Führ sie in die Vorhalle und versorg sie mit allem, was sie wünschen. Und schick jemanden zu Leanna cal Paşcali, sie soll so schnell wie möglich bei mir erscheinen. Los!«

Erst dann wandte sie sich wieder an Flores: »Ich fürchte, wir müssen das Gespräch unterbrechen. Wir können die Einzelheiten sicherlich besprechen, wenn Viçinia angekommen ist. Ihr entschuldigt mich?«

Natürlich war dies wenig mehr als eine höfliche Entlassung, also verneigte Flores sich erneut, trank den letzten Schluck Wein aus, verließ das Besprechungszimmer und ging langsam durch den großen Saal. Hektische Stimmen ertönten aus der Vorhalle, wo Andreş händeringend auf zwei prächtig gerüstete Krieger einredete, die ihn offenbar erbost in einer fremden Sprache anschrien.

Interessiert blieb Flores stehen und sah sich die beiden an, die kurz davor zu sein schienen, den Diener am Kragen zu packen und zum Hof hinauszuwerfen. Besonders die goldschimmernden Rüstungen interessierten Flores. Sie bestanden aus metallenen Schuppen, die auf ein Lederwams genäht waren, das von den Schultern bis zu den Oberschenkeln reichte und halblange Ärmel hatte. An Unteramen und Beinen trugen die Krieger dazu gleichfarbige Schienen, die, ebenso wie die Schuppen, mit Mustern verziert waren. Erst als sie genauer hinsah, konnte Flores erkennen, dass jede einzelne der Schuppen in Form einer Feder gestaltet war. Die Schienen an Armen und Beinen waren Flügeln nachempfunden. Die schweren blauen Umhänge der Krieger fielen fast bis auf den Boden, und in den Stoff waren Goldfäden eingewebt, die ein kunstvolles, verschlungenes Muster bildeten. Zwischen den Rüstungsteilen schimmerte ebenfalls dieser dunkelblaue Stoff hervor. Zwei wlachkische Wachen standen etwas abseits und hielten die Waffen der Fremden: lange, schwere Reiterlanzen und längliche, geschwungene Schilde sowie jeweils ein Gürtel mit einem etwa eine Elle langen Schwert. Selbst diese Waffengürtel waren mit goldenen Nieten verziert. Zu Füßen der Wachen lagen zwei goldene Helme auf dem Boden, die nur den unteren Teil des Gesichtes unbedeckt ließen. Geschwungene Flügel gingen von der Stirn nach außen. Auch die Gesichter der Krieger wirkten fremdartig mit ihrer dunklen Haut und den kurz geschnittenen, gelockten, dunklen Haaren. Mit Erstaunen sah Flores, dass sie sich offenbar Kohle auf die Augenlider auftrugen, was ihren Blicken etwas Unergründliches gab.

»Sofort die Herrin!«, rief einer der Krieger schließlich mit einem fremdartigen Akzent, der seine wlachakischen Worte schwer und schleppend erscheinen ließ. Daraufhin flehte der Diener: »Einen Augenblick, bitte. Voivodin Ionna cal Sareş wird Euch sofort empfangen. Bitte geduldet Euch noch einen winzigen Moment.«

Inzwischen empfand Flores fast so etwas wie Mitleid mit dem schwitzenden Mann, der sich wand wie ein gefangener Aal, aber es immer wieder schaffte, sich zwischen den Soldaten und dem Eingang des großen Saals zu postieren. Auch die beiden wlachkischen Krieger warfen dem Trio immer wieder amüsierte Blicke zu.

»Willkommen in Teremi!«, erklang plötzlich Ionnas kraftvolle Stimme, und die Erleichterung über ihr Erscheinen war Andreş mehr als deutlich anzusehen. Die Voivodin trug einen langen, pelzverbrämten Mantel und wurde von zwei Kriegern begleitet, welche in Rüstungen gehüllt waren, die man nach der Schlacht Zorpads Leibgarde abgenommen hatte. Das kunstvolle Schmiedewerk der Zwerge sah nicht nur beeindruckend aus, es schützte auch besser als jede von Menschenhand gefertigte Rüstung.

Die beiden Fremden riefen etwas in ihrer eigenen Sprache und fielen plötzlich auf die Knie. Zu Flores' Erstaunen pressten sie die Hände auf den Boden und neigten das Haupt hinab bis zu den Steinen. Alle starrten die seltsamen Krieger an, nur Ionna verzog keine Miene und schien kein bisschen überrascht zu sein.

Schließlich hoben die beiden ihren Kopf wieder, blieben jedoch auf einem Knie und blickten die Fürstin nicht direkt an.

»Großherrliche Herrin, wir bringen Grüße«, begann der kleinere der beiden Krieger, »Der Mund des Goldenen Imperators wird bald eintreffen. Wir kündigen an.«

»Der Mund des Goldenen Imperators?«, fragte Ionna mit hochgezogener Braue. »Wann wird dieser Mund eintreffen?«

»Wenige Sonnen, Großherrliche Herrin.«

»Gute Neuigkeiten«, erklang plötzlich eine ruhige Stimme, und eine zierliche Frau löste sich aus dem Schatten einer Säule. Flores erkannte Leanna cal Paşcali, einst Bürgermeisterin von Désa, Ionnas Stammsitz, inzwischen aber eine wichtige Beraterin der Voivodin hier in Teremi.

»Ein Legat, ein Gesandter des Goldenen Imperators, ist auf dem Weg hierher«, erklärte Leanna und warf Ionna einen vielsagenden Blick zu. »Welch eine Ehre.«

»Reitet zurück und teilt dem Gesandten mit, dass er uns höchst willkommen ist und dass wir uns auf seine Ankunft angemessen vorbereiten werden«, wies Ionna die Fremden an, wobei sie sich sichtlich um eine langsame und deutliche Aussprache bemühte. »Wir sind uns der Ehre seiner Anwesenheit bewusst.«

»Ja, Großherrliche Herrin«, erwiderte der Sprecher und neigte seine Stirn wieder bis zum Boden, bevor die beiden Boten aufstanden, ihre Waffen an sich nahmen und in den Hof liefen.

»Leanna, ruf bitte den Rat zusammen und informiere ihn über diese Entwicklung. Wir haben einiges zu besprechen«, befahl Ionna und wandte sich an Andreş: »Richtet Zimmer für den Gesandten her. Bereitet den ganzen Ostflügel dafür vor. Nur das Beste. Wenn es sein muss, lass Arbeiter vom Csalas kommen.«

Mit einer Verbeugung entfernte sich der Diener, und auch Flores nickte zum Abschied noch einmal kurz, bevor sie in Gedanken versunken davonging. *Ein Gesandter des Goldenen Imperiums hier am Hofe. Das bedeutet, dass die Dyrier Ionnas Herrschaft anerkennen, und wird die Position der Fürstin den beiden Marczegs gegenüber stärken. Hoffentlich erreicht dieser Mund des Imperiums Teremi, bevor wir aufbrechen müssen. Ich würde zu gern sehen, wie sich die Mächtigen aus dem sagenhaften Imperium geben.*

Wehmütig erinnerte sie sich an ihren eigenen Wunsch, das Goldene Imperium einmal zu bereisen, den sie sich aber wegen Krieg und Chaos bisher nicht hatte erfüllen können. *Eines Tages,* schwor sie sich nicht zum ersten Mal, *werde ich mit eigenen Augen sehen, wie andere Völker leben.*

In den folgenden Tagen war die gesamte Stadt in Aufruhr, und es fiel Flores nicht leicht, ihre Ausrüstung ausbessern zu lassen und sich ein angemessenes Gewand zu besorgen, denn die halbe Stadt drängelte sich in den Schneidereien und verlangte neue Kleider. Erst als Flores ihre Beziehungen zu Ionna spielen ließ, wurde ihren Wünschen Genüge getan.

Mitten in die Vorbereitungen am Hof fiel auch Viçinias Ankunft in Teremi, und Flores freute sich aufrichtig, als ihre Freundin schließlich vor der Tür ihres Quartiers stand.

»Lass mich raten: Mein Bruder hat dich doch noch um den Verstand gebracht, und du bist endlich aus Dabrân fortgelaufen?«

Die Frage ließ Viçinia schmunzeln.

»Er gibt sich wirklich Mühe, aber noch habe ich meine Sinne recht gut beieinander. Was auch nötig ist, denn irgendjemand muss sich ja um die Verwaltung der Baronie kümmern, während Şten Tag und Nacht versucht, alles wieder aufzubauen. Jetzt im Sommer ist er kaum von den Feldern herunterzubekommen.«

Şten als Bauer, dachte Flores amüsiert. *Jahrelang kriecht er mit dem Schwert in der Hand durch das Unterholz, und kaum sind die Masriden besiegt, gräbt der stolze Rebell Felder um und pflanzt Bäume!*

Plötzlich wurde der Söldnerin bewusst, dass sie ihren Bruder vermisste. Doch für sie war Dabrân immer noch mit den Erinnerungen an den gewaltsamen Tod ihrer Eltern und die Herrschaft des Baró Házy verbunden, mit Erinnerungen an die wilde Flucht vor den Häschern des Szarken und an die Jahre im Exil in Désa. Selbst auf der Festung ihrer Vorfahren zu leben, konnte sie sich noch immer nicht vorstellen.

»Gibt es in der Stadt irgendwo noch etwas zu trinken, was nicht für den Legaten der Dyrier aufgekauft wurde?«

Mit dieser Frage riss Viçinia Flores aus ihren Gedanken.

»Ich denke, dass kein Dyrier stark genug für Lareas Selbstgebrannten ist«, entgegnete Flores mit einem unschuldigen Grinsen. Viçinia verzog das Gesicht. »Die Dyrier nicht und wir armen Landadligen wohl auch nicht. Aber ich sehe dir gern zu, wie du ein weiteres Mal deinen Mut unter Beweis stellst.«

Flores ergriff Viçinias Arm und zog sie mit sich auf die Straße. »Dann lass uns gehen. Und unterwegs musst du mir jede Einzelheit über Ştens neu entdeckte Liebe zu Mistgabeln erzählen ...«

Die Reiter kamen in den frühen Mittagsstunden zurück und berichteten, dass der Gesandte bald eintreffen werde. Tatsächlich konnte Flores von ihrem Beobachtungsposten hoch oben im Bergfried aus schon das Funkeln der Sonne auf den goldenen Rüstungen der Dyrier erkennen, die sich langsam auf der Straße von Norden näherten. Neben ihr sagte Viçinia: »Beeindruckend. Glaubst du, dass die Rüstungen wirklich aus Gold sind? Vermutlich würde es kaum schützen und wäre unerträglich schwer, aber das Imperium könnte damit prahlen: Seht her, selbst unsere Soldaten tragen Panzer aus purem Gold!«

Das erheiterte Flores zwar, doch sie antwortete ernst: »Nein, vielleicht sind sie lackiert, oder es ist eine besondere Legierung. Diese Rüstungen sind gut, sie wurden sicherlich für den Kampf geschmiedet, keineswegs nur für Protzerei.«

Schweigend betrachteten sie den Vormarsch der Gesandtschaft, die aus drei oder vier Dutzend Personen zu bestehen schien, hauptsächlich schwer gerüstete Soldaten zu Pferd, aber auch einige Personen zu Fuß. In der Mitte der Formation befand sich eine prächtige Sänfte, die von vier Pferden getragen wurde. Vor und hinter der Sänfte ritten jeweils zehn oder mehr Soldaten in Zweierreihen. An ihren Lanzen waren blaugoldene Wimpel befestigt, die im Wind flatterten. *Ein grandioses Schauspiel,* dachte Flores, *kein Wunder, dass man Dyrien auch das Goldene Imperium nennt.*

Schließlich näherte sich der Trupp den nördlichen Toren der Burg, und die beiden Wlachakinnen begaben sich in den Hof, wo sie sich zu Ionna und den anderen Würdenträgern gesellten. Die Fürstin hatte unter einem grünen Baldachin Platz genommen, flankiert von ihren wichtigsten Gefolgsleuten.

Rufe in der dyrischen Sprache ertönten, und die wlachkischen Krieger nahmen Haltung an, als die Gesandtschaft in den Hof Einzug hielt. Trotz der Hitze trugen die Krieger ihre komplette Rüstung inklusive Helm und schwerem Umhang. Ohne nach links oder rechts zu schauen, ritten sie an den versammelten Wlachaken vorbei und hielten erst auf einen gebrüllten Befehl hin an, als die Sänfte kaum zwei Manneslängen vor dem Baldachin ankam.

Die Präzision der Formation beeindruckte Flores, ebenso die reich verzierte Sänfte, deren Fenster mit schweren Damastvorhängen verhüllt waren. Blattgold bedeckte die Schnitzereien, und auf dem Dach standen zwei geflügelte Stiere Kopf an Kopf, die ebenfalls mit Gold überzogen waren. Eine junge Frau trat vor die Sänfte, warf sich vor

Ionna auf den Boden und verkündete, ohne ihre Stirn von den Pflastersteinen zu heben: »Großherrliche Voivodin, ich kündige an den Mund des Goldenen Imperators, Auge und Hand des Palastes, den von Agdele gesalbten Träger der Goldschwinge, Großberater des Goldenen Triumvirates, Begleiter des Irdenen Stieres, Seine Herrlichkeit, den Legaten des Goldenen Imperiums an Eurem Hofe!«

»Hat sie seinen Namen genannt?«, zischte Flores Viçinia aus dem Mundwinkel zu, doch diese warf ihr nur einen fragenden Blick zu. Zwei Fußsoldaten traten an die Sänfte heran und öffneten die Tür. Heraus trat ein kleiner, rothaariger Mann, dessen goldenes Gewand so prächtig war, dass es einen Moment dauerte, bis Flores ihn erkannte.

»Sargan!«

Viçinias und Flores' erstaunte Blicke kreuzten sich, und auch andere Höflinge erinnerten sich noch gut an den Dyrier, der in der Trollschlacht eine nicht unbedeutende Rolle gespielt hatte. Ionnas Miene hingegen gab keinen Hinweis darauf, dass sie den rothaarigen Fremden mit dem spitzen Fuchsgesicht erkannt hatte.

»Willkommen im Freien Wlachkis, geehrter Legat. Eure Anwesenheit ehrt mein Haus.«

Mit einer leichten Neigung des Kopfes nahm Sargan die traditionelle Ehrenbezeigung entgegen, dann sprach wieder die inzwischen kniende Frau: »Seine Herrlichkeit ist erfreut über die Gastfreundschaft und dankt Euch, Großherrliche Voivodin.«

Schließlich bat Ionna ihre Gäste, ihr in die Feste zu folgen. Als Sargan würdevoll an Flores vorüberschritt, zwinkerte er der jungen Söldnerin zu, was diese mit einem amüsierten Kopfschütteln quittierte.

»Sargan ist der imperiale Gesandte?«, fragte sie leise und ungläubig Viçinia.

»Offenbar«, zischte diese zurück. »Wollen wir hoffen, dass diese Entwicklung gut für uns ist. Ohne den Handel mit dem Kleinen Volk sind wir für viele Güter auf andere

Quellen angewiesen, und das Imperium ist reich. Hoffentlich hat er uns in guter Erinnerung behalten.«

Als sie diese Worte hörte, verzog Flores den Mund. Sie konnte sich noch gut an die zahlreichen Beschwerden des kleinen Dyriers erinnern, der von den Unterkünften über das Essen bis hin zu den Bewohnern nichts ausgelassen hatte, wenn er sich über die Rückständigkeit Wlachkis' empörte. *In guter Erinnerung?*, dachte sie finster. *Wohl kaum.*

5

Der weite Himmel war von Sternen übersät, doch Anda gönnte ihm keinen Blick. Auf ihrer Haut brannte das fahle Licht des Mondes, und seine unangenehme Berührung fachte ihren Zorn weiter an. *Alles hier ist wider unsere Natur, alles hier hasst uns Trolle, selbst die Lichter am Himmel!* Vorsichtig zog sie sich ein Stück weiter zurück in den schützenden Schatten der Höhle.

Die Luft war warm und erfüllt von fremden Gerüchen, welche die gewaltige Trollin an ihren letzten Besuch an der Oberfläche erinnerten. Jenseits der beruhigenden Noten von Fels und Stein roch es nach Pflanzen, nach Tieren und nach den verrottenden Überresten der Oberweltbewohner. Vor allem jedoch lag ein Geruch in der Luft, dessen Gestank alles andere überdeckte: der von Menschen.

»Könnt ihr es riechen?«, fragte Anda ihre Begleiter, die sich in der ungewohnten Umgebung aufmerksam umsahen. »Dieser krank machende Gestank, das sind Menschlinge. Ihre Feuer, ihre Werkzeuge, ihre schwachen Leiber.«

Prüfend sogen einige der Trolle die Luft in ihre Nüstern, und die Trollin sah ihnen an, dass der Geruch der Menschen sie genauso anwiderte wie sie selbst. Zufrieden bleckte Anda ihre Hauer.

»Seht euch das an und merkt es euch gut«, wies sie die Trolle an, die ihr in allem folgten, seit sie sich *verändert* hatte, größer, stärker, mehr *Troll* geworden war. »So sehen die Behausungen unserer Feinde aus!«

Unterhalb der Höhle befand sich eine Siedlung der Menschen, fast gänzlich in Dunkelheit gehüllt, nur erleuchtet vom Licht der Sterne und des Mondes.

»Ich will, dass einige von euch zurückbleiben. Wer zuletzt das Dorf erreicht, wartet am Waldrand. Falls Licht kommt, wisst ihr, was ihr tun müsst.«

Zustimmendes Brummen ertönte, und Anda trat aus der Höhle, ohne auf das Brennen des Mondlichts auf ihrer dunklen, harten Haut zu achten. Forsch schritt sie durch das Unterholz des Waldes. Dicke Äste und ganze Schösslinge zerbrachen unter ihren schweren Tritten. Nichts konnte ihr widerstehen. Schneller und schneller ging sie, bis sie in einen langsamen Trott verfiel, der sich schließlich zum Lauf steigerte. Hinter sich hörte sie die anderen Trolle durch den nächtlichen Wald brechen, die sich ebenso mühelos wie sie selbst eine Schneise schufen.

Dann war sie am Dorf angelangt.

»Wer da?«, ertönte es aus einem der Gebäude, dann knarrte eine Tür. Ohne abzubremsen, stürmte die Trollin gegen eine Mauer, die ihrer brachialen Gewalt nichts entgegenzusetzen hatte und unter dem Aufprall in sich zusammenstürzte. Jetzt erklangen menschliche Schreie, und Anda brüllte erfreut auf, als sie die Angst in der Luft roch. Eine winzige Gestalt sprang auf, doch die Trollin schlug mit aller Kraft zu und schleuderte den Menschen wieder zu Boden, wo er regungslos liegen blieb.

Mit einem Sprung brach sie durch eine weitere Mauer und hörte mit tiefer Befriedigung, wie hinter ihr die wertlose Konstruktion der Menschen in sich zusammenbrach und einige von ihnen unter sich begrub. Wieder legte sie den Kopf in den Nacken und brüllte, und diesmal stimmten andere Trolle ein, die durch das Dorf liefen und in anderen Bauten den verhassten Menschlingen Tod und Vernichtung brachten.

»Trolle!«, schrie die dünne Stimme eines Menschen voller Entsetzen. »Lauft in den Wald!«

Sofort fuhr Anda herum und fixierte den Menschen, der sich schützend vor eine kleine Gruppe stellte, die sich unter ihrem Blick zitternd zusammenkauerte.

»Lauft, verflucht!«, schrie der kleine Mann und trat entschlossen auf Anda zu, die höhnisch ihre Fänge entblößte. Einige der Menschen fassten sich ein Herz und liefen fort, zum Rand des Dorfes, andere blieben jedoch auf dem Boden liegen und schluchzten, unfähig, sich zu rühren.

In der Hand des Mannes blitzte Metall auf, aber davon ließ die Trollin sich nicht aufhalten, sondern stürzte sich auf ihn. Seine Klinge grub sich in ihren Arm, als sie ihn packte. Ihr Griff brach seine Knochen und ließ den Mann aufstöhnen. Dann hob sie ihn hoch vor ihr Gesicht. Sein Geruch kam ihr bekannt vor. *Diesen habe ich schon einmal gewittert.* Doch sie scherte sich nicht darum, sondern schlug ihre Hauer in seinen Körper. Sein letzter Schrei riss ab, als die Trollin ihren Kopf schüttelte und den Menschen wie eine Puppe herumschleuderte. Verächtlich warf sie die blutigen Überreste zu Boden und schritt zu den Menschen, die nicht geflohen waren. Ohne Gnade tötete sie alle und blickte sich dann um. In dem gesamten Dorf herrschte Chaos, entfesselte Trolle töteten Menschen und rissen Häuser ein, und sie erfreute sich am Anblick der neuen Macht ihres Volkes.

Flieht, dachte Anda grimmig, *lauft zu den Steindörfern der Menschlinge und berichtet ihnen, dass die Trolle hier sind. Sagt ihnen, dass wir Tod und Krieg bringen!*

6

Abrupt richtete Kerr sich auf, öffnete die Augen und sah durch das Blätterdach über ihm in den dunklen Himmel. Dieser Augenblick verwirrte ihn immer noch, auch nachdem er nun schon einige Male an der Oberfläche erwacht war.

Schnell stand der junge Troll auf und schüttelte den Kopf, um das unangenehme Gefühl der Hilflosigkeit zu vertreiben, das von ihm Besitz ergriffen hatte. Seine Haut prickelte, als er daran dachte, wie schutzlos er und die anderen Trolle tagsüber waren, wenn sie dem allgegenwärtigen Licht der Sonne ohnmächtig ausgeliefert waren.

Es schien noch nicht allzu lange her zu sein, dass der ganze Stamm den Schilderungen von Druan, Anda und Pard gelauscht hatte, die von ihren Erlebnissen an der Oberfläche erzählten, doch damals hatte Kerr sich nicht vorstellen können, wie Furcht erregend der *Tag* wirklich war. Jeden Morgen kostete es ihn Überwindung, sich mit den anderen einfach hinzulegen und ruhig zu bleiben, während sie darauf warteten, dass die Sonne am Horizont erschien und ihnen vorübergehend das Leben nahm. Doch etwas anderes konnten sie nicht tun, denn der kleine Trupp Trolle musste die Ansiedlungen der Menschen umgehen, so dass sie nur selten einen geeigneten Unterschlupf fanden. Ohne Pards Wissen über die Oberwelt wären sie verloren gewesen, auch wenn der große Troll so unwirsch wie eh und je war. *Druan fehlt uns,* dachte Kerr, als er sich umsah.

»Los, aufstehen!«, rief Pard. »Wir müssen weiter. Die Nacht ist kurz!«

Unwilliges Brummen und Knurren antwortete ihm, aber keiner wagte es, offen zu widersprechen. Seine dunklen

Augen funkelten angriffslustig, als er die Trolle der Reihe nach musterte, doch Kerr bemerkte, dass ihr Anführer unwillkürlich die Fäuste ballte und wieder öffnete. Als Pard sich für einen Moment unbeobachtet fühlte, rieb er sich mit den Fäusten über die Augen, bevor er mit entschlossenen Schritten in den düsteren Wald stapfte. *Er hat Angst,* zuckte es Kerr durch den Kopf, *Pard fürchtet sich!* Doch er behielt seine Gedanken für sich und folgte dem großen Troll wie alle anderen.

Sorgsam trat Kerr in die Spuren der Vorangehenden und achtete genau auf den tückischen Untergrund.

»Geh schneller, Kleiner«, fauchte es hinter ihm, und Kerr biss die Zähne zusammen und beeilte sich.

»Halt's Maul!«, donnerte plötzlich Pard von vorn. »Seine Wunden sind nicht verheilt!«

»Zwergenmist«, erwiderte Vrok. »Das ist viele Dreeg her. Er ist einfach nur weich!«

»Ich sagte: Halt's Maul!«, wiederholte Pard, diesmal gefährlich leise. »Anda hat ihn übel zugerichtet. Das sind keine normalen Wunden. Sonst hätte er wohl kaum noch Probleme.«

»Hat er auch nicht«, konterte Vrok. »Er ist faul.«

»Nein, ich …«, begann Kerr, aber bevor er sich verteidigen konnte, stürmte Pard an ihm vorbei und baute sich vor Vrok in seiner ganzen Größe auf. Er war sicherlich einen Kopf größer als der andere Troll, der selbst nicht gerade klein und dazu ein erfahrener Jäger war. Beide hatten ihre Haare nach Art der Jäger mit geschärften Steinen kurz geschoren, eine lange und mühselige Prozedur.

»Nennst du mich einen Lügner?«, verlangte Pard zu wissen und fletschte die Zähne.

»Es ist lange her«, maulte Vrok, ohne Pard in die Augen zu sehen.

»Anda und ihre Brut schlagen entsetzlich tiefe Wunden«, knurrte Pard. »Was eigentlich bald weg sein sollte, heilt nur langsam. Wie bei Menschen.«

»Ach? Und woher weißt du das?«

Ohne den Blick von Vrok zu nehmen, griff sich Pard mit der Rechten fest an die Seite. Zwischen seinen Fingern quoll plötzlich Blut hervor, und Vrok runzelte die Stirn.

»Ich weiß es eben«, sagte Pard und fixierte den kleineren Troll. Als dieser nicht antwortete, schnaubte er und setzte sich wieder an den Anfang ihres Trupps. Verwundert blickten einige der Trolle sich an, aber Pard ließ ihnen keine Zeit, über das eben Geschehene zu reden, sondern trieb sie sofort wieder zur Eile an.

Auch Kerr folgte dem massigen Troll, doch seine Gedanken waren weit fort. *Was tut uns Anda an? Pard fürchtet sich. Druan ist tot. Wer soll uns weiterführen?*

In der Dunkelheit wirkte das gewaltige Gebäude abweisend und unbewohnt. Nur einzelne Lichtpunkte unterbrachen die Steinquader, die hier aufgetürmt waren. Langsam ließ Kerr seinen Blick über die Bauwerke der Menschen wandern. Es war das erste Mal, dass er etwas Derartiges sah, und er konnte kaum fassen, warum die Menschen solche Mühen auf sich nahmen, um diese Mauern zu errichten. Mit ihren schwachen Körpern hatten sie Stein um Stein aufeinandergeschichtet, bis die Mauern um die Gebäude herum höher als ein großer Troll waren. Daneben wirkten die kleineren Häuser unbedeutend und schwach. Aber es waren viele, die sich wie zum Schutz eng zusammendrängten und auf Kerr einen chaotischen Eindruck machten. Ein kleiner Bach funkelte im Mondlicht, und um die Gebäude herum gab es keinen Wald und nur wenige Sträucher. Fragend sah Kerr Pard an: »Bist du sicher, dass Şten da drin ist?«

»Weiß nicht«, antwortete der große Troll kurz angebunden.

»Was machen wir dann?«

»Hör auf!«, fuhr Pard den jungen Troll an. »Wir finden ihn schon.«

»Wie viele Menschen sind hier wohl?«, flüsterte Vrok ehrfurchtsvoll neben ihnen. »Das müssen viele Stämme sein.«

»Zu viele«, sinnierte Pard. »Menschen sind wie Zwerge, von ihnen gibt es immer zu viele. Aber sie sind schwächer als die kleinen Bastarde, und sie laufen schneller weg.«

»Wie heißt der ... das ... dieser Ort?«, fragte Kerr.

»Dabrân. Druan war hier, nach der Schlacht an der Oberfläche. Er hat mir davon erzählt. Şten wohnt hier. Das Land gehört seinem Stamm.«

»Wieso bauen die Menschen so hoch? Wieso leben sie nicht unter der Erde?«, fragte eine Trollin. An ihrem Geruch erkannte Kerr Grena, die nur wenige Dreeg älter als er selbst war. Gegen den Himmel hob sich ihre Silhouette ab, und Kerr sah die gewundenen Hörner, die bis weit über ihren Rücken reichten. Manche Trolle beneideten die Trollin um ihre schönen Hörner, so auch Kerr, dessen eigene Hörner eher kurz waren, auch wenn er noch darauf hoffen konnte, dass sie ein wenig wuchsen.

»Was weiß ich«, erwiderte Pard geistesabwesend. Dann sah er Kerr an. »Wir beide machen uns auf den Weg. Ihr anderen bleibt hier. Wenn etwas passiert, dann geht in den Wald. So weit weg, wie ihr könnt, bis zum Tag.«

»Was soll passieren?«, fragte Vrok.

»Man kann Menschen nicht trauen«, erklärte Pard finster und setzte sich in Bewegung. Kerr warf einen letzten Blick auf Vrok, der mit den Schultern zuckte, und lief dann Pard hinterher. Als sie den schützenden Wald verließen und über offenes Gelände gingen, spürte Kerr, wie sich ihm die Kehle zuschnürte. Je näher sie dem Gebäude, das Pard *Burg* nannte, kamen, desto größer wurde es, bis es vor Kerr fast bis in den Himmel aufzuragen schien. Leises Gebell klang von den anderen Häusern herüber, und im Inneren eines Gebäudes wieherte ein Tier. Plötzlich erscholl ein lauter Ruf von den Mauern, und Kerr erstarrte.

»Ruhig«, flüstere Pard und blieb ebenfalls stehen.

Innerhalb weniger Herzschläge kam Bewegung in die Nacht, Menschen rannten auf den Zinnen umher, und Schreie gellten zwischen den Mauern. Kleine Lichtpunkte tauchten auf, kostbares Feuer tanzte in der Dunkelheit, und im Schein der Fackeln sah Kerr zum ersten Mal Menschen, die mit bleichen Gesichtern zu den beiden Trollen hinabstarrten.

Auch von den anderen Häusern kamen Rufe, und Kerr sah ängstlich zu ihnen hinüber. Die Plätze zwischen den Gebäuden füllten sich mit Menschen, deren hohe Stimmen einen unglaublichen Lärm verursachten. Langsam wich Kerr zurück, doch Pard stand wie angewurzelt vor ihm und starrte zur Mauer hinauf. Dann brüllte er: »Wir suchen Şten!«

Seine donnernde Stimme ließ die Menschen verstummen, nur der Hund bellte immer noch wild. Als keine Antwort kam, packte Kerr den großen Troll am Arm: »Er ist nicht da. Lass uns gehen!«

»Ich bin hier«, rief eine Stimme von der Burgmauer, bevor Pard antworten konnte.

»Şten! Ich bin's, Pard. Ich muss mit dir reden!«

»So wie ihr mit Costin geredet habt?«

Verwirrt runzelte Pard die Stirn und sah Kerr fragend an, der jedoch mehr auf die Menschen als auf den großen Troll achtete. Aus den kleinen Gruppen zwischen den Häusern war eine große Menge geworden, mehr als Kerr zählen konnte. Sie trugen Fackeln und lange Stangen und näherten sich den beiden Trollen langsam und vorsichtig.

»Druan schickt uns«, erklärte Pard laut. »Ich weiß nichts von Costin.«

»Er ist tot. Erschlagen von deinesgleichen«, erklang die Antwort, und Kerr lief ein kalter Schauer über den Rücken, als er den Zorn in der Stimme des Menschen vernahm.

»Nicht von mir. Wir müssen reden, Şten. Wir brauchen deine Hilfe.« Obwohl Pard laut brüllte, klang seine Stimme in Kerrs Ohren unsicher.

»Lass uns gehen«, wiederholte der junge Troll leise, der den Vormarsch der Menschen beäugte. Sie waren viel kleiner als ein Troll; selbst er, obgleich er nicht besonders groß war, überragte sie weit. Doch es waren viele, und sie trugen Feuer und metallisch glänzende Waffen. Der Wind trug leise Worte von den Mauern herab, ohne dass Kerr verstanden hätte, was die Menschen besprachen.

Pard stand immer noch unbewegt da. Er schien weder die sich nähernden Menschen zu bemerken noch das Fehlen einer Antwort von Şten.

Die Menschenmeute schnitt ihnen inzwischen den direkten Rückweg ab. Wenn die Trolle fliehen wollten, mussten sie jetzt an der Mauer entlang, unter den Augen der Krieger des Trollfreundes Şten. *Einen Trollfreund,* dachte Kerr, *habe ich mir anders vorgestellt!*

In diesem Moment öffneten sich die beiden großen Torflügel der Burg, und viele Menschen strömten heraus. Sie kamen mit festen Schritten auf die Trolle zu. Immer wieder sprang Kerrs Blick von einer Menschengruppe zur anderen, doch Pard fixierte nur ruhig den vordersten Menschen. Kerr konnte die Gelassenheit des massigen Trolls nicht verstehen. Zwar roch die Luft nach der Angst der Menschen, doch sie waren viele, und Kerr konnte ihre Entschlossenheit spüren. Sein Herz schlug laut, und er ballte die Fäuste, als der Anführer der Menschen vor sie hintrat. Aus der Nähe wirkten die Menschen noch kleiner, und ihre Schädel waren von seltsam feinem Haar bedeckt. *Selbst ihr Haar ist schwach und dünn,* grübelte Kerr, *sie wirken noch schwächer als Zwerge.* Aus Druans Erzählungen wusste der junge Troll, dass die Menschen ihre Körper in Rüstungen hüllten, genau wie die Zwerge auch, deshalb verwunderte ihn der Geruch nach Metall und eingefetteter Tierhaut nicht. Ihre Haut wirkte glatt und weich, einige von ihnen hatten sogar im Gesicht Haare. Alle trugen Waffen, da ihre Finger dünn waren und ihnen Klauen zu fehlen schienen. Manche hatten metallene oder lederne Kappen auf.

Der Anführer zog eine lange Klinge und stellte sich vor Pard, während seine Krieger einige Schritt zurückblieben. Seine Augen funkelten zornig, und in seinem Gesicht arbeiteten die Muskeln, doch Kerr konnte keine Furcht an ihm riechen, anders als bei den anderen Menschen, welche die Trolle vorsichtig musterten.

»Şten«, sagte Pard.

»Pard. Sag mir, warum ich euch nicht jetzt und hier niedermachen lassen sollte.«

»Wir brauchen deine Hilfe, Şten«, erklärte der massige Troll wieder.

»Wieso greift ihr mein Volk an?«

»Ich weiß nicht, wovon du redest. Wir kommen direkt aus der Tiefe, wir haben alle Menschen gemieden, bis wir hier waren.«

»Vor wenigen Tagen kamen hier Flüchtlinge an. Fast verhungert und halb tot vor Angst. Sie haben von Trollen erzählt, die über ihr Dorf Arşita hergefallen sind, Pard. Von Trollen, die jeden getötet haben, den sie finden konnten.«

»Wir waren nicht …«, begann Pard, doch Şten fiel ihm ins Wort: »Costin war in Arşita. Er kam nicht zurück. Wir waren dort, es war ein Massaker. Keine Überlebenden, außer der Handvoll Flüchtlinge. Eingestürzte Häuser, geschlachtetes Vieh, überall Leichen. Ihr seid wie Tiere über sie hergefallen.«

»Wir waren das nicht. Wenn ich Menschen töte, dann sage ich das auch«, zischte Pard und breitete die Arme aus. »Wenn du mir nicht glaubst, du dämlicher Mensch, dann sag deinen Kriegern, dass sie uns angreifen sollen!«

Die Menschen umfassten ihre Waffen fester und schienen kurz davor zu sein, auf die Trolle loszustürmen. Inzwischen hatte auch die andere Menschengruppe sie erreicht, und es gab keinen Fluchtweg mehr. Überall um sich herum sah Kerr grimmige Mienen, brennende Fackeln und erhobene Waffen. Feindseliges Schweigen antwortete auf

Pards Ausbruch, doch die Menschen schienen auf Ştens Befehl zu warten. Aufmerksam musterte Kerr den Menschen, dessen Gesicht zu einer unbewegten Maske erstarrt war und der an Pard vorbeischaute.

»Wo ist Druan?«, fragte Şten plötzlich, und Kerr antwortete halblaut: »Tot.«

Der Mensch blickte Pard verwundert an, oder zumindest wirkten die Runzeln auf seiner Stirn so.

»Er war dabei.« Der große Troll deutete auf Kerr.

Zum ersten Mal blickte Şten den jungen Troll an. Mit hoch erhobenem Kopf erwiderte Kerr den fragenden Blick und sagte: »Er wurde erschlagen.«

»Dein Name ist?«

»Kerr.«

»Kerr«, wiederholte der Mensch nachdenklich, dann zuckte sein Blick zurück zu Pard. »Wer sagt mir, dass nicht du es warst, der Druan erschlagen hat? Warum sollte ich dir vertrauen?«

»Pard hat Druan nicht erschlagen«, brach es aus Kerr hervor. »Er tötet keine Trolle! Druan und er waren *hareeg!*«

»Schnauze!«, entgegnete Pard barsch. »Entweder er glaubt mir, oder er lässt es bleiben.«

Ştens Blick wanderte von einem Troll zum anderen. »Du glaubst, ich fürchte dich«, meinte er, scheinbar ungerührt, zu Pard.

»Nein, du nicht. Die anderen Menschlinge hier, ja. Wenn du kämpfen willst, dann tu es! Rede nicht, schlag zu!«, brüllte Pard, und einige der Menschen wichen ängstlich vor dem riesigen Troll zurück. Bevor Şten etwas sagen konnte, warf Kerr ein: »Anda! Es war bestimmt Anda!«

»Anda? Was ist mit ihr?«

»Dein Dorf. Sie hasst die Menschen!«, erklärte Kerr hastig.

Ungläubig blickte der Mensch den jungen Troll an. »Sie hat mit uns gegen die Masriden und die Zwerge gekämpft.

Seite an Seite mit Menschen, mit mir. Wir haben euch doch geholfen, so wie ihr uns geholfen habt.«

»Sie hat gesagt, dass Menschen und Zwerge gleich sind. Dass man alle töten sollte!«, erklärte Kerr, woraufhin ein Raunen durch die versammelten Menschen ging.

Erst jetzt schien Şten die andere Gruppe Menschen zu bemerken. Mit der Rechten wies er in Richtung der Häuser: »Geht wieder heim! Ich kümmere mich um die Trolle!«

Während die Menschen langsam zurückwichen, steckte Şten seine Waffe in eine Lederscheide und fragte Pard: »Wer ist er?«, wobei er mit einem Kopfnicken auf den kleineren Troll deutete.

»Druan hat ihm viele Dinge gezeigt. Ihm vertraut. Er ist schlau, so wie auch Druan schlau war«, meinte Pard mit Trauer in der Stimme.

»Was ist mit Druan geschehen?«

Mit kehligem Grunzen antwortete Pard: »Anda hat ihn erschlagen.«

»Seltsam«, entgegnete der Mensch. »Ich hätte nicht gedacht, dass ihr euch untereinander bekämpft. Habt ihr nicht genug Feinde?«

»Wir bekämpfen ... wir haben uns nicht bekämpft«, erwiderte Kerr. »Jetzt ist alles anders. Anda hat *Trolle* getötet.«

»Ich habe gesehen, wie er«, Şten wies mit dem Kopf auf Pard, »und die anderen einen von euch aufgeschlitzt und gefressen haben. Es ist wohl kaum etwas Besonderes für euch, zu töten.«

»Der war schon tot«, warf Pard ein. »Wir nahmen sein Fleisch, aber wir haben ihn nicht getötet. Trolle töten keine Trolle. Wir töten unsere Feinde, aber Trolle töten keine Trolle.«

»Trolle töten keine Trolle«, wiederholte Kerr langsam.

»Was ist, wenn Trolle eure Feinde sind? Ein anderer Stamm?«

»Dann gewinnt der Stärkere. Aber wir töten einander

nicht, das haben wir noch nie getan. Es ist falsch, jeder von uns kann es in seinen Knochen spüren, in den Steinen, im Atem der Erde. Es ist *nicht richtig.*«

Diese Antwort schien Şten zu denken zu geben, denn er rieb sich das Kinn und sah Kerr abschätzend an. Plötzlich drehte er sich um und rief seinen Leuten zu, was er auch schon den übrigen Menschen gesagt hatte: »Geht zurück! Legt euch wieder schlafen! Es droht keine Gefahr.«

Unwillig wandten die Menschenkrieger sich ab, doch sie befolgten Ştens Befehl. Nur einige Wachen blieben auf den Zinnen zurück und beobachteten das seltsame Schauspiel. Ihre Fackeln erleuchteten die Mauer, und ihre bleichen Gesichter schienen vor dem dunklen Himmel zu schweben.

»Du vertraust uns?«, fragte Pard.

»Nicht wirklich. Aber wenn nicht ihr das Dorf überfallen habt, muss ich wissen, wer es dann war. Costin ist tot. Ich habe ihn begraben. Wenn Anda eine Bedrohung darstellt, kann ich das nicht ignorieren.«

»Igno...?«, begann Kerr fragend.

»Ich kann es nicht einfach übersehen.«

»Sie ist ... anders«, erklärte Kerr.

»Wie, anders?«

»Größer. Gefährlicher. Sie hat andere Trolle um sich geschart. Wir haben gegen sie gekämpft, aber sie waren zu stark. Ihre Wunden heilen schnell, ihre Haut ist dick und ihre Klauen sind scharf.«

»Was bedeutet das?«, wandte sich Şten an Pard.

»Ich weiß es nicht. Aber der Kleine hat recht. Wir mussten fliehen«, brummte der große Troll grimmig und ballte die Fäuste. »Anda tötet alle, die ihr nicht folgen. Es sind Trolle aus allen Stämmen bei ihr. Sie sagen, dass sie Zwerge töten werden. Und Menschen. Und alle Trolle, die sich ihnen nicht anschließen.«

»Klingt wahnsinnig«, stellte der Mensch trocken fest. »Dabei erschien mir Anda immer vernünftig. Na ja, *vernünftig* für einen Troll.«

»Du verstehst nicht. Trolle töten keine Trolle.«

»Aber Anda …«

»Anda und ihre Jäger töten alles. Wenn Trolle dein Dorf überfallen haben, dann waren sie es.«

»Was ist mit dem Kleinen Volk? Den Zwergen?«

»Wir haben ihre Tunnel und Schächte umgangen. Wir mussten einen großen Umweg machen, aber wir haben keinen von ihnen getroffen.«

»Wieso kommt ihr zu mir? Was wollt ihr hier?«, wollte Şten wissen.

»Unser Stamm ist auf der Flucht …«, begann Pard, da fiel Şten ihm ins Wort: »Stamm? Soll das heißen, es sind mehr Trolle hier als nur ihr zwei?«

»Ja, alle, die sich Anda nicht anschließen wollten und fliehen konnten.«

Abwehrend hob Şten die Hände und schüttelte den Kopf. Dann spähte der Mensch in die Dunkelheit, und Kerr wies auf den Ausläufer des Waldes, in dem sich die restlichen Trolle versteckt hielten: »Dort.«

»Wie viele?«

»Fast sechs Hände«, klärte Pard ihn auf.

»Dreißig Trolle?«, fragte Şten mit einem Stöhnen. »Was wollt ihr mit dreißig Trollen in Dabrân? Ein Fest feiern?«

»Anda jagt uns alle. Wir mussten fort aus unseren Stollen, und ich habe sie hierher geführt, weil Druan sagte, wir sollten dich suchen.«

»Schön, jetzt habt ihr mich gefunden. Und?«

»Was meinst du?«, fragte Pard.

»Und was soll ich jetzt tun? Anda erschlagen? Euch bei uns aufnehmen? Euch ein paar Häuser bauen, vielleicht?«, spottete Şten, wurde dann aber ernst. »Wieso hat Druan euch hierher geschickt?«

»Wir hatten versucht, Anda zu beobachten. Aber wir wurden entdeckt«, erzählte Kerr. »Alle, die ihr folgen, sind anders. Sie hören den Gesang der Steine viel lauter. Sie sind größer und stärker, ihre Wunden heilen schneller.

Ich habe ihre Augen gesehen, ihre Augen sind dunkel, wie Schatten.«

»Willst du mir sagen, dass etwas anderes im Spiel ist? Magie?«

»Wir wissen es nicht. Druan schien überzeugt zu sein, dass etwas Schlimmes geschehen ist, aber wir konnten nichts herausfinden, bevor wir entdeckt wurden. Sie haben uns in der Dunkelheit gespürt. Sie jagen ohne Licht und werden niemals müde.«

»Wo du gerade Licht sagst«, warf der Mensch ein, »die Nacht währt nicht mehr lange. Vielleicht solltet ihr den Rest von euch holen. Dreißig Trolle!«

Wieder schüttelte der Mensch ungläubig den Kopf, doch diesmal entblößte er dabei seine Zähne.

»Ich werde einen Stall in der Burg vorbereiten lassen, in dem ihr den Tag verbringen könnt. Du musst mir versprechen, dass du auf deine Leute Acht gibst, Pard. Keine Zwischenfälle!«

»Was?«

»Die Menschen hier fürchten euch, und das zu Recht. Und ich weiß, dass ihr euch unter freiem Himmel nicht wohl fühlt. Ich garantiere euch sichere Unterkunft, aber dafür erwarte ich, dass dein Volk Frieden mit uns hält«, erklärte Şten ernst.

»Ja. Keiner legt auch nur einen Finger an einen Menschen«, versprach Pard mit einem Schnauben und wandte sich ab. Unschlüssig blieb Kerr noch einen Augenblick stehen und betrachtete den Menschen, dem sie nun ihr Leben anvertrauten. Wieder zeigte Şten seine Zähne und nickte dem jungen Troll zu. Verwirrt wandte Kerr sich ab und folgte Pard, wobei er stets die Gebäude im Auge behielt, doch es schien ihnen niemand zu folgen. Als sie außer Hörweite waren, flüsterte Kerr: »Traust du ihm?«

»Du musst nicht leise sprechen. Ihre Ohren sind klein, sie hören schlecht!«

»Ja«, sagte Kerr und räusperte sich. »Also?«

»Im Moment. Uns bleibt wenig anderes übrig. Er hat sein Wort bisher gehalten und uns damals geholfen, die Sonnenmagier zu finden. Das muss genügen.«

»Er hat die Zähne gefletscht!«

»Was?«, fragte Pard verwirrt.

»Seine Zähne. Ganz am Schluss, bevor er weggegangen ist. Vielleicht wollen sie unser Fleisch!«

»Unsinn. Menschen könnten Trollfleisch nicht einmal beißen. Şten hat auch nie welches gegessen. Der wollte dich nur beruhigen.«

»Indem er seine Zähne zeigt? Das finde ich nicht sehr beruhigend!«

»Menschen beißen nicht. Ich habe es nicht ein einziges Mal gesehen«, versicherte Pard. »Nicht einmal während der Schlacht.«

»Sie benutzen nur Waffen?«

»Selbst Zwerge sind bessere Krieger. Härter, stärker, mit scharfen Waffen und dicken Rüstungen. Menschen sind nur viele, sonst nichts. Die Haut ist weich, die Knochen dünn, das Fleisch schwach. Aber sie kommen immer zu Dutzenden.«

»Es waren sehr viele«, stimmte Kerr dem großen Troll zu.

»Du hättest diese Stadt sehen sollen«, erwiderte Pard mit einem grollenden Lachen. »Dagegen ist das hier nichts!«

Den Rest des kurzen Weges legten sie schweigend zurück. Immer wieder warf Kerr Blicke über die Schulter zurück zu der Menschensiedlung, wo hier und da noch ein Licht brannte und eine Bewegung zu sehen war. Als sie sich dem Wald näherten, roch Kerr schon die anderen Trolle, die sich offenbar trotz der Nähe zur Menschensiedlung nicht tiefer im Wald versteckt hatten. Angst lag in ihrem Geruch, doch Vrok, der die beiden als Erster bemerkte, ließ sich davon nichts anmerken.

»Und?«, fragte der massige Troll brüsk.

»Wir gehen in die Burg. Şten hilft uns. Genau, wie ich

gesagt habe«, erklärte Pard, und Kerr fügte hinzu: »Andas Trolle waren an der Oberfläche und haben Menschen getötet.«

Die Trolle sahen sich erstaunt an, und Grena fragte: »Verfolgt sie uns?«

»Nein, sie haben irgendwo anders Menschen getötet«, erzählte Pard. »Ich will, dass ihr ruhig seid. Kein Brüllen, kein Kämpfen. Die Menschen fürchten uns …«

»Das ist gut«, unterbrach ihn Vrok, aber Pard funkelte den Troll böse an.

»Wir wollen nicht, dass sie tagsüber ihren Mut wiederfinden, oder? Also, Schnauze halten. Ich bestimme, wer redet, sonst keiner! Klar?«

Ein zustimmendes Raunen ging durch die kleine Gruppe, dann wandte Pard sich ab und führte sie aus dem Wald und in Richtung Burg. *Wenn* Şten uns töten will, dann sind wir schutzlos. Sie müssen nicht einmal kämpfen, sondern können uns im Schlaf abschlachten. Glaubt er uns, oder hält er uns für Feinde?, fragte sich Kerr. Zugleich war ihm deutlich bewusst, dass sie kaum eine andere Wahl hatten. *Zur Umkehr ist es zu spät. Im Übrigen hat Druan ihm vertraut.* Doch trotz dieses Gedankens wollte der eisige Knoten in seinem Inneren sich nicht lösen. Der Anblick der Burg, deren Hof inzwischen von Fackeln erleuchtet wurde, mit all den Menschen, die dort umherliefen, ließ Kerr schlucken. *Entweder finden wir hier Hilfe, oder Pard hat uns in den Tod geführt.*

7

Nicht nur, dass unser geliebtes Dyrien mit aller Macht bestrebt ist, die besten Kontakte zu all seinen Nachbarn zu pflegen, nein, die Wlachaken nehmen einen besonderen Stellenwert im Herzen unseres gnädigen Imperators ein, dessen Wohlwollen zu übermitteln mir eine angenehme Pflicht ist …«

Selbst Viçinia, die schon an vielen Orten an vielen Ratsversammlungen teilgenommen hatte und die blumige Ausdrucksweise von Botschaftern gewohnt war, fiel es schwer, sich auf die Ausführungen des dyrischen Beamten zu konzentrieren. Stattdessen ließ sie ihren Blick durch die Runde schweifen. Natürlich schaute Ionna den Redner hellwach an und nickte hin und wieder, während sie scheinbar interessiert den Worten ihres Gastes lauschte. Die Berater der Fürstin gaben sich ebenfalls alle Mühe, aufmerksam und interessiert zu wirken, bis auf Neagaş, der kurz davor zu stehen schien einzuschlafen, und dessen Kopf immer wieder nach vorn auf die Brust sank, nur um dann wieder hochzurucken.

Bei der dyrischen Delegation sah es ähnlich aus: Fast alle Mitglieder starrten in die Mitte des kleinen Kreises, in dem die Tische angeordnet waren, und sahen dem Beamten zu, der langsam immer wieder den Kreis abschritt und dabei seine Rede hielt.

Überrascht stellte Viçinia fest, dass Sargan sie quer durch den Saal ansah. Als ihre Blicke sich trafen, hob der Dyrier geziert eine Braue, lächelte und schüttelte dann ganz leicht den Kopf, wobei er seine Augen verdrehte. Genau in diesem Augenblick endete der Redefluss, und der Beamte sah Ionna erwartungsvoll an.

»Sehr interessant«, verkündete die Voivodin. »Wir werden Eure Worte bedenken.«

Viçinia erschien es, als ob ihre Schwester dabei nur mit Mühe ein Seufzen unterdrückte. Mit einer tiefen Verbeugung bedankte sich der Beamte und schritt zurück an seinen Platz. Als ein weiterer der offiziellen Begleiter Sargans aufstand, hob Viçinia elegant eine Hand an den Mund, um ein Gähnen zu verbergen. Es lag keinesfalls in ihrer Absicht, die dyrischen Gesandten zu beleidigen, aber die umständlichen Protokolle des Imperiums, gepaart mit der dort üblichen weitschweifigen Ausdrucksweise, hatten in den letzten Tagen zu einer Serie von langen, zähen Sitzungen geführt, die bei der noch immer herrschenden drückenden Hitze für alle Anwesenden eine echte Prüfung waren. Nun erhob sich Sargan jedoch ebenfalls und fiel seinem Untergebenen ins Wort: »Auch von mir vielen Dank. Du hast mein Leben bereichert. Doch jetzt wünsche ich eine Unterbrechung oder vielleicht gar eine Vertagung, wenn die Voivodin nichts dagegen hat.«

»Keineswegs«, antwortete Ionna rasch, für Viçinias Ohren sogar ein wenig zu schnell, um noch dem Protokoll zu entsprechen. »Morgen ist auch noch ein Tag.«

Mit undurchdringlicher Miene nickte Sargan der Fürstin zu und schritt dann aus der Halle, gefolgt von seiner kompletten Entourage. Auch die Wlachaken erhoben sich und verließen den Saal. In einigen Gesichtern spiegelte sich deutliche Erleichterung. Ohne sich an den Gesprächen zu beteiligen, ging Viçinia in den Hof der Burg, wo eine kleine Gruppe Soldaten es sich auf einem leeren Karren gemütlich gemacht hatte. Die Männer und Frauen saßen im Schatten des Wehrgangs und redeten leise miteinander.

Seit Tagen schon drohte ein Gewitter, doch trotz der schwülen Hitze ließ ein Wetterumschwung auf sich warten. Manchmal ballten sich dunkle Wolken am Horizont zusammen und verdeckten die Sicht auf die Gipfel der Sorkaten, doch bis ins Landesinnere kamen sie nie. Sofort, als

Viçinia das kühle Gemäuer der Festung verließ, hatte sie das Gefühl, von der feuchtwarmen Luft beinahe erschlagen zu werden, die sich wie eine Decke über sie legte. Dennoch blieb sie in der prallen Sonne stehen und stellte sich vor, wie Şten gerade irgendwo bei Dabrân unter eben dieser Sonne stand, das Hemd ausgezogen, eine Schaufel in der Hand, während ihm der Schweiß langsam über die gebräunte Haut lief. Vor ihrem inneren Auge ließ sie das Bild entstehen, wie die Tropfen über seine Muskeln liefen und sich zu dünnen Linien vereinten, die in der Sonne glitzerten. Jahrelanger Kampf hatte Ştens sehnigen Körper geformt und die eine oder andere Narbe hinterlassen. Viçinia konnte sich an jede Einzelheit erinnern, an die lange weiße Linie, die über seine Rippen lief, ebenso wie an die kreisrunde Narbe an seinem Oberschenkel.

»Bei den Geistern, war es so schlimm?«, ertönte plötzlich Flores' Stimme neben ihrem Ohr, und sie zuckte zusammen.

»Was?«

»Du siehst erschöpft aus und irgendwie geistesabwesend. Ich dachte, die Besprechungen wären schuld daran«, meinte die junge Söldnerin.

»Oh, nein«, widersprach Viçinia. »Es ist nur die … diese fürchterliche Hitze.«

»Ja, ein Schauer wäre gut«, stimmte ihr Flores mit einem skeptischen Blick zum Himmel zu. »Aber wie war denn euer heutiges Tagespensum?«

»Genau wie das gestrige: Voller interessanter und ausführlicher Ansprachen der Dyrier.«

»Ha! Ich hatte dich gewarnt! Aber du wolltest ja nicht auf mich hören.«

Viçinia nickte mit gespielt grimmiger Miene. Tatsächlich hatte Flores darauf gedrängt, schnell abzureisen und so die langwierigen Gespräche zu umgehen, die es mit der Delegation geben würde.

»Es ist meine Pflicht, mich mit den Dyriern zu befassen.

Die Gespräche sind wichtig für Wlachkis«, erklärte Viçinia, nur um dann lächelnd hinzuzufügen: »Gut, vielleicht nicht jedes der Gespräche.«

»Mir ist es egal, ich werde auch für jeden Tag bezahlt, den ich hier in der Feste faulenze.«

Bevor Viçinia antworten konnte, öffneten sich die Torflügel erneut, und Sargan schritt langsam und würdevoll in den Hof, gefolgt von zweien seiner Krieger. Mit einer Handbewegung wies der Dyrier seine Untergebenen an, stehen zu bleiben, und kam zu den beiden Wlachakinnen herüber. Sein Gewand funkelte geradezu in der Sonne. Der schwere, golddurchwirkte Stoff war sicherlich außergewöhnlich warm, doch man sah es Sargan nicht an, ob er unter der Hitze litt.

»Darf ich mich zu den Damen gesellen?«, fragte er am Tiefpunkt einer formvollendeten Verbeugung und richtete sich mit einem breiten Grinsen wieder auf.

»Sehr gern, ehrenwerter Gesandter«, erwiderte Viçinia mit einem Nicken.

»Nennt mich Sargan«, sagte der rothaarige Mann huldvoll.

»Wie auch sonst?«, erkundigte sich Flores.

»Mein voller Titel ist Mund des Goldenen Imperators, von Agdele Gesalbter, Auge und Hand des Palastes, Träger der Goldfeder …« Sargan verstummte und schien zu überlegen, was er vergessen haben könnte. »Und außerdem noch das eine oder andere. Aber das könnte meine Zeremonienmeisterin euch sicherlich genauer sagen.«

»Wo ist sie eigentlich? Es ist die erste Gelegenheit, Euch allein zu treffen. Bisher wart Ihr stets in Begleitung der Beamten.«

»Sie richtet mein Bad«, erläuterte Sargan mit einem süffisanten Grinsen. »Das dauert, denn ich habe hohe Ansprüche.«

Mit hochgezogenen Augenbrauen sah Viçinia den klein gewachsenen Dyrier an.

»Außerdem suche ich seit längerem nach einer Möglichkeit, meinen alten Freunden ohne großes Zeremoniell zu begegnen«, fuhr Sargan verschwörerisch fort.

Flores ließ alle Förmlichkeit fallen. »Wie kommt es, dass du Gesandter geworden bist? Zuletzt warst du ein nicht ganz erfolgloser … Spion.«

»Mein Erfolg als solcher ist mir zum Verhängnis geworden«, antwortete Sargan mit einem Seufzen. »Seit meiner Zeit hier gelte ich in meiner Heimat als Kenner von Wlachkis und seinen Bewohnern. Und seit das Kleine Volk den Handel mit dem Imperium abgebrochen hat …«

»Wie bitte?«, fielen ihm Flores und Viçinia ins Wort.

»Seit Monden schon. Niemand weiß, warum. Die Handelsplätze bleiben verlassen, Gesandtschaften finden nur verschlossene Türen vor.«

»Hier ergeht es uns ähnlich. Wir dachten, es läge an unserem Bündnis mit den Trollen während der Schlacht. Immerhin haben die Zwerge Zorpad unterstützt und wurden besiegt. Aber wieso sollten sie deswegen den Handel mit dem Imperium einstellen?«, fragte Viçinia.

»Vielleicht haben die Zwerge von Sargans Anteil an unserem Sieg Wind bekommen?«, vermutete Flores. »Immerhin behauptet Şten steif und fest, dass wir die Schlacht ohne sein Eingreifen nicht hätten gewinnen können.«

»Ach«, winkte Sargan gespielt bescheiden ab. »Der junge Mann übertreibt wie üblich. Ich habe wenig mehr getan, als euren Pfad zu ebnen.«

Diesmal lachte Flores laut auf. »Ob deinen Herren bewusst ist, dass ihr Problem vielleicht von dir verursacht wurde?«

»Nein, meine Herren wissen lediglich, dass ich fleißig meine Kenntnisse über das Land zwischen den Bergen erweitert habe. Sonst hätten sie mich wohl kaum in eine solche Position erhoben und mich hierher gesandt, oder? Außer es wäre als eine Strafe gedacht …«, erklärte Sargan und wirkte mit einem Mal sehr nachdenklich.

»Wussten sie von deiner Hilfe für uns während der Schlacht?«, bohrte Flores weiter, während Viçinia den Dyrier interessiert ansah.

»Nun, um ganz ehrlich zu sein, da mir ja auch das Prahlerische fremd ist und ich der Protzerei nicht fröne, könnte es sein, dass ich meinen Anteil möglicherweise zugunsten der nun wirklich außergewöhnlich heldenhaften Taten eures Volkes kleiner dargestellt habe, als es vielleicht gerechtfertigt gewesen wäre.«

»Hast du es überhaupt erwähnt?«

»Jetzt, da du mich so fragst, könnte es sein, dass ich es glatt vergessen habe«, entgegnete der Dyrier mit unschuldiger Miene.

Die beiden Wlachakinnen wechselten bedeutsame Blicke.

»Aber vielleicht können wir das Gespräch auf ein anderes Thema lenken«, fuhr Sargan mit einem Blick auf seine Wachen fort, die einige Schritt Abstand hielten und sich wachsam umsahen. Auch sie trugen ungeachtet der Hitze ihre komplette Rüstung, deren goldenes Metall spiegelblank poliert war.

»Wird denen nicht heiß?«, fragte Flores spöttisch.

»Was? Ach so. Nein, keine Sorge. Das sind Sylken, Pferdemenschen aus dem Osten. In ihrer Heimat brennt die Sonne immer heiß vom Himmel. Die empfinden es hier schon als zu kühl. Sie sind großartige Krieger, vor allem aber sind sie eines: verschwiegen.«

»Eine beneidenswerte Eigenschaft«, scherzte Viçinia. »Gerade für Wachleute.«

»Auf jeden Fall. Aber ich hörte, dass Ihr uns bald verlassen werdet, Dame Viçinia?«

»Das ist wahr. Ich werde Teremi in den nächsten Tagen verlassen.«

»Zurück nach Dabrân? Wie ich höre, kann sich dieses beschauliche Fleckchen Erde jetzt mit Euch als Herrin schmücken?«

Viçinia lachte. »Ja, tatsächlich, da ich den dortigen Bojaren geheiratet habe. Aber leider führt mich mein Weg nicht nach Hause, sondern nach Osten.«

»Und Euer Gatte ist zweifelsohne der bewundernswerte Şten? Meine Glückwünsche, auch wenn ich Euren Entschluss als Mann natürlich nur bedauern kann ... Also muss ich ihm einen Boten mit meinen Grüßen senden. Hält er sich in Dabrân auf?«, erkundigte sich Sargan.

»Ja. Er hat eine Menge Arbeit mit dem Lehen, das ihm meine Schwester verliehen hat.«

»Aber er ist bestimmt sehr glücklich. Er hat immer von dem Ort geschwärmt. Und, hat er einige Trolle davon überzeugen können, sich vor einen Pflug spannen zu lassen?«

Bei dieser Vorstellung prustete Flores lauthals los. »Sicher, und ein paar andere hüten jetzt die Schafe!«

Obwohl die Vorstellung auch sie zum Lachen reizte, fiel Viçinia auf, dass Sargan sie fest ins Auge gefasst hatte. Hinter seiner scheinbar unschuldigen Frage steckte vielleicht mehr, als es den Anschein hatte. »Die Trolle sind wieder unter die Erde gegangen«, sagte sie. »Wir haben seit langer Zeit keinen Kontakt mehr zu ihnen.«

Wieder ernst, entgegnete Sargan beiläufig: »Die Oberfläche ist einfach nicht ihre Welt, nicht wahr? Aber jetzt müsst Ihr mich entschuldigen, ich muss überprüfen, ob mein Bad gerichtet ist und ob es meinen Ansprüchen genügt.«

Mit einer kleinen Verbeugung entfernte sich der Dyrier, und Viçinia dachte: *Was das Dyrische Imperium wohl damit bezwecken mag, seine Spione nun aufgeputzt wie Pfauen zu uns schicken?*

Immer noch hatte kein Regen das Land erreicht, auch wenn die drückende Hitze ein wenig nachgelassen hatte. Möglicherweise erschien es aber auch nur auf dem Fluss so, wo das kühle Wasser aus den Höhen der Berge und der leichte Fahrtwind die Reise recht angenehm machten. An dem schlanken Boot zog die grüne Landschaft vorbei, als es den Magy hinabglitt. Sowohl Teremi als auch Turduj lagen an dem breiten Strom, und die Reise per Schiff war die bequemste und schnellste Lösung. Außer für Viçinia, die sich erneut über die Reling beugte und den Inhalt ihres Magens würgend in die Fluten spuckte. Erst als der Druck in ihrer Kehle nachließ, lehnte sie sich wieder schwer atmend zurück. Dankbar nahm sie den Krug an, den Flores ihr reichte, und spülte den unangenehmen, sauren Geschmack mit klarem Wasser aus ihrem Mund.

»Ihr guten Geister«, sagte sie matt und atmete tief durch.

»Geht's?«

»Besser, ja.«

»Vermutlich sind es die Nachwirkungen eurer Verhandlungen, die deinen Körper so sehr geschwächt haben«, meinte Flores augenzwinkernd.

»Wohl kaum. Außerdem war ich bei den eigentlichen Verhandlungen ja gar nicht anwesend.«

»Es ist ziemlich schlau von Ionna, die Anwesenheit der Dyrier als Druckmittel bei den Verhandlungen mit dem Marczeg einzusetzen, obwohl noch gar keine Einigung erzielt wurde.«

»Ja«, pflichtete Viçinia ihr bei und rieb sich den Leib, in dem das flaue Gefühl schlichtweg nicht vergehen wollte. »Das verflixte Wasser. Mein Magen mag einfach keine Bootsfahrten.«

»Bootsfahrten? Du hast doch schon heute früh in der Herberge nichts bei dir behalten können«, gab Flores zu bedenken.

»Vielleicht habe ich etwas Verdorbenes gegessen«, vermutete Viçinia und versuchte, nicht auf das Schwanken der Schiffsplanken unter ihren Füßen zu achten. Ihre Kehle zog sich erneut zusammen, und kalter Schweiß trat ihr auf die Stirn.

»Oder mein lieber Bruder hat nicht nur seinen Acker gut

bestellt«, meinte Flores grinsend und sah Viçinia fragend an. Es dauerte einen Moment, bis die Wlachakin den Sinn der Aussage verstand, dann weiteten sich ihre Augen, und ihr wurde schlagartig heiß.

»Du meinst ...«, begann sie, doch ihre Stimme versagte.

»Vielleicht bist du schwanger? Wäre das nicht möglich?«

Hektisch versuchte Viçinia im Kopf nachzurechnen, doch die letzten Tage seit der Ankunft des Boten in Dabrân waren so voller Ereignisse gewesen, dass sie nicht sicher sein konnte. Dann wurde ihr urplötzlich kalt, und sie fing an zu zittern. Diesmal war Flores' Blick besorgt: »He. Geht es dir wirklich besser?«

»Ich weiß nicht. Mir ist schwindelig«, antwortete Viçinia wahrheitsgemäß. Tatsächlich schien ihr die Welt ein wenig entrückt zu sein, und sie sah Flores nur wie aus weiter Ferne.

»Tief durchatmen. Trink noch einen Schluck Wasser«, empfahl die Söldnerin, und Viçinia kam der Aufforderung nach. Als das kühle Nass ihre Kehle hinabrann, beruhigte sich ihr Herzschlag ein wenig, und ihre Fassung kehrte zurück. Nach einigen tiefen Atemzügen war sie zumindest äußerlich wieder Herrin der Lage, auch wenn ihre Gedanken rasten.

»Nun, wir werden das herausfinden müssen«, sagte sie resolut und stand auf. »Im nächsten Dorf werde ich nach der Hebamme fragen.«

»Wollen wir mal hoffen, dass es hier so jemanden gibt«, murmelte Flores. »Wir sind im Şireva, hier herrschen die Masriden und der Albus Sunaş.«

»Spätestens in Turduj werden wir wohl eine Weise Frau finden. Nicht mal die Masriden würden in so einer Angelegenheit die Sonnenpriester um Rat fragen.«

Zumindest hoffe ich das, dachte Viçinia. *Ich frage mich, was Şten denken wird, falls ich tatsächlich schwanger bin.*

Noch vor wenigen Tagen hätte Viçinia geglaubt, dass er sich freuen würde, doch seit sie seine düstere Stimmung in der Nacht vor ihrem Aufbruch erlebt hatte, war sie sich nicht mehr so sicher.

»Was ist los?«, fragte Flores mit besorgter Miene.

»Ich weiß nicht. Was denkst du, wie deinem Bruder die Neuigkeiten gefallen würden?«

»Şten? Wenn du schwanger bist, wird mein Brüderchen außer sich sein! Er liebt dich. Natürlich wird er sich freuen!«

»Bisher wurde fast sein ganzes Leben von Krieg und Tod beherrscht«, gab Viçinia zu bedenken.

»Umso besser wird es für ihn sein, das hinter sich zu lassen. Er hat früher immer von der Zeit geschwärmt, wenn der Kampf vorbei sein würde. Er hat uns ganze Burgen aus Träumen gebaut, ganze Länder, in denen wir leben konnten.«

»Ja. Aber jetzt ist der Frieden da, und seine Gedanken kreisen immer noch um die Vergangenheit. Es fällt ihm schwer, sich umzugewöhnen.«

»Möglich. Aber das ist es, was er sich immer gewünscht hat. Viçinia, er wird ganz sicher ein guter Vater sein. Obwohl …«, sagte Flores und ließ das Wort bedeutsam in der Luft hängen.

»Obwohl was?«, fragte Viçinia hastig.

»Obwohl, wenn so ein kleiner Racker mich plötzlich *Tante* nennt, müsste ich ihn wohl von der Burgmauer werfen«, erklärte die Söldnerin mit einem schiefen Grinsen und hob entschuldigend die Schultern.

Lachend knuffte Viçinia die junge Frau und umarmte sie dann.

»Danke.«

Seit Viçinia Turduj das letzte Mal gesehen hatte, war die Stadt gewachsen. Vor den mächtigen, dicken Wehrmauern standen kleine, einfache Häuser, von denen viele so aussahen, als seien sie erst jüngst hastig zusammengezimmert worden. Nicht nur zwischen den Häusern, sondern auch auf dem Magy herrschte geschäftiges Treiben. Fischerboote trieben langsam in den Fluten, während Fähren und Lastkähne zu ihren Bestimmungsorten fuhren. Ihr eigenes Boot blieb nahe am Ufer und glitt langsam zwischen den anderen Schiffen hindurch. Niemand schenkte ihnen besondere Beachtung, auch wenn die Flagge, die über ihnen wehte, Ionnas Wappen zeigte.

Zwischen den typischen flachen Kähnen der Masriden entdeckte Viçinia noch einige andere Boote der Wlachaken. »Sieh mal«, wies sie Flores darauf hin.

»Vielleicht herrscht noch kein Friede, aber das hat die Kaufleute noch nie aufgehalten.«

»Man sollte meinen, dass es sehr gefährlich ist, Handel zu treiben, nach allem, was passiert ist.«

»Ist es auch«, pflichtete Flores ihr bei. »Was denkst du, womit ich und viele andere unser Geld verdienen? Aber es ist auch lukrativ, begehrte Waren zu transportieren. Solange Krieg droht, sind die Preise hoch.«

»Es wird Zeit für Frieden. Obwohl das für dich ja nicht allzu einträglich wäre«, scherzte Viçinia.

»Nein«, entgegnete Flores lachend. »Frieden schadet nicht. Solange Wlachkis so bleibt, wie es ist, wird man meine Dienste benötigen.«

»Ah. Du meinst die finsteren Wälder?«

»Nein. Eher die ebenso finsteren Halunken. Der Wald macht mir wenig Angst. Obgleich so mancher reiche Händler wohl auch deswegen Söldner anheuert.«

»Şten sagt immer, dass die Leute weniger Angst vor dem Land als vor den Menschen haben sollten.«

»Manchmal ist er ein schlauer Fuchs, mein Bruder. Das liegt übrigens in der Familie.«

»Vermutlich«, pflichtete Viçinia ihr bei und blickte dann wieder zu der Stadt hinüber. Inzwischen waren sie nahe genug herangekommen, um Einzelheiten zu erkennen.

Aus der Nähe entpuppten sich die Häuser des Außenbezirks hauptsächlich als armselige Hütten, die kreuz und quer gebaut worden waren und ein Gewirr aus Gassen und kleinen Straßen bildeten. Menschen in abgerissener Kleidung liefen zwischen den Gebäuden umher. Einige Kinder, die wenig mehr als Lumpen trugen, jagten unter viel Geschrei einen dürren, abgemagerten Hund vor sich her. Eine Handvoll Erwachsener saßen am Ufer des Magy, andere wuschen sich oder ihre Kleidung, ein paar Unverdrossene versuchten gar zu angeln. Manche wirkten teilnahmslos, als interessierten sie sich nicht mehr für diese Welt. Viçinia sah eine alte Frau in einem verdreckten Kleid, deren helle, trübe Augen ins Nichts starrten, und dann sah sie den Hass in der Miene eines Mannes. Ein Ruf ertönte, die alte Beleidigung der Masriden für die Wlachaken: »Lehmfresser!«

»Flüchtlinge«, kommentierte Flores knapp. »Die Angst hat viele vertrieben. Zu Recht. Ionna mag gnädig gewesen sein, aber nicht alle ihre Untergebenen teilen ihre Meinung.«

»Sie hassen unser Volk. Ob ihre Stimme beim Marczeg viel Gewicht hat? Es wird so schon schwierig genug, eine Einigung auszuhandeln.«

»Vermutlich nicht. Das hier sind die armen Schlucker. Jene, die nichts besaßen oder ihr Hab und Gut zurücklassen mussten. Für den Herrn des Şireva dürften sie wenig mehr als Bettler sein. Viel gefährlicher sind diejenigen, die noch über Reichtum und Macht verfügen.«

»Zorpads Fall hat viele Masriden mit sich gerissen. Du denkst, dass so manch einer auf neue Güter im Sadat spekuliert?«

»Natürlich. Der Sadat ist groß, und nicht wenige Adlige der Masriden sind von dort vertrieben oder tot. Das weckt Begehrlichkeiten.«

»Dann wollen wir hoffen, dass Marczeg Békésar nicht auf diese Stimmen hört.«

»Oder dass er genug Angst hat, dass es ihm sonst ebenso wie Zorpad ergeht. Auch hier leben viele Wlachaken.«

Nachdenklich nickte Viçinia und sah die Unterkünfte der Geflohenen und Vertriebenen an.

Gemächlich fuhr ihr Boot weiter, erreichte die Mauern der Stadt und schließlich die Einfahrt des Hafens, wo die Besatzung das Schiff mit langen Stangen in das Hafenbecken bugsierte. Auch hier war zu bemerken, dass die Stadt aus allen Nähten platzte. So gut wie alle Anlegestellen waren belegt, Offizielle liefen über die beiden Kais und dirigierten die Boote, während Arbeiter sie entluden und beluden. Waren verschiedenster Art aus allen Ecken des Landes wanderten in Lagerhäuser oder direkt auf den Markt der Stadt. Die geschäftige Betriebsamkeit stand in hartem Gegensatz zu der Apathie und dem Chaos vor der Stadt.

»Nicht jeder hat im Krieg verloren«, stellte Flores angesichts der zahlreichen Handelswaren, die hier umgeschlagen wurden, trocken fest.

Auch ihr Boot bekam Anweisungen von einem Lakaien des Hafenmeisters, und schließlich legte es mit einem Ruck am Kai an. Zunächst erschien es, als ob niemand ihrer Ankunft viel Beachtung schenken würde, doch dann bahnte sich eine kleine Gruppe von vielleicht einem halben Dutzend Personen einen Weg durch die Menschen. Am Kai angekommen, baute sich ihr blonder Anführer auf und musterte die Wlachaken an Bord. Der jugendlich wirkende Mann trug ein braunes Wams mit dem silbernen Greifen von Marczeg Gyula Békésar auf der Brust. Sein Haar war nach Art der Masriden sehr kurz geschoren, bis auf eine Locke am Hinterkopf, die bis über den Kragen seines Wamses fiel. Freundlich lächelnd wandte Viçinia sich an den Masriden: »Ich grüße Euch. Ich bin Viçinia cal Sareş, Bojarin von Dabrân und Gesandte der Voivodin Ionna cal Sareş.«

Mit einer Verbeugung, die jedoch deutlich den Respekt vermissen ließ, begrüßte der Mann die Wlachakin: »Willkommen in Turduj, Bojarin. Wenn Ihr mir bitte folgen würdet. Mein Herr, Marczeg Gyula, erwartet Euch.«

»Sofort?«, fragte Viçinia überrascht.

»Wenn ich bitten darf, ja.«

»Das ist höchst ungewöhnlich«, antwortete die Wlachakin zögerlich und sah Flores an, die mit den Achseln zuckte. »Wir würden uns gern von der Reise erholen und uns vorbereiten.«

»Dringliche Angelegenheit erfordern Eure sofortige Anwesenheit«, erklärte der Masride steif.

»Nun denn«, erwiderte Viçinia und trat über die schmale Planke an Land, gefolgt von Flores und zwei weiteren Wlachaken, die als Sekretäre fungieren würden, sowie einer Handvoll Kriegern. Hinter ihr machte das halbe Dutzend Soldaten, das ihre Eskorte darstellte, sich bereit, ihnen zu folgen. »Könnt Ihr uns sagen, um was für eine Angelegenheit es sich handelt?«

»Das ist mir nicht erlaubt. Mein Herr wird Euch sicherlich alles Nötige mitteilen.«

Während Viçinia mit ihrem Gefolge durch die Straßen ging, zermarterte sie sich das Hirn, was der Grund für diesen eigenartigen Empfang sein mochte. Die letzten Nachrichten aus Turduj waren durchweg erfreulich gewesen: Der Marczeg schien um eine Einigung bemüht zu sein, und ein Abkommen schien in greifbarer Nähe.

»Hier stimmt doch was nicht«, flüsterte Flores, und Viçinia nickte.

»Sehr ungewöhnlich«, gab sie leise zurück. »Aber wir haben kaum eine Wahl.«

Also folgten sie ihrem Führer, der sie durch breite Straßen vom Hafen bis zur Burg Zvaren geleitete, die sich fast genau in der Mitte der Stadt befand. Innerhalb der Stadtmauern sah es bedeutend besser aus als vor den Toren. Die Häuser und Straßen waren gepflegt, und gut gekleidete und wohlgenährte Bürger gingen ihren Geschäften nach. Keine Spur vom Krieg, Wlachaken und Masriden lebten in Turduj Seite an Seite. Nur die Soldaten, die überall patrouillierten und an den Kreuzungen standen, verrieten, dass es vielleicht doch nicht so ruhig war, wie es zunächst den Anschein hatte. Aber ihr Führer ließ ihnen nicht viel Zeit, sich die Stadt anzusehen, und schon bald erreichten sie das große Tor der Festung. Die Wachen ließen sie anstandslos passieren, auch wenn es mehr als nur einen neugierigen Blick gab. Die Feste selbst war kleiner als Burg Remis, so wie auch Turduj kleiner als Teremi war. Vor allem jedoch war die Festung viel jünger, sie war erst nach der Eroberung durch die Masriden errichtet worden. Dementsprechend waren die Gemäuer eckig und kantig, ganz anders als die eher runden Bauwerke der Wlachaken. Auf den Türmen standen Wachen mit braunen Waffenröcken, auf denen der silberne Greif zu sehen war.

Ohne zu zögern, führte sie der blonde Masride in das größte Gebäude und durch zwei kurze Flure bis zu einem großen Saal, in dem ein hoher Thron stand. Durch Schlitze in den Wänden fiel Licht in den Saal, das von sicherlich zwei Dutzend Kerzen verstärkt wurde, die in schmiedeeisernen Haltern an den Wänden steckten. Das dunkle Gestein der Sorkaten war ansonsten mit Wandteppichen verhängt, welche die Heldentaten des Geschlechtes Békésar zeigten. Linkerhand war die Eroberung Wlachkis' zu sehen, unter König Arkas Dîmminu, der in der berühmten und berüchtigten Schlacht an den Furten des Iames das letzte Aufgebot der Wlachaken überwand und Tirea, den Kralj der Wlachaken, erschlug. Direkt daneben hing eine Darstellung der Einigung von Teremi, wo die drei Söhne des Arkas das unterworfene Land unter sich aufteilten und die drei Herrscherlinien der Masriden gründeten. Eine dieser Linien war diejenige Marczeg Gyula Békésars, die zweite die Marczeg Laszlár Szilas', des Herrn des Valedoara im Südosten. Die dritte Linie war mit Zorpad untergegangen. Natürlich kannte Viçinia all die Geschichten, denn die Uneinigkeit der masridischen Herrscherhäuser war stets eine der wenigen politischen Waffen in den Händen der letzten Freien Wlachaken gewesen.

Auf den Wandteppichen waren auch Wlachaken zu sehen, meist den Masriden unterlegen. So war hier die wenig ruhmreiche Geschichte ihres Volkes in den letzten zwei Jahrhunderten vor Viçinias Augen ausgebreitet, all die verlorenen Gefechte und Schlachten. Und dennoch hatten Ionna und Şten es geschafft, ihr Volk so weit zu einen, dass es den mächtigsten Herrscher der Masriden, Zorpad Dîmminu, besiegen konnte. Zum ersten Mal traten die Wlachaken den Masriden auf gleicher Höhe entgegen, aus einer Position der Stärke. *Was werdet ihr jetzt wohl auf eure Wandteppiche sticken?*, fragte sich Viçinia nicht ohne Befriedigung.

Doch im Moment galt es, einen Frieden auszuhandeln, der allen Beteiligten die nötige Ruhe gab, das von jahrhundertelangen Kriegen zerstörte Land wieder aufzubauen. Also verneigte sie sich tief vor Gyula Békésar, der hoch aufgerichtet auf seinem Thron saß, und ihre Begleiter taten es ihr gleich.

Die Miene des Marczegs, der in feines, weiches Leder gekleidet war, das mit silbernen Pelzen verbrämt war, blieb ausdruckslos. Sein graues Haar war fast bis auf die Haut kurz geschoren, und tiefe Falten hatten sich in sein Gesicht gegraben und ihn vor der Zeit altern lassen. Nur die dunklen Augen wirkten lebendig, und ihr Blick ruhte prüfend auf den wlachkischen Neuankömmlingen.

»Und?«, fragte der Marczeg unvermittelt, und Viçinia runzelte die Stirn.

»Verzeiht, wir wurden nur informiert, dass eine dringliche Angelegenheit unser sofortiges Erscheinen nötig macht. Allerdings hat man uns noch nicht erklärt, welcher Art diese Angelegenheit ist.«

»Haltet mich nicht zum Narren! Meine Geduld ist nicht endlos!«

Verblüfft starrte die Wlachakin den älteren Mann an

und rang einen Augenblick um Fassung, bevor sie vorsichtig mit bewusst neutraler Stimme erklärte: »Ich verstehe Euch nicht, Marczeg.«

Mit einer ruckartigen Bewegung lehnte der Masride sich nach vorn. Seine Finger umklammerten die Lehnen des Thrones so fest, dass die Adern auf seinen Handrücken hervortraten.

»Ich rede von den Übergriffen! Von den Attacken durch diese Kreaturen!«

Plötzlich wurde sich Viçinia bewusst, wie gefährlich ihre Situation war. Zwar wusste sie nicht, wovon der Marczeg sprach, doch befanden sich überall Krieger in der Festung. Wenn dieses Missverständnis nicht bald aufgeklärt wurde, würden auch Flores' weithin gerühmte Waffenkunst und ihre wenigen Krieger ihnen nicht helfen. Also besann sich die Wlachakin und versuchte, äußerlich gelassen zu bleiben, während sie fieberhaft nachdachte.

»Ihr müsst mir verzeihen, Marczeg. Ich weiß nichts von Kreaturen und Übergriffen. Meine Schwester, die Voivodin Ionna, hat jeglichen Angriff untersagt. Wenn es dennoch zu solchen Vorfällen gekommen ist, muss es sich um die Taten von Freischärlern oder Gesetzlosen handeln.«

»Gesetzlose?«, ereiferte sich der Masride. »Ihr nennt diese Dunkelgeister Gesetzlose? Ihr hetzt Trolle auf mein Volk und wollt mich mit solchen Lügen abspeisen?«

»Trolle?«, entfuhr es Flores, doch ein warnender Blick von Viçinia brachte sie wieder zum Schweigen. Stattdessen antwortete die Bojarin: »Unser Kontakt zu den Trollen ist nach den Ereignissen des letzten Jahres abgebrochen. Sie sind weder unsere Verbündeten noch haben wir irgendeinen Einfluss auf sie.«

»Sie kämpften an eurer Seite, aber jetzt habt ihr keinen Einfluss auf sie? Ihr ließet euch mit diesen Dunkelgeistern ein, habt jetzt jedoch keinen Kontakt mehr?«, fragte Gyula kalt und lehnte sich wieder zurück, wobei er die Wlachaken immer noch hasserfüllt anstarrte.

»Sie sind in ihre Welt zurückgekehrt, Marczeg, sie waren nur an der Oberfläche, weil Marczeg Zorpad sie bekämpft hat. Sie empfinden keinerlei Freundschaft für uns Menschen, weder für Masriden noch für Wlachaken.«

»Eure Lügen verraten Euch, Nemes Viçinia. Ihr versucht, mich in Sicherheit zu wiegen, während Eure Schwester schon den Krieg vorbereitet! Euresgleichen und Euer Gezücht aus den tiefsten Eingeweiden der Erde!«

»Nein!«, widersprach Viçinia heftig. »Wir kommen in friedlicher Absicht und mit offenem Visier. Würde meine Schwester mich entsenden, wenn sie eine Eroberung plante?«

»Mein Sohn ist dort draußen!«, schrie Gyula unvermittelt und wies auf die Mauern, hinter denen in der Ferne die Sorkaten lagen. »Auf der Suche nach Spuren von Eurem Verrat. Er sollte längst wieder zurückgekehrt sein, doch wer weiß, welch finstere Kreaturen Ihr ihm entgegengesandt habt!«

»Wir haben nicht …«

»Schweigt!«, donnerte der groß gewachsene Mann, dessen Hände nun merklich zitterten.

Nach diesem Ausbruch herrschte einen Augenblick lang Ruhe, und der Marczeg wischte sich mit der Hand über das Gesicht.

»Man wird Euch eine Unterkunft geben. Betet zu Euren alten Geistern, dass mein Sohn zurückkehrt und Eure Geschichte bestätigt. Wenn nicht, wird es keinen Frieden geben, und ich werde Euer Volk mit Feuer und Tod überziehen. Geht!«

Entsetzt verneigte sich Viçinia und wandte sich ab. Flores hatte die Hand auf den Knauf ihres Schwertes gelegt und eine ausdruckslose Miene aufgesetzt, während sich Viçinias Krieger wachsam umblickten. Ein gutes Dutzend Wachen betrat den Saal und nahm die Wlachaken in die Mitte. Viçinia wusste, dass jede Art von Gegenwehr sinnlos war, und sie sah ihre Gedanken auf Flores' Gesicht gespiegelt. Also folgte sie den Masriden ruhig und hoch erhobenen Hauptes und bedeutete ihren Leuten, dasselbe zu tun.

Das darf doch nicht wahr sein, ging es der Bojarin durch den Kopf, während sie sich wie eine gemeine Verbrecherin abführen ließ.

8

Eigentlich hätte Tamár Erleichterung verspüren sollen, als er durch die Straßen von Turduj ritt. Doch die alles durchdringende Erschöpfung legte sich wie eine schwere Decke über sein Gemüt und dämpfte seine Empfindungen. Ohne auf die Menschen zu achten, die den Reitern voller Respekt und Furcht auswichen, lenkte der Masride sein Pferd auf die Burg zu. Die einfachen Menschen starrten die verdreckten und verwundeten Krieger an, doch niemand wagte es, sie anzusprechen. Erst als sie das Tor der Feste erreichten, rief eine der Wachen: »Der Prinz! Der Prinz ist zurückgekehrt!«

Ein höhnisches Grinsen schlich sich trotz der Taubheit seines Geistes auf Tamárs Lippen. *Und was für einen schönen Prinzen ich abgebe, voll mit Staub und Blut.*

»Holt Heiler!«, befahl er mit fester Stimme und richtete sich auf. Seine Untergebenen sollten ihn nicht schwach und geschlagen sehen. »Berichtet meinem Vater von meiner Rückkehr. Kümmert euch um die Pferde. Und bringt mir einen Becher Wein, verflucht noch mal!«

Seine Befehle brachten Leben in die Maulaffen feilhaltenden Krieger, und mit einem letzten Tätscheln verabschiedete sich der Masride von Szeg.

Schon bald schritt der Sohn des Marczegs durch die Vorhalle, einen Krug mit schwerem Roten in der Rechten, ein feuchtes Tuch in der Linken, mit dem er sich über das Gesicht fuhr und notdürftig Schweiß und Schmutz entfernte. Dennoch fühlte er sich wie ein Bettler, als er den reich geschmückten Saal betrat, in dem der Marczeg auf ihn wartete. Beim Anblick seines Vaters zuckte Tamár unwillkürlich zusammen. *Beim Ewigen Licht, er ist um dreißig Jahre gealtert. Er sieht aus, als würde er gleich tot umfallen!* Und für einen kurzen Moment zogen Bilder durch seinen Kopf, die ihn selbst auf dem Thron zeigten, Marczeg Tamár Békésar, Herrscher über das Şireva. Vor seinem inneren Auge sah er sich selbst an der Spitze der Armee, welche die aufrührerischen Wlachaken wieder an den Platz zurücktrieb, der ihnen zustand. Erst die Stimme seines Vaters riss Tamár aus seinen Gedanken. »Wir fürchteten, dich verloren zu haben. Was ist geschehen?«

Forschend betrachtete der junge Masride das Antlitz des Marczegs. Sorge stand dem älteren Mann ins Gesicht geschrieben, die Falten um seinen Mund hatten sich vertieft, die Augen wirkten eingesunken.

»Wir wurden angegriffen«, erklärte Tamár und trank einen Schluck Wein, um Zeit zu gewinnen und seine Gedanken zu ordnen. »Von Trollen. In Bârlui. Oder vielmehr in den Ruinen von Bârlui.«

»Was sagst du da? Von Trollen? Bist du sicher?«

»Ja, ich bin sicher. Glaub mir, Vater, diese Monster kann man nicht verwechseln.«

»Waren Menschen bei ihnen?«

»Nein. Zumindest haben wir keine bemerkt«, berichtigte sich der junge Masride. Schweigen folgte dieser Aussage. Offensichtlich fehlten seinem Vater die Worte, und Tamár konnte ihn verstehen. Nach dem Fall von Marczeg Zorpad hatten die überlebenden Krieger, die an der Schlacht teilgenommen hatten, von den furchtbaren Kräften der Trolle berichtet. Angst war im Lande umgegangen, denn die Menschen fürchteten einen Angriff der Wlachaken und ihrer bestialischen Verbündeten. Die Masriden hatten sich gewappnet, doch der Angriff blieb aus. Stattdessen kamen Gesandte mit Friedensangeboten. Späher berichteten davon, dass die Trolle wieder in den Eingeweiden der Erde verschwunden waren und dass die Wlachaken ihr neu gewonnenes Land aufbauten, statt einen neuen Krieg vorzubereiten. Damals hatte Marczeg Laszlár Tamárs Vater beschworen, einen Feldzug für das Frühjahr zu planen, um den Wlachaken zuvorzukommen, doch das alte Misstrauen zwischen den Herrschern der Masriden hatte zu tief gesessen. Gyula traute Laszlár nicht mehr als den Wlachaken und fürchtete einen Verrat. So war die günstige Gelegenheit verstrichen. *Wir hätten einen Pakt schmieden sollen. Wäre ich Marczeg gewesen, ich hätte die Möglichkeit genutzt und den Aufstand ein für alle Mal zerschlagen. Die Saat der Rebellion mit Stumpf und Stiel ausgerissen.*

»Wir mussten schwere Verluste hinnehmen. Die Kreaturen haben uns überrascht«, setzte Tamár seinen Bericht fort. »Ignác ist gefallen. Insgesamt habe ich nur fünf meiner Leute wieder mitgebracht. Der Rest ist tot oder vermisst.«

»Das ist unwichtig. Hauptsache der Erbe unserer Linie ist zurückgekehrt«, erwiderte Marczeg Gyula mit einem Blick auf seinen Sohn und befahl dann einem Diener, die Mitglieder seines Kriegsrates zu rufen. *Unwichtig?*, dachte Tamár wütend. *Wohl kaum, Vater. Dein Sohn hat versagt, viele seiner Untergebenen sind tot. Wie kann das unwichtig sein?* Doch er behielt seine Gedanken für sich und sagte stattdessen: »Die Wlachaken werden ihre Monster gegen uns gesandt haben. Wir müssen uns auf einen Krieg vorbereiten. Wir brauchen mehr Soldaten im Norden, zum Schutz der Dörfer. Außerdem müssen wir den Westen sichern, denn von dort wird der Angriff kommen. Wir müssen Späher aussenden und …«

»Wir werden die Lage mit dem Rat besprechen«, unterbrach ihn sein Vater. »Erfrisch dich erst einmal. Es ist wichtig, dass du bei der Ratssitzung nicht besiegt wirkst.«

»Wir wurden geschlagen, Vater«,. zischte Tamár, doch Gyula winkte ab.

»Das darfst du nicht zeigen.«

»Ja, Vater«, erwiderte der junge Masride gezwungen unterwürfig und verneigte sich. Dann drehte er sich rasch um und verließ den Saal, um den Befehlen des Marczegs zu folgen. In seinem Kopf aber jagten sich die Gedanken. *Wir wurden geschlagen, ich wurde geschlagen, egal, was du dem Rat vorspielen willst. Wir müssen handeln und uns nicht in Spielchen um Ansehen und Macht verstricken. Sonst werden die Wlachaken uns genauso vernichten, wie sie Zorpad vernichtet haben!*

»Wir müssen angreifen!«

Die wütenden Worte hallten in dem Saal noch ein wenig nach, während die anderen Ratsmitglieder schwiegen. Baró Odön blickte sich mit herausfordernden Blicken um, sein Gesicht war puterrot, und seine Hände waren zu Fäusten geballt. Der Szarke war kein großer Mann, doch seine Schultern waren breit, und er hatte einen massigen Leib, der ihn größer und bedrohlich erscheinen ließ.

»Die Wlachaken fordern uns heraus, und wir sollen untätig bleiben?«

Seufzend erhob sich Tamár und fixierte den Baró mit festem Blick. Immer noch steckte ihm die Müdigkeit in den Knochen, aber er musste sprechen. Erst als er sich sicher war, die ganze Aufmerksamkeit des Adligen zu besitzen, antwortete der junge Masride mit ruhiger Stimme: »Nein. Aber eine übereilte Aktion wird uns nur ins Verderben stürzen.«

»Verderben?«, erwiderte sein Gegenüber höhnisch und sah sich Beifall heischend um. »Mehr Verderben als in Bârlui? Mehr Verderben als im Sadat?«

»Ich lechze ebenso nach Vergeltung wie Ihr, ehrenwerter Baró. Doch fürchte ich, dass die Sicherheit unserer Ländereien Vorrang hat.«

»Dass Ihr Euch fürchtet, sieht man«, zischte der Adlige leise.

»Was habt Ihr gesagt? Zweifelt Ihr an meiner Ehre?«

Die Blicke der anderen Ratsmitglieder zuckten zwischen den beiden Streitenden hin und her. Tamár konnte ihre besorgten Mienen sehen, doch der Angriff des Baró ließ eine heiße Wut in ihm aufsteigen, die alle Vorsicht hinwegfegte. Unbewusst knirschte er mit den Zähnen, während er den Szarken grimmig anstarrte und auf eine Antwort wartete.

Sein Gegenüber war jedoch noch nicht damit fertig, ihn zu reizen: »Eure Erlebnisse im Norden waren sicherlich schrecklich. Jeder würde verstehen, wenn Ihr …«

Der Satz blieb unvollendet, doch die Beleidigung schwebte unausgesprochen in der Luft. Entschlossen stieß Tamár seinen hochlehnigen Stuhl zurück, der krachend auf den Steinboden fiel, und schritt um den Tisch. Mit erhobener Hand blieb er drohend vor dem Szarken stehen: »Wenn Ihr an meinem Mut oder an meiner Ehre zweifelt, steht es Euch jederzeit frei, mir dies ins Gesicht zu sagen. Dann können wir die Angelegenheit im Hof klären. Solltet Ihr jedoch nicht den Mumm dazu aufbringen, dann schweigt besser.«

Stille folgte den Worten des Prinzen. Inzwischen hatte das Gesicht des Baró eine ungesunde Farbe angenommen, und alles Blut schien daraus gewichen zu sein. Mit einer beruhigenden Geste zeigte Odön seine leeren Hände und erwiderte vorsichtig: »Ich würde niemals den Sohn des Marczegs …«

»Versteckt Euch nicht hinter meiner Abstammung und meinen Titeln!«, fiel ihm Tamár wütend ins Wort. »Dies ist eine Sache zwischen Euch und mir, der Marczeg hat nichts damit zu tun!«

Hilfe suchend wanderte Odöns Blick zu Gyula, der mit unbewegter Miene auf seinem Platz saß und nicht zu erkennen gab, was er über den Vorfall dachte.

»Ihr müsst mich missverstanden haben. Ich würde niemals Eure Ehre anzweifeln. Uns allen ist nur bewusst, dass Euer Gefecht in Bârlui eine grausame Angelegenheit gewesen sein muss.«

»Das war es auch«, sagte Tamár. »Dennoch würde ich mein Urteil niemals davon trüben lassen.«

Baró Odön nickte einlenkend, und Tamár wandte sich an die versammelten Berater seines Vaters. »Diese Wesen tauchen aus den verfluchten Tiefen der Welt auf, wie es ihnen beliebt. Unser Volk ist nicht vor ihren Übergriffen sicher. Wir können nicht zulassen, dass es diesen Monstern schutzlos ausgeliefert ist.«

Mit von Zorn beseeltem Blick beschwor er den Rat: »Wir müssen unseren Feind ausspionieren, bevor wir kämpfen. Stürmen wir kopflos voran, werden wir wie Marczeg Zorpad enden. Und bis wir auf einen Krieg vorbereitet sind, müssen wir unser Volk beschützen!«

Einige der Berater nickten begeistert, andere versteckten ihre Gefühle, aber Tamár spürte, dass die meisten die Weisheit seiner Worte erkannt hatten. Seit der Niederlage des mächtigen Marczegs des Sadats gegen Ionna wurden die Wlachaken manchmal zu unbesiegbaren Dämonen stilisiert. Deswegen schätzte Tamár Odöns Vorstoß durchaus, ihren Feinden diesen Nimbus der Unbesiegbarkeit zu nehmen, doch der Szarke war zu weit gegangen. *Eine Offensive ohne Wissen um die Stärke des Feindes ist wahnwitzig. Vor allem, wenn unser eigenes Hinterland für die Angriffe der Trolle so offen ist.*

»Wohl gesprochen, Tamár«, ertönte Gyulas Stimme, und der Marczeg erhob sich. »Euer beider Worte geben uns einiges zu denken. Wir werden nun die Beratung unterbrechen und uns nach dem Mittag wieder hier versammeln.«

Unter Verbeugungen verließen die Ratgeber den Saal. Schon unterwegs fanden sie sich zu Gruppen zusammen, um die beunruhigenden Neuigkeiten zu besprechen. Auch Tamár wollte den Saal verlassen, doch sein Vater rief ihn zurück. Erst als sie allein waren, begann der Marczeg: »Dein Vorgehen war riskant. Baró Odön ist ein mächtiger Mann. Er hat viele hinter sich, die einen Krieg gegen die Wlachaken befürworten. Ihn so zu brüskieren und bloßzustellen ist gefährlich. Du hast ihn beschämt, und das kann ein Anführer niemals dulden.«

»Er hat sich selbst beschämt, als er es nicht wagte, seinen Worten Taten folgen zu lassen«, erwiderte Tamár abfällig.

»Das wird er nicht so sehen. Im Übrigen ist es amüsant, euch beide zu beobachten, denn eigentlich decken sich eure Ziele nun einmal.«

»Nur bedingt, Vater. Mein Interesse gilt dem Wohlergehen unserer Ländereien. Ein überstürzter Kriegszug birgt die Gefahr einer Katastrophe.«

»Da stimme ich dir zu. Dennoch dürfen wir Leuten wie Odön gegenüber diese Möglichkeit nicht ausschließen, wollen wir ihre Unterstützung behalten.«

»Du bist der Marczeg; dein Wort ist Gesetz. Warum diese Spiele? Du kannst ihnen befehlen, und sie werden dir folgen!«, ereiferte sich Tamár.

»Zorpad war auch ein Marczeg, und so mancher sagte, der mächtigste seit Arkas Dîmminus Tod.«

»Und? Er hat eine Schlacht und einen Krieg verloren.«

»Kriege werden nicht nur auf Schlachtfeldern geführt, Sohn. Aber das wirst du schon noch lernen«, erklärte Gyula ruhig und lächelte Tamár an, dem das Blut in den Kopf stieg.

»Darf ich mich jetzt entfernen?«, fragte der junge Maside gepresst.

»Natürlich. Bedenke nur eines: Eine Festung ist immer nur so stark wie der Boden, auf dem sie steht.«

»Danke, Vater, für deine lehrreichen Worte.« Tamár rang sich ein Lächeln ab und verließ mit schnellen Schritten den Saal. *Er ist alt und fürchtet sich. Und er versteckt seine Angst hinter hohlen Wortspielen.* Doch trotz dieser Gedanken fühlte sich Tamár, als er zornig in den von der Sonne beschienenen Hof trat, wie ein dummer Junge, der von seinem Lehrer gemaßregelt worden war.

Die Ecke, in die Tamár sich zurückzog, lag im Schatten und etwas abseits, sodass er Abstand von den anderen

Beratern halten konnte. Er verspürte gerade nicht die geringste Lust auf langatmige Diskussionen und würde auch nicht die Geduld dafür aufbringen können. Das kurze Gespräch mit dem Marczeg hatte einen bitteren Nachgeschmack bei ihm hinterlassen. Zweifelnd biss sich Tamár auf die Unterlippe. *Hat Vater am Ende gar recht?*

Ein wütender Ruf riss den jungen Masriden aus seinen düsteren Gedanken. Aus der kleinen Seitentür des Wohnbaus trat eine junge Frau, die einen Soldaten mit einem Schwall heftiger Schimpfwörter belegte. Fasziniert beobachtete Tamár das Schauspiel. Die Frau schien eine Wlachakin zu sein, denn ihr Haar war dunkel, und sie sprach in der fließenden Art dieses Volkes. Ihr Gegenüber war der Soldat Száb, den Tamár als nicht besonders klug, aber gehorsam kannte und der jetzt den Kopf schüttelte und auf den Eingang wies.

»Mach dich nicht lächerlich!«, fauchte die junge Frau. »Wohin sollte ich schon gehen? Und ich werde die anderen sicherlich nicht allein lassen, du Hornochse! Ich will lediglich ein wenig frische Luft schnappen!«

»Ihr müsst wieder zurück«, erwiderte Száb hilflos und legte die Hand auf den Griff seines Schwertes. Bevor der Krieger seine Waffe jedoch ziehen konnte, trat Tamár an das ungleiche Paar heran und sagte: »Schon gut. Ich kümmere mich darum.«

Mit einem dankbaren Blick verneigte Száb sich und verschwand wieder in dem Gebäude, während die Frau Tamár misstrauisch musterte. Aus der Nähe betrachtet, erhärtete sich Tamárs Verdacht, dass sie eine Fremde war. Ihr langes, leicht gelocktes Haar war zu einem wirren Zopf zurückgebunden, und sie trug einfache Kleidung, eine Lederhose und eine dünne, graue Tunika. Sie stemmte die Hände in die Hüften und sah Tamár herausfordernd an.

»Endlich ein Masride, der seinen Kopf nicht nur hat, um darauf einen Helm zu tragen!«

»Ihr wünscht, dieses Gebäude zu verlassen?«

Mit einem Nicken bejahte sie seine Frage.

»Dann solltet Ihr vielleicht jenen mit dem nötigen Respekt begegnen, in deren Macht es liegt, Euren Wunsch zu erfüllen.«

Ihre Miene, die vorher schon Abneigung gezeigt hatte, verzog sich nun vor Abscheu. »Ihr haltet Unterhändler gefangen, die in friedlicher Absicht Eure Gastfreundschaft annahmen, Masride, und wagt es, mir Lektionen in Höflichkeit erteilen zu wollen?«, fragte sie mit Stahl in der Stimme.

»Von Euren Fährnissen weiß ich nichts, und sie sind mir derzeit auch egal. Aber wenn Ihr es mir gegenüber an Respekt mangeln lasst, dann seid Ihr schneller wieder in Eurer Unterkunft, als Euch lieb sein kann«, erwiderte Tamár betont ruhig und sah sie herausfordernd an. Einen Augenblick zuckten ihre Finger, als wolle sie zu Waffen greifen, die nicht in ihrem Gürtel steckten, doch dann verschränkte sie die Hände hinter dem Rücken.

»Da du meinen Respekt nicht verdienst, kannst du lange darauf warten«, sagte sie provozierend. »Und jetzt?«

»Jetzt werde ich Euch von einigen Soldaten zurückschaffen lassen.«

»Spar dir die Mühe, Masride. Ich hätte wissen müssen, dass du keinen Anstand besitzt, genau wie der Rest von Gyulas Schergen.«

Mit diesen Worten wandte sie sich ab und betrat wieder das Wohngebäude, ohne Tamár noch eines Blickes zu würdigen. Dieser jedoch wartete ab, bis sie fort war, und rief dann eine der patrouillierenden Wachen zu sich.

»Wer ist denn diese Wlachakin?«

»Ihr meint die Gefangene, Herr?«

»Natürlich. Wen sonst?«

»Es sind Gesandte aus dem Westen, Vezét. Angeblich die Schwester der Löwin selbst.«

»Das war nicht Ionnas Schwester. Die habe ich schon

einmal gesehen; ihr Haar ist rot!«, fuhr Tamár den Krieger an, der heftig den Kopf schüttelte.

»Nein, nicht die. Das ist ihre Begleiterin; ein Weib, das einem Dunkelgeist entsprungen sein muss. Ihre Zunge ist so spitz wie ihre Fäuste flink sind. Sie hat den armen Ferál zwischen die Beine getreten, einfach so!«

Das brachte Tamár zum Schmunzeln, auch wenn die Neuigkeit ihn wieder zornig machte. Mit einem Nicken sandte er den Soldaten wieder auf seinen Posten und schritt zurück zum Hauptgebäude, wo er nach seinem Vater suchte, der gerade eine einfache Mahlzeit zu sich nahm. Als Tamár sicher war, dass keiner der Bediensteten in der Nähe war, beugte er sich vor und sagte: »Es ist eine Gesandtschaft Ionnas hier? In der Feste? Und in Haft?«

»Ja«, antwortete Gyula schlicht und belegte eine Scheibe dunklen Brotes mit Wurst.

»Warum erfahre ich erst jetzt davon?«

Sein Vater sah ihn durchdringend an.

»Weil andere Dinge wichtiger waren. Ich wollte erst mit dem Rat sprechen und einen Plan schmieden, bevor ich die Wlachaken mit ihrem Verrat konfrontiere. Ich hätte dich schon früh genug davon unterrichtet.«

»Wie lange?«

»Was?«

»Wie lange sind sie schon hier?«

»Einige Tage«, erklärte Gyula und zuckte mit den Schultern. »Vielleicht drei oder vier.«

»Verflucht!«, brach es aus Tamár hervor. »Die Wlachaken schicken uns Viçinia cal Sareş, und ich weiß nichts davon!«

»Was hätte es geändert, wenn du vor der Sitzung davon gewusst hättest?«

»Alles! Ich hätte ...«, begann der junge Masride, doch sein Vater unterbrach ihn: »Das ändert nichts. Ihre Anwesenheit ist für unsere Pläne erst einmal ohne Bedeutung.«

»Wenn Ionna erfährt, dass wir ihre Schwester gefangen halten, dann weiß sie, dass Krieg droht.«

»Wenn sie selbst Krieg plant, ist das unerheblich. Und wenn nicht, haben wir mit Viçinia die perfekte Geisel.«

»Genau das hat Zorpad auch gedacht«, sagte Tamár düster und verließ seinen Vater ohne ein weiteres Wort.

Sein Zorn verflog nicht während der weiteren Sitzung, die er schweigend und grübelnd verbrachte und dabei nur mit einem Ohr den Argumenten lauschte. Wenigstens hatte er mit seinen Worten einen Erfolg erzielt, denn von einem Angriff auf die Wlachaken war keine Rede mehr, vielmehr wurde besprochen, wie man das Land und das Volk verteidigen könne. Selbst Odön plädierte nun dafür, erst einmal die eigenen Truppen zu verstärken, bevor man in den Krieg zog, wie Tamár mit grimmiger Befriedigung hörte.

Als die Versammlung sich auflöste, wollte der junge Prinz ebenfalls den Saal verlassen, um endlich ein wenig Ruhe zu finden, doch sein Vater befahl ihm zu bleiben.

»Wir müssen mit der Gesandtschaft reden, und ich wünsche dabei deine Anwesenheit.«

»Natürlich, Vater.«

Kurz darauf betraten die Wlachaken den Raum. Viçinia erkannte Tamár an ihrem dunkelroten Haar wieder. Außer von zwei nervös wirkenden Kriegern wurde sie auch von der jungen Frau begleitet, deren Auftauchen im Hof den masridischen Prinzen überhaupt erst auf die Anwesenheit der Botschafterin aufmerksam gemacht hatte.

Tamár musterte die Gesandte von Ionnas Hof. Die junge Bojarin war eine bemerkenswert schöne Frau, die eine natürliche Autorität ausstrahlte und der man im Gegensatz zu ihren Begleitern keine Unruhe anmerkte.

Während Viçinias Miene betont gelassen und ruhig blieb, funkelte die andere Frau Tamár angriffslustig an und wandte den Blick nicht von ihm, bis er sich mit einem übertriebenen Gähnen abwandte.

»Bojarin. Es erfreut mich, dass Ihr meiner Bitte um eine Unterredung nachgekommen seid«, begann Gyula das Gespräch mit erlesener Höflichkeit.

»Da wir uns als Gefangene in Eurer Gewalt befinden, würde ich diesem Umstand nicht allzu viel Gewicht beimessen, Marczeg. Gäste erscheinen freiwillig, Gefangene werden von Soldaten eskortiert.«

Mit einem Nicken und einem Lächeln quittierte Tamárs Vater diese Aussage, ohne auf die Anschuldigung einzugehen. Der Prinz selbst ließ seinen Blick wieder zurück zu der Untergebenen wandern, die sich hinter Viçinia aufgebaut hatte. Sie war eine große Frau, und an ihrem Auftreten und ihrer Haltung erkannte Tamár eine geübte Kriegerin. Obwohl sie sehr schlank war, gab das dem Masriden keinen Grund, sie zu unterschätzen, denn er wusste, dass viele Wlachaken leichtere Waffen bevorzugten; Waffen, die gefährlich schnell sein konnten. Auch ohne Rüstung und Klinge behielt die Wlachakin ihre selbstbewusste Ausstrahlung. Ihre dunklen Augen glänzten wachsam. Sie sah sich aufmerksam um, als erwarte sie jederzeit einen Angriff.

»Wie ich sehe, ist Euer Sohn wieder zurückgekehrt. Bedeutet dies, dass wir die unwürdigen Ereignisse der letzten Tage hinter uns lassen können?«, erkundigte sich die Bojarin.

Bei seiner Erwähnung blickte der junge Masride zu Viçinia und verzog verächtlich den Mund. »Wohl kaum. Ihr denkt vielleicht, dass Ihr Dreck in unsere Augen schleudern könnt, der uns blind macht, doch wir sehen durch Eure Masken hindurch!«

»Würdet Ihr die Freundlichkeit besitzen, mich über diese so genannten Masken aufzuklären, damit ich überhaupt weiß, wovon Ihr sprecht?«

»Ich spreche von den Angriffen. Von dem Gemetzel an unschuldigen Dörflern. Ich spreche von dem Krieg, den Ihr gerade anzettelt!«

»Das ist Unsinn! Wieso sollten wir einen Krieg beginnen? Wir sind froh, endlich eine Zeit des Friedens erreicht zu haben!«

»Vielleicht glaubt Ihr, dass Eure Monster Euch zum Sieg führen werden?«, mutmaßte Tamár.

»Bitte? Verzeiht, welche Monster?«

»Die Trolle, Eure dreimal verfluchten Mordschergen!«, entfuhr es Tamár.

Nach dem Ausbruch herrschte Stille. Wütend starrte der Masride die unverschämten Wlachaken an, bis sein Vater seine Hände in einer beruhigenden Geste erhob. Während Tamár sich mit der Hand über das Gesicht fuhr und bewusst atmete, erklärte Gyula: »Mein Sohn wurde angegriffen. In den Ruinen von Bârlui.«

»Von Trollen?«, erkundigte sich Viçinia, nur um mit verwirrtem Gesichtsausdruck zu sagen: »Moment. Den Ruinen?«

»Ja, den Ruinen«, antwortete der Marczeg. »Dort haben Eure Trolle alle getötet. Jeden Mann, jede Frau. Die Alten und die Kinder. Wir haben keine Überlebenden finden können.«

»Bei den Geistern! Lasst mich Euch unser Beileid aussprechen, Marczeg, das wussten wir nicht. Aber seid versichert, dass es nicht unser Wille war. Wir haben keinen Kontakt mehr zu den Trollen, seit sie sich wieder unter die Erde zurückgezogen haben.«

»Möglich. Aber Ihr müsst verstehen, dass es für uns und unser Volk anders aussieht. Ihr habt mit Hilfe der Trolle Marczeg Zorpad besiegt. Und nun greifen diese Wesen unser Land an.«

»Seid Ihr sicher, dass es Trolle waren?«, erkundigte sich die Begleiterin der Bojarin und trat vor, wobei sie Tamár forschend ansah.

»Kreaturen der Nacht, die nur vom Ewigen Licht gefällt werden? Vier Schritt groß, dunkel, mit gewaltigen Klauen und Hauern? Natürlich waren es Trolle!«

»Es könnte ja sein, dass Ihr in der Hitze der Schlacht nicht genau erkannt habt, gegen was Ihr kämpft!«

Für einen Moment blieb Tamár die Luft weg. Zum zweiten Mal an einem Tag wurde an seinem Mut, seiner Ehre und seinem Wort gezweifelt, und diesmal von einer dahergelaufenen wlachkischen Kriegerin.

»Ich weiß sehr gut, was ich gesehen und getötet habe«, erwiderte er kalt. Ein kaum zu unterdrückendes Verlangen, seine Waffe zu ziehen, überkam ihn, und er musste zu Boden schauen und sich auf die Lippen beißen, um die Wlachakin nicht zu beschimpfen. *Was für eine Hündin! Wie kann sie es wagen? Der Krieger hatte recht: Sie ist die Ausgeburt eines Dunkelgeistes!*

Doch sein Vater blieb gelassen. »Wir sind uns sicher, Bojarin. Deshalb versteht Ihr vielleicht unser Misstrauen.«

»Der Verlust Eurer Leute bestürzt uns«, versicherte Viçinia. »Ich wünschte, wir könnten Euch beweisen, dass wir keinen Anteil daran haben. Meine Schwester führt keinen Krieg gegen unbewaffnete Bauern. Und wir haben keinerlei Verbindung zu den Trollen. Ich kam in ehrlicher Absicht, um unseren Ländern Frieden zu bringen. Warum sonst wäre ich hier?«

»Als Ablenkung? Vielleicht haben die Trolle zu früh zugeschlagen? Ich weiß es nicht. Doch Eure Anwesenheit wiegt niemanden in Sicherheit. Zu klar stehen uns allen noch die Umstände von Zorpads Fall vor Augen.«

Diese Worte ließen in Tamár Erinnerungen aufsteigen. Bevor sich die Wlachaken gegen Marczeg Zorpad aufgelehnt hatten, war Viçinia an dessen Hof gewesen. Als Geisel, um den Waffenstillstand zu sichern, der nach der Herbstschlacht ausgehandelt worden war. *Genau wie vor einem Jahr,* durchfuhr es Tamár, doch dann schüttelte er den Kopf. *Das ergibt keinen Sinn. Warum sollte sie sich in Gefahr begeben? Als Geisel war sie kaum freiwillig an Zorpads Hof, als dieser seine Pläne schmiedete.*

»Ich versichere Euch, dass weder ich noch Ionna etwas

mit diesen Übergriffen zu tun haben. Wir würden Euch sogar Krieger an die Seite stellen, um diese Angriffe abzuwehren.«

Sofort wollte Tamár protestieren, doch die rothaarige Wlachakin hob abwehrend die Hände und fuhr fort: »Aber natürlich könntet Ihr dies nicht zulassen.«

»Bedauerlicherweise nicht«, pflichtete ihr Gyula bei.

»Spracht Ihr vorhin von vier Schritt Größe?«, meldete sich plötzlich Viçinias Begleiterin zu Wort.

»Ja«, antwortete der Masride nach kurzem Zögern. »Wieso?«

»Weil selbst der größte der Trolle nicht an dieses Maß heranreichte.«

»Ihr wisst das? Habt Ihr mit ihnen gekämpft? Wer seid Ihr überhaupt, habt Ihr einen Namen?«

»Natürlich habe ich einen Namen. Ich heiße Flores. Und ja, ich habe an der Seite der Trolle gekämpft. Ich habe sie gesehen. Ihr gewaltigster Krieger, Pard, war weit über drei Schritt groß, aber dennoch unter vier.«

»Nun, unsere Feinde maßen vier Schritt oder mehr. Da bin ich sicher. Wir haben nämlich einen getötet.«

»Vielleicht waren es dann keine Trolle. Zumindest waren es nicht die, mit denen wir gekämpft haben.«

»Möglich. Leider genügt mir Euer Wort nicht.«

»Hier sollte es doch mehr als genug Krieger geben, die für Zorpad gekämpft haben, oder nicht? Wenn mein Wort nicht reicht, könnt Ihr ja diese fragen«, entgegnete die Frau scharf und stemmte die Fäuste in die Hüften. Tamár registrierte, dass sie ihm nun wieder eine höfliche Anrede angedeihen ließ. Nachdenklich musterte der junge Masride sie, dann sah er seinen Vater an.

»Jedenfalls werden wir die Verhandlungen aussetzen, bis wir sicher sind, wer oder was uns angreift«, erklärte Gyula und nickte den Wachen zu, die sofort die Wlachaken in die Mitte nahmen. »Bitte betrachtet Euch weiterhin als unsere Gäste.«

Nach diesen Worten geleiteten die Soldaten die Gesandtschaft aus dem Saal, und Tamár wandte sich an seinen Vater.

»Es ergibt wenig Sinn, uns anzugreifen und gleichzeitig Ionnas Schwester zu uns zu senden.«

»Wohl wahr, doch kann es sein, dass ihre Absprache mit den Trollen nicht so gut funktioniert hat, wie sie hofften. Oder sie dachten, uns mit der Dreistigkeit eines solchen Vorgehens überraschen und lähmen zu können. Wenn sie uns davon überzeugt hätte, dass die Wlachaken nichts mit den Angriffen zu tun haben, hätte dies eine einzigartige Möglichkeit für einen Angriff geboten.«

»Möglich«, echote Tamár langsam, doch plagten ihn Zweifel an dieser Einschätzung. Es widersprach seiner Logik und seinem Gefühl, dass jemand ein solches Risiko für einen derart kleinen Gewinn eingehen würde.

»Jedenfalls ist diese Flores eine typische Wlachakin. Aufmüpfig, anmaßend und sich ihrer Stellung nicht bewusst!«

»Das mag sein«, erwiderte der Marczeg mit einem leisen Lachen. »Vielleicht liegt es ihr im Blut. Ihr Bruder Şten soll Zorpad gegenüber ja auch schon recht anmaßend gewesen sein, wenn man den Geschichten Glauben schenkt.«

Überrascht sah Tamár seinen Vater an. *Şten? Şten cal Dabrân? Flores ist die Schwester des Mannes, der Zorpads Pläne durchkreuzt hat? Natürlich, Flores cal Dabrân!*

»Die Neigung zum Aufruhr scheint tatsächlich vererbbar zu sein. Schon ihre Eltern wurden als Rebellen hingerichtet«, sagte Gyula und wandte sich ab. »Ruh dich aus. Wir müssen morgen viel vorbereiten. Ich brauche dich.«

Doch die Stimme seines Vaters erreichte Tamár nur wie aus weiter Ferne. Seine Gedanken rasten in seinem übermüdeten Geist. Die Schwester Şten cal Dabrâns befand sich in Turduj. Immer wenn Tamár von den Taten des Rebellen gehört hatte, war kalter Zorn in ihm aufgestiegen. Stets hatte er gehofft, eines Tages selbst ausziehen zu können, um den Rebellen zu finden und für seine Übergriffe gegen die Masriden zu bestrafen. Und jetzt befand sich dessen Schwester in greifbarer Nähe, aber Tamár waren die Hände gebunden. *Manchmal spielt einem das Schicksal üble Streiche,* dachte der junge Masride. *Während unser Land bedroht ist, gehen unsere Feinde in unserem Haus aus und ein, und wir sind machtlos. Nun ja, nicht ganz machtlos. Sollte es eine Verbindung zwischen den Trollen und den Wlachaken geben, dann gnade ihnen das Ewige Licht!*

9

Durch die Holzwände fiel Licht in langen Strahlen, in denen der Staub tanzte. Doch der größte Teil des Stalls war in Zwielicht gehüllt. Der kräftige Geruch von noch frischem Heu lag in der Luft, auch wenn sich momentan keine Tiere in den Verschlägen befanden. Einige Insekten summten umher, ansonsten war es still.

Vorsichtig bahnte sich Şten einen Weg zwischen den ruhenden Leibern hindurch. Er vermied es, die Kreaturen zu berühren, auch wenn er sicher war, dass sie nicht aufwachen würden. Das Licht der Sonne hatte sie fest im Griff und würde sie bewegungslos verharren lassen, bis die Sonne wieder hinter dem Horizont versank.

Der Wlachake hatte natürlich vor und während der Schlacht gegen Zorpad viele verschiedene Trolle gesehen. Dennoch erstaunten ihn die Größe der Wesen und ihr vielfältiges Aussehen. Ihre Haut war grau, allerdings reichte das Spektrum von Dunkel, fast Grünlich, bis hin zu einem sehr hellen Grau. Die Struktur der Haut war rau, und bei vielen sah Şten dicke Verwachsungen und Knoten, hier und da sogar knöcherne Platten. Obwohl sie alle riesig waren, gab es deutliche Unterschiede. Viele waren über drei Schritt groß, manche jedoch kleiner, und einige wenige mochten an die dreieinhalb Schritt messen, so wie Pard. Manche trugen die seltsamen fingerdicken Hornauswüchse, die eine Art Haar zu sein schienen, lang; andere schnitten sie knapp über dem Schädel ab. Alle hatten Hörner, die sich von der Stirn bis über den Hinterkopf erhoben, teilweise glatt, teilweise in sich gedreht. Sie trugen alle nur wenig Kleidung: Lendenschurze oder einfache Ledergeschirre, an denen Beutel befestigt waren. Auf Şten wirkten sie wie Kreaturen aus dunkler Vorzeit, wie Botschafter aus primitiveren Zeiten, die plötzlich wieder in seine Welt einbrachen. *Und Krieg bringen,* dachte Şten, *gerade jetzt, da wir endlich einmal Frieden gefunden haben.*

Schließlich erreichte er Pard. Selbst bewusstlos wirkte der riesige Troll noch gefährlich und angsteinflößend. Seine Arme endeten in gewaltigen Pranken, die mit scharfen Klauen bewehrt waren, und Şten wusste um die Kraft, die in den Muskeln des Trolls schlummerte. Er hatte mit eigenen Augen gesehen, wie Pard Menschen getötet hatte, gnadenlos und von einem urtümlichen Zorn erfüllt. Die Trolle kannten nur den ewigen Kampf ums Überleben. Mitleid war für sie Schwäche, die sich bitter rächen konnte. Ein Sieg war nur wertvoll, wenn der Feind vollständig vernichtet wurde. Ihre Heimat, tief in den Eingeweiden der Welt, war lebensfeindlich und dunkel. *Vielleicht sind sie einfach nur wie ihre Welt. Kann ich sie verurteilen? Habe ich meine Feinde nicht ebenfalls getötet und würde es wieder tun?*

»Na, Großer?«, fragte Şten den bewegungslosen Troll und kniete sich neben dessen massiges Haupt mit den kurz geschorenen Hornauswüchsen. »Sagst du mir die Wahrheit? Seid ihr unschuldig an den Gräueln in Costins Dorf? Wäre Druan bei euch, dann wäre meine Entscheidung leichter.«

Nachdenklich ließ der Wlachake seinen Blick über die Trolle wandern. Es waren tatsächlich fast dreißig von ihnen, die überall im Stall verteilt auf dem Boden lagen. Im Augenblick waren sie hilflos. Solange die Sonne schien, waren sie nicht gefährlicher als Steine, die auf dem Feld lagen. Doch in der Nacht machten ihre gewaltigen Kräfte und ihr finsteres Naturell sie zu unberechenbaren Monstern. Kein Wlachake hatte ihnen eine Träne nachgeweint, als sie nach der gewonnenen Schlacht wieder in ihre Heimat gezogen waren. Einige mochten mit dem Gedanken gespielt haben, sie auch weiter gegen die Masriden einzusetzen, aber nur wenige hatten dies ausgesprochen. Zu sehr hatten die Bilder sich in das Gedächtnis der Menschen gebrannt, Bilder vom Sturm der Trolle in der Schlacht, von der unglaublichen Verwüstung, die sie anrichten konnten. Es war ein brüchiges Bündnis gewesen, das mehr aus Notwendigkeit denn aus Neigung geschlossen wurde und das ebenso schnell zerfiel, wie es entstanden war. *Und euch ging es doch nicht anders. Ihr hasst die Oberfläche, die Sonne, ja selbst uns Menschen. Eure Feinde sind euch doch viel näher als wir.*

»Herr?«, ertönte Vasiles Stimme vom Eingang der Scheune her. Der Veteran würdigte die ruhenden Trolle keines Blickes, aber Şten konnte am Gesicht des Mannes sehen, dass ihn die Anwesenheit der riesigen Kreaturen nervös machte. »Alles in Ordnung? Ich habe Stimmen gehört.«

»Ja, das war nur ich.«

»Braucht Ihr Hilfe, Bojar?«

Şten schüttelte den Kopf: »Ich habe mich nur darüber gewundert, wie verflucht groß sie doch sind.«

Ohne ein weiteres Wort ging Vasile zurück auf seinen Wachposten vor dem Scheunentor, indes sich Şten wieder dem Anführer der Trolle zuwandte. Unbewusst ruhte die eine Hand des jungen Kriegers auf dem Knauf seines Schwertes, während er die andere langsam über die raue Haut am Arm des Trolls wandern ließ, wie um sich davon zu überzeugen, dass die Kreatur wirklich war.

Ein Lächeln stahl sich auf Ştens Lippen, als er sich an die Abenteuer erinnerte, die er mit den Trollen durchlebt hatte. Sie hatten ihn in einem Käfig im Wald gefunden, ausgesetzt von Zorpads Schergen. Pard war zunächst dafür gewesen, Şten zu töten, da er den Menschen bei Tag fürchtete, doch er hatte sich von Druan überzeugen lassen, dass die Trolle die Hilfe des Wlachaken benötigten. Mehr als einmal hatte Ştens Leben an einem dünnen Faden gehangen, denn Pard war dickköpfig, und es hatte lange gedauert, bis er akzeptiert hatte, dass sie sich gegenseitig helfen konnten. *Hast du dich geändert? Mit Druan könnte ich reden und verhandeln. Aber mit dir, Pard?*, fragte der Wlachake den schlafenden Troll stumm.

Seufzend erhob er sich und sah sich um. Draußen im Hof standen seine Krieger. Ein Ruf würde genügen, um sie herbeizuholen und das blutige Werk zu beginnen. Der Gedanke rief Erinnerungen in ihm wach. An eingestürzte Gebäude, die Leiber der Erschlagenen. Das Dorf Arşita war nur noch eine Ruine, seine Bewohner tot. Selbst Zorpad war in seinem Krieg nicht auf diese gnadenlose, alles vernichtende Weise vorgegangen. Der Marczeg hatte erobern und die Wlachaken unterwerfen wollen. Er hatte herrschen wollen, aber nicht über ein lebloses Land. Der Angriff in Arşita hingegen hatte nur ein Ziel gehabt: Vernichtung und Tod. Irgendwo unter all den Toten war auch Costin gewesen. Doch zu viele der Leichen waren zu grausam zugerichtet gewesen, als dass man sie noch hätte erkennen können. Jetzt lag der tapfere Maler in einem Grab, zusammen mit vielen anderen Bewohnern des Dorfes. *Er hat den Kampf und die Schlacht gegen Zorpad überlebt, nur um in seinem Heimatdorf zerrissen zu werden,* dachte Şten. *Es wäre fast komisch, wenn es nicht so verdammt übel wäre.* Seine Kehle war wie zugeschnürt, und er musste daran denken, wie geschickt der kleine Maler die Schar der Rebellen oft aufgeheitert hatte. Er hatte sich niemals unterkriegen lassen, nicht einmal im Angesicht des sicheren Todes, als sie sich Zorpad hatten ergeben müssen und alles verloren schien. *Und er hat recht behalten. Wir haben überlebt, und nicht nur das, wir haben gewonnen.* Doch Costin war nicht viel Zeit geblieben, die Früchte der Freiheit zu genießen. *Und so reiht er sich ein in die Zahl der Toten, die wir beklagen. So viel Tod, so viel Leid, wie hält unser Volk das alles aus?* Aber Şten kannte die Antwort. Irgendwie ging das Leben weiter, irgendwie gewöhnte man sich an die Verluste. *Den Masriden wird es nicht anders ergehen. Auch ihre Söhne und Töchter lassen in den Kriegen ihr Leben. Und was ist mit euch Trollen? Vermisst ihr Druan und seine Weisheit? Trauert ihr um eure Toten, oder fresst ihr nur ihr Fleisch?*

Der Ruf nach den Soldaten lag Ştȩn auf der Zunge, doch wollte er ihm nicht über die Lippen kommen. Damals, im Wald nördlich von Orvol, da war die Entscheidung einfach gewesen. Als die Trolle tagsüber seiner Gnade ausgeliefert waren, ging es nur um ihn, um seine Sicherheit. Dennoch hatte der junge Wlachake mit sich ringen müssen, bis er sich entschieden hatte, die Trolle am Leben zu lassen.

Immer noch hielt seine Linke den Griff seiner Waffe fest umklammert, während er auf die Trolle hinabsah. Mit dem Untergang der Sonne würden sie sich wieder erheben. Und eine Gefahr darstellen. Nicht nur für Ştȩn, sondern für alle Menschen in Wlachkis, und vor allem für Ştȩns Schutzbefohlene, die Bürger von Dabrân, die sich auf den Bojaren und dessen Soldaten verließen und ihnen vertrauten.

Vertrauen ist der Dreh- und Angelpunkt. Vertraue ich Pard? Könnte ich ihm mein Leben anvertrauen? Und das Leben derjenigen, die sich, anders als ich, nicht verteidigen können? Und selbst wenn ich Pard vertraue, was ist mit den anderen Trollen, die ich nicht kenne?

Unsicher blickte Ştȩn zum Tor der Scheune. Innerlich verfluchte er zunächst die Trolle und dann die gesamte Situation. Seine Untergebenen konnten ihm kaum einen guten Rat geben, und die einzigen Personen, deren Wort er vertraute, waren weit weg. *Es hilft nichts, ich muss das allein entscheiden. Mein Wort und das Gebot der Gastfreundschaft binden mich, aber als Bojar bin ich verpflichtet, Dabrân und all die anderen Wlachaken zu schützen.*

Entschlossen wandte sich der junge Krieger der Tür zu.

»Vasile!«

Sofort betrat der kahlköpfige Wlachake wieder die Scheune und sah Ştȩn erwartungsvoll an.

»Schick einen Boten nach Teremi. Kündige an, dass

ich dorthin reisen werde und dass ich einige Trolle mitbringe.«

»Ja, Herr. Ihr wollt die Monster leben lassen?«

In der Miene des Veteranen konnte Şten genau die Zweifel gespiegelt sehen, die auch ihn plagten. Dennoch nickte er schnell und antwortete: »Ja. Pards Wort ist mir genug. Wir haben eine Schuld gegenüber den Trollen. Und ich habe mein Wort gegeben.«

»Ein Ehrenwort gegenüber diesen Bestien zählt nicht«, gab Vasile zu bedenken.

»Möglich. Aber das ändert nichts. Wenn eine Gefahr durch Anda und deren Gefolgs… äh, Gefolgstrolle besteht, dann sind Pard und seine Krieger vielleicht unsere einzigen Verbündeten gegen sie. Ich weiß nicht, was tief unter der Erde vorgeht, aber ich werde nicht handeln, ohne es in Erfahrung gebracht zu haben!«

»Umbringen kann man sie ja immer noch«, erwiderte Vasile und spuckte aus. »Jeden Tag.«

»Auch das. Bewacht weiterhin die Scheune. Ich will keine Zwischenfälle. Je weniger Kontakt es zwischen den Menschen und den Trollen gibt, desto besser.«

»Ja, Herr.«

Mit einem Nicken entließ Şten den erfahrenen Krieger und blieb allein mit seinen Gedanken zurück. *Die Entscheidung ist gefallen. Ich bete zu den Geistern, dass mein Vertrauen in euch gerechtfertigt ist.*

Mit schnellen Schritten trat der Bojar aus dem Zwielicht der Scheune in die gleißende Sonne. Die Welt abseits der finsteren Kreaturen und ihrer dunklen Geheimnisse hatte ihn wieder. Irgendwo in der Nähe krähte ein Hahn, und zwei Kinder liefen lachend über den Burghof. Die Szenerie wirkte so normal, dass Şten einige Augenblicke stehen blieb und verwirrt blinzelte. Erst dann ging er zum Hauptgebäude der Feste, um Vorbereitungen für seine Abreise zu treffen.

Der Effekt, den der Untergang der Sonne auf die Trolle hatte, wäre für die meisten Menschen wohl verblüffend gewesen. Von einem Moment auf den nächsten erwachten ihre Leiber aus der Starre, und sie öffneten die Augen. Doch Şten hatte dieses Schauspiel schon viele Male erlebt und maß ihm keine Bedeutung mehr bei. Stattdessen rief er: »Pard!«, und wartete, bis der große Troll sich erhoben hatte und zu ihm gestapft kam.

»Wir leben noch«, stellte der massige Troll trocken fest.

»Ja. Macht euch bereit, wir brechen bald auf.«

»Wohin?«

»Nach Teremi. Wir informieren Ionna über die Neuigkeiten, die ihr mitgebracht habt, und beraten uns mit ihr. Dann werden wir sehen, was wir tun können.«

»Und das wäre?«

»Ich weiß noch nicht«, gestand Şten. »Vielleicht können wir Soldaten entbehren. Oder herausfinden, was mit Anda geschehen ist. Warum wollte Druan, dass ihr zu mir kommt?«

»Kerr!«, rief Pard, ohne die Frage zu beantworten, und der kleinere Troll gesellte sich zu ihnen.

»Was hat Druan genau gesagt? Wieso glaubte er, dass die Menschlinge uns helfen können?«

Aber der junge Troll sah nur von Pard zu Şten und zuckte mit den Schultern, was Pard ungeduldig knurren ließ.

»Ich denke nicht, dass Druan eure Krieger wollte.«

»Warum nicht?«

»Was sollten sie tun? Gegen Anda kämpfen? Unter der Erde? Pah!«, rief der große Troll und verzog verächtlich das Gesicht. »Menschen sind schwach. Sie sind blind in der Dunkelheit. Sie kennen unsere Heimat nicht.«

Obwohl Şten die Arroganz des Trolls nicht schmeckte, musste er ihm recht geben: »In den Gebeinen der Welt wären wir keine große Hilfe. Aber Andas Trolle kommen doch auch an die Oberfläche. Vielleicht kann man ihnen eine Falle stellen. Fürchten sie das Licht?«

»Ja«, antwortete Pard, schwächte seine Aussage aber sofort wieder ab: »Vermutlich. Ich weiß es nicht sicher. Aber warum sollten sie nicht?«

»Eben. Wenn man sie überrascht, dann wären sie hilflos.«

»Was ist mit den Sonnenmagiern? Diesem Albernen Sunsch?«

»Albus Sunaş«, berichtigte Şten. »Viele sind geflohen. Andere wurden vertrieben. Aber es gibt noch welche im Freien Wlachkis. Wieso?«

»Sie könnten uns helfen.«

»Was? Die Sonnenmagier? Euch helfen?«

Şten brach in Gelächter aus. Erst als er den verwirrten Blick sah, den Pard und Kerr wechselten, beruhigte er sich wieder.

»Die Priester hassen euch. Sie bezeichnen euch als Dunkelgeister. Sie sagen, dass ihr Göttliches Licht euch verflucht und unter die Erde verbannt hat. Seit den Tagen der Schlacht predigen sie, dass uns Wlachaken der Zorn des Göttlichen Lichtes sicher sei, weil wir ein Bündnis mit den finstersten Kreaturen eingegangen sind. Angeblich ist die Trockenheit eine Strafe für unsere Verfehlungen. Aber ich frage mich, wieso es dann im Osten bei den Masriden nicht besser ist.«

»Dann sollten die Sonnenmagier doch froh sein, wenn sie gegen ein paar von uns kämpfen können!«

»Nicht, um euch zu helfen. Außerdem ist ihr Verhältnis zu Ionna sehr gespannt. Offiziell mögen sie sich neutral verhalten, aber der überwiegende Teil von ihnen sind Masriden. Und viele sitzen auf den Ländereien der Marczegs im Osten und predigen den Krieg gegen uns, denn sie befürchten, dass unser Volk sich wieder an seine alten Wege erinnert und dem Glauben an das Göttliche Licht abschwört. Sie sind mächtig und besitzen Einfluss, nicht nur auf die Fürsten der Masriden, sondern auch auf so manchen Gläubigen hier. Es ist gefährlich, sie zu verärgern, weil sie den Ausschlag für einen neuen Krieg geben könnten. Und sie verdammen unser Bündnis mit euch und dass wir an eurer Seite gekämpft haben. Keine gute Ausgangsbasis für eine friedliche Zusammenarbeit. Würdest du das nicht auch sagen?«

Der Troll schwieg einen Moment und kratzte sich am Kopf. Dann verdrehte er die Augen.

»Pah! Sollen sie so viel reden, wie sie wollen! Aber wenn sie mir in die Quere kommen, mache ich sie platt!«

Pard spannte die gewaltigen Muskeln an und schlug sich mit der rechten Faust in die Hand. Das laute Klatschen ließ die Köpfe der anderen Trolle zu ihnen herumfahren. In ihren Augen sah Şten Neugier, aber auch Angst und Zorn, und er beeilte sich zu sagen: »Langsam. Erst einmal kümmern wir uns um eure Probleme, klar?«

»Gut. Wie lautet dein Plan?«

»Du hältst deine Meute hier unter Kontrolle. Ich will keine Zwischenfälle«, zischte Şten, woraufhin Pard ihn böse anfunkelte.

»Ist ja gut! Ich habe verstanden.«

»Wir marschieren noch heute Nacht los. Ich habe Reiter vorgeschickt, die auf unserer Route die Menschen warnen, damit nichts passiert. Wir umgehen alle Siedlungen und suchen uns jeweils im Wald einen Unterschlupf für den Tag. Wie schaut es mit euren Vorräten aus?«

»Es geht. Wir haben nicht mehr viel. Wir konnten nicht jagen, weil …«

»Schon gut«, unterbrach der Wlachake den Troll. »Wir nehmen genug Proviant mit. Ich werde euch begleiten, aber ich werde allein sein. Je weniger Menschen ihr begegnet, desto besser, oder?«

»Ja. Menschen sind nervige Brocken Fleisch, und nicht jeder Troll ist so langmütig wie ich«, pflichtete Pard ihm bei, woraufhin Şten eine Augenbraue hob, aber auf eine Antwort verzichtete. Stattdessen ließ er seinen Blick über die versammelten Trolle schweifen.

»Wie viele von euch folgen Anda? Wie viele sind noch in den Tiefen der Welt und stehen auf keiner Seite?«

Nachdenklich sah Pard an die Decke, dann zuckte er mit den Schultern.

»Ich weiß es nicht. Einige wurden getötet. Turk hat viele aus seinem Stamm weggeführt, als es zu hart wurde. Andere haben sich wohl Anda angeschlossen. Aber wir wissen nicht, wie viele oder wer.«

»Ihre Worte klingen gut«, sagte Kerr unvermittelt, der bislang schweigend zugehört hatte. »Wir sollen den Krieg zu den Zwergen tragen. Nicht immer tiefer ziehen, wenn die Zwerge mehr Tunnel erobern. Sondern sie zurückdrängen, sie auslöschen oder aus den Bergen vertreiben. Ebenso die Menschen.«

»Sie wird doch wohl nicht glauben, dass sie alle Menschen aus dem Land vertreiben kann!«

»Die Oberfläche ist gefährlich und fremd und kein Ort für Trolle«, stimmte Pard Şten zu. »Aber sie hasst euch, was dumm ist.«

»Dumm?«

»Man kann euch verachten, aber hassen? Ihr seid schwach, ihr kommt nicht in unsere Welt. Ihr Hass ist verschwendet. Zwerge, ja, die kann man hassen. Kleine, gierige Bastarde. Ihre Krieger kommen in unsere Höhlen und töten uns. Aber Menschen?«

»Dennoch suchst du unsere Hilfe«, stellte der Wlachake ruhig fest und wandte sich wieder an Kerr: »Du sagst, dass Andas Reden viele Trolle erreichen. Aber sie lässt ihre Trolle doch auch andere Trolle ermorden. Sollte das nicht ebenso viele abschrecken? Immerhin verbietet euer Gesetz dies.«

»Gesetz. Pah!«, antwortete Pard. »Wir haben keine Gesetze. Es geschieht einfach nicht, es gibt nichts Schlimmeres, was ein Troll tun kann. Niemand würde einem Trollmörder Unterschlupf gewähren. Und wenn man allein ist, wartet der Tod überall.«

»Eure Heimat klingt nicht sehr angenehm für meine Ohren. Es ist kein Wunder, dass so wenige Menschen sie besuchen.«

»Es ist die Heimat meines Volkes. Sie macht uns erst zu Trollen. Stark! Hart!«, verkündete Pard stolz.

»Wieso folgen dann manche Trolle Anda, wenn doch ihre Taten allem widersprechen, was dein Volk kennt?«

Kerr schüttelte langsam den Kopf, und auch Pard hatte darauf anscheinend keine Antwort parat.

»Egal«, sagte Şten mit einem Seufzen. »Macht euch bereit, wir brechen so bald wie möglich auf.«

Mit einigen gebellten Befehlen verwandelte Pard den ohnehin schon überfüllten Stall in ein absolutes Chaos. Die Trolle sammelten ihre wenigen Habseligkeiten ein, während Şten in den Hof trat und die Vorräte inspizierte, die dort zusammengetragen worden waren. Nach seinen Anweisungen hatten die Schuster aus Dabrân einige grobe Lederbeutel genäht, die für Trolle passend waren. Dazu kamen einige Fässer und Lederschlingen, um diese tragen zu können. Die Lederarbeiten waren nicht schön, aber praktisch. Während Şten noch kurz mit Vasile sprach, traten die ersten Trolle bereits aus dem Stall.

»Hier drüben«, rief Şten und wies auf die Vorräte. »Jeder soll sich etwas nehmen.«

»Viel Glück, Bojar«, sagte Vasile unvermittelt, und Şten grinste ihn an.

»Keine Sorge, ich komme schon zurück. Ist nicht das erste Mal, dass ich mit Trollen umherziehe.«

Mit einem freundschaftlichen Schlag auf die Schulter verabschiedete er sich von dem Soldaten und sah den Trollen zu, die unter Pards Führung die Vorräte aufteilten und einsteckten. Einige derbe Trollflüche später war ihre Gruppe zum Abmarsch bereit, und Şten führte sie durch das Tor der Feste hinaus. Auf dem nördlichen Torturm sah er eine grauhaarige, groß gewachsene Frau stehen, seine Verwalterin Riclea, die während seiner Abwesenheit die Geschäfte der Feste leiten würde. In Dabrân blieb währenddessen die Führung in der Hand des Bürgermeisters. Beide hatten sich bisher als fähig erwiesen. Mit erhobener Hand grüßte Şten Riclea, die zurückwinkte, dann bog er nach Norden ab und führte die Trolle an der Mauer der Burg entlang weg von Dabrân, auch wenn die Straße eigentlich zu der Stadt und von dort aus weiter nach Teremi führte.

Der Himmel war wolkenlos, und der helle Mond spendete genug Licht, um ohne Laterne den Pfad zu finden. Hinter sich hörte der junge Wlachake das tiefe Murmeln einiger Trolle und ihre schweren Schritte, doch er konzentrierte sich auf das Land vor ihm, auf die sanften Hügel, die noch von Feldern bedeckt waren, in der Ferne aber schon den dichten Wald erkennen ließen, der in so vielen Geschichten der Wlachaken eine wichtige Rolle spielte. *Dort werden wir sicher sein,* dachte Şten und musste plötzlich schmunzeln. *Ich ziehe mit fast dreißig Trollen durch die Nacht und denke an Sicherheit! Dabei würde uns wirklich nur ein Wahnsinniger angreifen. Insofern bin ich wohl ohnehin sicher. Zumindest solange keiner der Trolle plötzlich Hunger auf Menschenfleisch bekommt.*

Die frische Nachtluft belebte seinen Geist, und er ertappte sich dabei, wie er ein altes Lied über die Raben des Mardews pfiff. Der sternenübersäte Himmel, das schlafende Land, alles erschien ihm friedlich und von kaum fassbarer Schönheit. Verwirrt über die eigene gute Laune, die so im Widerspruch zu dem stand, wie er sich eigentlich fühlen sollte, atmete Şten tief ein. Und plötzlich wurde ihm klar, was ihm so viel Freude bereitete: wieder unterwegs zu sein, ein klares Ziel und eine deutliche Aufgabe zu haben.

Seit Viçinias Aufbruch war ihm die Festung mehr und mehr wie ein Gefängnis erschienen. Die zahllosen kleinen und großen Probleme seiner Baronie warteten darauf, dass er sich um sie kümmerte und sie löste, selbst wenn er weder Erfahrung noch genügend Wissen dafür mitbrachte. Es lag nicht in seiner Natur, Angelegenheiten zu verschleppen, aber mehr als einmal hatte er sich angesichts der Verwaltung von Dabrân hilflos gefühlt. Viele Entscheidungen mussten getroffen werden, Entscheidungen, welche die Bewohner direkt betrafen. Mit Viçinia an seiner Seite hatte er eine Vertraute gehabt, mit der er über die Probleme hatte sprechen können. Aber allein wurde Şten schnell klar, dass er niemals gelernt hatte, ein Land zu führen. Kämpfen und Krieger im Kampf anzuführen, das war es, was er sein ganzes Leben lang getan hatte. Dabei ging es ebenfalls um wichtige Entscheidungen, jeder Fehler konnte Leben kosten, aber Şten war sich in der Hitze des Gefechts stets sicher, das Beste geben zu können. *Laufe ich jetzt vielleicht vor der Verantwortung davon?*

»Müssen wir durch den verdammten Wald?«, donnerte ein Troll hinter Şten und riss ihn damit aus seinen Gedanken. Bevor er antworten konnte, rief Pard: »Ja. Und halt dein Maul. Keiner hier mag den Wald, aber wir plärren nicht wie Zwerge!«

»Ich habe nur gefragt«, maulte der Troll, schwieg danach aber.

»Der Himmel macht sie nervös«, bemerkte Pard, der zu Şten aufgeschlossen hatte. »Und ich habe ganz vergessen, was alles für verfluchte Viecher in Bäumen wohnen können.«

»Warum gefällt euch der Himmel nicht?«

»Weil alles offen und weit ist. Weil überall Feinde lauern, selbst in der Luft über dir. Weil man den Herzschlag der Welt hier kaum spüren kann.«

»Ich bin sicher, mir würde es bei euch auch nicht gefallen«, konterte Şten. »Enge Gänge, Dunkelheit, Kälte.«

»Kälte? Nein, es nicht kalt, tief unten. Es ist warm. Außerdem baut ihr doch selbst Höhlen. Du lebst in einer gebauten Höhle.«

»Du meinst die Burg? Die ist nur zum Schutz da. Gegen

Wind und Wetter und gegen Kälte. Und natürlich als Festung gegen Feinde.«

»So was brauchen wir nicht. Kein Wind, kein Wetter. Und unsere Feinde zerquetschen wir!«

Für einen Augenblick überlegte Şten, ob er den großen Troll darauf hinweisen sollte, dass er und seine Kumpane gerade auf der Flucht vor ihren Feinden waren, doch dann entschied er sich dagegen. *Es ist sowieso schon schlimm für sie. Kein Grund, noch Salz in die Wunde zu streuen.*

»Ich weiß, was du denkst, Menschlein. Dass wir schon wieder an der Oberfläche sind, weil wir unsere Feinde nicht besiegen können.«

»Äh, nein, das habe ich nicht gedacht«, log Şten.

»Mit Druan sind wir hierher gekommen, weil unsere Feinde hier waren. Nicht, weil wir abgehauen sind. Und jetzt sind es Trolle, gegen die wir kämpfen. Die härtesten aller Gegner!«

»Ja.«

»Es würde dir unter der Erde nicht gefallen, weil du ein Mensch bist. Bei uns muss man stark sein. Wer das nicht ist, stirbt.«

Şten hob beschwichtigend die Hände: »Sorgen wir dafür, dass ihr euer Problem löst und zurückkehren könnt. Das ist für alle besser.«

Darauf antwortete Pard nicht, und auch Şten ging schweigend weiter. *Mit Druan wäre die ganze Sache erheblich einfacher. Ich glaube nicht, dass Pard sich selbst gut genug unter Kontrolle hat. Geschweige denn die Meute Trolle hier, denen Angst und Zorn in den Knochen stecken. Je schneller sie wieder verschwinden, desto besser.*

10

Ich wünschte, ich hätte Dabrân nicht verlassen, dachte Viçinia wehmütig, während sie vom Wehrgang aus gemeinsam mit Flores auf das geschäftige Treiben in Turduj hinabsah. *Ich wünschte, Ionna hätte den starrsinnigen Marczeg einfach in seiner Burg sitzen lassen, bis er von allein von dem Thron stürzt, der ihm ohnehin nicht zusteht. Vielleicht hat Şten mit seinen Befürchtungen doch recht gehabt. Mit den Masriden kann man nicht verhandeln.*

»Wieso passiert mir immer so was, wenn ich mich in die Politik einmische?«, fragte Ştens Schwester neben ihr und seufzte. »Als ich noch nichts mit der ganzen Angelegenheit zu tun haben wollte, war mein Leben deutlich einfacher. Aber nun – bin ich eine Gefangene!«

Ohne zu antworten, lehnte sich Viçinia auf die Mauer und besah sich die Menschen, die unter ihr ihrem Tagwerk nachgingen. Auch innerhalb der Stadtmauern wirkte Turduj übervölkert. Der Handel mit den Zwergen, die aus den Bergen im Norden kamen, hatte der Stadt einigen Wohlstand gebracht. Abgesehen von Streitigkeiten mit Marczeg Laszlár Szilas, die jedoch wenig mehr als Scharmützel waren, hatte auch der Krieg das Şireva weitgehend verschont. Nach Zorpads Niederlage war es zu Kämpfen zwischen Masriden und Wlachaken entlang der neuen Grenzen gekommen, aber der Beginn der Verhandlungen hatte diesen Einhalt geboten. Man sah der Stadt an, dass sie schon lange keinen Krieg mehr gesehen hatte. In Teremi hatte Zorpad die Befestigungsanlagen stets erweitert und instandgehalten. Ebenso hatte es Ionna im Mardew gehalten. Der ursprüngliche Sitz ihrer Familie, das uralte Désa, war im Laufe des langen Krieges zu einer beeindruckenden Festung geworden, die jederzeit von vielen wlachkischen Kriegern verteidigt werden konnte.

In Turduj hatte Gyula jedoch den Siedlern vor der Stadt erlaubt, bis an die Mauern zu bauen. Und auch wenn diese stark und dick waren, so hatten die Herrscher des Şireva offensichtlich mehr Energie und Arbeit in die Verzierung des Mauerwerks gesteckt als in die Verbesserung des Schutzes. Gleiches galt für die Festung im Herzen der Stadt selbst. In Teremi war die Burg von gepflasterten Plätzen umgeben, auf denen keine Häuser errichtet werden durften, während Désa auf Felsplateaus stand, die mit trutzigen Mauern bebaut waren und der Stadt den Ruf eingebracht hatten, uneinnehmbar zu sein. Hier in Turduj jedoch erstreckten sich die Gebäude bis zur Feste Zvaren, die der Stammsitz der Linie Békésar war. Im Falle eines Angriffs würden die Gegner so leicht Deckung finden und die Möglichkeit haben, die Mauern der Burg über die Gebäude zu erklimmen. *Es herrschte so lange Krieg zwischen dem Sadat und dem Mardew, zwischen Zorpad und Ionna, dass wir manchmal vergessen, dass es selbst in Wlachkis friedlichere Gegenden gibt. Obwohl auch die Marczegs alles andere als treue Verbündete waren. Aber irgendwie ist es immer bei Kriegsdrohungen geblieben, bei kleineren Gefechten und Scharmützeln. Es gab Raubzüge, aber keine Kriegszüge. Nun ja, eine Ratte beißt der anderen nicht in den Schwanz, sagt man.*

»Hübsches Städtchen«, bemerkte Flores sarkastisch.

»Überlaufen und voller Flüchtlinge. Wenn sich die Nachrichten von dem Massaker in den Bergen herumsprechen, werden noch mehr Menschen aus dem Umland die Sicherheit der Stadt suchen.«

»Was denkst du, was dort passiert ist?«, fragte Flores und wandte sich gen Norden, wo man die ersten Ausläufer der Sorkaten gerade noch im Dunst des anbrechenden Tages erkennen konnte.

»Ich weiß es nicht. Şten hat immer wieder gesagt, dass

die Trolle Monster sind und bleiben werden. Wer kann wissen, was in ihnen vorgeht?«

»Aber glaubst du wirklich, dass es Trolle waren? Vier Schritt! Nicht einmal Pard war so groß.«

»Denkst du, Gyulas Sohn lügt?«

Nachdenklich blickte Flores in den Hof der Feste, wo eine Handvoll masridischer Soldaten zusammenstand. Die Männer lachten über etwas; worüber, konnte die junge Kriegerin nicht ergründen.

»Eigentlich nicht. Ich glaube, dass er etwas gesehen hat. Und wenn er sagt, dass die Wesen so groß waren, dann glaube ich das auch. Er ist ein Krieger, nicht unerfahren, auch wenn sein Mundwerk sicherlich größer ist als sein Verstand. Wenn er nicht lügt, dann frage ich mich allerdings, *was* er tatsächlich gesehen hat.«

»Wir wissen nicht, ob es nicht noch größere Trolle als Pard gibt«, gab Viçinia zu bedenken.

»Stimmt. Ich glaube auch nicht, dass Druan und die Bande freiwillig an die Oberfläche zurückkehren würden. Dafür haben sie es hier viel zu sehr gehasst.«

»Es ist ein Rätsel; noch dazu eines, das wir leider nicht lösen können.«

Beide schwiegen einen Moment und beobachteten die Stadt und ihre Bewohner. Von Osten her näherte sich ein Reiter, der sein Pferd zu wildem Galopp antrieb. Auf der durch die anhaltende Trockenheit fest gewordenen Erde der Straße wirbelten die Hufe Staubwolken auf. Einige Zeit lang beobachtete Viçinia den Reiter, dann wurde dieser durch die Mauer der Stadt verdeckt, und die Wlachakin sah wieder hinab auf den Fluss Magy.

»Şten wird jedenfalls durchdrehen, wenn er davon erfährt«, vermutete Flores.

»Oh ja. Er war von vornherein dagegen, dass ich Ionnas Ruf folge.«

»Er wird sich die Schuld geben. Vor allem, wenn es wirklich Trolle sind, die hinter all dem stecken. Er fühlt sich immer noch verantwortlich dafür, dass diese Kreaturen jemals unsere Länder gesehen haben. Wahrscheinlich wird er alles stehen und liegen lassen, sich wieder in die Wälder schlagen und hierher kommen.«

»Ich hoffe nicht! So beliebt er bei uns ist, so sehr hassen die Masriden ihn. Seine Anwesenheit würde alles nur verschlimmern. Unsere einzige Hoffnung sind Verhandlungen. Dazu müssen wir erfahren, was im Norden wirklich vorgefallen ist.«

»Schwierig, wenn man nicht einmal die dreimal verdammte Burg verlassen darf. Wie hast du das damals ausgehalten? Ich könnte die ganzen grinsenden Wachen jetzt schon erwürgen!«, ereiferte sich Flores.

Viçinia hob eine Augenbraue und erklärte höflich: »Geduld, Nemes Flores. Das ist eine Tugend, die man in der Diplomatie erwirbt. Übrigens dachte ich immer, dass Krieger ebenfalls häufig lange warten müssen, oder irre ich mich?«

»Nein. Aber es muss einem ja nicht gefallen, oder? Außerdem bin ich keine Kriegerin.«

»Nicht?«, fragte Viçinia erstaunt. »Was denn?«

»Eine Kämpferin. Von mir aus ein Söldling. Aber *Krieg* ist nicht mein Beruf.«

»Şten sagt immer, dass ohne eure Schlachtreihe die Masriden zu den Trollen durchgebrochen wären, bevor er die Sonnenmagier hätte ausschalten können. Die Trolle wären durch das magische Licht hilflos gewesen und …«

»Ja, ja«, unterbrach Flores sie. »Aber eine Schwalbe macht noch keinen Sommer und eine Schlacht noch keine Kriegerin. Ich hoffe, dass deine Mission von Erfolg gekrönt sein wird, denn ich habe nicht vor, noch einmal in den Krieg zu ziehen. Ich bevorzuge Kämpfe, die ich besser kontrollieren kann. Und am allerliebsten habe ich Tavernen, in denen ich trinken kann, ohne vorher kämpfen zu müssen!«

Bevor Viçinia antworten konnte, galoppierte ein Reiter

durch das Osttor der Feste und riss brutal an den Zügeln, bis sein erschöpftes Reittier mit zitternden Flanken stehen blieb. Der gerüstete Reiter musste sein Pferd lange angetrieben haben, denn es hatte weiße Schaumflocken vor dem Maul, und sein Fell glänzte schweißfeucht. Mit gerunzelter Stirn sah Viçinia, wie Soldaten zu dem Tier rannten und die Zügel übernahmen, während der Reiter aus dem Sattel sprang und zum Hauptgebäude lief. Die blonden Haare des Reiters und seine traditionelle masridische Frisur deuteten darauf hin, dass es sich um einen Untergebenen des Marczegs handelte. Das leise geführte Gespräch zwischen Wachen und Reiter konnte die Wlachakin nicht verstehen, doch die Krieger ließen den Mann anstandslos passieren.

»Was das wohl bedeutet? Neuigkeiten sicherlich; aber sind es gute oder schlechte?«, murmelte Flores.

Viçinia schüttelte den Kopf. »Schlechte wohl eher, obwohl ich auf das Gegenteil hoffen würde. Unsere Lage ist prekär genug.«

Mit einem ergebenen Nicken pflichtete Flores ihr bei. Momentan waren ihnen die Hände gebunden. *Dabei hängt nicht nur unser Leben, sondern auch der schwache Frieden vielleicht von dem ab, was der Reiter gerade Gyula berichtet. Mögen die Geister geben, dass es nicht weitere Gräueltaten der Trolle gab!*

Erst als die Sonne schon tief am Himmel stand, wurden die Wlachaken zum Marczeg gerufen. Im Laufe des Tages waren mehrere gerüstete Boten in großer Eile aufgebrochen, doch bisher hatten Viçinia und Flores nicht in Erfahrung bringen können, was die hektische Aktivität ausgelöst hatte. Als die junge Bojarin das Audienzzimmer betrat, stockte ihr beinahe der Atem. Gyula saß zusammengesunken in einem tiefen Sessel, während sein Sohn Tamár wütend im Zimmer auf und ab schritt. An den Türen waren schwer bewaffnete Wachen postiert, die den Eindruck erweckten, dass die Masriden die ungerüsteten

Wlachaken fürchteten. Als sich Viçinia vor dem Marczeg verneigte, zeigte dieser keinerlei Regung, sondern starrte nur durch sie hindurch, als ob sie und die Mauern seiner Feste gar nicht vorhanden wären. Stattdessen blieb Tamár stehen. Im Gesicht des Masriden spielten die Muskeln, und er rang sichtlich um Fassung. Neben sich sah Viçinia, wie sich Flores versteifte, als erwartete sie jeden Augenblick einen Angriff. Doch der Sohn des Marczegs nickte ihnen nur zu und ergriff dann das Wort: »In der gestrigen Nacht wurde ein kleiner Zollposten östlich von hier angegriffen und wohl erobert.«

»Ein Zollposten?«, erkundigte sich Viçinia verwundert. »Wer hat ihn angegriffen?«

Innerlich bereitete sie sich auf das Schlimmste vor. Sollten Trolle hinter der Attacke stecken, würde das Misstrauen der Masriden immer weiter anwachsen. So nahe an der Stadt konnte der Marczeg eine solche Provokation nicht dulden und musste einfach reagieren.

»Keine Trolle. Menschen«, erklärte Tamár gepresst. »Unter dem Banner des Drachen.«

Überrascht schnappte Viçinia nach Luft. Der Drache war das Wappentier von Marczeg Laszlár Szilas, dem Herrscher über das Valedoara. In ihrem Kopf rasten die Gedanken, denn diese Nachricht bedeutete, dass sich das bereits gestörte Machtgleichgewicht in Wlachkis rasend schnell und mit ungeahnten Folgen veränderte.

»Marczeg Szilas marschiert gegen euch?«, fragte Flores erstaunt und kleidete Viçinias Gedanken so in Worte.

»So scheint es. Offensichtlich stößt seine Armee gen Turduj vor.«

»Seit wann?«

»Einem Tag, höchstens zwei. Wir haben Späher ausgesandt, aber noch keine Meldung erhalten.«

»Seit zwei Tagen? Vielleicht nur einem? Wo sind eure Soldaten? Was ist mit den Befestigungen? Die Menschen müssen in die Stadt gebracht werden, die Mauern müssen …«, begann Flores hastig, aber Tamár unterbrach sie mit einem finsteren Seitenblick auf seinen Vater: »Ich weiß. Ein großer Teil unserer Krieger befindet sich im Norden und an der Grenze im Westen. Wie ihr vermutlich nur allzu gut wisst. Laszlár greift zum richtigen Zeitpunkt an. Unsere Kräfte sind verstreut! Er muss die wenigen Posten im Osten überrumpelt haben, jedenfalls gab es keinerlei Warnung!«

»Marczeg«, wandte sich Viçinia an den Masriden, der immer noch kein Wort gesprochen hatte. Langsam, als erwache er aus einem Traum, blickte der ältere Mann die Wlachakin an und blinzelte. Für einen Moment fragte sich Viçinia, ob er sie überhaupt erkannte, doch dann nickte er ihr zu.

»Sendet Boten zu meiner Schwester. Sie wird Euch Hilfe schicken! Wir sind hier, um ein Bündnis zu besiegeln. Trotz aller Schwierigkeiten müssen wir keine Feinde mehr sein. Gemeinsam können wir Marczeg Laszlár besiegen!«

Die Veränderung, die über den Masriden kam, war verblüffend. Von einem Moment auf den nächsten sprang er auf und wies anklagend mit einem Finger auf Viçinia.

»Ihr wagt es?«, rief der Herrscher. Seine Stimme bebte vor Zorn. »Eure Monster töten mein Volk, und Ihr bietet mir Hilfe an? Woher wusste Laszlár, dass wir gerade jetzt verwundbar sind? Ihr habt dies mit ihm ausgeheckt! Aber Euer Plan wird nicht aufgehen! Turduj ist meiner Familie Sitz und wird es auf ewig sein! Ihr verfluchten wlachkischen Huren glaubt mit euren Honigworten meinen Geist verwirren zu können, aber ich schmecke das Gift in euren Ratschlägen!«

Wie vor den Kopf gestoßen, wich Viçinia einen Schritt vor dem Mann zurück, dessen Gesicht zu einer hasserfüllten Fratze verzogen war. Sprachlos starrte sie den jähzornigen Marczeg an, dann fiel ihr Blick auf Tamár, dessen Miene unbewegt geblieben war.

»Ich denke nicht …«, begann der jüngere Mann, doch

sein Vater unterbrach ihn mit einem abfälligen Schnauben.

»Du denkst nicht? Wohl wahr! Deinen Wünschen entsprechend haben wir unsere Krieger fortgesandt, und das Herz unseres Landes unverteidigt gelassen! Du hast dich von den Lügen verwirren lassen! Deinetwegen liegt Turduj fast schutzlos vor unseren Feinden!«

»Szilas hat uns belogen, Vater! Seine Bündnisversprechen waren nur hohle Worte, um uns zu täuschen! Ich habe niemals ...«

»Schweig«, fauchte Gyula seinen Sohn an, und dieser verstummte. Aber der Zorn stand Tamár ins Gesicht geschrieben. Auch der Marczeg bebte vor Wut, doch als er sich Viçinia zuwandte, schien er sich wieder unter Kontrolle zu haben.

»Ihr werdet in eure Quartiere zurückkehren und diese nicht verlassen. Meine Familie hat schon so manchen Sturm überstanden, und wir werden auch diesen Verrat überleben. Um euch wird man sich später kümmern, Bojarin.«

Mit dieser letzten Warnung entließ der Masride die Wlachaken, und Viçinia ging langsam in den Vorraum. Sofort trat Flores an ihre Seite und flüsterte: »Der Alte ist verrückt, vollkommen von Sinnen. Erst gibt er uns die Schuld an den Angriffen im Norden, jetzt an dem Überfall von Marczeg Laszlár.«

»Ich weiß«, erwiderte Viçinia leise und sah sich wachsam um. »Aber was können wir tun? Wir ...«

In diesem Moment kam Tamár durch die Tür und warf sie mit einem lauten Knall zu.

Mit brüsken Schritten ging der Masride den Gang entlang. Viçinia nickte Flores zu, und die beiden Wlachakinnen bemühten sich, mit ihm gleichauf zu bleiben.

»Ihr denkt doch nicht, dass wir gemeinsame Sache mit Marczeg Laszlár machen, oder?«, erkundigte sich Viçinia vorsichtig.

»Mein Vater ist davon überzeugt.«

»Das beantwortet meine Frage nicht.«

Offensichtlich erzürnt, wirbelte Tamár zu ihr herum und fixierte sie mit eisigem Blick.

»Meine Meinung ist unerheblich. Mein Vater ist der Herr über Turduj. Um seine Meinung solltet Ihr Euch Sorgen machen, Nemes Viçinia, nicht um die meine!«

»Wie schlimm ist es?«, mischte sich Flores ein. Zunächst schien es, als wolle der Masride nur eine weitere wütende Bemerkung machen, doch dann zeigte sich Trauer auf seinen Zügen.

»Katastrophal. Der größte Teil unserer Soldaten steht an der Westgrenze. Wir haben die Garnison aus Turduj abgezogen, um die Dörfer im Norden beschützen zu können. Einem Angriff aus dem Westen könnten wir wohl trotzen, aber Szilas dringt durch die Hintertür vor. Er muss wissen, dass der Osten kaum verteidigt ist. Warum auch? Dort gibt es keine Feinde, nur die ewigen Sorkaten und den Magy.«

»Wie schnell können die Truppen hier sein und die Stadt entsetzen? Wie lange könnt ihr durchhalten?«

»Wir haben Boten gesandt, aber es wird Tage dauern. Wir müssen abwarten, wie entschlossen Szilas attackiert. Wir wissen ja noch nicht einmal, welche Stärke seine Armee hat, bis die Späher zurück sind.«

»Sendet Boten nach Teremi«, bat Viçinia noch einmal eindringlich und sah dem jungen Masriden direkt in die Augen. »Meine Schwester wird Hilfe entsenden.«

»Die Entscheidung obliegt meinem Vater«, antwortete Tamár knapp.

»Meine Güte!«, herrschte Flores ihn an. »Das kann doch alles nicht wahr sein!«

»Hüte deine Zunge!«, fuhr Tamár sie an. »Welche Hilfe könnten uns die Wlachaken wohl sein? Entweder die Grenzsoldaten erreichen uns, bevor Szilas die Stadt nimmt, oder alles ist verloren. Schneller wären eure Krieger auf keinen

Fall. Darf ich deshalb bitten, dass ihr in eure Unterkünfte geht und diese bis auf weiteres nicht verlasst?«

»Wollt Ihr uns wirklich als Geiseln am Hof lassen, wenn der Angriff droht? Meine Schwester ...«, begann Viçinia, aber Tamár fiel ihr ins Wort: »Wenn das Haus Békésar in einigen Tagen noch existiert, können wir diese Diskussion fortsetzen. Jetzt habe ich Besseres zu tun!«

Damit stapfte er davon und überließ die Wlachaken den Wachen, die sie zurück in ihre Zimmer führten. Gemeinsam betraten Flores und Viçinia ihre Räume, während der Rest der Wlachaken zu den ihren gebracht wurde. In der geräumigen Zimmerflucht angekommen, herrschte erst einmal Schweigen, bevor Flores, die unruhig auf und ab ging, sagte: »Wir müssen fliehen. Der Alte ist wahnsinnig, und sein Sohn folgt ihm blind ins Verderben.«

»Vielleicht können sie die Stadt halten ...«

»Die Stadt?«, fragte Flores und schnaubte abfällig. »Niemals. Die Feste vielleicht, aber nicht die Stadt. Die Mauern der Stadt sind lang und nicht besonders gut instandgehalten. Sie werden keinem entschiedenen Angriff widerstehen können, vor allem nicht, wenn sie nicht mit genügend Kriegern bemannt sind.«

»Turduj muss nur gehalten werden, bis der Entsatz eintrifft.«

»Wenn ich hier das Sagen hätte, würde ich so viele Menschen wie möglich in die Feste bringen und den Rest fliehen lassen. Wie lange werden Gyulas Soldaten bis hierher brauchen?«

»Ich weiß es nicht«, gestand Viçinia.

»Wochen. Sie müssen sich sammeln, bevor sie auch nur hoffen können, die Belagerer zum Abzug zu zwingen. Selbst wenn sie durch ein Wunder in wenigen Tagen hier sind – was denkst du, wie lange die Stadt mit einer Rumpftruppe zu halten ist?«

Unsicher zuckte Viçinia mit den Schultern. Von draußen waren Rufe zu hören, laute Befehle ertönten, während schwere Schritte in den Gängen widerhallten. *Flores hat recht; wir sitzen in der Falle.*

»Was schlägst du vor?«

»Flucht. Egal, wie die Sache ausgeht, Gyula können wir nicht vertrauen.«

»Und wie sollen wir fliehen? Überall sind Wachen, und vor den Toren steht eine Armee, die uns ebenfalls nicht freundlich gesonnen ist.«

»Schlachten sind chaotisch. Es gibt jede Menge Durcheinander. Wir müssen einen günstigen Moment abwarten. Vielleicht eine Verkleidung benutzen. Sie werden keine fliehenden Bauern aufhalten, wenn die Stadt fällt.«

Viçinia nickte langsam. Sie konnte die möglichen Auswirkungen der Ereignisse nicht recht abschätzen. Sollte sich einer der beiden Masridenherrscher durchsetzen, drohte ein neuer Krieg am Horizont. Die Wlachakin konnte sich kaum vorstellen, dass Marczeg Szilas in Turduj Halt machen würde, sollte er Gyula besiegen. Gegen einen geeinten Osten, gegen ein geeintes Heer der Masriden, würden die vom jahrelangen Krieg gezeichneten Wlachaken einen schweren Stand haben. Auch Ionna wusste dies und hatte sich deshalb stets darum bemüht, die Konkurrenz der Masriden untereinander zu erhalten und auszunutzen. *Vielleicht war diese Strategie zu erfolgreich,* dachte Viçinia sarkastisch, *aus dem Misstrauen ist ein offener Konflikt geworden.*

»Wie dem auch sei, die Situation ist nicht nur für uns gefährlich«, sprach Flores ihrer beider Gedanken aus. »Ionna sollte schnell davon erfahren.«

»Ich wünschte, Marczeg Gyula wäre vernünftiger. Ein Bündnis zwischen ihm und Ionna gegen Marczeg Laszlár wäre genau das Richtige. Vielleicht würden aus Waffenbrüdern sogar Freunde?«

»Ein schöner Traum«, spottete Flores. »Wlachaken und Masriden Hand in Hand!«

»Solange wir einander die Hände halten, greifen wir

wenigstens nicht zu den Waffen!«, erwiderte Viçinia mit einem Lächeln.

»Verlass dich nicht drauf; es gibt mehr Methoden, einen Menschen zu töten, als nur mit Waffen.«

In ihren Zimmern gefangen, bekamen die Wlachakinnen nur wenig von dem mit, was in der Burg und der Stadt geschah. Offensichtlich organisierte jemand die Verteidigung, aber Genaueres konnten sie nicht feststellen. Die Tür war von außen verschlossen worden, und die beiden Fenster gingen in einen wenig belebten Innenhof, in dem allerdings Wachen postiert waren.

Während Flores umherschritt, ihre spärlichen Besitztümer nach hilfreichen Gegenständen für eine Flucht durchsuchte, immer wieder Blicke in den Hof warf und lauthals fluchte, blieb Viçinia auf dem weichen Bett sitzen und wartete ab. Es gefiel ihr ebenso wenig wie Flores, warten zu müssen, doch da ihnen keine andere Wahl blieb, sah sie keinen Sinn darin, wie ein gefangenes Raubtier unaufhörlich den Käfig abzuschreiten. Dennoch fiel ihr auf, wie ihre Finger sich immer wieder bewegten und keine Ruhe fanden; ein äußeres Zeichen ihrer inneren Anspannung. Jahre als Botschafterin an verschiedenen Höfen hatten sie gelehrt, ihre Miene auch in extremen Situationen ausdruckslos zu halten, und wären Fremde anwesend gewesen, hätte sie wohl auch das nervöse Spiel ihrer Hände kontrolliert.

Der Tag verging quälend langsam, und auch die Nacht brachte keine Besserung, sondern nur einen flüchtigen, kaum erholsamen Schlaf, der die Glieder und den Geist noch schwerer werden ließ. Als der nächste Morgen anbrach, gab Viçinia das karge Morgenmahl sofort wieder von sich. Flores warf ihr besorgte Blicke zu, während sich die junge Bojarin den Mund mit kaltem Wasser ausspülte. »Besser, du legst dich wieder hin«, empfahl sie Viçinia. »Das alles ist bestimmt nicht gut für dich … für *euch*«, meinte die junge Kämpferin mit einem bedeutungsvollen Blick.

»*Das alles* ist sicher nicht gut für irgendjemanden, vielen Dank«, konterte Viçinia schärfer als beabsichtigt, obwohl sie Flores eigentlich nicht widersprechen konnte. *Wenn ich wirklich schwanger bin, dann ist das belagerte Turduj gewiss der letzte Ort, den ich mir dafür ausgesucht hätte,* dachte sie, während sie sich auf dem Bett zurücklehnte und für einen Moment die Augen schloss.

Zur Untätigkeit verdammt, warteten die beiden Wlachakinnen so gut es ging auf Neuigkeiten.

Schließlich erklangen Hörner aus Richtung der östlichen Mauer, von Rufen und Schreien gefolgt. Deutlich hörbar atmete Flores tief durch, und auch für Viçinia war dies ein fast erlösender Moment, auch wenn es wohl bedeutete, dass die Vorhut der angreifenden Armee in Sicht gekommen war.

»Nun beginnt es«, prophezeite Flores düster und verzog grimmig das Gesicht. »Und meine einzigen Waffen sind ein Nachttopf und zwei Kerzenständer aus Holz!«

Wütend trat sie an die Tür und hämmerte mit der Faust dagegen, bis ein junger Masride diese einen Spalt weit öffnete.

»Bring mir deinen Herrn, Tamár!«, befahl Flores mit fester Stimme.

»Mir wurde befohlen …«, begann der blonde Soldat, doch die Wlachakin fiel ihm ins Wort: »Wir haben Informationen, die für die Verteidigung wichtig sind. Wenn der Prinz nicht davon erfährt, sieht es finster aus.«

Unentschlossen blickte der Masride von Flores zu Viçinia. An seiner Miene konnte Viçinia sehen, wie Loyalität und Furcht miteinander kämpften. Deshalb lächelte sie und nickte freundlich. Ohne ein weiteres Wort schlug der Mann die Tür zu, doch sie konnten seine sich entfernenden Schritte hören.

»Wir haben Informationen, die für die Verteidigung wichtig sind?«, fragte Viçinia mit hochgezogener Augenbraue.

»Die werden jede Klinge brauchen, die sie bekommen können. Der Prinz mag nicht gerade schlau sein, aber wenigstens ist er nicht so verrückt wie sein Vater. Vielleicht kann man mit ihm reden.«

Ungläubig blickte Viçinia die junge Kriegerin an, sagte aber nichts mehr. Nach kurzer Zeit öffnete sich tatsächlich die Tür, und Tamár trat in den Raum. Auf seinen festen Lederharnisch waren Metallringe aufgenäht, und metallene Schienen bedeckten Arme und Beine. An der Seite trug er einen mächtigen Streithammer mit einem fein verzierten Kopf, der wie der eines Adlers geformt war. *Der Békésar-Greif,* dachte die junge Bojarin. Tamárs Miene war ausdruckslos, als er eintrat, doch in seinen Augen schien ein dunkles Feuer zu brennen, als er Flores fixierte.

»Ihr besitzt nun doch Informationen für uns?«

»Wir müssen reden«, antwortete Viçinia, was ihr einen finsteren Blick einbrachte.

»Eine List, ein billiger Trug?«, fragte Tamár kalt und wollte sich abwenden, doch Flores sagte schnell: »Wir können Euch helfen.«

Mitten in der Drehung hielt der Masride inne.

»Wie?«

»Wir können kämpfen«, erklärte Flores.

Doch Tamár lachte nur freudlos auf. »Und, wie viele seid ihr? Dort draußen stehen Hunderte, vielleicht Tausende vor den Toren unserer Stadt, und ihr wollt uns helfen?«

»Ein halbes Dutzend Klingen sind besser als gar keine.«

»Aber ein halbes Dutzend Bewaffnete, denen ich nicht trauen kann, sind in meinem Rücken schlimmer, als niemanden zu haben.«

»Wie auch immer die Schlacht ausgeht, Prinz«, begann Viçinia, »es wird ein Danach geben. Ihr wisst so gut wie ich, dass Marczeg Laszlár Eurer Haus vernichten wird, wenn er kann.«

»Wir werden Turduj verteidigen!«, brauste der Masride hitzig auf.

»Für wie lange? Selbst wenn Ihr dies bewerkstelligt, heißt das nicht, dass Eure Truppen die Belagerer zum Abzug zwingen können!«

»Und was schlagt Ihr vor, Viçinia cal Sareş? Dass wir zu Eurer Schwester laufen, wie ein Vrasya mit eingeklemmtem Schwanz, und betteln?«

»Selbst Eure Jagdhunde wissen, dass in Rudeln Stärke liegt. Ich schlage eine Allianz vor. Wir sind gekommen, um ein Bündnis auszuhandeln, und unser Angebot steht.«

»Das ist doch Unsinn! Warum sollte Eure Schwester in diesen Kampf eingreifen? Ihre Feinde schwächen sich gegenseitig!«

»Weil wir langfristig denken, Prinz. Weil wir Frieden wollen. Weil ein Bündnis zwischen Eurem Haus und dem meinen für alle von Vorteil ist. Laszlár Szilas ist nicht zu trauen, wie sein Verrat an Euch beweist. Ihr seid der einzige Partner, der in Frage kommt«, erklärte Viçinia. Im Gesicht des jungen Masriden arbeitete es, aber die Wlachakin merkte, dass sie ihn nicht überzeugt hatte. *Erkenne den einzig vernünftigen Weg,* flehte sie in Gedanken.

»Mein Vater ist der Herr dieses Hauses, und er hat sich anders entschieden«, antwortete Tamár.

»Seine Entscheidung ist falsch! Wenn Ihr uns festhaltet, wenn Ihr Euch gegen uns wendet, dann wird Ionna kämpfen. Sie wird Euch niemals verzeihen, wenn Ihr uns etwas antut«, verkündete Viçinia. *Und Sie wird sich niemals verzeihen,* fügte sie in Gedanken hinzu.

»Ihr droht mir? Hier und jetzt?«, fragte Tamár sichtlich erstaunt.

»Nein. Denkt nach, Prinz. Gegen zwei Gegner kann Euer Haus niemals bestehen, das wisst Ihr so gut wie ich. Ich biete Euch vielmehr eine Chance, eine Möglichkeit, zu überleben und siegreich zu sein!«

Mit grimmiger Miene trat der Masride näher an die beiden Wlachakinnen heran. Seine Hand ruhte auf dem Kopf des Streithammers, als er sich vorbeugte und flüsterte: »Eure Versprechungen und Beschwörungen sind hohl, Nemes Viçinia. Ihr habt das Heer dort draußen nicht gesehen. Schon bald wird Szilas stürmen lassen, und Turduj wird fallen, bevor die Sonne untergeht. Schon jetzt holen seine Soldaten Leitern und Rammen. Sie bringen schweres Gerät heran. Ich habe nicht genug Krieger, um eine Mauer zu verteidigen, geschweige denn die drei Seiten der Stadt. Bündnis hin oder her, mein Haus wird in den brennenden Ruinen seines Stammsitzes untergehen.«

Als sich der Masride wieder aufrichtete, waren seine Züge vor Zorn über seine Hilflosigkeit angespannt, und es dauerte einen Moment, bis er sich wieder unter Kontrolle hatte. Mit heiserer Stimme sagte er: »Macht Euren Frieden mit Euren Göttern oder Geistern. Ich bezweifle, dass auch nur einer von uns die Sonne noch mehr als einmal aufgehen sehen wird!«

Wieder wollte er sich abwenden, und wieder hielt ihn Flores auf: »Ihr seid ein verfluchter Narr, Békésar. Ihr setzt Euer Haus und Euer Land mit einer verfluchten Stadt gleich.«

»Was wisst ihr davon?«, schnauzte der Masride sie an, doch die Söldnerin erwiderte: »Teremi fiel im ersten Ansturm Eures Volkes, doch jetzt herrscht dort wieder eine Wlachakin. Dabrân wurde meiner Familie genommen, doch jetzt herrscht dort mein Bruder. Ionna hat gekämpft, Ştefan hat gekämpft. Trotz all der Niederlagen, trotz all der Verluste, und sie waren siegreich. Ihr aber gebt Euch geschlagen, bevor der erste Schwertstreich fällt!«

Wütend trat Tamár mit erhobener Faust auf Flores zu, die jedoch nicht zurückwich, sondern den Masriden angriffslustig anfunkelte.

»Ihr habt doch Feuer in Euren Adern. Nutzt das, Prinz«, sagte Viçinia hastig. Für einen Moment schien der Krieger gewillt, die kleinere Wlachakin niederzuschlagen, doch dann senkte er den Arm und sah Viçinia an.

»Turduj ist eine Stadt. Der Stammsitz Eurer Familie. Sie ist alt und groß und wichtig. Aber sie ist nicht das Herz Eures Landes.«

»Und wo finde ich dieses Herz?«, höhnte Tamár.

Ohne ihn aus den Augen zu lassen, trat Viçinia vor und legte ihm die Hand auf die Brust.

»Hier. Oder nirgendwo.«

»Dort draußen, in all jenen, die bereit sind, für Euer Haus zu kämpfen. Eure Stärke liegt nicht in der Dicke Eurer Mauern oder in der Schärfe Eurer Schwerter. Sie liegt nicht in einem Einzelnen, sondern in allen, die Euch folgen«, führte Flores aus.

Stille hüllte die drei Menschen ein, die sich gegenüberstanden und einander ansahen. Eine Ewigkeit schien zu verstreichen, ohne dass sich jemand bewegte oder etwas sagte. Alles in Viçinia schien dem jungen Masriden zuzurufen: *Sei vernünftig! Entscheide weise!* Dennoch schwieg sie, bis Tamár zurücktrat und den Bann löste, indem er sagte: »Ihr predigt Verrat gegen meinen Vater.«

Noch regte sich Widerstand in ihm, aber Viçinia konnte spüren, wie er schwand.

»Ich predige den Erhalt Eures Hauses. Ihr sagt selbst, dass Turduj fallen wird. Aber Eure Familie muss nicht mit der Stadt fallen. Euer Land muss nicht mit der Stadt fallen. Euer Volk …«

»Ja, ja. Schon gut«, antwortete Tamár und hob abwehrend die Hände. »Ich werde Zeit benötigen, darüber nachzudenken. Und ich werde mir auf keinen Fall den Thron meines Vaters vor der Zeit aneignen!«

»Niemand verlangt so etwas von Euch, Prinz. Euer Vater wird die Weisheit dieses Vorgehens erkennen, wenn der Schock über den Angriff abgeklungen ist. Er ist ein gewiefter Herrscher. Das hat er immer wieder bewiesen«, bestärkte Viçinia den Prinzen, auch wenn ihr in Erinnerung an den Anblick, den Gyula zuletzt geboten hatte, Zweifel an ihren eigenen Worten kamen.

Mit einem Nicken trat Tamár aus der Tür. Bevor er sie schließen konnte, bat Flores: »Könnt Ihr uns erlauben, einen günstigeren Ort als diesen aufzusuchen, während Ihr unsere Worte erwägt? Ich würde gern sehen, was vor sich geht …«

Nach kurzer Überlegung wies der Masride den Soldaten vor der Tür an: »Geleite die Wlachaken zum Dach. Sie dürfen dort oder in ihren Räumen sein, nirgends sonst. Ist das klar?«

»Ja, Herr«, erwiderte der Krieger mit einer Stimme, die verriet, wie wenig ihm dieser Auftrag behagte, und trat beiseite, um den Prinzen vorbeizulassen.

Während sie auf das Dach stiegen, flüsterte Flores: »Glaubst du, dass er das Richtige tun wird?«

Unsicher verzog Viçinia das Gesicht. »Ein Ertrinkender ergreift auch einen Strohhalm. Seine Verzweiflung war ihm anzusehen, oder nicht?«

»Schon. Aber er scheint ziemlich halsstarrig zu sein. Und loyal seinem Vater gegenüber.«

»Wir müssen hoffen, dass er intelligent genug ist, den Sinn unseres Angebotes zu erkennen.«

»Und nicht zu stolz, es anzunehmen. Wird Ionna ein Bündnis ehren?«

»Sie wird alle Absprachen halten, die ich treffe. Ich habe vorhin die Wahrheit gesagt. Entweder wir verbünden uns mit dem Haus Békésar oder mit niemandem. Und wir sind nicht stark genug, gegen alle zu stehen.«

»Noch bluten unsere Feinde sich gegenseitig aus«, erinnerte sie Flores.

»Ein geeinigter Osten wäre eine große Gefahr für uns, vor allem, wenn keinerlei Bündnisse den Herrscher an uns binden. Wir …«, begann sie, doch in diesem Augenblick erreichten die beiden Frauen die flache Brustwehr des Gebäudes und erhaschten einen Blick auf die sonnenbeschienenen Felder vor den Toren der Stadt. Eine große Streitmacht hatte sich dort versammelt, wo am gestrigen Morgen noch Bauern ihrer Arbeit nachgegangen waren. Dunkle Gestalten bedeckten die Felder, Hunderte von Zelten waren außerhalb der Bogenreichweite aufgestellt worden, und über allem wehte der Drache des Hauses Szilas in einem warmen, sanften Wind, der von Westen kommend über das Land strich.

Schweigend betrachteten die Wlachakinnen das Aufgebot, das die Stadt von allen drei Seiten einkreiste und trotz der heftigen Aktivität innerhalb der Reihen eher wie ein geducktes, zum Sprung bereites wildes Tier wirkte.

Im Osten lag zwischen den Linien ein verletztes Pferd, dessen Läufe mühsam zuckten; daneben lag regungslos der von Pfeilen gespickte Leib des Reiters und ein in den Staub gefallenes Banner mit dem Greifen der Békésars.

Mit dem Finger wies Viçinia auf den toten Boten. »Szilas will nicht verhandeln.«

Schweigend nickte Flores, als plötzlich wieder Hörner ertönten und die Armee sich wie ein Mensch in Bewegung setzte. Speere wurden auf Schilde geschlagen, und aus Tausenden von Kehlen stieg ein lauter, rauer Kriegsschrei auf.

Jetzt beginnt es, zuckten Flores' Worte erneut durch Viçinias Geist, während die Armee zum Sturm auf die Stadt ansetzte. *So viele! Mögen die Geister uns beistehen!*

11

Kerrs Augen vermochten die Dunkelheit des nächtlichen Waldes kaum zu durchdringen, und so musste er sich mehr auf seine anderen Sinne verlassen. *Wie macht der Mensch das?*, fragte der junge Troll sich verwundert, denn Pard und Druan hatten stets in ihren Erzählungen behauptet, dass die Sinne der Menschen schwach und kaum entwickelt waren, ganz anders als die der Trolle. Pard hatte mehr als einmal gesagt, dass Menschen in der Dunkelheit nicht einmal mit beiden Händen ihren eigenen Hintern finden könnten; eine Erinnerung, die Kerr innerlich grinsen ließ. Aber entgegen den Geschichten kam Şten gut allein zurecht, auch wenn die großen Bäume das spärliche Licht des Himmels fast gänzlich verschluckten.

Immer wieder wanderte Kerrs Blick hinauf zu den Kronen, die als schattenhafte Umrisse vor dem dunklen Himmel zu hängen schienen. Einige schmale Wolken hatten sich vor den Mond geschoben und bildeten ein von einem silbrigen Rand gesäumtes Band der Schwärze. Obwohl sich am Boden kein Lüftchen regte und auch jetzt noch die Hitze des Tages zwischen den Bäumen stand, rauschten die höheren Blätter im Wind. Überall waren Geräusche zu hören und Bewegungen zu sehen, ganz anders als in Kerrs Heimat. Dafür war der Herzschlag der Welt nur schwach zu vernehmen, ein weit entferntes, leises Geräusch, mehr im Bauch gefühlt als tatsächlich gehört.

Die Fremdartigkeit seiner Umgebung ließ Kerr zum wiederholten Male trotz der Wärme frösteln. Immerhin war es nicht so kalt, wie Pard prophezeit hatte. In den Tiefen der Welt herrschte ewige Wärme, doch angeblich konnte es an der Oberfläche sehr kalt werden.

Mit hochgezogenen Schultern schritt Kerr weiter und achtete genau auf seine Umgebung. Jeder Ruf eines Tieres ließ ihn zusammenfahren, jede aus dem Augenwinkel erhaschte Bewegung ließ seinen Kopf herumschnellen. Doch nicht nur die ungewohnte Welt der Oberfläche beunruhigte ihn. Immer wieder konnte er hinter sich leise Gespräche zwischen den Trollen hören, hier ein Knurren, dort einen gefauchten Streit. Wut lag in der Luft, Wut und Angst. Die Fremdheit der Umgebung hatte sich wie schwerer Fels auf die Stimmung der kleinen Trollgruppe gewälzt, erdrückte allen Spaß unter ihrem Gewicht und sorgte für eine gefährliche Gereiztheit.

Neben Kerr schritt Pard scheinbar sorglos aus, doch der jüngere Troll konnte die prüfenden Blicke sehen, die ihr Anführer immer wieder über die Schulter warf. Erst am Vortag hatte er in einen zornigen Wortwechsel eingreifen müssen, der fast zu einer Schlägerei zwischen zwei jungen Trollen geführt hätte. Noch genügte Pards Brüllen, um die Streitenden zu trennen, aber insgeheim fragte sich Kerr, wie lange das noch der Fall sein würde. Und wie lange Pards Autorität noch andauern würde. *Wann werden die ersten Zweifel an seiner Führung laut?*

»Wie weit?«, fragte Pard und machte einige große Schritte, bis er neben Şten herlief.

»Zwei oder drei Nächte bis zum Fluss. Den müssen wir noch überqueren. Ich hoffe, meine Leute haben genug Boote organisiert.«

»Je eher, desto besser«, brummte Pard, und der Mensch nickte.

»Ihr werdet unruhig«, flüsterte er und blickte über die Schulter. Stumm nickte Pard. Gemeinsam gingen sie eine kurze Zeit weiter, dann wandte sich Şten überraschend an Kerr.

»Warst du schon einmal an der Oberfläche? Es fällt mir schwer, euch auseinanderzuhalten. Ich kann mich nicht an dich erinnern.«

»Nein. Ich war zu jung. Einige Trolle der Stämme sind unten geblieben und mussten auf die anderen warten.«

»Das war bestimmt nicht leicht. Ich fände es schlimmer, tatenlos abwarten zu müssen, als selbst in die Schlacht zu ziehen.«

»Er hat es gehasst!«, fiel Pard mit einem tiefen Lachen ein. »Sie alle haben es gehasst. Aber es ging nicht anders. Wir konnten kaum alle mitnehmen. Und als wir merkten, dass Zwergenkrieger an die Oberfläche zogen, dachten wir uns, dass es in den Tunneln sicherer ist.«

»Vor allem, da die Magie des Albus Sunaş gebrochen war«, warf Şten ein. »Ohne den Einfluss des Dunkelgeistes konntet ihr eure Feinde wohl wenigstens erkennen, nicht wahr?«

»Ja. Verfluchte Bastarde. Allesamt. Scheißmagier und Scheißzwerge! Feiges, hinterhältiges Pack. Aber wir haben es ihnen gezeigt!«

»Was gezeigt?«

»Dass wir Trolle sind!«

»Das wussten sie vorher nicht?«, fragte Şten, lachte dann aber, als Pard ihn finster anfunkelte.

»Schon gut«, lenkte der Mensch ein und wurde wieder ernst. »Wir führen unsere Kriege nicht, um zu zeigen, wer wir sind. Oder wie stark wir sind. Wir kämpfen für unsere Freiheit.«

»Wir auch«, erwiderte Kerr. »Hätten die Zwerge uns in Ruhe gelassen …«

In der Dunkelheit war Ştens Gesichtsausdruck nicht zu erkennen, aber Kerr spürte, dass der Mensch ihm nicht glaubte.

»Wir leben tief unter der Erde, aber ich weiß aus den Geschichten, dass wir früher weiter oben lebten. Dort, wo jetzt die Zwerge die Gänge und Höhlen beherrschen. Wir haben den Krieg nicht angefangen!«

»Es fällt mir schwer, an eure Friedfertigkeit zu glauben«, sagte Şten zögerlich.

»Pah! Friedfertigkeit? Was für ein Dreck!«, ereiferte sich Pard und spie aus. »Wir töten Zwerge, wo wir können. Bilde dir mal nichts anderes ein!«

»So kenne ich euch«, erklärte Şten mit einem Nicken in Pards Richtung und beschleunigte seine Schritte. Bevor Kerr antworten konnte, ertönte hinter ihm ein dumpfer Schlag, und dann fluchte einer der Trolle lauthals. Erschreckt wandte Kerr sich um, doch es war nur Sek, einer der Jäger, der über einen umgestürzten Baum gestolpert war und nun seinem Ärger Luft machte, während die restlichen Trolle ihm spöttische Kommentare zuwarfen. Als Kerr sich wieder nach Şten umsah, entdeckte er den Krieger mit vor der Brust verschränkten Armen zwischen zwei der Baumriesen.

Für einen Moment glaubte der junge Troll ein leichtes Kopfschütteln zu erkennen, während hinter ihm Sek aus voller Kehle über die Oberwelt schimpfte, dann wandte der Mensch sich ab und verschwand in den Schatten des Unterholzes.

Mit großen Augen betrachtete Kerr das strömende Wasser zu seinen Füßen. Natürlich hatte er tief unter der Erde schon Seen und auch Flüsse gesehen, doch dieser hier war viele Trollschritt breit und sah wie ein endloser, dunkler Pfad aus. Das Wasser wirkte träge, doch in der Mitte des Stroms sah Kerr hin und wieder Treibgut, das erstaunlich schnell flussabwärts getragen wurde.

»Meine Leute werden gleich hier sein«, erklärte Şten gerade Pard, der von dem Schauspiel weitaus weniger beeindruckt zu sein schien. Der große Troll antwortete mit einem Brummen und wandte sich an Kerr: »Siehst du die Lichter da drüben? Das ist die Stadt. Du fandest Dabrân schon groß, was?«

In der Ferne sah Kerr tatsächlich flussabwärts einige kleine Lichter am anderen Ufer. Stumm nickte der junge Troll und schaute Pard an.

»Dann warte mal ab«, sagte dieser mit einem kehligen Lachen.

»Wie tief ist der Fluss wohl?«

»Er reicht bis über deinen Kopf, Kleiner. Und das Wasser ist stark, es reißt an einem wie ein Schlinger.«

Bei der Erwähnung der gefährlichen Räuber der Höhlenwelten sah Kerr den großen Troll erstaunt an.

»Ihr solltet vorsichtig sein, wenn die Boote hier sind«, erklärte Şten. »Wer auf dem Fluss über Bord geht, ist in großer Gefahr. Die Strömung nimmt einen mit sich, und es ist schwer, das Ufer zu erreichen, selbst wenn man schwimmen kann.«

»Das letzte Mal sind wir in die Stadt geschwommen«, erzählte Pard Kerr stolz. »Keiner konnte uns aufhalten, und wir haben in der Burg eine Schlacht geschlagen.«

Als der gewaltige Troll Ştens Seitenblick bemerkte, beeilte er sich hinzuzufügen: »Gegen die schlechten Menschen natürlich.«

»Aber wir müssen nicht schwimmen, oder?«, erkundigte sich Kerr nervös und sah Şten fragend an.

»Nein. Wir werden mit Booten fahren. Es gibt auch Fähren, aber es ist besser, wenn wir andere Schiffe benutzen. Lastkähne, die wir über den Fluss staken werden. Zum Glück steht das Wasser niedrig.«

»Niedrig?«, fragte Kerr verwundert.

»Ja. Im Frühjahr schmelzen das Eis und der Schnee in den Bergen, und die Bäche und Flüsse, die aus den Sorkaten kommen, speisen den Magy. Dann kann man den Fluss in seiner ganzen Macht sehen. Manchmal gibt es auch Überschwemmungen.«

Wieder ließ Kerr seinen Blick über das Wasser wandern, in dem sich der Mond spiegelte, wenn er zwischen den Wolken hervorlugte. Inzwischen war der Himmel überwiegend bewölkt, und die Hitze war drückender und feuchter geworden. Die Trolle ertrugen diese Veränderung stoisch, aber Şten hatte mehr als einmal beim Lagern erwähnt, dass er ein Gewitter herbeisehnte. Noch hatte Kerr nicht gefragt, was das wohl sein solle, aber das Wort allein klang in seinen Ohren schon unangenehm. Jetzt jedoch waren alle Fragen vergessen, während er an den rauschenden Fluten des Flusses stand.

»Boot sind wir auch gefahren«, erzählte Pard munter weiter. »Aus der Stadt raus, als …«

»Als Natiole gestorben ist«, ergänzte Şten. Überrascht sah Kerr den Menschen an, dessen Stimme plötzlich schleppend klang.

»Natiole?«

»Ein Freund. Er wurde auf der Flucht vor Zorpads Soldaten getötet. Einer von vielen Toten, die der Krieg uns gebracht hat.«

Mit diesen Worten wandte der Mensch sich ab und beendete so das Gespräch, obwohl Kerr gern mehr über den Krieg von ihm erfahren hätte.

Die anderen Trolle hatten es sich am Flussufer gemütlich gemacht, einige besonders Unerschrockene waren sogar in die dunklen Fluten gestiegen, genossen die Abkühlung und begannen, die an Land gebliebenen mit Wasser zu bespritzen. Halb erwartete Kerr, dass Pard einschreiten würde, aber der große Troll sah dem Treiben regungslos zu, sogar noch, als er selbst einen Schwall Wasser abbekam.

Ohne auf den Tumult zu achten, versuchte Kerr die fernen Lichter der Stadt deutlicher zu erkennen, konnte aber keine Einzelheiten ausmachen. Während er noch hinüberstarrte, ertönten flussaufwärts Rufe, und schon bald schälten sich dunkle Schemen aus der Nacht, die lautlos über die Oberfläche des Stroms glitten. Es waren vier längliche Kähne mit niedrigen Bordwänden, die jeweils von einer Handvoll Menschen mit langen Stangen gestakt wurden. Obwohl Kerr noch nie zuvor ein Boot gesehen hatte, kannte er diese Transportmittel aus den Erzählungen Druans, der gern von den Erfindungen der Menschen berichtet hatte. Deshalb war sein Erstaunen über die groß und schwer wirkenden Boote, die dennoch sanft und scheinbar mühelos auf dem Wasser lagen, nicht so groß wie über den Fluss selbst. *Menschen haben viele seltsame und wundersame Dinge. Zwerge auch,* schoss es dem jungen Troll durch den Kopf. *Sie sind klein und schwach, aber sie haben scharfe Waffen und wohnen hinter dicken Mauern und können auch über tiefes Wasser fahren, das ein Troll nicht durchwaten kann.*

Ohne sich um die gaffenden Trolle zu kümmern, trat Şten an das vorderste Boot heran und wechselte einige schnelle Worte mit einer älteren Frau, die am Bug stand. Dann rief er den Trollen zu: »Pard, lass deine Leute in die Boote einsteigen. Aber vorsichtig, nicht, dass sie kentern! Haltet euch in der Mitte und setzt euch ruhig hin!«

»Ja, ja, ich kenne die Dinger«, antwortete Pard knurrig und bellte einige Befehle, die Bewegung in die staunenden Trolle brachten. Während die Menschen die Kähne mit den Stangen gegen das Ufer drückten, kletterten die Trolle nacheinander an Bord, stets begleitet von Pards lauten Ratschlägen, Befehlen und Flüchen, indes Şten von Boot zu Boot lief und alles überwachte.

Unter dem Gewicht der Trolle schwankten die Kähne so bedenklich, dass Kerr jedes Mal zusammenzuckte. Als er schließlich an der Reihe war, als Letzter vor Pard, packte er zögerlich die dünnen Bretter der Bordwand und stieg vorsichtig hinüber, bis Pard ihm einen kräftigen Stoß gab, der den jungen Troll unsanft in das Boot fallen ließ.

»Hepp! Wir wollen los!«

Wütend richtete sich Kerr auf und fletschte die Zähne. Aber seine hastige Bewegung versetzte den Kahn in heftige Schwankungen. So schnell sein Zorn gekommen war, so schnell verflog er wieder, da Kerr verzweifelt versuchte, auf den Beinen zu bleiben. Doch jede seiner Bewegungen schien das Schaukeln nur noch schlimmer zu machen, bis Şten mit einem kühnen Satz in das Boot sprang und Kerr zurief: »Setz dich hin! Alle ganz ruhig bleiben!«

Während Kerr wenig elegant auf den Hintern sank, packte Pard das Boot an der Seite und stemmte sich dagegen, bis es wieder ruhig im Wasser lag. Erleichtert seufzte Kerr und sah Pard dann finster an: »Du hättest mich nicht schubsen sollen.«

»Geschenkt«, erwiderte der große Troll trocken und schwang sich in das Boot. Wieder schaukelte es unangenehm, aber Pard setzte sich nur zwischen die anderen Trolle und grinste Şten an. Dieser warf noch einen prüfenden Blick in die Boote, dann wandte er sich an die anderen Menschen: »Alles klar, wir können los.«

Beinahe unmerklich glitt der Kahn fort vom Ufer und in das tiefere Wasser, wo er gleich von der Strömung erfasst wurde und der Bug flussabwärts schwang. Die Menschen standen vorn und hinten, drückten gegen den Grund und steuerten den Kahn langsam in Richtung Flussmitte.

»Wir legen oberhalb der Stadt ab, weil der Fluss uns mit sich trägt. Es hat keinen Sinn zu versuchen, ihn direkt zu überqueren. Also lassen wir uns ein wenig treiben und verbrauchen so auch weniger Kraft«, erklärte Şten, während er mit der Linken stromabwärts wies.

Auf dem Fluss war Kerr die ganze Angelegenheit noch unheimlicher. Das Wasser schien schwarz und undurchsichtig zu sein, und es rauschte um ihr Boot herum. Irgendwie fühlte der junge Troll sich ausgeliefert, der Gnade der Wassermassen unterworfen, die mit ihnen machen konnten, was sie wollten. Ein schneller Blick zeigte Kerr, dass die anderen Trolle ebenfalls nicht glücklich wirkten; selbst Pard brummte auf Ştens Ausführungen hin nur unverbindlich.

»Wir landen oberhalb der Stadt, westlich der alten Fährstation!«, rief einer der Menschen von hinten und deutete auf die Lichter, die langsam näher kamen. So gemächlich sich die Boote der Flussmitte genähert hatten, so schnell schienen sie sich nun von dieser zu entfernen. Die Menschen stimmten einen rhythmischen Gesang an und stakten die Boote voran. Als sie sich aus der Strömung bewegten, wurde die Fahrt rauer, und die Kähne schwankten wieder unangenehm, was Kerr ein flaues Gefühl im Magen bescherte. Endlich tauchte vor ihnen eine niedrige, von Gräsern bewachsene Böschung auf.

»Hier gibt es überall Pfade für die Burlai, die Kähne entlang des Ufers treideln«, erläuterte Şten. »Sobald wir eine kleine Bucht finden, die uns vor der Strömung schützt, gehen wir an Land. Den Rest des Weges müssen wir laufen.«

»Gut«, sagte Pard knapp. Bald darauf lenkten die Menschen die Boote mit einer letzten Kraftanstrengung ans Ufer, wo sie mit einem leichten Ruck anlegten. Erst jetzt bemerkte Kerr, dass er sich so sehr an den Planken festgehalten hatte, dass sich seine Nägel tief in das Holz gebohrt hatten. Das Aussteigen war wieder eine schwankende Angelegenheit, aber schließlich hatten alle Trolle wieder festen Boden unter den Füßen.

»Hast du bemerkt, dass der Herzschlag der Welt auf dem Fluss gar nicht schwächer war?«, fragte Grena, doch Kerr schüttelte den Kopf.

»Der hat gar nichts gemerkt«, feixte Vrok hämisch.

»Schnauze halten, wir wollen heute noch weiter!«, herrschte Pard ihn an und wandte sich dann an Şten: »Wohin?«

»Wir folgen dem Fluss, dann kommen wir von ganz allein nach Teremi.«

»Was ist mit denen?«, fragte Pard mit einem Blick zu den Kähnen.

»Die bringen wir später ihren Besitzern zurück. Aber darum musst du dich nicht kümmern. Folgt mir einfach«, sagte Şten und schritt auf den ausgetretenen Weg am Ufer.

»Was sind Burlai?«, erkundigte sich Kerr, dessen Eingeweiden es jetzt deutlich besser ging.

»Männer und Frauen, die Kähne den Fluss hochziehen. Mit Seilen. Sie laufen hier am Ufer, immer viele Leute auf einmal, und schleppen die Kähne. Es ist eine harte Arbeit. Flussabwärts fahren die Kähne ja von allein, aber flussaufwärts muss man sie gegen die Strömung bewegen.«

»Warum laufen sie nicht einfach so? Wozu ziehen sie Kähne hinter sich her?«, meldete sich Vrok zu Wort.

»So transportiert man Waren«, erklärte Şten. Verständnislos blickten die Trolle ihn an.

»Essen zum Beispiel. Oder Holz. Oder Metall. Töpfe, Krüge. Alles, was man so zum Leben braucht.«

»Warum?«

»Wie, warum? Weil es besser ist, als sie zu tragen? Ich verstehe nicht, was du meinst.«

»Warum … warum tragt ihr eure Sachen so weit? Und so viel auf einmal? Warum trägt nicht jeder sein eigenes Essen?«

»Jeder hat ja sein Essen, aber das muss doch von irgendwo kommen. In der Stadt gibt es nicht so viele Bauern. Aber Handwerker. Und man tauscht die Waren gegeneinander.«

»Also ich würde einfach alles da haben wollen, wo ich bin«, meinte Vrok. »Dann muss man es überhaupt nicht rumschleppen!«

»Du hast die Stadt noch nicht gesehen«, brummte Pard. »So viele Menschen können gar nicht alles da haben, wo sie sind!«

»Genau. Zumindest so ungefähr. Es geht auch um andere Dinge. Geld zum Beispiel. Und manche Sachen gibt es einfach nur an wenigen Orten. Mit den Kähnen kann man sie überallhin bringen, wo der Fluss fließt. Und mit Karren in das ganze Land. Was macht ihr denn, wenn ihr etwas nicht habt, aber braucht?«

Verwirrt kratzte sich Vrok am Schädel. »Man besorgt es sich. Aber was braucht man schon? Essen, Schlaf, Trollinnen!«

Lautes Gejohle begleitete seine letzten Worte, nur Şten lachte nicht. Stattdessen sah der Mensch die Trolle ernst an.

»Wir brauchen mehr als nur das.«

»Ja, klar, ihr seid ja auch …«, begann Vrok, doch Şten unterbrach ihn: »Wir sind ja auch klein und schwach. Natürlich. Lasst uns weitergehen.«

Ohne die Trolle noch eines Blickes zu würdigen, stapfte er los. Verwirrt blickte Kerr Pard an, doch der zuckte nur mit den Schultern und folgte Şten. Langsam reihten sich die Trolle hinter ihnen ein und liefen hintereinander über den staubigen Pfad.

Lange bevor das gefürchtete Licht der Sonne den Horizont wieder hell werden ließ, sah Kerr schon die Lichter der Stadt zwischen den Bäumen und Büschen auftauchen, die etwas abseits vom Fluss standen. Doch noch weit entfernt von der Stadt erhaschten seine Ohren einige ungewohnte Laute, die Pard zu einem abfälligen »Reiter« veranlassten. Tatsächlich näherten sich auf Pferden einige Menschen, die Fackeln trugen und gerüstet zu sein schienen. An der Spitze des Trollzuges hielt Şten an und erwartete die Menschen, während sich Pard und Kerr zu ihm gesellten.

Auf den Rücken ihrer Reittiere waren die Menschen fast genauso groß wie Trolle. Sie trugen Rüstungen aus Leder und Metall. Einige der zehn Berittenen hatten Helme auf, und einer trug an einem Stock ein großes Stück Stoff, auf dem ein schwarzer Vogel zu sehen war. Der vorderste der Reiter war ein großer Mann, dessen beträchtliche Leibesfülle nur mühsam in eine Rüstung gezwängt worden zu sein schien. *Wenn er fällt, wird er viele seiner Kameraden satt machen,* dachte Kerr. Neugierig betrachtete er die Neuankömmlinge, welche die Blicke der Trolle finster erwiderten.

»Bojar«, richtete der Dicke das Wort an Şten. »Für Eure

Begleiter wurde eine Unterkunft vorbereitet. Ein Gehöft. Dort gibt es einen Keller.«

»Gut«, antwortete Şten. »Am besten führt Ihr uns dorthin. Was ist mit der Voivodin? Wann können wir sie sprechen?«

»In der morgigen Nacht werdet Ihr und ein Troll zu ihr eskortiert.«

»Zwei Trolle«, knurrte Pard.

»Was?«

»Zwei Trolle gehen mit. Ich und er«, erklärte Pard und zeigte auf Kerr.

»Voivodin Ionna hat uns angewiesen …«

Doch Şten unterbrach den Mann: »Fragt sie noch einmal, während wir den Tag über abwarten. Sagt ihr, dass der Bojar von Dabrân sie bittet, zwei Trollen eine Audienz zu gewähren.«

»Nun gut. Ich werde Eure Bitte überbringen.«

Damit gab der Mann seinem Pferd die Sporen und ritt voraus, wobei er den Pfad am Fluss hinter sich ließ. Seine Reiter sowie Şten und die Trolle folgten ihm.

Aus dem Augenwinkel bemerkte Kerr, wie Şten den Kopf schüttelte.

»Was ist?«

»Nichts. Keine Sorge. Es ist nur, dass mir das Auftreten des Boten nicht gefallen hat.«

»Sein Auftreten?«

»Zu herrisch. Zu … ich weiß nicht. Wir haben nicht jahrelang, nein, jahrhundertelang gekämpft, um das Joch der Unterdrückung abzuwerfen, nur damit andere Gesichter vom Rücken eines Pferdes auf uns herabblicken.«

»Das verstehe ich nicht«, gab Kerr zu.

»Ich vielleicht auch nicht«, erwiderte der Mensch und schüttelte erneut den Kopf. »Ist ja auch egal. Hauptsache, wir haben ein Dach über dem Kopf und können morgen mit Ionna reden. Sie ist nicht so. Ihr liegen vor allem die Wlachaken am Herzen.«

»Das ist gut, denke ich.«

Kurz sah der Mensch den Troll fragend an, dann glättete sich seine Stirn, und er lachte.

»Das ist es tatsächlich. Warten wir ab, wie es weitergeht. Kommt Zeit, kommt Rat.«

Schließlich erreichte die Gruppe eine kleine Ansammlung von Gebäuden, die von einer niedrigen Mauer aus einfach aufeinander geschichteten Steinen umgeben war. Der Anführer der Reiter deutete auf das größte der Gebäude und rief: »Dort drinnen ist ein Keller. Es sind keine Menschen mehr im Gehöft. Die Fürstin erlaubt es euch, von den Vorräten zu nehmen, was ihr benötigt.«

»Danke«, sagte Şten, doch der Reiter galoppierte schon an der Spitze seiner Truppe aus dem Tor in die Nacht. Nachdenklich starrte Kerr ihm hinterher. *Die Menschen gehen seltsam miteinander um. Er hat nicht einmal seinen Namen genannt oder uns gezeigt, wie groß er ist.*

»Also, ab in den Keller«, befahl Pard. »Die Sonne wird nicht ewig auf euch Lahmärsche warten. Kerr und ich werden schauen, was es für Vorräte gibt.«

»Seht im Stall nach«, empfahl Şten, und Pard sog gierig die Luft ein. »Ich kann leckere Tiere riechen, Mensch. Das brauchst du mir nicht zweimal zu sagen!«, brummte er und fuhr an alle gewandt fort: »Heute gibt es frisches Fleisch!«

Auf diese Ankündigung hin erhellten sich die Gesichter der meisten Trolle, die vermutlich ebenso wie Kerr das getrocknete Fleisch und die seltsame Nahrung der Menschen satt hatten.

»Wie sagte Vrok noch?«, fragte Pard verschwörerisch und knuffte Kerr in die Rippen. »Essen, Schlafen und?«

»Willst du wirklich in so einem Menschenhaus ...?«, erwiderte Kerr verblüfft, als sie in den Stall traten, wo einige Tiere nervös schnaubten.

»Zumindest fressen werden wir heute Nacht gut!«

Beim Geruch der ängstlichen Tiere im dunklen Stall

lief Kerr das Wasser im Mund zusammen, und er musste Pard insgeheim zustimmen. *Wir werden alle satt werden. Und morgen Nacht reden wir mit Ştens Ionna. Vielleicht wird dann ja alles besser, und wir können schon bald unter die Erde zurück.*

12

Auf dem linken Torturm war der Kampf in vollem Gange, als Tamár aus der kleinen Tür stürmte und sich mit erhobenem Streithammer auf seine Feinde stürzte. Hinter ihm fächerte sich seine Garde auf und ging ebenfalls auf die Krieger los, die es über die Brüstung geschafft hatten. Mit dem Schild wehrte Tamár die Axt eines bärtigen Soldaten ab und trieb ihm die scharfe schnabelförmige Spitze des Hammers in den Schädel. Sofort gaben die Beine des Getroffenen nach, und Tamár sprang über den zu Boden fallenden Körper hinweg. Mit dem Eichenschild prallte er gegen eine Kriegerin, die dadurch den Halt verlor und rückwärts zwischen den Zinnen hindurchstürzte. Ihr entsetzter Schrei endete abrupt, als sie auf den Boden aufschlug, aber Tamár drang schon auf den nächsten Feind ein, fing dessen Schläge mit dem Schild ab und nutzte eine Lücke in dessen Deckung, um einem großen Soldaten den Hammer auf den Fuß zu schlagen und ihn mit einem Tritt gegen das Knie aus dem Gleichgewicht zu bringen. Von links raste eine Klinge auf ihn zu. Verzweifelt warf sich der junge Masride nach hinten und entging dem tödlichen Schlag nur knapp. Bevor der neue Gegner seinen Vorteil ausnutzen konnte, sprang Köves vor und verteidigte Tamár, bis dieser sich wieder aufgerappelt hatte.

»Drängt sie zurück! Werft sie über die Mauer!«, brüllte der Prinz, und tatsächlich gelang es ihnen mit vereinten Kräften, den Durchbruch der Feinde zu verhindern und schließlich auch die beiden Leitern mit langen Stangen von der Mauer zu schieben. Während seine Leute die Verwundeten in den Turm schleiften und sicherstellten, dass alle Feinde tot waren, lehnte Tamár sich schwer atmend an eine Zinne und ließ seinen Blick über das Heer ihrer Feinde schweifen. *Wie viele Angriffe haben wir abgewehrt? Zehn? Zwölf? Und sie kommen immer wieder!*

Ein Pfeil pfiff knapp an ihm vorbei und zwang ihn zurück in Deckung. Unwillkürlich blickte er hinauf zu den Türmen der Feste Zvaren, über denen stolz der Greif im Wind flatterte. Einige Gesichter konnte er dort ausmachen, zu weit entfernt, um zu erkennen, wer es sein mochte. Einen Moment lang glaubte er, rotes Haar im Wind wehen zu sehen, doch dann war er sich sicher, dass es nur eine Täuschung gewesen war. Seine Gedanken wanderten zu Marczeg Gyula. *Siehst du zu, Vater, wie deine Stadt fällt? Oder sitzt du noch in deinem dunklen Saal, in den weder die Sonne noch die Wirklichkeit gelangen?*

Schweiß lief dem jungen Masriden in die Augen, und er musste blinzeln. Erschöpft schob er seinen Helm in den Nacken und wischte sich mit dem Handrücken über die Stirn. Der metallische Geschmack von Blut lag auf seiner Zunge, seit er beim ersten Angriff einen Ellbogen ins Gesicht bekommen hatte. Mit einem Seufzen trat er von der Mauer fort, spuckte rötlichen Speichel auf die bereits mit Blut verschmierten Steine und wandte seinen Blick zurück zu den Kämpfen, die überall um ihn her tobten. Bisher war es ihnen gelungen, jeden Angriff zurückzuschlagen und die Mauer zu halten. Aber die Sonne stand noch hoch am Himmel, und der Tag würde noch lang werden. Wie ein gewaltiges Tier wälzte sich Marczeg Laszlárs Armee immer wieder zu den Mauern, testete die Verteidiger, führte an einer Stelle eine Finte aus, nur um anderswo mit aller Kraft anzugreifen.

»Vezét!«, rief Köves, und Tamár folgte dem Blick des Szarken zur nördlichen Mauer, wo ein erbitterter Kampf entbrannt war. Noch während er die Situation einschätzte, entrollte ein Krieger Marczeg Szilas' Drachenbanner. Ein Triumphschrei aus hunderten von Kehlen brandete auf, als der Drache auf der Mauer geschwenkt wurde. Grimmig schob Tamár den Helm wieder über sein Gesicht, hob den Streithammer über den Kopf und rief: »Zu mir! Zu mir! Lasst uns den Drachen erschlagen!«

Ohne auf die Reaktion der Soldaten zu warten, hastete der junge Prinz die Treppe hinunter auf die Mauer und stürzte sich ins Gefecht.

Ein Stöhnen entrang sich trotz des Beißholzes Tamárs Kehle, als sich die Klinge langsam in die Wunde schob. Warmes Blut lief über seine nackte Brust, doch der Masride spürte es kaum; all seine Gedanken waren auf den glühend heißen Schmerz in der Schulter gerichtet, der gewillt zu sein schien, Tamárs Bewusstsein mit seinem Feuer auszulöschen. Die besorgten Gesichter der Soldaten rückten langsam von dem Masriden ab, die Steine der Mauern entfernten sich; selbst die Sonne schien zu einem winzigen Punkt zu werden. Dann floss Wasser über Tamárs Haut, kühlte sein trockenes, gespanntes Gesicht und benetzte die brennende Schulter. Die Kühle vertrieb einen Teil des Schmerzes und rettete den Prinzen vor einer Ohnmacht, die vor seinen Untergebenen beschämend gewesen wäre. Vorsichtig hob er den gesunden Arm und nahm das Stück Holz aus dem Mund, in das sich seine Qual in Form von Bissspuren eingegraben hatte.

»Wir haben alle Splitter entfernt, Herr«, erklärte der Heiler, dessen Gesicht trotz der guten Nachricht von Sorgenfalten gezeichnet war. »Trinkt von dem Würzgebrannten, das wird Eure Schmerzen lindern.«

»Branntwein macht alle Sinne stumpf und betäubt nicht nur die Schmerzen«, erwiderte Tamár, obwohl das Brennen in seiner Schulter mit jedem Herzschlag wieder aufflammte. »Wir wissen nicht, wann die Bastarde zurückkommen, also näht es zu und kümmert Euch um andere Verletzte.«

Während der Heiler sich schweigend an die Arbeit machte, schalt sich Tamár im Stillen für seine Leichtsinnigkeit, die ihm den Pfeil in der Schulter eingebracht hatte. *Wenigstens war es nur die Schulter und nicht zwei Handbreit tiefer. Aber Ignác würde mir die Ohren lang ziehen. »Schild hoch!«, war stets die Lektion, stattdessen stelle ich ihn ab.*

»Halt! Wartet!«, ertönte mit einem Mal eine Stimme, und der Sonnenpriester Sanyás bahnte sich einen Weg durch die versammelten Soldaten, welche die kurze Pause im Gefecht nutzten, um sich auszuruhen. »Ich werde die Wunde mit dem Heiligen Licht reinigen.«

Zweifelnd blickte der Heiler Tamár an, der jedoch einfach nur nickte. Mit schnellen Schritten war der ruhige Priester bei ihm und kniete sich neben ihn. Seine weichen Hände, die noch selten eine Waffe oder ein Werkzeug gehalten hatten, legten sich sanft auf die Wunde, dann schloss er die Augen. Ein helles Licht flutete unter seinen Handflächen hervor. Doch anstelle des erwarteten Glühens empfand Tamár lediglich eine Wärme, die den pochenden Schmerz zurückdrängte. Unvermittelt brannte das Licht heiß auf, und Tamár musste die Zähne zusammenbeißen, um nicht laut aufzuschreien. Der Übelkeit erregende Geruch von verbranntem Fleisch drang ihm in die Nase, und mit einer seltsamen Teilnahmslosigkeit wurde ihm bewusst, dass es seine Schulter war, die da brannte und qualmte. So schnell, wie der Schmerz gekommen war, verschwand er wieder und ließ nur eine Taubheit zurück, die nach den Schmerzen der Behandlung ein wahrer Segen war.

»Danke«, sagte Tamár schwach und wies den Heiler an, weiterzumachen. Die Magie des Sonnenpriesters sorgte dafür, dass der Prinz die Nadel kaum spürte, die immer wieder in seine Haut drang. Ohne auf den konzentriert arbeitenden Heiler zu achten, winkte Tamár Köves zu sich und ließ sich etwas Wasser bringen, mit dem er den schlechten Geschmack aus seinem Mund spülte. Endlich war der Heiler fertig, und Tamár besah sich sein Werk. Die Haut war gerötet und geschwollen, die Wunde selbst mit feiner Sehne vernäht worden.

»Eine Narbe mehr«, stellte Tamár fest, als er aufstand und sich zu einem Lachen zwang. »Genießt die Ruhe! Aber haltet eure Waffen griffbereit. Ich bezweifle, dass Marczeg Laszlár nur gekommen ist, um mir ein Loch in den Pelz zu schießen!«

Das entlockte selbst den erschöpften Kriegern ein Grinsen. Mit Köves' Hilfe warf sich der junge Masride seine Rüstung über die Schulter und schritt die Stadtmauer entlang.

»Wir werden mir den Arm festbinden müssen und den Schild daran auch.«

»Ihr solltet nicht mehr weiterkämpfen, Vezét, die Wunde ...«

»Ich werde meine Leute nicht verlassen!«, unterbrach ihn Tamár wütend. »Besorg Stoff oder Seil und hilf mir lieber, statt mir gute Ratschläge zu geben, die ich nicht annehmen kann. Und schau nach, wie weit die Handwerker sind. Mach ihnen Feuer unter dem Hintern, wenn es sein muss.«

»Ja, Vezét.«

Verärgert sah Tamár dem Szarken nach, doch es war ihm bewusst, dass der Späher recht hatte. Mit einem verletzten Schildarm würde er wenig ausrichten können. *Na und? Dann ist es wenigstens schnell vorbei!*

Bevor er den Gedanken weiterverfolgen konnte, erklang von jenseits der Mauer eine neue Serie von Hornsignalen, gefolgt von Alarmrufen aus der Stadt. *Nun denn,* dachte Tamár und fletschte die Zähne, *auf ein weiteres Mal!*

Die Sonne stand schon tief über dem Horizont, aber offensichtlich hatten Szilas' Krieger für diesen Tag noch nicht genug vom Kampf. Ungeduldig wartete Tamár, bis Köves zurückgerannt kam und ihm in die Rüstung half. Mit langen Lederbändern, die der Szarke in der Stadt besorgt hatte, banden sie den Arm des Prinzen vor die Brust. Doch den Schild zu greifen hatte keinen Sinn, denn der Arm war zu unbeweglich, und das metallbeschlagene Holz behinderte den Masriden mehr, als dass es ihm nutzte.

»Du musst mich links decken«, befand Tamár, als ihm klar wurde, dass er ohne Schild würde kämpfen müssen. Gemeinsam liefen sie den nächsten Aufgang zur Mauer hoch und sahen sich um.

Im Norden rückte der Feind wieder in großer Zahl mit Leitern vor. Auch im Westen schienen Angriffe stattzufinden, doch konnten sie von ihrer östlichen Position aus kaum etwas erkennen. Aber direkt unter ihnen bahnte sich ein Rammbock langsam den beschwerlichen Weg bis zum Tor der Stadt. Gedeckt von Bogenschützen, welche die Zinnen der Stadt mit einem tödlichen Pfeilhagel eindeckten, wurde das Ungetüm von Dutzenden von Soldaten geschoben, die durch das dicke Holzdach des Rammbockes geschützt waren.

»Schießt sie weg!«, befahl Tamár. »Macht das Öl bereit! Jetzt gilt es!«

Der ständige Beschuss aber zwang nicht nur ihn, sondern auch die Soldaten viel zu häufig in die Deckung der Zinnen. Schier unaufhaltsam näherte sich die Ramme dem Portal. Als sie schließlich dumpf gegen die Torflügel stieß, schrie Tamár: »Das Öl! Jetzt!«

Schwer atmend legten die Soldaten den Hebel um, der die beiden mächtigen Krüge kippte. Langsam floss das kochende Öl in die dafür vorgesehene Bahn und ergoss sich in einem Schauer über die Sturmramme.

Grausam verzerrte Schreie waren zu hören, und der Gestank, der zu ihnen empordrang, raubte Tamár beinahe den Atem, aber immer noch schossen die Bogenschützen des Feindes, immer noch liefen ausgeruhte und unverletzte Krieger zu dem Rammbock, während die Verteidiger nur vereinzelt den Beschuss erwidern konnten. Hilflos musste der Prinz hören, wie der schwere Rammbock das erste Mal gegen das Portal geschlagen wurde. Der Schlag ließ das ganze Torhaus erbeben. Immer wieder schleuderten Krieger Steine und Speere hinab, doch das war zu wenig, um den Gegnern gefährlich zu werden, die unter dem festen Dach des Rammbockes arbeiteten.

Wieder schlug der Kopf des Bockes gegen das Tor. Verzweifelt sah Tamár sich um, suchte nach einer Rettung. Wieder dröhnte ein Schlag, dem diesmal ein lautes Knirschen folgte.

»Sie brechen durch!«, ertönte ein Schrei, und der junge Masride wusste, dass der Rufer recht hatte. *Wir sind zu wenige, um ein geborstenes Tor zu halten.* Die Erkenntnis schmeckte bitter in seinem Mund, aber noch gab es das hintere Tor des Torhauses, das den Angreifern Widerstand leisten würde. *Noch ist nichts verloren.*

Doch da brandete vom Norden her Jubel auf, und als Tamár dorthin sah, verkrampften sich seine Eingeweide. Auf beiden Türmen des Nordtores wehte der Drache, und immer mehr Soldaten kamen über die Zinnen. Einen Herzschlag lang wollte der junge Krieger vorstürmen und die Feinde zurückschlagen, doch dann erkannte er, dass dies ein sinnloses Unterfangen war.

»Köves! Gib das Signal zum Rückzug!«, rief er stattdessen heiser und befahl dann den Kriegern in seiner Nähe: »Zur Feste! Rückzug zur Feste!«

Sofort brach um ihn herum Chaos aus. Die Soldaten verließen ihre Stellungen, und einige schienen kurz davor zu sein, in Panik zu verfallen.

»Wir decken den Rückzug im Norden!«, schrie Tamár deswegen, um ihrer Flucht einen Sinn zu geben. »Zu mir!«

Einige liefen Hals über Kopf fort, doch viele scharten sich um den Prinzen, und während die Hörner den Befehl zum Rückzug gaben, führte er sie nach Norden, um den Resten der Truppen dort die Flucht zu ermöglichen. Doch die Überlebenden kamen ihnen schon bald entgegen. Und hinter ihnen die gewaltige Masse der Angreifer, die brüllend durch die Gassen und Straßen rannten und alles niedermetzelten, was nicht fliehen konnte. So blieb

Tamár nichts anderes übrig, als die Versprengten aufzugeben und seine Krieger zur Feste zu führen, wo das große Tor hinter ihnen mit einem dumpfen Knall zuschlug.

Der Weg hinauf auf den Bergfried erschien Tamár wie der Gang eines Verurteilten zum Richtplatz, begleitet vom Siegesgeheul seiner Feinde. Als der junge Masride aus dem Schatten des Aufgangs erneut in das Licht der untergehenden Sonne trat, konnte er die Angreifer sehen, die Tod und Vernichtung in die Straßen von Turduj trugen. Hier und da flackerten Brände auf, ganze Meuten von Soldaten hetzten einzelne Gestalten durch die Straßen, und schon bald wurden die Banner des Greifen gestürzt und durch den Drachen ersetzt. Wohin er sich auch wandte, überall bot sich Tamár das gleiche Bild der Zerstörung und des Untergangs. In seinem Inneren schrie alles danach, sich dem entgegenzustellen, seine Feinde zu töten und seine Stadt zu beschützen, doch er wusste, dass dies unmöglich war. Nichtsdestotrotz zuckten wilde Gedanken und Bilder seiner Rache durch seinen Geist, während er ohnmächtig zusehen musste, wie das Herz des Şireva, der alte Sitz seiner Familie, von seinen Feinden erobert, geplündert und verwüstet wurde. Wenigstens befand sich der Großteil der Bewohner in der Feste, für den Augenblick sicher vor den Übergriffen. In der Stadt waren nur versprengte Soldaten und die Uneinsichtigen geblieben, die auf die Gnade der Angreifer hofften. Aber die Stadt selbst war Tamárs Feinden nun schutzlos ausgeliefert.

Köves musste den Zorn seines Herrn bemerkt haben, denn der Szarke neigte geradezu demütig das Haupt und sagte: »Vezét, Euer Vater sitzt im Thronsaal und gibt keine Anweisungen. Ihr solltet unsere Krieger befehligen.«

Einen Herzschlag lang wollte Tamár den Mann anschreien, seine ganze Wut an ihm auslassen, doch dann hatte der Masride sich wieder unter Kontrolle.

»Schafft die Verwundeten in den Innenhof. Jeder, der

noch eine Waffe halten kann, soll auf die Mauer und die Türme. Ich denke nicht, dass sie heute noch einen Sturm versuchen, aber wir müssen vorbereitet sein. Sorg dafür, dass alle hier genug Essen und Wasser haben.«

Sofort lief Köves hinunter in den Hof, um die Befehle zu überbringen. Erst jetzt bemerkte Tamár, dass sich nicht nur Soldaten auf dem Turm befanden, sondern auch die beiden Wlachakinnen. Mit einem gepressten Lächeln verneigte er sich ironisch vor ihnen. Doch statt des erwarteten Hohns huschte nur ein Ausdruck tiefer Sorge über das Gesicht von Viçinia cal Sareş, während Flores anerkennend nickte.

»Ihr habt Euch tapfer geschlagen, Prinz.«

Die Unfähigkeit, etwas zu tun, und die plötzliche Ruhe nach den Kämpfen des Tages legten sich auf Tamárs Glieder, und er spürte die Erschöpfung stärker als zuvor. Mit steifen Schritten ging er zu den Wlachakinnen und sagte leise: »Vielleicht schreibt man das auf meine Grabplatte. Wenn ich nicht einfach irgendwo verscharrt werde.«

Kaum dass er sie ausgesprochen hatte, taten Tamár seine Worte leid. Ein vorsichtiger Blick bestätigte dem jungen Masriden, dass keine der Wachen ihn gehört hatte.

»Es ist ein Wunder, dass Ihr die Mauern überhaupt so lange halten konntet«, fuhr Flores scheinbar unbeirrt fort. Es juckte Tamár im Geiste, ihre scheinheilige Fassade zu durchbrechen, seinen Zorn zu beißendem Spott werden zu lassen und sie zu verletzen, aber es wäre den Aufwand nicht wert gewesen. Vielleicht war es auch die bleierne Müdigkeit, die von ihm Besitz ergriffen hatte, die ihn nur mit der Schulter zucken ließ. *Was zählt schon ein Sieg über dieses Weib, wenn wir morgen alle tot sein werden? Er wäre ebenso hohl wie ihr Lob!*

»Prinz«, sprach ihn Viçinia an und riss ihn damit aus seinen düsteren Gedanken. »Wie sehen Eure Pläne aus?«

»Pläne?« Tamár lachte bitter. »Wir werden kämpfen und die Feste halten. Oder kämpfen und sterben.«

»Gibt es keinen Ausweg? Keine Fluchttunnel, keine Ausfallpforte, keine …«

»Mein Vater ist Herr über dieses Land, und er hat seine Entscheidung getroffen!«, unterbrach Tamár sie barsch.

»Euer Vater sitzt irgendwo dort unten und ignoriert die Schlacht!«

»Eure Anmaßung gereicht Euch nicht gerade zur Ehre«, erwiderte Tamár mit einem bitteren Lachen, das rasch in einen Hustenanfall umschlug und seine Wunden schmerzen ließ.

»Ihr seid verwundet«, stellte Flores trocken fest.

»Solcherlei geschieht in Schlachten. Ihr solltet es einmal ausprobieren.«

»Gebt mir ein Schwert, und ich kämpfe an Eurer Seite.«

»Mein Vater …«

»Sitzt unten und schweigt«, unterbrach die Wlachakin ihn. »Und hier oben werdet Ihr bald jeden Arm benötigen, der eine Klinge führen kann.«

»Wir werden nicht um Hilfe betteln!«

»Sie wird Euch aus freien Stücken angeboten, Ihr dickköpfiger, sturer Narr!«, fauchte Flores, doch Viçinia brachte sie mit einem Blick zum Schweigen. Sie legte Tamár die Hand auf den Arm und sagte eindringlich: »Ruht Euch aus. Trinkt etwas. Während Eure Feinde in der Stadt ihren ersten Sieg feiern, bleibt uns Zeit. Nutzt sie zum Nachdenken!«

Ohne die beiden Wlachakinnen noch eines Blickes zu würdigen, wandte der junge Masride sich ab und schritt zurück in das Innere des Turmes. Er konnte weder die Worte noch den Anblick des brennenden Turduj länger ertragen. *Was ist, wenn sie recht haben?*, fragte er sich erschöpft. *Vielleicht sollten wir versuchen zu fliehen? Nein, wir werden für Vater weiterkämpfen und die Stadt niemals aufgeben!*

Aber irgendwo tief unten in seinen Gedanken lauerte die Gewissheit, dass die Stadt längst verloren war. Wütend hieb er mit der Faust gegen die harte Steinwand. Er wollte schreien, doch kein Laut kam über seine Lippen. All die widerstreitenden Gefühle schnürten ihm die Kehle zu und lähmten ihn, wo er doch so viel zu tun, so viele Aufgaben hatte. Er musste sich um seine Leute kümmern, damit sie in den kommenden Stunden nicht verzweifelten. Nur konnte er sich kaum auf einen klaren Gedanken konzentrieren. *Zumindest in einem haben sie recht: Ich sollte mich ausruhen.*

Aber die Nacht brachte ihm wenig Erholung. Obwohl sein Körper danach schrie, verweigerte Tamárs Geist ihm jede Rast. Vielleicht waren es auch die Schreie und Rufe aus der dunklen Stadt, durch deren Straßen Fackeln wie Leuchtkäfer zogen und deren Mauern hier und da im zornigen Rot einer Feuersbrunst erglühten. Unbewegt stand Tamár auf dem Torturm, nachdem er den fruchtlosen Versuch, sich zum Schlafen zu zwingen, aufgegeben hatte. Unter ihm starb Turduj einen langsamen, qualvollen Tod, und er nahm jede Einzelheit in sich auf. Im Geiste sah er die Stadt, wie sie noch vor wenigen Tagen war, doch seine Augen erblickten nur Feuer und Vernichtung. Offensichtlich hatte Marczeg Laszlár seinen Kriegern freie Hand gelassen, denn statt die Feste zu bedrohen, plünderte die Armee, während nur ein kleiner Teil die Straßen und Plätze um die Burg besetzt hielt und den Belagerten jede Flucht unmöglich machte.

Mehr noch als die körperlichen Wunden, die man ihm zugefügt hatte, schmerzte den jungen Prinzen die Unfähigkeit, seine Stadt zu retten. Äußerlich blieb er gefasst, damit seine Untergebenen nicht den Mut verloren. Doch in ihm brodelten finstere Gedanken und Gefühle.

»Vezét?«, fragte Köves, der sich unermüdlich um Tamárs Wohl kümmerte und seine Befehle weitergab.

»Was?«

Vorsichtig trat der Szarke näher und flüsterte: »Der

Marczeg, Vezét. Die Soldaten tuscheln bereits. Seine Abwesenheit bricht ihnen das Herz. Wenn er sich zeigen würde …«

»In dieser Nacht wird nicht viel passieren, Köves. Warten wir ab, was der Morgen bringt.«

»Ja, Herr.«

»Was ist mit den Wlachakinnen? Sind sie noch …«

»Nemes Viçinia hat sich in ihre Kammer zurückgezogen, aber die andere war noch oben, als ich auf den Turm gestiegen bin.«

Geistesabwesend nickte Tamár. Die Worte der Wlachakinnen gingen ihm nicht aus dem Kopf. Obwohl er nicht mehr glaubte, dass sie mit Laszlár Szilas unter einer Decke steckten, war er nicht sicher, ob man ihnen vertrauen konnte. Und die Vorstellung, zu fliehen und sich mit den Soldaten im Westen und Norden zusammenzutun, hatte etwas Verlockendes. Gemeinsam mit dem Rest der Armee könnten sie Szilas in einer Schlacht stellen und den Krieg noch gewinnen. Abrupt drehte Tamár sich um.

»Ich werde mit meinem Vater reden.«

Auch wenn die Feste von zahlreichen Fackeln erhellt war, hätte Tamár den Weg durch die altbekannten Gänge auch in tiefster Finsternis sicher gefunden. Der Saal war dunkel, nur zwei schlanke Kerzen brannten links und rechts des Thrones. Wie schon seit Beginn der Belagerung saß Gyula Békésar zusammengesunken auf seinem Herrschersitz und starrte dumpf vor sich hin. Die prächtigen Pelze, in die er gehüllt war, wirkten viel zu groß für ihn, als wäre er ein Kind, das in die Kleidung eines Erwachsenen geschlüpft war. *Er hat Stadt und Feste innerlich längst verloren gegeben,* erkannte Tamár, *Szilas' Krieger hatten ihn schon besiegt, bevor der erste Angriff kam!*

Dennoch neigte er vor dem Herrn des Landes sein Haupt und sagte: »Vater, deine Krieger brauchen dich.«

Als würde er aus einem langen Traum erwachen, blickte Gyula hoch.

»Wofür?«

»Sie müssen dich sehen, Vater. Sie müssen sehen, dass du an uns glaubst. Nur so können sie weiterkämpfen!«

»Ich will die Stadt nicht sehen. Nicht, wenn sie von diesen Hunden besudelt wird.«

Der Tonfall der Stimme seines Vaters ließ Tamár aufhorchen. Unter der Resignation konnte der junge Masride noch das Feuer spüren, das in dem älteren Mann brannte.

»Doch, du solltest es dir ansehen. Damit du es in Erinnerung bewahren kannst. Wenn Szilas vor dir kniet …«

Ein lautes, freudloses Lachen unterbrach Tamár.

»Vor mir kniet? Du beliebst zu scherzen, Sohn.«

»Nein. Noch ist nicht alles verloren. Wir können die Tunnel benutzen, oder …«

»Flucht? Ist es das, was dir diese beiden wlachkischen Schlangen raten? Ihre Worte sind pures Gift!«

»Dann lass uns kämpfen, Vater!« Tamár schrie nun beinahe. »Lass uns die Feste halten, bis unsere Soldaten eintreffen! Wenn du es ihnen befiehlst, werden deine Krieger die Mauern bis zum Letzten verteidigen! Wenn du es nur befiehlst!«

Vom Ausbruch seines Sohnes offenbar überrascht, blinzelte Gyula einige Male unentschlossen in das Licht der Kerzen. Zitternd vor Wut, Verzweiflung und Erschöpfung stand Tamár in dem großen, dunklen Saal. Das unruhige Flackern der kleinen Flammen ließ seinen Schatten an der Wand tanzen. Schließlich nickte Gyula.

»Gib meinem Waffenmeister Bescheid. Er soll meine Rüstung und meine Waffen vorbereiten.«

Mit einer tiefen Verbeugung wandte Tamár sich ab und ließ seinen Vater allein zurück. Trotz der guten Nachricht fühlte er sich nicht erleichtert, auch wenn sein Vater endlich beschlossen hatte, sein einsames Brüten zu beenden und seine Untergebenen wieder anzuführen. Denn noch immer hörte er gedämpft den Lärm aus der Stadt, die schier endlosen Schreie aus Kehlen, die morgen Früh zum

Sturm auf die Burg rufen würden. *Aber zumindest wird der Marczeg seinen Leuten Vertrauen geben. Vielleicht genügt es, um die Feste zu halten. Vielleicht geschieht ein Wunder, und der Entsatz kommt früher als erwartet. Krieg ist eine wankelmütige Herrin, und die Hoffnung stirbt stets zuletzt, wie die ungewaschenen Wlachaken gern sagen.* Jetzt stahl sich doch ein Lächeln auf seine Lippen, und sein Schritt wurde beschwingt.

»Köves! Sorg dafür, dass die Rüstung des Marczegs bereit gemacht wird! Wir werden diese Bastarde schon das Fürchten lehren!«

13

Der Keller war tatsächlich so lichtdicht, dass die Trolle vor der Sonne geschützt waren und nicht in ihre todesähnliche Starre verfielen. Dennoch hatten die meisten der gewaltigen Kreaturen sich schlafen gelegt. Auch Şten spürte die Müdigkeit, die sich wie Nebel um seinen Geist legte. *Wie schnell man sich doch wieder daran gewöhnt, am Tag zu schlafen,* dachte der junge Wlachake und unterdrückte ein Gähnen. *Jetzt ziehe ich noch einmal mit Trollen umher, dabei hatte ich gedacht, dass ich sie nie wiedersehen würde. Manchmal führt der Lebensweg über seltsame Pfade.*

Die Luft im Keller war feucht und kühl, eine angenehme Abwechslung nach der Wärme draußen. Es roch nach Erde, nach Trollen und nach Blut. In der Ecke lagen die Kadaver zweier Kühe, denen Pard scheinbar mühelos das Genick gebrochen hatte, bevor er sie in den Keller hinabgetragen hatte. Da Şten an die rauen Tischsitten der Trolle bereits gewöhnt war, hatte ihn das lautstarke Zerlegen und Verspeisen der Tiere nicht weiter gestört. Immerhin hatte Pard genug Feingefühl besessen, die ausgeweideten Tiere nicht einfach achtlos im Raum liegen zu lassen.

»Gehen wir in die Stadt, wenn es dunkel ist?«, fragte Kerr plötzlich neben ihm und riss Şten damit aus dem Halbschlaf.

»Ja. Wir gehen nach Teremi und in die Feste Remis. Dort treffen wir Ionna. Sie ist die Anführerin meines Volkes. So wie Pard euer Anführer ist.«

»Druan hat mir von der Stadt erzählt. Eure Höhlen dort sind noch größer als die in deiner Heimat, ja? Und es gibt noch mehr von euch?«

Şten musste lächeln »Ja, um einiges. Momentan platzt die Stadt sogar aus allen Nähten. Es gibt viele Flüchtlinge, die aus dem Osten hierher gekommen sind.«

»Andere Menschen?«, erkundigte sich Kerr neugierig.

»Andere Wlachaken vor allem.«

»Bei den Menschen gibt es also Wlachaken und andere Wlachaken.«

Amüsiert betrachtete Şten den jungen Troll. *Wie alt mag er sein?*, fragte er sich. *Und wäre ich mit meinen fünfundzwanzig Wintern in Trolljahren jung oder alt?*

»Wie alt bist du?«, fragte er unvermittelt.

Kerr riss die Augen unter den hervorstehenden Brauenwülsten auf, als sei das eine ganz erstaunliche Frage. »Viele, viele Dreeg«, entgegnete er.

»Wie viel ist das in Jahren?«

»Wie viel ist ein Jahr?«

Seufzend erkannte Şten, dass sie so nicht weiterkamen. »Und Pard?«, fragte er deshalb.

»Oh, er hat viele Dreeg mehr gespürt als ich. So wie Druan.« Bei der Erwähnung des Letzteren legte sich ein Ausdruck von Trauer auf die groben, grauen Züge des Trolls.

»Willst du noch etwas über die Menschen wissen?«, fragte Şten deshalb, um sein Gegenüber abzulenken.

»Sind die anderen Wlachaken eure Feinde?«

»Nein. Unsere Feinde heißen Masriden. Und Szarken. Sie haben unser Land vor vielen Jahren überfallen. Seitdem kämpfen wir.«

»Warum kämpfen Menschen gegeneinander?«, fragte Kerr scheinbar harmlos. »Solltet ihr nicht gemeinsam gegen eure Feinde kämpfen?«

»Was geschieht, wenn ihr Trolle euch um Besitz streitet? Oder um Land?«

»Um Land? Wie soll man sich deswegen streiten?«

»Was ist mit Besitz?«

»Man trägt, was man braucht. Wenn ein anderer es

braucht, dann gibt man es ihm«, erklärte Kerr ernst. »Wenn beide es wollen, dann gibt es Streit. Vielleicht Kampf. Aber niemals bis zum Tode. Der Stärkere gewinnt, ihm gehört der umkämpfte Besitz. Und der stärkste Troll führt uns an.«

»Eure Wunden heilen schnell. Da ist Kampf vielleicht nicht so gefährlich. Aber es kämpfen niemals mehrere Trolle gegeneinander? Niemand tötet?«

»Kein Troll hat je andere Trolle getötet. Bis Anda kam. Warum kämpft ihr Menschen? Druan hat mir erzählt, dass viele, viele Menschen gekämpft haben, gegeneinander und gegen Zwerge und Trolle.«

Obwohl er darüber nachdachte, kam Şten zu keinem befriedigenden Schluss. Die meiste Zeit seines Lebens war ihm der Kampf gegen die Unterdrücker als ganz natürlich erschienen. Jemand musste die einfachen Menschen beschützen, die sich nicht wehren konnten.

»Es gibt ein Sprichwort bei uns«, sagte Şten, aber als er Kerrs fragenden Gesichtsausdruck sah, erklärte er: »Eine Weisheit, die jeder kennt. Sie lautet: Es kann der Beste nicht in Frieden leben, wenn es dem Nachbarn nicht gefällt. Ihr kämpft gegen die Zwerge, nicht wahr?«

»Ja. Seit langer Zeit.«

»Für uns sind die Masriden wie für euch die Zwerge. Aber das ist es nicht nur. Früher haben auch die Wlachaken gegeneinander gekämpft, eine Sippe gegen die andere. Bis Radu kam und die Stämme meines Volkes einte.«

»Ihr seid so viele, aber euer Land ist auch gewaltig. Es reicht bis zum Himmel«, sagte der Troll mit leuchtenden Augen. »Es sollte doch viel Platz für euch geben.«

»Vielleicht liegt der Krieg uns im Blut«, vermutete Şten mit gerunzelter Stirn. »In diesem Land gibt es mehr Krieg als Frieden. Aber jenseits der Sorkaten auch. Die Dyrier haben viele Länder erobert. Einst herrschten sie auch über Wlachkis, bis wir sie wieder vertrieben haben.«

Obwohl er nicht alles zu verstehen schien, nickte der

Troll schließlich. »Euer Volk ist stark. Es steht gegen seine Feinde«, stellte Kerr fest und entblößte seine Hauer. »Das ist gut.«

»Manchmal wünschte ich mir, wir hätten weniger davon«, murmelte der Wlachake, doch als Kerr ihn fragend ansah, winkte er ab: »Zumindest haben wir unsere Freiheit wiedergewonnen. Jedenfalls hier im Westen. Manche wollen den Krieg weiterführen, aber ich denke, wir haben lange genug gekämpft. Ich wünsche mir, dass Kinder heranwachsen, die den Krieg gar nicht kennen.«

»Aber das wären schlechte Krieger«, entgegnete Kerr verblüfft. »Schlechte Krieger können nicht kämpfen und nicht gegen ihre Feinde bestehen.«

»Vermutlich hast du recht. Trotzdem würde ich mir für meine Kinder wünschen, dass sie friedlicher aufwachsen als ich. Dass sie ihre Eltern kennenlernen dürfen … ich weiß nicht«, gestand Şten. »Es ist nicht einfach, ein Volk zu führen. Ich beneide Ionna nicht.«

Vorsichtig blickte Kerr sich um und flüsterte dann: »Ich Pard auch nicht. Es sind schlechte Zeiten, und ich wüsste nicht, was wir tun sollen. Pard scheint immer zu wissen, was richtig ist.«

Oder er spielt euch das nur vor, um eure Hoffnung am Leben zu erhalten, dachte Şten bei sich. *Druan war ein schlauer Kopf, aber Pard denkt mehr mit den Muskeln als mit dem Hirn. Nur leider scheint mehr vonnöten zu sein als pure Kraft. Eigentlich brauchtet ihr einen Troll wie Druan nun mehr denn je.*

»Wir werden einen Weg finden«, versicherte Şten, auch wenn er sich dessen keineswegs sicher war.

»Was Anda tut, ist falsch. Es schmerzt in jedem Knochen, es ist gegen die Welt«, erklärte der junge Troll mit einer Ernsthaftigkeit, die Şten frösteln ließ. »Es darf nicht weitergehen.«

Mit diesen Worten wandte Kerr sich ab und lehnte sich an die Wand. Hinter ihm konnte Şten Pard sehen, der ihn mit ernster Miene ansah. *Das war ja geradezu philosophisch. Also ist den Trollen vielleicht doch mehr wichtig als nur ihr eigenes Überleben.*

Kerrs Neugier erinnerte ihn an Roch. *Hoffentlich blüht ihm nicht das gleiche Schicksal wie dem einhornigen Troll,* dachte Şten, der sich mit Schaudern an Rochs Tod im Wald unter den Klauen der Zraikas erinnerte. Die großen Kreaturen waren ebenbürtige Gegner für die Trolle gewesen, und Roch hatte die Begegnung nicht überlebt.

Dieser und andere Gedanken hielten den jungen Krieger noch lange vom Schlafen ab, auch wenn sein Körper dringend danach verlangte. Aber schließlich driftete Şten doch in einen unruhigen Schlaf, der von wirren, Angst einflößenden Träumen beherrscht wurde.

Ein lautes Rufen weckte Şten. Jemand rief seinen Namen, aber es dauerte einige Augenblicke, bis der Krieger wieder wusste, wo er war. Sein Mund war trocken, und er hatte einen unangenehmen Geschmack auf der Zunge. Sein Körper fühlte sich warm und überhitzt an, und Şten spürte den Schweiß der letzten Tage auf seiner Haut. Um ihn herum kam Bewegung in die Trolle, die nun neugierig zu der Einstiegsluke emporschauten. Einige schliefen auch einfach weiter, aber Pard und Kerr sahen Şten fragend an. Doch dieser schüttelte nur den Kopf. Während er sich mit der Hand die Augen rieb, lief er die Treppe empor und hob die Falltür vorsichtig an. Im Inneren des Bauernhofes herrschte Zwielicht. Nur durch wenige Ritzen fiel Sonnenlicht herein, die Fenster und Türen waren verschlossen.

Wieder rief eine Stimme nach Şten. Diesmal weckte der melodische Klang Erinnerungen, aber bevor der Wlachake sich sicher sein konnte, wurde die Tür aufgerissen, und eine schwer gerüstete Gestalt zeichnete sich als dunkler Umriss im hellen Sonnenlicht ab. Während Şten überrascht nach seiner Waffe griff, ertönte aus dem Keller ein lautes Fluchen, gefolgt von einem »Weg mit dem Scheißlicht!«.

Als Şten bemerkte, dass die Gestalt keine Anstalten machte, näher zu kommen, schob er den halb gezogenen Dolch wieder in die Scheide zurück und gab der Falltür einen Tritt, der sie zufallen ließ.

»Ja?«, fragte er vorsichtig, die Hand auf dem Griff des langen Dolches. Doch der Gerüstete antwortete nicht, sondern trat zurück. Dafür schritt eine kleinere Person würdevoll durch die Tür. Ungläubig blinzelte Şten, aber als der rothaarige Mann aus dem Gegenlicht trat, erkannte der Wlachake sein Gegenüber ganz eindeutig.

»Sargan!«, rief er erfreut und trat auf den Dyrier zu, der lächelnd nickte. Bevor Sargan etwas sagen konnte, war Şten heran und umarmte ihn.

»Sei gegrüßt, Şten cal Dabrân. Du reist wieder mit Trollen, wie ich gehört habe und nun auch riechen kann?«

Şten konnte sich ein Grinsen nicht verkneifen.

»Ich hätte wohl gestern Nacht im Fluss baden sollen, aber du weißt ja, wie es ist: Wenn man selbst sauber ist, riecht man sie nur umso stärker.«

Er trat einen Schritt zurück und betrachtete den Dyrier, der in eine reiche, goldbestickte Robe gekleidet war.

»Du siehst gut aus. Meine Güte, deine Kleidung muss ein Vermögen kosten. Oder ist Gold im Imperium tatsächlich so reichlich vorhanden, dass jeder welches besitzt und es sich auf die Röcke näht?«

»Nein, auch in meiner Heimat ist dieses Gewand wertvoll«, erklärte Sargan und schlug bescheiden die Augen nieder. »Aber es gehört nicht wirklich mir, sondern vielmehr dem Imperator. Es ist ein Zeichen meines Status als Gesandter.«

»Du? *Gesandter?*«

Diesmal ließ sich Şten zu einem lauten Lachen hinreißen, das einen säuerlichen Ausdruck auf Sargans Gesicht hervorrief.

»Verzeih«, sagte Şten, schüttelte aber weiter belustigt den Kopf. »Erzähl mir, wie es dazu gekommen ist.«

Aufmerksam lauschte er der Erklärung des Dyriers. Nur selten bekamen die Bewohner von Wlachkis Nachricht von jenseits der Sorkaten aus dem Dyrischen Imperium. Der Reichtum, die Macht und die Arroganz des Reiches waren legendär, seine Schätze, Erfindungen und Kunstgegenstände begehrt. Seit ihrem ersten Zusammentreffen hatte Şten Sargan immer wieder über seine Heimat ausgefragt, auch wenn er damals durch den Kampf gegen Zorpad genug andere Sorgen hatte. Und der kleine Dyrier hatte nur zu gern vom Imperium berichtet und in Erinnerungen an die gewaltigen Städte mit ihren goldenen Kuppeln geschwelgt. Inzwischen wusste Şten, dass dies, wie so manches, kühle Berechnung des ehemaligen Spions gewesen war. Doch für seine Rolle im Kampf gegen Zorpad, und vor allem in der letzten, verzweifelten Schlacht, waren die Wlachaken dem Dyrier zu Dank verpflichtet. *Ohne sein mutiges Eingreifen wäre mein Angriff vermutlich gescheitert, und Zorpad hätte die Trolle und wohl uns alle getötet.*

»So bin ich denn entgegen meinen Wünschen in das Amt eines Gesandten erhoben worden. Neben dieser schweren Robe lastet nun auch noch schwerere Verantwortung auf meinen Schultern.«

»Und ein hübscher Batzen Geld beschwert deinen Beutel, möchte ich annehmen? Wie geht es deinen Frauen und Kindern?«

»Sehr gut. Sie haben sich gefreut, mich wiederzusehen. So sehr, dass ich wohl bald wieder Vater werde. Und es stimmt, man hat mir den Posten mit einem Zugewinn an Einfluss und auch an Geld versüßt. Vielleicht kann ich mir bald eine vierte Ehefrau leisten«, berichtete Sargan und zwinkerte Şten verschwörerisch zu.

»Dann musst du ja noch mehr Zeit auf Reisen verbringen«, scherzte der Wlachake, und Sargan nickte eifrig.

»Allerdings muss ich gestehen, dass diese Art zu reisen neben allen Annehmlichkeiten auch so ihre Tücken hat.

Man steht immer im Zentrum des Interesses und kann sich niemals einfach von seinen Pflichten befreien.«

»Wenn man bedenkt, dass du früher jegliche Aufmerksamkeit gemieden hast, ist dies sicherlich unangenehm.«

»Tatsächlich werde ich diese Position wohl an den Nagel hängen, wenn mein Auftrag hier erfüllt ist. Andere Arbeit liegt mir eher.«

»Was ist denn da oben los?«, donnerte Pard im Keller. »Und was stinkt hier so widerlich?«

»Das ist feinstes Rosenwasser, vermischt mit den teuersten Essenzen aus Bergamotte und Moschus, du Banause«, rief Sargan zurück und hob die Augenbrauen. »Er hat sich nicht verändert, oder?«

»Nein, er ist ganz der Alte.«

»Ist Druan dabei? Und diese Trollin, die ich die ganze Zeit für einen Kerl gehalten habe? Andu?«

»Nein. Druan ist tot, getötet von Anda. Und die anderen Trolle sind auf der Flucht.«

»Ist das der Halbzwerg?«, erklang Pards fragende Stimme.

»Ich bin kein Halbzwerg. Immer noch nicht!«

»Es ist der Halbzwerg!«, rief der große Troll triumphierend, dessen tiefe Stimme dumpf aus dem Keller drang.

»Nicht ein bisschen«, sagte Sargan mit einem Seufzen. »Wovor fliehen sie? Den Zwergen?«

Der eifrige Ton in Sargans Stimme weckte sofort Ştens Misstrauen. Dennoch antwortete er: »Nein, vor ihresgleichen. Etwas ist mit Anda geschehen, und sie jagt alle Trolle, die sich ihr nicht anschließen.«

»Das sind seltsame Neuigkeiten. Seit wann?«

»Das kann ich dir nicht sagen. Die Trolle messen die Zeit anders als wir. Tag und Nacht haben für sie unter der Erde wenig Bedeutung«, erklärte Şten.

Nachdenklich blickte Sargan an ihm vorbei zu der Falltür. »Ich bin hier, weil das Kleine Volk jeglichen Handel mit dem Imperium eingestellt hat. Nun erfahre ich, dass dies hier ebenso der Fall ist. Und die Trolle zieht es aus den Tiefen an die Oberfläche.«

»Du meinst, dass dazwischen ein Zusammenhang besteht?«, fragte Şten.

»Womöglich. Wo Rauch ist, gibt es häufig auch Feuer. Es lohnt jedenfalls sicher, diesen interessanten Neuigkeiten auf den Grund zu gehen. Was hast du vor?«

»Ich werde sehen, ob wir den Trollen helfen können. Druan schien zu glauben, dass die Lösung ihrer Probleme an der Oberfläche liegt. Ich ...«, erläuterte Şten, doch dann sah er das Grinsen des Dyriers und fragte: »Was?«

»Ich hätte gedacht, dass du faul in Dabrân sitzt und dein neues Leben als Ehemann und Herrscher genießt. Die erste Ehe ist die beste, glaub mir. Stattdessen bist du ganz der alte Şten: dreckig, unterwegs mit einem Haufen Trolle und die Hände voller Probleme. Deine Frau habe ich kürzlich übrigens in Teremi getroffen. Ist sie dir schon davongelaufen?«

»Sehr lustig. Viçinia ist in Ionnas Auftrag unterwegs, wieder einmal. Sie weiß noch gar nichts von der Ankunft der Trolle. Eigentlich ist diese Reise reiner Selbstschutz – wer will schon gut zwei Dutzend von ihnen im eigenen Land herumlaufen haben?«

»Im Imperium hat meine Nachricht, dass es wirklich und wahrhaftig Trolle gibt, übrigens einigen Wirbel ausgelöst. Ich habe die Abhandlung *Roch, der Troll* genannt, weil der Kleine sich so sehr über das Schreiben gefreut hat. Aber die allgemeine Meinung ist, dass eine Rasse von Menschenfressern mehr oder weniger in Ardoly nicht allzu wichtig ist«, frotzelte Sargan.

»Hauptsache, das Imperium beschließt nicht wieder, dass es eine neue Provinz braucht.«

»Unwahrscheinlich. Wie ich hörte, droht ein Krieg zur See am Largischen Meer. Der Imperator hat verkünden lassen, dass dem Problem der Piraterie ein für alle Mal ein Ende gesetzt werden wird. Übrigens ein Grund für meine

Anwesenheit; eine Flotte benötigt viel Holz. Du siehst, wir haben andere Sorgen, als eine widerspenstige ehemalige Provinz zurückzuerobern.«

»Das beruhigt mich sehr. Wie lange wirst du bleiben?«

»So lange, bis die Beamten in meiner Gesandtschaft Verträge ausgehandelt und ausgearbeitet haben.«

»Ich werde heute Abend mit Pard und noch einem Troll nach Teremi kommen, um Ionna zu sprechen.«

»Das ist gut. Allerdings muss ich dich warnen: Es gelingt mir nicht oft, dem Protokoll zu entkommen. Und ich wäre ein Narr, wenn ich nicht vorsichtig wäre, denn in meiner Gesandtschaft befindet sich sicherlich der ein oder andere Spitzel.«

»Spitzel?«, fragte Şten verblüfft. »Was für Spitzel?«

»Politik, werter Şten. Da ich einem Teil des Goldenen Triumvirats näher stehe als den anderen, wird mein Aufstieg sehr genau beäugt. Denn einen mächtigen Beamten politisch direkt anzugreifen ist schwierig und nicht sehr ratsam. Aber wenn nun ein Diener und Schützling des besagten Beamten versagt, dann fällt die Schande natürlich auf seinen Herrn zurück.«

»Deine Heimat steckt voller Wunder. Wie kann ein solches Triumvirat funktionieren?«

»Oh, das ist ganz einfach«, erklärte Sargan und trat nah an den Wlachaken heran, bevor er flüsterte: »Der Kaiser, mein Freund, ist wenig mehr als ihr Sprachrohr. Ein junger, dummer Bengel, der sich mit Festen und Wagenrennen und einer gelegentlichen blutigen Hinrichtung abspeisen lässt. Die wahre Macht liegt in den Händen der drei ranghöchsten Beamten. Gemeinsam haben sie diese errungen, den Imperator Schritt für Schritt zu einer bloßen Puppe gemacht; sogar einen Schwur zum gegenseitigen Nutzen sollen sie getan haben. Aber Macht, wie es nun einmal so ist, fordert mehr Macht. Öffentlich zeigt die Fassade keinen Riss, und jeder Möchtegern spürt den ganzen Zorn aller drei; doch im Inneren tobt ein langsamer, aber nichtsdestotrotz tödlicher Krieg. Es wird gemunkelt, dass jeder der drei selbst nach dem Goldenen Thron giert und sich zum Imperator salben lassen will.«

Verwundert blickte Ştten den Dyrier an, der ungewöhnlich ernst wirkte.

»Und du dienst einem dieser drei Mächtigen?«

»Ich diene allen dreien, doch nur einer setzte mich in diese Position ein. Nun ist mein Schicksal mit dem seinen verbunden. Aber«, erklärte Sargan und sah Şten verschwörerisch an, »das weißt du alles nicht, und schon gar nicht von mir. Nicht auszudenken, wenn jemand in meiner Heimat diese Worte höre würde.«

»Ich werde schweigen«, versprach Şten ernsthaft, aber Sargan grinste nur: »Gut. Außerdem würde einem Hinterwäldler aus Ardoly sowieso niemand glauben!«

»Es heißt hier Wlachkis, mein Freund, nicht mehr Ardoly. Die Masriden können nicht mehr über uns bestimmen und uns nicht mehr ihren Namen für das Land aufzwingen. Also bin ich ein Hinterwäldler aus Wlachkis«, entgegnete der Krieger.

Immer noch grinsend neigte der Rothaarige den Kopf. »Treffer.«

»Willst du die Trolle noch begrüßen?«

»Wenn Pard heute Nacht in die Stadt kommt, genügt mir das vollauf. Richte ihm einen Gruß von mir aus. Aber da runtersteigen, in den Trollmief? Lieber nicht. Das überlasse ich lieber gewissen *wlachkischen* Adligen.«

Noch einmal verneigte sich der Dyrier, während Şten ihm zum Abschied auf die Schulter schlug.

»Sichere Wege, Sargan.«

»Sichere Wege.«

14

Der Anblick der brennenden Stadt ließ in Flores unangenehme Erinnerungen an Teremi aufsteigen. Auch dort hatten Häuser gebrannt, nur waren es damals Wlachaken gewesen, die von den verhassten Masriden gejagt und vertrieben wurden. Unbewusst legte die Kriegerin ihre Hand auf die Hüfte, genau dorthin, wo sie in der großen Schlacht von der Schneide einer Axt getroffen worden war. Die Wunde war längst verheilt, aber sie erinnerte die junge Wlachakin an den Wahnsinn des nächtlichen Kampfes, der urplötzlich von dem magischen Licht erhellt worden war, welches der Albus Sunaş entfacht hatte. Erst als Şten das Ritual der Sonnenmagier hatte stören können, war das Licht erloschen und waren die Trolle aus ihrer Starre erwacht und hatten an der Seite der Wlachaken gekämpft. *Diesmal werden uns keine Trolle helfen. Wenn die Sonne aufgeht, wird der Sturm kommen; das ist sicher.*

Im Osten kündete ein leichtes Leuchten am Horizont vom Anbruch des Tages. Noch war es kaum mehr als ein schmaler roter Streifen, doch schon bald würde sich der dunkle Himmel erhellen. *Schwertzeit.*

»Du hast nicht geschlafen?«, ertönte überraschend Viçinias Stimme an ihrer Seite. Flores' rothaarige Freundin hatte sich ein Tuch über die Schultern gelegt, aber sie fröstelte dennoch. Tatsächlich war es in den frühen Morgenstunden kühl geworden; der Wind hatte gedreht und brachte nun kalte Luft aus den nördlichen Sorkaten mit sich.

»Nein.«

»Woran denkst du?«

Viçinia sah die junge Söldnerin eindringlich an, so als wolle sie an ihrem Gesicht die Antwort auf ihre Frage ablesen.

»Ich denke, dass uns nur noch wenig Zeit bleibt.«

»Denkst du, dass die Feste gehalten werden kann?«

»Mit ausreichender Besatzung, gut versorgt und ausgerüstet: sicherlich. Mit einer Handvoll Krieger, die jetzt schon den Glauben daran verloren hat? Nein.«

Die junge Söldnerin seufzte tief. »Als ich dem Narren, Verzeihung, dem Prinzen gestern sagte, dass sie gut gekämpft haben, war das keine Lüge.«

»Hast du plötzlich dein Herz für den masridischen Adel entdeckt?«, neckte Viçinia sie.

»Pah! Ein Arschloch wird kein guter Mensch, nur weil es eine Waffe führen kann. Aber er hat immerhin Schneid. Er führt seine Leute im Kampf an, anders als so mancher selbst ernannte Feldherr.«

»Angeblich kommt der Titel Marczeg ja von ihrem Wort für Vorreiter. Jemand, der vor seinen Truppen reitet.«

»Die Krieger vertrauen ihm, und sie folgen ihm deswegen. Das hat man gestern gesehen. Bleibt nur die Tatsache, dass er ansonsten ein arroganter, nicht besonders heller, dafür aber umso großmäuligerer Bastard ist. Er …«, begann Flores, da sah sie ein leichtes Lächeln auf Viçinias Lippen und runzelte die Stirn. »Was ist so lustig?«

»Nichts«, wehrte die Bojarin ab. »Wir sprachen eigentlich darüber, wie lange die Békésars die Feste halten können.«

Misstrauisch beäugte Flores ihre Schwägerin, doch die verzog nun keine Miene mehr. Also erklärte die Söldnerin: »Die Stadt hätte beim ersten Sturm fallen sollen. Laszlár Szilas war so siegessicher, dass er nicht einmal über eine Übergabe verhandelt hat. Dennoch ist es Tamár fast gelungen, den Tag zu überstehen. Die Feste ist einfacher zu halten als die Stadt. Die Mauern sind dicker und höher, man benötigt weniger Soldaten. Aber der Feind ist zu zahlreich. Wenn Tamár seine Krieger noch einmal so anspornen kann, wie er es gestern getan hat, dann werden sie vielleicht einen weiteren Tag durchhalten, vielleicht auch länger, aber niemals lange genug.«

»Unsere Aussichten schwinden«, sagte Viçinia. »Es hat nicht den Anschein, als wolle Gyula seine Absichten noch ändern. Das bedeutet, wir steuern direkt auf eine Katastrophe zu.«

»Es gibt eigentlich nur zwei Möglichkeiten: Wir versuchen zu fliehen, oder wir ergeben uns und hoffen, dass Marczeg Laszlár mit Ionna verhandeln will.«

»Das ist ein großes Risiko. Wir müssten darauf vertrauen, dass seine Soldaten unsere Kapitulation annehmen. Und dass Szilas nicht auf einen Krieg mit uns Wlachaken aus ist.«

Flores nickte bedächtig. Mit der Hand wies sie hinunter in den Burghof.

»Flucht ist aber auch nicht viel erfolgversprechender. Wird die Burg genommen, dann gibt es wenige Wege, um aus ihr herauszukommen. Zu wenige vielleicht. Szilas scheint seinen Kriegern keine Grenzen aufzuerlegen, was Plünderungen angeht. Das ist gefährlich.«

Gemeinsam blickten die beiden Frauen auf Turduj hinab, das wie ein weidwundes Tier vor ihnen lag. Ein einsamer, gequälter Schrei drang zu ihnen empor, in dem so viel Leid und Schmerz mitschwang, dass Flores ein kalter Schauer über den Rücken lief.

»Ich wünschte, ich hätte wenigstens ein Schwert«, murmelte sie mit belegter Stimme.

»Ein Schwert gegen eine ganze Armee? Ich fürchte, damit überschätzt du deine Fähigkeiten dann doch!«

Trotz ihrer ohnmächtigen Wut im Angesicht der feindlichen Armee fiel Flores in Viçinias Lachen ein. *Was bleibt uns außer Galgenhumor?*

In der Zwischenzeit war der östliche Horizont immer heller geworden, und die ersten Strahlen beschienen die wenigen Wolken, die der Wind mit sich gebracht hatte. Die Stadt schälte sich nur zögerlich aus der Dunkelheit, verweilte noch im unbestimmten Grau des beginnenden Tages. Das Zwielicht wirkte auf Flores so, als hätte der Tag noch nicht entschieden, ob er Gutes oder Schlechtes bringen wolle. Aber dann erhob sich die Sonne über der Welt, und ihr Licht färbte die Wolken in einem düsteren, blutigen Rot. *Sieht so aus, als wäre die Entscheidung gefallen. Wie sagen die Burlai? Rote Sonne am Morgen bringt dem Schiffer Sorgen.*

Mit dem Sonnenlicht kamen auch die Soldaten Marczeg Laszlárs, die trotz des nächtlichen Aufruhrs in der Stadt mit beeindruckender Präzision in den Straßen und Gassen rund um die Burg Aufstellung bezogen. Vereinzelt flogen Pfeile in ihre Richtung, ohne jedoch größere Wirkung zu erzielen. In den ersten Reihen standen Schildträger, dahinter Speerkämpfer. Die Sonne beleuchtete die bunt bemalten Schilde und spiegelte sich auf Helmen und Lanzenspitzen, während die Fahnen und Wimpel im Nordwind flatterten. Eine Gruppe von Speerträgern reckte lange Piken empor, auf deren Spitzen etwas steckte, was sie zunächst nicht erkennen konnte. Erst als einige Haare im Wind wehten, begriff sie: *Schädel!*

Im Süden öffnete sich eine schmale Gasse zwischen den Kriegern, und einige Berittene näherten sich der Feste, nur um gerade außerhalb der Bogenreichweite stehen zu bleiben. Hinter ihnen erschien ein Bannerträger, der den Drachen über ihre Häupter hob. *Das ist also Laszlár Szilas, der Drache,* überlegte Flores und versuchte, weitere Einzelheiten zu erkennen. Hinter sich hörte sie schwere Schritte, und als sie sich umsah, erblickte sie Tamár und den kleineren Szarken, der immer in der Nähe des Prinzen zu sein schien. Beide wirkten erschöpft, dunkle Ringe zeichneten sich unter ihren Augen ab, und ihre Haut war fahl. Ohne die Wlachakinnen zu begrüßen, traten die beiden an die Brüstung und ließen ihre Blicke über die Armee schweifen, die sich versammelt hatte, um das Haus Békésar zu stürzen. Als er die grausamen Trophäen auf den Piken sah, verfinsterte sich Tamárs Miene. Dann ließ er den Kopf kreisen, um seine Muskeln zu entspannen.

»Ihr hättet die Gebäude vor der Festung zerstören sollen, als Ihr noch konntet«, sagte Flores kühl.

»Das wäre eine Möglichkeit gewesen«, erwiderte der Masride vage, ohne den Blick von seinen Feinden zu nehmen.

»Gebt mir ein Schwert.«

Diesmal sah Tamár Flores direkt an, und in seinen Augen lag ein erheitertes Funkeln.

»Ihr lasst nicht locker, Nemes Flores.«

»Vielleicht ist es der Anblick der vielen tausend Krieger, die meinen Tod wollen. Vielleicht ist es der Wunsch, Eurem dicken Schädel eins überzuziehen. Vielleicht denke ich auch einfach nur, dass ich bei der Verteidigung von Nutzen sein könnte.«

Forschend blickte der Masride sie an, doch Flores hielt seinem harten Blick stand. Dann nickte der Prinz langsam und wandte sich an den Szarken neben ihm: »Besorg den Wlachaken ihre Waffen und Rüstungen.«

»Vezét ...«

»Ich weiß, was du fragen willst, Köves. Ich bin sicher«, sagte Tamár fest. Dann fixierte er Flores wieder. »Ihr werdet Euch in meiner Nähe aufhalten. Beim ersten Anzeichen, nein, wenn ich nur denke, dass Ihr mich betrügt, lasse ich Euch töten.«

»Das erscheint mir gerecht«, sagte Flores, die innerlich frohlockte, denn sie hatte nicht damit gerechnet, dass der Masride seine Meinung ändern würde.

»Ich fürchte jedoch, Ihr werdet hierbleiben müssen, Nemes Viçinia«, wandte sich der Prinz an Flores' Begleiterin. »Egal, wie diese Schlacht ausgeht, ich kann es nicht riskieren, Euch zu gefährden.«

Mit einem freundlichen Nicken antwortete die Wlachakin, aber Flores spürte, dass es Viçinia missfiel, weiterhin die Rolle der Zuschauerin spielen zu müssen.

»Versammelt Eure Krieger, Nemes Flores, und trefft mich dann auf dem Torturm im Süden. Aber verschwendet nicht zu viel Zeit, Szilas wird keine Rücksicht darauf nehmen, ob Ihr anwesend seid oder nicht.« Mit einer höflichen Verbeugung in Viçinias Richtung wandte sich Tamár zum Gehen.

»Die Kämpfe werden lange genug dauern. Oder habt Ihr Angst, dass der Turm fällt, wenn ich nicht dort bin?«

Lachend schüttelte Tamár den Kopf und sah sich noch einmal um. »Ich kann nur hoffen, dass Eure Klinge ebenso scharf ist wie Eure Zunge.«

»Sogar noch schärfer«, flüsterte Flores verschwörerisch. Ihre Müdigkeit war mit einem Mal wie weggeblasen; das Feuer des bevorstehenden Kampfes rann durch ihre Adern und gab ihr ein Gefühl von Lebendigkeit, das sie in den letzten Tagen bitter vermisst hatte.

»Du kannst dein Schicksal wenigstens in die eigene Hand nehmen«, meinte Viçinia mit Grabesstimme, als die Masriden außer Hörweite waren, »während ich hier zurückbleiben soll, statt mit euch zu kämpfen. Du hattest vollkommen recht damit, dass Tamár ein arroganter Bastard ist.«

Flores blickte ihrer Schwägerin direkt in die Augen. Obwohl sie verstehen konnte, wie Viçinia sich fühlen musste, hieß sie die Entscheidung des Prinzen gut, wenn auch aus anderen Gründen.

»Wenn du bei der Verteidigung Turdujs stirbst, wird es keinen Frieden mit Ionna geben, und das Haus Békésar wird vernichtet werden, selbst wenn sie diesen Angriff überstehen«, sagte sie ungewohnt besonnen. »Und überdies: Wenn unsere Vermutung richtig ist und du wirklich schwanger bist, würde mein Bruder es mir niemals verzeihen, wenn dir etwas passiert, was ich hätte verhindern können. Vermutlich würde Ştren das halbe Land in Schutt und Asche legen und jeden Masriden persönlich erschlagen.«

Sie schwieg einen Moment, um ihre nächsten Worte abzuwägen, und fügte dann hinzu: »Bleib hier, und sei es nur, um meine Haut zu retten. Wenn ich die Lage richtig beurteile, haben wir alle noch genug Kämpfe vor uns, bevor das hier überstanden ist.«

Wie tief in Gedanken hatte Viçinia bei Flores' Worten eine Hand auf ihren Bauch gelegt. Ihre Streitlust schien mit einem Mal verflogen zu sein, und sie neigte den Kopf, um ihre Einwilligung zu zeigen. »An Euch ist wohl doch eine Diplomatin verloren gegangen, Nemes Flores.«

Die Söldnerin verzog den Mund zu einem schiefen Grinsen. »Wenn Ştren schon Bauer werden kann, wer weiß, was aus mir noch wird?«

Die gerüsteten Wlachaken hielten sich auf dem Turm etwas abseits von Masriden und Szarken und wurden von diesen misstrauisch beäugt. Aber Flores achtete nicht auf die finsteren Blicke der Krieger; ihre ganze Aufmerksamkeit galt den Angreifern, die immer noch Abstand zu den Wehrmauern hielten. Die Sonne war nun ganz aufgegangen, die Schatten wurden kürzer, doch noch war der erwartete Sturm nicht über die Feste Zvaren hereingebrochen.

Unvermittelt lösten sich einige Reiter aus dem Pulk, der sich um das Drachenbanner versammelt hatte. Provozierend langsam näherten sie sich dem Südtor und stoppten in einigen Dutzend Metern Entfernung. Überall auf der Mauer wurden Bögen gespannt, doch Tamár hob eine Hand, und die Pfeile blieben auf den Sehnen.

»Marczeg Gyula!«, rief eine klare Frauenstimme. »Wir bieten Euch eine ehrenvolle Kapitulation an! Die Stadt ist genommen, Ihr seid in eurer Burg eingeschlossen! Es ist an der Zeit, das Blutvergießen zu beenden!«

»Sicher«, knurrte Tamár leise und schüttelte den Kopf. »Sie überfallen unser Land und denken, dass wir einfach die Waffen strecken? Pah!«

Der Masride schien kurz davor zu sein, die Hand fallen zu lassen und so den Befehl zum Angriff der Bogenschützen zu geben, da ertönte von der Mauer die für Flores überraschend feste Stimme von Gyula Békésar.

»Euer Angebot ist nicht akzeptabel!«

Während die Belagerten in begeisterten Jubel ausbrachen, blickte Flores verwundert auf die Mauer hinab. Dort, zwischen seinen Soldaten, stand der Marczeg in voller Rüstung, hoch aufgerichtet und stolz, während seine Bannerträger den Greifen flattern ließen. Der Unterschied zu dem scheinbar gebrochenen, alten Mann, der die Wlachaken des Verrats bezichtigt hatte, war so frappierend, dass die Söldnerin scharf einatmete.

»Wenn ihr die Feste wollt, dann müsst ihr kommen und sie euch holen«, fuhr Gyula selbstsicher fort. »Doch an diesen Mauern werdet ihr euch die Zähne ausbeißen!«

Wieder brandete Jubel auf, und die ersten höhnischen Beleidigungen wurden ihnen von den Feinden entgegengeschleudert. Die Verteidiger hoben ihre Waffen in die Luft und schrien ihre Erwiderungen in die kühle Morgenluft. Als Flores sich nach Tamár umsah, bemerkte sie das triumphierende Lächeln auf den Lippen des Prinzen, der vor seinem Vater salutierte.

»Vertreibt diese Hunde!«, befahl der Marczeg. Bogensehnen sirrten, der Schrei eines Getroffenen wurde mit Gelächter bedacht. Hektisch rissen die Unterhändler an ihren Zügeln und galoppierten in die Sicherheit ihrer Linien zurück. *Jetzt ist es soweit,* dachte Flores und packte ihr Schwert fester. Die Erkenntnis ließ das Blut in ihren Adern pulsieren, begrub die schwelenden, dunklen Ängste unter sich. Ihr Blickfeld verengte sich, bis sie nur noch die Reitergruppe um Marczeg Szilas sah. Atemzüge verstrichen, wirkten wie Tage; alle Geräusche verstummten, alles konzentrierte sich auf den Mann, über dem das Drachenbanner aufragte.

Dann fiel das Banner, das Signal zum Angriff war gegeben; die Zeit kehrte in die Welt zurück. Schreiend stürmten die Truppen wie ein einziger Krieger los, während die Verteidiger schweigend abwarteten.

»Alles bereit?«, brüllte Tamár und hielt die Hand erhoben. »Wartet! Noch ein Stück ... noch eins ... jetzt!«

Noch bevor das Wort ganz ausgesprochen war, lösten sich die Pfeile von den Bögen und senkten sich wie ein dunkler Schwarm auf die Angreifer. Lücken taten sich in der vorstürmenden Menge auf, als Krieger getroffen zu Boden stürzten. Dann waren die gegnerischen Schützen nah genug heran und erwiderten den Beschuss. Fluchend warf sich Flores hinter eine Zinne, als Pfeile überall um sie herum klappernd auf die Steine prallten. Rechts stürzte eine Kriegerin, griff hilflos nach dem Schaft, der aus ihrem Hals ragte. Ihre letzten Worte sprudelten blutig rot über ihre Lippen, gingen im Geschrei und Tumult des Angriffes unter.

»Leitern!«, warnte Tamár seine Untergebenen sicherheitshalber. Flores riskierte einen kurzen Blick über die Brüstung. Tatsächlich legten Szilas' Krieger grob gezimmerte Leitern an die Mauern oder kletterten einfach auf die Häuserdächer, die an die Burgmauern stießen. Die Verteidiger versuchten mit langen Lanzen, an deren Spitzen sich Widerhaken befanden, die Leitern von der Mauer wegzustoßen. Gleichzeitig schleuderten andere Soldaten schwere Steine über die Zinnen hinab, die Schilde und Knochen brachen. Dennoch strömte die Masse der Feinde immer weiter heran, und die ersten erreichten bereits die Zinnen.

»Feuerbälle!«

Der Befehl des Marczegs war Flores zunächst unverständlich, aber dann bemerkte sie die eng zusammengeschnürten Strohkugeln, die in Pech getaucht worden waren. *Viel zu klein,* wunderte sie sich. Doch die in Brand gesteckten Kugeln wurden nicht auf die Feinde geschleudert, sondern auf die Dächer der Häuser, die sie mühelos entzündeten. Mit einem Mal loderten Flammen auf, leckten an der Burgmauer, reichten beinahe bis zu den Zinnen. Innerhalb eines Herzschlages verwandelte sich die Szenerie in ein grauenhaftes Inferno. Die Hitze türmte sich wie eine Wand vor Flores auf und nahm ihr für einen Moment den Atem.

Die Schreie unterhalb der Burg wurden noch lauter, aber diesmal waren es angsterfüllte Schmerzensschreie. Ihr Blick wanderte zu Tamár, der ebenfalls hinter den Zinnen vor der Hitze Schutz gesucht hatte. Mit der Hand wischte der Prinz sich den Schweiß von der Stirn und raunte ihr gepresst zu: »Man hätte die Häuser zerstören können. Oder man benutzt sie als Falle.«

Einen Moment lang sah Flores den Masriden ungläubig an, dann nickte sie grimmig. *Ein gefährlicher Bastard.*

Obwohl noch vereinzelt gekämpft wurde, hatten die Flammen den ersten Angriff aufgehalten und den größten Teil der Angreifer in die Flucht geschlagen. Zurück blieben nur die Toten und jene Verwundeten, die nicht aus eigener Kraft fliehen konnten. Obgleich Flores noch nicht einen Schwertstreich geführt hatte, war sie dankbar für die Atempause.

Die Feuer brannten bis zum Mittag ungeheuer heftig, dann ließ ihre Kraft nach. Viele der Häuser waren eingestürzt, von manchen waren nicht mehr als hohle Gerippe übrig, in denen Glut und Flammen tobten. Während die Flammen noch loderten, hielten sich Marczeg Laszlárs Soldaten in respektvollem Abstand. Stattdessen wurde mehr Gerät herangeschafft, Sturmleitern durch die Reihen nach vorn getragen, die Sturmramme von Ochsen herbeigezogen und schließlich eine Handvoll Ballisten in Stellung gebracht. Die Waffen sahen aus wie riesige Bögen, die quer auf einem fahrbaren Gestell befestigt worden waren. Sofort begannen Soldaten, die gewaltigen metallischen Sehnen zu spannen. Zwar hatte Flores schon von solchen Geräten gehört, vorher aber noch nie welche gesehen. Sie gesellte sich zu Tamár, der den Aufmarsch mit finsterer Miene beobachtete.

»Verfluchtes Pack«, sagte der Masride leise.

»Was haben sie vor?«

»Damit werden sie versuchen, die Zinnen einzureißen. Das Imperium benutzt viele solcher Geräte, heißt es.«

»Denkt Ihr …?«, fragte die Wlachakin, die sich an die Ankunft der dyrischen Gesandtschaft in Teremi erinnerte.

»Vielleicht hat Szilas Hilfe aus dem Imperium. Vielleicht sind es aber auch nur Nachbauten. Beim Ritt des Arkas Dîmminu haben meine Vorfahren die imperialen Armeen bei Hakkar vernichtend geschlagen und einiges an Kriegsgerät erbeutet. In den Aufzeichnungen des unbekannten Chronisten befinden sich Zeichnungen von solchen Waffen«, erklärte Tamár. »Aber das ist jetzt gleichgültig. Vermutungen helfen uns nicht weiter.«

»Wenn die Feuer erloschen sind, wird der nächste Angriff kommen. Habt Ihr noch eine weitere Überraschung in der Hinterhand?«

Langsam schüttelte der Prinz den Kopf. »Nein. Diesmal müssen wir uns auf unsere Hämmer und Schwerter verlassen.«

Die Zeit verstrich quälend langsam. Die Sonne hatte ihren Zenith bereits überschritten, brannte aber immer noch heiß auf die Gerüsteten nieder. Der kühle Nordwind hatte etwas abgeflaut, und ohne den Wind war auch die Hitze der Feuer beinah unerträglich. Selbst in ihrem Lederkoller schwitze Flores erbärmlich, und den Masriden musste es in ihren schweren Metallrüstungen noch schlimmer ergehen.

Immer wieder wanderte ihr Blick zu Marczeg Gyula,

der auf der Mauer unterhalb des Turmes stand und das Aufgebot seiner Feinde scheinbar gleichmütig beobachtete.

Schließlich war es soweit; die Hörner befahlen den Angriff, und Flores war beinahe erleichtert, dass die Warterei ein Ende hatte. Wieder wurde der Kampf durch einen Pfeilhagel eröffnet, der auf beide Seiten niederging und blutige Ernte hielt. Geduckt hinter den Zinnen, erwartete Flores den Ansturm, bis die Leitern laut gegen die Mauern und Türme schlugen. Einige wurden gestürzt, doch über andere kletterten Feinde über die Brustwehr. Instinktiv hieb Flores auf den ersten Angreifer ein, der sich ihr näherte. Sie trieb den Krieger zurück, bis er rückwärts über die Mauer stürzte. Überall um sie herum herrschte Chaos. Der Kampf auf Turm und Mauer fand in einer Enge statt, die ihr Schwert fast unnütz machte, da die Länge der Klinge sie behinderte. Mit Schwert und Dolch drang sie auf die Angreifer ein, führte die Waffen nah am Leibe, nutzte jede Handbreit der Waffen.

Wo immer ein Angreifer die Zinnen erklomm, stürzten sich die Verteidiger auf ihn. Zeit verlor jede Bedeutung, während die Wlachakin an der Seite der Masriden kämpfte. Es war kein elegantes Fechten, sondern ein grausames Schlachten, ein aus Not und Wut geborenes Gemetzel. Blut und Schweiß vermischten sich auf Flores' Haut, ihre linke Hand schmerzte von einem Schlag. Doch sie achtete nicht darauf, während Welle um Welle der Feinde gegen die Mauern der Feste brandete.

Erst ein Schrei von der unteren Mauer durchbrach den fast traumartigen Zustand, in dem Flores sich befand. Bevor sie die Lage erfassen konnte, brüllte Tamár schon: »Mir nach!«

Gemeinsam mit seinen Kriegern lief er zu der Pforte, hinter der eine Treppe auf die Mauer hinabführte. Auch Flores und die anderen Wlachaken folgten dem Prinzen. Als sie den Wehrgang erreichten, sah Flores, warum Alarm geschlagen worden war. Einer großen Schar Feinde war es gelungen, auf den Zinnen Fuß zu fassen. Sie hatten die Verteidiger an beiden Seiten zurückgedrängt und hielten sie auf, während mehr und mehr Soldaten über zwei Leitern auf die Mauer strömten.

»Békésar!«, schrie Tamár und warf sich ungeachtet jeder Gefahr gegen die anbrandenden Feinde. Schreiend folgten ihm seine Krieger, und innerhalb eines Herzschlags war die Luft von dem Hämmern von Metall auf Metall erfüllt. Der überraschende Sturmangriff riss ein Loch in die Reihen der Gegner. Aber die Enge der Wehrmauer stoppte den Angriff schnell, und es kam zu einem erbitterten Kampf, Krieger gegen Krieger.

Flores duckte sich links an einem Masriden vorbei, schlug eine Klinge zur Seite und stieß einem Feind die Spitze ihres Schwertes in die Brust. Kurz vor sich sah sie Tamár, der wild mit seinem Streithammer um sich schlug und die Feinde so auf Distanz hielt, während Köves – ruhiger als sein Herr – seine linke Flanke deckte. Hiebe links und rechts austeilend, sprang Flores vor an Tamárs rechte Seite. Gemeinsam trieben sie die Gegner zurück, die nun auch von der anderen Seite in Bedrängnis gerieten. Parieren, schlagen, ducken, Ausfallschritt, Deckung, zustoßen. Flores' Instinkte übernahmen die Kontrolle über ihren Körper, all ihre Sinne waren rein auf diesen Kampf gerichtet, in dem jeder Fehler tödlich sein würde. Leichen lagen überall auf dem Wehrgang und stürzten zu beiden Seiten von der Mauer.

Unvermittelt brach die Moral der Angreifer zusammen. Anstatt weiter zu kämpfen, suchten sie ihr Heil in der Flucht.

tWährend sich Flores erschöpft an eine Zinne lehnte, sprangen Verteidiger mit langen Piken heran und schoben die Leitern von der Mauer. Auch Tamár war auf ein Knie gesunken und atmete schwer. *Er kämpft unablässig, schläft seit Tagen kaum und ist verwundet,* dachte Flores.

Was immer man auch sonst über ihn sagen kann, das verdient Respekt.

Als hätte der Masride ihre Gedanken gelesen, sah er zu ihr auf und nickte ihr stumm zu. Da er sich auf den Streithammer stützte und aufrichtete, zuckte für einen Augenblick ein Ausdruck von Schmerz über sein Gesicht, doch als er stand, wirkte er wieder gelassen und selbstbewusst. Sein Blick huschte umher, als suche er etwas, dann schaute er eine Treppe in den Burghof hinab und runzelte die Stirn. Flores folgte seinem Blick und sah Marczeg Gyula, der gemessenen Schrittes von der Mauer fortging. Als Tamár seinem Vater hinterherlief, eilte auch Flores von der Mauer herab und gesellte sich an seine Seite. Der Marczeg schien seinen Sohn nicht zu bemerken, sondern ging einfach weiter in Richtung des Hauptgebäudes.

»Vater«, rief Tamár und schloss zu dem älteren Mann auf. Leise sagte der Prinz: »Warum gehst du? Wir haben das Gefecht gewonnen.«

Mit starrem Blick, der weder Tamár noch Flores galt, erwiderte Gyula Békésar leise: »Ich gehe nicht, mein Sohn. Ich bin tot.«

Als er den Arm hob, unter dem eine schartige Kerbe in der Rüstung zu sehen war, stockte Flores der Atem. Blut quoll in pulsierenden Schwallen aus der tiefen Wunde, färbte Rüstung und Beinkleider des Marczegs rot.

»Sohn«, begann der Masride, da versagten seine Beine, und er stürzte zu Boden. Tamár sprang vor und fing seinen Vater auf, dessen Hand suchend nach dem Gesicht des Prinzen griff.

»Lass nicht zu, dass unser Haus untergeht«, flüsterte Gyula, während sich ein Schleier über seine Augen legte. In Tamárs Gesicht arbeiteten die Muskeln, und er nickte langsam, doch kein Wort kam über seine zusammengekniffenen Lippen.

»Ich …«, begann der alte Mann erneut, doch was der Marczeg noch sagen wollte, konnte er nicht mehr aussprechen.

Sein Kopf fiel kraftlos nach hinten. Während Tamár den Körper seines Vaters sanft auf den gepflasterten Boden gleiten ließ, stand Flores wie vom Blitz getroffen da, unfähig, etwas zu sagen. Soldaten liefen auf sie zu, Rufe nach einem Heiler wurden laut, doch Tamár stand einfach nur auf und blinzelte in das helle Sonnenlicht. Der Masride war so bleich, als habe er selbst den tödlichen Treffer erlitten. *Vielleicht hat er das auch. Was weiß ich schon von ihm und seinem Vater?*

Die Schreie der Schlacht wurden leiser, dann ertönte plötzlich ein lautes Krachen, das Flores herumfahren ließ. Ein Regen von Steinsplittern ging auf den Burghof nieder.

»Vezét!«, schrie Köves von der Burgmauer. »Die Ballisten! Sie schießen!«

Als sähe er die Festung zum ersten Mal, blickte Tamár hinauf zur Brüstung, wo sich metallene Haken in den Stein gekrallt hatten. Dann nahmen seine Augen wieder einen entschlossenen Ausdruck an.

»Kappt die Seile!«, befahl er. »Feuert auf die Geschütze! Bringt die Bastarde um! Schlachtet sie ab!«

Bevor die Verteidiger jedoch reagieren konnten, ging ein lautes Knirschen durch den Stein, das Flores tief im Bauch spüren konnte. Langsam, aber unaufhaltsam bewegten die getroffenen Zinnen sich, bogen sich erst nur wenig nach außen, um dann jedoch abrupt zu brechen und mit ohrenbetäubendem Lärm auf den Boden zu stürzen. Ungläubig starrte Flores das Loch in der Brüstung an. Einige Zinnen hatten gehalten oder leisteten noch Widerstand, aber drei oder vier waren von den an Seilen befestigten Geschossen zerstört worden.

»Elende Hunde«, fluchte Tamár neben ihr und wollte gerade zur Mauer stürzen, als Flores ihn am Arm fasste und zurückhielt.

»Ihr seid nun der Marczeg«, erinnerte sie ihn. »Jetzt gilt, was Ihr für richtig haltet.«

Kurz zeigte sich Zorn auf seinem Gesicht, aber dann

nickte er. »Ich halte es für richtig, die Mauer zu halten, selbst wenn die ganze Welt einstürzt. Seid Ihr dabei, Nemes Flores?«

Sie nickte stumm, und gemeinsam liefen sie zurück, während der Feind erneut wie eine gewaltige Woge gegen die Wälle der Festung brandete.

15

Da sie nun dank ihrer Unterkunft tagsüber nicht durch das Licht der Sonne zur Untätigkeit verdammt waren, besserte sich die Stimmung der Trolle merklich. Ebenso durch das frische, saftige Fleisch, das Pard unter ihnen verteilte. Zwar waren sie für den Tag an diesen Ort gebunden, doch er war den Höhlen ihrer Heimat ähnlich genug, um ein Wohlbehagen bei Kerr auszulösen, das er seit langer Zeit nicht mehr verspürt hatte. Selbst Vroks derbe Scherze verloren ihren Biss, und der große Jäger hackte nicht mehr so oft auf Kerr oder den Menschen herum. Pard selbst hatte sich in eine Ecke zurückgezogen und sich demonstrativ schlafen gelegt. Hier und da standen noch Trolle in kleinen Gruppen zusammen und redeten lautstark und von vielerlei Gesten begleitet über die Erlebnisse an der Oberfläche, aber die meisten ruhten sich zufrieden aus.

Nach seinem Gespräch mit dem Menschen, den Pard »Halbzwerg« genannt hatte, war Şten nur noch einmal in die gebaute Höhle hinabgekommen, um sein Bündel zu holen. Ohne ein Wort war der Mensch wieder emporgestiegen und dann anscheinend ganz hinausgegangen, obwohl ihn Kerr gern zu dem Gespräch befragt hätte.

Auch der junge Troll war müde, aber die Eindrücke der letzten Nächte schwirrten in seinem Kopf umher und vermischten sich mit Traumgebilden, die ihn immer wieder aus dem Halbschlaf aufschrecken ließen. Es schien ihm, als wandere ein wichtiger Gedanke gerade so am Rand seines Bewusstsein; eine Erkenntnis, nach der er hätte greifen mögen, die sich ihm jedoch stets entzog, wenn er wieder aufwachte.

In seinen Träumen kämpften menschliche Krieger gegen Trolle. Genauso, wie Druan und Pard es ihm erzählt hatten. Zwischendrin stand Anda, wahrhaft grauenerregend, die Mensch und Troll ohne Ansehen erschlug. In der Ferne erklang ein dumpfes Flüstern, doch die gewisperten Worte ergaben keinen Sinn. Und über allem lag der langsame, ewige Herzschlag der Welt, zu dessen Rhythmus alle Figuren einen unablässigen Tanz aufzuführen schienen.

Als Şten wieder hinabkam und sich umsah, wurde Kerr wach und fühlte sich so, als wäre er den ganzen Tag über gelaufen.

»Es wird bald dunkel werden, dann brechen wir auf«, sagte der Wlachake zu niemandem im Speziellen, während Kerr seine Glieder streckte. Seine Gedanken waren noch wirr und von Traumfetzen durchsetzt.

»Bist du bereit, Kerr?«, fragte Pard aus seiner Ecke, der sich soeben gähnend erhob und dabei seine gewaltigen Hauer und kräftigen Zähne entblößte. Während der junge Troll sich ein übrig gebliebenes Stück Fleisch nahm, ging Şten zu Pard und hockte sich neben ihren Anführer. Kauend gesellte sich Kerr zu den beiden.

»Solange wir in Teremi sind, werden die anderen Trolle hierbleiben müssen. Sie können oben mehr Tiere … essen«, erklärte der Mensch mit einem Seitenblick auf Kerr, der gerade einen weiteren Bissen aus dem Fleisch riss. »Aber sie sollen den Hof nicht verlassen. Hier in der Nähe der Stadt leben viele Menschen; es ist besser, wenn sie mit ihnen nicht zusammentreffen.«

Pard nickte.

»Überlasst mir bitte das Reden. Die Menschen werden eher auf mich hören. Auch wenn manche euch noch aus dem letzten Jahr kennen, seid ihr, sozusagen, gefürchtet.«

Das veranlasste Pard zu einem breiten Grinsen, und er fletschte freudig die Zähne.

»Ionna wird nicht auf das Gerede der Leute hören und

sich ihre eigene Meinung bilden. Aber es ist vermutlich einfacher und besser, wenn ich mit ihr rede.«

»Warum sollen wir dann überhaupt mit dir gehen?«, fragte Kerr verwundert.

»Weil es um unsere Haut geht. Außerdem wolltest du doch die Stadt sehen, oder nicht?«, fragte Pard.

»Ja«, antwortete Kerr, aber bei dem Gedanken an die vielen Menschen, die dort lebten, wurde ihm mulmig. Wirklich große Gruppen von Trollen fanden sich nur selten zusammen. Jeder Stamm lebte für sich, und die Pfade kreuzten sich nur zu wenigen Gelegenheiten. Nahrung und Wasser waren kostbar und selten unter der Erde, so dass die Stämme immer wieder weite Wanderungen unternehmen mussten. Die Gebiete der einzelnen Gruppen waren groß, mussten groß sein, um alle Trolle eines Stammes zu ernähren. Selbst Pards Stamm hatte zu den besten Zeiten aus kaum mehr als zehn Händen Trolle bestanden. Das war vor dem letzten Angriff der Zwerge gewesen, der viele Leben gekostet und Pard mitsamt Druan und den anderen an die Oberfläche getrieben hatte.

»Wie dem auch sei, es ist gut, wenn ihr mich begleitet. Eure Anwesenheit wird zeigen, dass die Lage ernst ist. Nur werden die Ohren der Menschen wohl eher für meine Worte offen sein als für die euren. Es tut mir leid …«, entschuldigte sich Şten, aber Pard winkte ab.

»Wir würden auch nicht auf Menschen hören, wenn Trolle etwas zu sagen haben. Außerdem«, fügte der massige Troll gerissen hinzu, »solange du sagst, was wir wollen, ist es egal, wer die Worte ausspricht!«

Während Şten in das Erdgeschoss des Hauses zurückkehrte, um den endgültigen Untergang der Sonne abzuwarten, wandte sich Pard an die versammelten Trolle: »Hört zu! Ich und Kerr gehen zu dem Ort der Menschen. Ihr wartet hier, bis wir wiederkehren. Oben gibt es noch viel Fleisch, davon könnt ihr nehmen, so viel ihr wollt. Aber ansonsten bleibt ihr hier unten. Klar?«

Ein zustimmendes Grummeln ging durch die Trolle, und Pard nickte zufrieden. Überhaupt schien der große Troll außergewöhnlich gut gelaunt zu sein. Er ließ die Knochen seiner Finger lautstark knacken und raffte seine Besitztümer zusammen.

Als Şten endlich seinen Kopf durch die Luke steckte und »Wir können los« rief, atmete Kerr erleichtert auf. Die Warterei hatte ihn nervös gemacht, jetzt konnten sie wenigstens etwas tun.

Gemeinsam mit Pard stieg der junge Troll hinauf in das Haus und trat dann hinaus in die Nacht. Ein großer, bleicher Mond hing tief über dem Horizont. Die Luft war noch warm vom Tage und roch frisch, wenngleich stechend nach Pflanzen und Humus. In der Luft schwirrten Insekten, und Kerrs scharfe Ohren hörten das Schlagen ledriger Flügel. Dann sah er auch die Fledermäuse, die in wildem Flug durch die Nacht glitten, sich überschlugen, enge Kurven zogen und allen Hindernissen geschickt auswichen. Wenn die Trolle auf ihren Wanderungen näher an die Oberfläche kamen, trafen sie manchmal auf die nachtaktiven Tiere, und Kerr freute sich, andere Bewohner der Höhlen hier zu treffen.

»Los jetzt!«, knurrte Pard, und Kerr schloss sich ihm und Şten an. Der Mensch roch ganz anders als in den letzten Nächten. Sein Geruch war verändert, viel schwächer und mit einem fremden Aroma durchsetzt. Auch die Kleidung war eine andere und roch nicht mehr so nach Mensch und Erde wie zuvor, sondern mehr nach Pflanzen. Verwundert sog Kerr die Luft in die Nüstern und versuchte, die Änderung zu ergründen.

»He!«, rief Şten. »Tu nicht so, als würde ich stinken!«

»Du riechst merkwürdig«, stellte Kerr fest.

»Ich habe ein Bad genommen. Und saubere Gewänder angelegt. Ich wollte nicht in meiner verdreckten Reisekleidung vor den Rat treten. Das hätte keinen guten Eindruck gemacht.«

»Sollten wir auch …«

»Fang gar nicht erst mit so einem Scheiß an«, knurrte Pard. »Das ist bloß für Menschen gut. Glauben sie zumindest.«

»Schon gut.« Şten lachte. »Ihr braucht kein Bad zu nehmen.«

Verwirrt trottete Kerr weiter. *Manchmal verstehe ich Menschen nicht,* dachte er.

»Der andere Mann hat komisch gerochen«, erinnerte sich der junge Troll. »War das der Halbzwerg?«

»Nein, er ist ein Mensch, auch wenn Pard das nicht glauben mag«, erwiderte Şten mit einem Lachen. »Sein Name ist Sargan, und er kommt von weither: Er ist Dyrier.«

»Ist er der Lautmaler?«

»Ja. Woher weißt du das?«

»Druan hat mir davon erzählt. Er hat mir viele Laute beigebracht. Man kann sie mit Stein in Fels ritzen.«

»Du kannst schreiben?«, fragte der Mensch verwundert.

»Laute malen. Ja. Druan sagte, es sei wichtig, das Wissen zu behalten. Er hat es immer auf Wände gemalt«, erläuterte der junge Troll, aber dann fiel sein Blick auf die Lichter der Stadt vor ihnen, und alle anderen Gedanken waren vergessen.

Vor dem etwas helleren Himmel erhoben sich die Gebäude als dunkle Schemen. Hier und da waren kleine, gelbliche Lichter zu sehen, die warm in der Dunkelheit funkelten. Rechts von der kleinen Gruppe floss der breite Strom, dessen Wasser leise gurgelte. Zu ihrer Linken befand sich ein freies Feld, das von einer dunklen Waldlinie begrenzt wurde. Zwischen diesem Fluss und dem Wald lag die Stadt. Selbst aus dieser Entfernung konnte Kerr Geräusche hören, vereinzelte Stimmen, den Ruf eines Tieres. Vor der Mauer der Stadt brannte ein Feuer am Wegesrand. Dort stand eine Handvoll Menschen und Pferde. Das Licht des Feuers erleuchtete das Tor der Stadt, und Kerr staunte, wie hoch die Mauer war. Sicherlich zwei oder gar drei Trolllängen, und die Türme waren sogar noch um einiges höher.

Als Şten und die Trolle sich näherten, stiegen die wartenden Menschen auf ihre Tiere und kamen ihnen langsam entgegen. Allen voran ritt ein älterer Mann, dessen dunkle Haare von vielen grauen Strähnen durchzogen waren. Der sehnige Krieger war gerüstet, an seiner Seite hing eine lange Klinge. Mit erhobener Hand grüßte sie der Mensch und nickte Şten zu.

»Şten cal Dabrân. Es ist schön, Euch zu sehen.«

»Neagaş«, antwortete Şten mit einem Lächeln. »Gleiches gilt für Euch. Ich hörte, Ihr habt Ionnas Angebot, ein eigenes Lehen zu erhalten, abgelehnt?«

»Ich fühle mich noch nicht alt genug, um auf einer Burg meine Knechte umherzuscheuchen. Ich denke, ich kann der Fürstin bei Hof noch zu Diensten sein.«

»Das bestreitet wohl niemand. Eure Verdienste im Kampf sind uns allen wohlbekannt. Seid Ihr hier, um uns zur Feste zu eskortieren?«

»Ja. Wir werden Euch durch die Stadt führen. Wenn Ihr uns folgen wollt …«

Damit wendete er sein Pferd, und seine Gefolgsleute taten es ihm gleich. Şten folgte ihnen, während Pard neben Kerr herlief und sagte: »Den kenne ich! Sein Geruch liegt mir noch in der Nase. Der hat mitgekämpft, in der Schlacht.«

Şten wandte sich zu ihnen um. »Das ist Neagaş. Er ist der Anführer der Reiterei. Unter seiner Führung ist Ionnas Kavallerie zweimal siegreich gegen Zorpad gestürmt. Er ist ein mutiger und besonnener Krieger.«

»Anders als Freund Şten«, ertönte die Stimme des Veteranen von der Spitze. »Der ist mehr für seine Unbesonnenheit bekannt.«

»Viele Wege können ans Ziel führen, Neagaş«, erwiderte Şten lachend.

»Die Reiter sind stark«, erklärte Pard ernst, ohne sich um die Worte der Krieger zu kümmern. »Aber wir Trolle sind stärker. Ohne ihre Tiere sind sie auch nur einfache Menschen. Aber wir bleiben stark.«

Stumm nickte Kerr, doch er hörte nur mit einem Ohr zu. Gerade passierten sie das Tor der Stadt. Durch den hohen Bogen konnten selbst die Trolle hindurchschreiten, ohne die Köpfe einziehen zu müssen. Selbst als Kerr sich reckte, streiften seine Fingerkuppen nur mit Mühe die rauen Steine über ihnen. Dabei bemerkte er Löcher in der Decke, die mit Gittern versperrt waren. Şten, der den neugierigen Blick wahrnahm, blieb stehen und erklärte: »Das sind die Mörderlöcher. Wenn die Stadt angegriffen wird und der Feind das erste Tor gestürmt hat, dann gibt es da hinten noch das Gitter. Während die gegnerischen Soldaten versuchen, dort durchzubrechen, können die Verteidiger sie von oben durch die Mörderlöcher bekämpfen.«

»Wieso kämpft ihr nicht draußen?«

»Welchen Sinn hätte dann die Stadtmauer? Man baut Burgen und Stadtmauern, weil man sie einfacher verteidigen kann.«

»Die Mauer ist zum Schutz?«, fragte Kerr erstaunt.

»Ja. Was dachtest du denn?«

»Vielleicht um den Stamm zusammenzuhalten. Damit niemand einfach gehen kann.«

Darauf lachte Şten, dass es von den Wänden als Echo zurückgeworfen wurde. *Wie in den Gebeinen der Welt.*

»Nein. Die Mauern sind dafür da, um die Menschen zu schützen.«

»Kommt schon«, rief Pard, der den Reitern gefolgt war und sich nun ungeduldig nach den Nachzüglern umschaute.

Jetzt sah Kerr die Stadt mit ganz neuen Augen. In Druans Erzählungen hatte er nie verstehen können, warum die Menschen in so großen Orten so eng zusammenblieben. Höhlen über der Erde zu errichten machte wohl

Sinn, wenn man Pard glauben konnte, dass hier oben häufig kaltes Wasser vom Himmel fiel. Aber die eng zusammengebauten Städte, von denen die Trolle erzählt hatten, hatte Kerr kaum vernünftig gefunden. *Wer so viel Platz hat, muss doch nicht so beengt leben. Jeder Stamm könnte doch eigene Höhlen haben. Aber wenn sie sich so schützen …* Das erinnerte Kerr an die Zwerge, die den Zugang zu ihren unterirdischen Behausungen versiegeln konnten und so langsam, Stück für Stück, mehr und mehr von der Welt unter den Bergen an sich rissen. Immer wieder eroberten die Zwerge neue Tunnel und versperrten alle Zugänge, bis den Trollen wenig anderes übrig blieb, als tiefer hinabzuziehen.

»Wir sind jetzt in Tereş, dem Teil der Stadt, der westlich der Reiba liegt. Das ist ein Fluss aus dem Norden, der durch Teremi fließt. Wir werden eine der sieben Brücken überqueren. Dann laufen wir durch Remis. Einst waren Tereş und Remis zwei verschiedene Dörfer, aber sie sind zusammengewachsen. Wir gehen hindurch, bis hin zur Feste, wo Ionna uns empfangen wird«, erläuterte Şten gut gelaunt, während Kerr die vielen Häuser anstarrte. Manche waren groß, andere eher klein, aber alle standen eng beieinander. Manchmal gab es Wege, die zwischen ihnen hindurchführten, doch viele dieser Wege waren für Trolle kaum geeignet. Der Boden war mit Steinen bedeckt; für Kerr fühlte es sich unter seinen blanken Fußsohlen ein wenig wie in seiner Heimat an, doch dabei auch fremdartig glatt und eben. Von überallher drangen fremde Gerüche auf den jungen Troll ein, ungewohnte Geräusche, verwirrende Sinneseindrücke aller Art. Kaum hatte er etwas Interessantes entdeckt, erblickten seine Augen schon etwas Neues, roch seine Nase einen anderen, verlockenden Duft, hörten seine Ohren einen fremdartigen Laut.

Vor ihm unterhielten sich Şten und Pard über ihre gemeinsamen Erinnerungen an Teremi, über die hier geführten Kämpfe und die Flucht auf dem Fluss. *Hier ist Zdam gestorben,* erinnerte sich Kerr schlagartig. *Hier hat Andas Zorn angefangen, der als Trauer über den Verlust ihres Gefährten begann.*

»Sie hasst euch«, entfuhr es dem jungen Troll, und die anderen drehten sich zu ihm um.

»Was?«

»Anda. Sie hasst euch Menschen, wegen Zdams Tod. Wenn sie ihn rächen will, muss sie es hier tun.«

Ein abwägender Blick von Şten fiel auf Kerr, der diesen ruhig erwiderte. Erst das Schnauben eines der Pferde löste den Bann. Schweigend liefen sie weiter, überquerten eine Brücke, die wie schwerelos in der Luft hing, obwohl sie, wie Kerr ungläubig registrierte, aus massiven Steinquadern gebaut war. Und weiter ging es durch das Gewirr von Straßen und Gassen und den vielen, vielen Menschen, die in der Stadt umherliefen. Obwohl sie den Trollen respektvoll Platz machten, konnte Kerr ihre Neugier und ihre Angst riechen.

Inzwischen hatte der junge Troll es längst aufgegeben, sich den Weg merken zu wollen, den sie bisher genommen hatten. Unter der Oberfläche gab es immer das beruhigende Schlagen des Herzens, das den Trollen den Weg wies, doch hier, inmitten von gebauten Wegen und Häusern und Hinterhöfen, vernahm er es nur schwach.

Schließlich kamen sie zu einem großen Platz, der zu einer noch höheren Mauer führte. Hier würden drei Trolle, die auf den Schultern des jeweils anderen standen, nicht bis zur Oberkante der Mauer reichen, stellte Kerr beeindruckt fest.

»Das ist die Feste Remis«, erklärte Şten. »Einst Zorpads Sitz, aber jetzt regiert Ionna von hier aus das Freie Wlachkis. Es ist eine trutzige Burg, die gut über die Stadt wacht. Sie wurde von Radu erbaut, unserem ersten Kralj.«

Als der Mensch Kerrs fragenden Blick bemerkte, erläuterte er: »Kralj bedeutet König; ein oberster Anführer. Radu hat auch aus den beiden Dörfern Tereş und Remis die Stadt Teremi gemacht. Die Masriden hatten die Feste übernommen, nachdem unser letzter Kralj Tirea in einer Schlacht gegen sie gefallen war.«

»Aber ist Ionna nicht eure oberste Anführerin?«

»Ja. Aber sie ist keine Kralja. Sie hat den Titel nicht angenommen, weil noch ein Teil unseres Landes von den Masriden beherrscht wird.«

»Wieso kann man bei Menschen Anführerin sein, ohne Anführer zu heißen?«

»Nein, das ist nicht ganz so. Sie ist Voivodin des Sadat und des Mardew. Es gibt bei uns mehr Ränge und Titel als nur *Anführer*«, erklärte Şten. Er suchte sichtlich nach den richtigen Worten. »So wie Druan und Pard. Einer führt die Trolle im Krieg, der andere an der Oberfläche. Das Land ist zu groß, um es allein zu beherrschen. Man braucht dazu Helfer, die auch ein bisschen zu sagen haben. Wie mich.«

»Ionna ist wie Pard, und du bist wie Druan?«, vermutete Kerr und sah Şten verwundert an. Der Mensch lachte wieder, nickte aber dazu: »In gewisser Weise schon.«

Wieder schritten sie durch ein gewaltiges Tor, hinter dem das Licht von Feuern flackerte. Im Hof der Feste standen in regelmäßigen Abständen Krieger an den Wänden, die lange Lanzen trugen. Die Reiter stiegen von ihren Pferden und übergaben die Zügel an herbeieilende Menschen, die Kerr aufgrund ihrer geringen Größe aufmerksam betrachtete. Vielleicht waren es sehr junge Menschlinge. Der Anführer der Reiter bat sie, ihm zu folgen, und schritt zu einem gewaltigen Gebäude, zu dessen Eingangspforte einige Stufen emporführten. Es ging durch einen von Feuerschalen hell erleuchteten Raum, an dessen Wänden bunte Bilder prangten, die viele verschiedene Menschen zeigten.

»Die Mosaiken erzählen die Geschichte meines Volkes. Und dort über dem Eingang zum Saal siehst du die Schlacht, in der Pard gekämpft hat.«

Tatsächlich konnte Kerr auf dem großen Bild Trolle sehen, die gegen berittene Menschen kämpften. Aber im Zentrum saß eine gerüstete Frau auf einem sich aufbäumenden Ross, die einen Krieger zu Boden streckte.

Bevor sich der Troll alle Einzelheiten des Bildes ansehen konnte, ging die kleine Gruppe schon weiter und gelangte schließlich in einen großen Saal. Pard musste sich bücken, um durch die Tür zu passen, aber Kerr legte nur den Kopf in den Nacken, damit die Hörner nicht am Türbogen schabten.

Der Anblick des Saales ließ den jungen Troll innehalten. Er hatte unter den Bergen schon weitaus größere Kavernen gesehen, aber dies hier war von Menschenhand erbaut worden und wirkte deshalb gewaltiger und beeindruckender auf ihn. Säulen, die wohl nicht einmal Pards lange Arme ganz umschließen konnten, standen in zwei Reihen in dem großen Raum und stützten die Decke, die unglaublich fern erschien. Überall brannten Feuerschalen, aber selbst so hielten sich Schatten im Gebälk der Halle. An den Wänden hingen lange Stoffbahnen mit bunten Motiven: verschiedenen Tieren, Waffen, Pflanzen und Geschichten, die Kerr nicht kannte. Auch hier standen an den Wänden Soldaten, die einen schwarzen Raben auf der Brust trugen. Unter den Blicken der vielen Menschen fühlte sich der Troll unbehaglich. Pard hingegen schritt selbstbewusst weiter, sodass Kerr einige schnelle Schritte machen musste, um ihn einzuholen.

Am Ende des Saales stand auf einem erhöhten Unterbau ein großer, dunkler Sitz, der jedoch leer war. Stattdessen gab es am Fuß der Stufen einen zweiten, kleineren Thron, auf dem eine Menschenfrau saß. Neugierig schaute Kerr sie an. Sie war groß für eine Menschin und dabei schlank. Ihre Kleidung hatte die Farbe von Granit, und in ihrem braunen Haar zeigten sich graue Strähnen. Noch immer fiel es Kerr schwer, an den Gesichtern von Menschen ihr Alter abzulesen, doch schien sie älter als Şten zu sein, da ihre Haut tiefere Linien aufwies. Besonders ihr Blick nahm ihn gefangen, ihre hellen Augen, die ohne Angst auf Pard und ihm ruhten. Obwohl andere Menschen im Saal standen, konzentrierten sich alle auf diese Frau. Angst schwang in der Luft mit und andere Gerüche, die Kerr begierig einatmete. Von Feuer und Pflanzen und Tierhaut und vielem mehr, was der Troll gar nicht kannte.

»Herrin«, sagte Neagaş mit einer tiefen Verbeugung. »Ich bringe Euch Ştan cal Dabrân und seine zwei Begleiter.«

Auch Ştan verneigte sich, doch Pard nickte nur kurz mit dem Kopf. *Ein Anführer zum anderen,* dachte Kerr. Unvermittelt erkannte er, dass von ihm auch etwas erwartete wurde, und er hob den Schädel und präsentierte seine Kehle. Ein Raunen ging durch den Saal, das aber von den Worten der Voivodin abgeschnitten wurde: »Willkommen in Teremi, Ştan. Die Berichte über deine bevorstehende Ankunft haben einiges Aufsehen erregt.«

»Ich danke Euch für Eure Gastfreundschaft, auch im Namen von Pard und Kerr.«

»Deine Boten haben uns deine Worte übermittelt. Sie kamen in schlechten Zeiten. Es gibt beunruhigende Neuigkeiten.«

»Neuigkeiten?«, fragte Ştan. Der Mensch schien nun angespannt zu sein, er beugte sich leicht nach vorn und blickte die Fürstin eindringlich an.

»Wir werden das gleich im Rat besprechen, wo auch deine Begleiter ihr Anliegen vortragen können«, erläuterte Ionna und nickte einem jungen Mann zu ihrer Linken zu, der sein dunkles, lockiges Haar kurz geschnitten trug und eine alberne Verbeugung vollführte.

»Mein Name ist Istran Ohanescu«, stellte er sich vor. Dann zeigte er reihum auf die anderen Menschen und sagte deren Namen, doch Kerr konnte sich die schnelle Abfolge fremder Laute nicht merken, und schon gar nicht die Amtsbezeichnungen, welche diese Menschen trugen, wie *Kämmerer* oder *Stallmeister,* die für ihn keine Bedeutung hatten.

»Kaline, meine Geistseherin, kann leider ihr Krankenbett nicht verlassen und wird deshalb heute nicht an den Beratungen teilnehmen«, sagte die Fürstin, was Şten mit einem bedauernden Nicken kommentierte.

»Ich habe von den Spähern im Valedoara Nachricht erhalten, dass Marczeg Laszlár Szilas seine Truppen bewegt. Er scheint viele Soldaten von den Grenzen abgezogen zu haben«, erklärte Istran.

»Er entblößt seine Grenzen? Wohin ziehen die Soldaten?«, erkundigte sich Şten verwirrt. Ohne das Wissen um das Land und die anderen Menschen konnte Kerr nur verständnislos lauschen.

»Anscheinend nach Bračaz. Aber die Berichte sind leider schon älter. Auch Marczeg Gyula Békésar hat Truppen von unserer Grenze in den Norden abkommandiert.«

»In den Norden? Warum … Trolle!«, entfuhr es Şten. Die anderen Menschen sahen ihn fragend an.

»Es gab Überfälle im Westen. Arşita wurde von Trollen zerstört. Anscheinend ist Anda dafür verantwortlich, einer der Trolle, die im letzten Jahr an der Oberfläche waren. Sie hat einen tiefen Hass auf Menschen entwickelt. Möglicherweise gab es ähnliche Angriffe auch im Norden.«

»Möglich«, räumte Istran ein. »Warum sind deine Begleiter an der Oberfläche?«, fragte er Şten.

»Wir haben Krieg«, brummte Pard, bemerkte dann aber den warnenden Blick ihres menschlichen Begleiters, verstummte und verschränkte die Arme vor der Brust.

»Anda bekämpft nicht nur Menschen, sondern auch ihr eigenes Volk«, führte Şten aus. »Wer sich ihr nicht anschließt, wird gejagt und getötet. Druan ist ihr zum Opfer gefallen.«

»Aber warum sind sie hier?«

»Bevor Druan starb, wollte er an die Oberfläche. Anscheinend glaubte er, hier fände sich eine Lösung für das Problem.«

»Welcher Art?«

»Das wissen wir nicht«, platzte Kerr heraus. »Deswegen sind wir ja hier!«

»Natürlich«, antwortete Ionna mit ruhiger Stimme. »Was denkst du, Şten?«

»Anda stellt mit ihren Getreuen eine große Gefahr dar. Nicht nur für Trolle, auch für uns. Wir sollten dagegen etwas unternehmen. Sie darf auf keinen Fall ungehindert in Wlachkis ihren Rachfeldzug durchführen.«

Die Voivodin senkte den Kopf und schien zu überlegen. »Das alles ist mehr als nur beunruhigend. Wir werden uns beraten müssen, um eine angemessene Entscheidung treffen zu können. Derweil seid ihr ...«

Weiter kam Ionna nicht, denn vom Hof her ertönte ein langes Hornsignal. Die Köpfe der Menschen fuhren herum.

»Alarm«, flüsterte Şten Pard und Kerr zu. Während der Wlachake schon zum Ausgang des Saals lief, befahl Ionna Neagaş, herauszufinden, was der Alarm zu bedeuten hatte.

Ohne sich zu verabschieden, hefteten sich Kerr und Pard Şten an die Fersen, der bereits durch die Vorhalle hastete. Im Hof entdeckten sie eine Gruppe von Menschen, die um einen bleichen Krieger herumstanden. Als dieser die Trolle entdeckte, schrie er entsetzt auf.

»Beruhig dich!«, rief Şten und trat zu dem Mann. »Was ist passiert?«

»Trolle! Im Wald vor der Stadt. Sie haben mich gejagt«, stieß der zitternde Soldat hervor.

»Trolle?«, hakte Şten nach und sah Pard bedeutungsvoll an.

»Ja, ein ganzer Haufen. So wie diese hier! Sie wollten mich fressen!«

Mit einem Schritt war Şten bei den beiden Trollen und zischte: »Wollen wir hoffen, dass es Anda und ihresgleichen waren. Und nicht deine Brüder und Schwestern, Pard!«

Wütend fletschte der große Troll seine Zähne und hieb mit der Faust in die geöffnete Rechte. Das laute Klatschen ließ den verstörten Krieger einige Schritt zurückweichen.

»Egal, wer es ist. Das gibt Prügel!«

16

»Noch eine Nacht wirst du ohne Schlaf nicht überstehen«, sagte Viçinia sanft. Flores, die wenige Schritt neben ihr stand, nickte. Der Kampf um die Feste hatte bis zum Sonnenuntergang hin und her gewogt. An Tamárs Seite war die Söldnerin immer wieder zu den Brennpunkten gestürmt, um den bedrängten Verteidigern zu helfen. Zwischen den Angriffen gab es kurze Pausen, doch niemals lange genug, um sich wirklich auszuruhen. Die Verluste waren grausam; allein die Wlachaken hatten drei Tote zu beklagen. Viçinia konnte die Erschöpfung in Flores' Gesicht erkennen, das getrocknete Blut auf der Rüstung und die Schrammen und Blutergüsse, wo die bloße Haut zu sehen war. Der Gang der jungen Wlachakin wirkte steif und vorsichtig, so als habe sie an vielen Stellen Schmerzen, und ihre linke Hand war geschwollen und verfärbt.

»Ich gehe nachher nach unten. Es wird sich schon ein Plätzchen zum Schlafen finden, auch wenn in unseren Gemächern jetzt andere einquartiert sind.«

Die beengten Verhältnisse in der Feste hatten Tamár gezwungen, die Bürger der Stadt überall unterzubringen, um sie vor den Gefechten und dem Pfeilhagel zu schützen.

Auch Viçinia hatte nur wenig geruht. Die verängstigten Menschen benötigten Hilfe, ebenso wie die Verwundeten, die sich in den Saal der Burg geschleppt hatten oder dorthin getragen wurden.

»Morgen wird ein harter Tag.«

Mit einem Blick auf die beschädigten und mit Blut besudelten Wehrmauern seufzte Viçinia und nickte stumm.

»Es gab viele Tote. Zu viele?«, fragte sie leise.

»Jeder Angriff war gefährlicher als der davor. Jedes Mal wurden die Opfer größer, der Ausgang unsicherer. Seit dem Tod des Marczegs ist die Stimmung noch schlechter geworden. Die Krieger rechnen jeden Augenblick mit der endgültigen Niederlage«, erläuterte die Söldnerin, wobei sie starr geradeaus blickte. »Es muss ein Wunder geschehen, um die Mauer den ganzen morgigen Tag zu halten.«

»Tamár?«

»Er tut sein Bestes, und seine Führung gibt den Soldaten Kraft und Zuversicht. Er hatte recht, als er sagte, dass die Mauern bis zum Abend gehalten werden müssen. Ein anderer Plan wäre glatter Selbstmord gewesen. Aber ...«

»Aber?«

»Er weiß, dass die Feste nicht mehr lange durchhalten kann. Szilas hat Reserven, frische Truppen, die noch nicht gestürmt sind. Während jeder hier genauso erschöpft ist, wie ich es bin.«

»Dann müssen wir den neuen Marczeg davon überzeugen, dass er die Feste aufgeben muss!«

»Viel Glück«, sagte Flores und lachte bitter.

»Wobei?«, ertönte hinter ihnen unvermittelt die Stimme des jungen Marczegs.

»Wir überlegten gerade, wie wir Euch davon überzeugen können, dass unsere einzige Überlebenschance in der Flucht liegt«, erklärte Viçinia direkt und sah dem Masriden fest in die Augen. Dieser schwieg, also fuhr die Wlachakin fort: »Ihr seid nun Herr über die Geschicke all dieser Menschen. Ihr Leben liegt in Eurer Hand.«

»Denkt Ihr, das wäre mir nicht bewusst?«, knurrte Tamár ungehalten. »Mein Schädel will schier zerspringen, weil ich mir das Hirn so sehr nach einem Ausweg zermartere.«

Mit einem Schritt war er bei den beiden Wlachakinnen. »Ich dachte sogar an Aufgabe, an Kapitulation, um meinen Untertanen das Schicksal meiner Stadt und meines Hauses zu ersparen! Aber Ihr habt gesehen und gehört, wie sich

Szilas an der Stadt vergangen hat. Ich werde mein Volk nicht ohne Kampf preisgeben!«

»Dann wollt Ihr so lange ausharren, bis der Entsatz Turduj erreicht?«

»Mein Vater hat Baró Odön gesandt, unsere Truppen im Westen zu sammeln und hierher zu führen. Er ist ein guter Krieger und genießt den Respekt der Soldaten.«

»Aber wie lange wird er brauchen?«

Darauf schwieg Tamár, aber Viçinia konnte die Antwort in seinen Augen lesen. *Zu lange. Und selbst wenn der Entsatz uns erreicht, ist nicht sicher, ob er die Belagerung brechen kann.* Der niedergeschlagene Ausdruck auf Tamárs Gesicht zeigte der Wlachakin, dass der Marczeg auch Letzteres wusste. Deshalb fragte sie: »Gibt es denn keine Fluchtmöglichkeit? Vielleicht gelingt ein Ausfall?«

»Ein Ausfall wäre Wahnsinn«, beschied Flores. »Vielleicht könnten einige durchbrechen, aber wer nicht kämpfen kann, würde es niemals schaffen. Man müsste viel zu viele Menschen zurücklassen, Marczeg Laszlárs Willkür ausgeliefert.«

Die Blicke der kleinen Gruppe wanderten über die nächtliche Stadt.

»Es gibt einen Tunnel«, sagte Tamár zögerlich.

»Ein Tunnel? Wohin führt er?«, erkundigte sich Viçinia hoffnungsvoll.

»Hinaus aus der Stadt, nach Norden. Er ist sehr alt und wurde lange nicht benutzt. Nur wenige wissen noch, dass er überhaupt existiert.«

»Ein Fluchttunnel!«, frohlockte Flores, und Viçinia sagte: »Das ist eine Möglichkeit.«

»Wenn wir fliehen, wird Szilas dies bemerken. In der Feste sind Frauen, Kinder und Alte. Wir würden nicht weit kommen«, gab Tamár zu bedenken.

»Dann müssen wir ihnen einen Vorsprung verschaffen.«

Nachdenklich rieb sich der Masride das Kinn.

»Wenn wir sie jetzt auf den Weg schicken, dann sind sie lange vor Anbruch des Tages am Ausgang. Sie könnten sich auf den Weg nach Westen machen, unseren Truppen entgegen.«

»Wir können ihnen Zeit erkaufen. So lange kämpfen, wie es möglich ist. Wo liegt dieser Tunnel?«

»Der Einstieg befindet sich unter dem Bergfried.«

»Wenn die Mauer fällt, verschanzen wir uns dort. Wir leisten Widerstand und fliehen zuletzt.«

»Unsere Handwerker könnten den Tunnel vielleicht so präparieren, dass er hinter uns zusammenstürzt«, schlug Tamár vor.

»Denkt Ihr, dass dieser Plan erfolgversprechender ist, als hier weiter auszuharren?«, fragte Viçinia.

Tamár nickte langsam. »Ich werde mich mit meinen Untergebenen beraten. Ich schätze, sie werden die Weisheit dieses Vorgehens erkennen«, antwortete der Marczeg. Dann sah er die beiden Wlachakinnen ernst an. »Danke.«

Stumm erwiderte Flores seinen Blick, während Viçinia sich verneigte. »Ihr stellt das Wohl Eures Volkes an die erste Stelle. Ihr seid es, der Dank verdient.«

Ohne zu antworten, wandte Tamár sich ab und lief hinab in die Dunkelheit des Turmes. Zum ersten Mal seit langer Zeit lächelte Flores, und Viçinia sagte leise: »Gut!«

»Wir wissen nicht, wie lange wir die Belagerer aufhalten können«, gab Flores zu bedenken, als sie kurze Zeit später wieder zusammentrafen, um die Fluchtpläne zu besprechen. »Tamár, Ihr und ich, wir müssen gemeinsam bei den letzten Kriegern bleiben, um sicherzustellen, dass wir so viel Zeit wie möglich gewinnen.«

»Aber die Menschen, die als Erste durch den Tunnel gehen, brauchen einen Führer«, warf der Marczeg ein. Sein Blick war dabei auf Viçinia gerichtet, doch die junge Bojarin schüttelte den Kopf.

»Sie würden mir, einer Wlachakin, nicht vertrauen.«

Tamárs lautes Lachen erzürnte sie, aber der Masride bemerkte ihren finsteren Blick und sagte: »Verzeihung. Aber Ihr wisst so gut wie ich, dass der größte Teil der Bevölkerung Wlachaken sind. Sie würden Euch vermutlich mehr Vertrauen schenken als jedem anderen, den ich mit ihnen auf den Weg schicken könnte.«

»Ich könnte Euch jedoch auch im Kampf nützlich sein. Zu fliehen, während Ihr um Euer Überleben kämpft, erscheint mir nicht gerecht.«

»Eine Waffe mehr wird uns nicht retten, wenn die Burg fällt. Aber Eure Anwesenheit im Tunnel wird den Menschen Mut machen.«

»Tamár hat recht«, pflichtete die Söldnerin dem Masriden überraschend bei. »Die Menschen brauchen dich. Und dein Überleben ist zu wichtig, um es im Kampf aufs Spiel zu setzen.«

»Und deines nicht?«

»Ich bin nicht die Schwester der neuen Voivodin der Wlachaken. Ich bin nicht die Gesandte am Hofe des Marczegs. Ich kann kein Bündnis aushandeln«, sagte Flores einfach und grinste dann verschwörerisch. »Ich bin nur ein Söldling mit einer scharfen Klinge.«

Wie sehr sie Şten in manchen Momenten gleicht, dachte Viçinia fröstelnd. Wieder einmal überkam sie die Sehnsucht nach der Nähe ihres Mannes mit geradezu schmerzhafter Intensität. *Er ist nicht hier,* ermahnte sie sich selbst. *Und wenn ich ihn je wiedersehen will, dann müssen wir alle die richtigen Entscheidungen treffen.* Es stimmte, was Tamár und Flores sagten: Die einfachen Leute waren vor Angst außer sich. Ein Marsch durch die Nacht, verfolgt von Laszlárs Truppen, würde ihnen viel abverlangen.

»Gut. Ihr habt mich überzeugt«, verkündete sie ruhig.

Gemeinsam stiegen sie in den Hof hinab, wo Tamár Anweisungen für die Wachen gab. Überall lagen Soldaten, die vor Erschöpfung einfach dort zusammengesunken waren, wo sie gestanden hatten. Im Turm weinte ein Baby, aber ansonsten war es ruhig. Auch die Stadt lag still da. Es schien, als würde alles nur auf den Morgen warten, als gälte es jetzt nur, die Zeit zwischen einem Kampf und dem nächsten zu überbrücken. Dabei hatten im Inneren der Burg bereits die Vorbereitungen für die Flucht begonnen. Während Handwerker die Arbeit am Tunnel angefangen hatten, versammelten sich die Menschen im großen Saal der Feste. Viele Einwohner der Stadt waren schon beim ersten Gerücht des bevorstehenden Angriffs geflohen, andere waren jedoch lieber geblieben. All jene, die den Schutz der Feste Zvaren gesucht hatten, würden nun Viçinia folgen.

»Sanyás vom Albus Sunaş wird Euch begleiten«, unterrichtete sie der junge Marczeg.

Viçinia kommentierte diese Nachricht mit einem knappen Nicken. »Wie weit sind die Vorbereitungen gediehen?«

»Sobald Ihr genug Vorräte habt, könnt Ihr aufbrechen. Je eher Ihr geht, desto besser.«

»Wir schlagen uns nach Westen durch. Vermutlich werdet Ihr uns einholen, bevor wir den Ylt erreichen. Wenn nicht, werde ich versuchen, mit dem Zug überzusetzen.«

»Gut. Folgt mir«, bat Tamár. Er sah Viçinia mit einem Blick an, den sie nur schwer deuten konnte. Lag Dankbarkeit darin? Oder eher Erleichterung?

Flores blieb zurück, und die Bojarin nickte ihr zu. »Pass auf dich auf« formten ihre Lippen, ohne es laut zu sagen.

»Sichere Wege«, entgegnete die Kämpferin ernst.

Der Masride führte die junge Adlige in den Saal der Feste, der von einigen Fackeln erhellt wurde. Hunderte von bleichen Gesichtern wandten sich ihnen zu, als sie durch die große Tür traten. In den Augen vieler sah Viçinia Tränen schimmern, und Furcht hing fast greifbar in der stickigen Luft.

»Hört mich an«, rief Tamár laut. »Dies ist Viçinia cal Sareş, Bojarin und Schwester der Löwin von Désa. Sie wird euch führen, gemeinsam mit Sanyás. Ihr müsst bald aufbrechen, um den Schutz der Nacht auszunutzen, also sammelt euer Hab und Gut und dann folgt den beiden, ohne zu zögern.«

Hier und da ertönte ein Schluchzen in der Menge. Die vielen Blicke, die auf sie gerichtet waren, ließen Viçinia unsicher werden. Die Ereignisse der letzten Tage hatten sie ebenso überrumpelt wie diese Menschen hier, und sie sah der übereilten Flucht nicht minder bedrückt entgegen. Doch sie hatte eine wichtige Aufgabe. *Eure Anwesenheit wird den Menschen Mut machen.* Deshalb riss sie sich zusammen und lächelte, bevor sie mit fester Stimme sagte: »Wir werden weit laufen, also nehmt nur mit, was ihr tragen könnt. Reichtümer werden euch nichts nützen, Nahrung und Wasser schon. Wir brauchen Freiwillige, die Verwundete und Schwache tragen.« Mit diesen Worten begann Viçinia durch die Reihen zu schreiten und Anordnungen zu treffen. *Gib den Menschen zu tun, lass sie ihre Angst vergessen.*

»Bojarin?«, fragte ein schlanker Mann mit leicht ergrautem blondem Haar, der die Ordenstracht des Albus Sunaş trug. Selbst im flackernden Licht der Fackeln erkannte die Wlachakin, dass die Flecken auf dem weißen Stoff kein gewöhnlicher Schmutz, sondern Blut waren. Wie das so vieler anderer, zeigte auch das Gesicht des Sonnenmagiers eine tiefe Erschöpfung, doch seine Augen wirkten wach und lebendig.

»Ihr müsst Sanyás sein«, vermutete Viçinia, und der Maside nickte bescheiden. »Wir müssen uns besprechen.«

Ein Blick über die Schulter zeigte Viçinia, dass Tamár den Saal wieder verlassen hatte. Langsam kam Bewegung in die Menge, als die Ersten ihre Aufgaben angingen. *Wer von uns hat das leichtere Los?*, fragte sich die Wlachakin im Stillen. *Diejenigen, die zurückbleiben und kämpfen, oder wir?* Bevor sie sich die Frage jedoch beantworten konnte, begann Sanyás: »Wir haben kaum Bahren für die Verwundeten und Kranken. Es wird schwer werden, alle mitzunehmen. Wir haben sämtliche Handkarren in der Burg zusammengesucht. Ich hoffe nur, dass es uns überhaupt gelingt, sie durch den Fluchttunnel zu ziehen.«

»Wieso? Ist der Tunnel zu schmal?«

»Nein. Aber er steht unter Wasser, möglicherweise fast kniehoch. Der Boden besteht aus Stein und Erde. Genauer gesagt: Schlamm.«

»Zur Not gehen wir ohne die Karren.«

Der Priester nickte grimmig. »Ihr seid die Schwester von Ionna cal Sareş?«, fragte er dann.

Unwillkürlich versteifte sich Viçinia, doch ihre Miene blieb ausdruckslos.

»Ja.«

»Ich habe gehört, dass sie ihre Hand schützend über diejenigen Priester meines Ordens hält, die auf ihren Ländereien geblieben sind.«

Vorsichtig nickte die Wlachakin. Trotz der Ankündigung Ionnas, dem Albus Sunaş seine Tempel zu lassen und die Vertreter des Glaubens nicht zu verfolgen, hatte es mehrere schwere Zusammenstöße zwischen Sonnenmagiern und Rebellen gegeben. Viele Priester waren geflohen, andere hatten den Tod durch die Hand von Wlachaken gefunden.

»Nach allem, was ich gehört habe, ist dies ein wahres Wunder. Wenn die Gerüchte aus Starig Jazek stimmen …«

Die Stimme des Sonnenpriesters verklang, ohne den Satz zu beenden. Viçinia selbst war nie in dem Kloster gewesen, doch Şten hatte ihr davon berichtet. Dort hatten die Zorpad treu ergebenen Magier des Albus Sunaş dunkle Rituale durchgeführt und unwissentlich weit mehr als nur ihren eigenen Glauben aufs Spiel gesetzt.

»Die Gerüchte sind wahr, Sanyás. In Starig Jazek hat Euer Orden seinen Pfad aus den Augen verloren und die Urkraft des Landes selbst erschüttert, und das alles nur, um Zorpad einen Vorteil im Kampf gegen uns zu verschaffen.«

»Ich hoffe, Ihr versteht, dass dies nicht im Sinne meines Ordens geschah, sondern das Werk Einzelner war.«

»Wenn Ionna etwas anderes annehmen würde, dann wäre ihr Urteil über Euren Orden gewiss anders ausgefallen.«

»Und Euer Urteil?«, fragte Sanyás.

»Ich glaube, dass Zorpad seine Macht missbraucht hat. Und dass sich einige Eures Ordens von ihm haben verführen lassen. Allerdings denke ich auch, dass Eurem Orden manchmal mehr Respekt vor dem Land angemessen wäre.«

Kaum dass Viçinia die Worte ausgesprochen hatte, taten sie ihr leid. Nicht, weil es nicht dem entsprach, was sie fühlte, sondern weil sie mit diesem Mann zusammenarbeiten musste. Ein Streit würde die ohnehin schwer zu bewältigende Aufgabe nicht leichter machen. *Was ist nur los mit mir?*, dachte sie, zornig auf sich selbst. Doch der Priester neigte nur das Haupt und sagte sanft: »Ich verstehe Euch. Ich kann Euch versichern, dass der Zorn über das Fehlverhalten unserer Brüder im Orden groß ist. Egal, welchen Grund sie gehabt haben mögen, nichts rechtfertigt die schändliche Magie, die sie gewirkt haben. Und Ihr sprecht die Wahrheit: Es gibt Dinge in Ardoly, die gefährlich sind und die Respekt erfordern. Lässt man diesen vermissen, besteht die Gefahr, das Göttliche Licht zu verlassen und in Dunkelheit zu enden. So wie der Lángor von Starig Jazek und die Ältesten des Klosters.«

In Gedanken hörte Viçinia Ştens Stimme, der ihr von dem Blutbad berichtete, das die Trolle damals unter den Sonnenmagiern angerichtet hatten. *In Dunkelheit enden. Das passt auf den Tod, den sie fanden. Wehe demjenigen, der die Trolle zu Feinden hat!*

»Ich weiß Eure Worte zu schätzen, Sanyás. Jetzt aber müssen wir vor allem diese Menschen in Sicherheit bringen. Die Vergangenheit liegt hinter uns, es ist nun an uns, die Zukunft zu bestimmen.«

Während der Priester zustimmend nickte, wandte sich die Wlachakin ab und begann damit, die Menschen in kleine Gruppen aufzuteilen, die sich gegenseitig beistehen und helfen sollten.

Der kalte Luftzug ließ die Fackel flackern. Der Eingang wirkte wie ein gähnendes Maul, aus dem der Atem der Bestie blies. In der Ferne tropfte leise Wasser. Mit der linken Hand hob Viçinia den Saum ihres Rocks an und ging noch weiter hinab, blieb jedoch auf der letzten Stufe stehen, denn der Boden des Tunnels war von Wasser bedeckt. Der Schein der Fackel reichte nur wenige Schritt weit, danach versank der Gang in Dunkelheit. Die Luft hier unten war deutlich kühler als an der Oberfläche und ließ die Wlachakin schaudern.

»Wie lang ist der Tunnel?«, fragte sie Sanyás, der hinter ihr stand und ebenfalls in die Dunkelheit starrte.

»Viele hundert Schritt. Er führt beinahe direkt nach Norden.«

»Wir müssen Späher vorausschicken, um zu klären, ob der Ausstieg sicher ist.«

»Der Tunnel endet bei einem abgebrannten, verlassenen Gutshof. Dort gibt es einen kleinen Wald.«

»Von der Handvoll Soldaten, die uns der Marczeg an die Seite gestellt hat, sollten zwei vorlaufen und uns Bericht erstatten.«

»Ich werde das veranlassen.«

»Gut. Ich werde mich indes um die Flüchtlinge kümmern«, sagte Viçinia resolut. Während Sanyás die Treppe hinaufstieg, blickte sie noch rasch den Gang hinab. Die Wände bestanden aus grob behauenen Steinen, die von altem, schimmeligem Holz gestützt wurden. Ein außergewöhnlich großer Mann würde sich im Tunnel vielleicht bücken müssen, doch die meisten Menschen konnten wohl einfach so hindurchgehen. An einigen der Stützbalken sah Viçinia Spuren der Werkzeuge, mit denen die Handwerker den Einsturz vorbereitet hatten.

Sie fand das spärliche Licht, das nur einen kleinen Teil des Ganges erleuchtete, sonderbar passend. *Die nächsten Schritte liegen in Dunkelheit; keiner weiß genau, wohin die Reise führt. Noch vor kurzer Zeit blickten wir mit Zuversicht in die Zukunft; doch nun liegt wieder Finsternis über allem, und der alte Dunkelgeist des Krieges geht um.*

Noch in ihren düsteren Gedanken gefangen, riss sich die junge Wlachakin vom Anblick des Tunnels los und schritt hinauf in den Bergfried. Noch war es finsterste Nacht, und nur die wenigen glimmenden Überreste der Feuer schenkten dem Hof Licht. Der Marczeg hatte seinen Soldaten Stille befohlen. Der Feind sollte nichts von der Flucht erfahren, alles musste so normal wie möglich erscheinen.

Mit einer Handbewegung rief Viçinia eine der jungen Kriegerinnen zu sich, welche die Menschen begleiten sollten. »Wir versammeln uns im Hof. Sorgt dafür, dass genügend Fackeln im Bergfried bereit liegen, damit wir sie dort entzünden können.«

Ohne eine Antwort abzuwarten, lief die junge Adlige weiter in das Hauptgebäude. Die dort wartenden Menschen hatten ihre Habseligkeiten auf die Handkarren geladen und ihre Bündel geschnürt. Auch einige Schwerverletzte und Alte lagen auf den Karren. Alle anderen würden laufen müssen.

»Wir werden jetzt aufbrechen«, kündigte Viçinia an, ohne ihre Stimme zu erheben. »Nehmt eure Sachen und folgt mir. Leise.«

Viele der Gesichter waren ernst, hier und da flossen Tränen. Aber Viçinias ruhige Worte zeigten Wirkung; es kam Bewegung in die Menge. *Sie sind mutiger, als sie glauben. Sie verlassen Feste und Stadt, ihre Heimat, für einen Weg voller Gefahren.*

Hoch aufgerichtet stand Viçinia da, gab Anweisungen und half Einzelnen ihre Bündel zu schultern. Nur sie selbst bemerkte das Zittern ihrer Hände. Denn die Menschen brauchten Zuversicht, sie brauchten eine Anführerin. Nur wenn die Fliehenden glaubten, dass die Bojarin oder Sanyás einen Weg wussten, um zu überleben, würden sie ihre Ängste überwinden.

Es dauerte lange, bis die Letzten den Saal verließen, doch trotz ihrer eigenen Ungeduld hetzte Viçinia sie nicht. Schließlich standen sie alle im Hof, schweigend, wie es nachdrücklich befohlen worden war. Für eine Gruppe dieser Größe waren die Menschen beinahe unheimlich still.

Als Viçinia das Nicken der Soldatin im Turm sah, trat sie in den Bergfried. Dort wurde sie schon von Sanyás und den weiteren Kriegern erwartet.

»Der Ausstieg ist frei. Ich habe eine Wache dort postiert, die uns warnen kann, falls sich dies ändert.«

»Gut«, erwiderte die Wlachakin und nickte dem Sonnenmagier zu. »Dann brechen wir auf. Je eher, desto besser.«

An die Soldatin gewandt, fügte sie hinzu: »Sag dem Marczeg, dass wir jetzt gehen. Dann komm als Letzte nach. Ihr anderen entzündet Fackeln und verteilt sie unter denjenigen, die hinuntergehen.«

Sie selbst nahm eine Fackel und trat in den Hof, wo Hunderte von Augen auf sie gerichtet waren.

»Folgt mir.«

Der schlichte Befehl hing in der Luft, und einen Moment lang dachte die junge Adlige, dass niemand ihn befolgen würde. Doch dann schritten die Ersten aus, und Viçinia drehte sich um und stieg hinab in den feuchten Keller unter dem Bergfried, wo der Eingang zum Fluchttunnel lag.

Diesmal trat sie in das Wasser, das ihr hier schon bis über die Knöchel reichte. An der Spitze des Trupps schritt sie in den gewölbten Gang, an dessen groben Steinwänden Flechten und Moose wuchsen. Hinter ihr platschten unzählige Füße durch das Nass. Das Rumpeln der Handkarren, die vorsichtig die Treppenstufen hinabgelassen wurden, erschien Viçinia wie das Donnern eines Gewitters. Fluchen wurde laut, eine ältere Frau schluchzte, und einige Kinder begannen zu weinen.

»Leise«, befahl Viçinia rückwärtsgewandt. »Der Weg ist nicht lang.«

Ihr Rock sog sich langsam mit dem kühlen Wasser voll, und auch ihre hohen Lederstiefel wurden unangenehm kalt, obwohl sie frisch eingefettet waren. *Zum Glück ist es Sommer. Auch so schon wird eine lange Wanderung für viele eine große Anstrengung sein. Mögen die Geister uns das sonnige Wetter der letzten Wochen erhalten, um unsere nassen Kleider zu trocknen.* Mit einem Mal wurde der Wlachakin klar, dass Sanyás, der neben ihr ging, vermutlich ein ähnliches Stoßgebet an sein Göttliches Licht gesandt hatte.

Hier, tief unter der Erde, auf einem Weg mit ungewissem Ende, erschienen Viçinia die Unterschiede zwischen Masriden und Wlachaken plötzlich gar nicht mehr so groß.

Obwohl sie wusste, wie lang der Gang sein musste, hatte die Wlachakin das Gefühl, dass sie schon seit Stunden im kalten Wasser unterwegs waren. Die Menschen folgten ihr leise; bis auf das Stöhnen der Verwundeten und das Schluchzen der Kinder waren kaum Laute zu hören, so als hätte die Ungeheuerlichkeit der Flucht allen die Stimmen geraubt.

Endlich sah sie weiter vorn ein zaghaftes Licht, das sich schließlich als eine kleine Laterne entpuppte, die in einer Nische stand. Im Lichtschein der Laterne konnte Viçinia einige schiefe Treppenstufen sehen, die nach oben führten.

»Wartet«, befahl sie ruhig, und die Kolonne hinter ihr hielt an. Geduckt lief die Wlachakin zu der Treppe und sah hinauf. Doch außer einem Vorhang aus Blättern konnte sie oben nichts erkennen. Unvermittelt teilte dieser sich und enthüllte ein dunkles Gesicht.

»Hier ist alles ruhig«, berichtete die Soldatin und grinste. Ihre Zähne hoben sich hell von der schmutzigen Haut ab.

Mit einem Wink rief Viçinia die Flüchtlinge zu sich und trat selbst die Stufen hinauf in die Nacht. Ein Blick zum östlichen Horizont zeigte ihr, dass noch kein verräterischer heller Streifen den Tag ankündigte.

Um sie herum war Wald, der jedoch nicht das dichte Unterholz bot, das in Wlachkis sonst typisch war. Die Ruinen des Hofes waren kaum mehr als einige hüfthohe Mauerreste, die von Efeu überwuchert waren. Auch der Ausgang im halb verschütteten Keller war von den Ranken bedeckt, die den Einstieg verbargen.

Unter großen Mühen wurden die Karren über die von vielen nassen Füßen rutschig gewordenen Stufen gehievt. Die Menschen kauerten sich in kleinen Gruppen zitternd und verängstigt in die Ruinen, während Viçinia zwischen ihnen umherschritt, hier tröstete und da beruhigte. Als schließlich alle wieder an der Oberfläche waren, gab sie den Befehl zum Aufbruch, so gern sie den Menschen auch eine längere Rast gegönnt hätte.

Auch wenn der Wald licht war, blieb der Weg mühsam, und sie kamen nur langsam voran. Noch bevor sie die Bäume hinter sich gelassen hatten, färbte der Himmel sich langsam, aber unaufhaltsam rot. Immer noch schritt die Wlachakin an der Spitze, während ihr die Flüchtlinge in einer lang gezogenen Kolonne folgten. Zwei der Krieger liefen als Vorhut und Späher voraus, zwei weitere folgten in einigem Abstand.

Kurz bevor sie den Rand des Waldstücks erreichten, kehrte einer der vorderen Späher zurück und hielt sie auf. Der junge Szarke war außer Atem, und ihm lief Schweiß in dünnen Linien über das Gesicht.

»Reiter«, keuchte er atemlos und deutete mit der Hand in Richtung Westen.

»Ruhig«, erwiderte Viçinia leise. »Warte einen Moment.«

Mit tiefen Atemzügen versuchte der dunkelhaarige Mann, ihrem Befehl nachzukommen, presste dann jedoch hastig und abgehackt hervor: »Reiter. Drei Dutzend. An der Furt.«

»Konntet Ihr ein Banner erkennen?«, fragte Sanyás, der von Viçinia unbemerkt an sie herangetreten war. *Vielleicht ist es eine Vorhut der Békésar-Truppen. Vielleicht ist der Entsatz näher, als wir glaubten. Vielleicht …*

»Der Drache«, antwortete der Szarke und zerstörte so ihre Hoffnungen. Besorgt unterdrückte Viçinia den Wunsch, ihn zu fragen, ob er sich sicher sei. Stattdessen fragte sie: »Können wir sie umgehen?«

»Nur freies Feld. Und sie sind aufmerksam«, stieß der junge Krieger zwischen hastigen Atemzügen hervor.

»Szilas weiß, dass im Westen Truppen stehen. Er wird mehrere solcher Spähtrupps ausgesandt haben, um vorgewarnt zu sein, falls sich Entsatz nähert«, vermutete der Sonnenpriester, und Viçinia nickte.

»Wo ist die nächste Furt? Gibt es eine Brücke?«

»Das Wasser steht niedrig, wegen des heißen Sommers. Dann ist vielleicht die Consati-Furt gangbar. Das wären zwei Tagesritte in Richtung Norden. Ansonsten eher fünf bis zur nächsten Furt.«

»Das ist zu weit«, entschied Viçinia. »Aber wir dürfen hier auch nicht zu lange ausharren. Drei Dutzend sind zu viele für einen Kampf. Es gäbe ein Massaker.«

»Was sollen wir tun?«, fragte Sanyás und sah Viçinia an. *Was wir tun sollen?* Şten wüsste eine Antwort, Flores auch. Nach Norden? Damit entfernen wir uns von unserem geplanten Pfad, und vermutlich hat Szilas dort auch Späher. Außerdem sind im Norden die Sorkaten. Wir müssen über den Ylt, dann sind wir am ehesten in Sicherheit. Irgendwann werden wir auf Tamárs Krieger im Westen stoßen.

»Wir müssen den Plan ändern«, beschied die Wlachakin ernst und blickte nach Osten. »Die Sonne geht auf. Bald wird Szilas die Feste erneut angreifen lassen. Tamár muss die Burg aufgeben und seine Krieger hierher führen. Wir brauchen ihren Schutz.«

»Aber der Marczeg wollte uns Zeit erkaufen«, widersprach Sanyás.

»Wenn wir nicht vorankommen, nützt uns keine Zeit der Welt.«

Als sie es aussprach, wusste Viçinia, dass sie die Wahrheit sagte. Entschlossen zog sie ihren Dolch und packte ihren Rock.

»Ihr versteckt Euch hier mit den Flüchtlingen im Wald, Priester. Sorgt dafür, dass sich die Menschen möglichst gegenseitig beschützen!«

Mit einem Ruck stieß sie die Klinge durch den Stoff und begann zu ziehen. Verwundert fragte Sanyás: »Und was tut Ihr?«

»Ich werde den Marczeg und die Soldaten holen. Sobald ich diesen Rock abgeschnitten habe!«

Viçinia sah die erstaunten Blicke der Soldaten und des Priesters, doch sie kümmerte sich nicht darum. Als sie den Rock gekürzt hatte, wandte sie sich noch einmal an Sanyás.

»Betet zu Eurem Licht, dass der Marczeg und ich bald zurück sind – und Ihr bis dahin nicht entdeckt werdet.«

Ohne eine Antwort abzuwarten, lief die Wlachakin zurück in Richtung Osten, zurück nach Turduj, wo gerade der erste Sturm auf die Burg beginnen musste.

17

Die Dunkelheit war undurchdringlich. Kein Lichtschein erhellte die Höhle. Doch das Echo des uralten Herzschlags ließ die Konturen von Fels und Stein in Andas Geist erscheinen. Das Licht war nützlich, aber letztendlich unnötig. Sie hatte gelernt, ohne überflüssige Dinge auszukommen. Die anderen Trolle taten sich schwerer, doch auch sie konnten sich in der ewigen Finsternis in den Gebeinen der Welt zurechtfinden. *Sie sind stark, aber ich bin stärker,* triumphierte die Trollin.

Mit langsamen Schritten durchmaß sie die gewaltige Kaverne, in der sie ihr Lager aufgeschlagen hatten. Einige der Trolle lagen am Boden, schlafend, in ihren düsteren Träumen stöhnend, die nun immer zu ihnen kamen, wenn sie die Augen schlossen. Zwei stritten sich um ein Stück Fleisch; ihr unterdrücktes Grunzen, als sie sich packten und miteinander rangen, klang wie Gesang in Andas Ohren.

Plötzlich erschallte ein anderes Geräusch, ein lautes Rufen und Johlen. Sofort kam Bewegung in die Trolle, während Anda sich sammelte und ihre Aufmerksamkeit auf den Lärm richtete. Fast konnte sie die Gestalten spüren, die näher kamen. Ihre Sinne breiteten sich in die umliegenden Gänge aus, tasteten sich an sprödem Gestein entlang, leckten über rauen Fels.

»Keine Gefahr«, gab sie leise bekannt.

Tatsächlich erschien eine Gruppe ihrer Trolle, Jäger und Krieger, die zwei kleinere Trolle zwischen sich genommen hatten. *Beute!*

»Wir haben Besuch!«, rief Sbon erfreut. Der noch junge Troll hatte gewaltige Hauer, und seine Hörner waren lang und fest. Anda schätzte seine Wildheit im Kampf.

»Wir haben die zwei hier gefunden, wo der Schlag schon schwächer ist«, berichtete Ark.

Mit ausgebreiteten Armen trat Anda auf die kleine Gruppe zu und befahl: »Licht.«

Einige Atemzüge später zog ein Troll eine Handvoll Flechten aus einem Beutel, die schwach glommen. Das Licht reichte nur wenige Schritt weit, doch genügte es, um die Angst in den Mienen der Gefangenen zu erkennen. Aber Anda hatte ihre Furcht ohnehin schon längst gerochen.

»Wer führt euch an?«, fragte sie.

»Turk«, entgegnete der größere und ältere der beiden Gefangenen.

»Turks Stamm ist hier? So nah am Herzen?«

»Wir wurden getrennt. Es gab einen Kampf.«

»Also ist Turk nicht hier?«, fragte Anda enttäuscht.

»Nein.«

Neben Pard und Druan war Turk einer ihrer erbittertsten Gegner. Aber während sie Druan getötet und Pard verjagt hatte, war Turk noch in den Tiefen der Welt. Ihre Trolle waren ihm gefolgt, aber bisher hatte Turk seinen Stamm immer wieder vor Andas Getreuen in Sicherheit bringen können. *Bis auf diese zwei armseligen Geschöpfe,* dachte Anda und spürte beinahe Mitleid für die schwachen Trolle, deren Angst so offensichtlich ihre Nase reizte.

»Ich fürchtet euch. Ihr fürchtet mich. Ihr fürchtet die Menschen und die Zwerge und die Oberwelt. Ihr folgt Turk, der sich verkriecht und versteckt, der nicht kämpfen will und nicht kämpfen kann.«

Ihre Worte trafen die Trolle, doch sie waren zu stolz, um ihre Gefühle einzugestehen. *Stolz ist gut. Stolz ist richtig. Ihr seid Trolle!*

»Das muss nicht sein!«, rief Anda nun laut, und die Höhle hallte von ihren Worten wider. »Wir sind stark. Wir sind mächtig! Unsere Feinde fürchten uns!«

Für einen Moment schwieg die Trollin und fixierte die

beiden Gefangenen. In ihrem Blut dröhnte der mächtige Herzschlag der Welt.

»Folgt mir, und die Angst wird euch verlassen. Folgt mir, und eure Feinde werden bei eurem Anblick erzittern. Folgt mir, und wir Trolle werden wieder sein, was wir sein sollen. Folgt mir!«

»Nein …«, begann der rechte Troll, doch bevor er zu Ende gesprochen hatte, sprang Anda ihn an und grub ihre Fänge in seinen Hals. Warmes, dickflüssiges Blut sprudelte in ihren Mund. Seine Schläge prallten an ihrem Leib ab, seine Klauen kratzten ihre harte, hornige Haut nur an der Oberfläche. Mit einem Ruck riss sie den Kopf zurück und ließ den Troll leblos zu Boden fallen.

»Und du?«, fragte sie, während ihr das Blut über Kinn und Brust lief.

»Ich folge dir!«, erwiderte der andere hastig.

»Gut«, stellte Anda zufrieden fest und riss sich mit den Klauen das Handgelenk auf.

»Öffne deinen Mund und trinke.«

Ihr Blut tropfte auf seine Zunge. Innerhalb weniger Herzschläge keuchte der Troll, dann begann sein Leib zu zucken. Unkontrolliert stürzte er nach vorn auf den Boden. Um seine Schreie zu übertönen, musste Anda ihre Stimme erheben: »Nehmt von dem Fleisch. Und bereitet euch auf den Aufbruch vor.«

Ohne sich um den würgenden, keuchenden Troll zu kümmern, trat sie über ihn hinweg. *Das Wissen und die Kraft der Welt sind schmerzhaft. Ich weiß. Aber dadurch wirst du zu einem wahren Troll!*

18

Mit dem Licht der Sonne kamen auch die Angreifer, die erneut unermüdlich gegen die Mauern anstürmten. Den Verteidigern wurde kaum eine Pause gegönnt. Doch die Belagerten hatten wieder Mut gefasst, und ihre Disziplin war besser, als sie es seit dem Tode Marczeg Gyulas gewesen war. Die Krieger und Soldaten fochten nicht mehr gegen eine erdrückende Übermacht, gegen die ein Sieg unmöglich erschien, sondern sie verschafften den Flüchtenden im Tunnel Zeit. Ihr Kampf hatte ein greifbares Ziel erhalten, und sie hatten die Hoffnung zu überleben zurückgewonnen.

Auch Tamár fühlte sich seltsam befreit, während er die Verteidigung organisierte und seine Leute neu aufstellte. Der Weg zu der Entscheidung, Turduj aufzugeben, war hart gewesen, doch seit er sie getroffen hatte, konzentrierte er sich nur noch auf die Durchführung dieses Plans. *Turduj war schon gestern verloren, war schon verloren, als die ersten Soldaten Szilas' am Horizont erschienen,* dachte der Marczeg. *Ich wollte es nur nicht wahrhaben. Anders als Vater.*

Der Gedanke an Gyulas Tod fachte die Flammen der Wut wieder an, die in Tamárs Brust loderten. *Ich werde Turduj verlassen, aber ich werde mich nicht ergeben! Szilas wird den Tag bereuen, an dem er sich gegen das Haus Békésar gestellt hat,* schwor sich der junge Masride. *Oder ich krepiere schon hier auf der Mauer, dann ist es sowieso egal.* Sein raues Lachen brachte ihm ein verwundertes Stirnrunzeln von der Wlachakin an seiner Seite ein. Ihre kühne Behauptung, dass die Schärfe ihrer Klinge sogar die ihrer Zunge übertraf, hatte sich in den erbitterten Kämpfen auf den Zinnen tatsächlich als wahr erwiesen. Dafür zollte er ihr Anerkennung, auch wenn ihre Herkunft, ihr wlachkischer Starrsinn und ihre Respektlosigkeit weiterhin an seinen Nerven kratzten.

»Was ist so lustig?«, fragte die dunkelhaarige Kämpferin und wischte das Blut von der schlanken Klinge, die sie führte.

»Galgenhumor, wie ihr Wlachaken es nennt.«

»Aber die Zeit der Galgen ist doch lange vorbei. Inzwischen folgt ihr Masriden unseren Traditionen und übergebt die zum Tode Verurteilten ebenfalls dem Wald.«

»Mir sind Galgen lieber. Sauberer und sicherer.«

»Hätte ich mir denken können«, sagte Flores mit einem säuerlichen Grinsen. »Wir glauben eben, dass die Geister dabei ein Wörtchen mitzureden haben sollten. Der Tod ist eine harte Strafe, und Menschen können sich irren.«

»Der Gerechtigkeit muss Genüge getan werden«, sagte Tamár mit fester Stimme.

»Ich vergaß: Masriden irren sich nie«, meinte die junge Wlachakin provozierend, aber Tamár ging nicht darauf ein. Stattdessen warf er einen Blick auf den Torturm im Süden, wo gerade noch der Kampf wogte, und sagte dann abschätzend: »Bisher läuft die Schlacht gut für uns. Vielleicht überstehen wir einen weiteren Tag. Dann könnten wir die Nacht nutzen und einen gewissen Vorsprung erlangen.«

»Eure Krieger haben Mut gefasst. Das wird uns helfen. Aber was ist mit der Reiterei von Marczeg Laszlár?«

»Wir werden Pferde mitnehmen und …«

»Pferde?«, unterbrach Flores ihn. »Durch diesen Tunnel? Wie wollt Ihr das bewerkstelligen?«

Wieder lachte Tamár, als er den ungläubigen Blick der Wlachakin sah.

»Pferde haben mein Volk über die Sorkaten getragen. Auf Pferden haben meine Vorfahren das gewaltige Heer des Imperiums vernichtet. Von einem Pferderücken aus hat Arkas euren letzten Kralj Tirea erschlagen. Glaubt mir einfach, wenn ich sage, dass wir Pferde mitnehmen werden.«

Scheinbar ungerührt zuckte Flores mit den Achseln, als interessiere sie diese Neuigkeit und Tamárs Prahlerei nicht.

»Dennoch ist Szilas' Reiterei wohl größer als die Eure.«

»Wir werden Reiter nach Norden schicken, leicht bepackt und mit so vielen Pferden wie möglich. Meine Hoffnung ist, dass Szilas' Kavallerie diesen folgen wird. Sie werden nicht glauben, dass ich nicht bei den Pferden geblieben bin.«

»Wollen wir hoffen, dass diese List erfolgreich ist. Sonst wird es eine beeindruckend kurze Flucht werden.«

»Dann werden wir uns ihnen in einer offenen Schlacht stellen, vielleicht an einer Furt, wo die Reiterei weniger überlegen ist.«

»Tirea hat sich auch an einer Furt Eurem Arkas Dîmminu entgegengestellt. Geholfen hat es, wie Ihr schon erwähntet, nicht viel«, spottete Flores süffisant. Schlagartig wurde Tamár wieder bewusst, warum die Söldnerin ihm zuwider war. Ihr Widerspruchsgeist erinnerte ihn viel zu sehr an die verfluchten Rebellen, die das Leben in Ardoly überhaupt erst so kompliziert gemacht hatten.

»Da haben wir ja Glück, dass diesmal ein Masride die Krieger anführt. Und kein Wlachake, der nicht einmal …«, begann er zornig, doch ein Hornsignal aus der Stadt unterbrach ihn. Ein schneller Blick über die Brüstung zeigte ihm, dass nun auch wieder Soldaten gegen ihren Teil der Mauer vorrückten.

»Fertig machen!«, brüllte der Marczeg und schob sich den Helm ins Gesicht. Neben ihm sprang Köves auf die Füße, der sich kurz ausgeruht hatte. Während die letzten Augenblicke vor dem Angriff verstrichen, dachte Tamár an den Wortwechsel. *Sie kann sogar die größte Niederlage der Wlachaken noch im Streit in einen Sieg verwandeln. Ich gäbe viel darum, wenn sie dies auch in dieser Schlacht könnte.* Aber dann flogen die ersten Pfeile, und der Kampf verdrängte jeden anderen Gedanken aus seinem Kopf.

Die Sonne stand schon hoch am Himmel, und noch immer hielten die Verteidiger die Feste. Tamár lehnte sich schwer an die Mauer, rang nach Atem und verzog angewidert das Gesicht. Der Gestank der Schlacht war grauenvoll. Die Leichen der Erschlagenen lagen seit dem Vortag in der prallen Sonne, viele Krieger erleichterten sich einfach auf ihren Posten, und ganze Schwärme von dicken, grün schillernden Fliegen stoben von den Blutlachen und Exkrementen auf.

Seit dem letzten Ansturm gegen das Südtor hatten sich die Angreifer nicht weiter vorgewagt. Stattdessen schossen die Ballisten wieder. Zwar nur nach und nach, doch jeder Treffer gefährdete die Zinnen und Mauern. Jedes Mal, wenn das Seil an einem der mit Widerhaken bewehrten Geschosse nicht rechtzeitig gekappt werden konnte, brachen Stücke aus dem Mauerwerk. Die Ochsengespanne, an denen die Seile befestigt waren, erwiesen sich als stärker als die Zinnen; manchmal sogar als stärker als ganze Stücke der Mauer. Immer wieder krachten Steine lautstark zu Boden und ließen breite Lücken in den wertvollen Verteidigungsanlagen zurück. Der Kampf gegen diese Gefahr war schwierig. Immer, wenn die Verteidiger sich an den Geschossen zu schaffen machten, regnete es Pfeile, während die Zugtiere gerade außerhalb ihrer Bogenreichweite eingespannt waren.

»Feige Bastarde«, murmelte Köves und spie aus, als ein weiteres Stück Mauerwerk ächzend brach.

»Von mir aus sollen sie die ganze Burg einreißen«, erwiderte Tamár, ohne den Blick von den feindlichen Linien zu nehmen. »Solange sie uns nicht direkt angreifen, können sie die Feste nicht nehmen.«

Ihre Feinde blieben in vorsichtigem Abstand, während wieder zwei Ballisten zielten. Als die Geschosse sich mit lautem Krachen in die Mauer gruben, schrie Tamár: »Jetzt!«

Durch eine kleine Ausfallpforte stürmten drei Dutzend Verteidiger auf den mit Toten übersäten Platz vor der Feste. Doch anstatt auf die Angreifer einzustürmen, spannten die Kämpfer ihre Bögen und ließen einen Pfeilhagel auf die Ochsengespanne niedergehen. Sofort kam Unordnung in die gegnerischen Reihen, Menschen warfen sich zur Seite, Tiere brüllten schmerzerfüllt auf. Ein Gespann ging durch, als der Leitochse ausbrach und den Treiber unter seinen Hufen begrub.

»Zurück«, befahl Tamár, und seine Untergebenen liefen wieder in die Sicherheit der Feste, bevor der Feind wirksame Gegenmaßnahmen ergreifen konnte.

»Das wird ihnen zu denken geben«, befand Köves und rieb sich sein verstümmeltes Ohr.

»Militärisch ein hohler Sieg«, erwiderte Flores, und Tamár fuhr herum, »aber wichtig für die Moral.«

Er nickte der Wlachakin zustimmend zu. Bevor er antworten konnte, kam eine junge Kriegerin die Treppen zum Südturm heraufgestürmt.

»Vezét!«, rief die Soldatin, in der Tamár Maiska erkannte, eine Gardistin aus der Stadt, die sich in den Kämpfen der letzten Tage bewährt hatte. Auch ihre Rüstung wies Scharten und Löcher auf, doch auf den ersten Blick erschien sie unverletzt. Das dicke Leder mit den darauf befestigten Metallplatten hatte die blonde Kriegerin gut beschützt.

»Ihr müsst in den Hof kommen, Vezét«, sagte Maiska und schnappte nach Luft.

»Was ist denn?«, fragte der Marczeg alarmiert.

»Nemes Viçinia ist wieder da. Sie will Euch sprechen, Vezét!«

»Viçinia?«, stieß Flores hervor. »Warum das?«

Ohne auf die Antwort zu warten, rannte die Wlachakin an Maiska vorbei und lief die Treppe hinab. Fragend sah Tamár die Masridin an.

»Sie hat nur gesagt, dass sie Euch sprechen müsste.«

»Gut. Köves, folge mir. Maiska, du bleibst hier. Wenn sich in den Linien unserer Feinde irgendetwas tut, egal was, gib mir Bescheid.«

Mit einem ernsten Nicken bestätigte die Kriegerin den Befehl und trat an die Brüstung heran, während Tamár, gefolgt von Köves, ebenfalls hinab in den Hof lief. Dort stand tatsächlich Viçinia cal Sareş. Nicht nur die Anwesenheit der wlachkischen Adligen verblüffte Tamár, sondern auch ihr Aussehen. Die Hälfte ihres schlichten Rocks fehlte, aus dem lockeren Zopf fielen ihr lange Strähnen ins Gesicht. Die Stiefel waren schmutzig und feucht, und an den Armen und Beinen hatte die Wlachakin Kratzer und Schmutzflecken.

»Marczeg«, wandte sie sich an Tamár, kaum dass dieser durch die Pforte trat. »Wir sind zwar bis an das Ende des Tunnels gelangt, aber der weitere Fluchtweg wird von Feinden blockiert. Ich fürchte, die Flüchtlinge brauchen die Hilfe Eurer Krieger.« Ihre Stimme klang weitaus ruhiger, als es ihr Aufzug erwarten ließ. Ihre Neuigkeiten jedoch entlockten dem Masriden einen leisen Fluch. *Warum kann nicht ein Mal ein Plan reibungslos funktionieren?* Laut sagte er: »Wie viele und wo?«

»Ein Trupp von über dreißig Berittenen. An der Furt des Ylt.«

Tamár spürte den Blick, den Flores ihm zuwarf, doch er gab ihr nicht die Genugtuung, sie anzuschauen. Fieberhaft suchte er eine Lösung.

»Vielleicht können wir Euch einige Bewaffnete mitgeben, dann könnt Ihr sie vertreiben.«

»Vezét, wir haben kaum genug Krieger, um die Feste zu bemannen«, warf Köves ein, und Viçinia erklärte: »Wenn Szilas bemerkt, dass wir fliehen, wird er versuchen, Euch den Weg abzuschneiden. Entweder wir brechen gemeinsam durch, oder Euer Rückzug ist zum Scheitern verurteilt.«

Sie hat recht, erkannte Tamár unwillig. *Wird Szilas gewarnt, dann kann er uns den Weg nach Westen versperren.*

»Gut«, pflichtete er der Wlachakin bei. »Wir werden ...«

Weiter kam er nicht, denn vom Torturm rief Maiska: »Die Ballisten schießen wieder!«

Der Aufschlag der schweren Geschosse verschluckte einen Teil der derben Ausdrücke, mit denen Tamár den gegnerischen Heerführer belegte, bevor er Köves befahl: »Schafft die Pferde in den Hof. Sobald sie alle dort sind, gib das Signal zum Rückzug. Solange sie mit ihren Ballisten angreifen, bemerken sie vielleicht nicht, dass wir die Feste verlassen!«

Während Flores bei Viçinia blieb, lief Tamár zurück auf die Zinnen und begann, seine Soldaten leise auf den Rückzug vorzubereiten. *Rückzug ist ein schönes Wort für eine Flucht,* schoss es ihm durch den Kopf. *Wenn wir mit Odön und den Truppen im Westen zusammentreffen, wird es Probleme geben. Der Szarke wird den Tod meines Vaters und den Verlust von Turduj nutzen wollen, um seine eigene Macht zu vergrößern. Als hätte ich nicht genug Schwierigkeiten!*

Der Blick des jungen Marczegs fiel auf die Drachenbanner, die auf den Türmen der Stadt wehten, und er ballte die Fäuste, ohnmächtig vor Zorn.

»Soll ich über die Mauer laufen und allen Bescheid sagen, dass es bald soweit ist?«, fragte Maiska und riss den Marczeg so aus seinen düsteren Gedanken. Tamár wusste, dass es seine Aufgabe war, seine Krieger aus der Todesfalle der Feste hinauszuführen, und so nickte er knapp.

Während die Verteidiger im Süden immer noch versuchten, die Ballistenschüsse abzuwehren, versammelten andere die Pferde im Hof. Zwar hatte sich Tamár im Gespräch mit Flores selbstbewusst gegeben, doch auch er ahnte, dass es unmöglich sein würde, alle Tiere dazu zu bewegen, in den finsteren, unbekannten Gang hinabzusteigen.

Als Köves damit begann, die Pferde Kriegern zuzuteilen, rief Tamár ihm zu: »Führt sie zuerst durch.«

Ein hastiger Blick über die Schulter zeigte Tamár, dass sein Befehl keine Reaktion bei den Angreifern ausgelöst hatte. Vermutlich konnten sie ihn genauso wenig verstehen, wie er die Befehle deuten konnte, die auf ihrer Seite gegeben wurden.

Während Köves die Krieger mit ihren Pferden einzeln zum Bergfried lotste, beobachtete Tamár weiterhin die Angreifer. *Die verfluchten Ballisten erweisen sich jetzt als ein Segen. Mitten im Kampf könnten wir uns sonst niemals ohne große Verluste zurückziehen.*

Endlich gab Köves das Signal, und Tamár atmete erleichtert auf. Um ihn herum liefen die Soldaten hinab in den Hof der Burg. Den ganzen Tag schon waren sie auf Befehl so oft in Deckung und außer Sicht des Feindes geblieben wie möglich. Auch Tamár ging hinab in den Hof. Zu seiner Überraschung waren nur noch wenige Pferde dort verblieben; offenbar hatten die meisten sich dank der Kunst ihrer Herren hinunter in die Dunkelheit führen lassen. Mit einem bitteren Blick auf die verbliebenen Tiere befahl der Marczeg heiser: »Schneidet ihnen die Kehlen durch«. *Noch etwas, wofür Szilas bezahlen wird.*

Während die Vorhut in den Fluchttunnel lief, zückten einige Masriden ihre Waffen. Keiner sagte ein Wort. Tamár sah einen älteren Krieger, dem Tränen über das Gesicht liefen, als er seinem eigenen Kriegspferd sanft über die Nüstern strich, bevor er mit einem schnellen Schnitt den Hals des Tieres öffnete. Noch während das Pferd beinahe lautlos verendete, kniete der Krieger neben ihm und hielt den Kopf mit den weit geöffneten, panischen Augen in den Händen.

»Vezét«, sagte Köves leise. »Wir sind bereit.«

»Dann los«, erwiderte Tamár. »Ich bleibe bei der Nachhut.«

Geordnet liefen die Soldaten in den Bergfried und die

Treppen hinab, bis nur noch knapp ein Dutzend Männer und Frauen im Burghof standen. Gerade als der Marczeg den Befehl zum Aufbruch geben wollte, ertönten in der Stadt hektische Hornsignale. Wieder schlugen Geschosse in die Mauern ein, doch dazu ertönte diesmal ein Schrei aus vielen Dutzend Kehlen.

»Sie kommen«, zischte Flores. »Zeit, zu gehen.«

»Ja«, stimmte Tamár zu. »Also los, runter mit euch!«

Die letzten Verteidiger stiegen in die Dunkelheit des Tunnels hinab und überließen Turduj endgültig seinem Schicksal. Ein letztes Mal blickte Tamár zu dem trutzigen Bergfried hoch, über dem die Sonne stand und gleichgültig auf das Gefecht hinabschien. Noch flatterte der Greif über der Feste, aber bald schon würden Szilas' Soldaten ihr eigenes Banner aufrichten. *Dies ist nicht das letzte Mal, dass ich als Herr über Turduj hier stehe,* schwor sich der Marczeg. Dann wandte er sich ab und schritt aus dem Licht in den Schatten des Turms.

»Wenn wir hindurch sind, dann reißt ihr die Stützbalken mit den Seilen ein«, wies er seine Krieger an und konzentrierte sich wieder auf das Hier und Jetzt, anstatt dem bereits Verlorenen nachzutrauern. Hinter ihm liefen Viçinia und Flores, die fluchte, als sie in das kühle Wasser stieg. Den Schluss bildeten die fünf Soldaten, die den gefährlichen Auftrag hatten, den Tunnel an den bearbeiteten Stellen einstürzen zu lassen. Staub rieselte von der Decke, und die Balken knirschten gefährlich. Der Durchmarsch von Mensch und Tier hatte seine Spuren hinterlassen, doch bevor Tamár darüber nachdenken konnte, ertönte von draußen ein Krachen, da die Ballisten weitere Mauerteile zu Boden rissen. Ein Stein schlug vor Tamár ins Wasser, und er blickte beunruhigt an die Decke des Fluchttunnels. Ein langsames Knirschen hallte durch den Gang.

»Vorwärts!«, brüllte der Masride und lief los. Dann stürzte die Welt um ihn herum ein. Steine brachen aus Wänden und Decke, Staub wallte auf, Erdreich fiel in dicken, schweren Brocken herab. Ein kopfgroßer Stein traf Tamár an der verletzten Schulter und trieb glühende Klingen des Schmerzes in seine Seite. Unwillkürlich stöhnte er auf. Er taumelte einige Schritt, da packte ihn eine Hand am Arm und zog ihn weiter.

»Viçinia!«, schrie dicht neben ihm eine Frauenstimme, die Flores gehören musste, wie er benommen erkannte. Er sah über die Schulter. Die junge Wlachakin stand in einer Staubwolke. Um sie herum prasselten Steine zu Boden, doch sie beachtete diese nicht, sondern ging zurück in den einstürzenden Tunnel. Hinter der Frau konnte Tamár vor Staub und Dreck kaum etwas sehen. Einige undeutliche Gestalten kämpften sich vor, doch dann ging ein Geräusch wie ein Seufzen durch den Stein, und die gemauerten Steine der Decke und Wände brachen über die Letzten der kleinen Kolonne herein und begruben sie unter sich. Mit einem Satz war Tamár bei Flores und riss sie zurück. Ihr Schrei hallte in seinen Ohren, als Erde ihn zu Boden drückte und Steine auf seine Rüstung und den Helm prallten. Staub drang in seine Lungen und ließ ihn husten; das kalte Wasser durchweichte in wenigen Augenblicken seine Kleidung. *Jetzt werde ich hier verenden, begraben unter dem Schutt meiner Festung,* dachte er, da ließ der Steinhagel nach, und die Decke hielt für den Moment. *Wenn wir überleben wollen, müssen wir dieser tödlichen Falle so schnell wie möglich entkommen,* erkannte der Marczeg und rappelte sich auf. Flores bewegte sich auf allen vieren zu dem Einsturz. Erde und Steine versperrten den Tunnel, krochen scheinbar langsam auf sie zu, doch Tamár wusste, dass der Eindruck täuschte.

»Wir müssen hier raus!«, schrie er Flores zu und lief geduckt zu ihr. Noch immer reizte der Staub seinen Hals, und in seinem Mund war der bittere Geschmack von Erde.

»Lass mich!«, fauchte die Wlachakin und begann mit bloßen Händen in der Erde zu wühlen. »Sie ist da drin, wir müssen sie retten!«

Ein großer Stein brach aus der Decke und schlug hinter ihnen mit einem Klatschen ins Wasser. Mit der Rechten wischte sich Tamár Dreck aus den Augen. Noch waren sie nicht aus dem gefährdeten Bereich heraus; auch hier hatten Handwerker die alten Stützbalken geschwächt, um einen Einsturz zu ermöglichen. Die Wände und Decke ächzten, jeden Augenblick konnte ein weiterer Teil des Ganges einstürzen.

»Komm!«, brüllte Tamár und zog Flores am Arm. Doch die Wlachakin fuhr mit einem Dolch in der Hand herum. Tränen zeichneten helle Linien in ihr vor Schmutz starrendes Gesicht. Aus einer Wunde am Haaransatz lief Blut über ihre Schläfe, doch ihre Bewegungen waren präzise, als sie den Dolch zwischen sich und Tamár hielt. Ihre Miene zeigte deutlich, dass sie nicht zögern würde zuzustoßen. *Ich sollte sie hier zurücklassen,* dachte Tamár, doch er sagte stattdessen eindringlich: »Es ist vorbei. Wir können hier nichts tun. Der restliche Gang wird einstürzen. Wir müssen hier raus!«

Als hätte er die Worte gehört, rief Köves aus der anderen Richtung des Ganges: »Vezét? Seid Ihr unversehrt? Vezét?«

»Wir kommen, Köves!«, antwortete der Masride

»Ich muss sie …«, sagte Flores leise, aber Tamár schüttelte den Kopf.

»Du kannst nichts für sie tun. Außer hier mit ihr zu sterben. Wenn das dein Wille ist, bleib. Sonst komm mit.«

Damit drehte er sich um und lief tiefer in den Gang hinein. Nach einigen Schritten stoppte er jedoch und sah sich um. Immer noch stand Flores direkt am Einsturz, den Dolch erhoben. Erde und Steine rieselten um sie herum zu Boden. Unschlüssig blickte die Wlachakin ihn an, und Tamár konnte den Schmerz in ihrem Inneren beinahe körperlich spüren. Ihre Augen trafen sich, sie zuckte zusammen, dann schrie sie aus vollem Hals, legte den Kopf in den Nacken und brüllte ihren Zorn hinaus. Der junge

Masride ließ sie gewähren, auch wenn jedes Ausharren ihrer beider Leben gefährdete. Dann endlich löste sich Flores und folgte ihm durch den spärlich erleuchteten Gang, lief neben ihm, bis sie hinaus in die grelle Sonne traten, deren unwirkliches Licht sie blinzeln ließ.

Ohne zu zögern, gab Tamár die Befehle, um einige der Soldaten mit Pferden in den Norden zu senden, während er mit dem größten Teil bei den Flüchtlingen blieb. Flores folgte ihm ohne Widerspruch. Die Augen weit aufgerissen, starrte sie blicklos vor sich hin und ignorierte selbst die eigenen Verwundungen. Auch Tamár scherte sich nicht um seine schmerzende Schulter, sondern drängte seine Untergebenen zum Aufbruch. Jede Verzögerung war gefährlich, solange sie sich in unmittelbarer Nähe von Szilas' Armee befanden.

Während sie nach Westen marschierten, sprach Flores kein Wort. Ihr Gesicht war ausdruckslos, ihre Bewegungen mechanisch. Nur an den Tränen, die aus ihren Augen quollen, konnte Tamár die Empfindungen erkennen, die in der jungen Wlachakin wüteten. *Nun haben wir beide jemanden verloren: ich meinen Vater und sie ihre Verwandte. Marczeg Szilas hat sich eine Feindin geschaffen, die vor nichts Halt machen wird, um sich zu rächen. Oder sie gibt mir die Schuld an Viçinias Tod. Dann werden wir bald unsere Waffen kreuzen. So oder so, ihr Schmerz wird zu Wut werden. So wie ich den meinen zu einem Zorn schmieden werde, der meine Feinde vernichtet!*

Während die Sonne langsam im Westen versank und die Schatten der erschöpften und geschlagenen Krieger immer länger wurden, loderte in ihrem Rücken Feuer in der Feste Zvaren auf, das die ganze Nacht über den Himmel im Osten rot färbte.

19

Was ist, wenn es Anda und ihre Trolle sind?«, fragte Kerr, der offensichtlich bemüht war, leise zu sprechen. Die Stimme des Trolls drang dennoch laut durch den Wald und ließ Şten zusammenzucken.

»Dann machen wir sie fertig«, erwiderte Pard grimmig.

»Oh. Gut.«

Kerr klang nicht überzeugt, aber er schwieg zu Ştens Erleichterung. *Wenn es Anda ist, dann nehmen wir drei die Beine in die Hand,* dachte der Wlachake bei sich. *Und warnen die Garnison in Teremi.*

Aber zunächst fanden sie im Wald keinerlei Hinweise, bis Pard endlich vorsichtig schnüffelte.

»Trolle«, stellte er fest und wies in Richtung Westen. Mit dem Schwert in der Hand folgte Şten dem großen Troll, während Kerr die Nachhut bildete. Leider waren die Trolle nicht wirklich geübt darin, sich leise im Wald zu bewegen, sodass Ştens Bemühungen, sich unbemerkt zu bewegen, sinnlos waren. Die mächtigen Kreaturen waren zu groß und zu schwer, um sich anzuschleichen. *Andererseits sind die Sinne der Trolle viel schärfer als meine. Wenn Pard sie riechen kann, dann wissen sie umgekehrt wohl auch, dass wir in ihrer Nähe sind.*

Der Gedanke bereitete Şten Unbehagen, und mit einem Mal erschien ihm die Idee, vor dem Suchtrupp der Wlachaken aufzubrechen, im Nachhinein nicht mehr so vernünftig. Vor den Kriegern an Ort und Stelle zu sein, um ein unnötiges Blutvergießen zu verhindern, würde nur funktionieren, wenn es sich um Pards Trolle handelte. Sollte Anda tatsächlich einen Weg gefunden haben, bei Teremi aus den Tiefen der Erde zu steigen, dann waren sie drei in großer Gefahr. *Wenn Anda Zdams Tod rächen will, muss sie es hier tun,* gingen Kerrs warnende Worte Şten noch einmal durch den Kopf, und der Wlachake wusste, dass der junge Troll recht hatte. Vielen ihrer Feinde waren die Kraft und der Zorn der Trolle zum Verhängnis geworden. Wenn Anda nun noch wilder und stärker war, rechnete sich der junge Wlachake keine großen Chancen aus, gegen sie zu bestehen. Pard konnte Menschen mit einem Schlag seiner gewaltigen Fäuste töten. Schilde brachen, Rüstungen schützten kaum, wenn die Trolle in Kampfeswut gerieten.

Wie sagte Natiole immer? Wer nicht getroffen wird, braucht auch keine Rüstung, erinnerte sich Şten an die Worte seines alten Freundes und Waffenbruders, der den Freiheitskampf nicht überlebt hatte.

Unvermittelt hörte Şten vor sich ein Knacken. Seine Sinne arbeiteten fieberhaft, er lauschte in die Dunkelheit hinein, seine Augen suchten den Wald ab, und dann sah er sie: große, dunkle Schemen, die zwischen den Bäumen umherschlichen.

»Das ist doch …«, murmelte Pard, dann brüllte er laut: »Vrok!«

»Ja?«, antwortete der Angesprochene und trat auf sie zu. Hinter ihm ging ein gutes Dutzend Trolle. Eine ungeheure Anspannung wich von Şten, und er schob seine Klinge zurück in ihre Scheide.

»Du verfluchter, dummer Zwergenbastard«, rief Pard zornig. »Was tut ihr hier?«

»Jagen.«

»Jagen? Was ist mit den Viechern, die ihr fressen solltet? Sind die alle schon weg?«, erkundigte sich Pard ungläubig.

»Nein. Aber wir wollten …«

»Was? Ist dein Schädel eigentlich völlig leer? Wollt ihr gegen die Menschen kämpfen?«

»Was? Wieso?«

»In der Stadt machen sich gerade Krieger bereit, euch zu erledigen.«

»Menschen? Aber warum ...«, hub Vrok an, doch Pard fuhr ihn an: »Schnauze, du verfluchter Rattenfresser!«

Mit dem Handrücken verpasste Pard dem anderen Troll einen schweren Schlag, der dessen Kopf herumwarf. Vrok bleckte die Hauer, und für einen Moment dachte Şten, dass er Pard angreifen würde. Aber dann richtete er seinen Blick zu Boden und schwieg still. Auch seine Begleiter sagten kein Wort; offensichtlich hatte keiner vor, Pard herauszufordern und so seinen Zorn auf sich zu lenken. Der massige Troll schritt auf und ab, fluchte leise und bedachte die anderen mit finsteren Blicken. Selbst Kerr schien von Pard eingeschüchtert zu sein, denn er blieb abseits stehen und sagte kein Wort.

»Ich sollte dir eine Lektion erteilen«, fauchte Pard schließlich.

»Ihr solltet verschwinden«, schlug Şten schnell vor, bevor es zu weiteren Handgreiflichkeiten kommen konnte. »Geht zurück zum Hof und in den Keller.«

»Und du?«

»Ich bleibe hier und versuche, die Sache zu klären. Es ist besser, wenn die Krieger meines Volkes nicht auf euch treffen.«

»Sollte ich nicht auch hier bleiben?«, fragte Pard, aber Şten schüttelte den Kopf.

»Nein. Wir wollen nicht, dass es ein Missverständnis gibt, oder? Die Krieger werden nervös sein; und du bist wütend. Keine guten Voraussetzungen für eine Begegnung.«

»Gut. Wir gehen«, brummte Pard und knurrte dann Vrok an: »Wir unterhalten uns noch, du dämlicher Arsch ...«

Zerknirscht reihten die Trolle sich hinter Pard ein, der zielsicher die Richtung zum Hof einschlug. Kurz fragte sich Şten, woher der Troll genau wusste, wo ihr Lager war, aber dann drehte er sich um und lief zurück in Richtung Stadt.

Bald erreichte er die Straße, doch von Kriegern sah er weit und breit keine Spur. *Hoffentlich sind sie nicht schon vorbei und treffen noch auf die Trolle. Im dunklen Wald könnte das zu einer Katastrophe führen!*

In diesem Augenblick bemerkte Şten Lichter auf der Straße, die sich näherten. Als die Reiter ein wenig näher gekommen waren, sah der Wlachake, dass Neagaş umsichtig einen sehr großen Trupp zusammengestellt hatte. Auch der Veteran kannte die Kampfkraft der Trolle und hatte gesehen, wie ihre Linien sogar gegen die schwere Kavallerie der Masriden standgehalten hatten.

Der ältere Krieger ritt an der Spitze und hob die Hand, als er Şten bemerkte und erkannte. Mit stampfenden Hufen und unter lautem Schnauben kamen die Pferde der Kolonne zum Stehen.

»Neagaş!«, rief der junge Adlige. »Es droht keine Gefahr!«

Verblüfft sah der Krieger Şten an. Auch seine Gefolgsleute tauschten fragende Blicke.

»Es waren nur … unsere Gäste. Pards Trolle.«

»Sollten die nicht im Hof bleiben?«

»Sie haben ein wenig frische Luft geschnappt.«

»Die wollten mich umbringen und fressen!«, warf der junge Krieger ein, dessen Ankunft den ganzen Aufruhr ausgelöst hatte. »Ich habe mit meinen eigenen Ohren gehört, wie sie das sagten!«

»Vermutlich ein Missverständnis«, beruhigte Şten den Mann, während er innerlich fluchte. *Wie dämlich kann man bloß sein? Vrok wollte doch nicht wirklich einen Menschen angreifen, oder?*

»Şten«, begann Neagaş ruhig. »Die Trolle sollten in dem Hof bleiben. Es ist sicherer. Für sie, aber auch für uns.«

»Ich weiß, ich weiß. Es war dumm von ihnen, aber sie kehren gerade zurück.«

Der Veteran schüttelte den Kopf, ehe er seinen Soldaten befahl: »Zurück nach Teremi! Der Spaß ist vorbei.«

Während die Reiter ihre Pferde wendeten, beugte sich Neagaş nach vorn.

»Die Voivodin möchte dich noch einmal unter vier Augen sprechen. Willst du aufsitzen?«

»Nein danke. Ich laufe lieber. Sag ihr, dass ich bald in Teremi sein werde.«

Mit einem Nicken wandte Neagaş sich ab und kehrte mit seinem Trupp um, während Şten sich zu Fuß auf den Weg machte. *Hoffentlich hat diese kleine Episode nicht Ionnas Unmut erregt. Wenn sie dem Ansinnen der Trolle ablehnend gegenübersteht, sehe ich schwarz für Pard und die seinen.*

Nach Jahrhunderten der Trennung zwischen Menschen und Trollen spielten bei ihren jüngsten Begegnungen nun immer Furcht und Unwissen eine Rolle. In den Geschichten und Legenden der Wlachaken waren die Trolle Bösewichte, Ungetüme, die kleine Kinder fraßen und dumm und gefährlich waren. Es fiel den Menschen schwer, die Anwesenheit der Trolle an der Oberfläche zu tolerieren; und die gewaltigen Wesen fühlten sich hier unsicher und waren durch das Licht des Tages bedroht. Bislang waren die Missverständnisse immer glimpflich ausgegangen, aber die Gefahr eines Kampfes schwebte immer in der Luft.

Der Fußmarsch in die Stadt bot dem jungen Krieger eine willkommene Gelegenheit, sich seinen eigenen Gedanken zu widmen. Für den Moment musste er sich weder um die Trolle noch um irgendetwas anderes kümmern. Über ihm funkelten die Sterne, und er ließ seinen Geist nach Osten wandern, in Richtung Turduj und zu Viçinia. *Ob es ihr schon gelungen ist, Marczeg Gyula zu überzeugen?* Obwohl Şten froh war, zumindest seine Schwester und eine Eskorte aus Kriegern bei seiner Frau zu wissen, beunruhigte ihn der Gedanke immer noch, dass sie freiwillig in die Feste eines Masriden gereist war. *Sie wird damit schon fertig,* versuchte er sich selbst zu beruhigen. *Hatte der Marczeg nicht einen Sohn? Vermutlich ein verweichlichter Bengel, der sich mittlerweile in sie verliebt hat und permanent an ihren Rockschößen hängt* ... Der Gedanke ließ ihn grinsen.

Obwohl er den nächtlichen Spaziergang ausgiebig genoss, gelangte er schließlich doch mit leichtem Bedauern wieder an die Tore der Feste Remis. Bis auf ein einzelnes waren die Feuer alle gelöscht worden, und auch die Wachen waren bis auf die Rumpfbesatzung wieder verschwunden. Şten nickte den Soldaten zu, trat in das Hauptgebäude und ging in den Thronsaal. Dort standen Ionna und Istran zwischen zwei Säulen und unterhielten sich leise. Mit einem Räuspern machte Şten auf sich aufmerksam.

»Ah, Şten cal Dabrân«, sagte Istran mit einem süffisanten Lächeln. »Eure Begleiter ziehen einige Aufmerksamkeit auf sich, das muss man ihnen lassen.«

»Sie sind unsere Gesetze und Regeln nicht gewohnt, aber sie bemühen sich.«

»Ich bin jedenfalls gespannt, was sie als Nächstes anstellen werden.«

»Genug«, sagte Ionna sanft, bevor Şten antworten konnte. *Arroganter Bastard,* dachte der Wlachake. *Er benimmt sich, als wäre Wlachkis sein Eigentum.*

»Istran, bitte lass uns allein. Wollen wir in das Ratszimmer gehen, Şten? Das ist gemütlicher als die Halle.«

Als Istran leicht verschnupft ob seiner Entlassung an ihm vorbeischritt, verneigte Şten sich. Dann folgte er Ionna durch die Tür hinter dem Thron in das kleinere Ratszimmer. Die Voivodin nahm sich einen Becher vom Tisch und füllte ihn mit dunkelrotem Wein aus einer Karaffe. Auf ihren fragenden Blick hin trat Şten ebenfalls an den Tisch und goss sich einen Becher Rotwein ein.

»Deine Anwesenheit bringt mich in eine schwierige Lage«, eröffnete Ionna das Gespräch und nippte an ihrem Becher. Sobald sie allein waren, sprach sie Şten als Verwandten vertraulich an. Nur in Gegenwart des Hofes behandelten sie einander mit der Förmlichkeit, die ihr als Voivodin und ihm als Bojar zustand.

»Wegen der Trolle?«, fragte Şten vorsichtig.

»Genau. Wegen der Trolle. Ich weiß nicht, was du, was ihr von mir erwartet. Mir scheint, dass die Trolle selbst nicht genau wissen, warum sie eigentlich hier an der Oberfläche sind.«

»Hauptsächlich, weil sie unter der Erde von Anda und ihrer Brut gejagt werden. Aber Druan schien zu glauben, dass hier oben der Schlüssel liegt.«

»Und? Was ist dieser Schlüssel?«

»Das weiß ich leider nicht«, gestand Şten mit einem Seufzen. Der trockene Wein duftete köstlich, und Şten nahm einen tiefen Schluck und genoss den charakteristischen Geschmack. Ohne zu fragen, wusste er, dass es Wein aus dem Freien Wlachkis war. Im Osten war der Wein süßer und schwerer als dieser.

»Dann können wir auch nicht helfen. Abgesehen davon, dass wir kaum einen Krieger entbehren können.«

»Krieger wären uns auch kaum von Nutzen, fürchte ich. Das kann Druan nicht gemeint haben. Wenn Pard und die Trolle nicht gegen Anda im Kampf bestehen können, dann wären unsere Soldaten noch weniger dazu geeignet.«

»Was hältst du von den Berichten aus dem Osten?«, wechselte Ionna abrupt das Thema.

»Ich weiß zu wenig darüber. Vielleicht verteidigen sich die Masriden gegen Überfälle der Trolle. Vielleicht planen sie Krieg.«

»So leid es mir tut, Şten, aber die Trolle sind im Moment nicht so wichtig und …«, begann die Voivodin und hob eine Hand, als sie bemerkte, dass Şten protestieren wollte. »Seit fast einem Jahr haben wir Frieden mit dem Osten. Aber ich fürchte, dass neuerlich Krieg kommt. Marczeg Laszlár zieht nicht einfach nur Truppen ab, er plant etwas.«

»Und was?«

»Da bin ich genauso überfragt wie du bei der Frage nach der Lösung deines Trollproblems. Aber ich weiß, dass unsere Bemühungen, eine Allianz der beiden Marczegs zu verhindern, erfolgreich waren. Dennoch haben wir mit keinem ein bindendes Abkommen, sondern nur lose Absprachen. Gyula schien unseren Angeboten zugeneigt gewesen zu sein, Laszlár indes war immer misstrauisch. Er hat unsere Gesandten mit kaum verhohlener Feindschaft empfangen.«

»Was ist mit Viçinia? Bedeutet das nicht, dass sie in Gefahr schwebt?«, fragte Şten abrupt und schluckte. Heiße Angst flammte in ihm auf, aber Ionna schüttelte den Kopf.

»Ich denke nicht. Die Berichte sind widersprüchlich, aber Gyula scheint dem Waffenstillstand treu zu sein. Es ist Laszlár, um den wir uns Sorgen machen müssen.«

»Was wirst du tun?«

»Ich habe bereits den Befehl gegeben, unsere Krieger zu sammeln. Wir befestigen die Grenzen im Osten.«

»Was ist mit den Dörfern in den Bergen? Wenn es noch mehr Angriffe wie den Überfall auf Arşita gibt?«, fragte Şten besorgt.

»Wir müssen hoffen, dass es sich um einen Einzelfall handelt. Wir können unmöglich alle Dörfer angemessen beschützen. Die größere Gefahr droht aus dem Osten und nicht aus der Tiefe.«

Um Zeit zu gewinnen und seine Gedanken zu ordnen, trank Şten noch einen Schluck Wein. *Drohender Krieg mit den Masriden, Trolle in den Bergen.* Wieder einmal wünschte er sich, Viçinia wäre bei ihm. Nicht nur, dass ihre Vernunft und ihre Ratschläge stets wertvoll waren, sie hatte als Schwester der Fürstin auch einen besonderen Einfluss auf die Voivodin. Mehr als einmal hatten ihre Besonnenheit und ihre Argumente Ionna überzeugt, wo andere vielleicht auf Granit gestoßen wären.

»Wir können die Menschen in den Dörfern nicht im Stich lassen«, erklärte der junge Adlige langsam. »Die Trolle erobern nicht, sie vernichten. Arşita wurde dem Erdboden gleichgemacht. Nur wenige Überlebende konnten fliehen. Costin ist tot.«

»Wir können unsere Flanke im Osten nicht öffnen, nur um Übergriffe abzuwehren, von denen wir weder wissen, wann oder wo, noch, ob sie überhaupt erfolgen werden. Selbst wenn im Augenblick kein masridischer Angriff droht – was denkst du, wie lange würden die Marczegs eine solche Möglichkeit ungenutzt lassen?«

»Nicht lange genug«, stimmte Şten der Voivodin zu. »Du hast recht. Aber vielleicht können wir den Trollen auch ohne Soldaten helfen. Möglicherweise lässt sich Anda irgendwie besiegen. Ich könnte …«

»Ich brauche dich, Şten. Wärst du nicht von allein hergekommen, ich hätte nach dir gesandt. Ich brauche besonnene, erfahrene Anführer an den Grenzen. Ich will kein Risiko eingehen. Übereiltes Handeln könnte das Fass zum Überlaufen bringen. Deshalb will ich, dass du das Kommando an der Grenze südlich des Magy übernimmst.«

»Ich habe den Trollen mein Wort gegeben«, wandte Şten ein. »Sie vertrauen mir und verlassen sich darauf, dass ich ihnen in unseren Ländern zur Seite stehe.«

»Şten, uns droht Krieg«, erwiderte Ionna eindringlich. »Viele unserer Soldaten kennen dich. Sie vertrauen dir. Ich vertraue dir.«

Schweigend blickte Şten die Fürstin an. In seiner Brust fand ein stiller Kampf statt. *Ich habe mein Wort gegeben, außer mir haben die Trolle keinen Fürsprecher. Aber was kann ich allein ausrichten, wenn Ionna ihre Hilfe verweigert? Und wenn wirklich ein neuer Krieg ausbricht, kann ich es ihr kaum verübeln.*

Die Luft in dem kleinen Saal erschien ihm plötzlich drückend und stickig, der Wein schmeckte bitter.

»Noch haben wir Zeit«, befand Şten schließlich und stellte den Becher ab. »Wir können versuchen, mehr über Anda herauszufinden. Vielleicht fällt unterdes einem der Trolle ein, was Druan gemeint haben könnte.«

»Und wenn ein Angriff kommt?«

»Dann werde ich kämpfen und unsere Ländereien verteidigen«, erklärte der junge Krieger fest.

»Das ist es, was ich von Euch erwarte, Bojar«, entgegnete Ionna feierlich. Einen Augenblick lang schaute ihn die Fürstin noch eindringlich an, dann zeigte ein kaum merkliches Nicken Şten, dass ihre Unterredung beendet war. Er drehte sich auf dem Absatz um und schritt zurück in den Thronsaal. Die an den Wänden hängenden Wappen der Wlachaken sahen auf ihn herab, als er den Saal verließ und durch die Vorhalle in die Nacht trat. Seine Schritte waren schwer und sein Kopf voller Gedanken. Wieder einmal erinnerte er sich an Natioles Worte: »Wir finden keinen Frieden, Şten, vielleicht nicht einmal, wenn das alles vorbei ist und Zorpads Knochen in der kalten Erde ruhen. Wir haben zu viel erlebt und zu viel gesehen. Aber andere werden in Frieden leben können, wenn wir siegen. Unsere Kinder können friedlich aufwachsen. Dafür kämpfe ich, Şten. Damit es in diesem Land eine Zukunft gibt!«

Der letzte Satz hallte bitter in Ştens Geist. *Wir haben gesiegt, und Zorpad ist tot. Aber können unsere Kinder in Frieden aufwachsen? Wieder droht Krieg. Und wenn es nicht die Masriden sind, dann die Wlachaken, die den Krieg in den Osten tragen wollen. Kann es in Wlachkis überhaupt jemals Frieden geben? Kann auf dieser blutgetränkten Erde etwas anderes als Hass und Zorn wachsen?*

Als Şten aus dem Stadttor trat und die wenigen Lichter hinter sich ließ, blickte er hinauf zum Firmament. Die Dunkelheit zwischen den Sternen schien endlos zu sein. Um den Wlachaken herum lag das nächtliche Land. Die Erde unter seinen Füßen war hart und trocken, die Luft warm. Kein Geräusch drang an seine Ohren, und er hatte unvermittelt das Gefühl, seine Sinne würden sich erweitern, über das Land streifen, jeden Stein, jeden Strauch, jeden Fuchsbau aufnehmen. Dann spürte er es mehr, als dass er es hörte. Ein langsames, fernes Grollen, das an- und abschwoll. Das Land schien zu pulsieren; alles, ob Lebewesen oder unbelebter Stein, schwang sanft im Takt mit.

Dann rief ein Wächter hinter Şten die Stunde, und die seltsame Wahrnehmung verblasste so schnell, wie sie gekommen war. Das Land war nur mehr Land und Şten nur ein einfacher Mann in der Dunkelheit, der seinen Weg suchte.

»Ich könnte …«

Die unausgesprochene Drohung spiegelte sich unheilschwanger in Pards Miene.

Zwar zeigte sich Vrok zerknirscht, doch noch war die Streitlust nicht vollkommen aus dem Troll gewichen. »Es war ein Scherz«, verteidigte er sich. »Woher sollten wir wissen, dass die Menschen so leichtgläubig sind?«

»Ich habe euch gesagt, dass ihr hierbleiben sollt. Es gibt frisches Fleisch, ihr habt genug Platz, warum also musstet ihr losziehen und Ärger machen?«, fragte Pard scheinbar ruhig.

»Wir wollten …«

»Scheiße!«, brauste Pard auf. »Ihr habt nicht zu wollen. Ihr habt die Schnauze zu halten und zu warten!«

Diesmal erwiderte Vrok nichts, aber Şten bemerkte das wütende Aufblitzen der dunklen Augen des Trolls.

»Verschwinde«, fauchte Pard. Als Vrok gehorchte und sich in eine Ecke drückte, wandte sich der massige Troll an Şten: »Wie schlimm ist es?«

»Es geht. Ionna ist nicht allzu ängstlich, keine Sorge. Aber es gibt genug Menschen, die euch nicht kennen und deswegen fürchten.«

Einen Moment überlegte Şten, dann fügte er hinzu: »Oder die euch kennen und gerade deswegen fürchten.«

»Ja, ja. Sollen wir noch einmal mit Ionna reden?«

»Besser nicht. Wir haben ganz andere Probleme.«

»Wieso?«, fragte Kerr neugierig und gesellte sich zu ihnen.

»Krieg liegt in der Luft. Im Osten ziehen dunkle Wolken herauf.«

»Regen?«, fragte Pard, aber Şten schüttelte den Kopf.

»Nein, das war nur ein Bild. Es scheint so, als ob die Masriden, oder zumindest einer der Marczegs, etwas planten. Einen Angriff vielleicht.«

»Das ist nicht gut für dein Volk«, vermutete Kerr leise.

»Nein. Das bedeutet, dass wir jeden Krieger brauchen werden.«

»Dich auch«, sagte Pard finster. »Du führst dein Volk im Krieg. Ich habe es in der Schlacht gegen Zorpad gesehen.«

»Ja. Mich auch.«

»Dann wirst du uns nicht mehr helfen? Sondern in den Krieg ziehen?«

Kerr schien von dieser Möglichkeit entsetzt zu sein.

»Ich weiß nicht, wie ich euch helfen kann«, gestand Ştem niedergeschlagen. »Ich hatte die Hoffnung, dass wir in Teremi eine Lösung finden, aber Ionna hat recht. Unsere Krieger helfen euch nicht.«

»Nein«, knurrte Pard. Mit zusammengezogenen Brauen sagte er: »Vielleicht steckt wieder ein Masride dahinter? So wie Zorpad? Vielleicht sollten wir mit euch ziehen.«

»Möglich ist das«, räumte Şten ein. »Aber nicht sehr wahrscheinlich. Auch wenn der Gedanke verlockend ist, glaube ich nicht daran.«

»Was sollen wir tun? Wir können nicht für immer an der Oberfläche bleiben. Wenn du fortgehst, sollten wir nicht in der Nähe der Menschen verweilen.«

»Wir können mit Şten kämpfen«, warf Kerr ein.

»Das ist nicht unser Kampf. Wir haben unseren eigenen Krieg«, erwiderte Pard. »Şten muss seine Schlachten schlagen, wir die unseren.«

Obwohl Şten Kerrs Gedanke auch schon gekommen war, gab er Pard innerlich recht. Wenn es zum Krieg im Osten kam, wären die Trolle sicherlich hilfreiche Verbündete, aber ihr eigenes Problem würden sie so nicht lösen. Und ein Zusammenleben erschien Şten auf Dauer zu spannungsreich. *Ganz abgesehen von den finsteren Gründen hinter Andas Krieg. Noch hat mich Ionna nicht überzeugt, dass die Bedrohung für uns gering ist. Costins Tod und die Vernichtung von Arşita sprechen eine deutliche Sprache.* Die Erinnerung an den Verlust des kleinen, stets zu einem Scherz aufgelegten Wlachaken fuhr Şten kalt durch Mark und Bein.

»Habt ihr denn gar keine Vermutung, was Druan hier wollte?«

»Er dachte, dass du helfen könntest«, erwiderte der massige Troll grimmig.

»Hat er denn sonst gar nichts gesagt?«

»Doch«, rief Kerr plötzlich. »Er hat noch einen Namen genannt. Auf der Flucht. Kurz bevor … bevor Anda ihn erwischt hat.«

Die Stimme des jungen Trolls stockte, und er fasste sich an die Seite, wo sich zwei lange, wulstige Narben entlangzogen. *Klauenspuren,* dachte Şten und fragte laut: »Welchen Namen? Wen hat Druan dir genannt?«

Der junge Troll überlegte, sein Mund öffnete und schloss sich einige Male.

»Vangeliu«, antwortete Pard überraschend. »Kerr hat es mir erzählt, als wir ihn fanden. Er war schwer verletzt.«

Erleichterung floss durch die Glieder des Wlachaken. *Vielleicht hatte Druan doch einen Plan.* Fieberhaft überlegte Şten, was Druan zu diesem Auftrag bewogen haben könnte. Der alte Vangeliu war ein Geistseher, ein weiser Mann, der in steter Zwiesprache mit den Geistern des Landes lebte. Menschen wie er waren in den zwei Jahrhunderten der Masridenherrschaft vom Albus Sunaş verfolgt und gejagt worden. So lange, bis nur noch wenige überhaupt die alten Überlieferungen kannten. Der Glaube an die Geister der Wlachaken war von den Masriden verboten und unter strenge Strafe gestellt worden. Einige Geistseher hatten im Schutz des unzugänglichen Mardews überlebt, wo die

Rebellen ihre Hochburgen und letzten Rückzugsmöglichkeiten hatten. Eine weitaus geringere Anzahl hatte in den besetzten Gebieten ihr Dasein gefristet, stets in Furcht vor den Scheiterhaufen des Albus Sunaş.

Şten selbst hatte immer einen tiefen Respekt für die alten Wege seines Volkes und die Männer und Frauen empfunden, die für ihren Glauben oft genug dem Tod ins Auge sehen mussten. Einer von diesen war Vangeliu, schon ein alter Mann, als Şten und die Trolle ihn im vergangenen Jahr kurz vor der Schlacht kennen lernten. Anstatt sich zu fürchten, hatte er den Trollen Gastfreundschaft gewährt und sich um die Wunden der Menschen gekümmert. Es schien ein altes Band zwischen dem weißhaarigen Geistseher und allen Geschöpfen in Wlachkis zu geben.

»Vielleicht dachte Druan, dass die Magie eines Geistsehers euch zu helfen vermag. Oder dass die Geister Antworten auf eure Fragen wissen«, spekulierte Şten laut.

»Gut. Gehen wir zu dem alten Menschling«, erwiderte Pard entschlossen.

»Nicht so schnell. Am Hof gibt es eine Geistseherin, die Ionna berät. Wir sollten erst mit ihr reden. Vielleicht können wir uns so die Reise zu Vangeliu sparen.«

»Dann eben zu ihr«, drängte der große Troll.

»Es ist mitten in der Nacht.«

»Es ist immer mitten in der Nacht, wenn wir unterwegs sind.«

Lachend stimmte Şten dem Troll zu. Ein Hoffnungsschimmer war am Horizont aufgetaucht, und das Labyrinth der Gedanken des jungen Kriegers schien sich langsam zu öffnen.

»Dennoch warten wir bis morgen. Menschen schlafen in der Nacht«, erklärte Şten mit gespieltem Ernst. »Wir wollen doch nicht unhöflich sein.«

Der Raum war nur von einer flackernden Kerze erhellt, dennoch war es beinahe unerträglich warm. An den weiß getünchten Wänden huschten die Schatten der Menschen im Schein der Kerze umher, obwohl kein Luftzug wehte.

»Wie lange geht das schon?«, flüsterte Şten, obgleich es eigentlich keinen Grund dafür gab. Trotzdem erschien es ihm angemessen.

»Einige Wochen«, antwortete die Heilerin Livian. »Sie bekam zuerst Fieber, dann ging alles sehr schnell. Innerhalb eines Tages verfiel sie in diesen Zustand.«

Die Blicke der beiden wanderten zu der Gestalt, die auf der Bettstatt lag. Die Haut der Frau war wächsern. Ihre Augen waren geschlossen, doch ihre Lippen bewegten sich unablässig, hauchten leise, atemlose Worte.

»Warum?«, fragte Şten und wies auf die Decke, die zu beiden Seiten am Rahmen der Bettstatt befestigt war.

»Sie ist manchmal sehr unruhig. Wir binden sie fest, weil sie sich sonst selbst verletzen könnte.«

»Was für eine Krankheit ist das? Ein so schweres Fieber …«

Die Worte des Wlachaken verklangen. Die Geistseherin Kaline hätte leblos gewirkt, wenn sie denn nicht die ganze Zeit geflüstert hätte. *Sie wird uns keine Hilfe sein. Im Gegenteil, sie benötigt alle Hilfe, die sie bekommen kann.*

»Ich weiß es nicht. Ich habe so etwas noch nie gesehen. Entweder tötet das Fieber, oder aber man erholt sich. Aber so lange auf der Schwelle zu stehen, zwischen dieser Welt und der nächsten … Ich wünschte, ich könnte mehr für sie tun.«

»Wacht sie manchmal auf?«

»Hin und wieder spricht sie klarer«, antwortete Livian.

»Könnt Ihr mir einen Boten senden, wenn es so weit ist?«

»Natürlich.«

Dankbar verabschiedete sich Şten mit einem letzten Blick auf die kleine Gestalt der Geistseherin, die verwundbar und schwach wirkte. Im Hof angekommen, gesellte sich der junge Bojar zu Pard und Kerr, die dort warteten.

»Es geht ihr sehr schlecht. Man kann nicht mit ihr sprechen.«

»Und jetzt? Sollen wir dann nicht losgehen?«

»Nein. Lasst uns noch einige Tage warten«, schlug Şten vor, dem es lieber war, wenn die Trolle an einem sicheren Ort blieben. »Vielleicht geht es ihr bald besser. Zu Vangeliu können wir auch später noch reisen.«

Brummend stimmte Pard dem Menschen zu, aber Şten konnte sehen, dass die Neuigkeit dem Troll nicht schmeckte. *Die Warterei macht ihn unleidlich. Aber Kaline kämpft ihren eigenen Kampf, und wir müssen abwarten, ob sie ihn gewinnt oder verliert.*

In den folgenden Tagen nahm Şten an einigen Besprechungen des Rates teil. Mehr und mehr Adlige und Anführer trafen auf Ionnas Geheiß in Teremi ein, und schon bald waren Soldaten in den Farben ihrer Herren ein häufiges Bild in den Straßen der Stadt. In der Nacht begleitete er manchmal die Trolle, wenn diese aus dem Keller hinauswollten. Einige Veteranen der großen Schlacht des letzten Jahres waren abkommandiert worden, sich um die Belange der seltenen Besucher zu kümmern, während Şten unabkömmlich war. Als endlich die Botschaft kam, dass Kalines Fieber leicht zurückgegangen war, atmeten die Trolle sichtlich auf, denn der erzwungene Aufenthalt in dem Keller hatte die Stimmung gedrückt, und leichteren Sinnes brachen Şten, Kerr und Pard auf, um die kranke Geistseherin ein weiteres Mal zu besuchen.

Doch schon bald hörten sie schwere Hufschläge auf der Straße, die sich ihnen näherten. Sofort wurden die Trolle still, und Şten konnte ihre Anspannung spüren.

In der Dunkelheit kamen sich zwei Reiter auf sie zu, die ihren Weg mit hohen Laternen erleuchteten. Als sie die Gestalten von Mensch und Trollen erblickten, zügelten sie ihre Pferde und trabten langsam näher. Es handelte sich um einen Mann und eine Frau, die in Ionnas Farben gekleidet waren. Der Vorderste beugte sich nach vorn und fragte: »Şten cal Dabrân?«

Das Schlimmste vermutend, antwortete der Wlachake: »Der bin ich.«

»Ihr müsst mir bitte folgen. Die Voivodin hat Nachrichten erhalten und erbittet dringend Eure Anwesenheit.«

»Nachrichten? Was für Nachrichten?«

»Aus dem Osten«, erklärte der Bote mit rauer Stimme. »Marczeg Laszlár führt seine Soldaten in den Krieg.«

»Der dreimal verfluchte Hund!«, entfuhr es Şten. An die Trolle gewandt, erklärte er: »Der Marczeg greift uns an.«

»Verzeiht«, warf der Reiter ein, bevor die Trolle antworten konnten, »aber Marczeg Laszlár marschiert gegen Turduj, nicht gegen uns.«

Jedes Gefühl wich aus Ştens Gesicht. Seine Hände zitterten, als ihm bewusst wurde, was dies bedeutete. *Viçinia ist in Turduj!*

20

Die Stimmung war gedrückt, doch Flores nahm die anderen Reiter kaum wahr. Seit ihre Späher gemeldet hatten, dass sich anscheinend keine Verfolger auf ihrer Spur befanden, hatte Tamár zumindest das halsbrecherische Tempo gedrosselt und den Tieren und Menschen etwas Erholung gegönnt. Schließlich hatten sie den Heereszug unter der Führung des Szarken namens Odön getroffen, der ihnen von der Grenze her entgegengezogen war, und die Flüchtlinge in dessen Obhut zurückgelassen. Nun war nur noch ein etwa fünfzigköpfiger Trupp übrig, der mit Tamár nach Westen ritt, während die Flüchtlinge ihnen unter dem Schutz der Fußsoldaten und der restlichen Kavallerie langsam folgten.

Die tagelange Gewaltanstrengung hatte den Menschen viel abverlangt. Neben der körperlichen Erschöpfung kam bei Flores noch eine geistige Mattheit hinzu, die alle ihre Sinne betäubte. Der Verlust von Viçinia hatte eine spürbare Leere in der jungen Wlachakin hinterlassen. Sie fühlte die Schmerzen im Rücken und in den Beinen, das warme Pochen in der geschwollenen linken Hand; sie aß die trockenen Mahlzeiten und trank Wasser. Doch nichts davon erschien ihr wirklich, nichts vermochte die Stille in ihrer Seele zu übertönen, außer der nagenden Stimme, die ihr die Schuld am Tod der jungen Bojarin gab. *Şten wird es das Herz brechen,* dachte sie finster. *Mein Bruder hat mir vertraut; Ionna hat mir zugetraut, dass ich Viçinia begleite und sicher zurückbringe, und jetzt ist sie tot. Ihr Geister, er hat sie so sehr geliebt.*

Das Wetter war schlechter geworden. Mehr Wolken bedeckten den Himmel, und die Hitze der letzten Wochen wurde zu einer drückenden, feuchten Wärme. Die Gleichförmigkeit der Tage ließ sie vor Flores' innerem Auge verschwimmen und zu einem endlosen Ritt verschmelzen. Sie konnte nicht mehr sagen, wie lange sie schon unterwegs waren, und es interessierte sie auch nicht. Als Tamár den Trupp anhielt, wusste die Söldnerin nicht, ob es nur eine kurze Rast oder schon das Nachtlager war. Schweigend glitt sie aus dem Sattel und sank an einem Baumstamm zu Boden. Um sie herum brach die übliche Geschäftigkeit aus. Die Pferde mussten abgesattelt, Kochfeuer entzündet und Lagerplätze von Steinen befreit werden. Ein Masride nahm ihr Pferd und begann es abzureiben. Teilnahmslos schloss Flores die Augen und öffnete sie auch nicht, als ein Schatten auf sie fiel.

»Bei meinem Volk ist es üblich, dass Krieger sich selbst um ihre Tiere kümmern.«

Mehr als ein leichtes Nicken brachte Flores nicht zustande. Der Schatten verschwand von ihrem Gesicht, und sie lehnte den Kopf an den Baum.

»Ihr seid eine Schande für die Euren«, zischte Tamár ihr ins Ohr. Diesmal öffnete die Wlachakin ihre Augen und sah den Masriden müde an.

»Endlich, die Prinzessin ist erwacht!«, höhnte der Marczeg. »Wie könnt Ihr Euch so gehen lassen?«

»Müde«, erwiderte Flores.

»Wir sind alle erschöpft. Wir sind alle müde. Dennoch kommen wir unseren Pflichten nach!«

Seufzend verdrehte Flores die Augen und erhob sich langsam. Als sie aber an Tamár vorbeigehen wollte, packte sie dieser am Arm.

»Wohin?«

»Mein Pferd«, erklärte sie knapp. »Lasst mich los.«

Doch er hielt ihren Arm weiter fest. Seine Finger drückten sich in ihr Fleisch.

»Du denkst, wenn du dich um dein Tier kümmerst, lasse ich dich in Ruhe?«, flüsterte der Masride scharf. Früher hätten der Ton und die vertrauliche Anrede Flores verärgert, doch nun nickte sie nur.

»Falsch gedacht, Flores aus Dabrân. Dein Verhalten geht mir auf die Nerven. Und es ist ein schlechtes Vorbild für meine Krieger.«

»Dann entlasst mich doch aus Eurer erlauchten Gesellschaft«, entgegnete Flores.

»Stattdessen sollte ich dir Verstand einbläuen!«, knurrte Tamár. Instinktiv fiel Flores' Hand auf den Griff ihres Schwertes.

»Ah! Noch ist etwas von der Kriegerin in dir, die an meiner Seite gekämpft hat.«

»Lasst mich los«, verlangte die Wlachakin noch einmal. Ihre Augen suchten Tamárs. *Siehst du nicht, dass ich allein sein will? Verschwinde endlich.*

»Nein, du musst loslassen!«

»Was?«, murmelte Flores verständnislos.

»Der Tod von Viçinia cal Sareş ist nicht deine Schuld. Sie ist tot, aber du lebst. Wir alle müssen unsere Verluste ertragen.«

»Was weißt du schon?«

Mit einem unsanften Ruck zog der Masride sie näher an sich heran.

»Mein Vater ist tot. Meine Stadt ist gefallen. Ich bin auf Gedeih und Verderb dem Wohlwollen deines Volkes ausgeliefert. Vielleicht wird die stolze Linie meiner Ahnen mit mir enden, und ich werde nichts zurücklassen als Schandlieder über mich. Ich weiß sehr gut, was Verlust ist.«

Trotz seiner harten Worte ließ Tamár sie los und wies mit der Hand auf das Lager.

»Jede Frau, jeder Mann hier hat etwas verloren. Viele müssen um ihre Familien fürchten, andere haben sie schon verloren. Du bist in deinem Schmerz nicht allein, Flores, aber du bist die Einzige, die sich ihm ergibt.«

»Vielleicht trauert ihr Masriden weniger?«

»Vielleicht. Aber vielleicht bist du auch nur egoistischer?

Vielleicht bist du einfach nur schwächer?«, fragte Tamár bissig und fügte hinzu: »Es stimmt, was man sagt: Ihr Wlachaken seid ein schwaches Volk!«

Mit einem Mal stieg Wut in Flores empor. Heißer Zorn rann durch ihre Adern und vertrieb die bleierne Müdigkeit in ihren Gliedern. Sie knirschte mit den Zähnen, und ihre Faust umklammerte ihre Waffe.

»Sie ist tot!«, schrie die Söldnerin. »Sie hat gekämpft, und jetzt ist sie tot!«

»Viele sind gestorben«, brüllte Tamár zurück. »Sie ist nicht die Einzige, und sie wird gewiss nicht die Letzte sein!«

Die Köpfe der Krieger fuhren zu ihnen herum. Einige traten näher, aber Flores beachtete sie nicht. Ihre ganze Wut konzentrierte sich auf Tamár.

»Viçinia hätte nicht sterben dürfen. Ich hätte sie retten müssen. Ich hätte bei ihr bleiben sollen!«

»Niemand hätte sie retten können«, sagte der Masride leise. »Es ist nicht Eure Schuld.«

»Ich hätte nicht gehen dürfen«, erwiderte Flores, und Tränen stiegen ihr in die Augen. »Ich habe sie allein gelassen.«

Wieder sah sie Viçinia vor sich, wie sie unter den Erdmassen begraben wurde. Der zerschnittene Rock, der wilde Zopf. Dann nur Staub und Erde und Geröll.

»Ich hätte etwas tun können«, wiederholte Flores leise. »Sie war schwanger, ihr Geister, sie war doch schwanger.«

Eine Stille legte sich über das gesamte Lager. Ein Schluchzen entrang sich Flores' Kehle. Die Tränen liefen ihr heiß und ungebremst über die Wangen. Tamár streckte eine Hand aus, als wolle er sie berühren, aber Flores trat zurück und funkelte den Masriden an.

»Zufrieden, Marczeg Békésar?«

Mit einem Schritt war sie an ihm vorbei und ging zu ihrem Pferd. Grob riss sie dem eingeschüchterten Masriden, der es abrieb, das Tuch aus der Hand und begann die schweißnasse Flanke des Tieres zu trocknen. Sie konnte die Blicke der Soldaten, Tamárs Blick in ihrem Nacken spüren. Zornig wischte sie die Tränen weg. Sie empfand einen großen Hass auf den Masriden, der sie so gedemütigt hatte.

Das Pferd schnaubte ungehalten unter ihren heftigen Bemühungen, sodass Flores vorsichtiger wurde. *Der Gaul kann ja nichts dafür, sondern nur dieser großmäulige, dreimal verfluchte Masride.* Ihr Kopf war leicht, und ihre Gedanken flogen nur so dahin, ganz anders als in den letzten Tagen, als sie nur gekrochen waren.

»Niemand muss sich seiner Tränen schämen, wenn sie aus wahrer Trauer vergossen werden«, erklang Tamárs Stimme hinter ihr.

»Wenn Ihr mich nicht in Ruhe lasst, werde ich Euch anders zum Schweigen bringen«, erwiderte Flores kalt, ohne sich umzudrehen.

»Wie Ihr wünscht, Nemes Flores. Willkommen zurück unter den Lebenden.«

Seine Schritte entfernten sich, und endlich war Flores allein mit sich und ihren Gedanken. *Ich sollte mich volllaufen lassen und mich an Viçinia erinnern, anstatt mit dem Marczeg zu reden. Ich sollte an ihre Taten und Worte denken, und sie niemals vergessen.* Plötzlich erstarrte sie. *Ich bin diejenige, von der Şten es erfahren wird.* Der Gedanke jagte ihr einen Schauer über den Rücken. Einen Herzschlag lang hoffte sie, dass er auf einem geheimnisvollen Weg schon von Viçinias Tod erfahren, schon die Zeit gefunden hatte, den Gedanken ertragen zu lernen, aber dann verhärtete sich ihre Miene. *Ich muss es ihm sagen, es ist meine Pflicht, meine Aufgabe, meine Bürde.*

Den Rest des Tages hielt sich Flores abseits von den Kriegern des Marczegs. Nur die anderen Wlachaken blieben an ihrer Seite. Auch am nächsten Tag ritt sie nur mit diesen.

Am Magy entlang verlief eine alte Straße, der sie folgten. Im Laufe des Vormittags fielen einige schwere Regentropfen auf die trockene Erde, und von Norden her grollte Donner, doch das Gewitter schien an ihnen vorüberzuziehen. Immer wieder blickte Tamár zu Flores, aber die Wlachakin ignorierte ihn. Erst als ein Reiter der Vorhut im vollen Galopp zu ihnen zurückkam, lenkte sie ihren Braunen näher an den Marczeg heran. Neben dem Krieger ritt ein älterer Wlachake in reich verzierter Kleidung, der höflich das Haupt vor Tamár neigte, als dieser von Köves vorgestellt wurde. Als er hörte, dass Tamár der Marczeg sei, zuckte nicht ein Muskel in dem unbewegten Gesicht des Gesandten.

»Meine Herrin, Voivodin Ionna cal Sareş, entsendet Grüße. Sie lagert an den Furten des Iames mit ihren Soldaten und bittet Marczeg Békésar, an einem Rat teilzunehmen.«

»Einem Rat?«

»Meine Herrin hat Kunde von den Übergriffen auf Euer Land erhalten. Sie bittet Euch, sich an ihr Friedensangebot zu erinnern. Ein Krieg wäre in der momentanen Situation keiner Seite förderlich.«

»Ah«, erwiderte Tamár mit säuerlichem Gesichtsausdruck. »Eine Drohung.«

Erschrocken hob der Gesandte die Hände. »Nein, keinesfalls. Falls ich diesen Eindruck erweckt haben sollte, ist dies allein mein Fehler. Das Gegenteil ist der Fall: Voivodin Ionna bietet Euch ihre Hilfe an.«

»Richte der Fürstin aus, dass ich zu ihrem Rat kommen werde. Die Audienz ist beendet«, verkündete der Masride hochmütig und nickte dem Wlachaken zu. Einen Moment lang schaute dieser ihn verdutzt an, dann sagte er: »Man hat mich gebeten, mich nach dem Befinden …«

Weiter kam er nicht, denn Tamár sah ihn finster an und wiederholte: »Die Audienz ist beendet.«

Nach kurzem Zögern verneigte der Gesandte sich erneut sehr tief im Sattel und wendete dann sein Reittier.

»Ihr solltet Ionnas Hilfe nicht ausschlagen«, riet Flores, die ihr Pferd neben Tamár lenkte. Der Masride sah sie mit erhobener Augenbraue an.

»Nemes Flores, Ihr brecht Euer Schweigen?«

»Um Euch einen gut gemeinten Rat zu geben, Marczeg.«

»Dann danke ich Euch für Eure gute Absicht. Aber ich werde nicht als Bittsteller in Ionnas Lager erscheinen. Ich werde schlechte Nachrichten überbringen, aber ich bin der Marczeg des Şireva. Ich werde auf Augenhöhe mit der Fürstin reden oder gar nicht!«

Mit diesen Worten trieb er sein Pferd an und ritt weiter nach Westen.

Flores sah ihm einige Zeit nach, bevor sie ihm folgte. *Wem wird Ionna die Schuld an Viçinias Tod geben? Sie wird ihre Schwester rächen wollen. Wenn Tamár sie nicht von seiner Unschuld überzeugen kann, ist er die längste Zeit Marczeg gewesen. Wie zwischen Hammer und Amboss würde seine Herrschaft von Laszlár und Ionna rasch zerschlagen werden. Ja, er braucht das Bündnis mit uns Wlachaken sogar zwangsläufig, denn allein mit seiner geschlagenen Armee wird er kaum in den kommenden Schlachten bestehen können.*

Im Norden grollte noch immer der Donner in den dunklen Wolken. Gemeinsam mit den Masriden und Szarken schloss Flores zu Tamár auf, der hoch aufgerichtet weiterritt, ohne dass sein Gesicht verraten hätte, welche Gedanken er sich ob der ungewissen Zukunft machte.

In den frühen Stunden des nächsten Abends kam endlich der Iames in Sicht. Jenseits des Flusses standen Zelte, vor deren Eingängen bunte Wimpel in der Abendbrise wehten. Der Wind hatte aufgefrischt und trieb kühle Luft vor sich her, während breite Wolkenbänder über den Himmel zogen. Das Lager der Wlachaken war größer, als Flores vermutet hatte. Anstelle eines kleinen Gefolges schien Ionna viele ihrer Krieger versammelt zu haben. *Sie bereitet einen Kriegszug vor,* erkannte die Söldnerin.

Etwas oberhalb der Stelle, wo der Iames in den Magy mündete, befand sich eine Furt. An dieser hatte vor mehr als zwei Jahrhunderten die berüchtigte Schlacht stattgefunden, in der die Masriden unter der Führung von Arkas Dîmminu das Aufgebot der Wlachaken geschlagen und ihren Kralj Tirea getötet hatten. Flores erschien der Ort passend. Schon bald würde hier wieder die Geschichte des Landes weitergeschrieben werden. Obwohl sie darüber nachgrübelte, ahnte sie nicht, welche Entschlüsse Ionna wohl gefasst hatte.

Durch die lange Trockenheit standen die Wasser des Iames niedrig. *Knochenfelder* wurden die Auen zu beiden Seiten des Flusses genannt, nach all den Toten, die hier nach der Schlacht verscharrt worden waren, und deren Gebeine immer wieder vom Wasser freigespült wurden. Ohne zu zögern, trieb Tamár sein Kriegspferd in das Wasser. Auf der anderen Seite musste der Trupp einen kleinen Hügel hinauf, um zu Ionnas Lager zu kommen. Wlachkische Krieger empfingen die erschöpften, staubbedeckten Reiter und geleiteten sie durch die engen Gassen zwischen den Zelten. Überrascht bemerkte Flores die vielen verschiedenen Wappen. Die Adligen waren aus allen Teilen des Landes zusammengekommen. Dies konnte nur bedeuten, dass Ionna Zeit gehabt hatte, ihre Untergebenen zu versammeln. *Bedeutet das auch, dass Şten hier ist?*

Überall sah die Söldnerin Bewaffnete und Gerüstete, die in Gruppen an Feuern oder unter den Vordächern der Zelte saßen. Mehr als ein Gesicht war ihr vertraut, und hier und da nickte man ihr zu.

Schließlich erreichten die Reiter einen Platz, an dem einige große Zelte standen. Vor dem höchsten prangten Ionnas Rabenbanner. Steifbeinig stieg die Wlachakin ab und gab die Zügel mit einem dankbaren Lächeln einem herbeieilenden Jungen. Hinter sich hörte sie rasche Schritte.

Bevor sie sich noch umdrehen konnte, schlangen sich kräftige Arme um sie.

»Den Geistern sei Dank, du lebst«, jubelte Ştens. Sie genoss die Umarmung ihres Bruders, wandte sich um und drückte ihn an sich. Als sie sich losließen, legte ihr Zwilling Flores die Hände auf die Schultern und hielt sie auf Armeslänge.

»Wir hatten bereits das Schlimmste befürchtet. Ich wollte schon nach Turduj aufbrechen, aber die Trolle und Ionna haben mich zurückgehalten. Und …« Die Worte sprudelten nur so aus Ştens Mund, bis er ihren Blick bemerkte und innehielt. »Was ist los?«

Er nahm die Hände herunter, wich einen Schritt von ihr zurück, und seine Augen wanderten suchend über die Reihen der Masriden. »Wo ist Viçinia?«

Seine Stimme klang plötzlich heiser. Flores wollte ihn wieder in den Arm nehmen, ihm die schreckliche Nachricht mitteilen, doch sie war wie gelähmt. Trauer schnürte ihr die Kehle zu, und Tränen traten ihr in die Augen. Langsam, ungläubig schüttelte Ştens den Kopf.

»Nein«, flüsterte der junge Krieger. »Nein. Nein, das ist nicht wahr. Nein.«

»Ştens«, begann Flores, aber ihr Bruder sank auf die Knie, bevor sie weitersprechen konnte. Immer noch schüttelte er den Kopf, mit zitternden Lippen.

»Nein!«

Sein Schrei verklang zwischen den Zelten, wurde vom Wind davongetragen. Verzweifelt kniete sich die Wlachakin neben Ştens und umarmte ihn. Lautlos schluchzte er, seine Tränen rannen über Flores' Nacken, alles Leben schien aus seinem Körper gewichen zu sein. Auch Flores weinte, trauerte mit und um ihren Bruder. Stets war Ştens stark gewesen, immer hatte er sich allen Herausforderungen und Feinden gestellt. Er hatte dem Tod ins Auge gesehen. Er hatte nie das Vertrauen verloren, den Glauben daran, alles ändern zu können, solange er nur weiterkämpfte.

Er hatte Freunde verloren, Familie, Kampfgefährten. Jeden Schlag hatte er ertragen, jede Wunde war verheilt. *Doch dieser Streich,* erkannte sie, *war tödlich.*

Du bist nicht allein, du bist nicht allein, war alles, was Flores denken konnte, während ihr Bruder in ihren Armen innerlich zerbrach.

21

Die polierte Bronzescheibe zeigte ein hageres Gesicht. Obwohl die Haut von der Sonne gebräunt war, sah man die Erschöpfung. Unter den Augen lagen dunkle Ringe, und ein ungepflegter Bart bedeckte Wangen und Kinn. Aus dem nassen Haar liefen Tropfen über seine Schläfen, als Tamár das Messer ansetzte und sich rasierte. Hinter ihm raschelte der Zelteingang, als jemand eintrat.

»Vezét, ich habe Eure Stiefel geputzt.«

»Danke, Köves«, murmelte der Masride, während die Klinge über seine Haut schabte. Das Öl, mit dem Tamár seinen Bart eingerieben hatte, duftete nach Moschus. Sorgfältig entfernte er die Barthaare, bevor er sich Kinn und Wangen mit einem trockenen Tuch abrieb.

Ohne den ungepflegten Bart sah er im Spiegel besser aus, auch wenn die Müdigkeit noch immer deutlich zu erkennen war. Die hohen Wangenknochen stachen hervor und ließen sein Gesicht eingefallen wirken. *Ich darf nicht als Geschlagener erscheinen,* dachte Tamár grimmig. *Ich bin Marczeg Békésar, Fürst der Masriden. Ich trete vor Wlachaken; sie müssen sehen, dass ich Herr über meine Lage bin.* Mit der Hand strich er über die kurzen Stoppelhaare auf seinem Schädel, die Köves gestutzt hatte. Nur die Locke am Hinterkopf hatte der Szarke lang gelassen, wie es bei seinen Leuten unter den Kriegern Tradition war. *Und sind wir nicht alle Krieger in diesen Tagen?*

Da Tamár bei der Flucht aus Turduj nur die Kleider mitgenommen hatte, die er am Leib trug, hatte er das Angebot von Ionnas Bediensteten annehmen müssen, ihm angemessene Gewänder zu überlassen.

Seine Rüstung hing mitsamt den Untergewändern auf

einem Rüstungsständer. Auch wenn Köves sich bemüht hatte, so hatte der Szarke kaum mehr als den gröbsten Schmutz entfernen können. Die Löcher waren zwar geflickt, der Schlamm abgewischt, aber an vielen Stellen war das Leder noch vom Blut dunkel verfärbt. *Mein Blut, Vaters Blut, das Blut unserer Feinde. Vergossen auf den Zinnen von Turduj, auf denen nun Laszlár Szilas Wein aus unseren Kellern säuft. Während mein Vater ungerächt bleibt.*

Die neuen Gewänder kratzten, die langsam verheilenden Wunden juckten, aber Tamár achtete nicht darauf. Als Köves ihm den Bronzespiegel vorhielt, nickte der Masride zufrieden. Ionnas Schneider hatten ganze Arbeit geleistet. Das Wams saß gut und betonte seine breiten Schultern, während der Wappenrock mit dem Greifen fast aus den Waffenkammern Turdujs stammen konnte, so ähnlich waren Schnitt und Farben. Der Streithammer hing in einer Öse am Waffengurt.

»Gut«, sagte Tamár zu sich selbst. *Das wird genügen müssen.*

Von dem Eingang des Zeltes her ertönte es höflich: »Marczeg?«

»Ja?«

»Voivodin Ionna schickt mich, um Euch zum Rat zu geleiten.«

»Gut. Warte«, antwortete Tamár brüsk und setzte sich auf das niedrige Bett. Mit einem Wink wies er Köves an, die Stiefel zu bringen. Ohne große Eile zog er sie an und atmete zweimal tief durch. Dann erst trat er durch den Eingang hinaus. Obwohl die Sonne schon hoch am Himmel stand, wirkte der Tag trübe. Wolken bedeckten den Himmel und tauchten die Welt in ein verschwommenes Licht. Mit einem ernsten Nicken begrüßte der Masride den dunkelhaarigen Boten und blickte sich um. Das Lager war ruhig, die meisten Soldaten und Angehörigen des Trosses ruhten sich aus und warteten ab.

Gemessenen Schrittes folgte Tamár dem Wlachaken, der

ihn zu Ionnas prächtigem Zelt führte. Die beiden Wachen machten respektvoll Platz, und der Bote schlug den Eingang für Tamár zurück. Als dieser eintrat, war er für einen Moment beeindruckt, denn von innen wirkte das große Zelt noch gewaltiger. In der Mitte stand eine flache Feuerschale, in der einige Kohlen glühten. Ansonsten wurde das Zelt von Laternen und den geöffneten Luken erhellt. Farbige Banner hingen von den Querverstrebungen herab, und es gab bequeme Stühle, auf denen Kissen und Felle lagen. Aber die schon anwesenden Wlachaken saßen nicht, sondern standen alle.

Im schummrigen Licht erkannte der Masride Ionna, die auf einem leicht erhöht stehenden Sessel Platz genommen hatte. Links und rechts der wlachkischen Herrscherin standen ihre Berater und andere Adlige. *Ich hätte eine Handvoll Leute mitnehmen sollen,* erkannte Tamár mit Bedauern. Überrascht stellte er fest, dass seine Handflächen feucht waren. Er unterdrückte das Verlangen, sie an den Beinkleidern abzuwischen. Stattdessen verneigte er sich.

»Willkommen im Sadat, Marczeg Békésar. Verzeiht die etwas schlichte Unterbringung, aber wir hielten es für das Beste, unsere Soldaten an den Iames zu verlegen.«

Die Stimme der Fürstin klang ruhig und gelassen, dabei musste sie erst gestern Abend vom Tod ihrer Schwester erfahren haben. Forschend blickte Tamár ihr ins Gesicht, doch er konnte keine Gemütsregung erkennen.

»Ich danke Euch, Voivodin Ionna. In Anbetracht der Lage ist eine Heerschau wohl angemessen.«

»Bevor wir fortfahren, sollte ich Euch einige der Anwesenden vorstellen.«

In rascher Folge zeigte Ionna auf die Wlachaken, aber Tamár konnte sich nur wenige der Namen merken. Einige Personen, wie Şten cal Dabrân oder Istran Ohanescu, kannte er bereits vom Namen her. Während die Fürstin die Vorstellung beendete, blieb Tamárs Blick an Şten hängen, der totenbleich und unrasiert neben dem Thron stand.

Das ist der berühmte Rebell, Flores' Bruder? Der Marczeg glaubte, dass er ihn auch so erkannt hätte. Er sah seiner Schwester sehr ähnlich. Dasselbe schmale Gesicht, dieselben dunklen Augen und Haare. Nur fehlte seinem Antlitz das Feuer, das die Züge der Söldnerin so oft beherrschte. *Der Tod von Ionnas Schwester mag Flores schwer getroffen haben, doch diesen Mann hat die Nachricht noch übler erwischt. Ich habe schon Krieger mit einem halben Dutzend Bolzen in der Brust gesehen, in denen noch mehr Leben steckte!* Der wlachakische Bojar erwiderte Tamárs Blick, und der Masride erschauerte angesichts der Leere in diesen Augen. Schnell wandte er sich wieder Ionna zu.

»Flores cal Dabrân hat mir von der Eroberung Eurer Stadt berichtet. Und vom Fall der Feste Zvaren. Und auch vom Tod ...«

Hier stockte die Stimme der Fürstin dann doch für einen Herzschlag, bevor sie fortfuhr: »... meiner Schwester.«

»Ich bedaure Euren Verlust. Die Bojarin Viçinia war eine mutige Frau, die den Flüchtenden aus Turduj Zuversicht und Hoffnung gegeben hat. Ihr Tod war ein schrecklicher Verlust.«

Ein Muskel in Ionnas Wange zuckte, als sie Tamárs Worte vernahm. Der Masride konnte sehen, wie ihre Hände sich um die Lehnen ihres Throns krallten.

»Und nun erklärt mir, warum meine Schwester sich zum Zeitpunkt des Angriffes noch in Turduj befand. Warum ihr nicht eine Eskorte in ihre Heimat gewährt wurde. Warum sie in einem dreckigen Loch sterben musste.«

Die Fürstin ist außer sich vor Zorn, sie hat sich nur gut im Griff, dachte Tamár. Vorsichtig antwortete er, um jedes passende Wort bemüht: »Nach den Angriffen durch Trolle, die ich selbst miterlebt habe, erschien meinem Vater eine Bedrohung durch Euch zu wahrscheinlich, als dass er Eure Gesandte hätte ziehen lassen.«

Ein Murmeln ging durch die versammelten Wlachaken. Einige Male hörte Tamár das Wort »Trolle«. Andere wiederum schienen mit der Erklärung nicht zufrieden zu sein. Ionna schwieg und sah Tamár aus unergründlichen Augen an.

»Ich übernehme die volle Verantwortung für ihren Tod.«

Die Worte brachten die Mitglieder des Rates zum Schweigen. Selbst Tamár war von ihnen überrascht, doch er erkannte, dass er nur die Wahrheit ausgesprochen hatte. Also fuhr er mit fester Stimme fort: »Mein Vater war durch die Ereignisse erschüttert und hat falsch geurteilt. Ich habe dies gesehen, aber meine Meinung nicht entsprechend vertreten. Hätte ich meinen Vater umgestimmt, dann wäre Bojarin Viçinia noch am Leben.«

Jetzt brach Tumult aus. Die Angehörigen des Rates riefen durcheinander, einige forderten die sofortige Gefangennahme des Marczegs, andere griffen gar nach ihren Waffen. Inmitten des Aufruhrs blieben nur Ionna, Şten und Tamár ruhig. Selbst Flores, die sich bisher im Hintergrund gehalten hatte, war vorgetreten und lieferte sich ein hitziges Wortgefecht mit einem narbenübersäten, alten Krieger, der kurz davor zu sein schien, sich auf den Masriden zu stürzen. *Ich muss mich vor diesem wlachkischen Pöbel, der sich wie eine Hundemeute um die Beute balgt, nicht für meine Taten rechtfertigen,* dachte Tamár zornig, während er die hasserfüllten Blicke hochmütig an sich abprallen ließ. *Meine Familie herrscht in diesem Land seit Jahrhunderten, in meinen Adern fließt das Blut von Arkas Dîmminu selbst!*

»Genug«, rief Ionna, die Tamár nicht aus den Augen ließ, und ihre Untergebenen beruhigten sich. Alle sahen die Voivodin erwartungsvoll an, als unvermittelt der Vorhang des Eingangs zurückgeschlagen wurde und drei weitere Personen eintraten.

»Oh. Verzeiht, bin ich zu spät?«, fragte ein kleiner Mann mit rotem Haar, der sich überrascht im Zelt umsah. Seine Kleidung war prunkvoll und fremdländisch, und er wurde von zwei Kriegern flankiert, die in prächtigen Rüstungen steckten.

»Nein, edler Gesandter, jedenfalls nicht in besonderem Maße«, antwortete Ionna mit erzwungen ruhiger Stimme. »Erlaubt mir, Euch vorzustellen: Dies ist Sargan, der Gesandte des Goldenen Imperiums. Und dies ist Marczeg Tamár Békésar.«

»Ah. Ich hatte mir Euch etwas älter vorgestellt, muss ich gestehen«, bemerkte der Dyrier und machte eine vollendete Verbeugung.

»Ihr denkt vermutlich an meinen Vater«, murmelte Tamár und blickte zu Ionna. Das Schweigen der Fürstin irritierte den Masriden, und er fühlte sich mehr als nur unwohl. Seine Instinkte rieten ihm zur Flucht. *Sich der Gnade der Wlachaken auszuliefern war von vornherein eine schlechte Idee. Ich hätte in den Norden gehen und meine Truppen dort zusammenziehen sollen. Jetzt sitze ich wie eine hungrige Ratte in der Falle. In einer Falle der Wlachaken, beim Himmlischen Licht!*

»Gut möglich, verzeiht den Irrtum«, erwiderte Sargan jovial und schritt in den Kreis, wobei er die Anwesenden mit prüfenden Blicken maß. »Ich habe bereits viel von den Taten der Familie Békésar gehört.«

»Ihr seid zu gütig.«

Die Anwesenheit des dyrischen Gesandten überraschte Tamár nicht. Die Delegation war durch das Land seiner Familie gezogen und hatte die baldige Ankunft eines Gesandten in Turduj angekündigt. Dass die Dyrier sowohl mit Wlachaken als auch mit Masriden in Verhandlungen traten, entsprach genau Tamárs Bild von den intriganten, Ränke schmiedenden Herren des Goldenen Imperiums.

»An welcher Stelle der Diskussion sind wir angelangt?«

»An der Stelle, an der dieser masridische Bastard zugegeben hat, Nemes Viçinia getötet zu haben«, platzte der Narbenübersäte heraus, was ihm einen warnenden Blick von Flores einbrachte.

»Das hat er nicht gestanden«, zischte die Söldnerin.

»Ob er nun selbst Hand an sie gelegt hat oder nicht, ist nicht von Bedeutung! Er trägt die Schuld, und das hat er auch zugegeben!«

»Wart Ihr dabei, Bojar Micon cal Doleorman? Habt Ihr die Ereignisse in Turduj miterlebt, so wie ich?«

Der Name des Bojaren klang Tamár vertraut, und schließlich erkannte er, um wen es sich handelte. Nach dem Sieg über Zorpad waren Ionna eine ganze Handvoll Lehen in die Hände gefallen, die schon lange nicht mehr von Wlachaken beherrscht worden waren. Manchmal gab es noch Erben, aber häufig hatte Ionna die Ländereien neu vergeben müssen. Dabei hatte sie natürlich besonders ihre Vertrauten bedacht, und so mancher Veteran hatte sich plötzlich als Bojar wiedergefunden. Micon war ein solcher, ein langjähriger Streiter für die Sache der Wlachaken, und ein berüchtigter Masridenhasser. Angeblich war er Ionna gegenüber absolut loyal, auch wenn er ihre Entscheidung, den Frieden mit den Feinden zu suchen, nicht guthieß. *Vielleicht bekommt er ja bald, was er will,* zuckte es Tamár durch den Kopf. *Wenn Ionna einen Marczeg ausschalten will, dann hat sie jetzt die Gelegenheit und sogar einen triftigen Grund.* Wieder suchten seine Blicke die der Fürstin, deren graue Augen ihn fixierten.

»Ich bitte Euch, nur um mir diese Dinge zu erklären, bedarf es doch keines Streites«, sagte Sargan lächelnd mit erhobenen Händen.

Dies brachte Micon dazu, sich mit säuerlicher Miene zu verneigen, während Flores Sargan zunickte und sich grüßend an die Stirn tippte.

»Nun, es bleibt die Frage, welches Vorgehen für unser Volk vernünftig ist«, richtete die Fürstin das Wort wieder an ihre Untergebenen. Vom Zorn war in ihrer Stimme nichts mehr zu spüren, und auch ihre Miene war wieder ausdruckslos.

»Unsere Feinde bringen sich gegenseitig um«, sagte

Micon hastig und trat vor. »Die Masriden bekriegen sich offen. Endlich haben wir die Möglichkeit, unser Land ganz zurückzuerobern. In diesem Moment sind wir stark, weitaus stärker als unsere Feinde!«

In den Gesichtern vieler Anwesender konnte Tamár Zustimmung erkennen. *Wer weiß, ob die Wlachaken den Regeln des Adels überhaupt folgen? Ob sie Ehre besitzen?* Er straffte die Schultern und hob den Kopf, denn er erwartete jeden Moment das Urteil der Fürstin. Stattdessen trat Istran Ohanescu vor.

»Unser Volk, unser Land braucht Frieden, meine Freunde. Ihr wisst so gut wie ich, wie sehr der ewige Krieg uns ausgeblutet hat. Viele eurer Söhne und Töchter, Brüder, Schwestern, Frauen und Männer gaben ihr Leben für unsere Freiheit. Die ersten Pflanzen öffnen zögerlich ihre knospenden Blüten. Wollen wir wirklich riskieren, sie unter den Hufen unserer Kriegspferde zu zertrampeln? Ein Krieg an zwei Fronten, gegen zwei Gegner? Marczeg Tamár Békésar ist in gutem Glauben zu uns gekommen, weil wir ihm Frieden angeboten haben. Sollten wir das nicht würdigen?«

»Bah!«, rief Micon. »Er kommt mit eingeklemmtem Schwanz und winselt!«

Wütend starrte Tamár den alten Krieger an. Die Beleidigung brannte heiß auf seinen Wangen. *Was habe ich mir angetan, dass Wlachaken um mein Schicksal schachern? Ich sollte diesen alten Narren hier und jetzt niederstrecken, ich sollte …*

»Keineswegs«, sagte Flores unvermittelt. »Bojar Istran spricht die Wahrheit. Nemes Viçinia hat dem Marczeg geraten, zu unserer Herrin zu kommen. Sie hat ein Bündnis vorgeschlagen.«

Diese Worte lösten eine erneute Unruhe aus. Tamár nutzte die Zeit, um tief durchzuatmen und seinen Zorn zu unterdrücken. *Seine Worte sind unwichtig. Wichtig ist, dass mein Volk überlebt. Und dafür brauche ich Ionnas Hilfe.*

Damit zumindest hatte Viçinia recht: Allein stehen unsere Aussichten nicht sehr gut. Und auf keinen Fall kann ich einen zusätzlichen Krieg gegen die Wlachaken gebrauchen. Die Luft in dem Zelt war inzwischen zum Schneiden dick; Schweiß lief Tamár über den Leib, und er wischte sich einige Tropfen mit dem Handrücken von der Stirn.

»Mein Vater war vor den Übergriffen durch die Trolle geneigt, das Friedensangebot anzunehmen. Leider wurde sein Vertrauen durch die Ereignisse schwer erschüttert«, erklärte der junge Marczeg und lenkte so alle Aufmerksamkeit auf sich.

»Ihr habt schon von diesen Angriffen gesprochen«, sagte Ionna. »Erzählt bitte genauer.«

Ihrem Wunsch entsprechend, berichtete Tamár von seinen Erlebnissen in Bârlui. Obwohl er es als demütigend empfand, ließ er weder die vielen Verluste noch die wilde Flucht in jener Nacht aus. Danach herrschte Schweigen, das erst von Istran gebrochen wurde: »Auch im Sadat gab es Angriffe durch Trolle. Offenbar hegen sie einen Groll gegen uns Menschen und machen dabei keinerlei Unterschied zwischen Masriden und Wlachaken. Auch wenn es Kontakt mit Trollen gibt, kann ich Euch versichern, dass wir von den Angriffen ebenso betroffen sind wie Euer Volk.«

»Meine Zweifel daran wurden bereits von Nemes Flores und Nemes Viçinia zerstreut.«

»Wo stehen Eure Truppen, Marczeg? Wer führt sie?«

»Wir haben auf dem Weg hierher das Lager unserer Soldaten passiert, die im Westen des Şirevas stationiert waren. Sie werden von Baró Odön geführt. Zudem habe ich Boten in den Norden entsandt. Die Krieger dort werden versuchen, sich zwischen Iames und Ylt mit Odöns Truppen zu vereinen. Szilas hat meines Wissens nach Turduj noch nicht verlassen, aber er sendet Späher aus. Entweder erwartet er unseren Angriff in Turduj, oder er wird uns entgegenziehen«, erläuterte Tamár. Bei der Erwähnung Odöns musste der junge Marczeg wieder an das aufsässige Verhalten des Szarken denken. *Wer weiß, wie lange er mir noch die Treue hält. Vaters Tod hat ihn an Macht gewinnen lassen. Ich muss Stärke zeigen, wenn ich nicht Titel und Leben verlieren will. Aber wie soll ich das, wenn ich hier mit Wlachaken streiten muss?*

Plötzlich erhob sich Ionna und verschränkte die Arme vor der Brust. Gespanntes Schweigen breitete sich aus, da alle Anwesenden auf die Worte der Voivodin warteten.

»Obwohl wir Frieden suchen, kommt Krieg zu uns. Nach all den Entbehrungen und Verlusten ist uns keine Ruhepause vergönnt«, begann Ionna. Beinahe ohne zu atmen, hing Tamár an ihren Lippen. *Was auch geschieht, ich werde mich nicht weiter erniedrigen und keine weitere Schwäche mehr zeigen. Ich bin meines Vaters Sohn.*

»Wir müssen erneut in die Schlacht ziehen. Ich habe den Argumenten für und gegen ein Bündnis gelauscht. Ich akzeptiere Marczeg Tamárs Eingeständnis, am Tode meiner Schwester schuldig zu sein«, fuhr die Fürstin fort, wobei ihre Worte Tamárs Magen wie eine kalte Faust umkrampften. »Aber ich teile seine Meinung nicht.«

Ein Raunen ging durch die Menge, abrupt beendet von Ionnas weiteren Worten: »Mein Angebot eines Bündnisses an Marczeg Tamár besteht weiterhin.«

Mit einem Nicken quittierte der junge Masride diese Aussage. Ein schweres Gewicht schien von ihm genommen. Seine Anspannung wich, und er atmete tief und befreit durch.

»Wir werden uns Marczeg Szilas entgegenstellen. Trotz unserer Verluste müssen wir nun an die Zukunft denken und unsere Pflicht erfüllen. Vielleicht wird nach diesem Feldzug endlich ein dauerhafter Frieden Einzug halten.«

»Was ist mit Pard?«, ertönte plötzlich eine leise, aber eindringliche Stimme. Alle Augen richteten sich auf Şten cal Dabrân, der Ionna fragend ansah.

»Unser Weg ist klar. Marczeg Laszlár Szilas stellt die größere Bedrohung dar. Aber wir …«

»Ich habe meine Hilfe zugesagt«, unterbrach Şten die Fürstin, was für einige aufgebrachte Gesichter sorgte. Auch Ionna runzelte die Stirn, ging jedoch nicht auf den Fehler des Adligen ein.

»Sie sollen zu einem Geistseher gehen, wie Ihr es vorgeschlagen habt, Bojar. Alles Weitere liegt in ihren eigenen Händen.«

»Ist das unsere Art, unsere Dankbarkeit zu bezeugen?«, knurrte Şten unvermittelt. »Unsere Verbündeten allein zu lassen, wenn sie unsere Hilfe benötigen?«

»Şten, Ihr vergesst Euch«, warf Istran ein. Verwirrt blickte Tamár zu Flores, die ihren Bruder mit trauriger Miene ansah.

»Ich vergesse mich keineswegs. Genauso wenig, wie ich meine Versprechen vergesse!«

»Bojar, ich habe meine Entscheidung getroffen. Die Pflicht gebietet …«

»Pflicht!«, rief der Wlachake höhnisch. »So wie Viçinia glaubte, ihre Pflicht in Turduj erfüllen zu müssen? Mir hat diese Pflicht alles geraubt, und jetzt …«

»Auch mir habt Ihr einen Eid geleistet«, unterbrach Ionna den Krieger kalt. »Und ich werde mangelnden Respekt mir gegenüber von niemandem dulden, auch nicht von Euch. Ich verstehe Euren Schmerz, Bojar. Dennoch müssen wir tun, was getan werden muss!«

»Was getan werden muss«, wiederholte Şten flüsternd und blickte mit versteinerter Miene zu Boden. Für einen Augenblick dachte Tamár, dass der Adlige sich wieder unter Kontrolle hatte und nachgeben würde, aber dann trat er einfach vor, ohne den Blick zu heben.

»Ich entsage all meinen Eiden und Verpflichtungen. Hiermit übergebe ich Dabrân, mein Lehen und mein Erbe an meine Schwester. Möge ihr beschieden sein, was mir verwehrt blieb.«

Ungläubig sah Tamár sich um. Keiner der Wlachaken schien die gerade gesprochenen Worte zu verstehen oder verstehen zu wollen. *Er ist unter ihnen eine Legende, das Volk singt Lieder über ihn. Wie kann er seine Leute so enttäuschen?*, dachte er empört. *Wlachaken!*

»Ich gedenke meinem Volk auf verschlungeneren Pfaden zu dienen. Wenn niemand sonst den Trollen helfen will, werde ich eben allein gehen.«

Mit diesen Worten drehte der ehemalige Bojar sich um und verließ das Zelt.

22

Natürlich wusste Şten, dass sie kommen würde. Zwar hatte er noch immer nicht wirklich begriffen, was er gerade getan hatte, aber die Reaktionen darauf konnte er sich gut vorstellen. Mit einem Ruck zog er den Sattelgurt fest. Seine Gliedmaßen schienen diese Arbeit von allein zu verrichten, während sein Geist ganz woanders war. Immer wieder kehrten seine Gedanken zu Viçinia zurück, die er nun niemals wiedersehen sollte. Diese Erkenntnis war so ungeheuerlich, dass er sie nicht in ihrer ganzen Bedeutung zu fassen vermochte. Eben noch, so schien es ihm, hatte sie in Dabrân neben ihm am Fenster gestanden und in die Nacht hinausgeblickt; nun wandelte sie, die immer so voller Leben gewesen war, auf den Dunklen Pfaden.

Seit Flores ihm gestern bei ihrer Ankunft die Nachricht überbracht hatte, fühlte er sich taub und weit entfernt von allem, was sich um ihn herum ereignete, als wäre die Welt und alles, was in ihr geschah, unwichtig und klein. *Ionna muss mich für meine Worte bestrafen,* dachte der Wlachake, doch er konnte sich nicht dazu durchringen, dies als bedrohlich zu erachten. Es kümmerte ihn nicht, was seine ehemalige Herrin mit ihm anstellen mochte.

Aber es kamen keine Soldaten, bis Şten sein Pferd gesattelt hatte. Niemand verhaftete ihn, doch als er gerade aufsteigen wollte, ertönte hinter ihm ein Schnalzen. Ohne sich umzudrehen, wusste er, dass es Flores war.

»Du könntest dich wenigstens dafür entschuldigen, dass du mich zur Bojarin gemacht hast, bevor du dich davonstiehlst.«

Şten warf seiner Schwester einen prüfenden Blick über die Schulter zu.

»Leg den Titel nieder. Mich kümmert es nicht. Irgendwer findet sich sicher, um in Dabrân zu herrschen. Vermutlich stehen alle unsere Helden schon Schlange.«

»Warst du es denn nicht, dem so viel an Dabrân und an Wlachkis lag, Brüderchen? Genug, dass du dein ganzes Leben lang für dieses Land gekämpft hast?«

»Du hast mir damals einen guten Rat gegeben«, entgegnete der junge Krieger ruhig und wandte sich Flores zu. »Jetzt erwidere ich diesen Gefallen: Geh fort. Verlass dieses Land. Du wolltest doch mit Sargan nach Dyrien. Tu es, geh mit ihm auf die Reise ...«

»Warum?«

In Flores' Miene zeigte sich Unverständnis. Einen Moment lang suchte Şten nach Worten, um seinen verwirrenden Gefühlen Ausdruck zu verleihen.

»Weil es tötet. Weil die Erde hier mit Blut getränkt ist, seit Ewigkeiten schon. Weil sie gierig mehr und mehr fordert. Der Krieg endet nie, und langsam sterben alle, die uns etwas bedeuten. Wlachkis zehrt vom Hass. Es wird uns alle verschlingen, wenn wir es zulassen!«

Seine Schwester blickte ihn traurig an. Er wollte auf sie zugehen, sie in die Arme schließen, aber seine Beine waren wie gelähmt, und er tat keinen Schritt. Auch Flores blieb stehen, nur zwei Schritt von ihm entfernt.

»Ich vermisse sie auch«, sagte sie mit rauer Stimme.

»Ich weiß.«

»Ich werde nicht fortgehen. Ich werde deinen Titel annehmen.«

Überrascht sah Şten seine Schwester an. Bei seinem plötzlichen Entschluss hatte er nicht darüber nachgedacht, was danach mit dem Lehen seiner Familie geschehen würde. Insgeheim hatte er vermutet, dass Flores, die ihre Freiheit so sehr schätzte, den Titel keinesfalls übernehmen würde.

»Du gehst fort und tust, was du tun musst. Diesmal bin ich diejenige, die bleibt.«

»Gut«, erwiderte Şten und schwieg, denn er wusste ansonsten nichts zu sagen.

»Was ist mit den Trollen? Man hat mir erzählt, dass ein ganzer Haufen von ihnen bei Teremi in einem Keller sitzt.«

»Sie suchen Hilfe. Anda jagt sie ebenso, wie sie Menschen und Zwerge jagt. Wir wollten mit Ionnas Geistseherin Kaline reden, aber die ist schwer krank und fiebrig. Aus ihr ist kein vernünftiges Wort mehr herauszuholen. Deswegen werden wir zu Vangeliu gehen.«

»Du und die Trolle?«

»Ja. Es war keine gute Idee, sie allein zu lassen. Einige Veteranen sind in ihrer Nähe und achten auf sie. Aber ich habe versprochen, zurückzukehren und ihnen zu helfen.«

Flores' Blick, der auf Şten ruhte, wirkte so traurig, als könne sie in die Abgründe seiner Seele sehen, wo er schon längst seinen Frieden mit dieser Welt gemacht hatte.

»Wir sollten uns nun wohl verabschieden. Viel Glück, Şten.«

»Leb wohl, Flores. Sichere Wege.«

»Sichere Wege, in allen Welten«, erwiderte Flores leise und wandte sich ab. Şten hob den Arm, wie um sie aufzuhalten, doch sie ging um die Ecke eines Zeltes und verschwand aus seinem Blickfeld. Wie angewurzelt stand der junge Wlachake da. *Sie weiß es. Sie weiß, dass wir uns wohl nie wiedersehen werden.*

Langsam schritt er zurück und hielt seine Hand an die Nüstern des leise schnaubenden Tieres. Dann schwang er sich in den Sattel und ritt los.

Kaum dass er am ersten Zelt vorüber war, trat der arrogante Masride, der sich als neuer Marczeg vorgestellt hatte, an ihn heran. Zunächst wollte Şten ihn einfach ignorieren und an ihm vorbeireiten, doch der blonde Mann verstellte ihm den Weg und fragte: »Habt ihr Nemes Flores gesehen? Ich dachte, ich hätte ihre Stimme gehört.«

»Sie ist fort«, antwortete Şten matt.

»Ihr habt meine Anerkennung, Şten cal Dabrân. Und ich möchte Euch mein Beileid aussprechen. Es muss hart gewesen sein, Eure Frau und Euer Kind auf einmal zu verlieren.«

Ohne eine Miene zu verziehen, nickte Şten und ritt weiter, bis ihm unvermittelt die Bedeutung der Worte aufging. *Frau und Kind? Viçinia war … ihr Geister!*

Kraftlos sackte er im Sattel zusammen. Das Pferd lief weiter und trug seinen Herrn aus dem Lager Richtung Westen, auch wenn Ştens tränenblinde Augen den Weg kaum erkennen konnten.

Auf dem Weg nach Teremi dachte Şten lange darüber nach, warum Flores ihm nichts von Viçinias Schwangerschaft erzählt hatte. *Wusste sie es nicht? Aber woher sollte der dreimal verfluchte Masride es dann wissen? Wollte sie mich schonen? Warum hat sie es mir verschwiegen?* So sehr er auch darüber brütete, er kam zu keinem Ergebnis. Er machte einen Bogen um die Ansiedlungen am Fluss, und auch Teremi mied er. Die Nächte verbrachte er unter freiem Himmel, und tagsüber legte er nur Rast ein, um sein Reittier zu schonen. Als er schließlich das Gehöft erreichte, ging die Sonne gerade unter. Ohne Hast stieg Şten ab, betrachtete das Pferd und streichelte den Hals des Tieres.

»Lauf«, flüsterte er in die Ohren, die sich neugierig drehten. »Kehre heim, ich benötige deine Dienste nicht mehr.«

Unsicher tänzelte das Pferd auf der Stelle und schnaubte. Sein Heimatstall lag in Teremi, unweit von hier, also wandte Şten sich ab und betrat das Haus. Hinter den geschlossenen Läden war es düster. Vorsichtig ging der Wlachake zu der Kellerluke und rief: »Jemand wach? Pard?«

»Dank den Steinen! Şten ist wieder da! Ich dachte schon, ich würde hier durchdrehen!«, brüllte Pard. Kurz darauf polterte es auf der einfachen Treppe, und die Klappe öffnete sich. Eine unangenehme Dunstglocke erhob sich aus der Öffnung.

»Das Loch hier ist ja nicht schlecht, aber die ganze Zeit eingepfercht zu sein, wie die Viecher, die ihr haltet, das ist nichts für Trolle«, begrüßte die massige Gestalt den Wlachaken.

»Dann wird es dich freuen zu hören, dass wir bald aufbrechen. Heute Nacht, wenn ihr bereit seid«, erwiderte Şten unbewegt und stieg hinab in den Keller. Die Augen aller Trolle waren auf den Wlachaken gerichtet. Ihre Mienen zeigten Freude über seine Wiederkehr oder auch über die Nachricht vom baldigen Aufbruch.

»Je eher, desto besser. Aber was ist mit eurem Krieg? Schon vorbei?«

»Der Krieg findet im Osten statt. Dahin gehen wir nicht.«

»So? Und was ist mit dir?«, erkundigte sich Pard neugierig.

»Ich gehe mit euch. Ich habe euch mein Wort gegeben, und das werde ich halten. Wir suchen eine Lösung für eure Probleme. Und da Ionnas Geistseherin zu krank ist, suchen wir eben Vangeliu auf.«

»Aber wolltest du nicht …«

»Nein. Wie ist es euch ergangen?«, unterbrach Şten den großen Troll brüsk.

Pard entblößte die Zähne. »Langweilig. So viele Trolle auf so engem Raum, ohne etwas zu tun.«

»Jetzt habt ihr wieder ein Ziel«, murmelte Şten und ließ sich an der Wand nieder. Pard zuckte mit den breiten Schultern und brüllte: »Alles zusammenpacken! Wenn die Scheißsonne weg ist, machen wir uns auf!«

Während die Trolle ihre Bündel packten, setzte sich Kerr zu Şten.

»Du hast gesagt, dass du wiederkommst, aber wir dachten nicht, dass du mit uns gehst.«

»So kann man sich irren.«

»Ist dein Krieg schon gewonnen?«

»Es ist nicht mein Krieg. Und er hat noch nicht einmal begonnen«, fuhr Şten den jungen Troll an, beruhigte sich aber schnell wieder. »Man benötigt mich nicht. Es gibt genug Krieger. Ich kann euch helfen.«

»Das verstehe ich nicht. Zuerst hast du doch gesagt, dass der Krieg wichtig ist und dass du gebraucht wirst.«

»Die Dinge ändern sich, Kerr. So ist das nun einmal. Willst du nun, dass ich euch helfe, oder nicht?«

»Ja.«

Zufrieden brummte Şten und schloss die Augen. Schon bald würden sie losziehen und sich den Problemen der Trolle stellen. Was danach kam, erschien dem Wlachaken weit entfernt. Er war müde und verspürte keine Lust, sich über die Zukunft Gedanken zu machen. Momentan wollte er einfach nur in diesem Keller sitzen und in Ruhe gelassen werden. Aber das war ihm natürlich nicht vergönnt.

»Vrok hat behauptet, du würdest nicht wiederkommen«, verkündete Pard und lachte laut und wiehernd.

»Ich habe nur gesagt, dass der Kampf ...«, begann der andere Troll, kam aber nicht weiter, weil Pard ihm lautstark auf die Schulter schlug und rief: »Klar! Aber das hier ist Şten, der steht zu seinem Wort. Genau wie damals! Gar nicht übel, für einen Menschen.«

Ohne eine Miene zu verziehen, bedachte Şten den großen Troll mit einem gelangweilten Blick und schloss die Augen. Neben sich hörte er Kerr tief Luft holen, und er roch den scharfen Atem des Trolls, witterte den Geruch von Blut und rohem Fleisch. Nach einigen dieser Atemwolken öffnete der Wlachake wieder die Augen. Kerr blickte ihn forschend an, als wolle er Ştens Gedanken lesen.

»Was ist?«

»Du hast dich verändert. Du bist anders als vor einigen Nächten«, erklärte Kerr bedächtig.

»Lass mich in Ruhe, ja?«, bat Şten entschieden, dem der

Tonfall und die Aussage des Trolls missfielen. *Was weißt du dämlicher Troll schon von mir?*

Pard hingegen kümmerte sich nicht weiter um Şten, sondern bereitete nur ihren Abmarsch vor. Den Trollen war die Freude, endlich aus dem Keller zu können und loszumarschieren, anzusehen. Sie lachten und scherzten und schienen ihre Schwierigkeiten fast vergessen zu haben. Als die Sonne endlich untergegangen war, schickte Pard noch zwei Trolle los, um Tiere zu schlachten und auszunehmen. Dann stieß Pard Şten mit dem Fuß an. Mühsam erhob sich der Wlachake und blickte in die Runde.

»Aufbruch.«

Während die Trolle hinausstapften, besah sich Şten noch ein letztes Mal den Keller. Dass hier Trolle viele Tage lang gehaust hatten, ließ sich nicht verbergen. Die Knochen und Häute von Kühen, Schafen und Ziegen lagen in den Ecken. Die Wände zeigten Spuren von Trollklauen, und der Boden war von ihren schweren Füßen ausgetreten. *Alles in allem könnte es schlimmer aussehen,* dachte Şten und folgte den Trollen in die Nacht. Noch immer hatte sich hier im Westen des Landes kein Regen ergossen, obwohl die drückende Luft geradezu nach einer Abkühlung schrie.

»Wohin?«, erkundigte sich Pard.

»Am besten gehen wir möglichst früh über den Fluss und folgen ihm am Südufer gen Osten. Später müssen wir nach Süden abbiegen, um zu Vangeliu zu gelangen.«

»Also, auf!«, befahl der mächtige Troll und setzte sich in Bewegung. »Wie kommen wir über den Fluss?«

»Boote.«

»Boote?«, wiederholte Kerr unglücklich. »Schon wieder?«

»Kannst ja schwimmen«, rief Vrok hämisch von hinten, ohne dass der junge Troll ihn beachtet hätte.

»Diesmal müssen wir eine Fähre nehmen. Vermutlich nacheinander, weil ihr nicht alle daraufpasst.«

»Kein Wort über meinen Hintern!«, rief Pard drohend,

woraufhin mehrere Trolle lachten. Gemeinsam marschierten Mensch und Trolle in Richtung Flussufer durch den Wald. Bevor sie jedoch die Fährstation erreichten, hob Kerr aufmerksam den Kopf und witterte.

»Mensch!«

Die Warnung war allerdings unnötig, denn noch ehe der Wlachake in Sicht kam, rief er laut: »Şten cal Dabrân?«

»Ja«, antwortete der junge Krieger. Als sein Gegenüber aus den Schatten trat, erkannte Şten Rajav, einen der Krieger, die in der großen Schlacht gemeinsam mit Flores die Linie gegen Zwerge und Masriden gehalten hatten, bis das Licht der Sonnenmagier erstarb.

»Ich habe eine Botschaft für Euch«, begann der Veteran, und Şten zuckte zusammen, da er Worte von Ionna oder Flores vermutete. Stattdessen erklärte Rajav: »Der Bote kam heute in die Stadt. Er brachte Kunde aus dem Westen. Er ist gleich zum Heerlager weitergeritten, aber er bat mich, Euch die Botschaft auch zu überbringen.«

»Von wem stammt sie?«

»Er hat mir leider keinen Namen genannt. Er sagte, es wäre jemand, der in der Schlacht an Eurer Seite gekämpft hat.«

»Und wie lautet die Botschaft?«

»Es gab einen Angriff auf ein Dorf. Von Trollen«, berichtete der Krieger und warf einen unsicheren Seitenblick auf Pard, der ungerührt dastand. »Und der Bote sprach davon, dass die Trolle eine Brut der Dunkelheit seien und mit den Geistern verbündet.«

»Was sagst du da?«, entfuhr es Şten, doch Rajav zuckte mit den Schultern.

»Mehr weiß ich nicht darüber, aber ich dachte, es würde Euch interessieren, Bojar. Immerhin seid Ihr …«

»In Gesellschaft von Trollen, ich weiß«, vervollständigte Şten abwehrend den Satz. »Und ich bin kein Bojar mehr.«

»Verzeiht, Herr«, erwiderte der Veteran mit einer Verbeugung, aber Şten winkte ab.

»Du konntest das nicht wissen. Ich danke dir für die Überbringung der Botschaft. Vielleicht wird uns dieses Wissen hilfreich sein.«

Rajav blickte ihn ernst an: »Stimmen die Gerüchte, Herr? Dass wir in den Krieg ziehen? Dass wir wieder gegen Zwerge und Masriden kämpfen müssen?«

Einen Augenblick schwieg Şten, dann nickte er langsam.

»Ja. Obwohl die Beteiligung des Kleinen Volkes wohl nur ein Gerücht ist. Aber im Osten braut sich etwas zusammen. Es gibt wieder einmal eine Schlacht, und viele werden sterben«, sagte der junge Krieger. »Sichere Wege, Rajav.« Dann wandte er sich ab.

Als sie außer Hörweite des Veteranen waren, erkundigte sich Pard: »Was heißt das?«

»Ich weiß es nicht«, gestand Şten. »Aber vielleicht ist dieses Wissen für Vangeliu interessant. Warten wir ab, was er dazu sagt.«

Schließlich erreichten sie die Fährstation, eine Ansammlung flacher Gebäude, in denen die Navari übernachteten. Zum Teil fuhren die Fähren Teremi direkt an, aber da Tereş keinen eigenen Hafen mehr besaß, war es nicht selten einfacher, außerhalb der Stadt an Land zu gehen und den Rest des Weges über die breite Straße zurückzulegen, wenn man Geschäfte in Tereş machen wollte. *Besser, als die ganze Meute durch die Stadt zu jagen,* dachte Şten, auch wenn er sich wie ein Dieb fühlte, der sich in der Nacht davonschlich.

Es kostete einige Überredungskraft, einen Navar zu finden, der sie übersetzen würde. Die abergläubischen Fährleute ließen sich am Ende von Ştens Namen überzeugen. Dennoch bekam Şten nur zwei Fähren, in denen jeweils lediglich eine Handvoll Trolle Platz fanden. Damit die Trolle den Befehlen der Navari folgten und keine Schwierigkeiten machten, fuhren Pard und Şten mit jeder Fuhre hinüber und wieder zurück.

Jetzt war Şten froh darüber, dass sich das Wetter bisher gehalten hatte, denn Regen oder gar ein Gewitter hätten eine nächtliche Überfahrt gefährlich oder gar unmöglich gemacht. Als die Boote zum letzten Mal am Nordufer ablegten, setzte sich Şten neben Kerr, der mit starrem Blick nach vorn schaute.

»Warum haben sie das gemacht?«, fragte der junge Troll. Die Anspannung in seiner Stimme zeigte Şten, dass er sich noch nicht an Flusspassagen gewöhnt hatte. *Oder er ist seekrank. Werden Trolle seekrank? Viçinia verträgt es ja auch nicht.* Dann wurde dem Wlachaken plötzlich bewusst, dass seine Frau nie wieder mit einem Boot fahren würde. Sein Herz setzte einen Schlag aus, und ein tiefer Schmerz fuhr durch seinen Leib. In seiner Erinnerung tauchten all die kleinen Dinge auf, die er nun nie wieder erleben würde. Die Art, wie Viçinia Handschuhe anzog. Wie sie ihre Augenbraue hob, wenn sie an etwas zweifelte. Wie ihr Haar über ihre Schulter fiel. Wie sie lächelte.

»Weißt du es nicht?«, fragte Kerr und riss Şten aus seinen Gedanken.

»Was?«, erwiderte der Krieger zerstreut, und die Erinnerungen verblassten, auch wenn der Schmerz blieb. *Ich werde dich niemals vergessen, mein Herz.*

»Die Bootsmenschen. Zwei haben ins Wasser gespuckt, und einer hat einen Becher in den Fluss gegossen.«

»Sie bringen dem Geist des Flusses Opfer dar. Etwas von jedem Essen und den ersten Becher von jedem Wein. Die Sonnenmagier haben es lange Zeit verboten, deshalb spucken manche nur, als Zeichen des Respekts.«

»Oh. Sie ehren die Geister, indem sie spucken?«

»Genau«, sagte der Wlachake und lehnte sich zurück, während Kerr neben ihm lautstark Speichel sammelte und dann ins Wasser spie. In Ştens Kopf tanzten noch schmerzhafte Bilder. Und obwohl die Erinnerungen über seine Seele kratzten, waren sie doch nun sein kostbarster Besitz. Das Wasser rauschte an ihnen vorbei, die Trolle unterhielten sich flüsternd, und die Sterne funkelten trüb durch einen Dunstschleier auf sie herab. Viçinia indes wandelte auf den Dunklen Pfaden, jenseits dieser Welt. *Warte auf mich,* dachte Şten. *Ich werde dir folgen.*

In den frühen Morgenstunden machten die Trolle im Wald südlich des Magy Rast. Während Pard und die anderen aßen und derbe Scherze trieben, hielt sich Şten abseits. Sein Körper schrie nach Schlaf, aber sein geschundener Geist wollte ihm diesen nicht gewähren. So trieb er im Land zwischen Wachen und Schlafen, gefangen in wirren Bildern und unverständlichen Gedanken, aus denen er bei jedem lauten Lachen der Trolle aufschreckte. Schließlich glitt er doch ganz in die Welt der Träume und wurde erst wieder wach, als Pard ihn grob anstieß.

»Auf, Şten, wir wollen weiter.«

Erholung hatte der Schlaf nicht gebracht, obwohl die Glieder sich nun weniger beschwerten. Nach einem einfachen Frühstück brachen sie auf und folgten am Waldesrand dem Verlauf des Magy. Innerlich plagten Şten Zweifel, ob er den Weg zu Vangelius Hütte finden würde, da rief Pard unvermittelt erfreut aus: »Hier sind wir letztes Mal angekommen!«

Tatsächlich kam die kleine geschützte Stelle in der Uferböschung auch Şten vertraut vor. *Als wir hier an Land gingen, habe ich Natioles toten Leib getragen. Stets sind Tod und Trauer meine Begleiter. Das Land frisst uns alle auf!*

Ohne seine düsteren Gedanken auszusprechen, führte Şten die Trolle auf dem Weg, den sie damals zu Vangeliu genommen hatten. Er achtete kaum auf ihre Umgebung, und auch die Trolle schienen mehr mit ihren Gesprächen und Erzählungen beschäftigt zu sein als mit dem Pfad, dem sie folgten. *Sie sind Kreaturen der Tat. Nichtstun zehrt an ihnen, so wie es stets an mir gezehrt hat,* erkannte der junge Krieger.

Endlich erschien ein schwaches Licht zwischen den Bäumen, auf das der Wlachake zusteuerte. Die Hütte des alten Geistsehers lag tief im Forst versteckt auf einer Lichtung, in dem Teil von Wlachkis, der seit jeher Eigentum des Waldes war. Nur selten verirrten sich Menschen hierhin, und die nächsten Ansiedlungen waren weit entfernt. So hatte Vangeliu überleben können, verborgen vor den Augen des Albus Sunaş und denen seiner Häscher, geschützt von der Wildnis, mit der er im Einklang lebte.

»Anscheinend ist er zu Hause«, stellte Şten fest. »Sonst gäbe es wohl kein Licht.«

Bei ihrem letzten Besuch war Vangeliu schon alt gewesen, und sein Leben als Eremit war sicherlich nicht einfach. Im Stillen hatte der junge Wlachake gefürchtet, den Alten nicht mehr anzutreffen.

Ohne Furcht näherten sie sich der Hütte, als Pard plötzlich die Zähne bleckte und knurrte.

»Was?«, fragte Şten überrascht.

»Etwas stimmt nicht. Die Gerüche. Sie sind anders.«

»Wie anders?«

»Ich weiß es nicht«, zischte der große Troll wütend. »Lass uns vorgehen. Aber vorsichtig!«

Während die anderen Trolle zurückblieben, schlichen Şten und Pard langsam näher an die Hütte. In der Dunkelheit konnte der Krieger nichts Ungewöhnliches erkennen; die Hütte war ruhig, die Lichtung lag friedlich da. Bevor Şten den Troll an seiner Seite fragen konnte, ob er noch Gefahr spürte, öffnete sich mit einem Mal die Tür. Ein schwacher Lichtschein fiel heraus, in dem sich eine Gestalt abzeichnete. Der Körper war in einen langen Mantel gehüllt, der aus weichem Leder zu sein schien. Eine Kapuze bedeckte den Kopf und hüllte das Gesicht in Schatten. Verwirrt starrte Şten die Gestalt an, die unmöglich Vangeliu sein konnte. Gerade als seine Augen sich an das Licht gewöhnten, warf die Person die Kapuze zurück. Ihr langes, helles Haar floss im Mondlicht wie flüssiges Silber über die nackten Schultern, die von seltsamen Mustern bedeckt waren, die in die Haut geritzt zu sein schienen, während die Augen unheimlich funkelten. Doch was Ş‌ten als Erstes auffiel, waren die langen, spitzen Ohren. *Ein Vînak,* erkannte Ş‌ten blitzartig. *Was tut ein Elf hier?*

Da ertönte die melodische Stimme des Elfen: »Willkommen. Wir haben euch erwartet.«

Ein Blick zu Pard zeigte Ş‌ten, dass der Troll genauso überrascht war wie er selbst. *Wir? Wie viele Vînai sind hier? Und wo ist Vangeliu?*

23

In der Dunkelheit fühlte sich Anda heimisch, auch wenn diese Tunnel und Höhlen weit von ihrer ursprünglichen Heimat entfernt lagen. Der Schlag des Herzens war hier schwächer, aber noch immer dröhnte er in Andas Ohren. Ihr Blut pulsierte in seinem Rhythmus durch ihren Leib, ihr Atem folgte seinem Ton. Um sie herum waren Fels und Stein, seit Urzeiten fest und sicher; die ewige Heimstatt ihres Volkes. Die Welt war einfach hier unten, und so war es richtig. Sie folgten simplen Gesetzen. Hier wusste Anda stets, was richtig und was falsch war. Hier gab es nur Töten oder Getötet-Werden, den schmalen Grad zwischen Überleben und Untergang. *Wir überleben, denn wir sind stark. Wir töten unsere Feinde und verteidigen unsere Heimat.*

»Nicht mehr weit«, flüsterte der neueste ihrer Untergebenen.

»Gut«, raunte Anda zurück.

»Zuletzt sind sie in diese Tunnel hinab und durch den See. Es gibt ein Loch unter dem Wasser, durch das man wieder an die Luft kommt.«

Gemeinsam mit ihren Jägern schritt Anda in die gewaltige Kaverne. Die Schönheit des Felsens in der Dunkelheit wurde ihr unvermittelt bewusst. Die Knochen der Welt waren ihr vertraut, ihre Majestät und atemberaubende Größe gehörte nur den Trollen. Menschen wagten sich nicht hierher, und selbst die Zwerge lebten weitaus näher an der Oberfläche. *Und jetzt verkriechen sie sich in ihren Höhlen,* spottete die Trollin in Gedanken. *Vor uns Trollen! Kaum stellt man sich ihnen entgegen und trägt den Kampf zurück zu ihnen, schon flüchten sie und hoffen, in ihren Behausungen sicher zu sein. Aber wir werden sie hinaustreiben!*

Der Boden war hier abschüssig, und Anda spürte das Wasser vor ihnen. Ein großer See lag still in der Dunkelheit. Sie spürte die Fische und Olme im Wasser, deren Fleisch die Jäger ernähren würde. Ihre Sinne erfassten den Grund des Sees, der an einigen Stellen mehr als drei Trolllängen unter der ruhigen Oberfläche lag. Sie glitten an der rauen Wand entlang und fanden die Höhle, die mit Wasser gefüllt im See lag. Nein, keine Höhle, ein Tunnel, der in noch fremdes Gebiet führte.

»Wir gehen durch das Wasser. Sie wissen nicht, dass wir kommen. Sorgt dafür, dass niemand durch das Wasser hierher entwischt.«

Hinter ihr lachten einige Trolle, doch Anda scherte sich nicht darum, sondern schritt in das Wasser, das im Vergleich zu der warmen Luft kalt wirkte. Blinde Fische stoben vor ihren Füßen weg, die feines Gestein aufwirbelten. Dank ihrer geschärften Sinne waren ihre Schritte sicher, und sie gelangte zu dem Tunneleingang. Mit einem letzten, tiefen Atemzug tauchte sie unter. Halb kroch sie, halb schwamm sie in der Dunkelheit. Der Weg war lang, aber ihr Atem war stark. Als sie auf der anderen Seite auftauchte, sog sie die neue Luft prüfend ein. Der Geruch von Troll beschleunigte ihren Herzschlag. Links war ein schwacher Lichtschein, der in einem Gang schimmerte. Langsam schritt Anda weiter, während sich hinter ihr die Schädel der anderen Trolle aus dem Wasser erhoben.

Es bedurfte keiner Worte, um den Angriff zu befehlen. Ebenso wenig musste Anda Stille gebieten. Ihre Trolle folgten ihr gespannt in der Finsternis, leise, tödlich. *Wahre Jäger.*

Doch ihren Geruch konnten sie nicht überdecken. Ein fragender Laut ertönte, dann schrie eine tiefe Stimme vor ihnen. Anda erwiderte das Gebrüll und sprang vor. Ihre

Füße donnerten über den Felsboden, während hinter ihr die Jäger heulten.

Der Gang öffnete sich in eine große Höhle, die vom Schein vieler Flechten erhellt war. Suchend fuhr Andas Haupt herum, und sie sah zuckende Schatten. Trolle, die panisch in einen Tunnel stürzten.

»Turk!«, brüllte sie laut und blieb herausfordernd stehen. Ein mächtiger Troll wandte sich ihr zu und fletschte die Hauer. Die Letzten der fliehenden Trolle erreichten indes den Gang und verschwanden. Plötzlich wandte sich auch Turk ab, und Anda grölte vor Wut. *So ein Feigling!*

Schon stürmte sie los, erreichte den Eingang. Weiter vorn hörte sie Trolle, spürte sie Trolle, roch sie ihre Angst und ihre Wut. Nur einer war zurückgeblieben und stellte sich ihr entgegen.

Doch anstatt zu kämpfen, riss er mit seinen Pranken an einem Teil der Wand. Dunkelheit verschluckte Anda, als der Tunnel über ihr zusammenbrach. Schwere Steinbrocken trafen sie. Sie spürte Turk in dem Gang, spürte seinen Triumph. Aber sie konnte ihn nicht erreichen, also sprang sie zurück und beobachtete, wie der Gang verschwand und vom ewigen Fels verschluckt wurde.

Um sie herum schrien die Jäger erbost, weil ihre Beute entkommen war, doch Anda schwieg.

»Zwergenmist«, brüllte Sbon. Da erwiderte die Trollin ruhig: »Er ist uns entkommen. Er flieht, weil er uns fürchtet. Soll er sich freuen. Seine Welt schrumpft und schrumpft, während wir die unsere erobern.«

Wahre Trolle fliehen nicht, sie kämpfen!

24

Die Dunkelheit war erdrückend. Es gab kein Entrinnen. Selbst die Luft wurde von der Dunkelheit vertrieben. Zeit verlor jede Bedeutung. Halb träumend schwebte die Wlachakin in der endlosen Schwärze. Kein Oben oder Unten existierte. In ihrem Geist schrie eine Stimme, doch sie war fern und leise, und ihre Worte ergaben keinen Sinn. Der Druck auf ihren Leib war schmerzhaft, aber auch die Schmerzen waren unwirklich, als tobten sie in einem anderen Körper. Ihre Atemzüge waren flach. Ein Gedanke tauchte auf. *Ich bin tot, und dies ist die nächste Welt; ich wandle auf den Dunklen Pfaden.* Die andere Stimme schrie lauter, wollte sich Gehör verschaffen, doch dieser Gedanke war zu faszinierend. Viçinia verinnerlichte ihn und gab sich ihm vollständig hin.

Plötzlich spürte sie eine Bewegung. Vernahm ein Geräusch. Etwas berührte sie an der Haut, kalt und hart. Unvermittelt kehrte Licht in die Welt zurück, die Dunkelheit verschwand und mit ihr der unerträgliche Druck. Staub stieg Viçinia in die Nase, drang ihr in den Mund, als sie nach Luft schnappte. Ein trockener Husten ließ ihren Körper erbeben. Sie rang nach Atem, bis sich ihre Lungen weiteten. Gierig sog sie mehr ein, kümmerte sich nicht um den Geschmack von Erde auf ihrer Zunge, den feuchten Schmutzfilm auf ihrer Haut, sondern atmete einfach nur; genoss das Gefühl der gefüllten Lungen, das Schlagen des Herzens, selbst den Schmerz in ihren Muskeln.

»Verflucht, die lebt noch!«

Zunächst verwirrten die Worte Viçinia nur. Benommen öffnete sie die Augen, doch das helle Licht stach schmerzhaft in ihren Schädel. Ein tierischer Laut ertönte, und es dauerte einen Herzschlag lang, bevor sie erkannte, dass es ihre eigene Stimme war.

»Zieh sie raus.«

Raue Hände packten ihre Arme und zerrten an ihr. Die Erde gab ihr Opfer nur widerwillig wieder preis. Die grobe Behandlung sandte Wellen von Pein durch die Gelenke der Wlachakin. Endlich gab es einen Ruck, und Viçinia war frei. Sie wurde unsanft einige Schritt weit geschleppt und dann auf harten, kühlen Stein gelegt. Unfähig, auch nur einen Muskel zu bewegen, blieb sie schwer atmend liegen. Langsam kehrte ihr Sehvermögen zurück, auch wenn noch immer bunte Schemen und dunkle Schatten durch ihr Sichtfeld tanzten. Undeutlich tauchte ein Gesicht vor ihr auf. So sehr sie auch blinzelte, es blieb verschwommen, und sie schloss erschöpft die Augen. *Wo bin ich?*

»Fass an, wir tragen sie hoch.«

»Die krepiert doch gleich. Guck dir das ganze Blut an!«

Blut? Das ist doch nur Erde.

»Jetzt mach schon!«

Leises Fluchen war zu vernehmen, als Viçinia sich emporgehoben fühlte. Es schmerzte an Handgelenken und Knöcheln, und ihr Kopf schlug gegen eine harte Kante. Die bunten Flecken drohten von der Schwärze verzehrt zu werden, die von den Rändern ihres Sichtfeldes vorwärtskroch. Die schaukelnde Bewegung war unangenehm. Viçinia konnte spüren, wie sich ihr Magen zusammenzog. Dann war die Tortur zu Ende, und sie wurde wieder auf den Steinboden gelegt. Um sie herum war es dunkel, und die Wlachakin ergab sich nur allzu gern der Finsternis.

Als sie wieder aufwachte, waren ihre Gedanken klarer. Schmerzen pochten in ihrem Nacken, von wo aus sie durch jede Faser ihres Leibes zu strömen schienen. Bittere Galle und der metallene Geschmack von Blut lagen ihr auf der Zunge. Ihre Umgebung war düster, nur ein einzelner, greller Lichtstrahl fiel herab und beleuchtete die großen Steinplatten des Bodens, auf dem sie lag.

Vorsichtig bewegte sich die junge Frau. Ihr Körper protestierte, ihre Schmerzen vervielfältigten sich. Langsam, unerträglich langsam schob sie ihren Arm unter dem Leib hervor und blieb dann schnaufend liegen, während das Leben prickelnd zurück in den Arm schoss.

»Sie is' wach«, stellte eine Stimme ohne große Begeisterung fest. Jemand hockte sich vor Viçinia hin. Im Gegenlicht wirkten die hellen Haare wie ein Kranz um den Kopf des Mannes.

»'ne Wlachakin«, sagte er und spuckte aus. »So'n Dreck. Die ganze Arbeit für nix.«

Mühsam versuchte Viçinia zu sprechen, doch ihr trockener Hals brachte nur ein Krächzen hervor.

»Warte. Der Marczeg hat gesagt, dass wir auch alle Weiber mitbringen sollen.«

»Auch Lehmfresser?«

Die Antwort des anderen konnte Viçinia nicht hören, aber sie wurde an den Schultern gepackt, hochgezogen und hingesetzt. In ihrem Rücken spürte sie unebenen Stein. *Der Bergfried,* dachte sie benommen. *Ich bin in Turduj.*

»Sie ist 'ne Hübsche.«

Eine Hand wischte über das Gesicht der Wlachakin. Sie wollte sich gegen die Berührung wehren, aber es gelang ihr kaum, den Kopf abzuwenden.

»Seine Hochwohllöblichkeit hat gesagt, dass wir 'ne Rothaarige suchen. Is' sie das?«

»Rote Haare hat sie ja.«

Viçinia kam eine schreckliche Erkenntnis. *Das sind Laszlárs Männer.* Langsam kehrten die Erinnerungen zurück. Eine verworrene Aneinanderreihung von Bildern und Eindrücken; die Schlacht, der Tod des Marczegs, die Flucht. *Ich wurde verschüttet. Lebendig begraben. Ausgerechnet diese Männer haben mich gerettet.*

»Wir sollten sie gleich hier abstechen. Erspart uns den Ärger.«

Wieder brachte Viçinia kaum mehr als ein Husten hervor, als sie sprechen wollte. Die Zunge klebte ihr am Gaumen. Gerade als sie es noch einmal versuchen wollte, ertönte von dem Licht her die Stimme einer Frau: »Sie gehört zu mir.«

Mit halb zugekniffenen Augen blickte Viçinia in das Licht und sah eine kleine Gestalt, die von zwei großen Schatten flankiert wurde. *Diese Stimme,* dachte die Adlige, konnte sich aber nicht erinnern, woher sie diese kannte.

»Nee, das is' 'ne Wlachakin«, widersprach der Kniende.

»Nichtsdestotrotz ist sie Teil meiner Gesandtschaft. Wir nehmen sie mit. Ich danke euch für eure Arbeit«, erklärte die kleine Person entschieden.

»Das geht nich'. Außerdem«, fuhr der Mann misstrauisch fort, »die war in dem Gang. Was macht deine Gesandtschaft in der Burg?«

»Gute Frage«, erwiderte die Unbekannte. Dann sagte sie etwas in einer Sprache, die Viçinia nicht verstand, und mit einem Mal sprangen ihre beiden Begleiter vor. Stahl glänzte in dem Lichtstrahl, Schatten tanzten über die Wände. Ein dumpfer Schlag ertönte, ein Seufzen, dann war es still.

»Zu schlau für ihr eigenes Wohl.«

Erneut gab die Frau einen kurzen Befehl, den Viçinia nicht verstand. Sie wurde angehoben, doch diesmal weitaus vorsichtiger. Als man sie aus dem Gebäude trug, erhaschte sie einen kurzen Blick auf dunkles Haar.

»Stellt Euch leblos, Nemes Viçinia«, bat die Frau, und die Wlachakin kam der Aufforderung nach. Es folgten mehr Worte, die fremd und doch melodisch in Viçinias Ohren klangen. Sie wurde behutsam über die Schulter eines Mannes gelegt. Ihre Wange ruhte an kühlem Metall, und ein angenehmer, erdiger Geruch drang ihr in die Nase. Der Boden flog nur so unter ihr hin, als sie mit großen Schritten davongetragen wurde. Pflastersteine wurden zu Erde, Erde zu Gras und schließlich zu Laub. Bevor sie sichs versah, lag sie auf dem Rücken auf weichem Waldboden. Kühles Wasser spritze ihr ins Gesicht, und sie trank gierig aus der Schale, die ihr hingehalten wurde.

Neben ihr setzte sich eine kleine, dunkelhaarige Frau hin und lächelte sie an. Es dauerte einige Momente, bis Viçinia sie erkannte.

»Sciloi Kaszón!«

Mit einer graziösen Geste neigte die Szarkin ihren Kopf und antwortete: »Ich fühle mich geehrt, dass Ihr mich wiedererkennt.«

»Wie könnte ich Euch vergessen. Ihr seid Zorpads rechte Hand …«

»Ich war Zorpads rechte Hand«, berichtigte Sciloi sie. »Zorpad ist tot. Ihr erinnert Euch?«

Verwirrt legte Viçinia die Stirn in Falten. Die Kopfschmerzen brandeten immer noch brüllend gegen ihren Verstand. Dumpf erinnerte sie sich an ihre Zeit als Geisel an Zorpads Hof. Die Szarkin Sciloi hatte ihre Augen und Ohren immer überall gehabt und ihrem Herrn Marczeg Zorpad geschickt gedient.

»Nach der Schlacht dachten wir, dass Ihr tot seid«, erklärte Viçinia schwach.

»Das war falsch gedacht.«

Eine Gestalt trat an Sciloi heran. Ein großer Mann in einer goldenen Rüstung, die im hellen Sonnenlicht geradezu funkelte. *Ein Dyrier. Aber warum?*

»Ich sehe Euch an, dass Ihr verwirrt seid. Nun, es ist eigentlich einfach. Als mein damaliger Herr in die Schlacht ritt, machte man mir ein besseres Angebot.«

»Wer?«, krächzte Viçinia, aber dann erkannte sie: »Sargan!«

»Richtig. Ich diene jetzt dem Goldenen Imperium. Oder

genauer, ich diene Sargan Vulpon, seinerseits demütiger Diener des Imperators!«

»Was tut Ihr hier?«

»Verhandlungen. Man befand, dass ich, dank meiner genauen Kenntnisse des Landes, am besten geeignet sei für diese nicht leicht zu bewältigende Aufgabe.«

»Verhandlungen? Aber mit wem?«

»Mit Marczeg Laszlár Szilas natürlich. Und mit Marczeg Gyula Békésar, doch leider kam es dazu ja nun nicht mehr.«

»Aber Sargan ist an Ionnas Hof gekommen. Er …«

Darauf lachte Sciloi laut auf. Sie fixierte Viçinia mit einem amüsierten Blick.

»Ihr denkt doch nicht, dass das Goldene Imperium nicht alle Möglichkeiten ausschöpft? Sargan wurde zu den Wlachaken gesandt, ich zu den Masriden.«

Die Neuigkeit überraschte die Wlachakin, aber ihr Geist war zu müde, um sich mit den Folgen zu befassen, die daraus resultieren mochten. Stattdessen fragte sie: »Warum habt Ihr mich gerettet?«

Eine Zeit lang antwortete die Szarkin nicht. Nun, da ihre Sicht sich klärte, bemerkte Viçinia die prunkvolle Kleidung und die sorgfältig frisierten Haare.

»Zufall, Nemes Viçinia. Ich war nur neugierig auf den Fluchttunnel. Dann sah ich Euch. Im Imperium glaubt man an das Schicksal, mit dem die Götter alle Menschen aneinanderfesseln. Als ich Euch hilflos dort im Gang sah …«

Die Stimme der Szarkin verklang langsam. Dann fuhr sie bedächtig fort: »Seht es als eine Art Wiedergutmachung an. Ich begleiche meine Schulden immer. Davon abgesehen, solltet Ihr Euch stets daran erinnern, dass eine Gesandte des Imperiums Euch gerettet hat. Vergesst nicht, wem Ihr Euer Leben verdankt.«

Daraufhin schwieg Viçinia. Sie war erschöpft, zu erschöpft, um über all das nachzudenken. Sargan, Sciloi, das Imperium, Marczeg Szilas, Flores. Unvermittelt richtete sie sich auf.

»Was ist mit den Flüchtlingen? Sind sie entkommen?«

Wieder stahl sich ein Lächeln auf Scilois Lippen.

»Der Marczeg tobt vor Wut. Offensichtlich haben sie den Ylt überquert und sind am Magy entlanggezogen, während Szilas seine Reiter nach Norden gesandt hat. Nun traut er sich nicht, sie weiter zu verfolgen, weil er nicht sicher weiß, wo die restlichen Truppen der Békésars stehen.«

Erleichtert sank Viçinia zurück.

»Der junge Marczeg ist ein schlauer Hund. Aber ich bezweifle, dass er noch lange Marczeg sein wird. Szilas scheint erpicht darauf zu sein, jeden anderen Anspruch auf den Thron auszulöschen. Und er ist gut vorbereitet.«

Sich nähernde Schritte ließen Sciloi alarmiert herumfahren, doch es war nur ein weiterer goldgerüsteter Krieger, der neben der Szarkin niederkniete und ihr etwas ins Ohr flüsterte.

»Wir brechen auf.«

Der Ankündigung folgte ein schwacher Versuch Viçinias, aufzustehen. Schließlich wurde sie jedoch wieder getragen. In schnellem Schritt ging es bis zum Fluss, wo ein flaches Fischerboot im Schilfgras versteckt lag.

»Ihr seid hier nicht sicher. Ich kann Euch nicht verbergen. Im Westen und Norden sind Szilas' Krieger auf Patrouille. In Eurem jetzigen Zustand habt Ihr keine Aussicht, an diesen vorbeizugelangen. Und hierzubleiben wäre Wahnsinn«, erklärte Sciloi ernst.

»Ich muss nach Teremi«, erwiderte Viçinia schwach.

»Natürlich. Aber zunächst werdet Ihr den Magy hinabfahren.«

»Das ist die entgegengesetzte Richtung!«, protestierte die junge Wlachakin.

»Ja. Aber ich kann Euch nicht nach Westen bringen, und ich habe auch keine Vertrauten, die Euch dorthin bringen könnten. Dennoch müsst Ihr fort von hier. Und dafür bleibt nur der Magy.«

Auf Scilois Geheiß ließ der dyrische Krieger die Wlachakin hinab in das Boot.

»Lasst Euch ein wenig treiben. Vorbei an der Stadt. Dann geht im Süden an Land. Mein Untergebener hat Euch Nahrung, Kleidung und einige andere nützliche Dinge in das Boot gepackt. Am besten stehlt Ihr irgendwo ein Pferd, oder Ihr schlagt Euch zu Fuß nach Westen durch. Schafft Ihr das?«

Mit großer Willensanstrengung richtete Viçinia sich auf und lehnte sich erschöpft an die niedrige Bordwand.

»Ja. Ist es denn klug, am Südufer entlangzuziehen? Wie viele Einheiten hat Szilas dort?«

»Nur einige Spähtrupps. Wie es an der Grenze aussieht, weiß ich nicht.«

»Ich schaffe das schon. Danke, Nemes Sciloi.«

Mit einer tiefen Verbeugung verabschiedete sich die Szarkin und bellte dann einen Befehl. Die beiden Soldaten schoben das Boot aus dem Schilf, bis es von der Strömung erfasst wurde. Während die beiden zurückwateten, hob Viçinia die Hand zu einem Abschiedgruß an die rätselhafte Szarkin. Dann glitt die kleine Gruppe aus ihrem Blickfeld, und mit einem Mal tanzten wieder Schatten vor ihren Augen. Der blaue Himmel wurde dunkler und dunkler. Dann war er schwarz, und die unaufhörliche Jagd der Gedanken in Viçinias Geist endete. Nur das Gurgeln des ewigen Magy begleitete die Wlachakin auf ihrer Fahrt.

25

Zwar war weder das Lager der richtige Ort, noch war der Kriegszug nach Osten die richtige Zeit, doch ließ Flores sich durch diese Nebensächlichkeiten nicht davon abhalten, angemessen zu trauern. Auch die masridischen Soldaten waren, wie Krieger nun einmal sind, und somit fiel es der eben zur Bojarin erhobenen jungen Frau nicht schwer, einen Krug mit einem dunklen, scharfen Schnaps aufzutreiben, der ein wenig nach Kräutern und sehr nach Rüben schmeckte. Langsam, aber entschlossen, machte Flores sich daran, den Krug zu leeren. Während der Alkohol sich seinen Weg ihre Kehle hinunterbrannte und sich als wohlige Wärme in ihrem Leib verbreitete, dachte Flores an die Taten Viçinias, an ihr Leben, ihre Siege und Niederlagen, an ihr Glück und ihren Verlust. *Dreimal verflucht, warum Viçinia? Und was wird aus meinem Bruder werden? Ich konnte stolz sein, Teil dieser Familie zu sein. Und nun, was bleibt von unserer Linie übrig? Ich allein. Bei den Geistern, ich bin der lausige Überrest unseres stolzen Hauses!*

Ihre trüben Gedanken kehrten zu jenen zurück, welche sie verlassen hatten. Şten, tapfer, manchmal allzu waghalsig, allzeit um das Wohl anderer besorgt. Ihr Bruder schien sich immer seines Platzes in der Welt bewusst zu sein und hatte niemals Zweifel am Kampf der Wlachaken gehabt. Anders als Flores selbst, der Tod und Krieg für lange Zeit den Willen genommen hatten, für ein hehres Ziel als den eigenen Geldbeutel zu streiten. Auch Viçinia war mit dem Krieg aufgewachsen. Auch sie war tapfer gewesen, sich ihrer Pflicht bewusst und ihrer Schwester stets und in allem eine Stütze. *Außer, als es um Şten ging,* erinnerte sich Flores mit einem halben Lächeln. *Als Ionna von ihr forderte, einen anderen zu heiraten, hat sie sich ihrer Schwester widersetzt.* Auf ihre Art war Viçinia ebenso entschlossen gewesen wie Şten. Beide hatten niemals jene Zerrissenheit gespürt, die Flores beherrschte. *Sie haben all die Toten in Kauf genommen, um den Lebenden zu helfen. Sie haben ihr eigenes Leben riskiert, weil ihnen ihre Ziele mehr bedeuteten.*

Der Gedanke, dass Şten und Viçinia für sie nicht mehr erreichbar waren, erschien Flores unwirklich, so als ob die beiden gleich in das Zelt kommen und scherzend einen Becher Schnaps verlangen würden. Dann wurde der Wlachakin wieder bewusst, dass sie nun Bojarin war, und die Ironie darin ließ sie freudlos auflachen. Jahrelang hatte sie sich mit Händen und Füßen dagegen gesträubt, Teil der Rebellion zu werden. Dann schließlich hatte sie widerwillig akzeptiert, dass sie sich dem Kampf nicht entziehen konnte, so sehr sie es auch versuchte. Und nun war sie die Einzige aus ihrem Kreis, die übrig geblieben war. Natiole, ihr Freund aus Jugendtagen und erster Lehrer der Waffenkunst, der immer an Ştens Seite zu finden gewesen war – tot; gestorben während der wilden Flucht aus Teremi. Viçinia, Schwester der Voivodin, Freundin, Schwester im Herzen und Komplizin bei so manchem Abenteuer in Désa – tot. Şten, ihr Bruder, dem Flores näherstand als sonst einem Menschen, dessen Geist und Wesen sie manchmal besser verstand als sich selbst – verschwunden und vielleicht auf der Suche nach den Dunklen Pfaden, um Viçinia zu folgen. *Du Bastard lässt mich allein mit der Trauer zurück und wählst den leichten Weg! Immer hast du gegen alle Widerstände gekämpft, selbst im Angesicht schier unüberwindlicher Hindernisse weitergemacht, nur um jetzt aufzugeben und dein Leben bei dem närrischen Unterfangen der Trolle wegzuwerfen.*

Wütend nahm Flores einen tiefen Schluck, dessen Feuer ihr den Atem raubte und ihr Tränen in die Augen trieb. Der

Abschied verlief nicht wie geplant, aber es fehlten auch die anderen Freunde und Verwandten, welche Geschichten über die Verstorbene erzählten und ihre Erinnerungen teilten. So war Flores allein mit ihrem Verlust und ihrer Trauer. Und mit ihrer Wut. Nur ihr Bruder konnte sie so wütend machen, durch seinen dicken Schädel und seine Art, kompromisslos an dem Weg festzuhalten, den er für den richtigen hielt. *Ich hätte dich aufhalten müssen. Als ich sah, wie sehr du leidest, hätte ich dich nicht ziehen lassen dürfen. Stattdessen habe ich deinen Platz eingenommen. Deine Stiefel passen mir nicht, Brüderchen, und der Tod ist nichts für dich. Verdammt, ich war eine Närrin!*

Doch jetzt konnte Flores daran nichts mehr ändern. Das Einzige, was sie tun konnte, war, dem Pfad zu folgen, der sich vor ihr aufgetan hatte. Ştens Rat, das Land zu verlassen, klang ihr in den Ohren, doch inzwischen erschien der Wlachakin der Gedanke absurd. Sie hatte ebenfalls gekämpft, sie trug ebenfalls Verantwortung. Es erschien ihr nicht richtig, den einmal eingeschlagenen Weg wieder zu verlassen. Es wäre Verrat gewesen, auch an Şten.

Draußen sank die Sonne hinter die Berge, und die Welt wurde in graues Dämmerlicht getaucht. Wolkenfelder hatten das Firmament erobert, aber noch hatte es keinen Regen gegeben, auch wenn das Land danach lechzte. An den Hängen der Sorkaten entluden sich donnernd Gewitter, doch weiter im Inland kam von der Abkühlung, die sie brachten, nichts an.

Die kleine Feuerschale in Flores' Zelt spendete ein warmes Licht, beleuchtete die wenigen Habseligkeiten der Bojarin. Eine einfache Bettstatt, kaum mehr als einige Felle auf dem Boden. Dazu eine große Truhe und zwei grob gezimmerte Hocker. Einzig die lederne Rüstung, welche Ionna ihr hatte fertigen lassen, war ihrer neuen Würde angemessen, mit ihren Metallbeschlägen und dem Umhang mit dem Wappen von Dabrân. Neben dem Rüstungsständer, der wenig mehr war als ein hölzernes Kreuz, hingen

Flores' Waffen an den tragenden Stangen des Zeltes. Der Waffengürtel war seit vielen Jahren in ihrem Besitz. Er war alt und abgeschabt, doch er erfüllte seinen Zweck und hatte seine Trägerin durch mehr als einen gefährlichen Kampf begleitet.

Unsicher erhob sich Flores und prostete ihren Waffen zu.

»Mögt ihr mir weiterhin gute Dienste leisten«, sagte sie grinsend. Sie nahm einen tiefen Schluck und fügte leise hinzu: »Ich werde es brauchen.«

Als sie den Krug wieder an die Lippen hob, stellte sie verärgert fest, dass dieser leer war. Gerade als sie Nachschub holen wollte, rief jemand am Eingang ihres Zeltes: »Nemes Flores? Seid Ihr hier?«

»Wo sollte ich sonst sein?«, entgegnete sie laut. Sie bemerkte, dass ihre Worte verwaschen klangen.

»Darf ich eintreten?«

»Ihr Geister, warum nicht? Ja, kommt rein!«

Die Stoffbahn vorm Eingang wurde zur Seite gehoben, und Tamár betrat gebückt das Zelt. Als er Flores ansah, runzelte er die Stirn, dann wanderte sein Blick weiter zu dem Krug in ihrer Hand. Missbilligend verzog er die Mundwinkel, was Flores dazu veranlasste, ihn harsch zu begrüßen.

»Was gibt es?«, fragte die Söldnerin knapp.

»Es wird bald einen Kriegsrat geben, und ich dachte, dass Ihr vielleicht anwesend sein wollt. Immerhin seid Ihr die Bojarin von Dabrân.«

»Ach«, schnaubte Flores und winkte ab. »Kriegsräte sind bloß endloses Gerede!«

»Vielleicht ist es auch besser, wenn Ihr dem Rat fernbleibt«, erwiderte Tamár mit einer unbestimmten Geste in Flores' Richtung. »Wenn man Euren Zustand bedenkt«, fügte er vielsagend hinzu.

»Was soll das heißen? Wollt Ihr mir die Teilnahme am Rat verbieten?«, erkundigte sich die Wlachakin entrüstet.

Eine vorsichtige Stimme in ihrem Geiste wies sie darauf hin, dass ihre Sprache undeutlich klang und dass Tamár möglicherweise recht haben könnte, doch Empörung und Alkohol überstimmten diese leise Fürsprecherin der Vernunft.

»Nein, natürlich nicht, aber …«, sagte der Masride beschwichtigend, doch Flores fuhr ihm ins Wort: »Gut! Das wäre ja auch noch schöner!«

Sie konnte sehen, dass Tamár verärgert war. Aber sie achtete nicht darauf. Ihr Zorn bahnte sich einen Weg, und bevor sie wusste warum, fauchte sie ihn an: »Selbst wenn Ihr das wolltet, würde ich mir von einem eingebildeten Masriden nichts untersagen lassen!«

Eine Zornesfalte erschien auf Tamárs Stirn. Sein Mund wurde schmal, als er die Lippen zusammenpresste. Für einen Moment dachte Flores, er würde ohne ein weiteres Wort hinausstürmen, doch dann hob er den Zeigefinger.

»Ihr vergesst Euch, Bojarin. Euch und Eure Position. Ich will das entschuldigen, vermutlich hat Euer Saufgelage Eure Sinne betäubt!«

»Meine Sinne sind so scharf wie immer«, erwiderte Flores aufgebracht, auch wenn sie genau wusste, dass es nicht stimmte. »Sie zeigen mir einen anmaßenden Masriden, der sich aufführt, als wäre ich ihm untertan.«

»Mir ging es lediglich um Euer Wohl und Ansehen, Flores. Vielleicht werdet Ihr das erkennen, wenn Euer wlachkischer Hitzkopf sich abkühlt! Oder sich der Schnapsnebel lichtet!«

Wütend schnappte Flores nach Luft. *Wie kann er es wagen? Dieser Bastard!*

»Das ist allein meine Angelegenheit«, brüllte die Wlachakin. »Ich kann auf mich selbst aufpassen und brauche keinen Vormund, und schon gar keinen masridischen Hund, der mir sagen will, was richtig und was falsch ist!«

Die Muskeln in Tamárs Gesicht arbeiteten, doch dann nickte er betont höflich.

»Wie Ihr wollt, Nemes Flores. Ich weiß nicht, warum Ihr gerade diesen Augenblick ausgewählt habt, um Euch in diesen unwürdigen Zustand zu versetzen, aber Ihr habt recht, es ist Eure Entscheidung.«

Mit diesen Worten machte der Masride auf dem Absatz kehrt und ging steif aus dem Zelt.

Ich trauere, du verfluchter Narr, wollte Flores ihm noch nachrufen. Doch der Masride war schon fort, also wandte sie sich ab und griff nach ihrem Waffengurt. Als ihre Finger ungeschickt abglitten und sie sich an einem Nagel, der aus der Zeltstange ragte, einen langen Kratzer zuzog, fluchte sie laut und deftig. *Vielleicht hatte ich tatsächlich den einen oder anderen Schluck zu viel. Aber das gibt diesem aufgeblasenen Hahn noch lange nicht das Recht, über mich zu urteilen, verdammt!*

Vorsichtig warf die Wlachakin sich einen Wappenrock über und gürtete diesen mit ihrem Waffengurt. Mit zwei unsicheren Schritten erreichte sie ihre Lagerstatt und nahm den Becher Wasser, der dort stand. Ohne Umstände schüttete sie sich das kühle Wasser ins Gesicht und versuchte, den leichten Schwindel zu unterdrücken, der von ihr Besitz ergriffen hatte. Mit betont gelassenem Gesichtsausdruck verließ sie darauf ihre Unterkunft und ging hinüber zu Ionnas prächtigem Zelt, das in der Mitte des Lagers aufgestellt worden war.

Obwohl die Berichte der Späher interessant waren, konnte sich Flores kaum auf sie konzentrieren. Neben Ionna saß Tamár. Das Protokoll sah vor, dass der junge Marczeg genauso erhöht wie die Voivodin saß, also hatte man den beiden ein kleines Podest gezimmert, auf denen ihre kunstvoll verzierten Stühle standen. Auch wenn das Gesicht des Masriden nicht verriet, was in ihm vorging, konnte Flores spüren, wie er sie innerlich verhöhnte. Sie bereute bereits ihre Entscheidung, zum Kriegsrat zu kommen. Trotz ihrer Anstrengung, ihren Rausch zu verbergen, machte sich der Alkohol stark bemerkbar. Ihre Aussprache war schnell und undeutlich, ihre Bewegungen unkoordiniert und ihr Geist langsam.

Vermutlich hatten auch die anderen Anwesenden bemerkt, dass die Wlachakin zu viel getrunken hatte. Nichtsdestotrotz setzte sie sich aufrecht hin und hob den Kopf. *Sollen sie doch,* dachte sie kampflustig. *Ich werde mich nicht für meine Trauer entschuldigen. Vielmehr sollten sich die anderen fragen, warum sie nicht von Nemes Viçinia Abschied nehmen.*

Angestrengt versuchte sie, sich auf die Fragen zu konzentrieren, die Tamár seinen Soldaten stellte. Es waren seine Späher, die Kunde aus dem Osten brachten.

»Das ist ganz sicher?«, fragte der Masride gerade.

»Ja, Vezét. Marczeg Laszlár Szilas hat Turduj verlassen und zieht gen Westen. Er nutzt die Pfade am Fluss, um seine Truppen zu bewegen.«

»Wie groß ist seine Armee?«

»In Turduj scheinen nur wenige Krieger geblieben zu sein. Der Hauptteil marschiert hierher. Mehrere tausend Fußsoldaten, dazu viele hundert Berittene und schweres Gerät. Der Tross ist sehr lang.«

Einige Augenblicke herrschte Schweigen, während die Anwesenden die neuen Informationen überdachten. Dann erhob sich Ionna.

»Wir sollten aufbrechen und Szilas entgegenziehen. Zwischen Iames und Ylt werden wir ihn stellen, und dort können wir ihn schlagen. Seid Ihr einverstanden, Marczeg?«

Tamár nickte stumm mit grimmiger Miene. Auch die übrigen Anführer und Adligen stimmte dem Vorschlag zu. Während noch die Absprachen getroffen wurden, entfernte sich Flores aus dem Zelt. Der Großteil der Soldaten aus Dabrân war südlich des Magy an die Grenzen kommandiert worden, um dort unter Neagaş' Kommando jegliche Angriffe abzuwehren, und so hatte sie nur wenige Krieger vor Ort, denen sie Befehle geben musste.

Da sie ihr Lager etwas abseits aufgeschlagen hatte, führte ihr Weg sie an den Galgen vorbei, die im leichten Wind leise knarrten. Vier leblose Körper hingen an den festen Stricken. Obwohl Flores schon mehr als einen Toten gesehen hatte, wandte sie von diesen Toten den Kopf ab. Der Anblick der langsam verwesenden Leichen mit den aufgequollenen Gesichtern schlug ihr jedes Mal auf den Magen. Sie konnte sich noch so sehr einreden, dass diese hier es verdient hatten, es blieb ein schauriges Mahnmal. Natürlich hatten Ionna und Tamár genau dies bezweckt, als sie die Masriden und Wlachaken zum Tod durch den Strang verurteilt hatten. Ihr Streit hatte in einem blutigen Kampf geendet, in den beinahe noch viel mehr Masriden und Wlachaken verwickelt worden wären. Um weitere Kämpfe zwischen den unwilligen Verbündeten zu vermeiden, hatten die Anführer harte Urteile gefällt und die Galgen auf dem kleinen, mittig gelegenen Hügel aufgestellt, wo sie als Abschreckung für alle anderen dienen sollten, die meinten, noch eine Rechnung zwischen Masriden und Wlachaken begleichen zu müssen. Der Anblick der sich langsam im Wind drehenden Toten hatte die Angriffslust der meisten gedämpft, doch der alte Hass schwelte zwischen den Kriegern beider Völker, und kleinere Zwischenfälle waren an der Tagesordnung. *Wie in Teremi nach Ionnas Einmarsch,* dachte Flores mit einem beklemmenden Gefühl in der Brust. *Der Zorn sitzt sehr tief.*

Die Wlachakin beschleunigte ihren Gang, um den Galgenhügel hinter sich zu lassen.

Auf dem Weg zu ihrem Zelt wurde sie bald von schnellen Schritten eingeholt. Es war Tamár, der sich zu ihr gesellte und schweigend neben ihr herschritt. Als der Masride nichts sagte, sah Flores ihn fragend an. »Und?«

»Wir werden in zwei Trupps ziehen; Wlachaken und Masriden getrennt. Unterwegs wird sich uns Odön anschließen. Damit sollten wir dann Szilas gleichwertig oder gar überlegen sein.«

»Schön.«

»Und wir kämpfen für unsere Heimat, wenn diese auch nicht die gleiche sein mag. Bisher ist die Löwin von Désa im Felde ungeschlagen, und ich habe vor, die Schmach von Turduj zu sühnen.«

Es schien lange her, dass Ionna nur über das karge Hochland des Mardews geherrscht hatte und dort im Tal von Désa ihren Sitz hatte. *Die Löwin von Désa. Jetzt ist sie Voivodin der Wlachaken, Anwärterin auf den Thron Radus. Es hat viel Blut gekostet, und nun wird noch mehr vergossen werden. Vielleicht hat Şten ja doch recht, und das Land selbst säuft unseren Lebenssaft.* Vor ihrem inneren Auge sah Flores Wlachkis, eingebettet zwischen den hohen Sorkaten, die das Land seit Ewigkeiten gegen den Rest der Welt abschirmten. Der Magy teilte es wie ein langer Schnitt, und dunkle Wälder bedeckten die Erde. So sehr sie sich auch anstrengte, sie konnte sich Wlachkis nicht friedlich vorstellen, nicht nach allem, was sie erlebt hatte, was all seine Bewohner, Wlachaken, Masriden, Szarken, Zwerge und Trolle, erlebt hatten.

»So schweigsam?«, fragte Tamár unvermittelt.

»Ihr seid doch nicht hier, um mich über die letzten Entscheidungen und Erkenntnisse zu informieren, Marczeg.«

»Nein, das bin ich nicht. Ich wollte Euch für meine Worte um Verzeihung bitten. Es steht mir nicht zu, Euer Verhalten zu beurteilen.«

Es reizte Flores außerordentlich, dem Masriden zu sagen, dass er recht habe, doch sie biss sich auf die Zunge und nickte langsam. Ihr Zorn war schon während der Besprechung verflogen und hatte vor allem Beschämung zurückgelassen. »Ihr hattet allerdings guten Grund. Ich war … ich *bin* tatsächlich ein wenig betrunken«, erklärte die Wlachakin und sah Tamár mit einem bedauernden Blick an. »Es ist Brauch, um sich von einer geliebten Person zu verabschieden. Ich wollte Viçinia diese letzte Ehre erweisen. Aber es war keine gute Idee, allein mit diesem Schnapskrug Abschied zu nehmen.«

Ein Lächeln huschte über Tamárs Züge. »Ihr habt alles getrunken, was bei einem Abschied normalerweise von allen getrunken wird?«

»Macht Euch nicht lächerlich, natürlich nicht«, knurrte Flores, doch genau in diesem Augenblick stolperte sie über einen Zeltpflock und wäre beinahe gestürzt, wenn Tamár nicht ihren Arm ergriffen hätte. Mit einem schiefen Grinsen fügte die Wlachakin hinzu: »Oder vielleicht doch. Jedenfalls fehlten die Geschichten, die geteilten Erinnerungen. Ohne die Erzählungen ist es nicht dasselbe.«

»Vielleicht würdet Ihr mir gestatten, an diesem Abschied teilzunehmen. Meine Untertanen verdanken Nemes Viçinia viel, und auch wenn ich sie nicht lange gekannt habe, kann ich doch manch Gutes über sie berichten.«

Verwundert blickte Flores den Masriden an. Sie suchte nach Spott oder Hohn in seinen Zügen, doch seine Augen blickten ernst.

»Wenn Ihr es wünscht. Ich bin sicher, dass Viçinia erfreut wäre.«

»Danke. Dann ladet mich ein, wenn Ihr einen neuen Krug aufgetrieben habt. Und nun gehabt Euch wohl, Nemes Flores.«

»Sichere Wege, Marczeg Békésar«, erwiderte die Wlachakin und sah dem Krieger nach, bis er zwischen den Zelten verschwand. *Er hat tatsächlich Ehre im Leib, auch wenn es die verdrehte Ehre eines Masriden ist,* dachte sie, während sie ihr Zelt betrat. Mit einem Seufzen ließ sie sich auf ihre Bettstatt nieder und schloss die Augen, bis die Welt aufhörte, sich um sie zu drehen und sie in den Schlaf sank.

26

Die Tatsache, dass der größte Teil der Trolle im Wald bleiben musste, weil die Hütte und der Schuppen einfach nicht genug Platz boten, sorgte für einigen Unmut. Aber Pard schritt entschieden gegen das wütende Gebrummel ein und sorgte rasch für Ruhe. Also machten sich die Trolle auf der Lichtung breit, während Pard, Kerr und Şten in die Hütte traten. Der Eingang war selbst für einen Menschen klein, sodass Pard beinahe auf allen vieren hindurchkriechen musste. Im Inneren war die Decke kaum höher, also knieten sich die beiden Trolle einfach hin.

Interessiert sah Kerr sich um. Die Beschreibung des Geistsehers hatte ihn neugierig gemacht. Aber die Einrichtung der Hütte war wenig beeindruckend. In einem steinernen Kamin prasselte und zischte ein Feuer vor sich hin. An den Wänden hingen Haken mit Kleidung und Werkzeugen aus Metall und Holz. Ein Tisch war an die Seite geräumt worden, zwei grob gezimmerte Stühle standen darauf, um Platz zu schaffen. Es gab eine einfache Bettstatt mit Fellen, auf denen ein alter Mensch lag, der mit einer warmen Decke zugedeckt war.

Auch der Geistseher war kaum bemerkenswert. Seine Haut war faltig, die Haare weiß und ungekämmt. Die Augen waren geschlossen, und sein Atem ging stoßweise. Ein feuchtes Glänzen lag auf dem eingefallenen Gesicht.

Weitaus interessanter war da schon der Elf, der sich abseits der Trolle in der schmalen Ecke niedergelassen hatte, welche das Bett frei ließ. Noch nie hatte Kerr einen der Waldjäger gesehen. Seine Kleidung bestand aus weichem Leder, eine einfache Hose, dazu ein langer, dunkler Mantel mit Kapuze. Zunächst hatte der junge Troll geglaubt, die Bilder auf der Haut seien nur aufgemalt, doch sie schienen zu ihr zu gehören. *Werden sie so geboren? Was hatte Druan darüber berichtet?*

Der Blick des Elfen lag auf den Trollen. Seine seltsamen Augen waren groß, mandelförmig und von unbestimmter Farbe, schienen einmal heller, dann wieder dunkler zu sein. Das Haar hingegen war hell, fast so weiß wie das des Alten, nur dass es im schwachen Licht des Feuers schimmerte. Es fiel bis auf die Brust des Elfen, wo es mit den Mustern auf seiner Haut zu spielen schien. Die dunklen Schemen in seiner Haut umschmeichelten die Form seiner Muskeln, eine Ranke wand sich am Hals des Elfen empor und endete knapp unter seinem spitzen Ohr. Immer, wenn der Elf sich bewegte, schienen die Muster zu tanzen und zu verschwimmen, sie gingen ineinander über, und Kerr war sicher, dass die Formen sich tatsächlich veränderten, wenn er nicht hinsah.

Als der Elf den prüfenden Blick des Trolls bemerkte, senkte er sein Haupt und sah Kerr aus seinen unergründlichen Augen an. Obwohl der Troll keine Angst verspürte, war er wie gebannt, überwältigt von einem Gefühl, das er zunächst nicht deuten konnte. *Wir sind beide fremd,* erkannte Kerr schließlich und fühlte sich dem Elfen mit einem Mal auf eine alte, urtümliche Art und Weise verbunden. Sein Gegenüber lächelte und entblößte zwei Reihen weißer Zähne. Auch Kerr zeigte vorsichtig seine Hauer, um den Elfen nicht zu beunruhigen.

»Wie lange geht das schon so?«, fragte Şten und zerriss damit das eigenartige Band zwischen Troll und Elf. Hastig fügte der Mensch hinzu: »Mein Name ist Şten. Wie heißt du?«

»Mein Name ist Tarlin«, erwiderte der Elf in melodiösem Tonfall, der die Worte miteinander verband und wie ein einziges erscheinen ließ.

»Tarlin«, probierte sich Kerr an den fremden Klängen.

»Genau, Freund Troll. Und auf deine Frage, Mensch: Er ist seit vielen Tagen krank. Seit die Sonne so gnadenlos auf die Welt scheint.«

Das schien Şten zu genügen, denn er kniete neben dem Bett nieder und strich dem alten Mann einige schweißfeuchte Strähnen aus dem Gesicht. Kerr beugte sich zu Pard vor und flüsterte: »Ich hatte mir sein Heim anders vorgestellt. Das von der Anführerin war viel größer, und es gab Bilder an den Wänden.«

»Ich habe dir doch erzählt, dass wir draußen warten mussten, weil es viel zu klein für Trolle ist.«

»Ja, aber so klein? Und keine Bilder, keine Säulen, nichts.«

»Warum sollte er Bilder haben?«, fragte Pard erstaunt.

»Aber Ionna hat doch Bilder, und er ist doch auch ein wichtiger Mensch...«, begann Kerr, aber ein Lachen, das zu einem trockenen Husten wurde, unterbrach ihn. Erstaunt blickte er zum Bett, wo der alte Mann die Augen geöffnet hatte und unter einem Hustenanfall erbebte. Langsam nur beruhigte sich seine Atmung. Ohne sich den Trollen zuzuwenden, sagte er so leise, dass es kaum vernehmlich war: »Es ist recht unhöflich, im Beisein des Besitzers über die Armut eines Hauses zu sprechen.«

»Oh. Tut mir leid«, erklärte Kerr ernsthaft, was erneut eine gewisse Heiterkeit bei dem alten Mann auslöste.

»Trolle mit guten Sitten. Was kommt als Nächstes? Esst ihr Menschen mit dem Messer und trinkt dazu einen leckeren Wein?«

Verwirrt blickte Kerr Pard an, der jedoch nur mit den Achseln zuckte. Bevor er antworten konnte, sagte der Elf: »Du solltest dich ausruhen, Mensch. Du bist schwach.«

»Lass einem alten Mann die Freude eines Scherzes, Tarlin. Jeder sollte sich selbst aussuchen dürfen, was seine letzten Worte sein sollen.«

»Ihr werdet sterben?«, fragte Şten offensichtlich besorgt.

»Früher oder später. So ist der Lauf des Lebens.«

»Wir hatten gehofft, dass Ihr uns helfen könnt.«

»Das letzte Mal warst du nicht so förmlich, Junge. Aber da waren deine Augen auch noch heller und deine Stimme lebendiger. Wir alle sterben wohl ein Stück weit, wieder und wieder«, erklärte der alte Mann müde und schloss die Lider.

»Gebt ihm etwas Zeit«, bat Tarlin und erhob sich. »Geht ins Freie. Ich kümmere mich um ihn.«

Gemeinsam mit Şten und Pard bückte sich Kerr, um durch die Tür zu gelangen. Dann atmete er die frische Luft des Waldes. Es roch nach Tieren und nach Pflanzen. Vor allem aber nach Mensch und Troll und Elf. Nach mehr als einem Elfen.

»Es waren viele von ihnen hier«, sagte er zu Şten. »Und es sind noch welche in der Nähe.«

»Vangeliu scheint ihr Freund zu sein«, erwiderte der Mensch und schritt entschlossen über die Lichtung. Als Kerr ihm folgen wollte, packte ihn Pard an der Schulter. Verwundert blickte der junge Troll den Anführer an.

»Er besucht seinen Freund.«

»Wo? Welchen Freund?«

»Die Menschen vergraben ihre Toten. Sein Freund liegt dort vorn in der Erde.«

»Was? Sie begraben ihre Toten? In der Erde? Das ist ja widerlich«, befand Kerr und verzog das Gesicht. »Sie lassen sie einfach verfaulen?«

Der große Troll antwortete nicht, und Kerr folgte seinem Blick zu Şten, der sich am Rand der Lichtung mit gesenktem Haupt niedergekniet hatte. Vielleicht konnte Kerr den Menschen flüstern hören, vielleicht war es nur der Wind in den Bäumen.

Verwirrt betrachtete der junge Troll das Schauspiel, bis Şten sich wieder erhob und ungelenk zu ihnen zurückkam. Der Mensch würdigte sie keines Blickes, und Kerr stellte fest: »Du bist anders.«

»Was meinst du damit?«, verlangte der Wlachake zu wissen.

»Der alte Mann hat es auch gesagt. Du bist viel stiller als sonst. Und viel böser.«

Der Mensch lachte freudlos. »Böser?«

»Ja, du erzählst nichts mehr, und wenn man dich etwas fragt, dann antwortest du kaum. Du bist anders«, erwiderte Kerr trotzig.

»Lass mich in Ruhe, Troll«, fauchte Şten. Seine Augen funkelten zornig, als er die Fäuste in die Hüften stemmte. Obwohl Kerr den Menschen nicht weiter verärgern wollte, schüttelte er den Kopf.

»Schon wieder«, rutschte es ihm heraus. Mit einem schnellen Schritt war Şten bei ihm und starrte ihn finster an. Obwohl der Mensch viel kleiner war, schien er keine Angst zu haben.

»Was weißt du schon? Was weißt du von mir? Nichts! Also lass mich in Ruhe, klar? Ich kann dein Gerede nicht mehr hören! Selbst Hunde wissen, wann sie schwiegen müssen!«

Erschüttert wich Kerr einen Schritt zurück. Besänftigend hob er die Hände.

»Das wollte ich nicht. Ich wusste doch nicht …«

»Genau! Du weißt nichts!«

Mit diesen Worten wirbelte Şten herum und ging zurück in Richtung Wald, während Kerr verdattert stehen blieb. Hilfesuchend blickte er Pard an, der ebenso verwirrt zu sein schien wie der junge Troll selbst. Die anderen Trolle sahen zu ihnen herüber, aber keiner sagte etwas zu dem, was sie soeben gehört und gesehen hatten.

»Lass ihn«, brummte Pard schließlich. »Manchmal kann man Menschlinge einfach nicht verstehen. Glaub mir, ich habe es versucht, aber es geht nicht. Normalerweise sind sie klein und schwach, und dann plötzlich geschieht etwas, und sie werden rasend vor Zorn. Oder Schmerz. Wenn Şten etwas so weit bringt, dann kann ihn kaum etwas aufhalten. Dann ist er beinahe wie ein Troll.«

»Hoffentlich ist er nicht wütend und lässt uns allein. Ich wollte ihn nicht vertreiben.«

»Er beruhigt sich schon wieder. Das tut er immer«, erklärte Pard gleichmütig und schritt zurück zur Hütte, wo er sich hinsetzte. Unschlüssig stand Kerr auf der Lichtung. Vor ihm war Ştenim dunklen Forst verschwunden, hinter ihm saß Pard im schwachen Licht, das aus der Hütte fiel. Zögerlich trat er einen Schritt in Richtung Hütte, wandte sich aber wieder um. *Druan hat gesagt, dass Wissen wichtig ist, wenn man überleben will. Nicht nur Stärke, sondern auch Schläue.*

Entschlossen folgte Kerr dem Geruch des Menschen zwischen die finsteren Bäume. Das Unterholz war hier dicht, und das reichliche Laub verhinderte, dass das Mondlicht den Wald erhellte. So vorsichtig Kerr auch ging, seine großen Füße zerbrachen Äste, und er war nicht wirklich leise. Die Tiere des Waldes flohen vor ihm, und so erschien ihm sein Vormarsch umso lauter. *Welches Wesen kann hier jagen? Die Elfen müssen zaubern können.*

Vor allem sein Geruchssinn geleitete den Troll zu dem Menschen, der unter einem mächtigen, uralten Baum saß. Sein Rücken lehnte an dem Stamm, seine Beine waren angewinkelt, und seine Hände ruhten auf den Knien. Er hielt die Augen geschlossen.

Unsicher, ob er sich weiter nähern oder wieder gehen sollte, stand der junge Troll wie angewurzelt da. Schließlich traf er eine Entscheidung. »Şten?«

»Verschwinde«, erklang die Stimme des Wlachaken, doch alle Kampfeslust war aus ihr gewichen, und sie klang müde und verloren.

»Etwas ist geschehen, nicht wahr? Deswegen geht es dir schlecht, und darum bist du nun mit uns gekommen«, vermutete der junge Troll.

»Ich will nicht mit dir darüber reden.«

Langsam trat Kerr näher und setzte sich neben Şten. Es roch nach Erde und nach Blättern, nach Tieren, Pflanzen und nach Leben, aber auch nach Tod. Es war ein schwerer, starker Duft, den es in den Gebeinen der Welt nicht gab.

»Ist es euer Krieg? Habt ihr verloren?«

Zunächst schwieg Ştten, und Kerr dachte, dass der Mensch nicht antworten würde. Aber dann erwiderte er: »Nein. Der Krieg ist nicht verloren. Eigentlich beginnt er erst. Aber er hat schon Opfer gefordert …«

Die Worte des Menschen hingen in der Luft. Die Trauer in ihnen war spürbar, und Kerr lief ein Schauer über die Haut.

»Opfer?«

»Meine Frau; meine Gefährtin, wie du sie nennen würdest. Unser Kind. Sie sind tot, begraben unter Burg Zvaren«, sagte Ştten tonlos.

Darauf wusste Kerr nichts zu erwidern. *Verlust bringt auch Menschen Schmerz,* erkannte der Troll. *Druans Tod tut weh. Er sollte hier sein und uns führen. Jeder kann fühlen, dass er uns fehlt. Und Anda hat Zdam verloren, und nun will sie alle Menschen töten.*

»Kannst du das überhaupt verstehen? Was das bedeutet?«

»Vielleicht nicht. Ich bin kein Menschling. Aber wir Trolle trauern auch um unsere Toten. Ich vermisse Druan«, erklärte Kerr vorsichtig. »Ich weiß nicht, wie es bei euch Menschlingen ist. Aber so ist es bei uns.«

»Wir wollten Frieden. Wir wollten gemeinsam leben. Das alles wurde uns genommen. Sie wandelt nun auf den Dunklen Pfaden, und ich bleibe allein zurück.«

Diesmal schwieg Kerr, während Ştten in die Düsternis des Waldes starrte. Als der Mensch wieder sprach, war seine Stimme matt und kalt. »Ich bin allein in der Dunkelheit.«

»Wir sind noch da«, erwiderte Kerr ernsthaft.

»Ihr seid noch da. Aber Viçinia ist fortgegangen. Natiole

ist fortgegangen«, sagte Şten, und plötzlich kam Leben in ihn. Er richtete sich auf und fuhr fort: »Mein Pfad liegt doch deutlich vor mir, Kerr. Ich werde euch helfen, was immer auch geschieht. Meine letzte Schuld in dieser Welt begleichen.«

Damit stand der Mensch auf und schüttelte seinen Kopf, sodass seine langen Haare umherwirbelten. Auch Kerr erhob sich und ging gemeinsam mit Şten zurück. Der schweigende Wald gab sie frei, und sie erreichten die Lichtung, wo Pard ihnen winkte.

»Kommt her! Der Elf sagt, dass es dem Alten besser geht!«

Schnell schritten sie über die mondbeschienene Lichtung und betraten erneut das kleine Haus. Tarlin hockte wieder in einer Ecke, aber Vangeliu erschien tatsächlich lebendiger als bei ihrem ersten Besuch. Er lag mit einigen Pelzen im Rücken an die Wand gelehnt und sah die Neuankömmlinge aus wachen Augen an. Da Kerr nicht sicher war, wie man den Alten angemessen begrüßte, nickte er einfach, wie er es bei den Menschen gesehen hatte.

»Es freut mich, dass es Euch besser geht«, eröffnete Şten das Gespräch.

»Du musst nicht so förmlich sein, Junge. Ich bin kein Bojar oder Marczeg. Nur ein einfacher, alter Mann.«

»Ihr verdient jeden Respekt«, erwiderte der Krieger und neigte das Haupt. Mit sichtlicher Anstrengung winkte Vangeliu ab.

»Ich habe mein ganzes Leben so gelebt, und ich werde ganz sicher nicht jetzt damit anfangen, mich so förmlich ansprechen zu lassen. Worte zeigen keinen Respekt, Junge, Taten tun es.«

»Wie du wünschst. Wir sind hier ...«, begann Şten, doch Vangeliu unterbrach ihn: »Weil ihr Hilfe sucht.«

»Das stimmt. Die Trolle werden angegriffen und vertrieben. Aber vielleicht berichten sie am besten selbst davon. Pard?«

Doch der große Troll brummelte nur und zeigte auf Kerr, der von dem Krieg gegen Anda erzählte, von Druans Tod und von ihrer Flucht. Zunächst nur zögerlich, doch dann sprudelten die Worte nur so aus ihm heraus. Alle lauschten schweigend. Der alte Mann hatte die Augen geschlossen, und Kerr fürchtete schon, dass er wieder eingeschlafen sei.

»Anda ist sehr groß und sehr stark geworden. Stärker als alle anderen von uns. Und sie hat Trolle getötet. Was immer mit ihr geschehen ist, es ist gegen unsere Natur. Das ist es, was Druan mich gelehrt hat.«

Als der junge Troll seine Erzählung beendet hatte, nickte Vangeliu. »Und nun seid ihr hier, weil Druan euch zu Şten und mir gesandt hat?«

»Ja«, antwortete Pard. »Wir hätten gekämpft, aber Druan wollte, dass wir an die Oberfläche zu euch gehen. Ich weiß nicht warum, aber er wird seine Gründe gehabt haben.«

»Ein Mensch hat erzählt, dass Anda im Bunde mit den Geistern steht«, ergänzte Kerr, der sich wieder an das Gespräch bei ihrem Aufbruch erinnerte.

»Er sprach von einer Brut der Dunkelheit«, warf Şten ein. »Allerdings weiß ich nicht, ob er die Trolle meinte oder etwas anderes.«

»He!«

»Nun ja, Kreaturen des Lichts seid ihr ganz sicher nicht. Vielleicht war der Bote jemand, der an das Göttliche Licht glaubt«, verteidigte sich Şten.

»Wir sind keine Brut der Dunkelheit«, widersprach Pard ernst. »Nur weil wir auch an den dunklen Orten unter der Welt überleben können, heißt das noch lange nicht, dass wir irgendso ein Menschenscheiß sind!«

»Schon gut. Mir brauchst du das nicht zu erklären, ich habe lediglich Vermutungen angestellt, was der Bote gemeint haben könnte. Also beruhig dich wieder, ja?«

Mit verkniffener Miene nickte Pard.

Ein leises Geräusch ließ Kerr zu dem Elfen aufblicken.

»Ein Schatten hat sich über das Land gelegt«, begann Tarlin unvermittelt. »Nachdem der Schnee geschmolzen war.«

»Ein Schatten? In diesem Jahr? Im Sommer?«, fragte Ṣten. Der Wlachake schien überrascht zu sein.

»Wir vermuten, dass die Taten der Eisenmenschen damit im Zusammenhang stehen. Der Atem des Dunkelgeistes hängt schwer über dem Land.«

»Aber Ionna hat den Zugang in Starig Jazek doch versiegeln lassen, und das Kloster steht nun leer. Die Sonnenmagier, die den Dunkelgeist mit ihren Ritualen erweckt haben, sind tot. Der Orden ist in Wlachkis schwach. Und haben Geistseher nicht die alten Gesänge wieder aufgenommen, die den Dunkelgeist binden sollten?«

Bedächtig nickte Vangeliu. Sein Blick ruhte auf Kerr, als er antwortete: »Das ist richtig. Aber wir sind nicht mehr viele. Und wir sind krank.«

»Ihr seid krank? Was meinst du damit?«

»Der Atem des Dunkelgeistes macht uns krank. Zunächst, als mich diese Schwäche befiel, dachte ich einfach, dass meine Zeit gekommen sei. Aber dann tauchte Tarlin auf und berichtete mir von dem Wissen seines Volkes.«

»Kaline ist auch krank«, entfuhr es Kerr. »Sie konnte nicht mit uns reden!«

»Die Geistseherin der Voivodin«, erklärte Ṣten, als Vangeliu die Stirn runzelte. »Sie hat ein Fieber, das sie ans Bett fesselt.«

»Auf den Pfaden der Geister zu schreiten und in ihre Welt zu blicken öffnet eine Pforte. Während der Einfluss des Dunkelgeistes auf das Land langsam und schleichend ist, erreicht er uns schneller.«

»Was für ein Dunkelgeist?«, fragte Kerr verwirrt. »Und wieso Atem?«

»Es gab einst einen Geist, der in diesem Land wandelte. Mein Volk kennt ihn als den Weißen Bären«, erklärte Ṣten. »Als die Wlachaken noch uneins waren und Krieg herrschte, da lebte unter ihnen ein einfacher Krieger namens Radu. Von seiner Sippe verstoßen, zog er in die Wälder. Ähnlich wie bei euch, bedeutete damals Verbannung den fast sicheren Tod. Aber Radu traf eine Weise Frau, eine Geistseherin, die ihm vom Weißen Bären berichtete. Ein Schutzgeist meines Volkes, dessen Auftauchen stets ein Grund großer Freude war. Doch er war in der Gewalt eines mächtigen Dunkelgeistes. Da Radu nichts mehr zu verlieren hatte, schritt er ohne Furcht in den Forst und stellte sich dem Dunkelgeist.«

»Das ist der Dunkelgeist, der jetzt in der Tiefe lebt?«

»Nein, lass mich zu Ende erzählen. Radu besiegte den Dunkelgeist mit List und mit Kraft. Er befreite den Weißen Bären und trat vor die versammelten Anführer der Stämme und warf das Haupt des Dunkelgeistes in ihre Mitte. Alle konnten sehen, dass er den Segen des Weißen Bären hatte, und so wurde Radu von den Stämmen zum Kralj, zum König erhoben. Das ist die Legende, die Geschichte, die jedes Kind in Wlachkis kennt. Aber sie endet hier nicht. Etwas geschah mit dem Weißen Bären. Was, das muss Vangeliu dir erzählen.«

Neugierig sah Kerr zu dem alten Mann, der die Augen wieder geschlossen hatte. In den Zügen des Menschen las Kerr eine tiefe Trauer. Mit brüchiger Stimme erzählte Vangeliu: »Viele Jahre regierte Radus Geschlecht in Wlachkis, manche gut, andere schlecht, aber im Land gab es Frieden. Doch nichts ist für immer, und auch diese Zeit verging. Sie endete mit dem Marsch der Soldaten des Dyrischen Imperiums, die vor einem halben Jahrtausend die Sorkaten überquerten und das Land eroberten. Die Linie des ersten Kralj durfte weiterherrschen, doch ihre Kinder wurden in das Goldene Imperium gebracht. So ging es viele Jahre. Die Dyrier hörten von unseren Sagen und Legenden. Sie gelangten bis zum Ohr des Sohnes des Imperators, eines Prinzen von großer Stärke und großer Eitelkeit. Er rief eine Jagdgesellschaft zusammen und führte sie nach Wlachkis.«

»Menschen sind blind für das Spiel der Welt«, warf Tarlin ominös ein. »Die meisten spüren nicht einmal, wenn es eine Verbindung gibt.«

»Sie stellten den Weißen Bären südlich von hier. Niemand weiß, wie sie ihn fanden. Vielleicht wollte er gefunden werden, vielleicht auch nicht. Sie verletzten ihn, doch er war zu stark für die Magie ihrer Priester und die Waffen der Jäger. Er nahm dem Prinzen das Leben. Blut benetzte die Erde, Blut vermengte sich mit Tränen. Die Waffen und die Magie hatten den Weißen Bären tödlich verletzt, doch seine Macht war zu groß, und er konnte nicht sterben. In seinem Schmerz wurde er zu Dunkelheit. Das Licht der Sonne brannte auf seinem Leib, und er floh in die Tiefen der Welt. Und sein Geist zerbrach in der ewigen Finsternis.«

Eine Weile sprach niemand. *Diesen Geist haben die Sonnenmagier versucht zu beherrschen, um uns Trolle zu töten,* dachte Kerr. *Und das nur für ihren Pakt mit den Zwergen!*

»So geschah es?«, fragte Şten leise. Als Vangeliu erschöpft nickte, führte der Krieger aus: »Der Tod des Prinzen in Wlachkis brachte große Not über das Land. Als wären die Menschen schuld an seinem Tod, befahl der Herr der Dyrier den Tod eines jeden vierten Wlachaken. Noch während die Gräuel geschahen, einten die Stämme sich und traten den Soldaten des Imperiums entgegen. Unter Kralja Anéa schlug mein Volk bei den Drei Schwestern das Aufgebot des Imperiums und beendete die Herrschaft des Goldenen Imperators hundert Jahre, nachdem sie begonnen hatte. Aber ich wusste nicht, dass der Prinz durch den Weißen Bären starb.«

»Wenige wussten dies. Viele von diesen verschwanden während der langen Herrschaft der Masriden. Unser Volk hat mehr verloren als seine Freiheit, Şten«, erwiderte Vangeliu schwach. »Vieles ist auf ewig untergegangen, unwiderruflich aus dem Wissen der Menschen verschwunden.

In den alten Liedern und Geschichten ist noch viel Wahrheit vorhanden, aber wir können sie kaum noch deuten. Mir wurde die Geschichte erzählt, als ich jung war. Jetzt gebe ich sie weiter.«

»Aber wie hilft uns das alles?«, knurrte Pard. »Ihr habt gekämpft, mal gewonnen, mal verloren. Schön. Aber eure Kriege interessieren mich einen Dreck.«

»Der Dunkelgeist ist die Quelle«, antwortete Vangeliu. »Etwas hat ihn geweckt. Sein Einfluss ist stark geworden in den letzten Monden. Die Sonne dörrt das Land unbarmherzig aus, Hunger und Krankheit werden folgen. Misstrauen wird zu Hass, Freunde zu Feinden. Das Land zerbricht, so wie der Geist zerbrach.«

»Was bedeutet das alles?«, fragte Kerr hilflos. »Was sollen wir tun?«

»Ich fürchte, dass eure Anda den Dunkelgeist geweckt hat. Und seine Macht wächst und wächst mit jedem Tag, den er weiter aus seinen düsteren Träumen aufsteigt. Ich wage nicht daran zu denken, was geschehen mag, wenn er vollends erwacht und wieder umgeht.«

»Es wird Krieg geben«, warf Şten plötzlich ein. »Unter den Masriden gab es Verrat, und Ionna wird wieder in die Schlacht ziehen.«

»Solange der Geist nicht schläft, wird es niemals Frieden in Wlachkis geben. Und wenn er ganz erwacht, werden die Kriege unser aller Ende bedeuten.«

»Ist er so mächtig?«, wunderte sich Kerr.

»Er ist das Land, seine Seele, sein Leben. Seine Verbindung zu allem, was lebt und was tot ist, ist nicht abgerissen, als er verwundet wurde und sich veränderte. Nur ist er seither kein Beschützer mehr, und sein Einfluss verändert nun alles zum Schlechteren.«

Schweigend saßen Menschen, Trolle und Elf in der Hütte. Von draußen erklangen die Stimmen der anderen Trolle, doch der Wald und die Lichtung schienen Kerr weit entfernt zu sein. *Wie sollen wir gegen eine solche Macht be-*

stehen? Was können wir gegen das Land selbst ausrichten? Anda trägt die Macht der ganzen Welt in sich!

Selbst Pard blickte missmutig zu Boden.

Mit leiser Stimme sagte Vangeliu: »Ich kann euch nicht helfen. Aber vielleicht gibt es jemanden, der das kann.«

27

Die Sterne standen unbeweglich am Himmel. Nur langsam, fast unmerklich, zogen sie vorbei. Die Dunkelheit zwischen den fernen Lichtern war unendlich; immer wieder drohte sie, Viçinia zu verschlingen. Hin und wieder schreckte die Wlachakin aus dem Schlaf hoch, in den sie, ohne es zu merken, gefallen war. Wachen und Träumen waren einander so ähnlich geworden, dass die Grenze zwischen beiden kaum noch Bedeutung zu haben schien. Sie fühlte sich schwach, kaum fähig, die Arme zu heben. Der Versuch, ein Ruder zu nehmen und das Boot ans Ufer zu steuern, hatte nur mit dem Verlust des Ruders und einem neuerlichen Anfall von Übelkeit geendet. Jetzt lag sie still rücklings im Boot und blickte zum Himmel hinauf. *Ich hätte dem Geist des Flusses etwas opfern müssen,* ging es ihr durch den Kopf. *Jetzt ist er zornig und wird mich verschlingen.*

Doch der Fluss ließ ihr Schiff nicht kentern, sondern trug es auf seinen Wellen immer weiter nach Osten. *Irgendwann muss ich an Land zurück. Der Osten ist falsch. Ich muss zu meiner Schwester und zu meinem Mann,* dachte die junge Adlige. *Bald. Ich bleibe nur noch ein wenig liegen, dann werde ich versuchen, das Boot ans Ufer zu bringen. Wie viele Tage fahre ich schon? War es einer oder zwei?* Sie konnte keinen Gedanken festhalten, solange der Fluss sie mit seinem einschläfernden Murmeln weitertrug.

Die Sterne leuchteten, bis sie plötzlich verschwanden und nur Schwärze übrig ließen.

Ein Stoß, der das Boot erschütterte, weckte Viçinia. Als sie ihre Augen aufschlug, griff kalte Furcht nach ihrem

Herzen. Eine allumfassende Schwärze umgab sie. *Ich bin blind!*, dachte sie panisch.

Wieder ging ein Ruck durch das Boot, der diesmal von einem knirschenden Geräusch begleitet wurde. Viçinia ließ ihre Hände über die Planken des Bootes wandern, bis ihre Fingerkuppen kühlen Stein berührten, der an der Bootswand schabte. Der Stein war eben, wie von Menschenhand bearbeitet. Mühsam versuchte die Wlachakin, sich zu beruhigen. Sie atmete bewusst langsam und schloss die Augen wieder. Je ruhiger ihr Herz schlug, desto mehr wurde ihr ihre Umgebung bewusst. Das Rauschen des Flusses hallte an dem Ort wider, an dem sie sich befand. Es klang, als sei sie in einer tiefen Schlucht. Oder in einer Höhle. Die Erkenntnis ließ ihr Herz sinken. Die Angst kam dunkel und urtümlich zurück, als sie erkannte, wo sie sich befand. *Oh nein. Nein. Der Magy hat mich in die Berge getragen. Ich bin in den Sorkaten!*

So wie der Fluss im Westen aus vielen Quellen in den Bergen entsprang und sich auf seinem langen Weg durch das Land von dünnen Rinnsalen zu einem mächtigen Strom verbreiterte, so tauchte er im Osten in die Höhlen unter den Bergen ein, nur um jenseits der Sorkaten im Dyrischen Imperium wieder aufzutauchen. Niemand wusste, welchen verschlungenen Pfaden der Magy in den Tiefen der Sorkaten folgte. Die Bauern sagten, dass niemand, dessen Boot dort hineingeraten war, jemals wieder das Licht des Tages gesehen hatte. Die Angst hielt Viçinia in ihrem eisernen Griff. *Aber wenigstens bin ich nicht blind,* dachte die Wlachakin in dem verzweifelten Versuch, wieder Mut zu schöpfen. »Und noch lebe ich!«, sagte sie laut. Ihre Stimme wurde von den Wänden zurückgeworfen, klang hohl in ihren Ohren, doch die lähmende Furcht fiel von ihr ab.

»Noch lebe ich«, wiederholte sie, und dann rief sie noch einmal: »Ich lebe!«

Die Worte verhallten oder wurden vom Rauschen des Magy verschluckt. Vorsichtig richtete Viçinia sich auf. Ein

Gefühl von Schwindel überkam sie, doch sie unterdrückte die aufsteigende Übelkeit und hielt sich an der Bordwand fest. Langsam verflüchtigten sich die tanzenden Lichter vor ihren Augen wieder.

Auf der linken Seite rieb das Boot im Takt der kleinen Wellen gegen den Fels. Anscheinend bewegte es sich nicht mehr, sondern lag fest an der Wand. Auf Händen und Füßen kroch Viçinia vorsichtig zum Bug. Tatsächlich wurde das Fischerboot dort gegen einen Vorsprung gedrückt und hing für den Moment fest.

Mit dieser Erkenntnis lehnte sich Viçinia zurück und dachte nach. Das Boot lag irgendwo in den Höhlen unterhalb der östlichen Sorkaten. Sie konnte versuchen, mit dem Fischerboot entweder durch die Finsternis den Fluss hinabzufahren oder gegen den Strom zurückzugelangen. Obwohl es ihr widerstrebte, die Hand in das Wasser zu tauchen, das sie nicht sehen konnte, ließ sie ihre Finger prüfend in das eiskalte Nass gleiten. Sie erkannte, dass die Strömung hier nur sehr schwach war. Dennoch erschien es ihr kaum möglich, ein Boot gegen den Fluss zu rudern, schon gar nicht allein.

Während sie noch überlegte, meldete sich ihr Magen mit einem unwirschen Knurren. Erst jetzt fiel der Bojarin auf, wie hungrig sie war. *Wie lange habe ich nichts gegessen?*, fragte sie sich, doch sie wusste die Antwort nicht. Aber sie erinnerte sich an Scilois Worte. Suchend tastete sie im Boot umher, bis sie tatsächlich einen Beutel fand, der unter eine der Bänke gestopft war. Dankbar suchte sie die Schnüre, die den Beutel verschlossen, und zog sie auf. Ihre forschenden Finger fanden mehrere eingewickelte Pakete unterschiedlicher Größe; vermutlich Brot, Käse und Wurst.

Gerade als sie diese herausnehmen wollte, berührte sie eine Metalldose. Für einen Moment stockte ihr Herz, dann jubelte sie innerlich. *Ein Zunderkästchen!*

Hastig suchte sie weiter und fand eine kleine Laterne, in

der Öl gluckste. Mit zittrigen Fingern holte sie die Schätze hervor und baute sie in der Dunkelheit vor sich auf. Vorsichtig öffnete sie das Kästchen und schüttete ein wenig Zunder vor sich auf die Bank. Dann schlug sie Feuerstein und Stahl zusammen. Funken blitzen in der Dunkelheit auf, doch nicht hell genug, um etwas zu erleuchten. Dennoch fachten sie ein Feuer der Hoffnung in Viçinia an, und endlich fiel auch ein Funken auf den Zunder. Vorsichtig blies die Wlachakin, um dem Licht Leben einzuhauchen.

Die kleine Flamme erleuchtete das Boot und warf einen trüben Schein auf ihre zitternden Hände. Noch ohne auf ihre Umgebung zu achten, hob Viçinia das winzige Licht hoch und hielt es an den Docht der Laterne. Ein Windhauch ließ es flackern, doch dann griff die Flamme schließlich auf das Öl über, und die Lampe spendete ein warmes, tröstendes Licht. Einige Augenblicke blieb die Wlachakin einfach still sitzen und genoss das wundervolle Licht. Aber dann hob sie die Lampe hoch und sah sich um.

Das Boot lag an einer Felskante, die offensichtlich bearbeitet worden war. Zunächst verwirrte dies Viçinia, doch dann wurde ihr bewusst, dass sie auf eine Art Kaimauer blickte, die anscheinend direkt in den dunklen Stein geschlagen worden war. Insgesamt wirkte der ganze beleuchtete Teil wie ein großer Hafen. Zum Fluss hin gab es einen weiteren Felsausläufer, welcher die Strömung umlenkte und so ein sicheres Becken schuf, in das ihr Boot getrieben worden war. *Ein Hafen unter den Sorkaten? Das ist ein wahres Wunder!*

Fasziniert betrachtete Viçinia die unglaubliche Arbeit. *Es gibt hier unten Bewohner, das ist sicher,* dachte sie. *Das kann Rettung bedeuten, aber auch Tod, wenn die Erbauer dieser Anlage Eindringlingen wie mir feindlich gesonnen sind.*

Inbrünstig wünschte die Wlachakin sich, dass sie den Geschichten der Trolle über ihre Heimat mehr Gehör geschenkt hätte. Aber viele Erinnerungen an Druans und

Pards Worte waren ihr nicht geblieben. Abgesehen von den Trollen und dem Kleinen Volk, hatte sie von keinerlei Unterweltbewohnern gehört.

Ein Stück hinter dem Boot konnte sie im Zwielicht Stufen erkennen, die von der Kaimauer zum Wasser hinabführten. Entschlossen stellte sie die Lampe auf eine Bank und begann, das Boot an der Mauer entlangzuziehen. Das schwere Fischerboot ließ sich nur langsam bewegen, aber schließlich erreichte die Wlachakin doch die Treppe, deren Stufen sehr flach waren. *Trolle haben diese Treppe sicherlich nicht angelegt. Aber wer dann? Sollte das Kleine Volk tatsächlich den Hafen erbaut haben?*

Oben in die Mauer waren an einigen Stellen armdicke Ösen eingelassen, durch die Viçinia nun ein Tau schlang, das sie am Bug des Schiffes befestigte. Dann stellte sie ihren Vorratsbeutel auf die Mauer, platzierte die Laterne daneben und stieg die Stufen hinauf. Am Ende der Treppe hielt sie einen Moment inne, um Atem zu schöpfen.

Der kleine Lichtkreis konnte die Größe der Halle nicht erfassen, wohl aber die Einzelheiten ihrer näheren Umgebung. In den Stein des Bodens waren verschlungene Muster eingearbeitet, die sich über die ganze Länge des Hafenbeckens zu erstrecken schienen. *Eigentlich ist nur ein Volk für dieses Maß an handwerklichem Geschick bekannt. Aber Zwerge und Schiffe? Das klingt so unwahrscheinlich.*

Immerhin bedeutete dies nicht unbedingt etwas Schlechtes. Denn obwohl die Verbindungen zwischen Menschen und Kleinem Volk begrenzt waren, so bestand doch keine direkte Fehde zwischen ihnen. Allerdings hatten die Wlachaken an der Seite von Trollen gekämpft, und diese waren wohl seit Urzeiten in einen grausamen Krieg mit den Zwergen verstrickt. Zudem gab es seit den Ereignissen des letzten Jahres keinen Kontakt mehr mit dem Kleinen Volk, das sich anscheinend gänzlich in seine Hallen zurückgezogen hatte. *Ich sollte wohl besser nicht erwähnen, dass ich Wlachakin bin, wenn ich auf Zwerge stoße,* überlegte

Viçinia. *Vielleicht sollte ich die Frage nach meiner Herkunft ganz ausklammern.*

Aber erst einmal galt es, die Bewohner dieser Höhlen überhaupt zu finden. Also schulterte die Bojarin den Beutel und hob die Lampe auf. Vorsichtig machte sie sich auf den Weg, der vom Magy fort führte.

Der Boden, der aus beeindruckend genau eingepassten Steinplatten bestand, zeigte durchaus Spuren der Zeit. Offensichtlich waren hier schwere Lasten bewegt worden; immer wieder gab es Schleifspuren und Kratzer. Einige Stellen waren von vielen Füßen ausgetreten.

Einem dieser schwer erkennbaren Wege folgte Viçinia langsam, wobei sie ihre Umgebung genau beobachtete. Nach einigen Dutzend Schritt schälte sich eine breite Treppe aus der Dunkelheit, dann sah die Wlachakin eine hohe Felswand, die das Ende der Höhle anzeigte. Vorsichtig ging sie näher heran, bis sie große, dunkle Öffnungen in der Wand sah. Sicherlich drei Schritt hoch und mehrere Schritt breit, erhoben sich vor ihr große Tore, durch die bequem ein Wagen fahren konnte. Staunend betrachtete sie die Portale, deren Bögen kunstvoll verziert waren. Die Treppe führte in die ungewisse Dunkelheit empor. Viçinia entschloss sich, zunächst den Weg durch die Tore zu nehmen. Als sie näher herantrat, sah sie, dass der Bogen eines Portals innen schwer beschädigt war. Geröll lag auf dem Boden, Steine waren aus dem Tor gesprengt worden, und ein Teil des Ganges dahinter schien eingestürzt zu sein. Überrascht blieb Viçinia stehen und lauschte, konnte jedoch neben dem immer gleichen Rauschen des Flusses nichts hören.

Mit vorsichtigen Schritten ging sie weiter. Eine dunkle, unheimliche Furcht ergriff Besitz von ihr, als sie den Gang betrat. Ihr Körper wollte ihr den Gehorsam verweigern. Zwischen ihren Schulterblättern spürte sie ein Kribbeln, als ob jemand sie aus der Finsternis heraus beobachtete. Zu gern wollte sie weglaufen, doch sie war wie gelähmt.

Schweiß trat ihr auf die Stirn, ihre Muskeln verkrampften sich, und ihre Kehle war wie zugeschnürt. *Der Gang,* dachte sie panisch, *er wird einstürzen und mich begraben.*

Nur mit großer Anstrengung gelang es Viçinia, die Angst niederzukämpfen. Die Erinnerung an Turduj lauerte in ihrem Geist, finster und voller Schrecken. Der Gang erinnerte sie an den Fluchttunnel, der beinahe ihre letzte Ruhestätte geworden wäre. Es kostete die junge Frau einiges an Überwindung, sich tiefer in den Gang zu wagen.

Mit hoch erhobenem Licht ging sie zögerlich weiter und warf immer wieder unbehagliche Blicke zur Decke. Das Geröll auf dem Boden stammte jedoch anscheinend nicht aus dem Gang, sondern ausschließlich vom Torbogen. Gewaltige Kräfte hatten ganze Stücke herausgerissen und mehrere Schritt weit in den Gang geschleudert.

Aufmerksam folgte Viçinia dem Tunnel, der leicht abschüssig verlief. Wände und Decken waren mit verschlungenen geometrischen Mustern verziert, die sich im spärlichen Licht der Lampe zu bewegen schienen. Zwar hatten die Wlachaken über lange Jahre kaum Kontakt zum Kleinen Volk gehabt, aber Viçinia wusste, dass diese Art von fein ausgearbeiteter Verzierung kennzeichnend für die Zwerge war. Allerdings würden diese niemals solche Schäden dulden, wie sie an den Portalen entstanden waren. *Dann sind diese Hallen vielleicht nicht mehr vom Kleinen Volk bewohnt.*

Dennoch schritt sie weiter, denn eine andere Möglichkeit blieb ihr nicht, wenn sie sich nicht der ungewissen Gnade des Flusses ausliefern wollte. Noch immer lief ihr ein Schauer über den Rücken, wenn sie sich an Turduj erinnerte, aber sie behielt die Oberhand über ihre Angst. Weiter und weiter führte der breite Tunnel sie in den Berg.

Die Bodenplatten zeigten Spuren von Rädern, stets im selben Abstand. Zahllose Karren waren offenbar durch diesen Gang gefahren, und allmählich erschloss sich Viçinia der Sinn der Hafenanlage. *Hier wurden Güter oder Personen transportiert. Durch diese Gänge wurden sie dann weiterbefördert. Vielleicht zu den Zwergenbingen, die tief im Gebirge liegen sollen.* Die Wlachakin kam nicht umhin, das Können und die Handwerkskunst des Kleinen Volkes zu bestaunen. Die liebevoll bis ins Detail bearbeiteten Wände, das schiere Ausmaß der Kavernen und Tunnel, dies alles verlangte Respekt vor der ungeheuerlichen Leistung der Zwerge. *Und dazu führten sie stets Krieg gegen die Trolle, ein Volk, das gröber kaum sein könnte. Unzivilisiert, rau, wild, urtümlich, ganz im Gegensatz zum Kleinen Volk.*

Die beiden so unterschiedlichen Völker standen in ewiger Konkurrenz um die endlos scheinenden Höhlen und Gänge unterhalb der Sorkaten. Diese unterirdische Welt erstreckte sich auch unterhalb von Wlachkis selbst, in ungeahnten Tiefen, die niemals ein Mensch betreten hatte.

Trotz der Dankbarkeit, die Viçinia gegenüber den Trollen empfand, die nicht nur im Krieg gegen Zorpad an der Seite der Wlachaken gekämpft, sondern auch ihren Liebsten Şten vor dem sicheren Tod gerettet hatten, fragte sich die Wlachakin, auf welcher Seite sie in diesem Kampf wohl lieber stünde. *Mit wem hätte mein Volk sich verbündet, wenn man uns die Wahl gelassen hätte? Den brutalen, rohen Trollen oder den zivilisierten Zwergen?* Die Antwort auf diese Fragen war nicht schwer zu finden. Das Kleine Volk stand in seiner Lebensweise den Wlachaken ungleich näher. Aber das Schicksal hatte anders entschieden, und die Geister hatten ihnen die Trolle gesandt: gefürchtet, teilweise gehasst, aber starke Verbündete und mächtige Krieger, deren Auftauchen die Waagschalen des Krieges zugunsten der Wlachaken beschwert hatte.

Aber diese Gedanken halfen Viçinia in ihrer derzeitigen Situation nicht weiter. Ihre Vorräte waren begrenzt; wenn sie überleben wollte, musste sie bald einen Weg hinaus an die Oberfläche finden. Also schritt sie weiter und weiter, bis sich der Gang unvermittelt zu einer majestätischen Kaverne öffnete, deren Wände im Dunkeln verschwanden.

Das Rauschen des Magy war nur noch entfernt zu hören, dafür hallten Viçinias Schritte in der riesigen Halle wider. Selbst hier war jeder Flecken des Bodens mit großen Quadraten verziert, obwohl die Halle viele Schritt messen musste. Der Aufwand, um diese Fläche zu bearbeiten, musste gewaltig gewesen sein.

Staunend schritt Viçinia durch die Dunkelheit, die ihrem Licht kaum weichen wollte. *Ein Tropfen des Lichtes in einem See der Finsternis,* schoss es der Wlachakin durch den Kopf. Um sie herum war nichts als Dunkelheit, keine Wände, keine Decke, nur undurchdringliche Schwärze. Ihr wurde schlagartig bewusst, dass sie vielleicht niemals in ihre Heimat zurückkehren würde, niemals Ştefan wiedersehen, niemals Ionna oder Flores. Schwermut senkte sich auf ihr Herz, doch dann hob sie die Lampe entschlossen höher und ging weiter. *Mein Herz schlägt noch, also werde ich alles daransetzen, Şten wiederzusehen. Solange noch Kraft in mir ist, werde ich dafür kämpfen, zu ihm zurückzukehren! Schließlich muss er doch erfahren, dass er Vater wird.* Der Gedanke gab ihr plötzlich neuen Mut.

Ihre festen Schritte erzeugten Echos, die in der Kaverne wie der Tritt einer ganzen Armee klangen. In Gedanken fragte sich Viçinia, wie diese Halle wohl aussehen mochte, wenn die Zwerge sie mit Leben erfüllten. Wenn die Lichter des Kleinen Volkes brannten, ihre Arbeiter und Krieger hindurchmarschierten, die Karren fuhren und ihre Stimmen die Grabesstille durchbrachen, die nun herrschte. Der Anblick musste überwältigend sein, und die Wlachakin rätselte vergeblich über den Verbleib der Zwerge. Nach Angaben der Trolle hatte das Kleine Volk sich langsam nach unten vorgearbeitet, tiefer und tiefer seine Stollen und Gänge gezogen, die Trolle mit Axt und Hammer immer weiter hinab in die Eingeweide der Erde getrieben. Doch nun fand Viçinia ihre Hallen verlassen und unverteidigt vor.

Ohne innezuhalten, ging die Bojarin weiter, orientierte sich am Muster der künstlichen Bodenplatten, um nicht die Richtung zu verlieren. Endlich sah sie in der Entfernung Fels aufragen, sah das Funkeln von Licht auf Metall. Sie beschleunigte ihre Schritte, um aus der unheimlichen Halle zu entkommen. Dann jedoch sah sie, wovon der Schein ihrer Lampe reflektiert wurde. Vor der Wand lagen die Leiber erschlagener Zwerge. Je näher sie kam, desto deutlicher konnte Viçinia sie sehen. Es mochten zwei oder drei Dutzend sein. Alle waren einmal in Rüstungen gehüllt gewesen, nur waren diese teilweise zerbrochen oder den Getöteten vom Leib gerissen worden. Waffen und Schilde lagen auf dem Boden, manchmal noch von den Händen ihrer Träger umklammert. Entsetzt betrachtete die Wlachakin diesen Schauplatz eines grausamen Kampfes.

Die Leichen lagen in einem unregelmäßigen Halbkreis vor der Wand, als hätten sie sich diese Stelle für ein letztes, verzweifeltes Gefecht ausgewählt. *Es muss ein furchtbarer Kampf gewesen sein. Ich kann mir nicht vorstellen, dass Zwerge ihren Gefallenen nicht irgendeine letzte Ehre erweisen. Bedeutet das, dass niemand vom Kleinen Volk etwas von diesen Toten weiß? Oder können sie nicht mehr an diesen Ort gelangen?* Die Wlachakin kniete sich neben einen der Toten und besah ihn sich genauer. Der Geruch der Verwesung war aus der Nähe stärker, auch wenn die Leiche bereits älter zu sein schien. Haut und Muskeln spannten sich über die Knochen, und die Augenhöhlen blickten leer in die Dunkelheit der Kaverne. Der rechte Arm schien mehrfach gebrochen, und eine grässliche Wunde klaffte zwischen Hals und Schulter. Der Zustand der Leiche machte eine genauere Untersuchung schwierig, aber es schien Viçinia, als ob die Verletzung nicht von einer Waffe stammte, sondern als ob jemand mit brachialer Gewalt einfach den Leib entzweigerissen hätte. *Ich kenne nur ein Volk, das dazu in der Lage wäre: das der Trolle,* dachte die Wlachakin. *Hat sich das Kriegsglück gewendet? Nach dem Tod der Sonnenmagier in Starig Jazek wurden die Trolle nicht mehr durch deren Magie bedroht. Haben sie die*

Gelegenheit ergriffen und ihre gewaltigen Kräfte gegen die Zwerge eingesetzt?

Doch die Antworten auf ihre Fragen konnte Viçinia hier nicht finden. Vorsichtig hob sie eine wundervoll gearbeitete Axt auf. *Eine brauchbare Waffe, die Geister gewähren mir zumindest diese Gunst.* Das Blatt war mit dunklem, geronnenem Blut überzogen, doch sie störte sich nicht daran und steckte die Axt in ihren Gürtel. Als sie sich wieder erhob, fiel ihr Blick auf die Wand. Fast unsichtbar zeichnete sich dort eine feine Linie ab, welche die Form eines Eingangs andeutete.

Neugierig trat Viçinia näher und fuhr mit der Fingerkuppe über den Fels. Tatsächlich spürte sie einen feinen Spalt, der jedoch so dünn war, dass nicht einmal eine Messerklinge hineingepasst hätte. Als sie wieder zwei Schritt zurücktrat, wurde ihr die Bedeutung ihrer Entdeckung klar: *Ein Portal! Die Toten haben an einem Tor gekämpft! Hinter diesem Portal gibt es Zwerge!*

Hastig sprang sie vor und hämmerte mit der Faust gegen den kalten Fels. Ihr Herz schlug laut in ihrer Brust, und Hoffnung breitete sich warm in ihrem Leib aus.

»Hallo! Hört mich jemand? Ist da jemand?«

Die Worte wurden von den Wänden zurückgeworfen und hallten als dröhnendes Echo durch die Höhle. Erschrocken sah Viçinia sich um, während die letzten Töne verhallten, doch in der Dunkelheit rührte sich nichts. Wieder schlug die Wlachakin gegen das Tor, aber ihre Fäuste waren zu schwach. Da fiel ihr Blick auf einen der Streitkolben auf dem Boden. Schnell ergriff sie die wuchtige Waffe und hieb mit dem Metallkopf gegen die Wand. Diese Schläge erzeugten ein Echo, und Viçinia spürte, wie die Waffe bei jedem Schlag in ihren Händen vibrierte. Aber als sie ihre Hiebe einstellte, lag die Kaverne so still und ruhig wie vorher da. Auch von der anderen Seite des Portals erklang kein Laut.

Schwer atmend lehnte sich Viçinia gegen den Fels. Die

Hoffnungslosigkeit ihrer Situation sprang sie an wie ein Raubtier. Das Kleine Volk hatte diese Höhle aufgegeben. Der Magy strömte in die unbekannte Dunkelheit. Viçinia konnte tagelang herumirren, ohne einen Ausgang zu finden. Ihre wenigen Vorräte würden aufgebraucht sein, lange bevor sie auch nur hoffen konnte, die Oberfläche zu erreichen, und ihre Laterne würde verlöschen, wenn das Öl aufgezehrt war. Dazu kamen die Schrecken der Unterwelt, die unbekannten Gefahren, die Kreaturen, die in Finsternis lebten und jagten. *Ich werde die Sonne niemals wiedersehen. Ich werde Şten niemals wiedersehen.* Der Gedanke kam ungewollt und trieb ihr Tränen in die Augen.

Ein Geräusch ließ ihren Kopf herumfahren. Es klang wie ein Schlurfen, irgendwo in der Weite der Halle, dann verstummte es. Hastig rieb sie sich über die Augen und blinzelte. Das alte Schlachtfeld lag im Schein der Lampe unbewegt vor ihr. Beunruhigt suchte Viçinia die Dunkelheit nach einer Bewegung ab, konnte jedoch nichts erkennen. Langsam erhob sie sich wieder und zog die Axt aus ihrem Gürtel. Zu ihrer Linken ertönte ein Geräusch. Noch bevor die junge Frau sich diesem zuwenden konnte, tauchte unvermittelt ein gewaltiger Schatten auf. Wie aus dem Nichts sprang ein Troll in den Lichtkreis ihrer Laterne und brüllte. Speichelfetzen flogen durch die Luft, und Viçinia wich zurück, bis sie die Wand in ihrem Rücken spürte. Die Muskeln unter der groben Haut des Trolls arbeiteten, als er sich nach vorn beugte und sich auf die Brust schlug. Seine Augen funkelten dunkel, und er bleckte seine mächtigen Hauer. Verzweifelt hob Viçinia die Axt in die Höhe, doch sie wusste, dass es eine hohle Geste war. Der Troll überbrückte die wenigen Schritt mit Leichtigkeit. Unter seinen Füßen knirschten die Knochen der toten Zwerge, an die er keinen Blick verschwendete. Als Viçinia den Mund öffnete, um zu schreien, sprang der Troll sie an. Die Klinge ihrer Waffe grub sich in seine Seite, doch da packte der Troll die Wlachakin und riss sie hoch. Die Axt wurde ihr aus der Hand geschleudert. Viçinia spürte die ungeheuerlichen Kräfte. Klauen gruben sich ihr in den Schenkel, der beißende Atem des Trolls schlug ihr ins Gesicht.

»Wir sind Freunde! Denk an Şten! Die Wlachaken!«, rief sie verzweifelt, doch das Monstrum schien sie nicht zu verstehen. *Er wird mich töten und fressen!*

Der Druck wurde immer stärker. In Viçinias Körper knirschten die Knochen, und schon bald würden sie wie morsches Holz brechen. Die Luft wurde aus ihren Lungen gepresst. Schmerzen rasten durch ihre Glieder und legten sich um ihren Geist. Dunkelheit schob sich in ihr Sichtfeld und drohte, die verzerrte Fratze des Trolls zu verschlingen und die Wlachakin mit sich zu reißen.

»Lass es«, ertönte unvermittelt eine Stimme.

Sofort ließ der Druck nach. Die Klauen öffneten sich, und Viçinia fiel kraftlos zu Boden. Gierig sog sie Luft ein und war sich nur halb bewusst, dass mehrere große Gestalten sich um sie versammelten. Schnüffelnde Laute erklangen, und die Bojarin schüttelte den Kopf, um ihre Gedanken von der Dunkelheit zu befreien.

»Ich kenne deinen Geruch«, brummte jemand über ihr, und Viçinia sah auf. Um sie herum standen eine Handvoll Trolle. Aus diesem Blickwinkel wirkten die Kreaturen noch gewaltiger. Gleichzeitig erschienen sie hier, in ihrer Heimat, weit weniger seltsam als an der Oberfläche, wo sie für Viçinia nie ganz fassbar geblieben waren, wie Albträume.

»Ich bin Wlachakin«, sagte sie und richtete sich vorsichtig auf, um die Wesen nicht zu einem erneuten Angriff zu reizen. »Mein Name ist Viçinia.«

»Du kennst den Menschen namens Şten?«

»Ja.«

»Dann hast du mit den Trollen gekämpft? Ich kenne deinen Geruch«, wiederholte der mächtige Troll und beugte sich zu ihr hinab. »Du warst auch in den großen Stoffhöhlen.«

»Was?«, fragte Viçinia verwirrt, doch dann verstand sie. »Die Zelte. Ja, ich war bei den Besprechungen des Kriegsrates dabei. Aber nur wenige Trolle ... Druan, Pard und ...«

Fieberhaft überlegte sie, doch der Name tanzte am Rande ihrer Erinnerung. Schließlich sagte sie fragend: »Tark?«

»Turk«, erwiderte der Troll mit einem zustimmenden Brummen. Erleichtert sah Viçinia ihn an. Der Troll überragte sie um fast zwei Schritt. Sein Körper war riesig, und unter seiner grauen Haut zeichneten sich gewaltige Muskeln ab. Narben bedeckten seinen Leib; einer seiner Hauer war zur Hälfte abgebrochen. Seine Hörner ragten bis weit über seinen Rücken, und seine borstigen Haarauswüchse waren direkt über der Kopfhaut gekürzt. Er wirkte grob und ungeschlacht, doch seine dunklen Augen schienen Viçinias Anblick aufzusaugen und spiegelten eine gefährliche Intelligenz wider. Neben Pard war Turk sicherlich der größte Troll, den Viçinia jemals gesehen hatte. Vor einem Jahr war er der Anführer seines Stammes gewesen, und dies schien sich nicht geändert zu haben.

»Sind wir Freunde?«, fragte die Wlachakin vorsichtig.

»Was tust du hier?«, erkundigte sich der Troll, ohne auf ihre Frage einzugehen. »Das ist kein Menschenland.«

»Ich bin über den Fluss gekommen. Er hat mich hierher gebracht, ich will gar nicht hier sein. Ich muss zurück an die Oberfläche.«

»Der Fluss? Das Wasser dort hinten?«, fragte Turk mit einer unbestimmten Geste in Richtung des Magy.

»Ja.«

»Gibt es dort mehr Ausgänge?«

»Ich habe keine gesehen. Ich bin vom Hafen der Zwerge aus zu diesem Ort hier gelaufen. Wo kommt ihr her?«

»Aus der Tiefe«, antwortete Turk nur.

»Habt ihr gegen die Zwerge gekämpft?«, fragte Viçinia mit einem Blick auf die erschlagenen Krieger des Kleinen Volkes. Die Trolle sahen sich um, als bemerkten sie die Leichen zum ersten Mal. Einer schnaubte abfällig.

»Nein. Nicht wir. Andere Trolle.«

»Dann habt ihr im Krieg gegen die Zwerge die Oberhand gewonnen?«

»Es gibt keinen Krieg gegen die Zwerge«, entgegnete Turk rätselhaft und blickte sich schnaufend in der Höhle um. Verwirrt sah Viçinia die Trolle an, die aufmerksam in die Dunkelheit starrten.

»Kein Krieg? Aber was ist mit diesen Zwergen hier? Druan hat erzählt, dass ihr immer gegen das Kleine Volk kämpft.«

»Die Zwerge haben sich zurückgezogen. Sie haben ihre Höhlen mit Steinen verschlossen und kommen nicht mehr heraus. Und zu ihnen hinein kommt man auch nicht.«

Ungläubig starrte die junge Frau den Troll an. »Wieso haben sie das getan? Wegen der Niederlage in der großen Schlacht?«

»Was?«, fragte Turk sichtlich verdutzt, dann brach er in lautes Gelächter aus. »Nein. Andere Trolle haben sie angegriffen. Wohl auch hier«, fuhr der Troll mit einem Blick auf das Schlachtfeld fort. »Zahlreiche Zwerge wurden getötet, und die übrigen verschanzen sich nun in ihren Höhlen.«

»Wer hat sie getötet? Pard und Druan?«

»Anda«, antwortete Turk knapp.

Viçinia wollte gerade zu einer erneuten Frage ansetzen, doch einer der anderen Trolle kam ihr zuvor. »Lass uns gehen«, maulte er. »Hier ist es nicht sicher.«

»Warte, Drak«, befahl Turk, während Viçinia fieberhaft überlegte, wie Anda die Zwerge derart vernichtend hatte schlagen können. *Ist sie nun die Anführerin des Stammes von Druan und Pard? Und selbst wenn, sagten die Trolle nicht, sie seien zu wenige, um gegen die zahllosen Zwerge zu bestehen? Wie hat sie ...*

»Lass uns die Menschin essen. Ich habe Hunger«, schlug ein weiterer Troll vor und riss die Wlachakin so unsanft aus ihren Gedankengängen. Mit einem Mal wurde ihr bewusst, dass dies nicht die Trolle waren, die mit Şten umhergezogen waren und den Umgang mit Menschen kannten. Dies war Turks Stamm, der nur kurz an der Oberfläche gewesen war, um gegen Zorpad und seine Verbündeten aus dem Kleinen Volk zu kämpfen. Vor der Schlacht hatten die Trolle sich von den Menschen ferngehalten und umgekehrt. Bei Druan wäre Viçinia sich sicher gewesen, dass der Troll ihr Schutz zusagen würde, doch hier und jetzt war sie der Gnade vollkommen fremder Trolle ausgeliefert.

In ihren Blicken erkannte sie weder Mitgefühl noch Verständnis, sondern einfach nur Gier. Vorsichtig tasteten ihre Finger nach der Axt, doch diese lag irgendwo zwischen den Toten.

»Ja«, stimmte Drak zu und leckte sich über die wulstigen Lippen. Dem massigen Troll fehlten an der linken Hand zwei Finger, und er trug sein seltsames Haar lang. Die fingerdicken Hornauswüchse ragten bis hinab zu seiner Hüfte und raschelten wie Herbstlaub, wenn er sich bewegte.

»Wir sind doch Freunde, Verbündete«, wandte Viçinia rasch ein, aber Draks Blick sagte ihr, dass er sie nicht als Verbündete, sondern lediglich als Abendessen betrachtete. Währenddessen schien Turk abgelenkt zu sein. Der große Troll schenkte dem Gesagten keinerlei Beachtung, sondern sah grübelnd in Richtung des Magy.

Grinsend kam Drak näher und hob seine Faust. Das Blut rauschte Viçinia in den Ohren, als sie die dicken, scharfen Klauen sah, deren gesplitterte Ränder von Dreck verkrustet waren. Doch da schnellte Turks Arm vor, und er packte die Hand des Trolls am Gelenk.

»Ich habe dir nicht erlaubt, sie anzufassen«, erklärte der große Troll ruhig. Keiner bewegte sich, aber Viçinia konnte erkennen, wie sich die Knöchel des großen Trolls unter seiner Haut abzeichneten.

»Schon gut«, gab Drak schließlich klein bei, und Turk entließ den Arm des kleineren Trolls aus seinem stahlharten Griff. Der mächtige Troll kniete vor der Wlachakin nieder und musterte sie erneut.

»Wir nehmen dich mit, Menschin. Hier kannst du nicht bleiben und wir auch nicht.«

»Gut«, erwiderte Viçinia so ruhig, wie es ihr möglich war.

»Wir sind im Krieg«, fuhr der Troll fort. »Wir können keine weiteren Schwierigkeiten gebrauchen. Mach uns Schwierigkeiten, und ich lasse Drak seinen Willen.«

»Verstanden.«

Mit einem Brummen erhob sich der Troll wieder und blickte in die Runde. »Wir brechen auf. Schleicher, du gehst vor. Erkunde den Weg.«

Ein kleinerer Troll nickte stumm und lief in die Dunkelheit. Seine Schritte verhallten innerhalb weniger Augenblicke, nachdem die Finsternis ihn verschluckt hatte.

»Nimm dein Licht mit«, befahl Turk, und Viçinia beeilte sich, die Lampe aufzuheben. Dann nahmen die Trolle die Wlachakin in die Mitte und liefen los, an der Wand entlang und fort vom Magy, tiefer in den Berg hinein. *Wo bin ich hier nur hineingeraten?*, wunderte sich Viçinia. *Und gegen wen führen sie Krieg, wenn es nicht Zwerge sind?*

Doch für all diese Fragen blieb keine Zeit, während sie gemeinsam mit den Trollen hinabstieg in die Gebeine der Erde.

28

Der Tag, den sie auf der ungeschützten Lichtung verbracht hatten, war Pards Stimmung nicht abträglich gewesen. Auch die anderen Trolle erschienen zumeist guter Dinge und zu Scherzen aufgelegt. Şten hingegen wurde von düsteren Gesichten heimgesucht und fühlte sich zwischen Trollen, Elf und Geistseher fehl am Platz. Den Tag über hatte er versucht, im Schuppen Schlaf zu finden, aber sein Geist wollte nicht zur Ruhe kommen. So hatte er lange Zeit zwischen Wachen und Schlafen geschwebt, während die Laute des Waldes und das häufige Husten des Geistsehers an sein Ohr drangen und ihn an seine Umgebung erinnerten.

Nun saß Şten missmutig und erschöpft vor der Hütte, während Pard von einem Troll erzählte, der es mit hundert Zwergen aufgenommen und sie besiegt hatte. *Heißt es nicht, dass Schlaf Vergessen bringt? Doch wenn der Schlaf sich nicht einstellen will, kann man auch nicht vergessen,* dachte der Wlachake und gähnte. Mit halbem Ohr lauschte er der blutrünstigen Geschichte. *Ich wünschte, Pard käme zu einem Ende, der Witz ist doch sowieso, dass der Troll die Zwerge allesamt isst.* Während Pard weitererzählte und seine Geschichte mit drastischen Handbewegungen untermalte, bemerkte Şten, dass der Wald seltsam still geworden war. Die Rufe der Vögel waren verstummt, und kein Tier gab mehr einen Laut von sich. Zwar hatte die Anwesenheit der Trolle grundsätzlich diese Auswirkung auf die nähere Umgebung, aber in der Ferne waren die nächtlichen Geräusche des Waldes eigentlich immer zu hören gewesen.

»... nahm er das Bein des kleinen Bastards, packte es mit beiden Fäusten und ...«

»Still«, zischte Şten, was ihm einen wütenden Blick von Pard einbrachte. Mit einer vagen Handbewegung in Richtung Wald, erklärte der junge Krieger: »Etwas ist in der Nähe. Die Tiere schweigen.«

Aufmerksam blickten nun auch die Trolle in die Dunkelheit. Einige schnüffelten, während Pard sich erhob und lauschte.

»Nichts zu hören, nichts zu sehen«, grummelte Vrok. »Müssen Elfen sein.«

»Zwerge sind es wohl nicht«, erwiderte Pard mit einem Lachen und setzte sich wieder hin. »Trotzdem, Vrok: Geh mit Grena und Remm. Haltet am Waldrand Wache.«

Die drei befolgten den Befehl und verschwanden zwischen den Bäumen. Pard lehnte sich zurück und sah Şten an.

»Wenn es Elfen sind, dann wird es nichts nutzen. Aber falls was anderes kommt, werden wir gewarnt. So, wo war ich? Ach ja, das Zwergenbein …«

»Hm, was ist eigentlich mit euch und den Vînai?«, unterbrach Şten den Troll hastig.

»Was meinst du? Was soll mit uns sein?«

»Ihr haltet Frieden. Manchmal spüre ich sogar eine Art von Respekt zwischen euch. Aber ein Vînak ist doch auch nur ein kleines, schwaches Wesen, oder nicht?«

Zuerst runzelte Pard die Stirn, dann brach er in wieherndes Lachen aus. »Willst du Menschen und Elfen vergleichen?«, fragte der massige Troll prustend.

Unwirsch blickte Şten ihn an und schüttelte den Kopf. »Keineswegs. Ich wundere mich nur über dein Verhalten.«

»Wir haben keinen Streit mit den Elfen. Das ist eines der Dinge, die jeder Troll weiß.«

»Aber ihr kennt sie doch kaum. Oder nicht? Die Welt hier oben ist euch fremd, und ich kann mir nicht vorstellen, dass Vînai zu euch in die Tiefen der Erde hinabsteigen«, meinte Şten.

»Nein. Jedenfalls habe ich davon noch nie gehört. Aber so wie jeder Troll weiß, dass Zwerge Bastarde sind und Menschen an der Oberfläche hausen und viele sind, so weiß auch jeder, dass Elfen keine Feinde sind. Sie sind Jäger, wie wir. Sie spüren das Land, wie wir. Auch wenn unsere Heimat der ihren nicht gleicht, haben wir doch mehr mit ihnen gemein als mit den anderen Völkern.«

»Sie sind gefährlich«, stimmte Şten dem Troll zu. »Aber sie leben sehr zurückgezogen. Bis ich euch traf, hatte ich noch nie einen von ihnen gesehen. Sie leben im tiefen Forst, wohin sich mein Volk selten vorwagt.«

»Es gibt viele Orte, vor denen dein Volk Angst hat«, spottete Pard, wurde dann aber ernst. »Und das ist gut so. Jeder lebt dort, wo er soll. Nur wenn Bastarde wie die Zwerge das vergessen, wird alles schlecht.«

Oder wenn Menschenvölker andere Völker überfallen und ihr Land erobern, dachte Şten bei sich. Laut sagte er: »Vermutlich hast du recht. Ich dachte nur, dass es vielleicht einen Pakt oder dergleichen zwischen euch und den Elfen gibt.«

»Nein«, erwiderte Pard entschieden und verschränkte die Arme vor der breiten Brust.

»Nun ja. Die Menschen haben mit den Vînai wenig zu schaffen. Wir ...«

Weiter kam der Wlachake nicht, denn zwischen den Bäumen ertönte eine amüsierte Stimme: »Wir treffen uns immer wieder, Şten aus Dabrân. *Wenig miteinander zu schaffen* scheinen mir da nicht die richtigen Worte zu sein.«

Sofort sprangen die Trolle auf, und auch Şten erhob sich, allerdings deutlich langsamer als seine Gefährten. Unweit von der Stelle, wo Vrok im Wald verschwunden war, trat eine Gestalt aus dem Unterholz hervor. Es war ein Elf, der etwas kleiner als Şten war und nun den Kopf neigte. Sein langes, dunkles Haar war an Schläfen und Stirn zu einer Handvoll dünner Zöpfe geflochten, fiel ansonsten aber frei auf den Rücken. Der Vînak trug nur eine einfache Lederhose und zeigte die nackte Brust, auf der sich Hautbilder wanden. Arme, Schultern und Oberkörper waren von den Bildern bedeckt, die aus Flächen und Linien bestanden, die sich den Umrissen des Leibes anpassten und sich mit jeder Bewegung zu verändern schienen. Ein spöttisches Lächeln lag auf den Lippen des Elfen. *Habe ich ihn je anders gesehen? Stets scheint er uns zu verhöhnen.* Şten erinnerte sich an ihre erste Begegnung. Der Elf hatte ihm und den Trollen den Weg gewiesen, als sie vor einem Jahr durch die finsteren Wälder zogen. Er hatte Mensch und Trollen geholfen, nur um dann wieder zu verschwinden. *Er ist wie ein Geist; er kommt und geht, wann er will.*

»Ruvon«, bellte Pard. »Du bist immer noch ein eingebildeter Hundesohn!«

Wieder neigte der Elf das Haupt.

»Ihr verändert euch auch nicht, Troll. Man riecht und hört euch selbst gegen den Wind.«

Hinter Ruvon tauchte eine Schar weiterer Elfen aus der Dunkelheit auf. Es war, als würden sie einfach sichtbar werden, so plötzlich erschienen sie auf der Lichtung. Alle hatten langes Haar, dessen Farbe von sehr hell bis tiefdunkel reichte. Die meisten waren deutlich kleiner als Şten; Ruvon schien für sein Volk relativ groß zu sein. Außer einfachen, ledernen Hosen und hier und da einem ebensolchen Hemd trugen sie keinerlei Kleidung. Dafür hatten einige Bögen dabei, und sie alle trugen lange Dolche, manche am Gürtel, andere an Arme oder Beine geschnürt. Ingesamt waren es knapp ein Dutzend Elfen, die sich hinter Ruvon versammelten, der langsam über die Lichtung kam.

Hinter den Elfen brach Vrok durchs Unterholz, sah sich kurz verwirrt um und zuckte dann mit den Schultern, bevor er zu Pard zurückkam.

»Halten wir Frieden, Troll?«, erkundigte sich Ruvon beinahe beiläufig. Pard nickte langsam. »Frieden, Elf. Der alte Mensch sagt, dass wir die gleichen Probleme haben.«

»Ähnliche, Troll. Das Erwachen des *Kurperla* bedroht uns alle.«

»Kur... was?«, fragte Kerr, und Ruvon antwortete: »Kurperla. Das Herz des Landes.«

»Was auch immer«, knurrte Pard. »Gehen wir hinein.«

Gemeinsam mit Kerr und Ruvon trat Şten in die Hütte, wo Vangeliu und Tarlin sie schon erwarteten. Mit einem letzten Blick über die Schulter rief Pard seinen Trollen draußen ermahnend zu: »Wir haben Frieden, klar?«, ehe auch er hereinkam.

Der kleine Raum war warm und stickig. Es roch nach Krankheit und natürlich nach Trollen. Die großen Wesen hatten die Eigenschaft, jedem Ort ihre eigene Geruchsnote zu verleihen, wie Şten gequält feststellen musste. Die Elfen hingegen schienen so wenig Geruch abzusondern, wie sie zu hören oder zu sehen waren, wenn sie es nicht wollten. Zwischen den Trollen, Elfen und dem Geistseher fühlte sich Şten seltsam fehl am Platz. Seine Augen wanderten über die fremdartigen Wesen, und seine Haut kribbelte. *Hier bin ich der Fremde, der Unwissende,* erkannte der junge Krieger. *So müssen sich Pard und Kerr bei Ionnas Rat gefühlt haben. Falls Trolle so etwas überhaupt wahrnehmen.* Vorsichtig beäugte Şten Kerr, der seinerseits die Elfen beobachtete. Nicht zum ersten Mal fragte sich der Wlachake, wie Trolle die Welt wahrnahmen und was sie ihr gegenüber empfanden.

»Das ist Ruvon«, stellte Vangeliu den Elfen vor. »Er ist der Herr des Waldes.«

»Wissen wir«, warf Pard ein. »Die Frage ist, wie soll er uns helfen?«

»Ich werde euch gar nicht helfen, Troll«, antwortete der Elf gelassen.

»Aber der Mensch hat gesagt, dass du uns helfen kannst!«

»Nein. Ich sagte, ich kenne jemanden, der euch vielleicht beistehen kann.«

Verwirrt blickte Pard Şten an, der auch nur mit den Achseln zucken konnte. Die Miene des massigen Trolls verfinsterte sich zusehends. *Ich würde Pard nicht wütend machen. Das bringt nur Unglück und ausgerissene Gliedmaßen.*

»Willst du mich auf den Arm nehmen, Menschling? Das gefällt mir nicht!«

»Keineswegs, Pard«, erwiderte Vangeliu. »Ruvon kann euch nur mittelbar helfen. Uns allen helfen, in diesem Fall.«

»Du sprichst in Rätseln, Alterchen. Ist das Absicht?«, fragte Şten.

Vangeliu schüttelte den Kopf. »Was ich sagen wollte, ist, dass Ruvon darüber entscheiden wird, ob und was sein Volk tun kann. Ich würde euch gern helfen, aber ich bin alt und krank. Nicht die beste Voraussetzung dafür.«

»Und was können die Vînai tun?«

»Wir sind nicht alt und krank«, erklärte Ruvon. »Wenn eure Trollfrau eine Verbindung zu Kurperla in sich trägt, können wir vielleicht von Nutzen sein. Der Atem schwächt uns nicht so sehr wie die Menschen, deren Herzen offen sind. Wir leben seit langer Zeit mit diesem Atem, und wir können unsere Herzen davor verschließen.«

»Soll das heißen, dass eure Geistseher nicht von der Krankheit befallen sind?«

»So ist es. Auch wenn es keine Geistseher sind.«

»Ist dein Volk beunruhigt?«, fragte Kerr neugierig. »Fürchtet ihr, dass Anda auch euch angreift?«

»Nein. Wir fürchten Trolle nicht, so wenig wie ihr uns fürchtet. Selbst wenn sie in den Forst kommen sollten, würden sie uns nicht finden. In eurer Heimat sind wir fremd und ihr in unserer.«

»Aber warum wollt ihr uns dann helfen?«

»Weil ihr Trolle mit euren Taten mehr bedroht als nur euch selbst oder Menschen.«

»He!«, rief Pard protestierend. »Das sind nicht wir, das ist nur Anda!«

»Wenn ein Elf dies tun würde, Troll, würdest du sagen, dass es nur ein Elf ist? Oder würdest du denken, dass es alle Elfen sind?«

Mit zusammengekniffenen Augen betrachtete Pard Ruvon, bis er schließlich seufzte. »Es sind nicht die Trolle. Wir sind die Trolle. Die anderen sind keine Trolle, sie leben nicht wie Trolle, sie achten unsere Traditionen nicht.«

»Ich verstehe dich«, erwiderte Ruvon ernst. An Vangeliu gewandt, fuhr er fort: »Deine Nachricht sprach von Trollen, Menschen und Kurperla.«

»Stimmt. Anda scheint den Dunkelgeist zu wecken. Ich weiß nicht, was sie damit bezweckt, aber wenn die Geschichten von Kerr und Pard hier stimmen, dann zieht sie ihre Stärke aus dem Geist. Allerdings bezweifle ich, dass sie sich der Folgen bewusst ist, die ihre Taten haben könnten.«

»Die da wären?«, fragte Şten.

»Krieg, Krankheit, Hungersnöte. Wenn das kranke Herz erwacht, wird das Land von seiner Fäule durchdrungen.«

»Vielleicht will Anda genau das«, vermutete Kerr. »Sie sucht Rache an den Menschen. Aber unter dem Auge des Himmelslichtes sind die Menschen in Sicherheit. Vielleicht will sie die Menschen so vernichten.«

»Dann wäre sie dumm«, warf Ruvon ein. »Wenn der Geist erwacht, wird mehr vernichtet als nur die Menschen.«

Nur die Menschen, dachte Şten aufgebracht. *Als ob dies nicht auch unser Land wäre.*

»Vielleicht will sie genau das!«

»Der Atem des Geistes macht nicht Halt vor Trollen«, erklärte Vangeliu leise. »Im Gegenteil.«

»Was soll das heißen?«, erkundigte sich Pard.

»Ihr seid ihm nah. Ihr habt doch erst im letzten Jahr seine vernichtende Macht kennengelernt. Er ist alles, er durchdringt alles, von den Tiefen der Welt bis zu den Gipfeln der Berge. Es ist nicht auszumalen, was alles geschehen könnte, wenn er erwacht. Aber eines ist sicher: Nichts Gutes könnte daraus erwachsen!«

Die Rede hatte den alten Mann sichtlich erschöpft. Sein Atem ging stoßweise, und seine Hände zitterten. Tarlin beugte sich vor und legte seine Hand beruhigend auf die Schulter des Geistsehers.

»Die Anstrengung ist groß«, murmelte der Elf. »Und trotz meiner Hilfe steckt der Atem tief in seinen Knochen.«

»Wirst du sterben, Vangeliu?«, fragte Kerr.

Şten holte scharf Luft. Der Alte indes nickte nur schwach. »Ja. Tarlin hilft mir, mein Herz zu verschließen, wie er es nennt. Aber die Krankheit steckt in mir. Zu spät habe ich ihren schleichenden Einfluss bemerkt.«

»Das tut mir leid«, sagte der junge Troll.

»Das muss es nicht. Mein Leben war lang. Ich habe Gutes und Schlechtes erlebt. Nun ist für mich die Zeit gekommen, die Dunklen Pfade zu betreten. Jeder muss irgendwann hinüberwechseln, so ist das eben.«

»Denkst du, alter Mann, dass die Gefahr so groß ist?«, fragte Ruvon. Der Elf wirkte aufmerksam, seine raubtierhaften Augen waren auf Vangeliu gerichtet, als fixiere ein Wolf seine Beute.

»Ja, das denke ich. Und du auch, Elf, wenn du ehrlich bist. Die Auswirkungen des letzten Jahres werden nichts sein im Vergleich zu dem, was geschieht, wenn der Dunkelgeist erwacht. Wer weiß, vielleicht würde er sogar wieder über die Erde wandeln.«

Diese Aussicht schien sowohl Tarlin als auch Ruvon zu beunruhigen. Auch wenn ihre Mienen nur wenig von dem widerspiegelten, was sie dachten, spürte Şten ihre Anspannung. Die Blicke der Elfen ruhten auf dem alten Wlachaken auf seiner Bettstatt. Als Vangeliu nicht weitersprach, fragte Ruvon: »Hältst du das für möglich?«

»Ich weiß es nicht. Niemand kann sagen, was geschieht, wenn der Dunkelgeist vollends erwacht. Ich für meinen Teil möchte es auch gar nicht erst herausfinden.«

»Was bedeutet das?«, fragte Şten. »Wenn der Geist über die Erde wandelt, was geschieht dann?«

»Sein Einfluss würde noch stärker werden«, erklärte Vangeliu. »Von der Jagdgesellschaft, die den Weißen Bären verletzte, erlebte kein einziger den nächsten Mond. Sie alle gingen qualvoll an Krankheiten zugrunde. Es heißt, dass Wölfe vom vergossenen Blut des Geistes tranken und dass so die *Zraikas* entstanden.«

»Zraikas?«, grummelte Pard. »Sind das die Mistviecher, die Roch getötet haben? Diese haarigen Fellmonster?«

»Ja. Der Forst war nicht immer so gefährlich, wie er jetzt ist. Vieles in Wlachkis hat sich verändert, seit der Weiße Bär nicht mehr über das Land wacht.«

Vielleicht hätte ich mich mehr um die Sagen und Legenden meines Volkes kümmern müssen, dachte Şten bei sich. *Aber irgendwie erschien mir die Zukunft immer wichtiger. Nun sitze ich hier und lausche Erzählungen über ein Wlachkis, über das ich kaum etwas weiß.*

»Es gibt die alte Legende von den Wlachaken, die in einem harten Winter Wanderer in ihr Dorf gelockt und diese getötet und gegessen haben«, warf er ein. »Angeblich wurden sie von den Geistern zur Strafe in Zraikas verwandelt. Wieder andere erzählen von Menschen, die im Dunkelforst mit den Wölfen leben und jagen und deren Abkömmlinge die Gestaltwandler sein sollen. Es ranken sich viele Legenden um diese Wesen.«

»Ich weiß nicht, welche davon der Wahrheit entsprechen. Vielleicht alle, vielleicht keine? Aber eines ist sicher: Die Verletzung des Weißen Bären hat uns viel gekostet.«

Schweigend saß die zusammengewürfelte Gruppe in dem kleinen Raum. Die Hitze stieg Şten zu Kopf. In seinem Geist wirbelten die Stücke der Legenden und Erzählungen durcheinander, verschwammen mit den Erlebnissen der letzten Tage und Wochen, vermischten sich mit den Erinnerungen an die Trollschlacht und den Kampf in den Kellern von Starig Jazek. *Der Weiße Bär ist der Dunkelgeist, und sein Erwachen bedroht uns nun weit mehr, als Anda es je könnte. Im Osten beginnt der Krieg, während sich unter der Welt ein Sturm zusammenbraut, von dem niemand etwas ahnt.* Vor seinem geistigen Auge sah Ştén Flores, die an Ionnas Seite in den Krieg zog. Während die Fürstin sich den weltlichen Gefahren entgegenstellte, drohte eine schwer erkennbare Macht, die Länder der Wlachaken mit Tod und Seuche zu überziehen. *Ich hatte recht, als ich Flores sagte, dass unser Land selbst finster und blutgierig ist. Wie sagen die Elfen? Das Herz des Landes? Kein Wunder, dass unser Leben von Krieg und Tod geprägt ist.* Aber dann dachte er an die vielen Entbehrungen, die Menschen auf sich nahmen, um anderen zu helfen, dachte an Sargans Berichte aus dem Imperium, wo Krieg alltäglich war. *Vielleicht ist es doch nicht das Land. Vielleicht sind wir Menschen es selbst.*

Unschlüssig blickte er zu Pard. Der Troll schien sich seiner Verantwortung und seiner Rolle im Leben sicher zu sein. Auch Ruvon strahlte eine Selbstsicherheit und Gelassenheit aus, die Ştén beeindruckte. Dafür wirkte Kerr ebenso verloren wie Ştén selbst.

»Was nun?«, fragte der junge Troll in die Runde.

»Wir werden Ruvon fragen, ob er euch helfen kann. Uns allen«, erklärte Vangeliu mit geschlossenen Augen. »Ich kann es nicht. Dann müssen wir versuchen, diese Sache zu beenden. Solange die Gefahr besteht, dass Anda den Dunkelgeist weckt, sind wir alle bedroht.«

»Ich muss erst mit meinen Brüdern und Schwestern sprechen«, meinte Ruvon ruhig. »Entgegen deinen Worten bin ich keineswegs ein König oder gar ein allmächtiger Herrscher. Dies muss besprochen und gemeinsam entschieden werden.«

»Und was werden wir dann tun?«

»Jemand muss in die Tiefen der Welt hinabsteigen und Andas Treiben beenden. Der Dunkelgeist muss beruhigt werden, sein Einfluss eingedämmt. Dies kann nur gelingen, wenn seine Ruhe nicht weiter gestört wird.«

»Also erschlagen wir Anda«, sagte Pard trocken und sah sich fragend um. »Wenn sie weg ist, dann ist die Gefahr vorüber.«

»Wie willst du das anstellen?«, fragte Şten. »Ist sie nicht gefährlich? Musstet ihr nicht schon einmal vor ihr fliehen?«

»Wir finden schon einen Weg. Vielleicht hat sie ja recht: Die Zeit, davonzulaufen, ist vorbei!«

Ein böses Lächeln stahl sich auf Pards wulstige Lippen. Er fletschte die Zähne und ballte die Fäuste. Aber Şten bemerkte: »Ich dachte, Trolle töten keine Trolle?«

»Sie ist kein Troll mehr«, befand Pard. »Was immer sie auch getan hat, was immer sie behauptet, sie ist kein Troll!«

»Dennoch wird es nicht einfach werden. Sie hat viele Trolle, die ihr folgen. Sie ist stark. Kerr sagt, dass sie riesig ist und dass ihre Wunden schnell heilen.«

»Dann ist es eben nicht einfach. Aber ich werde es dennoch tun. Ich habe genug vom Reden. Das verdammte Gerede macht mich weich!«

Die letzten Worte hatte Pard fast geschrien. Verwundert blickte Şten den großen Troll an, der nach diesem Gefühlsausbruch wütend schnaubte. Beschwichtigend hob der Wlachake die Hände: »Schon gut, Pard. Wir schaffen das schon.«

»Wir?«, hakte Kerr nach. »Willst du uns begleiten?«

»Was hier geschieht, betrifft nicht nur euch. Ich werde euch helfen, wie ich es versprochen habe. Wenn das bedeutet, dass ich mit euch in die Gebeine der Welt hinab muss, dann werde ich gehen.«

»Du?«, platzte Pard heraus, und der große Troll grölte vor Lachen, dass die Wände der Hütte erbebten. »Ein Menschling? In den Höhlen?«

Auch die Elfen wirkten amüsiert, aber Şten sagte bekräftigend: »Ja, ich. Wenn du an der Oberfläche überleben kannst, dann kann ich das auch in deiner Heimat.

Außerdem bist du ja dabei. Was soll mir da schon passieren?«

»Unsere Heimat ist voller Gefahren. Gefahren für einen Troll. Ein Menschling ... ein Menschling kann da kaum überleben!«

»Ich werde mir Mühe geben«, erwiderte Şten ungerührt. »Aber vielleicht sollten wir erst einmal abwarten, was Ruvons Volk sagt.«

Die Elfen hatten dem Gespräch schweigend gelauscht. Nun erhob sich Ruvon und schritt zur Tür. Ohne ein weiteres Wort verschwand der Elf in der Dunkelheit. *Ich werde die Vînai nie verstehen,* dachte Şten bei sich. *Andererseits verstehe ich die Trolle auch nicht und habe mich trotzdem gerade verpflichtet, in ihre Heimat zu ziehen.*

»Was denkst du, Tarlin?«, fragte Vangeliu unvermittelt. »Wie wird die Entscheidung lauten?«

»Wäre es nur eine Sache von Mensch oder Troll, würde mein Volk sich niemals einmischen. Aber wenn eure Vermutungen stimmen, dann betrifft es auch uns. Wir können dem Einfluss Kurperlas besser trotzen als du, doch wenn er erwacht, wird dies Auswirkungen auf uns haben. Auf uns alle.«

»Also werdet ihr uns helfen?«

»Das ist meine Meinung. Andere mögen es anders sehen. Bisher leben wir gut, so wie wir leben – fern von Menschen und Trollen und Zwergen. Darum wird es Stimmen geben, die gegen jede Hilfe sprechen werden.«

»Aber das ist Wahnsinn!«, entfuhr es Şten.

Der Elf betrachtete ihn mit kalten Augen. Als er antwortete, war seine Stimme flach und verriet kein Gefühl: »Dein Volk hat den Dunkelgeist geweckt. Dein Volk tötet den Wald. Dein Volk führt Krieg gegen sich selbst. Wir haben gelernt, dass es besser ist, Abstand zu euch zu halten.«

»Verzeihung, ich wollte dich nicht beleidigen«, erwiderte der Wlachake zerknirscht. »Ihr müsst eure Entscheidung selbst treffen. Ich bin euch dankbar für all die Hilfe, die ihr uns bereits habt zuteil werden lassen.«

»Ich habe mich dafür ausgesprochen, euch beizustehen. Aber ich bin nur einer von vielen. Die Entscheidung liegt nicht bei mir allein.«

Mit einem Nicken stand Şten auf. Gemeinsam mit den Trollen trat er hinaus in die Nacht. Hinter ihnen wurde Vangeliu von einem neuerlichen Hustenanfall geschüttelt. Ein letzter Blick zurück zeigte Şten den alten Geistseher, bleich, mit einem fiebrigen Glanz in den Augen, während Tarlin mit besorgter Miene einige Kräuter aus seinem Beutel zog.

»Ich freue mich, dass du uns helfen willst«, erklärte Kerr, und Şten lächelte gezwungen. Der Wlachake beobachtete Pard, der den anderen Trollen die Neuigkeiten überbrachte.

»Ich hoffe, Ruvon kann sein Volk überzeugen«, fuhr der junge Troll fort, und Şten nickte ihm in stummem Einverständnis zu.

Dann schritt der junge Krieger über die Lichtung zum Grab seines Freundes Natiole. *Wenn nicht, werden wir trotzdem hinabsteigen. Wir haben kaum eine Wahl. Und dennoch können wir nur warten und hoffen, dass die Vînai uns helfen. Denn was können wir allein schon ausrichten?*

29

Weit hinter sich konnte Tamár die Staubwolken sehen, die von den Füßen der wlachkischen Soldaten aufgewirbelt wurden. Er selbst ritt an der Spitze seiner Truppen und entging so dem Staub, der in Mund und Nase drang und sich wie ein Schleier über alles legte. *Die Trockenheit hat auch Nachteile. Obwohl ein Marsch im Regen wohl noch unangenehmer wäre.*

Direkt hinter dem Marczeg trotteten die Pferde seiner kleinen Reiterei. Es waren wenig mehr als fünfzig Tiere samt der Krieger, die auf ihnen saßen; ein Umstand, der bei einem Volk von Reitern bedauerlich war. Noch bestand Hoffnung, dass Odön mehr Kavallerie um sich versammelt hatte, möglicherweise Truppen aus dem Norden und von den Westgrenzen des Şireva. Aber momentan weckte der Anblick seiner berittenen Krieger, ansonsten die stärkste Waffe seines Volkes, in Tamár keinen Stolz.

Quälend langsam zog das Heer voran. Die Einheiten waren im Laufe des Tages immer weiter auseinandergezogen worden und bildeten jetzt eine lange Kolonne, die dem Flussverlauf folgte. Noch weiter hinten marschierten die Wlachaken, die ihr Lager inzwischen getrennt von seinem eigenen aufschlugen. Neben Tamár ritt Köves, der dem Blick seines Herrn folgte.

»Was seht Ihr an, Vezét? Die Wlachaken?«

»Ja.«

»Unsere Späher sind gut. Wir würden Nachricht bekommen, wenn der Feind in der Nähe wäre«, sagte der Szarke ruhig, und Tamár sah in verdutzt an. Dann lachte er.

»Nein, ich habe keine Sorge, dass Szilas uns während

des Marsches überrascht. Ich dachte nur gerade daran, dass dieses Bündnis sich als schwierig erweist.«

»Das ist nicht Eure Schuld, Vezét. Wenn Männer und Frauen in den Krieg ziehen, dann kommt es schnell zu Streit. Selbst in unserem Lager gab es Handgreiflichkeiten.«

»Vermutlich hast du recht; dennoch wurmt es mich, dass ich Masriden hängen musste, weil sie Wlachaken angegriffen haben.«

Köves zuckte mit den Schultern, als wolle er sagen, dass diese Dinge außerhalb des Einflusses seines Herrn lagen. Nachdenklich blickte Tamár wieder zurück zu der Staubwolke hinter seinen Soldaten. Dass ein Abkommen zwischen Masriden und Wlachaken nicht einfach werden würde, war allen Beteiligten von Anfang an klar gewesen. Dennoch fiel es selbst dem jungen Marczeg schwer, in den Wlachaken echte Verbündete zu sehen, obwohl er wusste, dass seine ganze Hoffnung auf Rückeroberung seines Heimatlandes davon abhing. *Meinen Kriegern gefällt es noch weniger als mir. Sie fühlen sich wie ein gegen den Strich gebürsteter Vrasya.* Beim Gedanken an die Hunde blickte Tamár zur Flanke der Reiterei, wo einige Rudel der kurzhaarigen Jagdhunde mit ihren Führern liefen. Die großen Tiere mit dem mächtigen Gebiss waren nicht nur gute Wachen für die Lager, sie konnten auch in der Schlacht eingesetzt werden, vor allem, um Fliehende zu jagen.

Hinter einer Biegung des großen Flusses tauchten in der Ferne Wimpel und Flaggen auf. Ein Raunen ging durch die Reihen der Krieger, als sie sich gegenseitig darauf aufmerksam machten. Auch Köves stand in den Steigbügeln auf und beschattete die Augen mit der Hand.

»Odön!«, rief der Szarke erfreut und deutete nach vorn. Jubel brandete auf und lief wie eine Welle bis zum letzten Soldaten der Nachhut. Währenddessen suchten Tamárs Augen aufgeregt die Zelte und Flaggen ab, da er ihre Zahl einzuschätzen versuchte. Angst und Hoffnung kämpften in seiner Brust, ließen seinen Mund trocken werden und trieben ihm den Schweiß auf die Stirn. Noch war Ionnas Truppe größer als die seine, noch war er der unterlegene Bündnispartner. Dies konnte sich mit Odöns Truppen ändern, und es würde dem jungen Marczeg eine bessere Stellung in den weiteren Ratsversammlungen verschaffen. Zudem konnte die durch das Schicksal zusammengeführte Allianz jeden Waffenarm brauchen, wenn sie Szilas besiegen wollten.

»Es sieht nach einem großen Lager aus«, verkündete Köves laut, und die erschöpften Männer und Frauen in ihrer Nähe jubelten erneut. Auch Tamár war zufrieden, denn der Szarke hatte recht: Schon jetzt konnte man eine große Zahl Zelte und die Farben vieler Adliger erkennen. Offensichtlich hatten sich die Krieger des Şireva scharenweise unter Odöns Banner gesammelt, das in der Mitte des Lagers wehte. Direkt darüber hing der Greif, Wappen des Landes und der Familie Békésar. Als Tamár ihn erblickte, verspürte er einen unbändigen Stolz, und seine Zuversicht kehrte schlagartig zurück. *Noch fliegt der Greif über dem Şireva!*

Mit einem Schnalzen trieb Tamár sein Pferd an und ritt im Kanter voraus. Neben ihm schloss Köves auf, und die handverlesenen Krieger seiner Garde folgten in kurzem Abstand. Sein eigenes Banner knatterte im Wind, als er den letzten Rest des Weges bis zum Lager zurücklegte. Die langen Märsche hatten alle erschöpft, auch Tamár, aber gerade kreiste das Blut heiß in seinen Adern, und er fühlte sich lebendiger als seit Tagen.

Als er mit seinem Gefolge in das Lager einritt, kamen von überallher Soldaten angelaufen und riefen laut den Namen seines Hauses. Da er an ihnen vorbeiritt, sah Tamár erschöpfte Gesichter und solche voller Begeisterung, Junge und Alte, Männer und Frauen, Masriden und Szarken. Sie alle winkten ihm zu oder neigten ihre Häupter vor ihm. Sie alle waren bereit, ihm in die Schlacht zu folgen.

Als die Reiter die Mitte des Lagers erreichten, wo sie

von den Anführern erwartet wurden, verlangsamte Tamár den Schritt seines Tieres und sprang aus dem Sattel. Sofort eilten Knechte herbei und nahmen die Zügel, während der junge Marczeg zu den Adligen schritt. Seine Rüstung war staubig, ebenso wie sein Haar, doch hier war er der Herr. Breitbeinig stellte er sich vor Baró Odön und nickte leicht. Der Szarke hingegen verneigte sich angemessen tief. Auch er trug eine Rüstung, darüber einen leichten, gesteppten Waffenrock in einem auffallenden Rot.

»Willkommen, Marczeg Békésar. Ich hoffe, dass Ihr zufrieden seid mit dem, was Ihr seht.« Mit einer umfassenden Geste deutete Odön auf das Lager.

Obwohl das selbstgefällige Grinsen des Szarken Tamár nicht gefiel, verbiss sich der Masride jeglichen Kommentar, lächelte und erwiderte: »Durchaus. Hier sind mehr Truppen versammelt, als ich zu hoffen wagte. Gemeinsam mit jenen, die ich hierher führe, wird es uns ein Leichtes sein, Marczeg Laszlár zu besiegen!«

Bei diesen letzten Worten hatte er die Stimme erhoben, und der Jubel der Soldaten dankte ihm. *Zuversicht und Vertrauen sind die Schlüssel zum Sieg. Vertrauen in sich selbst und in die Anführer. Meine Krieger vertrauen mir, und ich werde sie nicht enttäuschen.*

»Ihr seid weit geritten.« Mit dieser knappen Feststellung riss Odön ihn aus seinen Gedanken. »Wollt Ihr Euch zunächst erfrischen?«

»Nein. Ein Becher Wein wird genügen. Lasst uns in ein Zelt gehen, damit Ihr mich über die Lage informieren könnt«, erwiderte Tamár höflich, und fügte dann rasch hinzu: »Was ist mit den Menschen aus Turduj? Sind sie in Sicherheit?«

»Wir haben uns gedacht, dass Szilas sein Hauptaugenmerk auf uns richten wird. Also haben wir einen Teil der Flüchtlinge nach Norden gesandt, um dort in den Dörfern Unterschlupf zu suchen. Andere haben wir mit beschlagnahmten Booten übergesetzt.«

»Über den Magy?«, fragte Tamár ungläubig. »Ins Valedoara? In Marczeg Laszlárs Herrschaftsgebiet?«

»Ja«, antwortete Odön lachend. »Wir wollten ihm den Gefallen heimzahlen.«

»Es sind keine Krieger …«

»Nein, Vezét. Aber da Szilas mit seinen Truppen nördlich des Flusses entlangzieht, ist der Süden halbwegs sicher. Er kann nicht überall zugleich sein, nicht wahr? Es sind nur die Gesunden und Kräftigen. Sie ziehen nach Osten, um im Rücken von Marczeg Laszlárs Armee wieder ins Şireva zurückzukehren. Sie sollen unter den in Turduj zurückgebliebenen Soldaten das Gerücht streuen, dass Szilas geschlagen ist!«

»Ein guter Plan, wagemutig, aber gut«, befand Tamár schließlich. Je mehr er darüber nachdachte, desto besser gefiel ihm diese Taktik. Mit einem Schlag auf die Schulter des Szarken fügte der Marczeg hinzu: »Ihr habt gute Arbeit geleistet, Baró. Mein Dank ist Euch gewiss.«

Gemeinsam betraten sie ein prächtiges Zelt, um über die bevorstehende Schlacht zu beraten. Da er durstig war, ließ sich Tamár den schweren Wein seiner Heimat mit Wasser verdünnen. Dankbar trank er in tiefen Schlucken, während die anderen Anwesenden respektvoll schwiegen. Schließlich senkte der junge Masride den Pokal und blickte Odön erwartungsvoll an. »Wie viele?«, fragte er ohne Umschweife.

»Zwanzighundert. Dreiviertel davon sind Reiterei. Es müssen noch Fußsoldaten auf dem Marsch hierher sein, aber es wird knapp werden: Szilas ist den letzten Berichten nach nur wenige Tage entfernt und marschiert uns schnell entgegen.«

»Dann bringen wir mehr als vierzighundert Krieger auf. Ionna befehligt einige hundert weniger. Fast achtzighundert Soldaten stellen sich Szilas also entgegen!«

»Herr«, begann Odön langsam und strich sich mit der Hand über den Bart, »da gibt es eine Sache … Die Krieger murren. Es gefällt ihnen nicht, an der Seite von Wlachaken zu kämpfen.«

Verärgert blickte Tamár den Szarken an. »Ist das so?«

»Ja, Vezét. Es gehen Gerüchte um, dass die wlachkischen Hunde uns während des Kampfes oder danach in den Rücken fallen wollen. Das schmeckt niemandem.«

»Mir gefällt es auch nicht, mit ihnen zu reiten«, erwiderte der Marczeg ernst. »Aber diese Gerüchte sind falsch. Sorge dafür, dass sie enden.«

Mit einem Nicken bestätigte Odön den Befehl, doch seine Miene blieb weiterhin von Sorgen umwölkt. Nachdenklich musterte Tamár den stämmigen Mann, während er den verdünnten Wein in seinem silbernen Pokal kreisen ließ. Dann trank er noch einen Schluck und kostete den Geschmack voll aus, bevor er sagte: »Das alles passt mir ebenso wenig wie euch, Baró. Aber meine Hände sind gebunden. Vergesst nicht, dass Marczeg Laszlár uns angegriffen hat. Hätte er gegen die Wlachaken losgeschlagen, sähe es anders aus, aber nun hat er uns dieses Bündnis aufgezwungen.«

»Ich verstehe Eure Beweggründe, Vezét. Aber können wir den Wlachaken vertrauen?«

Erneut schwieg Tamár einige Herzschläge lang, um seinen Worten mehr Gewicht zu verleihen. Als er sprach, tat er dies langsam und betont: »Die Voivodin ist eine Frau des Schwertes. Sie hat das Bündnis zwischen uns beschworen. Ich vertraue ihr. Und wenn die Wlachaken sich insgeheim gegen uns stellen wollen, dann ist ohnehin alles verloren. Wir können nicht hoffen, gegen zwei mächtige Gegner zu bestehen.«

»Arkas hat auf dem langen Ritt erst die Dyrier und dann die Wlachaken geschlagen«, erinnerte ihn Rurjos, ein Baró aus der Gegend zwischen Iames und Ylt, der kaum mehr als einige kleine Dörfer sein Eigen nannte. Der Baró war ein alter Mann, ein Veteran vieler Grenzscharmützel zwischen dem Sadat und dem Şireva, dessen Wort bei seinen

Standesgenossen deswegen viel Gehör fand, obwohl seine Besitzungen eher spärlich waren. Tamárs Blick wanderte von Odön zu Rurjos, dessen Miene undurchdringlich war. Eine lange Narbe zog sich von der Schläfe bis zu der Nase, deren linker Flügel fehlte. Manch anderer Mann hätte wohl einen Vollbart getragen, um das Wundmal zu verbergen, doch Rurjos trug nur einen schmalen Kinnbart, der inzwischen genauso grau war wie sein Haupthaar.

»Ich halte einen Zweifrontenkrieg für einen fatalen Fehler«, erwiderte Tamár mit Bedacht. »Zudem liegen die Karten bereits auf dem Tisch: Ich habe der Voivodin mein Wort gegeben.«

»Nun«, sagte Odön gedehnt. »Ein Wort einer Wlachakin gegenüber ist nicht zwangsläufig bindend.«

Die letzten Worte des Satzes verklangen. Die Bedeutung war allen Anführern, die sich in Odöns Zelt versammelt hatten, mehr als deutlich. Auf einigen Gesichtern konnte Tamár Zustimmung erkennen. Andere hielten ihre Mienen ausdruckslos. Nur wenige zeigten, dass sie die Worte missbilligten. *So ist das also,* dachte Tamár. *Auch ein Marczeg ist nur so mächtig, wie seine Untergebenen es erlauben. Und gerade hängt meine Autorität an einem sehr dünnen Faden. Ich muss ihre Herzen wieder für mich gewinnen.*

»Mein Wort gilt«, bekräftigte der junge Marczeg. »Wir können uns keine Feindseligkeiten mit den Wlachaken erlauben. Mein Vater war einem Abkommen mit Ionna zugeneigt. Allein die Umstände haben dies verhindert. Wir werden dieses Bündnis schmieden und die Wünsche meines Vaters achten.«

Aufmerksam blickte Tamár in die Runde. Er sah bedenkliche Gesichter und Widerstand, doch er fuhr beharrlich fort: »Außerdem ist es besser, wenn die Wlachaken an unserer Seite bluten. Dieser Kampf wird alle schwächen, nicht nur uns, und ihre Begehrlichkeiten, so sie existieren, im Keim ersticken.«

Diesmal nickten einige der Hauptleute, darunter auch

Rurjos. Selbst Odön, auch wenn er nicht zustimmte, widersprach ihm nicht. Zufrieden leerte Tamár seinen Pokal und sah den Baró fragend an. »Wie viele Soldaten führt Szilas ins Feld? Wir hatten bisher nur sehr widersprüchliche Berichte von den Spähern. Wisst Ihr Genaueres?«

Der Szarke trat an einen kleinen Tisch, entrollte eine Karte, die das Şireva zeigte. Mit einem Finger fuhr er die Linie des Magy von Turduj aus beginnend nach Westen nach.

»Szilas hat den Großteil seiner Armee aus Turduj abgezogen. Sie folgen, ähnlich wie Ihr, Marczeg, dem Verlauf des Magy und nutzen dabei die Pfade der Burlai.«

Sein Finger deutete auf einen Ort etwa drei Tagesmärsche von Turduj entfernt.

»Hier hatten unsere Späher Kontakt. Sie berichteten uns, dass Szilas weit über sechzighundert Soldaten hat, davon ein Gutteil Kavallerie. Möglicherweise mehr als ein Drittel. Inzwischen steht der Marczeg hier.«

Auf der Karte war deutlich zu erkennen, dass die anrückende Armee nicht weit entfernt sein konnte. Nachdenklich zog Tamár die Stirn in Falten und versuchte, sich an die Umgebung zu erinnern. Als Anführer von Soldaten war er in alle Ecken des Şirevas geritten, und er kannte seine Heimat gut. Auf dem Weg zu Ionnas Heerlager hatte er genau den Weg genommen, dem Szilas nun folgte. Angestrengt sann der Masride darüber nach, wo man sich dem Angreifer am besten zur Schlacht stellen konnte. Die sanften Hügel westlich des Ylt hätten sich gut geeignet, aber Marczeg Laszlár hatte ihnen diese Möglichkeit genommen. Tamárs Blick wanderte über die Karte und hielt dann inne, an einem Punkt etwas nordöstlich von ihrer jetzigen Position. Undeutlich erinnerte Tamár sich an ein kleines Dorf, dessen Name ihm entfallen war, und an ein hügeliges Gelände, wo es nur vereinzelt kleine Wäldchen gab.

»Hier«, sagte er entschlossen und deutete auf die Stelle.

Die Blicke der anderen folgten seinem Finger. Keiner sagte etwas, bis Rurjos das Schweigen brach.

»Eine gute Stelle. Dort verläuft ein Bach, zwischen einigen Hügeln. Man kann gut Stellung beziehen. Wenn man sich dort verteidigt, hat man auf den Hügeln den Vorteil.«

»Denkt Ihr, dass Szilas angreifen wird?«, fragte Odön. Sowohl Tamár als auch Rurjos nickten.

»Zumindest wird er sich uns entgegenstellen. Wenn er sich nur verteidigen wollte, hätte er in Turduj bleiben können. Die Frage ist, ob er uns die Wahl des Ortes überlässt, aber ich wüsste nicht, wie er uns zu einem Gefecht zwingen will. Und falls er sich nicht stellt, nehmen wir Turduj einfach wieder ein und beenden seinen kleinen Feldzug.«

»Das Gelände ist gut für uns, das wird er sehen, aber es bietet auch ihm Vorteile«, sagte Rurjos bedächtig. Er zog seinen Dolch, ging zu dem Tisch mit den Getränken und dem Essen und schnitt sich in aller Seelenruhe eine Scheibe Schinken ab. Während er auf dem Fleisch kaute, deutete er mit der fettigen Dolchspitze wieder auf die ausgewählte Stelle. »Die Hügel bieten ihm ein sicheres Aufmarschgebiet. Es gibt dort nur wenige Wälder, das mindert die Gefahr eines Hinterhaltes. Es ist ein guter Ort für eine Schlacht«, erklärte er.

Die anderen Adligen folgten den Worten des Barós, wie Tamár erfreut feststellte.

»Wo schlagen wir das Lager auf, Vezét?«, fragte Odön an den jungen Marczeg gewandt.

»Wir errichten zwei Lager. Wir werden einen nördlichen Hügel für unsere Truppen wählen; die Wlachaken sollen mehr im Süden Stellung beziehen. Ich werde das mit Ionna besprechen müssen, aber ich glaube, dass sie keinerlei Einwände haben wird.«

»Zwei Lager?«

»Es gab Reibereien«, erklärte Tamár abwehrend. »Es ist besser, die Soldaten getrennt zu halten.«

»Reibereien, Herr?«, mischte sich Rurjos wieder ein, und

Tamár seufzte. Die Verurteilung seiner Krieger steckte ihm noch in den Knochen; auch wenn ihm die Notwendigkeit deutlich gewesen war, war ein schaler Nachgeschmack zurückgeblieben.

»Einige Heißsporne haben Streit mit den Wlachaken gesucht. Es gab Schlägereien. Bei einer wurden auch Waffen gezogen«, berichtete der Marczeg kurz angebunden. »Ich war gezwungen, harte Maßnahmen zu ergreifen, um die Ruhe wiederherzustellen. Aber wir haben dennoch entschieden, die Lager getrennt zu halten, um möglichst keinen Anlass mehr zu dergleichen zu bieten.«

Die Adligen wirkten besorgt. Auch Rurjos schien wenig erfreut.

»Maßnahmen, Vezét?«, fragte der alte Haudegen mit einem Seitenblick zu Odön, der bei Tamár sofort Alarmrufe im Geist ertönen ließ. *Was geht zwischen den beiden vor?*

»Es gab ein gemeinsames Gericht von der Voivodin und mir. Jeder hat seine Untergebenen verurteilt. Wir mussten einige hängen.«

Odön atmete scharf ein. Auch Rurjos schien bestürzt zu sein. Innerlich fluchte Tamár über die Dummköpfe, die bei einer simplen Lagerschlägerei von ihren Waffen Gebrauch gemacht hatten. Als die Kämpfenden getrennt worden waren, hatten zwei tot im Staub gelegen, deren reglose Augen bereits das Göttliche Licht sahen. Die Kontrolle über seine Truppen hatte Tamár zu entgleiten gedroht, und er hatte hart durchgegriffen.

»Ihr habt Masriden gehängt, weil sie Wlachaken geschlagen haben?«, fragte Rurjos leise.

»Es gab Tote, Baró. Ich kann nicht dulden, dass meine Untergebenen meine Autorität derart untergraben und das neue Bündnis mit Füßen treten«, erklärte Tamár kalt. Obwohl er mit seiner Entscheidung unzufrieden war, fühlte er sich im Recht. Er war dazu gezwungen gewesen, ein hartes Urteil zu sprechen, denn ungeahndete Kampfhandlungen zwischen den Verbündeten mochten verhängnisvolle Folgen haben. *Aber die Barós sehen das natürlich anders,* dachte der junge Marczeg mit einem Blick in die Runde der erzürnten Gesichter. *Während ich meine Autorität beim Fußvolk wiederhergestellt habe, verliere ich hier an Boden. Meine einzige Macht liegt in meinem Namen und in der Ergebenheit meiner Gefolgsleute. Mein Vater wusste das, und er hat versucht es mich zu lehren. Sein Tod und der Verlust Turdujs untergraben meine Stellung wie Sappeure die Mauern so mancher Feste.*

»Sehr unglücklich«, warf Odön bedeutungsschwer ein. »Die Gemeinen werden sich fragen, wo Eure Loyalität steht: bei ihnen oder bei den Wlachaken!«

»Ich stehe zu jenen, die mir treu sind und meinen Befehlen folgen«, erwiderte Tamár hitzig. »Wer mein Wort missachtet, wird dafür bestraft. Ob er nun Masride oder Wlachake ist. Oder Szarke«, fügte er grimmig hinzu.

Mit hoch erhobenem Haupt blickte er in die Runde. Die letzten Worte waren eine deutliche Warnung gewesen, doch Tamár wusste, dass er im Zweifelsfall möglicherweise nicht die Macht hatte, seinen Worten auch Taten folgen zu lassen. *Wenn die Krieger einem anderen Anführer mehr Glauben schenken, dann bleibt allein mein Blut übrig, auf das ich mich berufen kann. Und dieses Blut ist auch nur rot, wie schon so mancher gesehen hat. Ich brauche die Unterstützung der Barós und das Vertrauen der Soldaten. Meine Garde ist mir treu, ebenso die Truppen aus Turduj, doch stellen die Barós mehr Krieger als ich selbst. Wenn sie sich auf einen anderen Befehlshaber einigen ...* Diesen Gedanken wollte der junge Marczeg nicht zu Ende denken. Schlimm genug, dass er der Gnade der Wlachaken ausgeliefert war, aber sich nun auch mit Aufruhr in den eigenen Reihen herumschlagen zu müssen, verfinsterte sein Gemüt. *Wenn der Greif stark ist, dient ihm ein jeder; doch in Zeiten der Schwäche erkennt man, wer wahrhaft treu zu meinem Wappen steht.*

Wieder wechselten Odön und Rurjos einen Blick, der

Tamár nicht entging. Die beiden einflussreichen Barós zeigten beinahe zu deutlich, dass sie im Bunde waren. Odöns Miene wirkte selbstsicher, ja selbstgefällig, während Rurjos eher besorgt erschien. Der alte Veteran war Gyula stets treu gewesen, hatte sowohl gegen Zorpads gelegentliche Überfälle als auch gegen die Wlachaken gekämpft und dabei unerschütterlich dem Hause Békésar gedient. Dass er nun Geheimnisse vor Gyulas Erben hatte, war höchst beunruhigend.

Als die Versammlung sich auflöste, nahm sich Tamár ein Stück weiches Brot und etwas Käse und sah den alten Krieger nachdenklich an. Das Gemurmel der anderen, die sich in kleinen Gruppen zusammengefunden hatten, trat in den Hintergrund, während Tamár überlegte. *Odön ist gefährlich, sein Hunger nach Macht und Ansehen groß. Aber Rurjos war mir immer als guter Mann bekannt und schien keinerlei Ehrgeiz zu haben, seinem Herrn gefährlich zu werden. Er ist ein Mann, der zu seinem Wort steht.* Mit diesen Gedanken aß der Masride den letzten Bissen. Während er noch für einen Moment den würzigen Geschmack des Käses auf seiner Zunge genoss, reifte in ihm eine Entscheidung.

Mit schnellen Schritten trat er zu Rurjos, der in ein Gespräch mit einigen Barós vertieft war, und nickte dem Veteranen zu. »Ich würde Euch gern kurz sprechen, Baró, um mich über die Vorteile einer Schlacht in den Hügeln auszutauschen. Würdet Ihr meinem Wunsch entsprechen?«

»Natürlich, Vezét«, antwortete Rurjos knapp und folgte Tamár zu dem Tischchen mit der Karte. Als die beiden sich darüber beugten, sagte Tamár leise: »Was hat Odön Euch gesagt?«

Die Frage ließ die dichten Augenbrauen des Barós hochschnellen. Zunächst antwortete er nicht, und Tamár fürchtete schon, dass sein Vertrauen in die Ehrlichkeit des Mannes ein Fehler gewesen war, doch schließlich erwiderte Rurjos zögerlich: »Baró Odön ist gegen das Bündnis mit den Wlachaken. Er sagte, dass wir allein gegen unsere

Feinde bestehen können und uns nicht mit diesem Pack verbrüdern müssen.«

»So. Das waren seine Worte?«

Der alte Veteran nickte und blickte Tamár eindringlich in die Augen. »Er denkt, dass die Wlachaken die Gelegenheit beim Schopf ergreifen werden, um uns ein für alle Mal zu vernichten. Ionna will Königin von ganz Ardoly werden, und der Krieg zwischen Euch und Szilas gibt ihr dazu die Möglichkeit.«

»Und was denkt Ihr, Rurjos?«

»Seine Worte klingen vernünftig«, erwiderte der Baró vorsichtig. »Es widerstrebt mir, mein Schicksal in die Hände von Wlachaken zu legen. Möglicherweise ist dies nur eine Falle der Katze.«

Geringschätzig hatte er den spöttischen Titel benutzt, den die Masriden der Löwin von Désa gegeben hatten.

»Möglicherweise«, stimmte Tamár zu, was Rurjos einen fragenden Blick entlockte. »Aber ich glaube das nicht. Mein Vater war für dieses Bündnis. Er wusste, dass es nicht einfach sein würde, mit den Wlachaken auszukommen. Er hatte recht, und es brennt mir im Herzen, dass ich Masriden hängen musste.«

Der grauhaarige Krieger nickte langsam.

Mit einer Hand strich sich Tamár über das Gesicht, während er sich mit der anderen auf den Tisch stützte. »Aber sie haben sich gegen mein Wort gerichtet. Sie haben mein Ansehen bei den Wlachaken untergraben. Ich hätte sie bestrafen müssen, so oder so. Auch Ionna hat ihre Leute gehängt. Ich weiß, dass wir ein gefährliches Spiel spielen, Rurjos. Doch uns bleibt kaum eine andere Wahl. Ich habe alle Spielzüge bedacht. Glaubt Ihr mir? Vertraut Ihr mir?«

Die Fragen hingen in der Luft, eindringlich und mit weitreichenden Folgen. *Jetzt entscheidet es sich. Wenn er mir nicht deutlich antwortet, habe ich ihn verloren. An Odön verloren,* erkannte Tamár. Seine Finger umklammerten die Tischkante, bis seine Knöchel weiß hervortraten. Er sah den Veteranen an, der jedoch seinem Blick auswich. Im Gesicht des Barós arbeiteten die Muskeln, dann sah er auf.

»Euer Vater war ein guter Marczeg, Herr. Er hat unser Land durch alle Gefahren geführt, die richtigen Bündnisse geschmiedet, die fähigsten Berater an seinen Hof geholt. Es war stets richtig, ihm zu dienen. Ihr seid jung«, erklärte Rurjos, und Tamár schloss die Augen. *Er misst mich an meinem Vater, und er wird mich für schwächer halten. Habe ich nicht Turduj verloren? Bin ich nicht im Begriff, meine Macht über mein Volk zu verlieren?*

»Aber Ihr seid Eures Vaters Sohn«, fuhr der Veteran fort. »Ihr geht einen schweren Weg. Einen Weg, den Ihr allein nicht bewältigen könnt. Wir können uns jetzt keine Uneinigkeit leisten.«

Stumm nickte Tamár, während Rurjos hörbar den Atem ausstieß.

»Mir schmeckt das Bündnis nicht. Aber Ihr habt Euch entschieden, und ich werde Euch folgen. Ich sehe keine andere Möglichkeit, als den Wlachaken zu vertrauen. Wenn sie unseren Untergang planen, dann sind wir ohnehin verloren. Denn Ihr habt recht: Einen Krieg an zwei Fronten können wir nicht austragen, nicht jetzt, nicht unter diesen Umständen.«

»Danke.«

»Nur erinnert Euch stets daran, wer Ihr seid und wo Ihr hingehört. Die Wlachaken sind uns nicht gleich, das dürfen wir niemals vergessen.«

»Ihr sprecht mir aus dem Herzen, Rurjos. Alles, was ich tue, geschieht, um mein Volk und mein Land zu retten. Der Wein, den ich trinke, ist bitter, aber ich werde den Becher bis zur Neige leeren, wenn es sein muss.«

»Euer Vater hat Euch auf diese Tage vorbereitet«, sagte der Baró und nickte Tamár zu. »Führt uns gut.«

Damit wandte er sich ab, und Tamár spürte eine mächtige Erleichterung in den Knochen. *Rurjos ist kein Ränkeschmied. Er spricht aus, was er denkt. Seine Unterstützung ist mir sicher.* Dann musste der junge Marczeg an die letzten Worte des Veteranen denken. *Auf Zeiten wie diese hat mein Vater mich nicht vorbereitet; wie hätte er sie auch kommen sehen sollen? Aber ich werde mich ihnen stellen und mich ihnen gewachsen zeigen. Oder dabei untergehen.* Mit einem letzten Blick auf Odön, der wild gestikulierend in ein Gespräch mit einigen Adligen vertieft war, verließ Tamár das Zelt und sah sich im Lager um, dessen Soldaten schon bald mit dem Namen *Békésar* auf den Lippen in die Schlacht ziehen würden.

30

Der Geruch von Krankheit und Verfall hing schwer in der Hütte. Seit dem Gespräch mit Ruvon hatte sich Vangelius Zustand zusehends verschlechtert, bis der alte Mann die Augen geschlossen hatte und in einen unruhigen, von Hustenanfällen gestörten Schlaf gefallen war. Während Tarlin nicht von der Seite des Geistsehers wich und diesem von Zeit zu Zeit das Gesicht mit einem feuchten Tuch abwischte, fühlte sich Şten hilflos. Zunächst blieb er, doch dem alten Mann beim Sterben zuzusehen zehrte an seinem Innersten und ließ ihn nicht zur Ruhe kommen. Alles in der Hütte schien von der Krankheit gezeichnet zu sein; alles wies auf die kleine Lagerstatt, wo Vangeliu mit dem Tod rang. Selbst die Feuerschalen verbreiteten ein unangenehmes, fahles Licht, das Vangelius schweißfeuchte Haut wächsern glänzen ließ. Der schwere Atem und der bellende, harte Husten klangen Şten wie das Lachen des Todes in den Ohren, bis er schließlich hinaus in den anbrechenden Tag floh.

Auf der Lichtung lagen die Trolle verteilt. Die meisten waren in der Nähe der Hütte geblieben, nur einige ruhten mehr am Waldrand. Pard und Kerr lagen direkt vor dem Eingang, wie zwei schlafende Wächter. Auf Şten wirkten sie, als ob sie jeden Augenblick aufspringen würden, doch der Wlachake wusste, dass ihnen dies bei Tageslicht unmöglich war. Selbst Pards Züge, die normalerweise grimmig und unnahbar wirkten, hatten sich im todesähnlichen Schlaf entspannt. Dennoch umgab den mächtigen Troll wie stets eine Aura der Gefahr. Er war wie ein Schwert; selbst wenn es in der Scheide steckte, blieb es eine tödliche Waffe. Und es konnte einen selbst ebenso wie die Feinde vernichten. *Es ist passend, dass Schwerter zwei Schneiden haben,* dachte Şten bei sich. *Eine weist immer auf denjenigen, der es führt. Ein Zeichen dafür, dass jeder Gebrauch auf einen zurückfallen kann.*

Mit diesen düsteren Gedanken trat der junge Krieger an Natioles Grab. Seinen Freund hatte der lebenslange Kampf am Ende eingeholt. Das Glück, das ihm in zahlreichen Gefechten treu geblieben war, hatte ihn am Vorabend des Sieges verlassen, und nun konnte er nicht genießen, was er gesät hatte. Doch der neue Krieg hätte auch Natiole wieder zu den Waffen gerufen. *Und wenn er nicht damals gestorben wäre, dann eben in der Trollschlacht oder im nächsten Krieg unseres Volkes. Es endet nie, und vielleicht sind die Toten um die Ruhe zu beneiden, die uns Lebenden verwehrt bleibt.*

»Ihr begrabt eure Toten in der Erde, nicht wahr?«, ertönte Tarlins Stimme, der respektvoll einige Schritt hinter Şten stehen geblieben war. Natürlich hatte der Wlachake den Elfen nicht kommen hören. Die Vînai waren berühmt und berüchtigt für ihre Lautlosigkeit und die Fähigkeit, ungesehen und ungehört zu kommen und zu gehen, wie es ihnen beliebte.

Langsam drehte Şten sich um und nickte. »Wir Wlachaken, ja. Masriden, zumindest diejenigen, die es sich leisten können, verbrennen ihre Toten. Aber auch sie übergeben die sterblichen Überreste der Erde.«

»Ein guter Brauch«, erwiderte Tarlin bestimmt. »Die Erde des Landes ist ein guter Ort, um dort zu ruhen.«

»Die Trolle fressen ihre Toten. Als wären sie nur Fleisch.«

»Vielleicht ehren die Trolle sie so. Ihre Toten ruhen in ihnen.«

Daran hatte Şten noch keinen Gedanken verschwendet. Bislang war ihm der Kannibalismus der Trolle immer nur barbarisch und würdelos erschienen. Das Verspeisen der Toten war in Wlachkis geächtet, und auch die anderen Völker der Menschen sahen dergleichen als Verbrechen wider ihre Götter an. Von keinem anderen Volk war bekannt, dass es diesem Brauch frönte.

»Warum gehst du hierher?«, fragte Tarlin und riss Şten damit aus seinen Gedanken.

»Wir besuchen unsere Toten. Wir ehren sie an ihren Gräbern. Alles, was wir besitzen, ist von ihnen erbaut worden«, erklärte Şten und fügte in Gedanken hinzu: *Aber niemand wird an Viçinias Grab trauern und ihrer gedenken.*

»Ihr Menschen legt viel Wert auf euer Eigentum, auf den Besitz von Land und die Steinhütten, die ihr dort errichtet.«

Mit einem schwermütigen Lächeln nickte Şten. Sein Blick wanderte zu dem Wald, der selbst im Licht der aufgehenden Sonne düster wirkte, und zum Himmel, dessen helles Blau von roten Schwaden durchzogen war. Dann senkte er den Blick auf den Elfen, der ungerührt dastand und Şten unverwandt ansah. Die Augen des Vînak waren wie stets unergründlich. Es gelang Şten nicht einmal, ihre Farbe zu bestimmen. Sie wirkten im hellen Licht der Sonne eisblau, doch in der Dämmerung schienen sie silbrig oder sogar weiß zu sein. Sie drangen durch die Oberfläche von Ştens Gedanken und sahen ihm direkt ins Herz.

»Wie haltet ihr dies?«, fragte der Wlachake, um diesem Blick zu entgehen, der seine tiefsten Geheimnisse zu erforschen schien.

»Wir übergeben unsere Toten der Natur. Wenn der Geist den Leib verlassen hat, ist Letzterer nur mehr ein leeres Gefäß. Der Wald nimmt sich zurück, was wir ihm genommen haben. Die Tiere und Pflanzen nehmen von unseren Toten, so wie wir von ihnen nehmen. Ein wenig wie ihr Menschen, nur ohne das ganze Gegrabe.«

Beide lächelten über den Scherz. Unvermittelt spürte Şten eine gewisse Verbundenheit mit dem Elfen. Also fragte er weiter: »Und Besitz? Land?«

»Das Land ist ewig, wer kann schon behaupten, es zu

besitzen? Nein, das verstehen wir nicht. Es ist, als wolle jemand den Himmel oder die Wolken besitzen.«

»Vielleicht trifft das zu«, erwiderte Şten zögerlich. »Zumindest für euch. Doch aus unserer Sicht kann man Land besitzen. Oder zumindest jene beherrschen, die auf diesem Land leben.«

»Ihr macht euch das Land untertan. Ihr baut eure Hütten, und ihr rodet den Wald für eure Felder. So kann man das Land vielleicht in Besitz nehmen. Doch dafür nimmt das Land auch euch in Besitz.«

Verwirrt runzelte Şten die Stirn. »Was meinst du?«

»All unsere Schwierigkeiten entstanden stets durch die Ansprüche eurer Anführer. Wir sollten ihnen gehorchen, wurde uns gesagt, denn wir lebten in ihrem Land. Und ihr kämpft gegeneinander um euer Land.«

Auf diese Art hatte Şten noch nie darüber nachgedacht. Es stimmte, dass wegen des Landes Kriege geführt wurden, denn Land zu besitzen bedeutete Macht. Und Macht wiederum bedeutete Freiheit, denn die Wlachaken konnten unter der Herrschaft der Masriden nicht frei sein; ihre Freiheit hing davon ab, dass sie selbst ihr Schicksal bestimmten.

»Land ist Freiheit. Auf dem eigenen Land kann man frei leben.«

»Wir sind frei«, entgegnete Tarlin mit einem leichten Lächeln. »Auch ohne Land.«

»Die tiefen Forste sind euer, ob ihr sie beansprucht oder nicht. Niemand wagt sich dort hinein, weil man euren Zorn fürchtet.«

Ein leises Lachen antwortete dem Menschen. Belustigt schüttelte der Elf das Haupt, und seine langen, hellen Haare tanzten im Rhythmus seiner Bewegung.

»Ihr Menschen kommt immer mit den gleichen Absichten. Mehr Land, mehr Macht. Wir haben gelernt, vorsichtig zu sein. Wer in eure Angelegenheit hineingezogen wird, bezahlt einen hohen Preis. Es ist besser, ihr fürchtet uns.«

»Nicht alle Menschen sind so«, protestierte Şten.

»Mag sein, Freund Şten. Doch unsere Erfahrungen reichen weit zurück. Es ist besser so. Wir sind frei, wo ihr Menschen nicht seid; und ihr fürchtet den dunklen Forst, unsere Heimat.«

»Also beansprucht ihr doch Land«, stellte Şten triumphierend fest, doch der Elf bedachte ihn nur mit einem enttäuschten Blick.

»Dieses Land ist unsere Heimat. So wie es die eure ist. Wir leben in den Wäldern, fernab eurer Steinhütten. Es ist nicht unser Land, wir leben dort nur.«

Diese Gedanken des Elfen blieben Şten trotz aller Bemühungen verschlossen. Nachdenklich blickte der Wlachake auf Natioles Grab. Sein Kampfgefährte war im Krieg um Land gefallen. *Vielleicht hat der Vînak recht. Wenn wir ohne Ansprüche im Land leben würden, dann ginge es uns möglicherweise besser. Aber was ist mit den anderen? Masriden, Dyrier – sie begehren unser Land, ob wir es nun für uns beanspruchen oder nicht. Wir haben nicht einfach um Erde und Häuser gekämpft, wir haben für mehr gekämpft. Natiole wusste das, ich weiß es.*

»Was ist mit persönlichem Besitz?«, fragte Şten, um das Thema zu wechseln. »Gehören diese Dinge dir?«

Der Elf folgte Ştens Fingerzeig zu den Beuteln, die er trug. Seine langen Finger glitten zu dem einfachen Gürtel, den er um seine schmalen Hüften geschlungen hatte. So weit Şten erkennen konnte, trug der Elf kein Metall am Körper, nur Holz, Bein, Leder und Stein.

»Dies ist meins. Aber wenn ein anderer aus meiner Sippe es dringender benötigt, wäre es seins.«

»Wie die Trolle«, erwiderte Şten mit einem Lachen. »Da kann sich auch jeder nehmen, was er will!«

Diesmal war es Tarlin, der verwirrt blinzelte. »Man kann es mir nicht einfach nehmen. Es ist mein.«

»Hast du nicht gerade gesagt, dass jemand anderer es von dir verlangen könnte?«

»Aber es ist meine Entscheidung, ob ich es ihm gebe. Für das Wohl der Sippe muss ich entscheiden«, erklärte der Elf ernst. »Da ich mich mit diesen Kräutern gut auskenne, sind sie mein.«

»Lebt ihr in Dörfern?«, fragte Şten, der mit den elfischen und auch trollischen Vorstellungen von Besitz wenig anfangen konnte.

»Nicht, wie du sie kennst. Viele von uns ziehen umher; nur wenige bleiben lange an einem Ort. Das Land ist weit.«

Nicht weit genug, als dass wir alle in Frieden leben könnten, dachte Şten bitter.

Der Elf sah ihn neugierig an. »Du fürchtest uns nicht«, stellte er fest.

»Nein. Ich glaube nicht, dass mir von deinem Volk Gefahr droht, Tarlin.«

»Nicht für dich«, bestätigte der Vînak. »Nicht hier und nicht jetzt. Aber die Zeit mag das ändern.«

»Wer weiß schon, was die Zukunft bringt?«

Ein Vogel begrüßte den neuen Tag mit seinem Lied. Die ersten Strahlen der Sonne fielen wärmend auf die Lichtung und vertrieben die langen Schatten des Waldes. Auf den Grashalmen funkelte ein wenig Tau. Die Szenerie erschien so normal, dass Şten fast vergessen hätte, dass er mit einem Vînak über Krieg und Frieden diskutierte, während in der Nähe dreißig Trolle schliefen.

»Du bist müde. Ruh dich aus«, sagte Tarlin bestimmt und wandte sich ab. Şten nickte und rieb sich die Augen, deren Lider tatsächlich immer schwerer wurden. Er sah dem Elfen nach, bis dieser in der Hütte verschwand, dann setzte er sich in das feuchte Gras und lehnte sich an einen Baumstamm. *Ein guter Ort, um zu ruhen,* fuhr es ihm durch den Kopf, doch bevor er über die doppelte Bedeutung der Worte nachgrübeln konnte, fielen ihm bereits die Augen zu.

Erst als die Sonne schon tief am Horizont stand und ihr Licht nur noch gedämpft durch die Bäume fiel, erwachte Şten und blickte sich für einige Momente verwirrt um. Sein Schlaf war tief und fest gewesen, und der Wlachake fühlte sich überraschend erfrischt und ausgeruht, wie schon seit Tagen nicht mehr.

Die Trolle lagen noch unbeweglich an ihrem Platz, doch von den Vînai fehlte jede Spur. Mit einem Gähnen erhob sich Şten und ging zu der Hütte, aus deren Schornstein jetzt Rauch aufstieg. Im Inneren schlief Vangeliu, jetzt deutlich ruhiger, während Tarlin über dem kleinen Feuer im gemauerten Kamin einen Sud zubereitete. Der Elf drehte sich nicht um, als Şten eintrat, sondern sagte nur leise: »Es ist ein wenig besser. Ich habe ihm etwas gegen den Husten gegeben, damit er schlafen kann. Schlaf ist wichtig.«

Şten nickte. »War jemand von deinen Leuten hier?«

»Bisher nicht. Aber ich bezweifle, dass Ruvon kommt, wenn die Trolle noch schlafen. Immerhin geht es auch um sie.«

»Dann werden wir wohl warten müssen. Gibt es ...«, begann Şten, und Tarlin nickte in Richtung des kleinen Verschlags, der sich an die Hütte schmiegte.

»Ich habe gejagt. Mit den Trollen in der Nähe ist das schwierig, ihre Anwesenheit vertreibt die Tiere. Magst du etwas davon haben?«

Ohne zu antworten ging Şten in den Verschlag und besah sich die Jagdbeute. Ein halbes Dutzend Karnickel hing bereits gehäutet an einigen Haken, und der Wlachake nahm eines davon herab. Mit ein wenig Holz, das getrocknet unter dem kleinen Vordach lagerte, war schnell ein Feuer entzündet, und schon bald stieg Şten der Geruch von gebratenem Kaninchen in die Nase und ließ ihm das Wasser im Munde zusammenlaufen. Von Tarlin ließ der Wlachake sich einen Topf geben, in den er einige Stücke Fleisch von einem zweiten Kaninchen schnitt, um dann mit klarem Wasser, Knochen und Fett eine Brühe daraus zu kochen. In Vangelius Vorräten fand Şten noch einige Rüben und wilde Zwiebeln, die er ebenfalls in die Suppe schnitt. Sich selbst gönnte der Wlachake einige Bissen des Bratens. Als er Tarlin davon anbot, lehnte dieser jedoch ab. So saß der junge Krieger neben der Feuerstelle, rührte gelegentlich in dem Topf und aß genussvoll Streifen des gebratenen Fleisches, bis die Sonne gänzlich unterging und Leben in die Trolle zurückkehrte.

Während sie sich erhoben und schnuppernd ihre Nasen in die Höhe reckten, rief Şten: »Im Schuppen ist frisches Fleisch. Ihr müsst es teilen, viel ist es nicht.«

Pard holte die Karnickelkadaver und verteilte sie unter seinen Trollen, während Kerr neugierig näher kam und in den Topf spähte.

»Das wird eine Brühe für Vangeliu. Ich denke nicht, dass er das Fleisch ganz essen kann«, erklärte Şten dem Troll.

»Und du legst die kleinen Hüpfer über das Feuer? Aber ihr Fleisch ist weich, du musst es nicht mit Feuer noch weicher machen.«

»Ich brate sie, ja. Das Fleisch wird dadurch nicht nur zarter, sondern auch schmackhafter. Außerdem liegt rohes Fleisch übel im Magen.«

»Darf ich mal?«, fragte der Troll, und Şten reichte ihm achselzuckend ein Stück knusprig braunen Fleisches. Vorsichtig biss Kerr ab und kaute bedächtig. Seine Miene verzog sich, als er den Bissen schluckte.

»Das schmeckt nicht gut. Da esse ich es lieber so, das ist weniger Arbeit und leckerer.«

»Haben die Elfen das Fleisch besorgt?«, mischte sich Pard ein. Als Şten dies bejahte, schlug sich der große Troll klatschend vor die Stirn. »Was haben die bloß mit diesen winzigen Tieren? Wie soll man davon satt werden? Die sind ja kaum daumengroß!«

»Übertreib mal nicht«, widersprach Kerr. »Außerdem ist ein wenig frisches Fleisch besser als gar keins.«

»Ja, aber so ein Stück Fleisch, das füllt kaum einen hohlen Hauer. Es gibt im Wald richtig große Tiere. Davon hätten sie ein paar jagen sollen.«

»Vielleicht liegt es daran, Troll, dass du und die deinen alle Tiere vertrieben habt?«, erklang Ruvons belustigte Stimme aus dem Wald. »Nun ja, bis auf diese hier, aber selbst die sind ganz schön weit gelaufen.«

Mit diesen Worten trat eine Gruppe von Elfen auf die Lichtung, die zwei große gehäutete Hirsche an Stecken zwischen sich trugen. Das Gejohle der Trolle war groß, als die Vînai die Kadaver in der Mitte der Lichtung ablegten.

»Die Geweihe sind ja größer als deine Hörner!«, frotzelte Vrok, was ihm einen finsteren Blick von Pard einbrachte, der dann jedoch selbst grinsen musste.

Unter großem Getöse begannen die Trolle die Hirsche zu zerlegen und sich um die saftigsten Stücke zu streiten.

Die elfischen Träger verschwanden wieder im Wald. Ruvon hingegen gesellte sich zu Şten, der noch neben dem Feuer stand und das Schauspiel gebannt verfolgte.

»Manchmal wirken sie richtig harmlos, nicht wahr?«, meinte der Elf. »Bis man sieht, wie sie einen ganzen Hirsch mit bloßen Händen zerlegen.«

Amüsiert blickte Şten ihn an. Doch obwohl Ruvon gescherzt hatte, war seine Miene besorgt. Wieder trug der Elf nur eine Lederhose aus zahlreichen verschiedenfarbigen Flicken und dazu einen Gürtel, an dem Messer und Beutel hingen. Bis auf das kleine Messer, das eher zum Essen als zum Kämpfen geeignet war, hatte er keine Waffen bei sich. Seine Hautbilder bewegten sich geheimnisvoll, als er sich zu Şten wandte und sagte: »Wir müssen miteinander reden. Ruf Pard und den jungen Troll, dann kommt hinein.«

Der Ernst, mit dem Ruvon das sagte, ließ Şten die Stirn runzeln. Laut rief er: »Pard! Lass uns hineingehen. Die Elfen haben auch Nachrichten mitgebracht!«

Stumm nickte der große Troll und packte Kerr an der Schulter. Gemeinsam folgten sie Şten in die Hütte. Obwohl Vangeliu ruhiger als in der letzten Nacht war, schlug der Anblick des Krankenlagers Şten sogleich aufs Gemüt. Aber der Wlachake sagte nichts, sondern ließ sich neben der Bettstatt an der Wand nieder und sah Ruvon fragend an. Sobald die beiden Trolle sich ebenfalls gesetzt hatten, erhob der Vînak seine Stimme: »Ihr wollt wissen, welche Entscheidung wir getroffen haben.«

»Sollte ich Vangeliu wecken?«, warf Şten ein, noch bevor der Elf weiter sprechen konnte. Ruvon schien über die Unterbrechung nicht sonderlich erfreut zu sein. So war es Tarlin, der antwortete: »Nein. Lass ihn schlafen. Unser letztes Gespräch hat ihn stark geschwächt. Und es ändert nichts, ob er wach ist oder ob er schläft.«

Şten zuckte mit den Achseln, und Ruvon fuhr fort: »Wir haben uns zusammengesetzt und beraten. Die Entscheidung meines Volkes ist, dass wir euch nicht helfen werden.«

»Was?«, brauste Pard auf. »Das ist wohl ein schlechter Scherz! Ihr verlausten Maden!«

»Keineswegs, Troll«, erwiderte Ruvon kühl. »Wir werden uns in die Tiefen des Waldes zurückziehen und den Sturm dort überstehen, wie wir bisher jeden Sturm überstanden haben.«

Überrascht musterte Şten den Elfen, dessen Gesicht jedoch keinerlei Gemütsregung verriet. Der Wlachake schluckte den bitteren Geschmack herunter, der ihm auf der Zunge lag. Der winzige Hoffnungsfunken, den das Auftauchen der Elfen in ihm geweckt hatte, erstarb und ließ nur Dunkelheit und Kälte in Ştens Herz zurück. *Ohne das Wissen und die Hilfe der Vînai wissen wir kaum, was wir tun sollen. Es wäre so schon kein leichter Marsch geworden, doch nun ...*

Der Wlachake mochte sich nicht ausmalen, welche Möglichkeiten sie nun überhaupt noch hatten.

»Was soll der Mist?«, fragte Pard bissig. »Habt ihr nicht erzählt, dass der Dunkelgeist uns alle etwas angeht?«

»Ja. Aber wir kennen seine Schliche und seinen Einfluss. Wir werden uns dagegenstemmen und überleben. So wie in alten Zeiten, als die Menschen das Land vergiftet haben.«

»Wenn man Feinde hat, dann verkriecht man sich nicht«, protestierte Pard. »Man geht los und zerfetzt sie.«

»Bei deinem Volk, Troll, mag das so sein. Aber wir haben uns entschieden.«

»Bitte, wir brauchen eure Hilfe«, meldete sich Kerr flehentlich zu Wort. »Wir können uns nicht einfach verstecken. Es betrifft doch das ganze Land, nicht nur uns.«

»Ihr habt dieses Unheil über euch gebracht, nun müsst ihr euch ihm allein stellen«, erläuterte Ruvon geduldig.

»Nicht allein«, widersprach Şten grimmig. »Ich werde mit ihnen gehen, ob nun Vînai dabei sind oder nicht.«

»Das ehrt dich, Mensch.«

»Ist denn alles zu spät?«, fragte Kerr. »Könnt ihr nicht irgendetwas tun?«

»Ihr versteht nicht. Die Entscheidung wurde gefällt. Ich bin nur der Bote, der die Nachricht überbringt. Ich kann daran nichts ändern.«

Obwohl die Miene des Elfen ausdruckslos blieb, meinte Şten etwas in seinen Augen erkennen zu können – Bedauern vielleicht oder Trauer. Aus einer Ahnung heraus fragte der Wlachake: »Du hast anders entschieden, nicht wahr? Du hältst eure Entscheidung für falsch.«

Lange Augenblicke sah der Elf ihn an, dann nickte er zögernd. »Ich habe dazu geraten, den Trollen zu helfen.«

»Und du?«, wandte sich Şten an Tarlin. »Was denkst du?«

»Ich glaube, dass ihr unsere Hilfe dringend benötigt. Und ich sehe die Auswirkungen, die der Atem auf alles hat, und ich fürchte den Tag, an dem Kurperla aufwacht. Aber nun ist nicht mehr wichtig, was ich meine.«

Ruvon fügte hinzu: »Dies ist nicht unser Kampf, wurde gesagt, und die Worte sind wahr: Es ist nicht unser Kampf.«

»Es betrifft uns alle, ihr feigen …!«, brüllte Pard beinahe und ballte die Fäuste.

Ruvon funkelte den mächtigen Troll an. »Ihr habt es über alle gebracht. Die Menschen haben Kurperla verletzt, und ihr verwundet ihn ebenfalls. Es ist nicht unsere Schuld, nicht unsere Aufgabe. Ich war dafür, euch zu helfen, doch kann ich auch in dem, was andere darüber denken, die Weisheit sehen. Immer, wenn wir den anderen Völkern zu nahe gekommen sind, hat es uns nur Unheil gebracht. Stets folgten ihnen Tod, Krankheit und Verderben. Wir haben daraus gelernt, wie bitter es sein kann, euch zu helfen. Mein Volk spürt den Atem Kurperlas deutlich. Also wirf mir nicht vor, was dein Volk getan hat!«

Nach dieser Rede herrschte Schweigen in der Hütte. Şten konnte sehen, dass Pard innerlich kochte, doch Kerr hatte seine Hand beruhigend auf den breiten Rücken des Trollanführers gelegt. Die Blicke der Elfen verharrten auf den Trollen, doch ihre Augen verrieten nicht länger ihre Geheimnisse.

»Das alles ist sehr bedauerlich«, sagte Şten schließlich und wollte sich erheben. Da hielt ihn ein leises Zungenschnalzen zurück.

»Sehr bedauerlich, wohl wahr«, flüsterte Vangeliu und hustete. »Ich hätte deinem Volk mehr Verstand zugetraut, Ruvon.«

»Du nicht auch noch, alter Mann«, erwiderte der Angesprochene mit einem Seufzen.

»Du hast recht. Ich bin alt, und ich sterbe. Das gibt mir nicht nur einen klaren Blick auf manche Dinge, sondern erlaubt mir auch, sie furchtlos auszusprechen. Deswegen sage ich, euer Entschluss ist Narretei!«

»Mein Volk hat entschieden, und nichts, was du sagst, wird diese Entscheidung ändern.«

»Ich weiß«, antwortete Vangeliu und hustete. »Aber es muss euch dennoch gesagt werden.«

Ştens Blick wanderte vom einen zum anderen. Trotz der scharfen Worte wirkten beide nicht verärgert. Die Züge des Elfen waren weich, als er den alten Geistseher ansah, und Vangelius wässrige Augen blickten unverwandt zur Decke.

»Du wirst bei mir bleiben, solange ich lebe, Tarlin?«, erkundigte sich der alte Mann, woraufhin der Elf nickte. Mit einem rätselhaften Lächeln nickte auch Vangeliu.

»So sei es. Und jetzt verschwindet alle aus meiner Hütte. Tarlin muss mir meine Medizin verabreichen.«

Verwirrt erhob sich Şten und kam dem Wunsch des greisen Geistsehers nach. Stumm folgte er Pard, der draußen seinem Zorn lautstark Luft machte und die gesamte Oberfläche samt all ihren Bewohnern mit derben Flüchen belegte.

»Deine Leute verwundern mich immer wieder, Mensch. Stärke und Schwäche, Großmut und Gier liegen bei euch so nah beieinander«, sagte Ruvon, als er an Şten vorbeiging. »Leb wohl. Ich wünsche euch, dass die Geister euren Taten gewogen sein mögen.«

»Sichere Wege, Elf«, sagte Şten leise. Und dann trat Ruvon in die Schatten und war verschwunden. *Es ist, als wäre er nie dagewesen, und unsere Hoffnung löst sich auf wie Tau in der Morgensonne. Oder wie die Spuren eines Vînak im Wald.* Benommen blickte der junge Krieger sich um. Pard stand mit überkreuzten Armen in der Mitte der Lichtung und überbrachte seinen Trollen die schlechten Nachrichten. Kerr stand neben ihm und kratzte sich nervös am Kinn. Die Gesichter der Trolle drückten ihren Unglauben aus, manche schienen zornig zu sein, doch vor allem spürte Şten Angst und jene düstere Verzweiflung, die auch von ihm Besitz ergriffen hatte. Der Weg lag immer noch deutlich vor ihnen, doch nun war er finster und noch bedrohlicher als schon zuvor.

Unvermittelt knarrte die Tür hinter ihm. Mit undurchdringlicher Miene trat Tarlin heraus und sah Şten an.

»Du weißt, wo eine Schaufel ist?«, fragte der Elf. Einige Momente blickte Şten ihn verständnislos an, dann murmelte er: »Ja, gewiss.«

»Vangeliu sagte, der Platz neben deinem Freund habe ihm schon immer gefallen. Am Rand der Lichtung, im Schatten des Waldes.«

»Was? Was willst du?«, murmelte Şten. Ein eiskalter Schauer durchfuhr ihn, als ein schrecklicher Verdacht in ihm aufstieg.

»Ich werde euch begleiten, Mensch. Es ist meine Entscheidung, nicht die der Elfen. Ich bin nicht mehr an diesen Ort gebunden.«

»Nein«, erwiderte Şten traurig, als er seine Vermutung bestätigt sah. »Vangeliu wandelt nun auf den Dunklen Pfaden?«

»Unter der alten Eiche, Mensch. Dort will er ruhen.«

Mit diesen Worten ging Tarlin zu den Trollen, während Şten in die Hütte eilte. Vangeliu lag auf seiner Lagerstatt, ruhig und friedlich. Kein Husten peinigte mehr seinen alten Leib, kein rasselndes Atmen war zu vernehmen. Die hellen Augen blickten immer noch zur Decke empor, doch jetzt sahen sie nichts mehr, außer der nächsten Welt. *Du sturer alter Mann,* schalt Şten in Gedanken, während er respektvoll näher trat. *Du verfluchter, dickköpfiger Alter.* Und der junge Krieger wusste nicht, ob die Tränen vor Trauer oder vor Dankbarkeit in seine Augen traten.

31

Lautlos näherte sich Anda der Höhle. Ein schwaches Licht drang aus dem Eingang, doch die Trollin benötigte es nicht, um ihre Umgebung wahrzunehmen. Um sich herum konnte sie ihre Jäger spüren, ihren Herzschlag, der im Einklang mit der Welt pochte. Auch von ihnen war kein Geräusch zu hören. *Wahre Jäger,* dachte Anda stolz. *Endlich sind wir wahre Jäger geworden. Und damit wahre Trolle.*

Weiter vorn in der Höhle war ein Schaben zu vernehmen. Für einen Moment hielten die Trolle inne, doch nichts deutete darauf hin, dass sie entdeckt worden waren. Der Eingang war sehr niedrig, und Anda musste sich auf alle viere hinablassen, um hindurchzupassen. Während sie den warmen Fels an Händen und Füßen spürte, ließ sie die Enge des Durchgangs auf sich wirken und genoss das Gefühl der steinernen Welt um sich herum. Dann war sie hindurch und schlich die Wand der großen Kaverne entlang.

Hier und dort war die Wand mit den leuchtenden Flechten überzogen, die noch einige Dreeg, nachdem man sie von der Wand genommen hatte, weiter Licht spendeten. Ihre fahle Helligkeit erfüllte die Höhle, auch wenn die Schatten der Vorsprünge und Nischen an vielen Stellen noch dunkel genug waren. Wasser tröpfelte träge zu Andas Linker, und die Wand glitzerte feucht. Obwohl die Höhle weit unter der verhassten Oberfläche der Welt lag, drang das lebensspendende Wasser bis hierher vor. Ein vollkommenes Jagdgebiet für ihren neuen Stamm.

Als die restlichen Trolle die Kaverne betraten und sich am Ausgang postierten, lehnte sich Anda gegen die Wand und schloss die Augen. Ihr Leib entglitt ihr, während sie den Gesang der Erde in sich aufnahm. Die Höhle mochte einem Troll gewaltig erscheinen, doch jetzt war sie nur ein winziger Teil der Welt unter der Erde, ein kleiner Fleck in Andas endlosem Reich. Die Trollin widerstand den Lockrufen, sich in diesen Weiten zu verlieren, und richtete ihr Augenmerk auf die Kaverne. In dieser befand sich die Beute, nichts ahnend, und nährte sich. Alle Trolle waren nun auf ihrem Posten. Anda lächelte still. Die Jagd konnte beginnen.

Mit einem Brüllen, das die Stille zerfetzte, sprang Anda vor. Ihre Jäger folgten ihr, fächerten sich hinter ihr auf, um jegliche Flucht zu verhindert. Schnell lief die Trollin um eine massive Felssäule herum und stürmte auf ihre Beute zu. Riesige, weiße Augen waren auf sie gerichtet, der Geruch von Furcht lag in der Luft. Dann wandten sich die Augen ab, und die Beute suchte ihr Heil in der Flucht. Ihr Getrampel erfüllte die Höhle, aber bevor sie Anda entkommen konnten, sprangen die auf der anderen Seite der Kaverne verborgenen Jäger hervor. Nun gab es kein Entrinnen mehr. Beide Ausgänge der Höhle wurden von Trollen blockiert, die laut riefen und feixten.

Die flachen Hufe der Beutetiere stampften, ihre bleichen Augen suchten nach einer Lücke. Die Nüstern blähten sich, die großen Ohren zuckten.

Da erreichte Anda das erste Tier der kleinen Herde und sprang. Ihre Arme fanden den Hinterlauf, rissen das Wesen zu sich heran und packten den Hals. Ein schneller Griff, und es sank tot zu Boden. Währenddessen kreisten die übrigen Trolle die Herde ein und fielen über sie her. Das Töten währte nur kurz. Anda legte den Kopf in den Nacken und heulte ihren Triumph hinaus.

»Heue gibt es frisches, warmes Fleisch!«, rief Sbon und stimmte in Andas Gebrüll ein. Ark hingegen kümmerte sich nicht darum, sondern schlug gleich seine Fänge in die noch zuckende Flanke eines der Grauen. Auch Anda lief beim Anblick der Tiere, die wegen ihres kurzen, fahlen Fells von den Trollen so genannt wurden, das Wasser im Munde zusammen, doch sie hielt sich zurück und betrachtete nur, wie ihr Stamm sich an Blut und Fleisch gütlich tat. Früher war die Jagd auf die Grauen schwieriger gewesen. Die Tiere hatten gute Nasen und scharfe Ohren. Selbst ihre großen Augen, die an vielen Orten der Unterwelt nutzlos waren, machten die Jagd auf sie an ihren Lieblingsplätzen, wo das Licht der Flechten die Dunkelheit zu einem Zwielicht werden ließ, schwierig. Aber sie waren auf Wasser und auf die Flechten, die sie mit ihren scharfen Zähnen von den Felsen schabten, angewiesen, eine Schwäche, welche die Trolle seit ewigen Zeiten ausnutzten. Einst hatten Späher die Tiere finden müssen, um die Jäger zu ihnen zu führen. Jetzt konnte Anda ihre Anwesenheit im Boden und in der Luft spüren, so wie sie alles fühlte, was sich in der Unterwelt bewegte. Früher waren Anda die stämmigen Tiere größer erschienen, doch nun befand sich ihr Schädel kaum auf Höhe von Andas Knien. Die Tiere waren erstaunlich gute Kletterer und sonderten kaum Geruch ab. Ihr grauer Pelz machte sie auch bei Licht fast unsichtbar, sodass sie sich häufig vor den Trollen verbergen konnten. *Aber nicht vor uns,* dachte Anda zufrieden. *Nicht vor meinen Jägern.*

»Gut«, seufzte Ark und schmatzte laut. »Aber nicht so gut wie anderes Fleisch.«

»Ja«, fiel Sbon ein. »Wir sollten wieder unsere Feinde jagen!«

»Unsere Feinde verbergen sich vor lauter Angst wie Zwerge«, erwiderte Anda verächtlich. »Aber keine Sorge: Sie kommen wieder, und dann werden sie unsere Beute sein.«

Jetzt grub auch die Trollin ihre Hauer in den Hals eines Grauen und schmeckte das köstliche, heiße Blut. Die dünne Haut widersetzte sich ihr kurz, dann riss Anda ein Stück Fleisch heraus. Während die Trollin es kaute, begannen die ersten anderen damit, die Beute zu zerlegen. Fleisch riss, und Knochen brachen. Genussvoll schlürfte ein Jäger das Mark seiner Beute.

»Heute Graue, morgen Pard«, schrie Sbon und lachte laut. Die Jäger fielen in sein Lachen ein, und auch Anda grinste. *So wird es sein.*

32

Obwohl die Trolle, und besonders Pard, zum Aufbruch drängten, ließ Şten es sich nicht nehmen, vorher ein Loch in die Erde zu graben. Dabei benutzte der Mensch eines der vielen Werkzeuge seines Volkes, einen langen Holzstab mit einem abgeflachten Ende. Interessiert sah Kerr ihm zu, bis Şten seine Arbeit unterbrach, sich mit der Hand den Schweiß von der Stirn wischte, dabei braune Erdspuren auf der Haut hinterließ und Kerr fragend anblickte. »Was gibt es denn schon wieder?«

Entschuldigend hob der junge Troll die Hände. »Nichts. Ich schaue dir nur zu.«

»Und warum? Ich schaufele ein Grab. Das ist nun wirklich nichts Außergewöhnliches.«

Unbestimmt deutete Kerr auf den Holzstab, dessen Anwendung ihn faszinierte. Natürlich hätte er selbst mit seinen scharfen und starken Klauen schneller graben können, doch dass die Menschen die Unterlegenheit ihrer Körper mit Geschick derart ausgleichen konnten, beeindruckte den Troll. So wie sie mit ihren metallenen Waffen kämpften und sich in Leder und Metall hüllten, um sich zu schützen. Natürlich war ein einzelner Mensch auch derart ausgerüstet kaum eine Gefahr für einen kriegerischen Troll. Dennoch gelang es einem kleinen und schwachen Volk, sich so stärker und gefährlicher zu machen. *Und viele von ihnen zusammen sind stärker als ein einzelner Troll. Sie sind vielleicht schwach, aber dieser Mensch hier ist schlau. So schlau wie Druan oder sogar noch klüger.*

»Dein Werkzeug. Ich schaue, wie du es gebrauchst«, erklärte der junge Troll ausweichend.

Verwirrt blickte Şten auf den Griff in seinen Händen. »Die alte Schaufel? Die ist absolut kein Wunderding.«

»Aber ich kenne so etwas nicht«, erklärte Kerr und hob die linke Hand. »Wir graben hiermit.«

»Das ist eine Schaufel. Mit dem Blatt hier vorn kann man mehr Erde bewegen, das ist alles. Und man wird nicht schmutzig«, erläuterte Şten, blickte dann aber an sich herab und fügte hinzu: »Na ja, nicht ganz so schmutzig.«

»Ihr habt viele Werkzeuge«, sagte Kerr zögerlich. »Für alle Handgriffe habt ihr ein anderes Ding.«

»Ja, schon möglich«, antwortete Şten mit einem Achselzucken. »Sie machen die Arbeit leichter. Dafür sind sie da. Ich könnte auch mit den Händen graben, aber es wäre anstrengender und mühselig. Ich habe darüber noch nie nachgedacht, wenn ich ehrlich sein soll. Schaufeln gibt es schon immer; sie sind nichts Besonderes.«

»Für dich nicht.«

»Nein, nicht für mich. Aber in deiner Heimat gibt es auch nicht viel zu graben, oder? Ich meine, Druan habe mir damals erzählt, dass die Gebeine der Welt hauptsächlich aus Stein bestehen.«

»Das ist wahr. Trotzdem müssen wir manchmal graben. Wenn es Einstürze gibt oder Felsen bewegt werden müssen. Aber nicht oft, nein.«

»Wir graben viel. Vor allem die Bauern«, erwiderte Şten bedächtig. »Aber auch als Soldat hat man oft genug eine Schaufel in der Hand. Hier in Wlachkis leben wir vom Boden, und wir sterben für ihn.«

»Und jetzt gräbst du für Vangeliu?«

»Sein Leib soll hier in der Erde ruhen, so hat er es gewollt. Indem ich ihn begrabe, erweise ich ihm einen letzten Dienst«, erklärte Şten und fügte finster hinzu: »Wir fressen unsere Toten nicht.«

»Ihr habt ja auch so viel zu Essen hier«, entgegnete Kerr freundlich. »Dein Stamm muss nicht hungern, wenn du in der Erde liegst.«

»Ich verurteile eure Bräuche ja auch gar nicht«, erwiderte der Mensch hastig.

Kerr sah ihn fragend an. »Warum solltest du auch?«

»Eben.«

Doch trotz seiner Worte schien Şten sich nicht wohl zu fühlen. *Vermutlich ist er traurig wegen Vangeliu,* dachte Kerr, während der Mensch sich wieder an die Arbeit machte. Als das Grab einen Trollschritt tief war, kletterte Şten daraus hervor und ging zur Hütte. Nachdem er sich gewaschen hatte, kam er mit Vangelius leblosem Körper auf der Schulter wieder zurück. *Der alte Mann ist so dünn. Werden sie alle so, wenn sie sterben? Dann ist es kein Wunder, dass die Menschen ihre Toten in Erdlöcher versenken. Sie machen niemanden satt.*

Am Grab angekommen, strauchelte Şten und wäre beinahe gestürzt. Doch als Kerr seine Hand ausstreckte, um ihm zu helfen, riss Şten den Leib herum. »Nein! Es geht schon.«

Verwirrt sah Kerr zu, wie Şten Vangeliu langsam in das Loch gleiten ließ und dann vorsichtig hinabstieg. Ehrfürchtig faltete der Mensch die Arme des Toten und rückte ihn im Grab zurecht. Es dauerte eine Weile, bis er zufrieden schien, dann kletterte er wieder heraus und packte die Schaufel, die in dem Haufen Erdreich steckte, das er ausgehoben hatte.

»Sichere Wege, Geistseher. Mögen die Geister auf den Dunklen Pfaden über dich wachen.«

Die Worte waren wenig mehr als ein Murmeln. Mit einem dumpfen Geräusch landete die erste Schaufelladung dunkler Erde auf Vangelius Körper.

Was für seltsame Bräuche. Die Menschen besitzen so viel, dass sie von allem verschwenden können, dachte Kerr, während er dem Ritual zusah. *Sie töten sich gegenseitig, aber vergraben ihre Toten dann einfach in der Erde. Sie haben die ganze Welt unter dem Himmel, und dennoch kämpfen sie um Land.* Die Welt der Menschen blieb für den Troll ein

Geheimnis. Sie faszinierte ihn durch ihre Fremdartigkeit, aber auch durch die vielen ausgetüftelten Gerätschaften, welche die Menschen besaßen und nutzten. Allerdings schienen sie diese nie zu einem vernünftigen Zweck einzusetzen, wie Kerr wieder einmal verwirrt feststellte. Selbst Ṣten tat ständig seltsame Dinge, die ihm nicht halfen, mit denen er nichts erreichte. *Und so geht er jetzt mit uns Trollen unter die Erde, obwohl er weiß, dass es viel zu gefährlich für ihn ist.*

Seine Fragen brannten in Kerrs Geist, aber er hielt den Mund, denn Ṣten wirkte nicht so, als ob er zum Reden aufgelegt sei. Der Mensch stand mit geneigtem Haupt vor dem frischen Erdhügelchen und schwieg mit düsterer Miene. Da er nicht wusste, was er tun sollte, tat Kerr es ihm gleich.

Schließlich gesellten sich auch Pard und Tarlin zu ihnen. Kopfschüttelnd betrachtete der große Troll Kerr, bevor er Ṣten anstupste.

»Wir brechen auf. Genug des Wartens. Es ist an der Zeit zu handeln!«

Als erwache er aus einem Traum, blinzelte Ṣten erst, dann nickte er zögerlich.

»Was ist mit der Hütte? Mit Vangelius Besitz?«, wandte der Mensch sich an Tarlin.

»Der Wald nimmt ihn sich zurück, wenn ihr Menschen ihn nicht beansprucht. Uns kümmert es nicht. Mit Vangelius Geist ist alles von diesem Ort gewichen, was für uns wichtig war.«

Lange blickte Ṣten zu der Hütte, bevor er antwortete: »Kein Mensch wird hier wohnen. Dann ist er des Waldes. Ich denke, das hätte ihm gefallen.«

Ein Nicken zeigte, dass der Elf ähnlich empfand. Kerr, der selten längere Zeit an einem Ort geblieben war, nickte ebenfalls gleichmütig. Eine Stelle im Wald war so gut wie jede andere für den Troll. Aber als Ṣten ging, um seine Sachen zu holen, fragte er Tarlin: »Der Wald nimmt sich die Hütte? Wie meint ihr das?«

»Pflanzen und Tiere werden in ihr leben. Sie wird verfallen, Bäume werden in ihr wachsen, und irgendwann kann man nicht mehr sehen, dass hier einst ein Steinhaus der Menschen errichtet war. Das ist an vielen Orten passiert. Die Menschen können den Wald vertreiben, aber wenn sie gehen, kehrt er stets zurück.«

Interessiert blickte Kerr zu der Hütte, in der Şten gerade die letzten Lichter löschte. *Das Land unter dem Himmel hat viele schwierige Gesetze.*

Endlich war Şten fertig und schloss leise die Tür. Dann gesellte der Mensch sich zu der kleinen Gruppe und fragte Pard: »Wohin?«

»Sobald wie möglich unter die Erde«, erwiderte der Anführer des Stammes und klatschte in die Hände. Seine Augen funkelten vor Freude auf die Rückkehr in die Tiefen der Welt, wo Trolle nicht ungebetene Gäste, sondern heimisch waren. Auch Kerr verspürte eine Erleichterung, die seine Finger kribbeln ließ. Auch wenn die Oberfläche voller Wunder war, so lastete doch die tägliche Herrschaft der Sonne schwer auf seinem Gemüt, ebenso wie die vielen unverständlichen Regeln der Menschen, denen sie sich hatten unterordnen müssen. Hier oben waren die Trolle zu selten wirklich Herren ihrer Entscheidungen gewesen, im Großen, wie im Kleinen. Das würde sich nun wieder ändern.

Tarlin zuckte ergeben mit den Schultern, während Şten sagte: »Dann führ uns, Großer.«

»Das werde ich, oh ja, das werde ich«, erwiderte Pard aufgeräumt und rief alle zu sich. Gemeinsam gingen sie von der Lichtung in den Wald, und schon nach wenigen Schritten konnte Kerr hinter sich keinen Hinweis mehr auf die Hütte erkennen. Für den jungen Troll hatte der Wald sich die Hütte schon jetzt wieder zurückgeholt.

»Je früher wir unter die Erde gehen, desto schneller können wir uns bewegen«, meinte Vrok entschlossen, doch Pard brummte unzufrieden.

Kerr sprach aus, was der große Troll wohl dachte: »Aber desto mehr laufen wir Gefahr, Anda zu begegnen, bevor wir wissen, was zu tun ist.«

»Als wenn es hier oben nicht gefährlich wäre«, konterte Vrok, und die meisten der Trolle, die sich im Kreis versammelt hatten, knurrten zustimmend. Seit ihrem Aufbruch hatten sie mehrere Tage ungeschützt verbringen müssen, und das ging den meisten Trollen gegen den Strich.

»Jedes Mal, wenn das beschissene Himmelslicht erscheint, müssen wir uns darauf verlassen, dass die da uns beschützen.« Der Jäger wies mit einem abfälligen Nicken auf Ṣten und Tarlin, die ein wenig abseits auf einem Felsen saßen und die Beratung der Trolle gespannt verfolgten.

Ṣten grinste schief und hob den Arm. »Wir geben unser Bestes.«

»Das glaube ich«, erwiderte Vrok, auch wenn sein Tonfall etwas anderes sagte. »Aber ihr seid nur zwei. Wenn wirklich Gefahr droht, dann sieht es schlecht für uns aus.«

»Er hat recht«, warf Remm ein, und Grena fügte hinzu: »Am Tag sind wir völlig ausgeliefert.«

Als die Trollin dies sagte, musste Kerr ihr innerlich zustimmen. Der erzwungene, traumlose Schlaf beunruhigte ihn, ebenso wie viele andere Trolle, noch immer. Bevor er dies jedoch äußern konnte, sah er, dass ihr Blick auf ihm ruhte. Unvermittelt schwanden die Worte aus seinem Geist, und er brachte nur ein Nicken zustande.

»Wir sind nicht mehr viele«, gab Sek zu bedenken. »Wenn es unten zum Kampf mit Anda kommt, stecken wir bis zum Hals in Zwergendung.«

»Anda weiß nicht, dass wir kommen. Wir müssen uns nur beeilen. Die Tunnel sind lang, die Höhlen groß«, erklärte Vrok und blickte Beifall heischend in die Runde. »Wir können dahin gehen, wo wir hin müssen, ohne einem einzigen Troll zu begegnen.«

Obwohl der Jäger Kerr immer wieder hänselte und sich über den jungen Troll lustig machte, konnte Kerr dessen

Wunsch, wieder in die Heimat zurückzukehren, gut verstehen. Allerdings wusste er auch, dass in der Tiefe durchaus Gefahren drohten, die nicht weniger tödlich waren als jene unter dem weiten Himmel der Oberwelt.

Auch Pard schien beide Seiten zu sehen, zumindest enthielt er sich noch einer deutlichen Äußerung und lauschte erst den Worten seines Stammes. Dies war nicht ungewöhnlich, wenn ein Anführer schwerwiegende Entscheidungen zu treffen hatte, die den ganzen Stamm betrafen. Da der große Troll häufiger und länger an der Oberfläche gewesen war als jeder andere Troll mit Ausnahme Andas, hatte er möglicherweise weniger Sorgen wegen einer Reise unter dem Himmel, doch die anderen waren begierig darauf, wieder in den Eingeweiden der Erde umherzuziehen.

»Beide Wege sind gefährlich«, sagte Kerr schließlich und schluckte, als er Grenas erneuten Blick bemerkte. »Aber unter der Erde sind wir wenigstens in der Lage, uns jederzeit zu wehren. Wenn wir hier oben bei Tag gefunden werden, können wir nichts tun.«

Wieder ertönte zustimmendes Gemurmel. Auch Pard nickte bedächtig.

»Du hast recht. Das hier ist nicht unsere Welt. Es ist besser, wenn wir sie schnell verlassen.«

»Dann steigen wir runter?«, fragte Vrok, und in seiner Stimme klang Triumph mit.

»Ja«, antwortete Pard und wandte sich an Şten und Tarlin: »Nichts gegen euch, aber es ist besser so.«

»Es ist eure Entscheidung«, versicherte Şten, auch wenn er nicht sehr glücklich wirkte. »Ihr kennt die Welt unter unseren Füßen, wir nicht. Ihr werdet schon wissen, was richtig ist. Auch wenn ihr verdammt lange gebraucht habt, um das herauszufinden.«

Ächzend erhob sich der Mensch, während Tarlin leichtfüßig aufsprang. Nach einer kurzen Suche in seinem Beutel hob Şten eine kleine Lampe hoch, deren Docht er entzündete.

»Ich bin bereit!«

»Das glaub ich nicht«, flüsterte Vrok, was ihm einen finsteren Blick von Pard, ansonsten aber Lacher einbrachte.

Kerr verdrehte die Augen und schüttelte den Kopf, weil der Spott des Jägers über den Menschen ihn ärgerte. Şten hat uns geholfen und geht mit uns in die Tiefen. Wir sollten dankbar sein, anstatt darüber zu lachen. Doch die anderen Trolle rochen ebenso wie Kerr das Unbehagen des Menschen. Er zeigte keine Furcht, aber dennoch war ihm der Gedanke an die Heimat der Trolle offensichtlich nicht angenehm.

Während Kerr Vroks selbstgefällige Miene musterte, bemerkte er, dass ihn Grena noch immer nachdenklich ansah. Betreten hob er die Schultern und wandte sich ab. Hinter ihm gähnte dunkel der Einstieg in die Unterwelt, eine schmale, hohe Höhle, in der Kerr den Herzschlag der Welt vernehmen konnte, lauter als jemals in der letzten Zeit, seit sie die Oberfläche betreten hatten.

Pard wies Vrok und Sek an, als Erste in die Höhle zu gehen und ihnen den Weg zu suchen. Unterdessen trat Kerr schon einmal in die Dunkelheit hinein. Freudig legte er die Hand an die Felswand. Sie war kühl und rau. Kerrs Klauen kratzten über den Stein, seine Fingerspitzen vibrierten. Dann spürte er es deutlich, einen fernen Schlag, der durch seine Finger eindrang, seinen Arm entlangwanderte und in sein Herz brandete. Der junge Troll schloss die Augen und legte den Kopf in den Nacken, verlor sich ihm Gefühl der Verbundenheit, während sein Herz sich dem Rhythmus des Landes anpasste, bis er ein Teil davon war, ein winziges Stück der Welt. Erst als ihn dieses Gefühl überkam, merkte er, wie sehr er es vermisst hatte. Die Zeit verlor ihre Bedeutung. Um ihn herum bereiteten sich alle auf den Abstieg vor, doch Kerr kümmerte sich nicht darum. Alles, was zählte, war der Herzschlag des Landes in seinem Körper und in seinem Geist, der ein vertrautes Gefühl mit sich führte: Heimat.

Als zwei Trolle an ihm vorbei in die Dunkelheit marschierten, löste Kerr sich unwillig aus seiner Versunkenheit und blickte sich um. Die Höhle hatte ihm einen kleinen Teil ihrer Geheimnisse preisgegeben. Sie wand sich tatsächlich tiefer und würde wohl bald auf weitere Spalten und Tunnel treffen. Der junge Troll wollte Pard dies mitteilen, doch der stand noch etwas abseits. Nur Şten war näher an den Eingang herangetreten und beäugte ihn misstrauisch. Das kleine Licht des Menschen reichte nur wenige Schritt weit und ließ ihn in der Dunkelheit verloren aussehen. Vorsichtig kam Şten näher und trat in den Höhleneingang. Der Mensch roch nach Unruhe.

»Keine Sorge. Das erste Stück ist sicher«, sagte Kerr aufmunternd.

»In meinem Volk heißt es, dass Höhlen Unglück bringen«, erwiderte Şten gedankenverloren, während sein Blick über den dunklen Fels wanderte. »Viele trauen sich nicht einmal in ihre Nähe.«

»Warum?«

»Vielleicht euretwegen?«, vermutete Şten und grinste den jungen Troll an. »Oder wegen vieler anderer Gefahren, die dort lauern? Man sagt, dass in einigen Höhlen die dunklen Geister hausen.«

Da der Mensch Kerrs zweifelnden Gesichtsausdruck bemerkte, winkte er ab. »Ich denke das nicht. So manches Mal haben wir uns in Höhlen vor unseren Feinden verborgen. Dennoch hat so ein Höhleneingang etwas Beklemmendes. Als sähe man in den Schlund der nächsten Welt.«

»Du musst nicht mitkommen. Du hast uns schon sehr geholfen. Mit dem Elfen können wir vielleicht unseren Kampf gewinnen.«

»Mich hält hier nichts«, erwiderte Şten gepresst. »Und Vangeliu schien die Bedrohung für uns alle ernst genug zu nehmen. Das genügt mir.«

Der Mensch trat noch einige Schritte in die Finsternis,

die von seiner Lampe nur ungenügend vertrieben wurde. Die Vorsprünge der Felsen und die unebenen Wände sorgten für ein dauerndes Spiel von Licht und Schatten. Mit einem Seufzen legte der Mensch den Kopf in den Nacken und betrachtete die Decke.

»Wenigsten passe ich in jedem Fall überall durch, wo ein Troll entlanggehen kann«, witzelte er, doch Kerr spürte die Anspannung des Menschen. »Wie tief geht es eigentlich hinab?«

Kerr zuckte mit den Schultern.

»Sehr, sehr lange. Es wird immer wärmer und wärmer. Es heißt, dass es selbst da noch tiefer geht, wo ein Troll schon innerhalb kürzester Zeit verdurstet. Aber so tief hinab gehen wir fast nie. In den tiefsten Tiefen gibt es nichts.«

»Druan hat erwähnt, dass eure Welt warm ist. Seltsam, ich habe mir die Knochen der Berge immer kalt vorgestellt. So kalt wie ihre Schädel, wo der Schnee nicht einmal im Sommer schmilzt.«

Gemeinsam betrachteten Mensch und Troll den Einstieg in die Unterwelt. Ein Lufthauch drang aus diesem hervor und ließ Ştens langes Haar leicht wehen. Die Dunkelheit wirkte einladend auf Kerr, sie lockte mit Versprechungen von Sicherheit und Geborgenheit. Doch für den Menschen, der das Licht und die Weite der Welt unter dem Himmel gewohnt war, musste das vollkommen anders sein.

»Eine Welt von Stein«, ertönte unvermittelt Tarlins Stimme hinter ihnen. Wieder einmal war der Elf unhörbar an sie herangetreten. Selbst sein Geruch war so schwach und verborgen, dass Kerr ihn erst jetzt bemerkte.

Stirnrunzelnd wandte der Troll sich dem Neuankömmling zu. »Stein, Wasser, Luft und Wärme. Es gibt mehr in meiner Heimat als nur Stein, Elf.«

Lächelnd hob Tarlin die Hände. »Das glaube ich dir gern, Troll. Dennoch sieht es von meiner Warte wie eine Welt aus Stein aus.«

»Warst du schon einmal tiefer in einer Höhle?«

»Nein. Unsere Heimat liegt über der Erde, im ewigen Wald. Wären die Umstände anders, ich würde keinen Gedanken an Höhlen verschwenden.«

Die Miene des Elfen war undurchschaubar. Er blickte in die Höhle, doch Kerr konnte nicht ergründen, ob seine Worte böse gemeint oder eine simple Feststellung waren. Während Kerr bei Menschen und Trollen viele Gefühle einfach riechen konnte, blieb der Geruch der Elfen immer gleich. *Vielleicht fühlen sie nichts? Oder sie haben keine Gefühle, wie wir sie kennen?*

»Wir alle sind in unserer jeweiligen Heimat am besten aufgehoben«, erläuterte Tarlin. »Das ist so, wie es sein soll. Aber in uns allen brennt die Flamme des Geistes. Sie erlaubt es uns, auch die Dinge zu tun, die gegen unsere Natur sind.«

Verwirrt blickte Kerr Şten an, der jedoch nur mit den Schultern zuckte. Da dem jungen Troll keine Erwiderung einfiel, schwieg er einfach, bis sich Vroks große Gestalt aus dem Dunkel der Höhle schälte. Umgeben von Fels, war der Jäger in seinem Element. Seine Schritte waren leise, seine graue Haut verschmolz mit dem Muster des Steins um ihn herum. Hatte er unter freiem Himmel immer ein wenig gebückt und zusammengekauert gewirkt, ging er nun stolz und aufrecht. Erst jetzt, als sie im Begriff waren, das offene Land zu verlassen, bemerkte Kerr den Unterschied, sah wie sich die Trolle verändert hatten, als sie an die Oberfläche gekommen waren.

»Die Gänge sind frei«, berichtete Vrok mit rauer Stimme. »Keine Gefahr.«

»Gut«, befand Pard. »Geht weiter vor.«

Darauf drehte der massige Troll sich um und rief laut: »Wir brechen auf! Zurück in die Heimat!«

Einige Trolle knurrten erfreut, andere schwiegen, doch alle traten in die Höhle und gingen, ohne sich umzusehen, hinab. Als Letzter kam Pard an Kerr vorbei und sagte:

»Kommt. Es wird Zeit, Anda zu zeigen, dass sie sich vor der Dunkelheit fürchten sollte!«

Während Tarlin dem großen Troll ohne zu zögern folgte, stand Şten noch einen Herzschlag lang im Eingang der Höhle. Erst dann betrat er mit seinem schwachen Licht in der Hand die Unterwelt.

Auch Kerr verharrte noch einen Moment. Sein Blick wanderte zurück zu dem Wald, dessen Bäume vor der Höhle in den Himmel ragten. Felsbrocken lagen zwischen den Stämmen, ein leichter Wind fuhr durch das Blattwerk, der Mond schien, in der Ferne rief ein Tier. Die Verlockungen der Welt unter dem Himmel zehrten noch an dem jungen Troll, doch dann folgte er Trollen, Elf und Mensch und ließ das Licht der Oberwelt hinter sich.

33

Der Anblick des Tals war beeindruckend. Auf einander gegenüberliegenden Hügeln hatten die Anführer Aufstellung bezogen, und ihre Wimpel und Banner wehten im frischen Wind, der kühl von den Höhen der Sorkaten herabpfiff und ein wenig Schnee von den eisigen Gipfeln mit sich brachte. Auf den Hängen hatten sich die Armeen versammelt, in ihren bunten Farben, unter denen es immer wieder aufblitzte, wenn die Sonne Metall traf. Zwischen den Hügeln wand sich der Bach entlang, der jedoch nach der langen Trockenheit kaum noch Wasser führte und wenig mehr als ein Rinnsal war.

Die Adligen der Wlachaken hatten sich um Tamár und Ionna versammelt, unter einem Sonnensegel, das die Krieger der Voivodin aufgeschlagen hatten. Unter ihnen war auch Flores, die dem Marczeg verschwörerisch zublinzelte, bevor sie sich wieder ihrem Gesprächspartner zuwandte, einem wlachkischen Bojaren, den die Last seiner Jahre schon gebeugt hatte und dessen graues Haar nur noch die Seiten seines Schädels bedeckte. Die Voivodin selbst stand neben Tamár, um allen Anwesenden die Beständigkeit des neuen Bündnisses zu demonstrieren. Ionna wirkte ruhig und gelassen, ja geradezu kalt, obwohl sie noch an diesem Tage in die Schlacht reiten würden.

»Ah«, rief Ionna erfreut, als sich ein Reiter durch das Tal näherte. »Marczeg Laszlár will verhandeln.«

Misstrauisch blickte Tamár hinab, doch der Bote ritt mit gesenktem Banner, dem traditionellen Zeichen für die Bitte um sicheres Geleit. Bevor der Marczeg etwas sagen konnte, befahl Ionna: »Gebt ihm ein Signal. Und bereitet ein Zeltdach vor!«

»Szilas ist eine Schlange«, zischte Tamár der Voivodin zu, die ihn mit ihren grauen Augen kühl musterte. »Unsere letzten Boten hat er töten lassen.«

»Ich will ihm in die Augen sehen«, erwiderte Ionna leise. »Ich will, dass er das Ende kommen sieht.«

Damit drehte die Voivodin sich um, wobei ihr langer weißer Mantel sich hinter ihr bauschte, und rief nach ihrem Pferd. Auch Tamár gab Köves ein Zeichen, der sofort Szeg herbeibrachte. *Vielleicht hat sie recht. Soll er sehen, dass wir ihn schlagen werden!*

Kurze Zeit später waren die Vorbereitungen für das Treffen abgeschlossen, und in der Mitte des Tals war ein Pavillon errichtet worden, der zwischen den beiden Armeen seltsam fehl am Platze wirkte. Zu Tamárs Überraschung hatte Ionna Flores mitgenommen, die ebenfalls nicht mit dieser diplomatischen Aufgabe gerechnet zu haben schien und nun nervös an ihrer Rüstung zupfte. Während Tamár noch grübelte, worüber Szilas eigentlich verhandeln wollte, öffnete sich in den gegnerischen Linien eine Gasse, und ein halbes Dutzend Reiter preschte hervor. An der Spitze ritt Szilas selbst, dessen Wappenrock von einem kräftigen Grün war. Auf der Brust des Marczegs prangte das Zeichen seines Hauses, der goldene Drache, der ebenso auf dem Banner zu sehen war, das der Bannerträger des Marczegs hinter diesem in die Höhe reckte. In jungen Jahren hatte Tamár den Mann einige Male getroffen, wenn er als Zeichen des guten Willens von seinem Vater mit einer Gesandtschaft mitgeschickt worden war. Schon damals war der Marczeg ein Mann gewesen, der außergewöhnlich viel Wert auf sein Aussehen legte. Auch jetzt wirkte er sorgfältig zurechtgemacht. Als er sich näherte, hatte Tamár nur Augen für ihn und bedachte die fünf Bewaffneten, die ihn begleiteten, mit keinem Blick.

Der Marczeg war eine imposante Erscheinung, wie er hoch aufgerichtet auf dem Rücken seines Rosses saß und elegant im vollen Galopp über den schmalen Bach setzte. Statt des althergebrachten kurzen Masridenschopfes trug er die hellblonden Haare am Hinterkopf sehr lang, sodass sie bis auf seinen Rücken fielen. *Natürlich passt das Gold seines Drachen genau zu seinem Haar,* stellte Tamár abschätzig fest. Szilas galoppierte weiter und riss erst im letzten Moment an den Zügeln. Wenn er allerdings auf eine Reaktion der Gegenseite gehofft hatte, so wurde er enttäuscht. Sowohl Ionna als auch Tamár blieben ungerührt stehen, lediglich Flores fluchte kaum hörbar. Mit großer Geste sprang Szilas ab und schritt in den Schatten des Pavillons, wo er sich elegant verbeugte. Ein spöttisches Lächeln lag auf seinen ebenmäßigen Zügen, und die blauen Augen funkelten. Ob amüsiert oder wütend, wusste Tamár nicht.

»Voivodin«, eröffnete Szilas knapp das Gespräch, bevor er sich an Tamár wandte: »Marczeg.«

Mit zusammengebissenen Zähnen verneigte sich der junge Marczeg ebenfalls. Die Reihenfolge der Anrede war eine Herausforderung gewesen, die Tamárs Rang geringer als den Ionnas erscheinen ließ. Auf diese Weise wollte Szilas wohl Zwietracht säen, denn ihm musste bewusst sein, dass ein Bündnis zwischen Masriden und Wlachaken ein schmaler Pfad war, auf dem man nur allzu leicht straucheln konnte. Obwohl Tamár diese Taktik durchschaute, brannte ihm eine böse Erwiderung auf den Lippen. Vielleicht hatte Szilas dies gespürt, denn um den schmalen Mund des Marczegs spielte ein belustigtes Lächeln. Nachdenklich rieb er sich den fein gestutzten Vollbart, bevor er sagte: »Mein Bedauern über den Tod Eures Vaters, Marczeg Békésar. Er wurde sicherlich von vielen geliebt.«

»Eure Soldaten haben ihm den Todesstoß versetzt, Marczeg«, antwortete Tamár bissig. »Ich kann an Euer Bedauern nicht wirklich glauben.«

»Oh, sein Tod war unnötig. Hätte er die Feste übergeben, wären wir gewiss zu einer Einigung gekommen. Es lag nicht in meiner Absicht, ihn zu töten, aber diese Dinge geschehen nun einmal im Krieg. Dennoch möchte ich Euch zu Eurem Erbe gratulieren.«

Wütend ballte Tamár die Fäuste und versuchte, sich zu beruhigen. *Er will mich lediglich reizen, damit ich einen Fehler begehe,* dachte der junge Marczeg. *Beim göttlichen Licht, das macht diese Ratte gut!*

»Ich denke nicht, dass wir uns hier zusammengefunden haben, um über Familienangelegenheiten zu reden, oder irre ich mich?«, kam Ionna Tamár zu Hilfe. »Ihr habt den Boten gesandt, Marczeg. Die Tradition gebietet, dass Ihr Eure Wünsche und Forderungen als Erster stellt.«

Geradezu huldvoll neigte Szilas das Haupt. Er lächelte noch immer, als er seine Forderungen präsentierte: »Ich wünsche, dass Ihr, Voivodin Ionna cal Sareş, und Ihr, Marczeg Tamár Békésar, Eure Waffen streckt und das Knie vor mir beugt. Erkennt mich als König von Ardoly an, und ich werde Euch als meine Lehnsleute akzeptieren. Ein geeintes Ardoly unter meiner Führung, mit Euch als meine linke und rechte Hand, das ist mein Angebot.«

Eine Zeitlang herrschte angespanntes Schweigen in der Runde, dann schüttelte Tamár belustigt den Kopf. »Ihr denkt doch nicht wirklich, dass wir einer solchen Forderung nachkommen würden, Szilas.«

»Marczeg Szilas«, erwiderte der Angesprochene mit einer Neigung seines Kopfes. »Da Ihr mich nicht als Schwager wolltet, Voivodin, biete ich Euch ein letztes Mal meine Hand zur Freundschaft an. Und du, Marczeg Tamár, überlege dir, wo deine Wurzeln liegen und mit wem du in die Schlacht ziehst.«

»Ich weiß sehr gut, woher ich stamme«, knurrte Tamár, den die allzu vertrauliche Anrede ebenso wütend machte wie Szilas' sonstige herablassende Art. »Turduj hast du ja bereits mit deinem verfluchten Krieg überzogen!«

Bevor Szilas etwas erwidern konnte, sagte Ionna scheinbar gelassen: »Meine Schwester starb in Turduj, Marczeg, ebenso wie Gyula Békésar.«

Diese Nachricht schien Marczeg Laszlár zum ersten Mal aus der Fassung zu bringen.

Ungerührt fuhr Ionna fort: »Eure Taten haben alle Brücken eingerissen, die es jemals zwischen uns gegeben haben mag. Ich habe nur eine Forderung: Schickt Eure Krieger in ihre Heimat zurück und ergebt Euch. Tretet im Büßergewand vor mich und hofft auf meine Gnade. Jede andere Vorgehensweise wird dazu führen, dass ich Euch vernichte, Marczeg, und Euer Haus auslösche!«

Obwohl Tamár der Anspruch der Voivodin, den Krieg allein gewinnen zu wollen, nicht schmeckte, war er froh zu sehen, welche Wirkung ihre Worte auf Szilas hatten. Nur mühsam schien der Marczeg sich zu beherrschen, und Zorn verdunkelte seine Miene. Dann kehrte das Lächeln jedoch auf sein Gesicht zurück, und er sagte beinahe beiläufig: »Dies ist mir nicht möglich, Voivodin, auch wenn ich den Tod Eurer Schwester sehr bedauere. Denn Ihr wart es, die hinter meinem Rücken Bündnisse geschmiedet hat; die einen Keil zwischen Drache und Greif getrieben hat, der nun den Untergang für Euch alle bedeutet. Eure politischen Ränke haben mich gezwungen, diesen Krieg zu beginnen, bevor der Sadat und das Şireva sich gegen mich vereinen.«

»Unfug«, schnaubte Tamár. »Eure Phantastereien von der Königswürde werden auf dieser Erde hier ein blutiges Ende finden. Wir stellen mehr Truppen als Ihr; wir werden Euch jagen wie einen räudigen Hund!«

»Zunächst einmal, junger Tamár, solltet Ihr Euch hüten, eine Schlacht für gewonnen zu erklären, die noch gar nicht geschlagen ist. Eine Schwalbe macht noch keinen Sommer, und nur weil Ihr Euch Marczeg nennen dürft, bedeutet das nicht, dass Ihr auch das Zeug dazu habt.«

Mit geballten Fäusten trat Tamár einen Schritt auf seine Herausforderer zu. Sofort sprangen Szilas' Soldaten vor und legten die Hände auf ihre Waffen. Auch die Masriden und Wlachaken, die Ionna und Tamár begleiteten, machten sich kampfbereit. Eine Klinge wurde gezogen, die Mienen verfinsterten sich, und Tamár bereitete sich innerlich schon auf ein Handgemenge vor, da legte Flores Tamár die Hand auf den Waffenarm, bevor die Situation weiter eskalieren konnte, und schüttelte den Kopf. Fast lautlos sagte sie: »Nicht.«

»Hör auf deine wlachkischen Freunde, Marczeg«, sagte Szilas höhnisch. »Dass man euch alle hier zusammen sieht, ist wohl Beweis genug dafür, dass es von Anfang an euer Plan war, euch gegen mich zu verschwören. Masriden helfen Wlachaken gegen Masriden, Tamár, so weit ist es also gekommen!«

»Ihr habt uns in dieses Bündnis getrieben«, erklärte Ionna gelassen, die sich während der ganzen Aufregung bislang nicht gerührt hatte. »Zuvor gab es lediglich einen Waffenstillstand. Erst Euer Krieg hat uns zu Waffengefährten gemacht.«

»Erzählt Eure Lügen jemandem, den sie interessieren. Eure Absichten waren mir sofort deutlich, und nun offenbart Ihr sie jedem, der sehen kann.« Szilas schwieg einen Augenblick. Dann bedachte er Ionna und Tamár mit einem gemessenen Nicken: »Wohlan, Voivodin, Marczeg, wir sehen uns auf dem Schlachtfeld.«

Mit diesen Worten wandte sich Szilas ab und ging mit wehendem Mantel zu seinem Pferd. Die Sonne fiel auf das blonde Haar des Marczegs, als er sich in den Sattel schwang und seinem Pferd die Sporen gab. Wie betäubt stand Tamár noch einige Herzschläge lang da und sah der kleiner werdenden Gestalt nach, bevor er sich düster an Ionna wandte: »Ich hätte ihm sein verdammtes Grinsen aus dem Gesicht schlagen sollen.«

»Alles zu seiner Zeit, Marczeg, alles zu seiner Zeit. Lasst uns nun von hier aufbrechen. Nicht, dass Szilas noch eine Hinterlist plant.«

Während die Delegation zu ihren Pferden ging, presste Tamár zwischen den Zähnen hervor: »Dieser dreimal verfluchte Bastard! Er ist noch genauso arrogant wie früher!«

»Er ist sehr schlau«, warnte Ionna, während sie aufsaß. »Er hat versucht, Zwist und Uneinigkeit unter uns zu säen. Er war schon immer klug auf seinen Vorteil bedacht, auch während Zorpads Vorherrschaft.«

Schweigend ritten sie zu den Linien ihrer Armeen zurück. Die Spitzen Marczeg Laszlárs hatten Tamár tiefer getroffen, als er vor diesen Wlachaken zugeben wollte. Der Vorwurf, sein eigenes Volk zugunsten der Wlachaken zu verraten, war bitter, selbst wenn er aus dem Munde desjenigen kam, der durch seinen hinterhältigen Angriff dieses Bündnis überhaupt erst heraufbeschworen hatte. Ohne auf die fragenden Gesichter der Soldaten zu achten, die auf Neuigkeiten von den Verhandlungen hofften, trieb Tamár Szeg hart an, bis sie wieder die Hügelkuppe erreicht hatten, wo Ionna ihre Untergebenen kurz über den Verlauf der Besprechung informierte.

»Wir sollten entsprechend unserem Plan vorrücken«, schlug die Voivodin laut vor, und Tamár nickte. Mit einem Wink rief er Maiska herbei, die seit dem Fall Turdujs in seiner Garde kämpfte. »Reite zu Odön und Rurjos und gib ihnen Bescheid, dass wir bald angreifen. Sie sollen sich bereit machen und auf meinen Befehl warten.«

Die junge Kriegerin bestätigte seine Order und galoppierte hinter den Reihen der Wlachaken nach Norden, wo Tamárs Krieger in Stellung gegangen waren.

»Marczeg«, wandte sich Ionna an ihn. »Ich würde Euch bitten, Flores cal Dabrân als Verbindung zu mir zu akzeptieren.«

Verblüfft schaute der junge Marczeg die Voivodin an, und auch Flores zog die Stirn kraus. Erklärend fügte Ionna hinzu: »Ihr habt bereits Seite an Seite gekämpft und kennt einander.«

»Was ist mit den Soldaten aus Dabrân?«, fragte Flores.

»Es sind nur wenige hier; wir können sie leicht unter

das Kommando eines anderen stellen. Wenn es hart auf hart kommt, brauchen wir eine zuverlässige Verbindung zwischen uns, Marczeg. Ich wüsste niemanden, der dafür besser geeignet ist als Nemes Flores.«

»Ich auch nicht«, stimmte Tamár zu und erkannte erstaunt, dass er tatsächlich so empfand. Die junge Wlachakin hatte, trotz ihrer zweifelhaften Abstammung und Verwandtschaft, ihren Wert im Kampf mehrfach bewiesen. Sie behielt einen kühlen Kopf und eine ruhige Hand, auch wenn die Schläge auf sie niederprasselten. Das alles waren Qualitäten, die Tamár an seiner Seite zu schätzen wusste.

»Dann ist es beschlossen«, erklärte die Voivodin und richtete ihren Blick auf das Tal, das bald Zeuge einer blutigen Schlacht werden würde. »Also wollen wir mal sehen, welche Pläne Szilas hat.«

Auch Tamár blickte zu den feindlichen Truppen hinüber, in die langsam Bewegung kam. Ganze Einheiten veränderten ihre Position, und hinter den Fußsoldaten zog die Reiterei des Marczegs auf. Die Entfernung war noch immer sehr groß, aber dennoch konnte Tamár einige Banner von Szilas' Untergebenen erkennen.

»Er scheint seine Mitte zu verstärken«, bemerkte der junge Marczeg, doch niemand antwortete ihm. Weiter hinten sprachen einige Bojaren leise miteinander, doch die meisten Adligen bereiteten sich auf die Schlacht vor, ein jeder auf seine Weise. Einige schienen leise zu beten, zum ewigen Licht oder zu den Geistern, andere überprüften noch einmal den Sitz von Rüstung und Helm, während sie den Feind beobachteten. Nur wenige waren bereits zu ihren Kriegern gegangen.

Auch Ionnas Armee wurde von Unruhe erfasst, als die Krieger erkannten, dass die Schlacht kurz bevorstand. Die langen Piken schwankten, als ihre Träger die Gurte ihrer Rüstungen festzurrten oder noch einen Schluck Wasser tranken. Hier und dort ertönten nach Art der Wlachaken laute Gesänge, dunkle, schwermütige Lieder, in die viele Kehlen einstimmten. Zu seiner Linken konnte Tamár nur einen kleinen Teil seiner eigenen Truppen sehen, der Rest befand sich außerhalb seines Blickfeldes.

Plötzlich kam ein Reiter die Flanke des Hügels emporgaloppiert. Mit der Hand beschattete Tamár seine Augen und erkannte Maiska, die mit wehendem Haar in seine Richtung ritt. Verwirrt wandte sich der junge Marczeg ihr zu, während die Bojaren fluchend zur Seite sprangen, um der Masridin Platz zu machen.

»Vezét!«, rief die Kriegerin atemlos und brachte ihr Reittier vor Tamár abrupt zum Stehen.

»Was ist los?«

»Odön, Vezét. Er will die Reiter zum Angriff führen«, berichtete Maiska hastig und wischte sich mit der Hand den Schweiß von der Stirn, während ihr Pferd heftig schnaubte und auf die Trense biss. Einen Herzschlag lang verstand Tamár ihre Worte nicht, dann fragte er ungläubig: »Jetzt?«

»Ja, sie machen sich gerade bereit!«

Ein Schwall Flüche ergoss sich aus Tamárs Mund, bevor er nach seinem Pferd rief. Eilig lief er zu Ionna, die das ganze Schauspiel natürlich beobachtet hatte.

»Ich weiß nicht, was in den Szarken gefahren ist«, wetterte Tamár. »Aber ich werde ihm die Flausen schon austreiben.«

»Keine Sorge, Marczeg. Das erste Opfer der Schlacht ist stets die Planung. Wir werden unseren Vormarsch beschleunigen und auf jeden Fall unseren Teil der Arbeit erledigen. Sorgt Ihr nur dafür, dass Eure Leute das ihre tun.«

Grimmig nickte Tamár, dann sprang er auf Szegs Rücken. *Dank Odön durfte ich mir eine weitere wlachkische Belehrung anhören. Als ob die Zusammenkunft mit Szilas nicht schon genug gewesen wäre. Wenn ich den Szarken in die Finger bekomme, werde ich ihm höchstpersönlich das Fell gerben.* Ohne darauf zu warten, ob seine Garde ihm folgte, trieb Tamár sein Ross an und ritt so schnell er konnte zu seinen Soldaten.

Als er bei ihnen eintraf, bemerkte Tamár als Erstes, dass sich die schwere Reiterei bereits zu einer Formation zusammenfand. Die Krieger waren gerüstet und bereit und hielten ihre Waffen in den Händen.

»Was geht hier vor?«

Die Köpfe flogen herum, als die Stimme des jungen Marczegs donnernd hinter ihnen erklang. Ohne innezuhalten, preschte er in die Mitte der Reiter. Einige hielten seinem flammenden Blick stand, die meisten jedoch blickten verunsichert zu der Spitze der Truppe, wo Odön und andere Anführer warteten. Mit versteinerter Miene trieb Tamár Szeg durch die Reihen der Krieger, bis er seinen Hengst neben Odön zügelte.

»Was geht hier vor?«, wiederholte Tamár, diesmal jedoch gefährlich leise, an seinen Lehensmann gewandt. Der Szarke neigte sein Haupt und wies in Richtung ihrer Feinde.

»Vezét, wir bereiten uns auf den Kampf vor.«

»Ihr wolltet ohne meinen Befehl angreifen?«

Hilfe suchend blickte Odön Rurjos an, der unweit von ihm auf dem breiten Rücken eines Falben saß. Auch der Veteran neigte sein Haupt respektvoll. Seine Augen fixierten Tamár, als er zu erklären versuchte: »Wir können den wlachkischen Bauern nicht die Ehre des ersten Sturms gewähren, Herr. Wo blieben da unser Stolz und unsere Würde?«

Die Worte des Baró ließen Tamárs Zorn verrauchen. Die Anspannung der Wut löste sich. Dennoch schüttelte er den Kopf.

»Wir haben den Schlachtplan so beschlossen, Baró. Ihn jetzt einfach zu ändern würde lediglich eine Katastrophe heraufbeschwören.«

Der Veteran antwortete nicht, aber Tamár konnte sehen, dass in Rurjos widerstreitende Gefühle miteinander rangen. *Er will treu zu mir stehen, aber ebenso will er seine Ehre nicht an die Wlachaken verlieren. Das himmlische Licht soll mich blenden; warum habe ich bei den Besprechungen nicht daran gedacht?*

Schließlich sagte Rurjos: »Wir kämpfen auf unserer Erde für unser Land. Wie können wir den Wlachaken erlauben, noch vor uns anzugreifen?«

Ein Hornsignal von den Linien der Wlachaken kündete den Vormarsch ihrer Verbündeten an. Eindringlich, fast flehentlich blickte Rurjos Tamár an, doch es war Odön, der als Erster wieder sprach. »Vezét, es war nicht unsere Absicht, Euch zu trotzen. Doch unsere Ehre ...«

»Was ist mit meiner Ehre?«, unterbrach ihn Tamár barsch. »Ich musste wie ein Flüchtling aus dem Lager der Wlachaken reiten; wie stehe ich nun da, der Marczeg, dem seine Krieger nicht folgen?«

Die Anführer ließen die Köpfe hängen. Einige blickten zu Szilas' Linien, die sich ebenfalls in Bewegung gesetzt hatten und nun den Hang hinunter ins Tal strömten. Lautes Hufgetrappel hinter ihnen kündete von der Ankunft von Tamárs Gardekriegern.

»Ionna lässt angreifen«, verkündete Flores. Die Wlachakin saß mit in den Nacken geschobenem Helm auf ihrem Streitross, das aufgeregt schnaubte.

»Vezét«, sagte Rurjos noch einmal bittend, und Tamár zog seinen Streithammer. Er blickte den Veteranen an und nickte ihm zu. Der junge Marczeg konnte die Erleichterung in den Zügen des Mannes sehen. Mit einem Schrei hob Tamár seine Waffe über den Kopf. Er spürte die Augen seiner Krieger auf sich ruhen, als er mit lauter Stimme befahl: »Reitet mit mir, Krieger aus dem Şireva! Kämpft für euer Land! Kämpft für mich! Békésar!«

Das letzte Wort dröhnte über die Köpfe der Krieger hinweg, wurde von ihnen aufgenommen und hallte in Tamárs Geist wider, als er seinen Helm aufsetzte, den Schild am Arm festzog und Szeg mit einem Sprung antrieb. Keines der anderen Tiere konnte mit ihm mithalten, als Tamár sich an die Spitze seiner Krieger setzte und unaufhaltsam den Hang hinabgaloppierte. Er wusste, dass ihm alle folgten, er konnte das Beben der Erde spüren, die unter der Vielzahl der Hufe erzitterte. Der Sichtschlitz seines Helmes gewährte Tamár nur ein schmales Blickfeld, doch mehr brauchte er nicht, um seine Feinde zu fixieren und auf sie zuzuhalten. Szeg flog nur so über das Grün, der Boden verschwamm unter Tamár, mit einem gewaltigen Sprung setzte er über den Bach hinweg, die Augen starr auf die Reihen der Krieger gerichtet, die ihm entgegenströmten.

Piken wurden ihm entgegengereckt, doch Tamár sah, dass einige Gegner beim Anblick der stürmenden Reiterei flohen. Lücken taten sich in den Reihen auf, hier und da lichtete sich der Wald aus Waffen. Im letzten Moment warf sich Tamár zur Seite. Sein Streitross gehorchte dem Druck seiner Schenkel sofort, folgte seiner Bewegung und sprang einen Schritt nach rechts. Die endlosen Tage der Übung zahlten sich nun aus, und Ross und Reiter drangen in eine der Lücken vor.

Der Aufprall war mörderisch. Der Schlag mit dem Streithammer ließ Tamárs ganzen Körper erbeben, er spürte, wie die Waffe Fleisch und Knochen zermalmte. Szegs Hufe begruben die Feinde unter sich, trugen ihn durch die Reihen, zertrampelten Krieger. Die Gewalt des Ansturms riss ein Loch in die Reihen der Feinde, pflügte eine Schneise des Todes.

Tamár schlug mit seiner Waffe nach rechts, trieb seine Feinde vor sich her, während er seine linke Flanke mit dem Schild schützte. Metall kratzte über seine Rüstung, doch der junge Marczeg schlug den Speer fort und trieb dem Speerträger die Spitze des Streithammers in den Schädel. Aber die Gegner waren zu viele. Zwar war Tamár mit Macht in ihre Mitte gedrungen, hatte sie verdrängt, doch nun strömten sie um ihn herum zurück, drohten ihn durch ihre schiere Masse zu überwältigen.

Einige Gestalten sprangen durch Tamárs eingeschränktes Sichtfeld. Er hörte die Kriegsrufe seiner Reiter, die ihm folgten. Dann waren sie an seiner Seite. Waffen hoben und senkten sich, Menschen schrien in Panik und vor Schmerzen, das ganze mitreißende und abstoßende Schauspiel der Schlacht entfaltete sich um Tamár herum. Seine Gedanken traten zurück, nur Instinkt trieb ihn weiter, ließ ihn sich ducken, abwehren, angreifen. Die geübten Reflexe lenkten ihn, bis er sich schließlich schnaufend etwas abseits der Kampflinie wiederfand, die an ihm vorbeibrandete.

Der Rausch verebbte allmählich. Schwer atmend riss sich Tamár den Helm herunter, um die mit Blutgeruch geschwängerte Luft gierig einzuatmen. Er richtete sich in den Steigbügeln auf und blickte sich um. Nach der Kavallerie hatte nun auch das Fußvolk den Ort der Schlacht erreicht. Die Reihen waren in tödlichem Kampf ineinander verkeilt. Der Sturm hatte die Feinde zurückgeworfen und viele getötet, doch noch hielt ihre Flanke stand.

»Wie konntet ihr Masriden jemals mit so wenig Verstand dieses Land erobern?«, ertönte Flores' Stimme hinter dem jungen Marczeg. Breit grinsend wandte er sich um, doch es fehlte ihm noch die Luft, um etwas zu erwidern.

»Obwohl ich zugeben muss, dass Euer Wahnsinnsritt recht beeindruckend war. Ich dachte schon, Ihr wolltet die Linien Eurer Feinde ganz allein durchbrechen.«

»Ein Marczeg führt«, stieß Tamár schließlich hervor und zwang sich zur Ruhe. »Wie läuft die Schlacht ansonsten?«

»Ich kann es nicht sagen«, gestand Flores. »Zuletzt habe ich gesehen, dass Ionnas Krieger Szilas' Mitte in Bedrängnis brachten.«

»Ich brauche einen besseren Aussichtspunkt«, stellte Tamár fest, der zu nah an den Kämpfen war, um die Lage einschätzen zu können.

Einige Krieger seiner Garde gesellten sich in diesem Augenblick zu ihnen. Maiska und Köves hatten den ersten

Angriff überlebt, auch wenn die junge Kriegerin einen üblen Schnitt am Bein hatte.

Um sie herum lagen diejenigen, die nicht so glücklich gewesen waren. Tote und Verletzte bedeckten die aufgewühlte Erde, ihr Blut tränkte das Gras. Mit einiger Willensanstrengung ignorierte Tamár das Stöhnen und Seufzen derjenigen, die ihr Leben an diesem Ort aushauchten, und trieb Szeg fort von der Schlachtlinie, den Hang hinauf, den er vorhin hinabgestürmt war. Die Flanken des Pferdes waren schweißnass. Es trug eine Blessur am Vorderlauf, und dennoch hatte es seinen Herrn treu auch im dichtesten Getümmel getragen. Dankbar klopfte Tamár dem Tier auf den Hals und flüsterte Szeg beruhigende Worte ins Ohr.

Erst als sie den Hang zu Hälfte erklommen hatten, gewann er einen Überblick über das Schlachtfeld. An der südlichen Flanke waren die wlachkischen Truppen anscheinend auf starken Widerstand gestoßen und hatten kaum Boden gutgemacht. Im Norden, wo Tamár seinen Angriff angeführt hatte, war die Flanke von Marczeg Laszlárs Armee zurückgewichen, hatte dann aber noch einmal Fuß gefasst und erwehrte sich dort nun Tamárs Truppen. Aber Szilas' Mitte wich vor der geeinten Macht von Masriden und Wlachaken zurück. Ein Blick zurück zu Ionnas Position zeigte Tamár, dass die Voivodin mit ihren Reserven noch nicht in den Kampf eingegriffen hatte.

»Seltsam«, murmelte Tamár mehr zu sich selbst. »Szilas hat die Mitte doch mit seinen besten Leuten verstärkt und die Flanken geschwächt.«

Dennoch gab es keinen Zweifel, die Reihen von Szilas' Armee wichen in der Mitte Schritt um Schritt zurück. Es schien sogar, als ob in den hinteren Reihen Angst ausbrach, denn Tamár sah einzelne Krieger den Hang hinaufrennen und an Marczeg Laszlárs Zelt vorbei über die Hügelkuppe verschwinden.

»Die Übermacht bricht ihnen das Genick«, feixte die

blasse Maiska, ehe sie die Zähne zusammenbiss und stöhnte, als Köves ihre Wunde mit einem Ruck verband.

»Möglich. Aber dieser Sieg ist mir zu schnell errungen. Wir kämpfen nicht gegen Bauern, sondern gegen eine masridische Armee«, erwiderte Tamár gedankenvoll. Sein Blick folgte der Schlachtlinie, die sich im Zentrum mehr und mehr zu Szilas' Ungunsten verschob. Inzwischen war die Mitte weiter zurückgewichen als die nördliche Flanke.

»Sie ziehen sich zu geordnet zurück«, erkannte Tamár und riss die Augen auf. »Szilas plant etwas. Wir gewinnen die Oberhand, keine Frage, aber irgendetwas stimmt hier grundsätzlich nicht.«

»Scheint so, als ob die Wlachaken sich auf den nächsten Angriff vorbereiten«, berichtete Köves, der seine Augen mit der Hand beschattete und zu Ionnas Reiterei blickte.

»Ionna will die Reserven in den Kampf schicken. Das ist zu früh, wir wissen noch nicht, wo Szilas' Schwachpunkt liegt. Nemes Flores«, wandte sich Tamár förmlich an die Wlachakin, »bitte reitet zu Ionna und überbringt ihr meine Worte.«

»Ich wusste, dass ich wenig mehr bin als ein berittener Bote«, beschwerte sich die Bojarin halb im Scherz, doch sie sah Tamár gespannt an.

»Berichte ihr, dass ich zur Vorsicht rate. Der Zusammenbruch der Mitte ist noch nicht sicher; wir sollten unsere Reserven noch aufsparen.«

»Szilas' Banner verschwindet! Er flieht!«, rief Maiska in diesem Augenblick aufgeregt. Verwirrt blickte Tamár zum gegnerischen Feldherrnhügel und sah, dass die Kriegerin recht hatte. Offenbar ritt Marczeg Laszlár samt Gefolge aus der Schlacht und wandte sich zur Flucht.

»Das gefällt mir nicht«, zischte Tamár. »Dieser Drache ist eine dreimal verfluchte Schlange. Er plant irgendeine Hinterlist. Eilt Euch, Bojarin Flores. Berichtet Eurer Herrin von meiner Warnung!«

Mit einem zustimmenden Nicken riss Flores ihr Ross

herum und trieb es an. Mit einer Hand schob sie sich den Helm in die Stirn, dann galoppierte die Wlachakin eilig hinter der Schlachtlinie den Hügel entlang, um Ionna noch rechtzeitig zu erreichen.

»Was sind Eure Befehle, Vezét?«

Nachdenklich blickte Tamár der ehemaligen Söldnerin nach, dann wandte er sich an Köves. »Was immer dort unten geschieht, wir können es von hier aus nicht ändern. Wir haben hier unten unsere eigene Schlacht zu gewinnen.«

Damit trieb er Szeg wieder an und hob seinen schartigen Schild empor. *Zeit, ein paar Schädel zu spalten. Nur schade, dass Szilas gerade versucht, seinen wertlosen Balg in Sicherheit zu bringen.*

34

Schon bald nach ihrem Aufbruch mit den Trollen hatte Viçinia jegliches Orientierungsgefühl verloren. Auch war es ihr unmöglich, zu sagen, wie viel Zeit seit dem Fall von Turduj vergangen sein mochte. Die Fahrt auf dem Magy erschien ihr wie ein langer, dunkler Traum. Und unter der Erde herrschte ewige Finsternis, die ihre Sinne betäubte. Mehrmals hatten sie gerastet, mindestens zweimal war Viçinia eingeschlafen, doch sie wusste nicht, wie lange es gedauert hatte, bis Turk wieder zum Aufbruch drängte.

Der große Troll hatte es eilig; seine Befehle waren knapp, und er trieb die kleine Gruppe immer wieder an, als fürchtete er, dass sie auf dem Weg zu viel Zeit verlieren könnten. Ansonsten waren die Trolle schweigsam, während sie durch endlose Gänge und Höhlen stapften. Nur manchmal machten sie bösartige Bemerkungen oder lachten rau über Viçinias Erschrecken, wenn wieder einmal vorgeschlagen wurde, die Wlachakin zu fressen.

Wenigstens hatten die gewaltigen Wesen ihr eigenes Licht, Klumpen von zähen Flechten, die einen fahlen, kränklichen Schein auf alles warfen, was sie umgab, so dass Viçinia das Öl ihrer Lampe sparen konnte. Das ungewohnte Licht und die fremde Umgebung setzten der jungen Frau mit jedem Schritt, den sie tat, mehr zu. Über sich spürte sie das Gewicht ganzer Berge, das sich drückend auf ihren Geist legte und immer wieder Erinnerungen an Turduj in ihr aufsteigen ließ. Dann beschleunigte sich ihr Herzschlag, ihr Atem ging stoßweise, und Schweiß trat ihr auf die Stirn. Doch die Trolle scherte das nicht. Ungerührt trieben sie die junge Adlige an, wenn ihr Leib ihr den Gehorsam verweigerte. Die mächtigen Wesen waren unermüdlich, während Viçinia bald so erschöpft war, dass ihre Gedanken undeutlich wurden und bald nur noch eines zählte: der nächste Schritt.

Die Luft um sie herum wurde immer wärmer, die Felsen erschienen noch dunkler. Manchmal glitzerten die Wände im Licht, dann wieder waren sie stumpf und grau. Seit die Gruppe die Zwergentunnel hinter sich gelassen hatte, waren die Gänge unwegsamer geworden. Hin und wieder mussten die Trolle auf allen vieren kriechen, so niedrig war die Decke an manchen Stellen. Ausbuchtungen und Felsnasen zwangen zu abenteuerlichen Kletterpartien, und einmal mussten sie über einen sicherlich drei Schritt breiten Spalt springen, dessen Tiefe sich in der Dunkelheit verlor.

Wann immer Viçinia strauchelte, war Turk zur Stelle, um sie zu stützen. Einmal trug er sie sogar über eine besonders unwegsame Stelle hinweg, doch sein sonstiges Gebaren war weiterhin grob. Die Wlachakin fürchtete, dass die Erschöpfung sie jeden Moment übermannen würde, doch sah sie die dunklen Augen der Trolle um sich herum und wusste, dass es womöglich ihren Tod bedeuten würde, nicht mehr mit ihnen mithalten zu können. Und so zwang sie sich, weiter und weiter zu gehen, immer tiefer in die Eingeweide der Welt vorzudringen, auf düsteren Pfaden, die noch kein Mensch vor ihr betreten hatte.

Endlich öffnete sich vor ihr eine gewaltige Kaverne, größer als selbst der Thronsaal in Teremi. Im schwachen Licht huschten Schatten hin und her, und sobald Viçinias Blicke das Halbdunkel durchdrangen, sah sie eine Vielzahl von Trollen, die zwischen den Felsen lagen und saßen. Die Augen der Wesen waren auf die Neuankömmlinge gerichtet, und als sie Viçinia bemerkten, sprangen einige auf und gestikulierten wild, während von allen Seiten Laute der Überraschung ertönten.

»Sind noch andere zurückgekehrt?«, donnerte Turks

Stimme durch die Höhle. Köpfe wurden geschüttelt, hier und da erklang ein »Nein«.

»Verfluchte Scheiße.«

»Du hast eine Menschin dabei«, rief ein Troll, woraufhin Drak feixte: »Du bist ja ganz schön schlau, Jrax!«

»Soll ich deinen Schädel auf Zwergengröße quetschen?«, kam die Antwort, doch das Lachen der Trolle erfüllte schon die Höhle.

»Sie kommt mit uns«, erklärte Turk ruhig, als das Gelächter verebbte. Seine Ankündigung löste ungläubige Blicke und gemurmelte Flüche aus, doch die Trolle schienen sie ohne Widerspruch hinzunehmen.

Während die kleine Gruppe sich auflöste und ihre Mitglieder sich in der Höhle verteilten, kamen einige Trolle zu Turk. Sie alle hatten ihre Haare kurz geschoren, wie Viçinia auffiel, und sie blickten ihren Anführer fragend an.

»Die Zwerge sind abgehauen. Sie haben die Eingänge zugemacht. Mit Felsen, die vier oder fünf Armlängen dick sind. Die planen, aus ihren Höhlen nicht so bald wieder herauszukommen.«

»Anda hat ganze Arbeit geleistet«, staunte einer der Trolle.

Doch Turk funkelte ihn finster an. »Die graben sich ein, mehr nicht. Es sind noch genug für uns da. Und Anda ist nicht unser Freund, klar?«

Gespannt folgte Viçinia dem Gespräch und versuchte, sich zusammenzureimen, was hier bei den Trollen und unter ihrer eigenen Welt geschah.

»Die Zwerge machen ihre Bingen dicht und warten ab. Die verlausten Bartträger schmieden ihre Pläne und schärfen ihre Waffen und lauern darauf, dass wir Trolle verwundbar sind«, fuhr Turk fort. »Anda kann nicht an sie heran. Wen wird sie also wohl als Nächstes jagen?«

»Die Menschlinge?«

»Uns, du Weichschädel!«, fauchte der große Troll. »Die

Menschen sitzen an der Oberfläche. Da gibt es das Himmelslicht. Wie soll Anda da Krieg führen?«

»Sie hat den Zwergen in den Arsch getreten. Vielleicht kann sie auch gegen die Menschlinge gewinnen.«

»Die Zwerge haben sich zurückgezogen. Sich zu verstecken, wenn Gefahr droht, das ist ihre Art. Die sind nicht geschlagen, kapier das endlich.«

Mit einem entnervten Brummen schüttelte Turk den mächtigen Schädel und wandte sich ab. Während die anderen Trolle noch zusammen stehen blieben und sich unterhielten, schritt ihr Anführer in eine kleine Nische und ließ sich dort seufzend nieder. Vorsichtig folgte Viçinia ihm und kniete sich neben den Troll, der ihre Gegenwart jedoch nicht zu bemerken schien.

»Warum bekämpft Anda euch?«, fragte die Wlachakin schließlich. Die Miene des Trolls verzog sich, als er antwortete: »Weil sie verrückt geworden ist.«

»Eine verrückte Trollin? Und was ist mit Druan? Und mit Pard? Was tun sie dagegen?«

»Die verkriechen sich irgendwo mit dem Rest ihres Stammes.«

»Anda hat die Zwerge vertrieben? Und euch auch? Wie hat sie das angestellt?«

»Deine vielen Fragen nerven«, stellte Turk irritiert fest und wandte sich ab. »Ruh dich aus, Menschin. Wir brechen bald auf, und du kannst schon jetzt kaum noch laufen.«

Eigentlich wollte Viçinia noch mehr von dem Troll erfahren, doch er ignorierte sie, bis sie seinem Rat nachkam und sich auf dem harten Boden ein unbequemes Lager suchte. Obwohl die Hoffnungslosigkeit ihrer Situation ihren Geist beschäftigte, forderten die Strapazen rasch ihren Tribut, und so kam der Schlaf schnell über sie.

Als der Befehl zum Fertigmachen kam, schreckte Viçinia verwirrt hoch. Ihr Körper fühlte sich heiß an, Schweiß bedeckte ihre Haut, und ihre Zunge lag trocken und schwer in ihrem Mund. Die Umgebung war fremdartig und dunkel, die Geräusche Angst einflößend, und von überallher drang beißender Körpergeruch auf sie ein. Es dauerte mehrere Herzschläge, bis sie wieder wusste, wo sie sich befand. Gierig trank sie einige Schlucke des lauwarmen Wassers, das die Trolle in Lederschläuchen mit sich führten, doch danach ging es ihr kaum besser. Ihr Körper war noch von den Ereignissen in Turduj gezeichnet, ihr Geist erschöpft und mutlos.

Während sie noch sitzen blieb, um ihre Kräfte zu schonen, und sei es auch nur für wenige Augenblicke, kniete sich ein Troll vor ihr hin. Im dämmrigen Licht sah sie, dass er alt wirkte. Er hatte nur noch einen gelblich verfärbten Hauer, der andere war nicht mehr als ein rissiger Stumpf. Ein Horn war gesplittert, das andere ragte gerade noch bis über den Schädel. Doch seine Augen waren wach und aufmerksam, als er sie musterte. Anders als Turk, der nur einen Lendenschurz und einen Gürtel trug, hatte dieser Troll eine Art Schürze um, auf die mehrere Taschen mit groben Stichen genäht waren.

Mit der Hand rieb sich der Troll über den Bauch und sah Viçinia fragend an. Einen schrecklichen Moment lang dachte die Wlachakin, dass er Hunger habe und sie nun anfallen und fressen werde. Aber dann streckte er ihr die Hand mit den mächtigen Klauen entgegen, und Viçinia sah, dass er etwas Fleisch und einen dunklen Klumpen darin hielt. Zögerlich nahm sie den dünnen Streifen Fleisch und die nachgiebige, klebrige Substanz – eine Art Paste, die zu einer Kugel gerollt war. Ein Lächeln wanderte über die Züge des Trolls, und er nickte ihr ermunternd zu. Ohne den Blick von ihm zu nehmen, führte Viçinia die gräuliche Masse zum Mund und biss hinein. Der Geschmack war weniger schlimm als befürchtet, dumpf und erdig, leicht bitter, aber durchaus genießbar. Dankbar nahm Viçinia einen weiteren Bissen und lächelte den Troll an. Das Fleisch war roh und roch schon süßlich, deswegen aß sie es nicht, sondern legte es neben sich auf den Boden, während sie ihren Beutel öffnete und ihre suchenden Finger hineingleiten ließ. Dort fand sie den Proviant, den Sciloi ihr hatte einpacken lassen. Kaum mehr als zwei oder drei Tagesrationen waren ihr geblieben, doch die Szarkin hatte ja nicht ahnen können, in welch gefährliche Situation Viçinia geraten würde.

Freundlich reichte die Wlachakin dem Troll ein Stück Käse, dessen würziger Geruch ihr selbst das Wasser im Munde zusammenlaufen ließ. Die Kreatur runzelte die Stirn, schob die Nase vor und schnüffelte vorsichtig. Immer noch skeptisch, ergriff sie den dargebotenen Käse mit zwei Fingern und biss so vorsichtig hinein, dass Viçinia grinsen musste. *Er sieht aus wie ein Masride, der Ionna die Treue schwören soll.*

Das Gesicht des Trolls verzog sich, als er den Käse kostete, dann nickte er und legte das angebissene Stück wieder zurück in Viçinias Hand.

»Dir schmeckt es wohl nicht, hm?«, vermutete die Wlachakin, und er schüttelte entschieden den Kopf. »Nun ja, wlachkischer Käse ist nichts für jeden, da hast du schon recht.«

Sie erinnerte sich an Sargan, der sich stets über das Essen in Wlachkis beschwert hatte. Von dort war es nur ein kleiner Sprung zu Şten, doch der Gedanke an ihren Mann trieb Viçinia eine eisige Spitze ins Herz. *Wenn ich doch nur wüsste, wie es um ihn bestellt ist. Hat er schon Kunde von meinem Verschwinden? Zieht er in den Krieg?*

Ein Schatten fiel auf die Wlachakin und den alten Troll. Über ihnen ragte Turk auf, der mit dem Daumen über die Schulter wies. »Wir brechen auf, Menschin. Das gilt auch für dich, Keru.«

Sofort erhob der Troll sich und eilte davon. Turk blickte ihm nach, dann sah er Viçinia an. »Kannst du gehen?«

»Wenn es sein muss. Ich komme schon klar.«

»Wenn nicht ...«, begann der Anführer, doch Viçinia unterbrach ihn angewidert: »Ja, ja, ich weiß, dann lässt du Drak auf mich los!«

»Nein«, erwiderte er ruhig. »Dann rasten wir, oder einer von uns trägt dich. Du bist nicht schwer.«

Verwirrt sah Viçinia den großen Troll an, doch seine Miene zeigte keine Regung. Schließlich fragte sie: »Was willst du von mir?«

Er aber zuckte mit den Schultern und wandte sich einfach ab. Bevor er jedoch aus dem Lichtschein trat, blieb er kurz stehen und wies auf den alten Troll. »Keru bleibt in deiner Nähe. Sie hat Essen und Wasser für dich. Allerdings kann sie nicht sprechen.« Damit schritt Turk davon, und seine mächtige Gestalt wurde von der Dunkelheit verschluckt.

Benommen lehnte sich Viçinia an die Felswand und rieb sich die Augen. *Er ist eine Sie. Ich werde wohl nie lernen, den Unterschied bei Trollen zu erkennen.* Viel Zeit, um sich darüber zu wundern, blieb der Wlachakin indes nicht, denn die Trolle setzten sich rasch in Bewegung.

Obwohl ihre Beine schwer wie Blei waren, folgte Viçinia ihnen in einen dunklen Tunnel, der sie noch tiefer hinabzuführen schien. Ohne eine Möglichkeit, sich zu orientieren, konnte die Wlachakin nicht einmal sagen, in welche Himmelsrichtung sie gingen. Also trottete sie neben Keru her, die sie immer im Auge behielt und hin und wieder ihre gelben Zähne zu einem Furcht erregenden Lächeln entblößte.

Wieder ging es durch Gänge und Höhlen, vorbei an bizarr geformten Felsen und Tropfsteinen, die an den Wänden seltsame Reliefs bildeten. Unter anderen Umständen hätte Viçinia vielleicht die fremdartige Schönheit dieser den Menschen bisher verschlossenen Welt bewundern können, doch die Geschwindigkeit des Marsches und die Ausdauer der Trolle forderten der Wlachakin alles an Aufmerksamkeit ab, sodass sie den Blick zumeist auf den Weg gerichtet hielt und stur vorwärtsstapfte.

Die kurzen Rasten waren rar gesät, und Viçinia benötigte jeden einzelnen Augenblick der Ruhe. Immer wieder kam Keru zu ihr und gab ihr Wasser und bot ihr Nahrung an. Viçinia zwang sich, das Dargebotene anzunehmen, denn sie wusste, dass sie essen musste, auch wenn sie keinen Hunger hatte und die Nahrung der Trolle sie abstieß.

Obwohl die Verständigung schwierig war, fand Keru immer wieder Gesten, die Viçinia verstand. Die alte Trollin konnte kaum mehr als ein Grunzen zustande bringen, hatte aber anscheinend im Laufe der Zeit einige Gebärden entwickelt, mit denen sie sich mit den anderen Trollen verständigte. Viçinia war dankbar für die Freundlichkeit, die ihr von der stummen Trollin entgegengebracht wurde, zumal sie in starkem Gegensatz zu dem Verhalten vieler anderer Trolle stand. Offensichtlich wurde die Wlachakin von einigen als Wegzehrung betrachtet oder im besten Fall als eine Störung, ein Klotz am Bein, der den Stamm nur unnötig aufhielt. Furcht lag ihr kalt auf dem Herzen, die Furcht, dass Turk dem Drängen seiner Trolle nachgeben könnte und sie einfach gewähren ließ. Zwar beendete der große Troll die Spöttereien über Viçinia immer wieder, doch noch war die Bojarin sich seiner Absichten keineswegs sicher.

So ging der Marsch ewig weiter, durch ein Labyrinth unter der Welt, das Viçinia so fremd war, dass sie für viele Dinge nicht einmal Namen hatte.

Erst als Turk irgendwann eine längere Rast verkündete, endete die Tortur, und die Wlachakin sank erschöpft zu Boden. Die Höhle, in der sie Halt gemacht hatten, war eher klein. Dafür war der Boden fast eben, und die Wände funkelten im Pilzlicht der Trolle in einem faszinierenden Grün.

Dankbar trank Viçinia einen Schluck des Wassers, das Keru ihr reichte. Da wurde ihr unvermittelt der Wasserschlauch entrissen, und die düstere Gestalt eines Trolls ragte über ihr auf.

»Der Menschling trinkt unser ganzes Wasser!«, brüllte der Troll, in dem Viçinia Drak erkannte. Grimmig hob er den Lederbeutel über sein Haupt. »Wir müssen dauernd rasten! Wir kommen kaum voran. Und sie trinkt und frisst uns alles weg!«

Stille trat ein, als die lauten Worte in der Höhle verhallten. Alle Augen waren auf Viçinia und Drak gerichtet. Langsam erhob sich die Wlachakin. Die Muskeln des Trolls arbeiteten unter seiner Haut, als er den Schlauch zu Boden schleuderte und die Fäuste ballte. Er zog die Lippen zurück und fletschte die Zähne. Seine großen Hauer waren nur eine Handbreit von Viçinias Gesicht entfernt, und sein beißender Atem schlug ihr ins Gesicht. *Das ist es,* dachte die Wlachakin und spürte eine seltsame Leichtigkeit in ihrem Kopf. *Hier endet Viçinia cal Sares. Erschlagen von der Hand eines Trolls.* Der Gedanke hätte sie erschrecken sollen, doch er drang kaum durch ihre allumfassende Müdigkeit. Die Gefahr schien ihr weit weg zu sein. Die ganze Welt war ihr fern, unwichtig, nicht mehr als ein Blinzeln, sofort vergessen.

»Halt dein großes Maul!«

Mit Turks Stimme kehrte Leben in Viçinia zurück. Neben sich sah sie Keru, die sich vor Drak aufbaute. Der Troll wusste anscheinend nicht, wem er sich zuerst zuwenden sollte, aber dann entschied er wohl, dass er seinen Anführer nicht ignorieren konnte, der langsam näher schritt.

»Der Menschling ist nichts als verfluchter Ballast, den wir nicht brauchen!«

»Ich habe gesagt: Halt dein großes Maul«, wiederholte Turk leise, sobald er Drak erreicht hatte. Einen Moment lang schwiegen beide und funkelten sich an. Viçinia glaubte, dass Drak wieder klein beigeben würde, doch diesmal richtete er sich zu seiner ganzen Größe auf.

»Die anderen denken ebenso wie ich. Du hast uns nicht mal gesagt, warum wir die Menschin mitschleppen.«

»Weil ich es will. Wer was anderes denkt, soll ruhig das

Maul aufmachen«, erwiderte Turk und sah sich um. Keiner der Trolle sagte etwas, und so kehrte Turks böser Blick zurück zu Drak. »Oder die Fresse halten.«

»Diesmal nicht. Wie oft haben wir für den Menschling angehalten? Anda ist da draußen, und wir kriechen nur so durch die Gänge. Diese Menschin gefährdet uns alle!«

»Vielleicht«, gab Turk zu. »Aber ich sage, wir nehmen sie mit. Wenn du das ändern willst, braucht es mehr als dein Gerede, Drak.«

Der letzte Satz hing noch in der Luft, als Drak erneut die Zähne fletschte und Turk ansprang. Die beiden mächtigen Leiber prallten mit einem dumpfen Klatschen aufeinander, die Klauen rissen Haut in Fetzen, und das Gebrüll der Kämpfenden erfüllte die Höhle. Zwar war Turk größer als Drak, doch der Ansturm des Herausforderers brachte ihn ins Wanken. Gemeinsam stürzten die beiden Trolle zu Boden, die Gliedmaßen ineinander verstrickt. Ihre Hauer drangen in Fleisch ein, und ihre Schläge hätten wohl Stein zu Staub zermalen können. Viçinia wusste, dass dort, in diesem urtümlichen Kampf, ihr Schicksal entschieden wurde. Drak hatte es geschafft, Turk zu Boden zu drücken, während er immer wieder auf die Brust des Anführers schlug. Mit einem Ruck bäumte dieser sich auf. Seine Klauen fanden Draks Seite, und der kleinere Troll heulte schmerzerfüllt auf, als dunkles Blut durch die Luft spritzte. Langsam, aber sicher zwang Turk Drak zurück. Die Muskeln an Armen und Schultern des großen Trolls spannten sich, sein Atem ging keuchend, und er schob Drak immer weiter, bis dieser zur Seite stürzte. Sofort war Turk auf ihm und hob die Faust.

Doch zu Viçinias Verblüffung schlug er nicht zu, sondern ließ schwer atmend von dem Troll ab. Blut floss langsam über seine Schläfen und hing in langen Fäden von seinem Kinn herab, als er sich erhob und umsah.

»Noch jemand?«

Die Worte waren genuschelt und kaum verständlich.

Aber keiner der Trolle rührte sich. Zufrieden nickte Turk, dann kniete er neben Drak nieder und reichte dem kleineren Troll die Pranke. Überrascht sah Viçinia, wie Drak sie nahm und sich von Turk auf die Beine helfen ließ.

»Wir machen eine längere Rast«, verkündete der Anführer laut, bevor er sich an Drak wandte: »Leg dich hin und leck deine Wunden.«

Matt nickte Drak. Der Körper des Trolls war von Verletzungen überzogen; Klauenspuren liefen quer über seine Brust und die Seite, an einigen Stellen war die dicke Haut aufgeplatzt. Blut lief langsam hinab und tropfte zäh auf den Boden. Auch Turk sah angeschlagen aus, doch er hatte deutlich weniger Blessuren davongetragen als Drak. Obwohl die beiden Trolle noch vor wenigen Augenblicken einen Kampf auf Leben und Tod ausgetragen zu haben schienen, war nun von der Rivalität und Gewalt nichts mehr zu spüren.

Mit einem Kopfschütteln versprühte Turk feine Blutstropfen um sich herum und wischte sich dann den Rest des dunkles Blutes aus dem Gesicht.

»Du kannst dich ausruhen, Menschling«, erklärte er Viçinia ruhig.

»Was ist da gerade geschehen? Ihr habt gegeneinander gekämpft. Ich dachte, ihr bringt euch gegenseitig um.«

»Nein. Trolle töten keine Trolle.«

Als Turk den fragenden Gesichtsausdruck der Wlachakin bemerkte, fügte er hinzu: »Drak hat meine Entscheidung angezweifelt. Ich führe den Stamm. Ich musste allen zeigen, dass ich das auch weiter tun kann.«

»Hat er seine Meinung geändert?«

»Nein«, erwiderte Turk mit einem bellenden Lachen. »Aber er wird mir nicht mehr widersprechen. Die Sache ist erledigt.«

»Du schlägst dich für mich? Warum tust du das? Was ist so wichtig an mir?«

»An dir? Nichts. Aber ich kann nicht zulassen, dass

meine Befehle nicht befolgt werden. Schon gar nicht jetzt, sonst bringt Anda uns noch alle um.«

Viçinia nickte, und Turk wandte sich ab. Unvermittelt bemerkte sie die Zwiespältigkeit seiner Aussagen und rief ihm nach: »Anda tötet Trolle? Hast du nicht gesagt, dass Trolle keine Trolle töten?«

Ohne innezuhalten, antwortete Turk: »Sie ist kein Troll mehr.«

Damit ließ er die Wlachakin allein und verwirrt zurück. Die Welt unter den Bergen und die Gesellschaft der Trolle erschienen ihr unverständlicher denn je, und sie fragte sich, wie es ihr gelingen sollte, hier zu überleben.

35

Obwohl Flores keine leidenschaftliche Reiterin war, hatte sie den Umgang mit Pferden natürlich lernen müssen. So war sie zu einer leidlich guten Reiterin geworden. Mit den Masriden und Szarken, die traditionell von Kindesbeinen an zu Reitern erzogen wurden, konnte sie allerdings kaum mithalten. Insgesamt hatten die Wlachaken erst nach dem Einfall der Masriden und auch dann nur zögerlich mit dem Kampf zu Pferde begonnen, und das raue, unwegsame Wlachkis hatte nie Reiter hervorgebracht, die den Masriden das Wasser hätten reichen können. Dennoch hatten die Freien Wlachaken im Laufe der fast zwei Jahrhunderte langen Herrschaft der Masriden immerhin eine eigene Tradition des Rosskampfes entwickelt, um auf dem Schlachtfeld gegen die Unterdrücker bestehen zu können.

Und genau diese Reiterei, die daraus hervorgegangen war und die zu einem großen Teil aus Adligen bestand, bereitete sich nun auf den Angriff vor, während Flores zu ihnen emporgaloppierte. Im Gegensatz zu den leicht gerüsteten Szarken, die den Bogenschuss vom Pferderücken aus favorisierten, orientierten sich die wlachkischen Reiter mehr an den masridischen Panzerreitern; schwer gerüstet und mit langen Speeren bewaffnet, setzten sie auf die alles hinwegfegende Macht des Sturmangriffs.

Viele Männer und Frauen saßen schon auf ihren Streitrössern bereit, andere sattelten gerade auf. Die Rüstungen der Reiter waren schwerer als die des Fußvolks und auch kunstvoller, denn hier versammelte sich die Elite der wlachkischen Krieger. Einige trugen Panzer, die denen der Masriden nachempfunden waren, doch die meisten hatten

Lederharnische an, die mit aufgenähten Platten oder Ringen verstärkt worden waren. Manch einer trug Kettengeflecht dazu, um verwundbare Stellen zu schützen. Anstatt der üblichen runden Holzschilde hatten die Krieger längliche Reiterschilde an der Seite, deren umgekehrte Tropfenform den Schilden der Masriden ähnelte. An den Lanzen und Speeren flatterten die Wimpel der Adligen. Im Herzen des Getümmels erhob sich Ionnas Banner über alle anderen; der Rabe beherrschte die Krieger der Wlachaken.

Obwohl ihre Ankunft trotz der geschäftigen Vorbereitungen einige Aufmerksamkeit erregte, beachtete Flores die fragenden Rufe nicht, sondern drängte sich gleich zu Ionna durch, die gerade in ein Gespräch mit einigen Bojaren vertieft war. Die Voivodin saß bereits auf dem Rücken ihres Streitrosses, einem prächtigen Schimmel, der ungeduldig mit den Hufen stampfte. Als Flores sich näherte, sah die Herrscherin der Wlachaken auf. »Gibt es Neuigkeiten, Bojarin?«

»Ich bringe Nachricht von Marczeg Békésar«, antwortete Flores und holte tief Luft. Der schnelle Ritt war anstrengend gewesen. Auf den fragenden Blick Ionnas und ihrer Begleiter hin fuhr Flores fort: »Der Marczeg bittet Euch, den Einsatz der Reserven noch etwas hinauszuzögern. Er traut dem Bild, das sich uns darbietet, nicht.«

Zweifelnd zog Ionna die Augenbrauen in die Höhe und blickte an Flores vorbei hinab in das Tal, wo die Schlacht wütete. Nur wenige hundert Schritt entfernt kämpften tausende von Menschen, schrien, fochten, starben. Aber Ionnas Blick verweilte nicht auf diesen, sondern wanderte hinauf zu Marczeg Laszlárs Stellung, wo die Ordnung der Truppen in Auflösung begriffen zu sein schien.

»Szilas' Mitte gibt nach. Ein harter Vorstoß, und sie wird weichen«, erwiderte Ionna überzeugt.

»Was ist mit seinen Reserven?«

»Er hat keine«, erklärte Micon cal Doleorman, der neben der Fürstin stand, triumphierend. »Er ist mit allem in den

Kampf gezogen, was er zur Verfügung hatte. Das wird nun sein Untergang sein.«

Die Nachricht überraschte Flores. Ohne Krieger in der Hinterhand konnte Szilas kaum noch in die Schlacht eingreifen, wenn sich Schwachpunkte in seiner Formation oder der des Gegners herauskristallisierten. Weder eine Verstärkung der eigenen Linien noch ein gezielter zusätzlicher Angriff blieb ihm als Möglichkeit. Verwirrt blickte Flores zu dem Feldherrenhügel hinüber, über dem noch der Drache wehte, auch wenn bereits Berittene von dort zu fliehen schienen.

»Er hat alles auf einen Wurf gesetzt und verloren«, sagte Ionna und lächelte kalt. »Seine Soldaten halten unserem Sturm nicht stand, selbst wenn die Masriden unsere Schlachtordnung durch ihren verfrühten Ritt durcheinandergebracht haben.«

Auf den Gesichtern der Berittenen zeigte sich Verachtung. Der Groll gegen die alten Feinde war nicht vergessen, und der vorgezogene Angriff hatte den meisten Wlachaken bestätigt, was sie ohnehin dachten: Den Masriden war nicht zu trauen.

Flores kannte den tief verwurzelten Zorn, der in vielen Jahrzehnten des ständigen Krieges gewachsen war und nun neue Nahrung erhielt.

»Marczeg Laszlár flieht wie ein Hund mit eingeklemmtem Schwanz. Ich werde nicht zulassen, dass er uns entkommt«, verkündete Ionna und sah sich um. Die Reiterei war bereit, und die Krieger blickten ihre Fürstin erwartungsvoll an. Deren Miene war grimmig, als sie ihren Helm nahm und aufsetzte. *Ihr Schmerz leitet sie ebenso wie ihr Zorn,* erkannte Flores.

»Vielleicht ist es eine Falle«, warnte die Bojarin schnell, doch die Voivodin winkte ab.

»Wir werden seine Reihen durchbrechen und ihn gefangen nehmen. Genau jetzt ist der richtige Zeitpunkt für den Angriff gekommen.«

Zweifelnd blickte Flores hinab auf das Schlachtfeld. Sie wollte Ionna glauben, aber Tamárs Worte klangen noch in ihrem Geist nach. Der Sieg schien zum Greifen nahe zu sein, doch die ehemalige Söldnerin misstraute leicht errungenen Erfolgen. An der linken Flanke kämpften die Masriden gegeneinander; nach dem Sturm der Kavallerie war der Kampf dort zu einem brutalen Hauen und Stechen geworden, das auf engstem Raum stattfand. Rechts hatten die Wlachaken noch keinen Fußbreit Boden gut gemacht, hielten die Masriden aber an Ort und Stelle fest. Nur im Zentrum der Schlacht erschien die Lage klar. Marczeg Laszlárs Truppen wichen vor den vereinten Armeen von Masriden und Wlachaken zurück, die gegen sie anbrandeten. Schritt um Schritt gaben sie ihre Stellung auf. Inzwischen waren sie deutlich den Hang hinaufgetrieben worden. Es schien der richtige Augenblick für den entscheidenden, letzten Angriff zu sein, denn wenn das Zentrum endgültig zusammenbrach, war die Schlacht gewonnen.

Der Lärm der Kämpfe umtoste die Reiterei. Für Flores indes klang er fern, während sie sich im Kopf auf den möglichen Angriff vorzubereiten und abzuwägen suchte, ob er erfolgreich sein würde. Doch die Entscheidung lag nicht bei ihr, und Ionna hob den Arm und setzte ihr Ross in Bewegung. Fast tänzelnd ritt sie durch die Reihen ihrer Krieger, bis sie das freie Feld erreichte. Dort richtete sie sich im Sattel auf und blickte zurück.

»Reitet mit mir in die Schlacht! Für Wlachkis!«

Als sie ihrem Pferd die Sporen gab und den Hang hinabgaloppierte, jubelten die Krieger, die ihr folgten, laut auf.

»Tirea!«, riefen einige, andere schrien den Namen der Voivodin. Auch Flores wurde von der Welle mitgerissen, ihr Pferd reihte sich in den Sturm ein, der schier unaufhaltsam den Hang hinabrollte. Zunächst bemühte sich die Bojarin noch darum, ihr Pferd unter Kontrolle zu bringen und wollte ihr Reittier zum nördlichen Flügel zurücklenken, doch dann ließ sie sich von der übrigen Reiterei mitreißen, als sie erkannte, dass sie aus dem dichten Pulk nicht herauskam. Es gelang ihr nur, ihren Ritt so weit abzubremsen, dass sie sich nicht in den vordersten Reihen befand, als diese die Schlacht erreichten. Die Wlachaken suchten Lücken in den eigenen Reihen, um dort hindurchzustoßen, während ihre Schlachtrufe und das Donnern der Hufe ihre Fußsoldaten warnte, dass der Angriff kam.

Wieder erlebte Flores den Aufprall der Reiterei auf bestehende Linien. Die Spitze der Formation drang tief ein und schlug eine breite Kerbe. Da bemerkte Flores Aktivität auf Marczeg Laszlárs Hügel: Banner wurden geschwenkt, und Hornsignale ertönten. *Hoffentlich ist dies nur ein letztes Aufbäumen des Marczegs vor dem unvermeidlichen Ende und nicht die von Tamár befürchtete List,* konnte die Wlachakin noch denken, dann war sie selbst in der Schlacht angekommen und fand sich mitten im dichtesten Getümmel wieder.

Die erste Gegenwehr vertrieb jeden Gedanken aus Flores' Geist, nun ging es um das nackte Überleben. Um sie herum herrschte Chaos. Soldaten in den Farben des Feindes rangen mit Wlachaken, die Berittenen trieben ihre Pferde hindurch und hackten auf alles ein, was nicht vor ihnen fliehen konnte. Der Schwung trug Flores vorbei an den eigenen Reihen, und ihr Schwert fand schnell blutige Arbeit. Sie versuchte den Anschluss an Ionnas Trupp zu halten, der sich weiter und weiter vorarbeitete, wobei er eine Schneise des Todes hinter sich ließ.

Ein Speer grub sich in die Flanke ihres Rosses. Der Hengst bäumte sich auf. Verzweifelt griff Flores in die Mähne und klammerte sich fest, doch ein Schlag warf das Tier herum. Mit einem Sprung rettete sich Flores aus dem Sattel, bevor ihr Pferd zu Boden stürzte.

Der Aufprall war hart, und obwohl Flores sich abrollte, stockte ihr der Atem. Die Kante ihres Schildes bohrte sich schmerzhaft in ihre Seite, und ihren Fingern entglitt die Klinge. Ohne zu denken, kam die Wlachakin wieder auf die Knie und hob den Schild. Doch niemand griff sie an. Also sah sie sich benommen um.

Der Großteil der Reiterei entfernte sich von ihr, da Ionna durch ihre Feinde pflügte. Noch hatte die Lücke sich hinter der Voivodin nicht geschlossen, doch sowohl die wlachkischen Fußtruppen als auch ihre Feinde drängten heran. Im Augenblick hatte sich der Fokus der Schlacht weiter den Hang hinauf verlagert, doch schon bald würde auch hier wieder gekämpft werden.

Ihr Pferd lag mit weit aufgerissenen Augen auf dem Boden. Es atmete nicht mehr. Blut schoss in breiten Strömen über das Fell. Flores' suchender Blick fiel auf ihre Waffe, die kaum zwei Schritt entfernt lag. Schnell hob Flores sie auf und orientierte sich in Richtung der nachrückenden Wlachaken.

Ein Blick auf Szilas' Position zeigte ihr, dass die eben noch fliehenden Truppen wieder zurück in die Schlacht liefen und die hinteren Reihen gegen den Sturm der wlachkischen Kavallerie verstärkten. Viel beunruhigender war jedoch, dass der südliche Flügel der Wlachaken offenbar langsam zurückgedrängt wurde. Die äußersten Reihen wurden bereits in die Mitte gedrückt. *Verflucht, wieso weicht unsere Flanke zurück? Wo ist Tamár?*

In dem Schlachtgetümmel konnte Flores den Marczeg nicht sehen. Die Masriden schienen ihren Abschnitt jedoch weitgehend unter Kontrolle zu halten. Mit einem Mal erkannte Flores, dass sie in höchster Gefahr waren. *Wenn Ionna nicht durchbrechen kann, steckt sie mitten zwischen den Feinden fest! Der Flügel bricht uns ein! Szilas ist absichtlich zurückgewichen, so kann er versuchen, uns zu umschließen!*

Panik drohte sich in Flores breit zu machen, doch sie kämpfte sie nieder. So schnell sie konnte, rannte sie den wlachkischen Kriegern entgegen.

»Zu Ionna!«, brüllte sie und schwang ihr Schwert über dem Kopf. »Schließt zur Voivodin auf!«

Gemeinsam mit den Kriegern stellte sich Flores den Masriden, die hinter Ionna ihre Reihen wieder schließen wollten. Gleichzeitig stellte sie fest, dass weiter im Süden Unordnung in die wlachkischen Linien kam, als Flanke und Zentrum zusammengedrängt wurden. Doch von ihrer Position aus konnte sie nichts dagegen tun, also konzentrierte sie sich darauf, Ionna den Rücken frei zu halten.

Schon bald musste Flores um jeden Schritt kämpfen. Immer mehr der vorgeblich geflohenen Masriden kehrten in die Schlacht zurück und verwickelten die wlachkische Kavallerie in harte Kämpfe. Die Gruppe um Ionna war am weitesten vorgerückt, und schien nicht mehr weit vom Durchbruch entfernt zu sein, doch nun waren sie eingeschlossen. Während Flores sich mit den Fußsoldaten langsam näher kämpfte, geriet die Fürstin in Bedrängnis. Ihre engsten Vertrauten hatten einen Kreis um sie gebildet und hielten die Waffen ihrer Feinde von ihr fern, aber die Schlinge zog sich enger und enger. *Haltet durch,* flehte Flores in Gedanken, da sie keinen Atem für Worte übrig hatte. *Wir kommen zu euch!*

Ein Speer bohrte sich in Ionnas Seite. Die Fürstin schlug ihn mit dem Schwert entzwei und hieb auf den Krieger ein, der sie getroffen hatte. Neben ihr wurde Micon vom Pferd gerissen und verschwand zwischen den Kriegern. Als empfände sie keine Furcht, kämpfte Ionna weiter, blockte Schläge ab, hieb links und rechts des Pferdes auf Masriden ein. Ihr langer, weißer Mantel war bis zu den Schultern mit Blut bespritzt, ihr Schild hatte tiefe Scharten, doch sie hielt sich im Sattel und schaffte es immer wieder, mit ihren Kriegern den Feind zurückzuschlagen. Schritt für Schritt bahnte sich Flores einen Weg. Ihre Klinge bewegte sich beinahe wie von selbst, ihre Schläge drangen durch Deckungen, fanden Lücken in den Rüstungen und fuhren in verwundbares Fleisch. Einige Reiter schlossen zu Ionna auf, während andere in der Masse ihrer Feinde stürzten und in dem wogenden Meer der Schlacht versanken. Flores' ganzes Sein war auf den Kampf gerichtet, ihr Körper bewegte sich in perfektem Einklang mit dem Rhythmus der Schlacht, und dies allein trieb sie immer weiter voran, bis nur noch wenige Reihen der Feinde sie von Ionnas Gruppe trennten. Die Wlachakin riskierte einen Blick und sah das Rabenbanner noch stolz erhoben. Dann traf ein Beil die Voivodin am Bein. Ihre Abwehr kam zu spät, und die Wucht des Schlages riss sie halb aus dem Sattel.

»Nein!«, schrie Flores, als die Fürstin wankte. Einen Augenblick lang gewann sie ihr Gleichgewicht wieder, da grub sich eine weitere Klinge in ihren Leib. Rot sprudelte das Blut über den Waffenrock. Leuenfang entglitt Ionnas Fingern. Nach hinten geneigt, hing die Voivodin mehr auf ihrem Pferd, als dass sie saß. Ihr Kopf rollte in den Nacken. Dann stürzte sie hintenüber und verschwand aus Flores' Sichtfeld.

»Nein!«, rief die Wlachakin wieder. Mit wilder Wut drang sie auf die Masriden ein, die den Weg zu Ionna blockierten. Hier und da erhaschte sie zwischen den Leibern einen Blick auf die gestürzte Fürstin. Die Wlachaken hatten sich schützend über sie gestellt; einige waren abgestiegen und hielten die Feinde mit einem improvisierten Schildwall auf, andere kämpften noch zu Pferde.

Bevor Flores sie jedoch erreichen konnte, wurde auch der Bannerträger von seinem Pferd geschlagen, und der Rabe flatterte zu Boden. Jubel brandete in den Reihen der Feinde auf, und Flores musste wie betäubt zusehen, wie die kleine Gruppe um Ionna überrannt wurde. Die Wlachakin konnte beinahe körperlich spüren, wie das Schlachtenglück sich wendete. Um sie herum waren die Krieger verwirrt. Den Sturz des Raben hatten alle gesehen, und die Moral der Soldaten bröckelte. Während die verbündeten Masriden unter Tamár den Feind langsam zurückdrängten, waren die Linien der Wlachaken überdehnt. Der südliche Flügel war mehr und mehr in die Mitte gerückt, und schon umschloss der Feind sie von zwei Seiten. *Wir müssen eine Schlachtreihe etablieren, und zwar schnell, sonst gibt es eine Katastrophe,* erkannte Flores, der keine Zeit für Trauer blieb. Sie konnte keinen Gedanken an die Gefallenen verschwenden, wenn sie überleben wollte. Ein schneller Blick über die Schulter zeigte Flores, dass bereits die ersten Krieger flohen.

»Sammelt euch!«, befahl sie deshalb lauthals. »Zu mir!«

Ihre Stimme erreichte die wlachkischen Krieger, die sich langsam in ihre Richtung zurückzogen. Sie konnte nicht sehen, ob der Befehl eine Wirkung auf die Flüchtenden gehabt hatte, denn ein erneuter Ansturm ihrer Gegner zwang sie wieder in den Kampf.

Jetzt wichen sie zurück, Schritt für Schritt, während von Ionnas Gruppe nichts mehr zu sehen war. Von Süden her wurden immer mehr wlachkische Krieger zu ihnen gedrängt, als der Flügel trotz erbitterter Gegenwehr zusammenbrach. Flores verlor jegliches Zeitgefühl. Die Sonne brannte auf sie nieder, und sie konnte nicht sagen, wie lange sie schon focht.

Immer wieder rief sie die Wlachaken an ihre Seite, immer wieder sprang sie in die Bresche, wenn die Linien Lücken zeigten. Seltsamerweise spürte sie keine Erschöpfung. Ihre Glieder bewegten sich schnell und gezielt, als würde sie nicht schon die ganze Zeit kämpfen. Aber um sich herum sah sie die bleichen Gesichter der Wlachaken, die Angst in ihren Augen. Sie konnte die keimende Panik fast schmecken, unter all dem Geruch nach Blut und Exkrementen. *Wenn Panik ausbricht und alle fliehen, wird es ein Blutbad geben. Wir müssen zusammenhalten, bis wir uns vom Feind lösen können.* An den Sieg verschwendete Flores keinen Gedanken mehr; dafür blieb ihr keine Zeit. Stattdessen versuchte sie, die Schlachtreihen der Wlachaken aufrecht zu erhalten und sich langsam in Richtung von Tamárs Flügel zurückzuziehen.

Nach einem letzten, harten Angriff, den die Wlachaken

nur mit Mühe zurückschlagen konnten, wurde der Druck schwächer. Noch wurde gekämpft, doch für den Augenblick waren es nur vereinzelte Gefechte, die quer über das Schlachtfeld wogten. Flores nutzte die Atempause, um sich einen Überblick zu verschaffen. Im Süden war der Feind bis weit in das Tal vorgedrungen und hielt die Hauptgruppe der Wlachaken umklammert. Im Norden hielt Tamár die Stellung, doch durch den Rückzug der Wlachaken würde er bald gezwungen sein, ebenfalls vor seinen Feinden zurückzuweichen, oder er würde von den Wlachaken getrennt werden. Das Greifenbanner wehte über einem Knäuel von Kämpfenden, die im dichtesten Getümmel fochten. Irgendwo dort musste Tamár sein, doch Flores konnte den Marczeg nicht entdecken.

Ein Reiter preschte hinter den Linien von Norden heran und schrie laut nach Ionna.

»Haltet die Stellung«, wies Flores die Krieger in ihrer Nähe an und rannte nach hinten, wo der Masride suchend die Reihen abritt und sich in den Steigbügeln aufgestellt hatte, um mehr sehen zu können.

»Ionna ist unabkömmlich«, rief die Wlachakin dem Reiter zu. »Was willst du?«

»Marczeg Tamár verlangt zu wissen, was in euren Schlachtreihen geschieht.«

Das Gesicht des Mannes war unter seinem Helm kaum zu erkennen, doch Flores konnte den vorwurfsvollen Ton in seiner Stimme hören. Vorsichtig trat sie nah an ihn heran und zischte: »Sag Tamár, dass Ionna gefallen ist. Sag ihm, dass unsere Linien jeden Augenblick zusammenbrechen können. Wir brauchen jede Hilfe, die er senden kann, sonst ist der Tag verloren!«

Die Augen des Boten weiteten sich, so viel konnte Flores erkennen. Stumm nickte der Mann und wendete sein Pferd. Die Wlachakin sah ihm nach und versuchte zu erraten, wie Tamár reagieren würde. *Er wird wüten, so viel ist sicher. Aber wird er seine Position aufgeben und zu uns aufschließen? Kann er hoffen, allein die Stellung zu halten, bis die Nacht hereinbricht? Er hat Ionna gewarnt; gut möglich, dass er uns nun unserem Schicksal überlässt.*

Doch noch bevor der nächste Angriff ihrer Feinde kam, ertönten von Norden her die Signalhörner der Masriden, und Tamárs Krieger begannen, die Reihen der Wlachaken zu verstärken. Immer enger rückten die unwilligen Bündnispartner zusammen, während sie von drei Seiten in die Zange genommen wurden.

Der Vorwärtsdrang von Szilas' Truppen trieb Wlachaken und Masriden langsam den Hang hoch, den Ionna für ihren schicksalhaften Sturmangriff hinabgeritten war. Flores kämpfte an vorderster Front und versuchte, die Wlachaken beieinander zu halten. Irgendwo zu ihrer Linken befand sich Tamár, der wohl das Gleiche mit seinen Untergebenen versuchte.

Erst kurz bevor die Sonne unterging, lösten die Schlachtreihen sich aus ihrer tödlichen Umklammerung. Es gab keinen Befehl, kein Signal; die Soldaten Marczeg Laszlárs hörten einfach auf, die zurückweichenden Krieger zu verfolgen. Vielleicht lag es an der tief stehenden Sonne, die blutig rot über dem Hügel hing und mit ihrem letzten Licht die Feinde blendete. Vielleicht hatten sie die Lust am Töten verloren. Vielleicht war ihre Erschöpfung stärker als jeder Befehl zum Angriff. Was immer auch der Grund war, Flores grübelte nicht darüber nach, sondern trieb die Wlachaken weiter an, das letzte Stück Hang empor, während ihre Gegner sich im Tal versammelten. Dort unten, wo der Kampf am erbittertsten gewütet hatte, war das Gras mit Toten und Verletzten übersät. Erschlagene Pferde lagen neben Masriden und Wlachaken, die nun im Tode eine gemeinsame Ruhestätte gefunden hatten. Rabe und Greif lagen neben dem Drachen, wie Flores mit einem letzten Blick sah, bevor sie über die Kuppe schritt und das Schlachtfeld hinter sich ließ.

36

Auch wenn sich Şten bereits seit seinen ersten Gesprächen mit Druan die Welt unter den Bergen vorzustellen versucht hatte, waren die Beschreibungen des Trolls keine Vorbereitung auf die Wirklichkeit gewesen, die sich ihm nun darbot. Obwohl der Gang, durch den sie gerade schritten, mehr als genug Platz für die Trolle bot, schien die Decke Şten bereits nach wenigen Metern niederzudrücken. Immer wieder wanderte sein Blick empor zu dem grauen Fels, der sich bedrohlich über ihnen erhob. Das ganze Gewicht der Berge schien auf Şten zu lasten; jeden Moment mochte es seinen Tribut fordern und den jungen Krieger zerquetschen. *Warum genau dachte ich, dass es eine gute Idee wäre, mit den Trollen in ihre Heimat zu ziehen?* Die Frage war berechtigt, eine Antwort konnte sich Şten nicht geben.

Hier, unter zahllosen Schritt Stein und Erde, waren der Mensch und der Elf die Eindringlinge. So wie Pard und die anderen an der Oberfläche, so spürte Şten nun die Verlorenheit in einer fremden Welt. Die Trauer, die ihn seit Viçinias Tod umklammerte, war nun fast noch greifbarer als am Tageslicht. Seine Schritte hallten in dem Tunnel wider, aber selbst die Echos erstarben und wurden von der düsteren Unterwelt verschluckt, die auch Şten zu verschlingen drohte.

Der Elf, der mit Şten in der Mitte des Trollzuges ging, wirkte weitaus weniger eingeschüchtert, als Şten sich fühlte. Natürlich zeigte auch der Mensch nicht, was er empfand, aber Tarlin bewegte sich so unbeschwert, als sei er in dieser dunklen Welt zu Hause. Seine bloßen Füße machten auf dem harten Stein kein Geräusch, so als wandele er über den weichen Waldboden seiner Heimat. Rein äußerlich war der Elf Ştens weitaus ähnlicher als die Trolle, doch bisher waren deren Verhaltensweisen dem Wlachaken immer verständlicher erschienen als die der geheimnisvollen Elfen.

Als Tarlin Ştens forschenden Blick bemerkte, zog er die dünnen Augenbrauen zusammen. »Stimmt etwas nicht?«

»Nein, nein«, beeilte Ştens sich zu sagen. »Ich fragte mich nur, wie du die Welt unter den Bergen empfindest.«

Der Elf dachte kurz nach. »Als fremd.«

»Ich auch.«

Damit erstarb das Gespräch wieder, da Tarlin sich abwandte und weiterging. Ştens Lampe leuchtete nicht sehr weit, doch störte es die Trolle wohl nicht, sich in fast absoluter Dunkelheit zu bewegen. Für Ştens hingegen war sein kleiner Lichtschein der Rand der eigenen Welt; dahinter lag die undurchdringliche Finsternis des unterirdischen Reiches, das nur schrittweise Wirklichkeit wurde, sofern das Licht es erfasste.

»Kennst du den Weg hier?«, fragte Ştens Kerr, der ein wenig hinter ihm lief.

»Nein. Ich war noch nie hier.«

»Woher wisst ihr, dass er zu euren Höhlen führt?«

»Die Welt unter eurem Land ist groß. Es gibt nur wenige Wege, die einfach so enden. Viele teilen sich und stoßen auf andere«, erklärte der junge Troll. »Dieser Gang ist lang, das kann ich spüren. Vermutlich wird er auf einen anderen Pfad treffen, und von dort aus sehen wir weiter.«

»Wie findet ihr euch überhaupt zurecht, wenn ihr eure Welt gar nicht auf Karten malt?«, erkundigte sich Ştens erstaunt.

»Wie kann es helfen, einen Weg aufzumalen? Die Erfahrenen zeigen den anderen die Pfade. Viele sind bekannt, gerade dort, wo wir leben. Man kann den Luftzug spüren oder manchmal den Spuren von Tieren folgen. Viele Späher kennen den Fels genau und wissen, wo Durchgänge sind und wo es Höhlen gibt. Aber am wichtigsten ist der Herzschlag der Welt, das Echo im Stein, das uns den Weg weist.«

»Das verstehe ich immer noch nicht ganz. Das ist der Atem des Dunkelgeistes, oder?«

»Ja«, mischte sich Tarlin ein. »Hier in den Eingeweiden der Welt ist er viel lauter und stärker. Ich kann ihn spüren. Kurperla atmet.«

Kerr zuckte mit den Schultern. »Kann sein. Ich habe da noch nie drüber nachgedacht. Der Herzschlag war immer da, solange ich mich erinnern kann.«

»Habt ihr keine Geschichten darüber? Keine Legenden?«

»Als ich klein war, hat mir ein Troll meine Hand auf die Brust gelegt und mich meinen Herzschlag spüren lassen. Er hat gesagt, dass die Welt ebenso ein Herz besitzt, das schlägt. Laut und regelmäßig. Wir zählen in Dreeg, das sind die Schläge des Herzens.«

»Es ist das Herz des alten Trolls«, warf Grena ein. »Als das furchtbare Himmelslicht erschien, ist er mit seinen Kindern unter die Erde gegangen. Dort liegt er und schläft, und seinen Herzschlag können wir immer hören.«

»Woher kennst du diese Geschichte?«

»Na ja«, erwiderte die Trollin mit einem Schulterzucken. »So ist es mir erzählt worden. Der Herzschlag gehört dem Vater aller Trolle.«

»Und woher kam das Himmelslicht?«

»Die Zwerge haben alles gehasst, was es auf der Welt gab, denn sie wollten sie für sich ganz allein haben. Aber gegen Menschen und Trolle und Elfen hätten sie niemals einen Krieg gewinnen können. Also dachten sie sich einen Plan aus, wie sie alle anderen vertreiben konnten. Sie schlugen den größten Edelstein aus dem Fels, den sie finden konnten, und füllten ihn mit Feuer. Sie überlisteten die Menschen und ließen sie ein großes Gerät bauen, mit dem sie den Edelstein an den Himmel schossen. Das

Feuer brannte heiß darin und war viel heller als der gütige Mond. Der alte Troll führte seinen Stamm unter die Erde, denn das Himmelslicht bannte sie und zwang sie zu schlafen, wenn es am Himmel stand. Die Trolle hatten schon immer in Höhlen gelebt, doch nun gingen sie tiefer und tiefer. Unter der Welt bekämpfte der Stamm die Zwerge, um sie für ihre Tat zu bestrafen. Aber die Menschen und Elfen blieben oben, denn das Licht war nicht hell genug, um sie zu vertreiben.«

Als sie mit ihrer Geschichte fertig war, sah Grena Mensch und Elf unsicher an, als erwarte sie, ausgelacht zu werden. Helfend erklärte Kerr: »Wir erzählen nicht so viele Geschichten.«

Şten meinte nachdenklich: »Also habt ihr Legenden. So wie wir auch. Erzählt ihr euch auch, woher ihr stammt?«

Schweigend schritten sie weiter. Schließlich meinte Kerr zögerlich: »Davon weiß ich nichts. Wir kommen aus dem Fels und gehen dorthin zurück. Wenn wir sterben, dann geht unser Herzschlag in dem der Welt auf. Woher wir kommen? Wer kann das schon sagen. Ist nicht wichtiger, wohin wir gehen?«

Erstaunt blickte Şten den jungen Troll an. »Du bist ja ein richtiger Philosoph!«

»Was bin ich?«, fragte Kerr. Erst zeigte seine Miene Verblüffung, dann schlich sich Ärger in seine Züge. »Ich habe dich nicht beleidigt, wieso sagst du so was?«

»Das war keine Beleidigung«, erklärte Şten mit einem Lachen. »Philosophen sind … Männer aus dem Dyrischen Imperium. Ihre Hauptbeschäftigung ist es, über alles Mögliche nachzudenken. Glaube ich.«

Obwohl Şten von diesen Denkern gehört hatte, konnte er sich nicht an Einzelheiten über sie erinnern. Wohl aber an Sargans Tiraden über die Fortschrittlichkeit des Goldenen Imperiums, die stets zu Klagen über die Rückständigkeit von Wlachkis wurden. *Was der Dyrier wohl gerade tut?*, fragte er sich plötzlich. Sargan würde es gewiss gelingen, am Ende des Krieges aufseiten der Sieger zu stehen. So viel war gewiss.

»Ich denke nicht dauernd nach«, erwiderte Kerr verschnupft.

»Haltet die Klappe da hinten«, rief plötzlich Pard. »Spart euren Atem lieber für vernünftige Dinge, statt so einen Kram!«

»Warum?«, fragte Kerr.

»Warum? Weil ich es sage, du Weichschädel!«

»Was denkst du denn, wo ihr herkommt?«, fragte Ṣten schnell, bevor Pard weiter wüten konnte. Der große Troll blieb stehen und funkelte den Menschen finster an. *Niemand kann so böse schauen wie Pard. Selbst mir läuft es kalt den Rücken hinunter, wenn er wütend ist, und ich habe diesen Blick nun wirklich oft genug gesehen.*

»Was weiß ich! Ist doch egal. Wir sind schon immer in den Gängen und Stollen. Das hier ist unsere Heimat. Wir kämpfen jeden Dreeg ums Überleben. Nichts anderes zählt, klar?«

»Fragst du dich niemals nach dem Sinn des Ganzen?«

»Nein. Ich kämpfe. Ich führe den Stamm. Ich habe keine Luft für dummes Geplapper übrig.«

»Druan hat über solche Dinge nachgedacht«, sagte Grena leise, und Kerr nickte.

»Druan ist tot. Wir leben und müssen kämpfen. Wer will schon wissen, was vor vielen Dreeg mit den Zwergen geschah?«

»Ich«, bekannte Kerr mit ernster Miene. Auch Grena schien Pard widersprechen zu wollen, schwieg jedoch, als dessen Blick auf sie fiel. Sogar Tarlin senkte das Haupt und blickte den mächtigen Troll nicht an, der sich schließlich mit einem abfälligen Schnauben abwandte.

»Es ist nicht schlau, ihn zu reizen«, flüsterte Ṣten Kerr zu.

Der junge Troll indes schüttelte den Kopf. »Er hat recht. Er muss uns führen und beschützen. Aber ich bin kein

Jäger und auch kein Späher. Ich will wissen, was früher geschehen ist.«

Damit stapfte der Troll davon, und Şten musste sich beeilen, um den Anschluss nicht zu verlieren. Er sah Kerrs vernarbten Rücken, wo sich die Klauenspuren früherer Kämpfe abzeichneten, und schüttelte verwundert den Kopf. Ein Blick zu Tarlin zeigte ihm, dass der Vînak anscheinend amüsiert war.

»Als Ruvon mir erzählt hat, dass die Trolle vernünftig sind und man mit ihnen reden kann, habe ich gedacht, er würde Scherze mit mir treiben. Aber seit ich sie selbst kennengelernt habe …«

Die Stimme des Elfen verlor sich in der Dunkelheit.

»Seitdem hast du Angst vor Pard? Bewunderst ihre dicken Schädel?«

Tarlins Lachen perlte über Şten hinweg, aber dann wurde der Elf ernst. »Nein. Nun ja, Pard ist schon ein wenig Furcht erregend. Was ich sagen wollte, ist, dass sie weitaus weniger fremd sind, als ich dachte.«

»Verstehe«, antwortete Şten höflich, doch dachte er: *Du hast nicht erlebt, wie sie Fremden gegenüber sind, wie gefährlich und unberechenbar.*

»Du zweifelst«, stellte Tarlin fest. »Vielleicht sind die Trolle mir näher als euch Menschen. Erzähl mir, woher ihr stammt.«

Die Frage überrumpelte Şten. Nur zögerlich antwortete er: »Ich bin kein Geschichtskundiger und kein Geistseher.«

»Ich weiß. Du bist ein Kämpfer und Anführer deines Volkes. Das hat Ruvon von dir berichtet. Aber welche Geschichten erzählen die Menschen sich?«

»Eigentlich sind unsere Legenden sehr einfach. Nachdem das Land sich aus der Dunkelheit geschält hatte, wurde den Geistern bewusst, dass es bevölkert werden musste. Sie gaben etwas von ihrem Wesen in die unbelebte Welt, und so entstanden Pflanzen und Tiere. Einige gaben mehr von sich, gingen auf in ihren Geschenken, und so kamen Menschen, Trolle, Elfen und alle sonstigen Bewohner in die Welt. Aber nicht alle waren gut für das Land, und so hoben die Geister die Berge empor, um es zu schützen. Die Sorkaten schließen Wlachkis seitdem ein wie ein Mauerring. Aber auch das genügte nicht, denn viele Wesen waren schlau, und sie wollten die Welt beherrschen. Manche gruben sich durch die Berge, andere stiegen über sie hinweg. Also gab ein Geist sich auf, um Beschützer für das Land zu schaffen. So stiegen wir Wlachaken in die Welt, Kinder des Landes und der Geister. Aber das ist nur eine Geschichte, die von Generation zu Generation weitererzählt wird. Die Masriden glauben, dass sie dem Göttlichen Licht entstiegen sind, das sie geschaffen hat. Im Imperium behaupten sie, ihre Götter hätten die Menschen aus Erde und Wasser geknetet und ihnen dann Leben eingehaucht.«

»Und was glaubst du?«

Über diese Frage dachte Şten lange nach. In seiner Jugend hatte man ihm die Geschichten der Wlachaken erzählt, obwohl die Masriden dies verboten und sogar mit dem Tode bestraft hatten. Für ihn waren die Legenden immer auf eine unbestimmte Art wahr gewesen, ohne dass er darüber nachdenken musste. Doch jetzt, nachdem er den Erzählungen der anderen gelauscht hatte, stellte er fest, dass er in seinem Inneren keinen festen Glauben hatte. Wenn er versuchte, diesen zu packen, blieb nur Nebel, durch den seine Hände hindurchglitten. Keine Substanz, keine Sicherheit, kein Fundament. Ratlos schüttelte der Wlachake den Kopf. »Ich weiß es nicht.«

»Die Geister sind überall, Şten«, erwiderte Tarlin ernst.

»Aber sind wir ihr auserwähltes Volk? Ist Wlachkis wirklich unser? Ich dachte immer, es wäre so. Aber jetzt …«

Jetzt weiß ich gar nichts mehr. Ich habe Flores gesagt, dass unser Land den Tod bringt. Stimmt das? Ist es der Dunkelgeist, der uns vergiftet? Sind es die Masriden, die uns keinen Frieden gewähren? Oder sind wir es selbst?

»Du denkst zu viel nach, Mensch«, dröhnte Pard und riss Şten aus seinen Gedanken. »Das ist ungesund!«

Einige Trolle lachten, aber Şten schwieg. Die unnatürliche Umgebung lastete immer mehr auf seinem Geist. Fremd und unwirklich tauchten bizarre Felsen und Schatten vor ihm auf, nur um schon bald wieder in der ewigen Finsternis zu verschwinden. Inzwischen hatten sie einige Höhleneingänge passiert, und die Windungen der Tunnel sorgten dafür, dass ihr Weg verworren und labyrinthisch erschien.

Unvermittelt erkannte Şten, dass er wohl ohne die Hilfe der Trolle nicht mehr zu dem Höhlenausgang zurückfinden würde. *Jetzt habe ich tatsächlich alles hinter mir gelassen. Es gibt kein Zurück mehr.* Die Erkenntnis traf ihn wie ein Schlag und nahm ihm den Atem. Zweifel stiegen in ihm auf. Bilder von Flores und Ionna, von all den Menschen in Dabrân erschienen vor seinem inneren Auge. *Ich habe sie im Stich gelassen. Habe ich mich richtig entschieden? Der Dunkelgeist ist gefährlich, aber was kann ich an diesem Ort überhaupt ausrichten? Wäre mein Platz nicht an der Oberfläche, an Flores' Seite, um für Wlachkis zu kämpfen?* Şten wusste keine Antworten auf diese Fragen, die seine Gedanken ausfüllten, während er den Trollen tiefer und tiefer in ihre Heimat folgte.

Erst als vor ihm einige Trolle zu brummen anfingen, löste der Wlachake sich aus seinen Grübeleien. Während Şten sich mit seinen eigenen Sorgen trug, ging es den Trollen offensichtlich prächtig. Sie unterhielten sich leise, scherzten, zogen sich gegenseitig auf, lachten und waren allgemein guter Dinge. Şten war so in seiner eigenen Welt gefangen gewesen, dass er bisher gar nicht bemerkt hatte, wie sehr die Trolle die Heimkehr genossen. Und jetzt drang ein tiefer, langsamer Gesang an seine Ohren; ein wortloser Klang aus mehreren Kehlen, der die Luft selbst vibrieren zu lassen schien. Das Brummen hallte durch den Gang, wurde von den Wänden zurückgeworfen und entwickelte im Wechselspiel mit dem eigenen Echo eine Lebendigkeit, die Şten bis ins Mark drang.

Obwohl er keine Worte ausmachen konnte, spürte der Mensch die Gefühle der Trolle, die in ihrem Lied lagen. Stolz und Trauer, Sieg und Verlust schwangen in den dunklen Tönen, verstärkten sich von Troll zu Troll, bis sie die ganze Unterwelt auszufüllen schienen. Şten fühlte sich von dem Gesang mitgetragen und verlor sich in der Musik, die seine eigene Zerrissenheit in sich trug und für alle sichtbar zu machen schien.

So wanderte er durch die Dunkelheit, begleitet von den Liedern der Trolle. *Vielleicht sind sie uns doch ähnlicher, als ich glauben wollte,* dachte Şten, während das Reich unter der Erde ihn aufnahm.

37

»Wer noch?«

»Stares, Antra, Odön, Zorge …«

Die Liste schien endlos weiterzugehen. Tamárs Finger schlossen sich so fest um die Kante des Tisches, auf den er sich stützte, dass seine Knöchel weiß hervortraten. In seinem Kopf kreisten die Namen der Gefallenen und Vermissten, die Rurjos mit eintöniger Stimme vortrug.

Dem jungen Marczeg war bewusst, dass ihn diese Aufzählung wütend machen sollte. Er wollte hassen, doch er war zu keiner starken Empfindung mehr fähig. Nur dumpfe Verzweiflung regte sich in seinem Inneren, die alle anderen Gefühle unter sich begrub.

»Ein Desaster«, schloss Rurjos seine Ausführungen. »Und es ist noch nicht vorbei.«

»Gibt es noch mehr schlechte Nachrichten?«, fragte Tamár, ohne aufzublicken und den älteren Mann anzuschauen.

»In der Tat. Die Berichte unserer Späher.«

»Lass mich raten: Szilas ist uns auf den Fersen?«

»Er ist nach Westen geschwenkt. Seine Reiterei ist bereits am Magy angekommen.«

Überrascht sah Tamár den Veteranen an, dessen Miene von Erschöpfung und Sorgen gezeichnet war. Der harte Marsch auf der Flucht nach Süden war auch an Tamár nicht spurlos vorübergegangen, doch Rurjos wirkte nur noch wie ein Schatten seiner selbst.

»Nach Westen?«, hakte der junge Marczeg nach. Rasch entrollte er die Karte auf dem Tisch. Mit dem Finger folgte er dem Verlauf des Magy, an dessen Ufer die Reste des Bündnisses ihr Lager aufgeschlagen hatten.

»Damit steht Szilas zwischen uns und Teremi. Den Wlachaken ist der Rückweg abgeschnitten.«

»Nicht nur ihnen«, warf Rurjos finster ein. »Im Nordwesten steht Szilas mit dem Hauptteil seiner Armee. Im Westen wartet seine Reiterei, die jeden Versuch durchzubrechen lange genug aufhalten kann, um nachrückenden Fußtruppen einen Angriff zu ermöglichen. Im Süden liegt der Magy, den wir ohne Boote nicht überqueren können.«

»Wir können nach Osten ziehen, tiefer ins Şireva.«

»Und dann? Turduj wird noch von Szilas' Soldaten gehalten. Die einzige Hoffnung wäre ein schneller Sturm. Kann der Drache die Stadt aber halten und uns zu einer Belagerung zwingen, rückt seine Armee nach und zerschmettert uns vor den Mauern unserer eigenen Stadt!«

Obwohl Tamár die Worte des Veteranen sorgfältig abwog, fand er keinen Fehler in dessen Einschätzung.

»Wohin sonst?«, fragte Rurjos grimmig, doch Tamár wusste keine Antwort. *Bleibt nur der Weg nach Norden in die unwegsamen Berge. Aber dort werden wir nicht mehr als ein Haufen Gesetzloser sein, die sich in den Tälern verstecken. Ich kann nicht hoffen, dort genug Krieger zu finden, um Szilas noch einmal offen die Stirn zu bieten.*

Auch Rurjos schienen ähnliche Gedanken zu beschäftigen, denn er kratzte sein unrasiertes Kinn und schüttelte mutlos den Kopf. »Wenn wir uns jetzt verbergen, wird Szilas seinen Sieg verkünden und sich möglicherweise gleich auf den Thron von Ardoly setzen. Wie viele Masriden werden zu ihm strömen, wenn er die erneute Unterwerfung der Wlachaken verspricht?«

»Zu viele«, murmelte Tamár. Noch waren die Soldaten im Lager ausgelaugt und von dem Schrecken der Niederlage betäubt. Doch schon bald würde sich Unmut rühren. Obwohl es gegen jede Hoffnung gelungen war, sich nicht in heilloser Flucht, sondern geordnet von Marczeg Laszlárs Schlachtreihen zu lösen, waren die Verluste grausam gewesen. Die Moral der Krieger hing nur noch an einem seidenen Faden, und dieser mochte jederzeit reißen. Der junge Marczeg konnte die Unruhe und Angst im Lager spüren, er sah sie in den Augen seiner Krieger, hörte sie in den geflüsterten Kommentaren am Feuer.

»Schaff mir Nemes Flores herbei«, befahl er rau. »Ich muss mich mit ihr besprechen.«

Ohne Rurjos anzusehen, wusste Tamár, dass sich in der Miene des älteren Mannes Verachtung zeigte. Aber der Veteran widersprach nicht, sondern trat wortlos aus dem Zelt und verschwand. Mit einem Seufzen setzte Tamár sich in den niedrigen Stuhl und betrachtete gedankenverloren die Karte des Landes, das ihm Stück für Stück entglitt. Erst als sich der Vorhang des Einganges hob, blickte der Marczeg wieder auf.

Auch Flores cal Dabrân sah mitgenommen aus. Ihr Wappenrock war blutbefleckt, schmutzig und zerrissen und hätte eher zu einer Bettlerin in den Straßen Turdujs gepasst. Aber obwohl Flores' Gesicht bleich war und sie dunkle Ringe unter den Augen hatte, zeigte ihre Miene eine Entschlossenheit, um die Tamár sie beneidete.

»Marczeg, Ihr habt nach mir schicken lassen?«

»Ja. Es gibt Neuigkeiten, und leider keine guten«, fügte Tamár hinzu und deutete auf die Karte. »Szilas schneidet euch den Weg nach Westen ab. Er versucht, uns am Flussufer zu binden.«

Jetzt drückten Flores' Züge Besorgnis aus, als sie sich über den Tisch beugte und die Karte studierte. Suchend wanderte ihr Blick über das Pergament, dann ballte sie ihre Hände zu Fäusten.

»Der Bastard«, stieß sie hervor.

»Für uns sieht die Lage nicht besser aus. Im Osten gibt es kaum Möglichkeiten, Szilas entgegenzutreten und dabei zu siegen.«

»Turduj?«

Tamár schüttelte den Kopf. »Die Gefahr, dass wir so lange aufgehalten werden, bis Szilas uns mit seinen Truppen folgt, wäre viel zu groß. Wir könnten uns in den Norden flüchten, aber wovon sollen wir da eine Armee ernähren?«

»Wir dürfen uns von Marczeg Laszlár nicht zu einer Schlacht zwingen lassen. Nicht jetzt, sonst wird er uns vernichten. Die Krieger sind am Ende ihrer Kräfte; die Niederlage steckt allen in den Knochen. Wir würden keinen ernst gemeinten Angriff überstehen.«

»Ich weiß«, erwiderte Tamár und stützte den Kopf in die Hände. »Wir sitzen in der Falle. Entweder wir laufen davon und verbergen uns in den Bergen, wo wir einen langsamen Tod sterben, oder wir stellen uns und sterben schnell.«

»Oder wir gehen in den Süden.«

Verwirrt blickte Tamár die Bojarin an, dann lächelte er abfällig. »Eine hervorragende Idee, Nemes Flores. Bedenkt nur eines: Wir haben einen dreimal verfluchten Strom direkt vor uns!«

»Über den müssten wir eben hinüber.«

»Ach? Bevor wir genug Boote bauen könnten, wäre Szilas schon längst hier. Was sollen wir tun? Schwimmen?«

»Hört mir zu«, erwiderte Flores, und ein vorsichtiges Lächeln erhellte ihre Züge.

Das Wasser war trotz der lang anhaltenden Sommerhitze kalt. Der Magy wurde von den Bergflüssen gespeist, die ihren Ursprung im den Höhen des ewigen Schnees hatten. Dennoch glitt Tamár ohne zu zögern in die Fluten. Nur innerlich schalt der Marczeg sich für seine eigene Unvernunft. *Wieso mache ich selbst mit bei dieser halsbrecherischen Unternehmung? So ein Unsinn.* Aber bei der Besprechung des Plans war es ihm als eine gute Idee erschienen, sich an dessen Ausführung zu beteiligen. Was er am dringendsten benötigte, war das Vertrauen seiner Krieger. Wenn er dies auch noch verlor, war jede Hoffnung dahin.

Dennoch war er kein wirklich guter Schwimmer und der Magy selbst in Zeiten niedrigen Wassers nicht ungefährlich.

Flores war mit ihren Leuten schon weit in den Fluss vorgedrungen und tauchte gerade unter. Gänsehaut breitete sich auf Tamárs Körper aus, doch er sprang nach vorn, entschlossen, nicht hinter den Wlachaken zurückzubleiben. Das kalte Wasser schlug über seinem Kopf zusammen, die Geräusche der Welt klangen dumpf und verzerrt. Dann tauchte er wieder auf und begann mit kräftigen Zügen zu schwimmen.

Anstatt gegen die Strömung zu kämpfen, ließ er sich von ihr mittragen, den Fluss hinab, und näherte sich dabei dem gegenüberliegenden Ufer. Um sich herum hörte er das Rauschen des Flusses und das Plätschern vieler Hände im Wasser, doch in der dunklen Nacht konnte er nur hier und da einen Blick auf die anderen Schwimmer erhaschen. In der Mitte des Flusses zog das Wasser mit unwiderstehlicher Kraft an ihm, und einen Moment lang glaubte Tamár, der Strömung nicht widerstehen zu können, doch dann wurde der Sog wieder schwächer, und er konnte ruhiger schwimmen, bis er schließlich schwer atmend die Böschung erreichte und sich durch das hohe Gras emporzog.

Kühles Wasser lief über seine Haut und ließ ihn frösteln. Der leichte Wind strich kalt über seinen Körper, bis der Marczeg regelrecht zitterte. Aber er hatte keine Zeit zu verlieren und versuchte sich in der Dunkelheit zu orientieren. Von dieser Seite des Flusses aus betrachtet, sah die Gegend vollkommen anders aus. Endlich fanden seine Blicke eine große, gebeugte Weide, die sich weit über das Wasser neigte. Leise schlich Tamár durch das Gras, bis er den ausgemachten Treffpunkt erreichte. Einige Gestalten warteten bereits an dem Baum; zwei hielten Wache, ließen den Marczeg aber ungefragt passieren.

»Wie viele?«

»Es fehlen noch drei Wlachaken und vier Masriden. Nein, nur noch drei Masriden, jetzt, da Ihr hier seid. Wir warten noch kurz.«

Stumm nickte Tamár und versuchte das Klappern seiner Zähne zu unterdrücken. Um sich von der Kälte abzulenken, die sich wie ein Tuch über seine Haut gelegt hatte, überprüfte er, ob die Ausrüstung, die er bei sich trug, die nächtliche Schwimmpartie gut überstanden hatte. Seine Klinge steckte noch fest in der Scheide, länger als ein Dolch, aber bestenfalls ein Kurzschwert. Eine Waffe, die gern von den Szarken benutzt wurde, die ansonsten hauptsächlich mit Bögen kämpften und diese Klinge nur in allergrößter Not benutzten. Die Waffe war zwar beidseitig geschärft, doch vor allem verließen sich die Szarken für einen tödlichen Stoß auf die scharfe Spitze. Gut geeignet für den gnadenlosen Nahkampf in der Schlacht, aber wegen der geringen Länge keine gute Fechtwaffe. Die Szarken nannten sie *Vrasyaschwanz,* angeblich weil die Klinge genau die Länge eines Hundeschwanzes hatte.

»Hübscher Dolch«, bemerkte Flores, die sich mit den Händen die Arme rieb und auf der Stelle lief, um sich zu wärmen.

Amüsiert sah Tamár die Bojarin an. »Soll das einer der berühmten Volkstänze aus Ardoly sein?«

»Wlachkis«, verbesserte Flores ihn sofort und hielt inne. »Der Fluss ist verflucht kalt.«

Bevor der Marczeg ihr zustimmen konnte, tauchte eine fünfköpfige Gruppe auf, die sich zu den Kriegern gesellte.

»Fast vollständig«, murmelte Tamár und wandte sich dann an die knapp zwei Dutzend Soldaten: »Wir brechen auf. Der Nachzügler muss uns hinterherkommen oder zurückkehren. Folgt Flores, aber leise!«

Ohne zu zögern, lief die Wlachakin gebückt am Flussufer entlang. In der Nähe des Ufers gab es einen Treidelpfad, der jedoch weitaus seltener als der nördliche Pfad benutzt wurde, da das Gelände hier unwirtlicher und an vielen Stellen von dichtem Gestrüpp überwuchert war. Dennoch kamen sie gut voran, bis Flores ihnen mit einer

Geste bedeutete anzuhalten. Vorsichtig schlich Tamár weiter und duckte sich neben der Wlachakin ins Gras.

»Da«, flüsterte sie und deutete auf ein kleines Licht einige Dutzend Schritt den Fluss hinab. Dort befand sich ein Feuer. Tamár konnte erkennen, dass es bereits heruntergebrannt war. Stumm nickte er Flores zu, die den Rest der Krieger heranwinkte. Gemeinsam schlichen sie näher, bis sie kaum dreißig Schritt entfernt waren.

Als Tamár eine Gestalt vor dem Lichtschein des Feuers bemerkte, rannte er los und zog seine Klinge. Die Krieger folgten ihm ohne Aufforderung. Die Erinnerungen an die Niederlage waren für einen Augenblick vergessen, als Tamár in den Lichtkreis stürmte. Überrascht fuhr die Wache herum, doch bevor der Krieger reagieren konnte, trieb Tamár ihm die Klinge durch die Kehle. Noch während der Mann keuchend zu Boden sank, sprangen die Soldaten an dem Marczeg vorbei und stürzten sich auf die Schlafenden. Ein schneller Blick zeigte Tamár, dass seine Hilfe nicht mehr benötigt wurde. Seine rechte Hand war merkwürdig warm, und erst jetzt bemerkte er das klebrige Blut, das ihm bis zum Ellbogen gespritzt war, als er die Klinge aus dem Leib des Getöteten herausgezogen hatte. Während er sich die Hand am Mantel des Toten notdürftig reinigte, wandte er sich an Flores. »Sichert die Boote. Wir müssen uns beeilen. Je mehr wir noch in dieser Nacht schaffen, desto besser.«

Die Wlachakin nickte und teilte die Krieger ein, die zum Fluss hinabstiegen und die flachen Lastkähne bereit machten. Zufrieden sah Tamár sich um. Das kleine Lager der Wachen war eingenommen, Szilas' Soldaten tot oder gefangen. Jetzt hatten sie Boote. Nicht genug für ihre komplette Armee, aber mit ein wenig Glück würden sie den Fluss überqueren können, bevor Marczeg Laszlár davon erfuhr.

Gelächter dröhnte durch Tamárs Zelt, in das auch der Marczeg einfiel. Der Gedanke an Szilas' Gesicht, wenn er den Bericht seiner Späher empfangen würde, war einfach zu köstlich. Mit einer affektierten Geste strich sich Köves durch das strähnige Haar und warf den Kopf zurück.

»Ich hätte dir so viel Talent gar nicht zugetraut!«, rief Maiska. Die junge Kriegerin war sichtlich angetrunken, ihre Worte undeutlich und ihr Blick unstet. Mühsam erhob sie sich, wobei sie ihr verletztes Bein schonte, und hob den Krug. »Auf Köves, der ein besserer Marczeg Laszlár ist als Marczeg Laszlár selbst!«

Alle prosteten der Kriegerin zu, die den Becher ansetzte und in einem Zug leerte. Erstaunt hob Tamár eine Augenbraue. Er selbst trank nur vorsichtig von dem scharfen Schnaps, der angeblich aus Äpfeln gebrannt war, aber einfach nur wie Kornmaische schmeckte. Maiska hingegen trank, als gäbe es kein Morgen. *Zumindest wird sie sich schon bald wünschen, dass es kein Morgen gäbe.* Die Krieger feierten ihren gelungenen Handstreich und die Flucht über den Fluss, den so bitter benötigten Erfolg nach der erdrückenden Niederlage in der Schlacht. Also hob Tamár seinen eigenen Silberbecher an die Lippen, sorgsam darauf bedacht, nicht einzuatmen, während er trank.

Unvermittelt bemerkte der Marczeg Flores' Blick, die ihn über den Rand ihres Bechers hinweg musterte. Tamár nickte ihr zu und hob seinen Becher zum Gruß. Sie erwiderte die Geste. *Es gefällt ihr ebenso gut wie mir, dem verfluchten Marczeg ein Schnippchen geschlagen zu haben. Wir sind aus seiner Falle entkommen, wenigstens für den Moment.*

Sie kam zu ihm herüber. »Bereit, Szilas doch noch eins auszuwischen, Marczeg?«, fragte sie grinsend.

»Immer, Nemes Flores, jederzeit.«

»Das dachte ich mir«, flüsterte sie und blinzelte ihm zu. »Ihr reitet besser, als Ihr schwimmt«, erklärte sie leichthin. »Einmal dachte ich schon, der Magy würde Euch bis in die Sorkaten tragen.«

»Ihr habt Euch doch nicht etwa um mich gesorgt?«,

fragte Tamár mit gespieltem Erstaunen. »Was ist aus dem guten alten Schlachtruf ›Tod allen Masriden‹ geworden?«

»He!«, protestierte sie lachend, fügte aber nach einigem Überlegen mit ernster Miene hinzu: »Ich glaube, in Eurem Fall hätte ich es fast bedauert, wenn der Fluss Euch geholt hätte.«

Der Marczeg prostete ihr zu. Sie schien davon jedoch keine Notiz zu nehmen und rief Köves zu, er solle noch einmal Marczeg Laszlár nachahmen. Während der Szarke der Aufforderung gern Folge leistete und damit einen weiteren Heiterkeitsausbruch bei seinen Zuschauern auslöste, lehnte Tamár sich zurück und schloss die Augen.

Die Zukunft hing wie ein dunkler Schatten über seinem Haupt und erstickte seine Fröhlichkeit. *Morgen Früh müssen wir aufbrechen. Szilas wird einen Weg über den Magy finden, auch wenn wir die Boote zerstört haben. Wir brauchen jeden Schritt Vorsprung, den wir erzielen können. Aber wohin gehen wir? Wir werden von Tag zu Tag leben müssen, immer mit dem Ziel, vor Szilas davonzulaufen.*

Müde gähnte der Marczeg. Als er die Augen wieder öffnete, sah er Köves, der ihn mit undeutbarer Miene anblickte.

»Was?«

Die Frage klang ungehaltener, als Tamár sich fühlte, und er bedauerte den rauen Tonfall sofort. Bevor er dies jedoch sagen konnte, rief Köves die anderen zur Ruhe.

»Der Marczeg ist müde«, stellte der Szarke fest. »Es war ein langer Tag. Morgen wird es eben lange … ich meine ein eben langer …«

»Ein ebenso langer Tag«, kam Maiska ihm nuschelnd zu Hilfe.

»Genau. Wir sollten uns zurückziehen.«

Köves' Vorschlag stieß auf keine große Gegenliebe, doch selbst als Tamár beschwichtigend die Hände hob, nützte dies wenig. Die Stimmung war verflogen, und die kleine Versammlung löste sich auf. Der Marczeg protestierte noch, doch es war zu spät. Sowohl Köves als auch Maiska grüßten respektvoll, bevor sie in die Nacht traten. Auch Flores wandte sich zum Gehen.

»Ich wünsche Euch eine ruhige Nacht, Marczeg«, sagte die Wlachakin. Langsam stand auch Tamár auf. Er wollte ihr erklären, dass es nicht sein Wille gewesen sei, die Feier zu beenden.

»Würdet Ihr mir noch etwas Gesellschaft leisten?«, fragte er stattdessen, was ihn selbst überraschte. Auch Flores sah ihn verblüfft an. Einen Moment lang schwieg sie, dann zeigte sich Ablehnung auf ihrem Gesicht. Bevor sie antworten konnte, warf Tamár hastig ein: »Vielleicht wäre das ein guter Moment, um noch einen letzten Becher zu leeren und uns von Nemes Viçinia zu verabschieden.«

Zweifelnd blickte die Wlachakin Tamár an, der versuchte, freundlich zu lächeln. *Ich will jetzt nicht allein sein,* erkannte er. *Der Morgen mit all seinen Schwierigkeiten kommt früh genug.*

»Nun gut«, antwortete Flores schließlich und ließ sich wieder nieder. Mit einem erleichterten Seufzen sank auch Tamár zurück auf die Kissen, die auf dem ausgetretenen Teppich lagen. Das ganze Zelt war mit Strohmatten ausgelegt, welche die Kälte und Nässe des Bodens fernhielten. Während Flores sich zurücklehnte, füllte Tamár ihre beiden Becher aus einem Lederschlauch.

»Ich bedauere, dass wir nur diesen Fusel haben, um auf Eure Verwandte zu trinken«, meinte er entschuldigend, doch Flores winkte ab. »Ihr habt den Schnaps noch nicht gekostet, der in Lareas Schänke in Teremi verkauft wird, sonst würdet Ihr diesen hier nicht Fusel nennen.«

»Erzählt mir von Nemes Viçinia«, bat der Marczeg. »Ich habe sie nur kurz gekannt.«

»Ich habe sie kennengelernt, als Şten und ich nach Désa kamen. Wir waren Flüchtlinge damals. Viçinia war ein wenig jünger als wir, vielleicht zwölf oder dreizehn, ich weiß nicht mehr so genau. Sie war schon damals ziemlich besonnen. Dazu erzogen, eines Tages an der Seite ihrer Schwester zu stehen. Und eine richtige kleine Schönheit war sie auch. Ich glaube, mein Bruder hat sich sofort in sie verliebt.«

Die Wlachakin lachte auf, als erinnere sie sich an etwas Lustiges. »Aber es hat nicht lange gedauert, da hatten wir sie verdorben.«

»Verdorben?«

»Nachdem wir uns eingelebt hatten, wurden wir ziemlich schnell berüchtigt am Hof von Désa. Wir hatten andauernd Ärger, auch wenn Natiole versuchte, uns zu decken. Er war zwar älter als wir, aber der einzige Fremde, zu dem wir Vertrauen fassten.«

Tamár blickte Flores an, während sie erzählte. Aber ihre dunklen Augen sahen ihn nicht, sondern schienen direkt in die Vergangenheit zu blicken.

»Zusammen mit Viçinia haben wir eine ganze Menge Unsinn ausgeheckt. Sie wirkte immer so ernst, aber schon damals hatte sie es faustdick hinter den Ohren. Bis Ştens dann mit Natiole und den anderen loszog, um Krieg gegen Zorpad zu führen. Viçinia hatte immer weniger Zeit, weil sie mehr und mehr Pflichten übernahm und schließlich sogar als Gesandte an fremde Höfe reiste. Irgendwann bin ich einfach gegangen. Ich habe es in Désa nicht mehr ausgehalten, wo es nur noch ein Thema gab: der Kampf gegen die Masriden.«

»Aber Ihr habt doch mitgekämpft? Gegen Zorpad?«

Einen Moment lang schwieg Flores, dann kehrte ihr Blick in die Wirklichkeit zurück und fixierte Tamár.

»Ich habe mich als Söldnerin verdingt. Ich wollte nichts mit all dem zu tun haben. Und dann bin ich doch wieder in die Sache verwickelt worden. Ştens wurde für tot gehalten, war aber tatsächlich mit den Trollen unterwegs. Nati kam zu mir und suchte Unterschlupf. Ich habe mich zunächst gewehrt, aber was für ein Mensch ist man, wenn man Freunden und Familie nicht hilft?«

Die junge Frau zuckte mit den Achseln. »Vielleicht hat mein Bruder recht, und man kann sich dem Krieg in unserem Land nicht auf Dauer entziehen.«

»Vielleicht nicht«, murmelte Tamár.

»Jetzt sind sie alle tot, und mein Bruder ist verschwunden«, sagte Flores leise. Sie schien mehr zu sich selbst als zu Tamár zu sprechen. »Und ich, ich lebe und bin Bojarin von Dabrân. Das Leben nimmt seltsame Wege.«

Nach diesen Worten schwiegen beide. Tamár nahm einen Schluck aus seinem Becher, Flores blickte zu Boden. Die Zeit dehnte sich, bis das Schweigen unangenehm wurde. Schließlich erhob sich die Wlachakin.

»Ich fürchte, heute ist nicht der richtige Abend, um Abschied zu nehmen. Wir sind zu erschöpft. Und meine alten Geschichten …«

Ohne den Satz zu vollenden, wandte sich Flores in Richtung des Ausgangs. Hastig sprang Tamár auf die Füße. Um sich herum spürte er die Leere und Dunkelheit des Zeltes, die auf ihn warteten. Dennoch nickte er mit einem Lächeln: »Natürlich, Nemes Flores.«

Sie wollte sich abwenden und gehen, doch ihr Fuß verfing sich in einem der Kissen und ließ sie stolpern. Mit einem Schritt war Tamár bei ihr und fing sie auf. Seine Finger legten sich um ihren Arm. Unter dem Stoff konnte er ihre Haut spüren. Sein Blick fiel auf ihre Augen, dunkles Braun, das im Licht der Feuerschale schimmerte. Bevor er wusste, wie ihm geschah, drückte er seinen Leib gegen ihren, und er küsste sie. Ihre Lippen waren weich, sie schmeckten nach dem scharfen Gebräu und nach ihr. Seine Hand grub sich in ihr Haar, wanderte über ihren Rücken und zog sie zu sich. Er erwartete, dass sie ihn von sich stoßen würde, doch ihre Lippen öffneten sich für ihn, ihr Mund presste sich fest auf seinen, ihre Zunge fuhr über seine Zähne. Er spürte ihre Finger, die unter sein Hemd glitten und über seine Brust kratzten. Sie zogen feurige Linien auf seiner Haut, die seine Begierde anfachten. Er packte sie, schob sie vor sich her, ohne den Kuss zu lösen. Gemeinsam stürzten sie auf sein Lager. Flores rollte sich über ihn, stützte ihre Hände auf seine Schultern, küsste seinen Hals und biss ihm in den Nacken. Auf dem Rücken liegend, sah Tamár, wie Flores schließlich ihr Wams abstreifte, ohne den Blick von ihm zu nehmen. Ihre Haut glänzte verführerisch im Licht, Tamárs suchende Hände glitten über sie hin. Er packte ihren Leib und zog sie zu sich hinab, legte sich neben sie, suchte ihre Lippen. Sie schob sein Hemd hoch, ihre Zunge wanderte über seine Haut, ihre Finger folgten den Linien seines Körpers. Mit einem Ruck zog sie ihm das Hemd aus, und ihre Küsse wanderten tiefer, über seine Brust und seinen Bauch. Ein raues Stöhnen entrang sich seiner Kehle, laut in seinen eigenen Ohren, doch er kümmerte sich nicht darum, war jenseits jeder Sorge, jedes Gedankens.

Geschickt öffnete sie seinen Gürtel, während seine Hände über ihren Körper strichen und ihre Brüste fanden. Er zog die Wlachakin an sich. Seine Zunge fuhr suchend über ihre Brüste. Er nahm die harten Brustwarzen zwischen die Lippen, während seine Finger zwischen ihre Beine glitten. Eine alte Soldatenredensart schoss ihm durch den Kopf, *Feucht wie der November,* doch Flores gab ihm keine Zeit mehr für weitere Gedanken. Sie bäumte sich unter ihm auf, um sich ihrer Hose zu entledigen. Ihre Hände zogen ihn auf sich, wiesen ihm den Weg. Als er in sie eindrang, umklammerten ihre Beine ihn. Er konnte seine Erregung in ihrem Stöhnen gespiegelt hören, seine Lust in ihren Augen sehen, und er verlor sich in ihr.

Das Feuer in der Feuerschale war heruntergebrannt, nur das schwache Glimmen der Kohlen spendete ein wenig Licht. Neben Tamár schlief Flores; ihr Atem ging regelmäßig, und ihre Züge waren entspannt. Das dunkle Haar fiel zersaust auf ihre Schultern und auf die hellen Pelze des Lagers. Jetzt erst konnte Tamár im Halbdunkel ihre Schönheit bewundern. Er sah die Konturen ihres Körpers, die dunkle Haut der Arme, die hellere Haut des Leibes. Eine Narbe zog sich über ihre Seite, eine feine, weiße Linie. Er versuchte dies alles in sich aufzunehmen, die festen Muskeln unter der weichen Haut, die Linien ihrer Beine, das dunkle Haar ihrer Scham. Sie waren wie im Taumel übereinander hergefallen, hatten jegliche Vorsicht fahren lassen. *Du bist der Marczeg des Şireva, knurrte eine leise Stimme in seinem Geist,* und für einen Moment stieg ein heißes Schuldgefühl in ihm auf, das jedoch ebenso schnell wieder verging.

Ohne sie zu wecken, küsste er ihre Schulter, die noch salzig schmeckte. Sein Schweiß hatte sich mit dem ihren vermischt, und der Geschmack brachte eine wohlige Erinnerung mit sich. Vorsichtig ließ er seine Fingerkuppen über ihre Haut wandern, folgte der Form ihrer festen Brüste, hinab zu ihrem Bauch. Sie gab ein unverständliches Murmeln von sich und rückte näher zu ihm. Als er spürte, wie seine Erregung erneut wuchs, fragte er sich müßig, wie schläfrig sie wohl war.

»Verzeiht die Störung, Marczeg«, erklang mit einem Mal eine Stimme vom Eingang des Zeltes. Hastig warf sich Tamár herum. Das Licht einer Laterne blendete ihn. Er konnte eine Handvoll Gestalten erkennen, die sein Zelt offenkundig bereits betreten hatten.

»Raus, verflucht!«, zischte der Marczeg und richtete sich auf. Noch immer konnte er keine Gesichter erkennen, doch dann wurde die Laterne gesenkt. Überrascht atmete Tamár ein. »Odön! Du lebst! Du bist entkommen!«

»Wie Ihr seht, Marczeg. Das hattet Ihr wohl nicht gedacht?«

Der Szarke stand umgeben von vier Kriegern, die noch Rüstungen trugen. Erfreut packte Tamár die Decke und stand auf, wobei er sich den groben Stoff um die Hüfte schlang und hoffte, dass sein Körper den Blick auf Flores verstellen würde.

»Allerdings nicht. Welch glücklicher Umstand!«

»Glück?« Odön schnaubte.

Erst jetzt fiel Tamár auf, dass seine Begleiter die Hände auf die Waffen gelegt hatten. Ihre Mienen drückten Verachtung aus; einer spuckte gar aus, als Tamárs Blick auf ihn fiel. *Alles Szarken. Was, beim Göttlichen Licht, geht hier vor?*

»Du bist eine Schande für alle Masriden, Tamár. Du suhlst dich hier im Dreck mit dieser wlachkischen Hure, während dein Volk vor die Hunde geht.«

»Schweig!«, rief Tamár erzürnt und trat einen Schritt vor, doch die Krieger zogen ihre Waffen und funkelten ihn finster an. Plötzlich wurde Tamár kalt, und Schweiß trat ihm auf die Stirn. Aus dem Augenwinkel sah er, wie Flores die Augen öffnete und sich anspannte. Bevor die Bojarin jedoch etwas unternehmen konnte, sprangen zwei der Krieger vor und hielten ihr die Spitzen ihrer Waffen an die bloße Haut. Wütend blickte Flores zu Odön, der sie aber nicht beachtete. Stattdessen schüttelte der Szarke langsam den Kopf, während sein Blick nicht von Tamár abließ. Alles Blut war aus Tamárs Gesicht gewichen, wirre Gedanken flogen durch seinen Geist, schneller, als er sie greifen konnte. Nur ein einziger brandete immer wieder auf: *Verrat!*

»Schafft das Miststück hier raus. Gönnt euch euren Spaß, wenn ihr wollt, oder bringt es gleich hinter euch, aber reißt ihr das verfluchte Herz aus dem Leib«, befahl Odön seinen Kriegern, die Flores mit den Schwertern auf die Beine zwangen. Obwohl sie nackt war, richtete die Wlachakin sich stolz auf. Tamár wollte ihr zur Seite stehen, doch eine Klinge ritzte die Haut seiner Brust und ließ ihn innehalten.

Während Flores aus dem Zelt geführt wurde, trat Odön an Tamár heran. Aus nächster Nähe blickte der Szarke Tamár in die Augen.

»Selbst die Asche deines Vaters ist mehr wert als du. Du

hast dein Land und deine Ehre verloren. Es ist an der Zeit, dass du auch dein Leben verlierst!«

»Warum?«, zischte Tamár, der sich nur mühsam beherrschen konnte, den Szarken nicht anzuspringen und zu erwürgen. »Damit du meine Nachfolge antrittst? Niemand wird dir folgen, Odön! Niemand folgt einem Verräter!«

»Ein Verräter? Ich?«

Das Lachen des Szarken erfüllte das Zelt. Dann erstarb es. »Du bist der Verräter. Du hast deine Leute an deine wlachkische Metze verkauft. Indem du zwischen ihre Beine gestiegen bist, hast du selbst deinen Untergang herbeigeführt.«

Tamár blickte forschend zu den beiden Kriegern, die ihn mit ihren Schwertern bedrohten, doch sie waren wachsam und schienen Odön treu ergeben zu sein. Der Szarke fuhr mit ruhiger Stimme fort: »Ich werde verbreiten lassen, sie habe dich im Schlaf abgestochen wie ein Schwein. Ich aber sei gerade noch rechtzeitig gekommen, um die Hure zu töten. So wird jeder sehen, dass man den Wlachaken nicht trauen kann. Anschließend werden wir uns Marczeg Laszlár unterwerfen. Dem einzigen, wahren Marczeg! Er wird unsere Kapitulation gnadenvoll annehmen, wenn er erst König ist.«

Plötzlich verstand Tamár: »Du bist nicht entkommen. Szilas hat dich gehen lassen.«

Die Hand des Szarken schnellte hoch und schlug Tamár ins Gesicht. Er wollte zurückschlagen, doch die Klingen der Krieger drängten ihn zurück. Blut lief aus einem Schnitt auf seiner Brust, zog eine warme Bahn auf seiner Haut, aber Tamár verspürte keinen Schmerz, nur eiskalten Zorn.

»Er ist Marczeg Laszlár für dich, du Hund.«

»Was springt für dich dabei heraus? Wie viel ist deine Ehre wert?«, höhnte Tamár, dessen letzte Waffe das Wort war.

»Nun, das Şireva natürlich. Als treuer Vasall des rechtmäßigen Königs«, erwiderte der Szarke mit einem Lächeln und trat mit ausgebreiteten Armen einige Schritt zurück. »Und die Freude darüber, dass die Wlachaken wieder auf den Platz gestoßen werden, den sie verdienen. Die Bastarde haben zu lange über uns gelacht! Aber sorge dich nicht um die Zukunft, Tamár, denn du wirst sie nicht erleben. Mach deinen Frieden mit dem Göttlichen Licht.«

Ohnmächtig knirschte Tamár mit den Zähnen, denn die Schwerter seiner Feinde zwangen ihn zurück. Unfähig, sich zu wehren, spürte Tamár nur Wut, die jegliche Verzweiflung hinwegfegte.

Odön hingegen lächelte noch immer.

Der Dolch des Szarken reflektierte das Licht der Laterne, als der Verräter auf Tamár zutrat.

38

Die Langeweile erschien Sargan so allgegenwärtig, dass er fast glaubte, sie mit Händen greifen zu können. Wie eine schwere Stoffbahn legte sie sich über alles und verbarg die Welt unter ihrem Grau. Oder zumindest betäubte sie Sargans Sinne so lange, bis ihm alles grau und öde erschien. *Wenn man die Essenz dieser Langeweile in Amphoren abfüllen könnte,* überlegte Sargan müßig und unterdrückte ein Gähnen, *dann könnte man … ja, was eigentlich? Wenigstens wäre sie dann weg.*

Natürlich gaben sich seine Untergebenen jede Mühe, ihn zu unterhalten. Doch seit Ionna aus Teremi ausgezogen war, um die Grenzen ihres Landes zu schützen, war jedes Quäntchen Aufregung verschwunden. Beinahe alle interessanten Gesprächspartner waren mit der Voivodin geritten; zurück blieben nur Wachen und die Verwalterin Leanna, die viel zu selten Zeit für den Dyrier hatte. *Und das einfältige Volk, dem nun wirklich jeder Sinn für die feineren Dinge des Lebens abgeht, egal, ob kulinarisch, sexuell oder humoristisch. Selbst eine gepflegte Konversation kann man hier nicht führen. Es ist wie verhext!*

In der Mitte des kleinen Saales tanzte Germere. Obwohl die junge Frau die zweiundsiebzig rituellen Bewegungen des Opfertanzes ohne jeden Fehler präsentierte, gelang es Sargan nicht, sich auf die Darbietung zu konzentrieren. Zu oft hatte er diesen speziellen Tanz in den letzten Wochen seit seiner Abreise aus Colchas gesehen. *Sie hat nicht allzu viele Tänze eingeübt. Vermutlich eine subtile Beleidigung meiner Position durch einen meiner Neider. Warum sonst sollte man mir eine Unterhalterin mitgeben, die einfach nicht unterhaltend ist?*

Tief in sich kannte Sargan die Antwort: Weil er trotz allem dem gewaltigen dyrischen Imperium nicht übermäßig wichtig war. Die Konkubine war seiner Position und seinem Auftrag angemessen: gut, aber nicht außergewöhnlich. Auch die Gespräche mit ihr empfand der Dyrier als ermüdend. Sie war natürlich sehr um angenehme Konversation bemüht, doch in Sargans Hinterkopf war immer diese leise Stimme, die ihn darauf hinwies, dass Germere nur ihren Auftrag erfüllte und gezwungenermaßen mit ihm plauderte. *Außerdem könnte sie gut Auge und Ohr eines meiner Feinde sein; also hüte ich besser meine Zunge.*

Wieder unterdrückte Sargan ein Gähnen, doch die angedeutete Bewegung blieb nicht unbemerkt. Der Dyrier sah das Stirnrunzeln seines sylkischen Leibwächters Balaos, der sogleich wieder eine ungerührte Miene aufsetzte. Der gewaltige Krieger stand neben der Eingangstür, wie üblich steif wie ein Brett, die Augen starr geradeaus. Dennoch entging ihm nichts, schon gar nicht ein kleiner Protokollverstoß seines Herrn.

Eigentlich hatte Sargan gehofft, dass sich die übermäßige Fixierung des Kriegers auf die Formalitäten lockern würde, sobald man fern der Heimat und in der rückständigen Provinz war. Leider war genau das Gegenteil der Fall. Als wolle Balaos den Wlachaken zeigen, wie großartig das Goldene Imperium war, trieb er seine Krieger zu perfektem Verhalten und verkörperte selbst den Inbegriff des sylkischen Soldaten: pflichtbewusst, stoisch, hart zu sich selbst und zu anderen. *Das wäre ja gar nicht schlimm, wenn er nur mich damit in Ruhe lassen würde. Stattdessen zwingt er mich durch sein Verhalten dazu, es ihm gleichzutun.*

Das Flötenspiel verstummte, und Sargans Blick kehrte zu Germere zurück, die in der letzten demütigen Pose des Opfertanzes erstarrt war. Dann schnalzte er zum Zeichen der Anerkennung mit der Zunge, woraufhin die Tänzerin scheu lächelte. *Spar dir deine falsche Scham. Deine Kniffe funktionieren bei mir nicht,* dachte Sargan säuerlich. *Vermutlich stehst du auf der Soldliste eines anderen.*

»Wünscht mein Gebieter einen weiteren Tanz?«, fragte Germere, ohne den Blick zu heben. Einen Moment lang war Sargan versucht, zu verneinen, aber dann erkannte er, dass sie stattdessen ein Gespräch beginnen würde und dass er keinen plausiblen Grund hatte, diesen Versuch abzublocken. Also lächelte er huldvoll und nickte.

Erneut begann der Flötist zu spielen, und die Tänzerin wand sich in die Ausgangsposition des Tanzes von Himmel und Erde. Die Schrittfolge war komplex, ebenso die kreisenden Bewegungen des Körpers, die einiges an Koordination und Gewandtheit erforderten. Hier allerdings zeigten sich Germeres Grenzen, denn obwohl sie den Tanz beherrschte, war sie keine Meisterin, und selbst Sargans eher ungeübtem Auge fielen die kleinen Ungenauigkeiten auf. Dabei wirkte der Tanz irgendwie lebendiger als die vorangegangene Darbietung in ihrer kühlen Präzision, wie Sargan überrascht feststellte. Neugierig betrachtete er Germeres Bewegungen und war regelrecht enttäuscht, als die Tür vorsichtig geöffnet wurde und ein Soldat seiner Leibwache eintrat. Der junge Sylke schlug einen Bogen um die tanzende Germere, um Sargan nicht die Sicht zu verstellen, und trat an Balaos heran. Sargan beobachtete den Tanz und versuchte dabei vergeblich zu hören, was die beiden Krieger flüsterten. Schließlich verließ der Soldat unter mehrfachen Verbeugungen den Saal, während Balaos an Sargan herantrat und sich zu dem Dyrier hinabbeugte.

»Ein Händler wünscht Euch seine Waren zu zeigen, Gebieter«, erklärte der Leibwächter leise. Diese Eröffnung lenkte Sargan endgültig von der Tanzdarbietung ab. Gespannt sah er Balaos an, dessen Miene ausdruckslos blieb.

»Ich bin nur erpicht auf Früchte. Alles andere besitze ich bereits im Überfluss.«

»Er handelt mit Früchten.«

Die Nachricht zauberte ein Lächeln auf Sargans Gesicht.

Mit einem Klatschen zog er die Aufmerksamkeit des Musikers und der Tänzerin auf sich, die mitten in ihren Bewegungen erstarrten.

»Bedauerlicherweise muss ich euch unterbrechen. Ihr dürft euch zurückziehen.«

Ohne ein Wort verließen die beiden mit gesenktem Haupt den Saal. *Irgendwann muss Germere diesen Tanz aber bis zum Ende tanzen,* beschloss Sargan bei sich. *Er war weitaus unterhaltsamer als die vorherigen Tänze.*

Während Balaos der Wache vor der Tür Bescheid gab, zupfte Sargan sein Gewand zurecht. Die beiden breiten Borten, die in Gold mit den Symbolen des Imperiums bestickt waren, lagen nicht ganz gerade vor seiner Brust, was er rasch korrigierte. Dann lehnte er sich wieder zurück und wartete, bis die Tür sich öffnete und ein kleiner Wlachake gebückt eintrat. Der Mann hatte kurz geschorene Haare, und er trug einen Korb mit frischen Früchten unter dem Arm.

Freundlich lächelnd winkte Sargan ihn heran, ohne jedoch auf das Obst zu achten. Der Wlachake stellte seinerseits den Korb einfach ab und trat so nah an seinen Gastgeber heran, dass Sargan der Körpergeruch des Mannes in die Nase stieg. Die körperliche Nähe war dem Dyrier unangenehm, und seine Rechte umfasste den Griff des Dolches, den er in den weiten Falten seines Ärmels verborgen hielt, aber er ließ sich nichts anmerken und lächelte weiter. Der Wlachake wollte schon zu sprechen beginnen, doch dann wanderte sein Blick zu Balaos, der wieder neben der Tür Aufstellung bezogen hatte und geradeaus starrte.

»Keine Sorge. Meine Wache ist nicht nur schwerhörig, sie ist auch zu tumb, um deine Worte zu verstehen«, erklärte Sargan etwas lauter als notwendig und erfreute sich an dem kaum wahrnehmbaren Zucken von Balaos' Hand.

Der skeptische Gesichtsausdruck des Wlachaken veränderte sich nicht, und er sagte gewichtig: »Ich habe Nachricht erhalten.«

Einige Augenblicke lang wartete Sargan und sah den Mann auffordernd an.

»Ja, das dachte ich mir bereits. Und welche?«, hakte er schließlich nach, wobei er sich dennoch bemühte, freundlich zu klingen. *Schließlich sind selbst wlachkische Bauern stolz und stur, und wenn ich ihn dränge, erzählt er vielleicht gar nichts mehr, bis Balaos ihm die sieben Methoden zeigt, einem Unwilligen die Worte zu entlocken.*

»Eure treue Dienerin Sciloi lässt Euch grüßen, Herr«, begann der Mann verschwörerisch. »Sie hat Kunde von den Vorgängen im Osten.«

Wieder trat Schweigen ein. Diesmal jedoch verlor Sargan die Geduld. »Ja? Berichte einfach weiter, bis ich alles weiß.«

Verschnupft rieb sich der Wlachake am Hals, fuhr aber fort: »Als Erstes soll ich Euch berichten, dass die Füchsin lebt. Zudem hat der Drache sich erhoben, weil er Verrat von Rabe und Greif fürchtet, denn es gab Angriffe von Trollen im Südosten. Der Drache glaubt, dass diese vom Raben gesandt wurden. Eure Dienerin denkt, dass der Drache in seinem Zorn blindwütig kämpfen wird.«

»Sagt man dies nicht von Drachen?«, unterbrach Sargan nun doch den Bericht. »Dass ihr Zorn maßlos ist?«

»So sagt man«, erwiderte der Wlachake wichtig.

Sargan zuckte innerlich zusammen. Mit einem Wink wies er den Mann an fortzufahren.

»Aber der Drache ist den Wünschen des Himmels und der Erde zugeneigt und wird ihnen folgen.«

»Das ist alles?«

»Alles, was mir zugetragen wurde, Herr. Man sagte mir, Ihr würdet mich entlohnen?«

Für einen Augenblick spielte Sargan mit dem Gedanken, den Mann von Balaos töten zu lassen. Die Idee war verlockend. Aber dann rief der Dyrier seiner Leibwache zu: »Lass ihn hinausführen und bezahl ihn. Und dann schick mir die Zeremonienmeisterin herein.«

Als Balaos den Saal verließ, um den Anweisungen nachzukommen, blieb Sargan für kurze Zeit allein. Seufzend streckte er seine Gliedmaßen und versuchte mit den schweren Gewändern, die durch den dicken Stoff und den Goldfaden sehr steif waren, eine bequeme Position zu finden. Währenddessen rasten seine Gedanken. *Also hat Viçinia den Angriff auf Turduj überlebt. Heißt es nicht, dass Füchse kaum umzubringen sind, weil sie immer ein Schlupfloch finden?* Selbstgefällig strich der Dyrier sich über das rote Haar, das auch ihm schon manches Mal den Beinamen »Fuchs« eingebracht hatte. *Auf jeden Fall dürfte Şten diese Nachricht freuen. Unglücklicherweise hat seine überstürzte Abreise dafür gesorgt, dass ich ihm die frohe Kunde nicht überbringen kann.*

Die Tür öffnete sich wieder, und Balaos trat ein, gefolgt von der Zeremonienmeisterin Attaga, die ihren Herrn mit unverhohlener Neugier musterte, wie Sargan amüsiert feststellte. Als sie sein Lächeln sah, senkte sie schnell den Blick und trat unterwürfig näher. *Man hat mir versichert, dass du mir treu ergeben bist,* dachte Sargan. *Aber in meiner Position ist blindes Vertrauen gefährlich; egal, von welcher Seite einem Loyalität versichert wird.*

»Ich habe Nachricht von unserer Gesandtschaft an Marczeg Laszlárs Hof erhalten«, eröffnete Sargan seiner Untergebenen. Attaga hielt die Augen höflich gesenkt, aber Sargan konnte ihren fragenden Blick förmlich spüren. Vielleicht hatte Balaos ihr tatsächlich nichts erzählt. Das mochte darauf hindeuten, dass die beiden nicht unter einer Decke steckten. Oder sie waren einfach nur sehr gerissen.

»Marczeg Laszlár fühlte sich anscheinend durch das bevorstehende Bündnis zwischen Voivodin Ionna und Marczeg Gyula bedroht. Aber er hat Sciloi versichert, dass er einen Vertrag mit dem Goldenen Imperium wünscht. Es scheint so, als ob wir zwei Eisen im Feuer haben.«

»Die Situation ist im Fluss, Gebieter.«

»Bedauerlicherweise. Aber es kann dem Goldenen Imperium gleichgültig sein, wer in diesem Krieg die Oberhand gewinnt. Alle Seiten haben uns ihr Entgegenkommen versichert.«

»Vertrauen wir denn auch allen Parteien?«

»Ich kann Marczeg Laszlár nicht einschätzen, da ich ihn nicht kenne. Die Meldung von Sciloi deutet allerdings an, dass sie seinem Wort vertraut. Die Wlachaken sind offensichtlich an Handelsbeziehungen mit dem Goldenen Imperium interessiert, das sollten sie klugerweise auch sein. Und Marczeg Tamár, nun der Erbe eines von Feinden besetzten Landes, ist mit den Wlachaken verbündet. Sollte er siegreich sein, wird er alle Hilfe gebrauchen können, die er bekommen kann.«

»Holz hat dieses Land im Überfluss«, stellte Attaga fest, und Sargan hörte einen Hauch von Verachtung in ihrer Stimme. Die Zeremonienmeisterin war bisher noch nicht außerhalb der Grenzen des Goldenen Imperiums gewesen. Auch wenn sie niemals klagte, merkte Sargan hin und wieder, dass sie von den rauen Sitten im Lande Ardoly entsetzt war. *Das Problem ist, dass sie ihr ganzes Leben in der Hauptstadt Colchas verbracht hat. Sie kennt nicht einmal die Provinzen. Im Vergleich mit einigen davon sieht Ardoly gar nicht so schlecht aus. Wenn man Schmutz und gefährliche Wälder mag.*

»Leider fürchtet das Volk der Wlachaken den Wald; daher ist es nicht so einfach, dieses Holz zu gewinnen.«

»Und Marczeg Laszlár?«

»Die Masriden nehmen sich, was sie wollen. Er wird keine Bedenken haben.«

»Dann wäre sein Sieg vorzuziehen.«

Mit ausdrucksloser Miene erwiderte Sargan: »Unsere Beziehungen zu den Wlachaken sind besser. Wir können nicht einschätzen, wie gut sich Marczeg Laszlár an ein Abkommen halten würde. Alles hat seine Vor- und Nachteile.«

»Wer einen Esel ohne Fehler möchte, der gehe zu Fuß«, sagte Attaga, was Sargan ein Grinsen entlockte. Das alte Sprichwort war im Goldenen Imperium in den letzten Jahren zu einem geflügelten Wort geworden. In der komplexen Politik des Hofes gab es selten Situationen, die einem nur zum Vorteil gereichten. Die vielfältigen Intrigen ergaben ein verworrenes Netz, in dem ein Mann sich leicht verfangen konnte. Stets galt es, die Vorteile gegen die Nachteile abzuwägen. *Ich frage mich, wer von den Streitenden wohl der Esel ist, auf dem wir reiten werden.*

Obwohl es der Zeremonienmeisterin nicht erlaubt war, dem Legaten ins Gesicht zu blicken, schien Attaga das versonnene Lächeln auf Sargans Lippen bemerkt zu haben, denn sie versteifte sich fast unmerklich.

»Soll ich eine Botschaft vorbereiten?«

Zunächst wollte Sargan zustimmen, entschied sich dann aber dagegen. »Nein. Wie du schon sagtest: Die Situation ist fließend. Noch können wir keine Ergebnisse absehen, und ich würde mich nur ungern später berichtigen müssen. Sorg aber dafür, dass wir Augen und Ohren auf den Straßen haben. Ich will wissen, wie das gemeine Volk über den Krieg, das Bündnis und die ganze vertrackte Lage denkt.«

»Natürlich, Gebieter.«

»Du darfst dich entfernen.«

Wortlos ging Attaga rückwärts bis zur Mitte des Saals, wo sie kurz niederkniete, um dann an Balaos vorbei durch die Tür zu schreiten und Sargan mit seinen Gedanken allein zu lassen.

»Soll ich die Unterhalterin rufen lassen?«, ertönte die tiefe Stimme des Leibwächters. Zerstreut blickte Sargan auf und schüttelte den Kopf. »Nein. Ich muss nachdenken, also störe mich nicht.«

Wenn die Zurechtweisung den Sylken traf, dann ließ er es sich nicht anmerken. Irritiert betrachtete Sargan den großen Krieger in der goldenen Rüstung, der nur dann wortlose Kritik an Sargans Verhalten übte, wenn der Legat es ihm nicht vorwerfen konnte. *Komm schon, verzieh den Mund,* dachte der Dyrier, aber Balaos tat ihm diesen Gefallen nicht. Also verbannte Sargan den Soldaten aus seinen Gedanken und konzentrierte sich wieder auf die Probleme, die vor ihm lagen. *Attaga wollte eine Nachricht senden. Hat sie gehofft, dass ich dem zustimme und mich später korrigieren muss? Das hätte Zweifel an meiner Nützlichkeit aufkommen lassen. Will sie meine Autorität untergraben?*

Seufzend griff Sargan nach dem Krug mit dem Honigwasser, der neben seinem Diwan stand. Zum einen war die Lage in Ardoly ungleich komplizierter, als er gehofft hatte, zum anderen drohten von Seiten seiner eigenen Gesandtschaft Intrigen. *Ich sollte das Land nicht Ardoly nennen,* berichtigte sich der Dyrier selbst. *Hier heißt es Wlachkis. Außerdem war es einst die Provinz Wlachkis. Nur weil die Masriden das Land Ardoly nennen, brauche ich nicht dasselbe zu tun. Es sei denn, ich erkenne ihren Anspruch an.* Dies war noch ein wunder Punkt. Es wäre vernünftig, den Krieg auszusitzen, sein Ergebnis abzuwarten und mit dem Sieger Geschäfte zu machen. Allerdings wusste Sargan nur allzu gut, dass ein eindeutiger Sieg unwahrscheinlich war. Viel eher würde es erneut zu einem schwelenden Konflikt kommen. Und dann galt es, beide Seiten gleichmäßig zu beachten. *Es sei denn, das Goldene Imperium beschließt, nur eine Seite zu unterstützen. Allerdings ist dann die Frage, wessen Wort man mehr Gewicht beimisst – dem meinen oder dem der Spione in meiner Gesandtschaft, die ihre Berichte an andere Stellen abgeben. Ginge es nur nach mir, würde ich Ŝten und den ehemaligen Rebellen einfach zur Seite stehen und somit Fakten schaffen. Aber wenn ich auf das falsche Pferd setze, wird man mir daraus einen hübschen Strick drehen, mit dem man mich auf das Rad flechten wird.*

Unwillkürlich sehnte sich der Dyrier nach den alten Zeiten zurück, als seine Aufträge zwar gefährlich, ja manchmal sogar beinahe tödlich waren, er aber wenigstens immer wusste, aus welcher Richtung der Dolch kommen würde. Jetzt hingegen musste er sich mit den Intrigen des Hofes herumschlagen, die so allumfassend waren, dass sie bis in das rückständige Wlachkis reichten. *Jedes Wort will sorgfältig abgewogen sein, jede Handlung genauestens durchdacht. Jeder Fehler wäre tödlicher als ein wütender Troll. Nun gut, ebenso tödlich,* dachte Sargan, der an Pards gewaltige Körperkräfte und die berüchtigte üble Laune des Trolls denken musste.

Plötzlich wurde die Tür geöffnet, und Attaga kehrte in den Raum zurück. Sargan beobachtete das kurze geflüsterte Gespräch zwischen ihr und Balaos. Sie schritt, so schnell es das Protokoll erlaubte, durch den Saal und hob sogar den Blick. Voller Genugtuung bedachte Sargan den Verstoß gegen die Etikette mit einer hochgezogenen Augenbraue, welche die Zeremonienmeisterin dazu veranlasste, das Haupt sofort zu neigen. Anscheinend hatte der Vorfall sie aus dem Konzept gebracht, denn als sie sprach, stotterte sie zunächst: »Ich bitte um Verzeihung.«

»Gewährt«, erwiderte Sargan großmütig. Ein solches Vergehen hätte mit körperlicher Züchtigung geahndet werden können. *Aber so ist sie ist mir zu Dank verpflichtet.*

»Es gibt Neuigkeiten. Ein Bote traf gerade aus dem Osten ein.«

»Berichte.«

»Die Voivodin hat sich gemeinsam mit Marczeg Tamár zur Schlacht gestellt. Ihre vereinten Armeen wurden geschlagen; die Voivodin scheint gefallen zu sein. Der Bericht ist etwas unklar, der Bote wirkt verwirrt. Aber Marczeg Laszlár verfolgt wohl die Überreste der beiden Heere und scheint den Krieg mit einem entschiedenen Schlag beenden zu wollen.«

Eine Spur von Triumph huschte über die Züge der Zeremonienmeisterin, als Sargan mit versteinerter Miene den Neuigkeiten lauschte. *Es scheint, als wären die Götter gegen die Wlachaken. Aber zumindest hat sich Attaga als Kreatur eines meiner Feinde zu erkennen gegeben. Was soll ich nun tun?*

»Wir benötigen mehr Informationen. Verdopple deine Bemühungen, diese zu erlangen«, wies er die Dyrierin an und entließ sie. *Hätte Ionna nicht siegen können? Jetzt wird die Lage für mich umso heikler, da Attaga um meine Verbindung zu den Wlachaken weiß. Ich benötige mehr Zeit.*

»Lass die Unterhalterin rufen«, befahl der Dyrier seiner Leibwache und stützte das Kinn auf die Hände. Obwohl er nicht persönlich davon betroffen war, entwickelte sich die Situation nicht gerade nach seinem Geschmack.

39

Schweigend ließ sich Flores aus dem Zelt führen, wobei sie sich bemühte, trotz ihrer nackten Haut einen Rest von Würde zu bewahren. Die beiden Szarken, die ihre Arme auf dem Rücken hielten, sprachen ebenfalls kein Wort. Suchend wanderte der Blick der Wlachakin durch das nächtliche Lager, aber außer einigen heruntergebrannten Feuern konnte sie nichts erkennen.

»Ein Mucks, und wir stechen dich gleich hier ab«, zischte es an ihrem Ohr. »Unsere Krieger sind überall in den Zelten hier; es wäre eh sinnlos, um Hilfe zu schreien.«

Die Spitze des kurzen Schwertes kratzte über ihre Haut und unterstrich die Drohung. Ihr Rücken kribbelte, da sie jeden Moment den tödlichen Stich erwartete. Ihre Muskeln waren angespannt, ihr Atem ging stoßweise. Dennoch blieb ihr Geist seltsam ruhig, so als habe er den nahenden Tod bereits akzeptiert.

Die beiden Szarken zwangen sie hinter das Zelt. Hier war es fast vollständig dunkel. Das Zelt verstellte das Licht des Mondes, nur einige Sterne spendeten Helligkeit. Ein Tritt in ihre Kniekehle zwang Flores in die Knie. Eine Hand strich ihr über die Schulter und drückte sie hinab.

»Willst du zuerst?«

Die Frage drang zwar an Flores' Ohr, doch noch immer blieb sie ruhig, während sie hinter sich hörte, wie eine Waffe in die Scheide geschoben wurde.

»Es ist eine Ehre, weißt du? Erst der Marczeg, jetzt du«, erklärte der eine Krieger. Der andere lachte wiehernd auf und packte Flores' Haar. Mit einem Ruck riss er die Wlachakin herum.

»Er ist kein Marczeg mehr. Er ist ein Verräter!«

Die beiden Szarken starrten sie hasserfüllt an und merkten nicht, wie Flores die Fäuste ballte. Schließlich ließen sie ihr Haar los, und der eine begann, an seiner Rüstung zu nesteln, während der andere warnend seine Klinge an Flores' Hals legte. Ohne zu zögern, sprang sie auf und griff nach der Hand mit der Waffe. Überrascht wollte der Szarke ausweichen, doch Flores packte sein Handgelenk und warf sich herum. Die Schneide schnitt über ihren Unterarm, aber dann spürte sie das Brechen der Knochen, als sie den Arm unter der Achsel einklemmte und ruckartig zur Seite drückte. Die Waffe fiel aus den kraftlosen Fingern. Noch bevor sie die Erde erreichte, hatte Flores sie ergriffen. Eine Drehung und ein ungezielter Hieb trieben den Szarken zurück, der sie mit großen Augen anstarrte. Der andere zog mit offenem Mund seine Klinge, doch Flores war schon heran und trieb ihm das erbeutete Kurzschwert in den Leib, genau dort, wo er seine Rüstung geöffnet hatte. Ohne sich um das Blut zu kümmern, das über ihre Finger spritzte, zog sie die Waffe heraus und ließ den Sterbenden zu Boden stürzen. Immer noch beherrschte eiskalte Ruhe ihren Geist. Es war ihr ein Leichtes, dem hastig zurückweichenden Szarken zu folgen, der seinen verletzten Arm an die Brust drückte. Er stolperte über ein Zeltseil, und Flores sprang auf ihn.

»Nein« war sein letztes Wort, als die Klinge zwischen Hals und Schulter eindrang. Seine Füße zuckten noch, aber das Leben hatte ihn schon verlassen, als Flores aufstand. Unvermittelt kehrten ihre Empfindungen zurück. Angst überschwemmte sie, wurde von Erleichterung verdrängt, und Wut hielt sie einige Augenblicke lang im Griff. Irgendwo aus Richtung des Flusses ertönte ein Lachen, und plötzlich überkam sie ein Gedanke, der sie aus ihrer Starre riss. *Tamár! Ich muss ihm helfen!*

Hastig stieg sie über die Leiche hinweg und stach das Schwert durch die Zeltplane. Ein schneller Schnitt, dann sprang die Wlachakin durch die neu geschaffene Öffnung in das Dämmerlicht hinein.

Bevor ihre Augen sich an die Lichtverhältnisse gewöhnt hatten, lief Flores zu der kleinen Gruppe, die sie schemenhaft neben der Bettstatt erkannte. Jemand schrie, eine der Gestalten löste sich, stolperte auf sie zu und stürzte zu Boden. Aus dem Augenwinkel erkannte sie Tamár. *Ihr Geister! Lasst mich nicht zu spät sein!,* dachte Flores verzweifelt. Mit einem Satz war sie bei den Stehenden, parierte eine Klinge und drehte sich zur Seite. Ihre Waffe traf die Brust des Gegners, doch sie glitt nur über die Rüstung des Kriegers. Ein anderer sprang vor, hieb nach Flores, die nur mit einem Satz nach hinten ausweichen konnte. Hektisch blickte sie sich um; zwei gerüstete Gegner auf so engem Raum stellten eine tödliche Falle dar, doch sie konnte ihnen nicht ausweichen. Sie täuschte einen Linkshieb vor und warf sich nach rechts. Mit Müh und Not glitt sie unter einem hastigen Hieb hindurch. Während sie mit der Rechten einen Rückhandschlag vollführte, um Abstand zu halten, packte sie die Feuerschale mit der Linken und schleuderte sie auf ihre Feinde.

Aus dem Augenwinkel sah sie Odön, der mit gezogener Klinge auf sie zustürmte, doch eine dunkle Gestalt prallte gegen den Szarken und riss ihn zu Boden. Flores setzte über das gestürzte Tischchen hinweg. Rechts zuckte eine Klinge auf sie zu, aber der Stoß war schlecht gezielt. Die Wlachakin duckte sich, ließ den Angreifer ins Leere laufen und stach unter seinem Arm zu. Ihre Klinge glitt in die Achsel, wo die Rüstung ihn nicht schützte, und drang zwei Spannen weit ein. Ihr Gegenüber sank mit einem verzweifelten Seufzen zu Boden, über seine Lippen kamen gestammelte Fetzen von Gebeten und Blut.

Der letzte Gegner schlug sich noch mit der behandschuhten Hand auf den Kopf, um die glimmenden Kohlestücke aus seinen Haaren zu wischen. Er sah Flores kommen und wich zurück, das kurze Schwert erhoben. Schnell griff die Wlachakin an, mit einem Hieb von der Seite. Seine Parade war langsam, die Klingen schabten übereinander. Noch in der Bewegung sprang Flores vor, führte einen Faustschlag gegen die Kehle des Mannes, der zurückzuckte und einen Moment nicht auf die Waffe achtete. Seine Augen weiteten sich, als das Schwert in seine Eingeweide drang. Flores schaute ihn an, während er wortlos zu Boden sank, die Augen aufgerissen, als könne er nicht fassen, was geschah.

Hektisch sah die Wlachakin sich um. Auf dem Boden lag Odön auf dem Rücken, über ihm Tamár, der mit grimmiger Miene einen Dolch auf die Kehle des Szarken richtete. Noch gelang es Odön, die Spitze von seinem Hals fernzuhalten, aber Flores konnte die Muskeln an Tamárs Armen sehen, als der Marczeg sich auf die Waffe lehnte und sie Fingerbreit für Fingerbreit tiefer zwang.

»Mach deinen Frieden«, zischte Tamár gepresst hervor, als das Metall Haut berührte. Das Gesicht des Szarken war rot vor Anstrengung, aber seine Bemühungen waren vergeblich. Immer näher kam der Dolch, bis die Gegenwehr plötzlich erlahmte. Die Klinge glitt, von Tamárs Gewicht getrieben, mühelos durch Haut, Knorpel und Knochen. Odöns Züge erschlafften. Mühsam erhob sich Tamár, für einen Moment gaben seine Beine nach, aber er stützte sich an einer Zeltstange ab und richtete sich auf. Sein Blick fiel auf Flores, ohne dass er sie erkannt hätte. Erst langsam schienen seine Sinne zurückzukehren, bis er hörbar einatmete und dann leise fluchte.

»Der verdammte Szarke! Ich kann es nicht glauben!«

»Du solltest es besser glauben«, erklärte Flores, während sie sich schwer atmend auf die eigenen Schenkel stützte. Dann erkannte sie schlagartig die Situation. Sie war nackt, blutbesudelt und nur knapp dem Tode entronnen. Vor ihr stand Tamár, Marczeg der Masriden, der vielleicht noch nie zuvor so nahe daran gewesen war, Krone und Leben zu verlieren. Erschöpft hob sie ihre Beinkleider vom Boden und schlüpfte hinein.

»Odöns Schergen haben gesagt, dass sie überall im Lager Krieger haben. Vielleicht ist es noch nicht vorbei.«

Müde strich sich Tamár über den kurz geschorenen Schädel und blickte dann verwundert auf seine blutige Hand.

»Ich sollte ihn an den Füßen aufknüpfen und den Krähen zum Fraß überlassen!«

»Vermutlich. Aber erst einmal müssen wir die Nacht überstehen.«

Ihre Worte schienen den Marczeg in die Wirklichkeit zurückzuholen. Obwohl sein Gesicht noch vor Wut verzogen war, nickte er und folgte dann Flores' Beispiel und kleidete sich an. Ungeschickt brauchte er mehrere Anläufe, bis er sein Wams richtig übergestreift hatte. Auch Flores zitterte. Dank ihrer Kaltblütigkeit war sie dem schon sicher scheinenden Tod entgangen, doch nun forderten ihr Leib und ihr Geist Tribut. Dennoch nahm sie einen Krug und goss Wasser über die schwelenden Stellen, wo Kohlen auf den Strohmatten gelandet waren.

»Du solltest das verbinden«, empfahl Tamár und deutete auf den tiefen Schnitt an Flores' Arm, den sie ganz vergessen hatte. Während sie ein Stück Stoff von ihrem Hemd abtrennte und es um den Unterarm schlang, warf sich Tamár seine Rüstung über den Kopf und begann, die Schnallen festzuziehen.

Als die Wunde zu ihrer Zufriedenheit versorgt war, zog Flores das Hemd an und entledigte einen der Toten seiner Rüstung, die ihr zwar zu groß war, aber immer noch besser als gar kein Schutz sein würde.

»Lass mich deinen Kopf anschauen. Das Blut wird dir in die Augen laufen.« Mit einem weiteren Stück Stoff verband sie notdürftig den Schnitt auf Tamárs Stirn.

»Das ruiniert mein gutes Aussehen, oder?«, witzelte Tamár schwach, doch Flores verzog keine Miene.

»Wir sollten durch die neue Hintertür verschwinden«, schlug die Wlachakin vor, während sie versuchte, die Lederrüstung zu justieren. »Wir gehen in unser Lager und wecken ein paar Wlachaken. Und dann …«

Als sie Tamárs finsteren Blick bemerkte, hielt die Bojarin inne. Der Marczeg ballte die Faust und schüttelte den Kopf.

»Davonlaufen? Vor meinen eigenen Leuten? Vor diesen Drecksäcken hier?«

Seine Geste umfasste die Toten, die im Zelt lagen. Der umgestürzte Tisch, die mit Blutgeruch geschwängerte Luft, all dies ließ das Zelt mehr wie ein Schlachtfeld wirken.

»Wir wissen nicht, wie viele von Odöns Leuten noch da draußen sind«, gab Flores zu bedenken.

»Ich werde nicht fliehen«, erwiderte Tamár und band sich seinen Waffengurt um. »Aber wenn du willst, Nemes Flores, kannst du dich natürlich zurückziehen.«

»He!«, protestierte die Wlachakin. »Behandle mich nicht so! Wir stecken da gemeinsam drin, schon vergessen? Odön wollte mich ebenso wie dich umbringen.«

Einen Moment lang schien es, als wolle Tamár widersprechen, doch dann nickte er. Mit grimmiger Miene trat er aus dem Zelt und rief lauthals: »Köves! Maiska! Rurjos!«

Flores trat hinter den Marczeg und legte die Hand auf den Knauf des kurzen Schwertes, das sie einfach in ihren Gürtel gesteckt hatte. *Dreimal verfluchter Dickschädel. Wenn Odön genug Gefolgsleute hat, dann stehen wir hier wie schlechte Gaukler auf der Bühne!*

Lärm wurde laut, Menschen die aufgeregt in den Zelten miteinander redeten. Zu ihrer Rechten kamen einige Gerüstete hervorgestürmt, die Waffen erhoben. Als sie jedoch Tamár erblickten, zögerten sie. Der Marczeg wirkte ruhig, beinahe gelassen. Sein hochmütiger Blick streifte die Krieger, ohne bei ihnen zu verweilen, als wären sie alle unter seiner Würde. Unsicher versuchte die Gruppe in das Zelt zu spähen; einer flüsterte, dann traten sie vor, die Waffen gesenkt, aber noch in den Händen.

»Vezét?«, ertönte Köves' verschlafene Stimme, als der Szarke nur dürftig bekleidet aus einem der Zelte trat. Der Anblick des halbnackten Mannes ließ die Gruppe Krieger innehalten. Ihre Blicke wanderten zu Köves, dann wieder zu Tamár, der mit seiner blutbefleckten Kleidung und dem notdürftigen Verband um seinen Kopf einen wilden Eindruck machte. Als Flores bemerkte, wie sie schwankten, grinste sie breit und schüttelte ganz leicht den Kopf. Mehr neugierige Gesichter erschienen in den Ausgängen der Zelte, hier und da traten Männer und Frauen heraus und blickten sich verwirrt um. Flores sah Rüstungen und Waffen, doch keiner von den Kriegern schien gewillt zu sein, Tamár anzugreifen.

»Schaff mir die Garde herbei«, befahl der Marczeg unterdessen. »Und Rurjos!«

Damit drehte er sich um und ging zurück in sein Zelt, ohne die abtrünnigen Soldaten noch eines Blickes zu würdigen. Flores jedoch blieb vor dem Eingang stehen und ließ sie nicht aus den Augen, bis sie sich nach heftigem Flüstern und Gestikulieren zurückzogen.

»Und jetzt?«, erkundigte sich die Wlachakin, als sie sich wieder zu Tamár gesellte, der mit vor der Brust verschränkten Armen wartete. Doch er antwortete nicht. Achselzuckend nahm Flores Weintrauben vom Boden auf, die vom Tisch gefegt worden waren, und steckte sich eine der süßen Trauben in den Mund. Kurz darauf betrat Maiska leicht humpelnd das Zelt, gefolgt von Kriegern der Garde. Als die Masridin die Leichen sah, griff sie sofort zu ihrer Waffe, aber Tamár hob die Hand.

»Sie sind bereits tot.«

»Vezét, was ist geschehen?«, fragte Maiska.

In diesem Augenblick betraten Köves und Rurjos das Zelt. Der Adlige erbleichte, zeigte ansonsten aber keine Gefühlsregung. Verächtlich wies Tamár auf Odöns Körper. »Er wollte mich töten, Baró. Er hatte mich an Szilas verkauft.«

Rurjos' Blick wanderte von Tamár zu Flores, aber der Adlige schwieg weiter.

»Wusstet Ihr, dass er noch lebt?«

»Nein.«

Die beiden Männer starrten sich an. Tamárs Gesichtsmuskeln arbeiteten. Rurjos blickte gelassen zurück. Schließlich wandte sich der Marczeg ab.

»Gut. Schafft sie hier raus, wenn es ruhiger im Lager ist, und verscharrt sie. Am besten bei den Toten, die es heute zu beklagen gab. Kein Aufsehen, verstanden?«

Stumm nickten die Krieger der Garde. Offensichtlich waren sie vom Anblick der Toten angeschlagen. Ein Kampf im Lager unter ihren Anführern; das war für die Krieger nur schwer zu verdauen.

Jetzt, da die Gefahr endgültig vorüber war, wich die Anspannung von Flores, und sie ließ sich auf einige der Kissen fallen und atmete tief durch. Der Schnitt an ihrem Arm begann plötzlich unangenehm zu brennen, und sie konnte noch immer die kalte Berührung der Schwertspitze an ihrem Hals spüren. Langsam und bedächtig setzte sie den Krug Wasser an, mit dem sie eben schon die Kohlen gelöscht hatte, und nahm einen tiefen Schluck.

»Herr«, begann Rurjos zögerlich. »Ich stehe zu meinem Wort. Ich habe Euch meine Loyalität versprochen, und mein Wort gilt mir mehr als mein Leben. Wenn Ihr es anzweifelt …«

Müde rieb sich Tamár die Augen und winkte ab. »Nein, Rurjos. Es war mein Fehler. Ich möchte dich um Verzeihung bitten. Ich bin müde, und der feige Überfall hat mich überrascht. Wäre Nemes Flores nicht gewesen, dann wäre ich jetzt wohl tot und nicht Odön.«

»Verrat lauert überall«, erwiderte der Adlige mit tonloser Stimme. Mit gesenktem Haupt wandte er sich an Flores: »Dank Euch, dass Ihr unseren Herrn gerettet habt.«

Seine überschwängliche Begeisterung für mich ist ja kaum auszuhalten. Die Granitköpfe hier werden Tamár noch genug Feuer unter dem Hintern machen. Die Wlachakin gähnte laut.

»Ich denke, es ist besser, wenn ich mich jetzt zurückziehe. Der Morgen wird früh genug kommen, und es wird ein anstrengender Tag werden.«

Mit diesen Worten erhob sie sich und streckte ihre Glieder. Alle Blicke ruhten auf ihr, doch sie gähnte noch einmal und tat so, als bemerke sie das alles nicht. Tamár nickte ihr zu, und zum ersten Mal seit Odöns Auftauchen stahl sich ein schmales Lächeln auf seine Züge. Auch Flores nickte, dann trat sie hinaus.

»Sendet morgen einen Boten in den Süden, Nemes Flores«, rief ihr der Marczeg hinterher. »Wir müssen uns mit Ionnas Soldaten hier südlich des Flusses zusammentun.«

Ohne zu antworten, schritt Flores durch das masridische Lager, das nunmehr in hellem Aufruhr war, als sich die Nachrichten verbreiteten. Krieger standen zwischen den Zelten und redeten, und die Feuer waren wieder angefacht worden. Im Osten zeigte sich ein erster silberner Streif am Horizont, Vorbote des grauenden Tages. Müde und erschöpft, aber von einer seltsamen Klarheit erfüllt, ging Flores hinüber in das Lager der Wlachaken.

40

Ein erfolgreicher Angriff war immer gut für die Stimmung. Für Anda indes war dies nicht genug. Die Zwerge waren in ihre Höhlen gedrängt worden und harrten dort aus. Von ihnen drohte zurzeit keine Gefahr. Doch das verdammte Himmelslicht hinderte die Trolle daran, den Menschen ebenso zuzusetzen wie den Zwergen. Während also um die Trollin herum gelacht und geredet wurde, verfinsterte sich ihr Gemüt zusehends. Pard war mit seinem Stamm verschwunden, wie vom Erdboden verschluckt. Und Turk hatte sich ihrem Zugriff vorerst entzogen. Die anderen Stämme waren vertrieben, ausgelöscht oder hatten sich ihr angeschlossen. *Unsere Heimat gehört uns, wir beherrschen alles unter den Bergen.*

Doch diese Erkenntnis brachte Anda keine Freude. Sie wollte nicht herrschen, nicht frei sein; sie wollte kämpfen, töten, die Feinde bis zum allerletzten jagen und vernichten.

»Worüber lacht ihr so?«, herrschte sie ihre Trolle an. »Was ist lustig?«

»Wir haben die Menschlinge getötet«, begründete Sbon die Heiterkeit. »Ihre Knochen zermahlen und ihr Fleisch gegessen. Ist das nicht gut?«

»Pah!«

Anda schnaubte laut. Die anderen Trolle blickten sie verwundert an. Langsam erhob sie sich zu ihrer vollen Größe. Sie wusste um die Macht und die Stärke, die ihr Körper ausstrahlte. Mit gefletschten Hauern breitete sie die Arme aus und drehte sich langsam im Kreis. Ihr Blick wanderte über die Trolle, die ihr folgten, allesamt mächtige Jäger, allesamt wahre Trolle.

»Wir haben ein paar Menschlinge getötet.«

Fasziniert hingen die Trolle an ihren Lippen, sogen jedes ihrer Worte auf.

»Aber dort oben gibt es viele Menschlinge. Hundert und hundert und hundert und noch viel mehr. Sie sitzen in ihren Häusern und lachen über uns! Sie essen Fleisch und lachen über uns! Sie nennen uns schwach!«

»Nein!«, brüllten einige.

»Sie nennen uns ängstlich!«

Andas Stimme donnerte über die Trolle hinweg, ließ den Stein erbeben, erfüllte alle mit der schmerzenden, ewigen Wut, die in ihr brannte.

»Sie verlachen uns!«

Die Trolle sprangen auf. Sie legten den Kopf in den Nacken und brüllten zornig, schüttelten die Fäuste, stampften mit den Füßen auf. Anda ließ sie gewähren, bis der Lärm langsam verebbte.

»Sie glauben, sie können uns töten. Uns vertreiben. Unser Fleisch fressen!«

Jetzt schwiegen alle, sahen die Trollin an, die mit einer gewaltigen Geste die Arme in die Luft warf und gegen die Decke schlug. Staub rieselte herab, Felsbrocken polterten zu Boden.

»Aber wir sind nicht so, wie sie denken! Wir sind stark! Wir sind gefährlich! Wir sind die Trolle!«

Jubel brandete auf. Die Trolle schlugen sich mit den Fäusten auf die Brust, schrien, brüllten und heulten ihren Triumph und Stolz hinaus. Wieder wartete Anda, bis sie sich ein wenig beruhigt hatten.

»Wir sind Jäger. Also lasst uns jagen! Geben wir ihnen keine Ruhe, keine Sicherheit. Reißen wir ihre Steinhäuser ein, zerschlagen wir ihre Metallrüstungen, töten wir sie alle!«

Mit diesen Worten lief sie los, auf den dunklen Eingang eines Ganges zu, der an die Oberfläche führte. Aus den tobenden Trollen wurden leise, fast unhörbare Jäger, die ihrer Anführerin überallhin folgen würden. Anda konnte ihre Gefühle spüren, die im Schlag des Herzens mitklangen. Hass, Zorn, Verachtung. *Wahre Trolle,* dachte sie zufrieden.

Doch es schwang noch etwas im Herzschlag der Welt mit, eine neue Note, fast unhörbar. Beinahe unbewusst änderte Anda ihren Weg und folgte dem neuen Ton.

41

Das Wasser trommelte unablässig auf das Dach des Zeltes. Seit die Gewitter nun auch das flache Land zwischen den Bergen erreicht hatten, war der Regen ein konstanter Begleiter der Soldaten geworden. Der ärgste Sturm war glücklicherweise an ihnen vorübergezogen, nur eine Nacht lang hatten Windböen, Blitz und Donner die beiden Lager heimgesucht. Aber der Regen war geblieben, ein ständiger Strom von dicken, kalten Tropfen, die einen Marschierenden in kurzer Zeit bis auf die Haut durchnässen konnten.

Nachdenklich sah Flores aus dem Zelt hinaus in die graue, schlammige Welt. Von der Hitze des Sommers war kaum noch etwas zu spüren. Die Erde wurde vom Wasser regelrecht davongespült. Schon mehrfach waren Zelte, deren Befestigung im aufgeweichten Boden keinen Halt mehr fanden, in sich zusammengebrochen. Die Krieger hatten sich in ihre Zelte zurückgezogen, bis auf die Unglücklichen, die Wache halten mussten. Diese standen auf ihren Posten, in dicke Mäntel gehüllt, die Kapuzen tief ins Gesicht gezogen. Auch wenn die Mäntel gewachst waren, fanden die Regentropfen doch immer wieder einen Weg auf die nackte Haut, wie Flores aus eigener Erfahrung wusste. Die Veteranen standen in der typischen Haltung da, die Schultern hochgezogen, den Kopf leicht nach vorn geneigt, um die Zeit der Wache möglichst trocken zu überstehen. Die wohlhabenderen Krieger trugen eingefettete Ledermäntel über dicken Wollstoffen, die meisten mussten sich jedoch mit den üblichen Filzmänteln begnügen.

Der Anblick des verlassen wirkenden Lagers schlug

Flores aufs Gemüt, also ging sie zurück in ihr Zelt, das von einer Feuerschale angenehm gewärmt wurde. Seufzend ließ sich die Wlachakin auf einem Stuhl nieder und versuchte, die Kälte an ihren Füßen zu ignorieren, wo die Nässe langsam ihre mit Schlamm bespritzten Stiefel durchweichte.

Erst als draußen Rufe zu vernehmen waren, erhob sich Flores wieder und warf einen Blick hinaus. Eine kleine Gruppe Reiter kam langsam in die Mitte des Lagers getrottet. Die Tiere hatten die Schädel gesenkt, und die nassen Mähnen verstärkten den Eindruck von Trauer, den sie erweckten. Die Reiter selbst waren in kostbare Mäntel gehüllt, die davon kündeten, dass ihre Träger keine einfachen Soldaten waren. Flores erhaschte einen Blick auf das Gesicht des Anführers, als dieser abstieg. Freudig trat sie einen Schritt vor, um Neagaş zu begrüßen, doch der Regen ließ sie innehalten und unter dem Vordach ihres Zeltes auf den Veteranen warten. Dieser kam schnurstracks zu ihr herüber und warf die Kapuze zurück, als er aus dem Regen trat. Der alte Kämpe wirkte erstaunlich frisch, wie Flores verwirrt feststellte. *Nein. Wir sind hier nur alle tödlich erschöpft. Ich habe bloß zu lange kein ausgeruhtes Gesicht mehr gesehen.*

»Bojarin«, begrüßte Neagaş sie und lächelte traurig. »Die Neuigkeiten, die wir erhalten haben, sind bitter.«

»Ja«, pflichtete die Wlachakin ihm bei und trat zur Seite. »Aber kommt doch erst einmal herein und wärmt Euch. Das Wetter treibt einem die Kälte bis in die Knochen.«

Während Neagaş samt Gefolge in das Zelt schritt, bat Flores einen Krieger, ihnen einen Krug mit warmem Gewürzwein zu bringen. Die Reiter versammelten sich um das Feuer und entledigten sich ihrer nassen Mäntel. Schnell warf Flores noch einige Kohlen in die Schale, und schon bald stieg dünner Dampf von der Kleidung der Reiter auf, während es im Zelt immer wärmer wurde.

Erst als der Gewürzwein gereicht worden war, erklärte Flores: »Wir benötigen Eure Hilfe, Neagaş.«

Der ältere Mann nickte nur und trank von dem warmen Wein, der Farbe auf die Gesichter der Reiter zauberte.

»Szilas hat uns von Teremi abgeschnitten. Aber vielleicht sollten wir Marczeg Tamár ebenfalls zu dieser Besprechung rufen. Die Neuigkeiten werden ihn auch interessieren.«

»Sicherlich. Doch zunächst müssen wir über die Belange unseres Volkes sprechen.«

Verwirrt blickte Flores den alten Krieger an. Sein langes Haar war von vielen grauen Strähnen durchzogen, tiefe Falten zeichneten sein Gesicht, doch seine Augen waren hell und scharf wie immer. Mit einer Geste befahl Neagaş seinen Begleitern, das Zelt zu verlassen. Für einen Moment stieg Panik in Flores auf, als sie an Odöns Verrat denken musste, doch dann erinnerte sie sich wieder daran, wie Neagaş ihr vor vielen Jahren das Reiten beigebracht hatte. Damals war der Wlachake noch der Rittmeister der Voivodin gewesen, zuständig für die Stallungen in Désa und die Ausbildung der Reiterei. Flores konnte sich noch an seine strenge, aber verständige Art erinnern, mit der er Ştn und sie in die Feinheiten des Kampfes zu Pferd und in die Taktiken der Masriden eingeweiht hatte. Klaren Verstandes konnte sie sich nicht vorstellen, dass in Neagaş' Herz Verrat lauerte.

»Der Untergang des Hauses cal Sareş bringt uns in eine üble Situation«, erläuterte der Veteran, als seine Soldaten vor dem Eingang des Zeltes Position bezogen hatten. »Die Krieger sind ohne klare Führung. Das Volk im Land wird sich fragen, was nun geschieht.«

»Ihr habt recht. Doch wir haben drängendere Fragen zu klären als die der Nachfolge von Voivodin Ionna«, warf Flores stirnrunzelnd ein.

»Nein«, widersprach Neagaş fest. »Die Menschen brauchen jetzt eine starke Hand, die sie führt. Sonst bricht dieses Heer auseinander. Wenn die Krieger weiterhin im

Ungewissen gelassen werden, könnten schon bald die ersten desertieren.«

»Nun gut. Was schlagt Ihr vor?«

»Ihr übernehmt das Kommando auch offiziell, mit unser aller Zustimmung und Segen.«

Zunächst dachte Flores, dass der Krieger sich einen Scherz erlaubt hatte. Aber als sie seinen ernsten Gesichtsausdruck sah, blieb ihr das Lachen im Halse stecken.

»Ich?«

»Ja. Ihr seid Ştefan cal Dabrâns Schwester und dadurch mit dem Haus cal Sareş eng verwandt. Ihr seid Bojarin von Dabrân. Ihr habt während der Flucht die Soldaten geführt. Alles spricht für Euch.«

»Habt Ihr den Verstand verloren? Nur weil ich Ştens Schwester bin, werde ich doch noch lange nicht zur Herrscherin der Wlachaken!«, empörte sich Flores. »Was ist mit Euch selbst?«

»Ich bin nicht einmal Herr über eine Scheune, geschweige denn über einen Landstrich. Ich bin ein Krieger, der Pferd und Mensch in der Schlacht anführen kann, mehr nicht. Mein Anspruch wäre leicht anzufechten; ich habe mir im Laufe der Zeit unter Ionnas Beratern nicht nur Freunde gemacht. Ich wäre kein guter Anführer.«

»Unfug!«

»Nein, Bojarin. Ihr seid die weitaus bessere Wahl. Und nach allem, was ich gehört habe, seid ihr doch bereits die Anführerin. Die Soldaten folgen Euch. Es liegt Euch im Blut.«

Wütend trank Flores einen Schluck Wein. *Im Blut! Was für ein Unsinn!* Doch tatsächlich ergaben die Argumente des Veteranen Sinn. Es fiel der Wlachakin schwer, gegen sie zu sprechen. Dabei sträubte sich alles in ihr gegen den Gedanken, das Schicksal der Krieger in die Hand zu nehmen und die volle Verantwortung allein zu tragen.

»Ich habe jahrelang kaum Kontakt zu den Freien Wlachaken gehabt. Man misstraut mir.«

»Der Name Eures Bruders verleiht Eurem Anspruch Gewicht.«

»Danke«, erwiderte Flores sarkastisch. »Es ist schön zu wissen, dass Ihr mir diese Aufgabe zutraut, weil mein Bruder lange Zeit in Erdlöchern gehaust hat!«

Diesmal verfinsterte sich Neagaş' Miene. Der Veteran begann, im Zelt auf und ab zu laufen. Unvermittelt blieb er stehen und zeigte mit dem Finger auf Flores. »Ihr sträubt Euch aus Angst!«

»Niemals!«, fauchte die Wlachakin erbost. Eine seltsame Wärme lief durch ihren Körper, und sie konnte spüren, wie ihre Finger zitterten.

»Warum sonst?«

»Weil ich keine Anführerin bin. Ich bin eine einfache Kämpferin, mehr nicht. Ich bin durch Zufall in die ganze Sache hineingeraten!«

Die Hitze im Zelt war nun unerträglich. Lange Zeit war nur das Rauschen des Regens und das Knistern des Feuers zu hören. Immer noch fixierte Neagaş Flores, die dem Blick jedoch standhielt. Erst als der Veteran wieder sprach, senkte er die Augen. »Denkt Ihr, dass Şten sich nach der Macht gesehnt hat? Oder glaubt Ihr mir, dass er nur viel zu pflichtbewusst war, um diese Verantwortung abzulehnen? Er hat sich nie gescheut, zu tun, was er tun musste. Aber vielleicht habt Ihr recht. Ich werde an Istran herantreten. Mit meiner Unterstützung wird er sich mächtig genug fühlen, einen Anspruch auf die Führung geltend zu machen.«

Die Kälte in der Stimme des alten Kriegers ließ Flores erschauern. Da er sich abwenden wollte, sagte die Wlachakin rasch: »Wartet. Bitte.«

Mit fragender Miene blickte Neagaş sie an. Nervös spielten Flores' Finger mit ihrem Becher. Der lauwarme Inhalt kreiste, während sie ihre Worte wählte.

»Istran ist nicht der richtige Mann dafür«, erklärte Flores langsam. »Ich glaube zwar nicht, dass Ihr mit Euren

Vermutungen in allem recht habt, aber zumindest in einer Sache stimme ich mit Euch überein: Wir brauchen dringend einen Anführer, damit die Moral nicht vollends zerfällt. Ich habe mir niemals vorgestellt, dass es so kommen könnte, aber wenn es denn sein muss, werde ich die Soldaten führen. Zumindest, bis wir all dies überstanden haben und ich meinen Platz einem würdigeren Nachfolger räumen kann.«

Bevor Neagaş etwas sagen konnte, fuhr Flores hastig fort: »Mein Wort gilt nur, bis dieser Feldzug vorüber ist. Auf keinen Fall strebe ich die Vorherrschaft in Wlachkis an. Dieser Gedanke wäre … lächerlich.«

»Natürlich«, erwiderte Neagaş mit einer Verbeugung. »Unser vordringlichstes Ziel ist es, Wlachkis zu schützen. Das steht außer Frage. Und dafür müssen wir vereint sein. Alles andere würde wohl unseren Untergang bedeuten.«

»Wir werden das später genauer besprechen. Aber ich will Euch an meiner Seite wissen, Neagaş.«

»Ihr habt meine Treue und Unterstützung. Ich fürchte nur jene, die die Macht ersehnen, nicht jene, die sie ablehnen. Und ich glaube, dass Ihr die Nachfolgerin seid, die sich Ionna gewünscht hätte, Bojarin.«

»Genug der Komplimente. Ich bitte Marczeg Tamár, sich zu uns zu gesellen, damit wir über unser weiteres Vorgehen reden können.«

Obwohl ihre Gedanken noch in völliger Unordnung waren und voller widersprüchlicher Gefühle, sandte Flores einen Boten zu den Masriden. Sie fühlte sich noch nicht bereit, über die Konsequenzen ihrer Unterredung mit Neagaş nachzusinnen. Der Gedanke an den Oberbefehl über die Soldaten erschien ihr wie ein gewaltiger Berg, den es erst zu erklimmen galt. *Natürlich habe ich die Krieger aus der Schlacht geführt. Weil ich es musste; weil ich zufällig genau dort war. Wäre ich nicht in den Sturmangriff hineingeraten, sondern gleich zu Tamár zurückgekehrt, hätte ein anderer es getan. Neagaş hat durchaus recht, wenn er sagt, dass Stens*

Name allein meinen Worten Gewicht verleiht. Sie musste an ihren Bruder und seine wahnwitzige Reise mit den Trollen denken. Irgendwo war Ṣten nun mit den gewaltigen Kreaturen auf der Suche. Womöglich wusste er nicht einmal, welches Schicksal sein Volk befallen hatte. *Er würde umkehren, wenn er es wüsste. Was hat der Alte gesagt? Ṣten hat sich nie gescheut, zu tun, was getan werden musste. Ich bin seine Schwester, und ich will ihn nicht enttäuschen.*

Diese düsteren Gedanken beschäftigten die Wlachakin, bis Tamár mit einigen Kriegern als Gefolge eintrat. Zwar bewegte er sich gelassen und vornehm, doch Flores sah die Schlammspritzer auf seinen Beinkleidern, die bis hinauf zu den Hüften reichten. *Sieht so aus, als wäre er gerannt. Wollte er nicht nass werden, oder wollte er mich sehen?*, dachte sie müßig und verbarg ein Lächeln, als sie Tamárs Blick bemerkte. Der Marczeg starrte sie unverhohlen an, und die Gier in seinen Augen erinnerte die Wlachakin wohlig an die gemeinsam verbrachte Nacht.

Neagaş, der von all dem nichts wusste, verneigte sich tief vor Tamár. Höflich übersah er die blutige Schramme an dessen Schläfe und begrüßte den jungen Marczeg freundlich: »Verzeiht die Störung, Marczeg Békésar, aber die Bojarin und ich hielten es für das Beste, eine Versammlung einzuberufen.«

»Und Ihr seid?«

»Neagaş. Ich diente Voivodin Ionna als Anführer der Reiterei.«

Neugierig blickte Tamár sich im Zelt um. »Sind wir nicht zu wenige, um einen Rat zu bilden?«

Neagaş nickte zustimmend: »Die Nachrichten, die ich habe, möchte ich zuerst Euch zu Gehör bringen. Und wir hoffen, dass es Eure volle Zustimmung findet, wenn Flores cal Dabrân als rechtmäßige Erbin den Titel der Voivodin für sich beansprucht.«

»Ich beanspruche gar nichts«, unterbrach Flores den Veteranen hitzig. »Ihr habt mir soeben angetragen …«

»Verzeiht. Ich weiß, was ich Euch vorgeschlagen habe, aber wollen wir dieses Gespräch jetzt wirklich wiederholen?« Mit diesen Worten warf Neagaş einen vielsagenden Blick auf Tamár.

»Wenn ich Euch recht verstehe, wollt Ihr, dass Nemes Flores den Befehl über die wlachkischen Truppen übernimmt?«, fragte der Masride leicht irritiert. »Ich halte das für eine ausgezeichnete Idee. Es steht ihr zu, von Geburt und Befähigung.«

Flores blickte ihn dankbar an. »Dann lasst uns uns jetzt auf ein gemeinsames Vorgehen einigen, das wir später unseren Hauptleuten erklären. Das spart uns allen Zeit und Mühe.«

»Ich vergaß: Die Voivodin ist kein Freund von Ratsversammlungen.«

Zustimmend neigte Flores das Haupt. »Alles zu seiner Zeit. Jetzt können wir in kleinem Kreis unsere Möglichkeiten durchsprechen. Das erscheint mir fruchtbarer.«

»Nun gut. Wie viele Krieger befehligt Ihr, Neagaş?«, begann Tamár die Runde. Er zog seinen nassen Umhang von den Schultern und hängte ihn nahe der Feuerschale über eine der Zeltstangen. Offensichtlich hatte der Marczeg nur schnell seinen Wappenrock übergeworfen, denn sein Aufzug war schlicht und zweckmäßig, bis auf das schwere Kleidungsstück, das ein Greif zierte.

»Weniger als zehnhundert«, beantwortete Neagaş die Frage, als Tamár ihn ansah.

»Zu wenig«, kommentierte Tamár knapp. »Unsere Verluste waren hoch. Szilas hat mehr Soldaten, und dazu sind diese durch ihren Sieg gestärkt.«

»Zwei Siege«, warf Flores ein, was Tamár dazu brachte, das Gesicht schmerzlich zu verziehen.

»Ja. Zwei Siege. Natürlich kann man auch zahlenmäßig unterlegen siegen, wie Szilas eindrucksvoll bewiesen hat, aber momentan traue ich es den Kriegern einfach nicht zu.«

»Ich habe noch mit niemandem gesprochen«, erwiderte Neagaş. »Aber vermutlich habt Ihr recht. Sich den Feinden jetzt wieder zu stellen wäre ein großes Risiko.«

»Was bleibt dann?«

»Wir müssen die versprengten Teile unserer Armee zusammenführen und uns sammeln. Es gibt noch Krieger in Wlachkis, die Ionnas Ruf nicht gefolgt sind oder nicht folgen konnten. Wie steht es bei Euch?«

Nachdenklich blickte Tamár in die Runde. Er wiegte den Kopf, als zähle er im Geiste seine Soldaten zusammen. Schließlich sagte der Marczeg: »Es gibt noch Krieger des Greifen im Şireva. Aber ob sie mir noch folgen, kann ich nicht sagen. Einige sicherlich. Aber es braucht Zeit, diese zu den Waffen zu rufen. Zeit, die wir nicht haben.«

»Vielleicht doch«, entgegnete Neagaş mit einem Lächeln. »Wir müssen nur Marczeg Laszlár lange genug ausweichen.«

»Wohin sollen wir ziehen? Er wird uns früher oder später zur Schlacht zwingen. Wir sind von Turduj und Teremi abgeschnitten, nicht zuletzt durch den Magy.«

»Was ist mit Bračaz? Vielleicht können wir Szilas dort überraschen?«

»In der Höhle des Drachen? Unwahrscheinlich. Wollt Ihr alles auf einen Wurf setzen und dorthin ziehen? Was ist, wenn die Stadt gut genug verteidigt ist? Wenn wir sie erst länger belagern müssten, wären wir leichte Beute für seine nachrückenden Truppen.«

»Was ist mit Désa?«, fragte Flores, die eine plötzliche Eingebung hatte. Die anderen beiden schauten sie verdutzt an. Zögerlich antwortete Tamár: »Zu weit weg. Und wir lassen das ganze Land ungeschützt zurück.«

»Das stimmt«, pflichtete Neagaş ihm bei. »Der Marsch wäre hart.«

»Unser Problem ist, dass wir nicht nur Szilas überleben müssen, sondern auch noch den Winter«, erklärte Flores, in deren Geist langsam ein Plan Form annahm, den sie selbst noch nicht greifen konnte, wie Nebel, der nicht zu fassen, aber dennoch vorhanden war. »Wo finden wir genug Vorräte für unsere vereinte Armee? Hier im Südosten nur in Bračaz. Teremi und Turduj, beide groß genug, sind außerhalb unserer Reichweite. Ansonsten gibt es Festungen und befestigte Städte, aber wenn wir in einer eingeschlossen würden, bestünde die Gefahr, dass uns die Vorräte mitten im Winter ausgehen. Letztes Jahr hat der Krieg eine große Ernte verhindert, dieses Jahr der heiße Sommer.«

»Aber in Désa sind die Keller noch wohlgefüllt«, erkannte Neagaş und sah Flores mit einem bewundernden Funkeln in den Augen an.

»Désa ist uneinnehmbar. Das weiß jeder. Allein dieser Gedanke wird Szilas und vor allem seine Soldaten abschrecken. Erst recht im Winter, wenn das Mardew selbst zum Feind wird. Ionna hat dort große Vorratsspeicher anlegen lassen. Szilas kann nicht erwarten, eine Armee wie die unsere dort zu besiegen.«

»Aber dann lassen wir nicht nur das Şireva, sondern auch Euer eigenes Land schutzlos zurück«, erwiderte Tamár. »Wir stünden da wie Fürstin Ionna in den letzten Jahren: sicher in ihrem Bau, aber ohne Land!«

»Nicht unbedingt. Der Herbst wird nicht ewig dauern. Das schlechte Wetter und der einbrechende Winter werden verhindern, dass Szilas das Land erobert. Die Wlachaken müssten sich in ihren Burgen und Städten einigeln und darauf hoffen, den Winter zu überstehen. Und im Frühjahr …«

»… im Frühjahr sammeln wir unsere Truppen und stellen Szilas!«, ergänzte Flores triumphierend. »Dann sind die Niederlagen lange vorbei, wir können alle wlachkischen Krieger versammeln, und Ihr ruft die euren zu den Waffen, Marczeg. Wenn Szilas seinen Anspruch auf das Land verteidigen will, dann muss er kämpfen!«

Schweigen legte sich über die kleine Gruppe. Tamár wirkte skeptisch, doch Neagaş schien von der Idee überzeugt zu sein. Obwohl sie wusste, dass auch dieser Plan viele Schwierigkeiten und Risiken barg, spürte Flores doch zum ersten Mal seit Ionnas Tod wieder Hoffnung in sich aufkeimen.

»Es behagt mir nicht, zu fliehen. Und mich in Euren Landen zu verstecken. Es könnte mich das letzte bisschen Vertrauen kosten, das meine Krieger noch in mich setzen.«

»Sie werden Euch folgen, Marczeg«, beruhigte Neagaş den Masriden. »Es ist eine gute Lösung; Eure Leute erwartet Sicherheit, Nahrung, ein Dach über dem Kopf für den Winter. Sie werden Euch folgen.«

Unsicher blickte Tamár den Veteranen an. *Sag ja,* dachte Flores beschwörend. *So können wir den Sturm überstehen!*

Der Marczeg holte tief Luft und ballte die Hände zu Fäusten. Seine Knöchel traten weiß hervor, als er sagte: »Gut. Über die Einzelheiten müssen wir noch reden, aber der Plan klingt vernünftig. Ich willige ein.«

Innerlich jubelte Flores, doch äußerlich ließ sie sich nichts anmerken, als sie Tamár zunickte. Neagaş hingegen lachte laut auf: »Das wird Szilas zu denken geben! Und im Frühjahr kommen wir wie die Rache der Geister über ihn!«

Hoffentlich. Sonst sind wir Wlachaken wieder zu einer Existenz im kargen Mardew verdammt. Nur dass diesmal nicht nur der Sadat, sondern ganz Ardoly gegen uns stünde.

42

Seit dem kleinen, aber eindeutigen Bruch des Protokolls war Attaga weitaus einsichtiger und offener für Sargans Wünsche, selbst wenn diese vom üblichen Tagesablauf abwichen. Ohne die Unterstützung der Zeremonienmeisterin fügte sich auch Balaos eher, denn allein wollte der Sylke Sargan offensichtlich nicht widersprechen. Dieser wiederum genoss die neue Freiheit, so winzig sie auch sein mochte, in vollen Zügen. Mehrfach hatte der Dyrier schon seine Gemächer verlassen, zunächst nur für kurze Spaziergänge innerhalb der Feste Remis, später sogar für einen Ausritt außerhalb der Stadtmauern. Jetzt stand er auf der Mauer der Feste, begleitet nur von zwei Leibwachen und einem Diener, der einen kleinen Baldachin trug, um den Regen abzuhalten, der unaufhörlich auf die Stadt niederprasselte. Im Norden grummelte hin und wieder Donner; anscheinend entlud sich erneut ein Gewitter an der Flanke der Sorkaten.

Trotz des Baldachins hatte Sargan mehr als nur einige Tropfen abbekommen, welche seine weiten Ärmel durchnässten. Der schwere Damaststoff lag klamm auf seiner Haut, doch der Dyrier ignorierte dies. Momentan wurden ihm Ruhe und Zeit für seine Gedanken gewährt. Dies war selten genug und kostbar, versuchten seine Untergebenen doch fast ununterbrochen ihn zu unterhalten.

Sargan konnte ein Lachen nur schwer unterdrücken, als er an die neue Dienstbeflissenheit seiner Zeremonienmeisterin dachte. *Vermutlich muss sie fürchten, dass eine Beschwerde meinerseits von meinem Herrn gegen sie verwenden wird. Eine unangenehme Situation. Und es bedeutet auch, dass Balaos und sie nicht im Bunde sind. Sonst würde der Leibwächter sie decken, und mein Wort wäre einfach in Frage gestellt.* Ein kühler Windstoss erfasste Sargans prunkvolle goldene Gewänder, strich über seine Haut und ließ ihn frösteln. Die Freude erstarb, als seine Gedanken weiterkreisten. *Oder es ist ein geschickter Plan der beiden, mich in Misskredit zu bringen. Sie spielen mir vor, dass ich Attaga in der Hand habe, um mich zu Fehlern zu verleiten. Bei Agdele, diese ganze Politik treibt mich noch in den Wahnsinn!*

Der Dyrier seufzte laut und wünschte sich nicht zum ersten Mal in einfachere Zeiten zurück. Doch das Schicksal, mit dem er wieder haderte, hatte ihn nun einmal erneut nach Wlachkis geführt. Der Regen erschien Sargan bezeichnend für das ganze Land. Nass, kalt, schmutzig.

Bei seinem letzten Besuch hatte der Dyrier wenigstens seine eigenen Entscheidungen treffen können. Diesmal war er im Netz des dyrischen Protokolls und der Intrigen gefangen. Es war ein schmaler Grat, der zum Erfolg führte, und auf beiden Seiten lauerten Fehlschläge, die den Tod bringen mochten.

»Wir gehen wieder hinein«, entschied Sargan unvermittelt, da das unangenehme Wetter seinen Spaziergang verdarb. Gefolgt von seinen Untergebenen, schritt der Legat die Stufen hinab in den Hof.

Plötzlich ertönte Hufgetrappel, und ein Reiter preschte durch das offene Tor herein. Wasser spritzte, als das Pferd durch eine Pfütze galoppierte, und benetzte Sargan von Kopf bis Fuß. Wütend strich der Dyrier sich einige Tropfen von der Wange. Seine Leibwächter sprangen an ihm vorbei und hoben die Waffen. Ein scharfer Befehl Sargans ließ sie innehalten und an ihren Platz zwei Schritte hinter ihm zurückkehren. Der Reiter stieg ab, ohne die kleine Gruppe zu beachten. Offensichtlich war er sich der Gefahr, in der er sich befunden hatte, gar nicht bewusst. Zwar wurden die Lanzen der Sylken üblicherweise vom Pferderücken aus geführt, doch waren die Krieger auch im Kampf zu

Fuß damit geübt. Die Reiterlanzen, die von den Sylken Chantos genannt wurden, hatten eine schwere, stählerne Spitze, die trotz der ziselierten Verzierung absolut tödlich war. Die Waffen mochten nach reinem Prunk aussehen, ebenso wie die Rüstungen der Leibwachen, doch sie waren hervorragend gefertigte Kriegswerkzeuge. Geradeso wie seine Leibwachen keineswegs nur zeremoniellen Zwecken dienten, sondern handverlesene Veteranen aus den Reihen der besten Soldaten des Goldenen Imperiums waren; Meister im Umgang mit Schild, Lanze und Schwert; geborene Reiter, die schon von Kindesbeinen an im Sattel saßen. In die Ränge der imperialen Leibwachen aufgenommen zu werden war eine Ehre, die nur wenigen widerfuhr.

All diese Dinge zogen durch Sargans Geist, während der Reiter sein Pferd eilig einem Knecht anvertraute und geradewegs im Hauptgebäude verschwand.

Gemessenen Schrittes ging Sargan zurück in seine Gemächer. *Wlachkis ist führwahr ein geplagtes Land, dass es sich mit solch tölpelhaften Boten begnügen muss.*

Der Blick, den Attaga ihm zuwarf, als sie die nassen Flecken überall auf seiner Kleidung bemerkte, sprach Bände. Sofort rief sie einige Untergebene herbei, die Sargan aus dem Gewand halfen und ihm ein sauberes anlegten. Der Dyrier ließ dies alles mit sich geschehen, während er sich seinen eigenen Gedanken hingab und sich zum zigsten Mal fragte, wo Şten wohl in diesem Augenblick sein mochte. Der wlachkische Krieger war eine der wenigen Personen, die Sargan schätzte. Natürlich war die Freundschaft zu dem idealistischen Rebellen nicht ohne Zwist geblieben; immerhin war Sargan nicht ganz offen ihm gegenüber gewesen und hatte lange gezögert, Şten zu helfen. Aber sie hatten gemeinsam Gefahren bestanden und schlussendlich ihre jeweiligen Ziele nur mit Hilfe des jeweils anderen erreichen können. Auf eine Art und Weise, die ihn selbst verwunderte, mochte Sargan den Wlachaken. Eigentlich war er es gewohnt, sich nicht an die Bekanntschaften zu binden, die er auf seinen Wegen traf. Doch Şten war zu einer Ausnahme geworden, und Sargan bedauerte das Leid des Kriegers sehr. *Er sollte erfahren, dass seine Frau noch lebt. Nur, wie soll ich das anstellen? Wäre er nicht so ein verdammter, dickschädeliger Wlachake, dann würde er jetzt nicht schon wieder mit den Trollen umherziehen.*

Mit einem Ruck zog der Diener den Gürtel fest, der das mehrschichtige Gewand zusammenhielt. In vollem Ornat war Sargan fast unbeweglich. Eigentlich war diese Art vielfach gefalteter Gewänder angenehm zu tragen, doch der steife Goldstoff sorgte dafür, dass die offizielle Gewandung des Legaten zwar sehr schmückend, aber auch besonders unpraktisch wurde. *Und wäre ich nicht zu gierig geworden, dann würde ich nicht umgeben von potenziellen Feinden den hohen Herren spielen,* fügte Sargan seufzend in Gedanken hinzu. *So holen unsere Fehler uns alle ein.*

Als die Sonne unterging, stellte Sargan sich bereits auf einen weiteren langen, ereignislosen Abend ein. Stattdessen bat jedoch Leanna um ein Gespräch, das Sargan ihr nur zu gern gewährte. Natürlich war Attaga ebenso wie Balaos anwesend, als die Verwalterin in den Saal geführt wurde, aber Sargan hatte striktes Schweigen angeordnet.

»Ehrenwerter Legat, ich denke, ich habe Neuigkeiten, die Euch interessieren könnten«, begann Leanna das Gespräch, nachdem sie sich tief verneigt hatte. Die Wlachakin hatte sich schnell den Gepflogenheiten des dyrischen Gesandten angepasst und beging nur wenige Fehler beim Zeremoniell.

»Ich danke Euch, dass Ihr diese mit mir teilen wollt«, erwiderte Sargan.

»Wie mir heute gemeldet wurde, sind an verschiedenen Orten wieder Trolle im Land gesichtet worden. Und diese Trolle kommen nicht als Verbündete, sondern als grausam mordende Feinde, was äußerst beunruhigend ist. Ich denke, dass die vereinten Armeen von Wlachaken und

Masriden ebenfalls davon erfahren sollten, damit sie auf diese Gefahr vorbereitet sind.«

Ohne die Miene zu verziehen, lauschte Sargan. Die Neuigkeiten würden seine Handlungsmöglichkeiten bestimmen. »Wisst Ihr etwas über den Verbleib und das Wohlergehen der Truppen?«

»Unsere Soldaten werden nun offiziell von Flores cal Dabrân angeführt, die für den Moment die Voivodenwürde übernommen hat.«

»Flores?«, platzte Sargan heraus. Neben ihm sah er, wie Attaga ob dieser Zurschaustellung von Gefühlen ihr Gewicht unbehaglich von einem Fuß auf den anderen verlagerte, doch es war ihm im Augenblick egal. »Ştens Schwester?«

»Genau die, ehrenwerter Legat. Euer Wissen um unser Land ist bemerkenswert.«

»Ihr schmeichelt mir. Allerdings hätte ich nicht gedacht, dass Flores cal Dabrân sich als Anführerin zur Verfügung stellen würde. Sie erschien mir stets, nun ja, darauf bedacht, ihre Unabhängigkeit zu wahren.«

»Wie man mir berichtete, hat sie die volle Unterstützung der Bojaren, von Neagaş und auch von Istran Ohanescu.«

Im Kopf versuchte Sargan diese Informationen wie ein Mosaik zusammenzusetzen. Istran und Neagaş waren in Ionnas Ratssitzungen häufig Gegner gewesen. Wenn sie nun beide Flores' Anspruch unterstützten, dann musste es eine Einigung gegeben haben. Obwohl Sargan sich damit schwer tat, sich die junge Wlachakin als Kriegsherrin vorzustellen, musste er den Gedanken für den Augenblick akzeptieren.

»Dies sind natürlich wichtige Neuigkeiten, aber eine andere Information wird Euch wohl mehr interessieren«, fuhr Leanna fort. »Die Soldaten werden nach Süden ziehen, nach Désa.«

»Das ist in der Tat interessant. Und überraschend. Ich hätte gedacht, dass man versucht, Teremi zu halten.«

»Das werden wir auch, wenn es dazu kommt. Nur eben ohne die Hilfe der Soldaten, die nun auf dem Marsch nach Désa sind.«

»Ich bin keineswegs ein Experte in diesen militärischen Dingen, aber hat Marczeg Laszlár nicht eine Armee, die Teremi gefährlich werden kann?«

»Oh doch«, antwortete Leanna und lächelte. »Allerdings hat der Marczeg über den Magy gesetzt und scheint nun Voivodin Flores zu verfolgen. Vermutlich wünscht Szilas eine Entscheidung vor Einbruch des Winters.«

Dies gab Sargan zu denken. Die militärischen Schlüsse waren klar. Sollte es Szilas gelingen, die bereits geschlagenen Soldaten noch einmal zur Schlacht zu stellen, war das Ergebnis vorhersehbar.

»Wie sehen Eure Pläne aus?«, erkundigte sich Sargan beiläufig.

»Wir werden die Stadt halten und versuchen, Vorräte anzulegen. Sollten unsere Krieger in Désa überwintern, werden wir im nächsten Frühjahr wieder in den Krieg ziehen müssen. In der momentanen Lage weiß ich allerdings nicht, wie wir genug Vorräte erwirtschaften sollen. Das Wetter spielt verrückt, und der Regen spült die karge Ernte bereits von den Feldern.«

»Ja, das Wetter in Wlachkis ist ein Quell steter Freude«, erwiderte der Dyrier und hörte belustigt, wie Attaga scharf einatmete. Leanna hingegen schien ein Grinsen verbergen zu müssen.

»Das ist mein momentaner Wissensstand, ehrenwerter Legat. Der Stadt scheint im Augenblick keine Gefahr zu drohen. Wir hoffen, dass Euer Aufenthalt weiterhin angenehm und ungestört bleibt.«

»Verstehe«, sagte Sargan, der sich bereits in seine Gedanken verlor. In dem Dyrier reifte ein Plan, der es ihm ermöglichen würde, aus der täglichen Routine Teremis zu entfliehen. »Kann ich Euch später noch einmal stören? Ich würde mich gern noch genauer mit Euch beraten.«

In den Augen der Verwalterin blitzte kurz Unsicherheit auf, und ihr Blick erforschte Sargans Gesicht, doch sie hatte sich schnell wieder unter Kontrolle. »Natürlich, ehrenwerter Legat. Ich stehe jederzeit zu Eurer Verfügung.«

»Sehr gut«, erwiderte Sargan und schenkte der Wlachakin ein zweideutiges Lächeln. *Sie ist gerissen und hat ein Händchen für die Verwaltung von Gütern. Eigentlich wäre sie eine gute Ehefrau.*

Leanna verbeugte sich erneut tief und verließ dann rückwärts den Saal.

»Attaga, wir müssen uns unterhalten«, kündigte Sargan an, als die Schritte der Wlachakin im Gang verklangen. Gehorsam trat die Zeremonienmeisterin vor Sargan.

»Ich denke, dass mein Verweilen in Teremi keinem Zweck mehr dient«, erklärte Sargan.

»Verzeiht, aber ich kann Euch nicht folgen, Gebieter.«

»Nun, hier ist niemand, mit dem ich Gespräche führen könnte, um meinen Auftrag zu einem Abschluss zu bringen. Es deutet sich an, dass der Krieg bis in das nächste Jahr hinein dauern wird, was äußerst unangenehm ist. Solange in Wlachkis Krieg herrscht, werden wir kaum Handel treiben können.«

»Dem ist so.«

»Obwohl Leanna cal Paşcali eine amüsante Gesprächspartnerin ist, kann sie uns nicht die Zugeständnisse machen, die wir benötigen. Tatsächlich stehe ich kurz vor dem Scheitern.«

Sargan hatte auf eine Reaktion Attagas gehofft, doch die Zeremonienmeisterin schwieg.

»Deswegen werde ich nach Désa reisen.«

Jetzt kam Leben in Attaga. Sie holte tief Luft und hätte beinahe das Haupt erhoben. »Haltet Ihr das für klug, Gebieter? In ein Kriegsgebiet, womöglich gar in eine Stadt unter Belagerung zu reisen?«

»Zur Not kann ich mich immer auf das Goldene Imperium berufen. Oder, wenn ich auf die Soldaten von Marczeg Laszlár stoße, einfach behaupten, dass ich ihn zu sprechen wünsche.«

»Ein hohes Risiko«, gab Attaga zu bedenken.

Aber Sargan lächelte nur amüsiert. »Balaos wird mich schon beschützen.«

»Für wann soll ich dann unseren Aufbruch vorbereiten?«

»Unseren Aufbruch? Ich fürchte, dass ich allein reisen muss, nur begleitet von einigen Leibwachen.«

»Allein?«

Die Stimme der Zeremonienmeisterin klang entsetzt. Sargan konnte sehen, wie ihre Hände zitterten.

»Nun, noch immer gelangen Nachrichten, die für mich bestimmt sind, zunächst hier nach Teremi. Ich benötige eine vertrauenswürdige Person, die diese entgegennimmt und an mich weiterleitet. Wer außer dir käme dafür in Frage?«

»Ihr ehrt mich, Gebieter. Aber mein Platz ist an Eurer Seite. Sicherlich können wir einen der Beamten …«

»Nein«, unterbrach Sargan sie arglistig. »Es ist von größter Wichtigkeit, dass Neuigkeiten mich sofort erreichen. Es darf keinerlei Verzögerung geben, jeder Tag könnte wichtig sein. Das traue ich nur dir zu.«

»Natürlich, aber …«, erwiderte Attaga. Sie wand sich wie ein Fisch auf dem Trockenen, rang nach Worten, aber Sargan ließ ihr keine Wahl: »Genug. Sei stolz, dass dir eine solch verantwortungsvolle Position übertragen wird. Erfolg oder Misslingen meines Auftrages können von dir abhängen. Dein Dienst am Goldenen Imperium wird nicht unbeachtet bleiben.«

Endlich schien sich Attaga wieder des Protokolls zu erinnern. »Danke für die Zurechtweisung, Gebieter« sagte sie mit demütiger Stimme.

»Bereite meine Abreise so schnell wie möglich vor. Ich reise leicht, nur eine Handvoll Krieger. Sagen wir zehn. Keine Sänfte, die wäre nicht schnell genug. Pferde. In meiner Abwesenheit repräsentierst du in Teremi Macht und Glanz unserer Heimat, sodass ich dir die Diener, Beamten und die Unterhalterin hierlasse.«

»Ihr seid zu gütig, Gebieter.«

»Vermutlich hast du recht«, sinnierte Sargan selbstzufrieden. »Du darfst dich entfernen.«

Mit gesenktem Haupt verließ Attaga den Raum. Ein Grinsen huschte über Sargans Lippen, als er an das Gesicht der Zeremonienmeisterin dachte. *Ich entkomme aus ihrem Umfeld und habe einen triftigen Grund dafür. Ihr geheimer Auftrag wird lauten, mich zu überwachen. Den kann sie nun nicht erfüllen. Und wenn sie mich nicht zu meiner vollsten Zufriedenheit mit Informationen versorgt, knüpfe ich ihr daraus einen Strick, sobald wir wieder in der Zivilisation angekommen sind. Vielleicht ist die Politik doch gar nicht so verschieden von einem Höhlensystem voller Schlangen. Und ich bin der Mungo!*

Während draußen die Vorbereitungen für den Aufbruch des Legaten begannen, lehnte sich Sargan zurück und erfreute sich seiner kleinen, gelungenen Intrige.

43

Der Lagerplatz war klein und zwang die Gruppe, eng aneinanderzurücken, obwohl Pard gleich eine ganze Handvoll Jäger als Wachen in den umliegenden Gängen postiert hatte. Dennoch schafften es Mensch und Elf irgendwie, sich abseits zu halten. Kerr hingegen saß mit den anderen Trollen zusammen, aß von den Vorräten, erzählte und lachte. Der beruhigende Herzschlag des Landes wirkte wie Balsam auf sein Gemüt.

»Dann machen wir Anda platt«, tönte Vrok gerade lauthals und stimmte ein tiefes Lachen an. Die Ankündigung des Jägers klang stolz und mutig, aber Kerr spürte hinter ihr eine Unsicherheit, die seine Worte nicht verbergen konnten. Jedes Zusammentreffen mit Andas Trollen hatte bisher schlimm geendet, mit Druans Tod als traurigem Höhepunkt. Keiner der Trolle hier wollte sich Anda wirklich entgegenstellen, auch wenn niemand dies zugab. Die anderen Feinde der Trolle konnte man besiegen, selbst Zwerge starben unter den Fäusten und Hauern, aber Andas Trolle waren zäh, stark und unnachgiebig. *Jeder hier denkt, dass Trolle die besten Kämpfer sind, aber Andas Trolle sind in unseren Köpfen noch mehr als das.* Seine eigenen Zweifel sah Kerr in den Mienen der anderen Trolle gespiegelt: *Was ist, wenn Anda recht hat? Was ist, wenn sie die wahren Trolle sind und wir nur die schwachen Abbilder, wie Anda es von uns behauptet?*

»Zeit, die Klappe zu halten«, brummte Pard und legte sich auf die Seite. Der Anführer der verbliebenen Trolle war seit der Ankunft in ihrer Heimat unter der Welt schweigsamer und mürrischer denn je, wie Kerr feststellen musste. Die Last der Verantwortung lag deutlich auf dem großen Troll, und Kerr fand seine Laune zunehmend beunruhigend.

Während die einen leise weitersprachen, rutschte Kerr zu Şten und Tarlin hinüber, die eine Lagerstatt für sich bereiteten. Wieder einmal staunte der Troll über den Menschen. Die dünne Haut mochte schlecht gegen Kälte oder Hitze schützen, aber für alles hatten die Menschen Abhilfe. Immer wenn sie lagerten, rollte Şten eine Decke aus, in die er sich einwickelte und die ihn wärmte.

»Zeit zu schlafen?«, fragte der Mensch, als das Gerede der Trolle zu Gemurmel wurde.

»Ja.«

»Diese ewige Dunkelheit verwirrt mich. Ich könnte nicht einmal mehr sagen, ob es draußen Tag oder Nacht ist. Geschweige denn, wie viel Zeit vergangen ist.«

»Die Sonne stand einige Male am Himmel«, erläuterte Kerr. »Aber das ist hier nicht so wichtig.«

»Für mich schon.« Der Mensch wies auf die leuchtenden Flechten, welche die Trolle eingesammelt hatten. »Immerhin habt ihr Licht, sonst wäre ich gänzlich verloren.«

»Habt ihr keine Sorge, dass dieses Licht Feinde anlocken könnte?«, fragte Tarlin, der bisher geschwiegen hatte.

»Hier? Kaum. Wir sind viele. Die Schlinger, die hier jagen, trauen sich nicht an so viele Trolle heran. Sie jagen andere Beute.«

»Das Kleine Volk?«

»Die Zwerge sind eigentlich häufig so weit oben. Aber wir konnten keine Spuren von ihnen finden. Sie scheinen sich zurückgezogen zu haben. Oder vielleicht kämpfen sie auch in der Tiefe gegen Anda, wer weiß?«

»Eure Feinde sind aber nicht nur Zwerge und Schlinger, oder?«

Angestrengt überlegte Kerr, was er auf die Frage antworten sollte. Natürlich gab es in der Unterwelt viele Gefahren. Ganz tief unten konnte der Boden aufbrechen und einen Troll mit flüssigem Feuer überschütten. An manchen

Orten war es gefährlich, Feuer zu machen. Nicht alle Tunnel und Höhlen waren sicher, immer wieder gab es Einstürze. Aber abgesehen von den Zwergen, gab es keine große Gefahr, die jeder Trollstamm fürchtete.

»Hunger und Durst«, antwortete Kerr also. Die beiden anderen sahen ihn verdutzt an.

»Es ist nicht einfach, Wasser zu finden«, erklärte er. »Und nicht immer ist die Jagd erfolgreich. Man kann auch Pilze und Flechten essen, doch auch die wachsen nicht überall. Je tiefer man kommt, desto schwerer ist es, genug Nahrung und Wasser zu finden.«

»Ich fühle mich jedenfalls, als wäre die Umgebung selbst mir feindlich gesonnen«, murmelte Şten. »Ich glaube nicht, dass ich hier jagen könnte oder Wasser finden. Vermutlich wäre ich ohne euch so gut wie tot.«

»Aber ohne dich würden wir an der Oberfläche ja auch nicht überleben können. Ich meine, wie sollten wir uns bei Tage schützen? Oder mit deinem Volk sprechen?«

Unsicher zuckte der Mensch mit den Achseln. Kerrs Worte schienen ihn nicht überzeugt zu haben. *Wenn er wüsste, wie hilflos sich unsereins unter dem weiten Himmel fühlt.*

»Nähern wir uns Kurperla?«, fragte Tarlin unvermittelt und riss den Troll damit aus seinen Gedanken.

»Der Schlag des Herzens wird lauter, ja. Kannst du es nicht spüren?«

»Ich bin vorsichtig, Freund Troll. Ich wage es noch nicht, mich dem Einfluss des Atems zu stellen.«

Verblüfft sah Kerr den Elfen an. »Was bedeutet das?«

»Ich verschließe ihm mein Herz, so wie ich es gelernt habe.«

»Das hast du schon einmal gesagt, aber ich verstehe es nicht«, gestand Kerr.

»Schon als Kindern wird uns beigebracht, wie wir uns dem Atem verschließen können. Es ist nicht einfach, und nicht allen gelingt es. Wir nennen sie die Verlorenen.«

»Was passiert mit diesen Verlorenen?«, fragte Kerr neugierig.

»Wir geben sie zurück an die Geister.«

»Ihr tötet sie?«, fragte Şten entsetzt. »Meinst du das? Eure eigenen Kinder?«

»Ja. Wenn es sein muss.«

Der Elf wirkte ungerührt, aber Kerr konnte Ştens Bestürzung nachvollziehen. Jungtrolle waren in jedem Trollstamm eine große Freude und wurden immer beschützt. Jeder Troll würde bis zum Äußersten für die Kinder des Stammes kämpfen, für alle Trollkinder. Die Vorstellung, diese selbst zu töten, war abscheulich.

Diese Gedanken mussten sich in Kerrs Miene spiegeln, denn der Elf sah ihn scharf an. »Wenn der Einfluss des Atems so groß wird, dann sind sie keine Elfen mehr. Sie verlieren ihren Geist, werden schlimmer als Tiere und vollbringen furchtbare Gräueltaten. Unsere Herzen weinen, wenn wir unsere Kinder auf diese Art verlieren, doch sie sind tot, lange bevor das Messer ihr Leben beendet.«

Trotz der Erklärung fehlten Kerr die Worte. Aber Şten sagte zögerlich: »Das muss schwer sein.«

»Ja.«

»Und alles, weil der Dunkelgeist verletzt wurde? Weil er nicht sterben kann und sein Lebenshauch zu euch durchdringt?«

»Ja.«

»Ihr müsst großen Hass auf die Menschen hegen«, vermutete Şten leise. »Immerhin haben Menschen dies über euch gebracht.«

Darauf schwieg Tarlin. Eine Stille breitete sich aus, die Kerr unangenehm berührte, obwohl er sich das Gefühl nicht erklären konnte. Hastig fragte er: »Wie geht das? Wie kannst du dich vor dem Atem schützen? Ich kann mir nicht vorstellen, wie du das machst.«

»Du meinst, wie ich mein Herz verschließe?«, erkundigte sich Tarlin. Als Kerr nickte, fuhr der Elf fort: »Die Geister haben Stimmen. Ich weiß, dass die Menschen diese Stimmen nicht hören können. Oder nur wenige von ihnen, wie Vangeliu. Aber sie sind immer da. Wir Elfen können sie alle hören, jeden Geist, jede Stimme, immer. Es ist nicht einfach, sich dagegen zu verschließen.«

»Ist es wie Ohren zuhalten?«

Darauf schmunzelte der Elf, nickte aber. »Ein wenig. Nur ohne Hände. Wenn du deine Ohren ohne Hände zuhalten kannst, dann weißt du, wie es funktioniert.«

»Ich verstehe es immer noch nicht«, offenbarte Kerr niedergeschlagen, nachdem er es eine Weile versucht hatte. Er konnte sich nicht vorstellen, wie er seine Ohren ohne seine Finger verschließen sollte.

»Du hörst den Schlag des Herzens, sagst du?«

»Ich spüre ihn.«

»Versuch, ihn nicht zu spüren, nicht wahrzunehmen. Ignoriere ihn.«

»Aber er ist immer da. Wenn ich daran denke, dann kann ich ihn doch nicht … nicht spüren!«, klagte Kerr.

»Das geht nicht über deinen Willen, es muss einfach geschehen. Sobald du das kannst, musst du versuchen, dich zu verschließen. Wie ein Stein im Wasser werden. Überall ist das Wasser, nur nicht in dir. Die Welt mag vom Herzschlag erfüllt sein, aber du nicht. Das Wasser brandet um dich herum, aber es brandet nicht in dir.«

Ungläubig starrte Kerr den Elfen an. Der Gedanke, den Herzschlag nicht zu spüren, war so abwegig, dass der junge Troll sich nicht einmal vorstellen konnte, wie das sein mochte. Selbst an der Oberfläche war er immer vorhanden. Fern vielleicht, doch er war da. Wenn er jetzt versuchte, nicht auf den Herzschlag zu achten, dann spürte er ihn umso deutlicher.

»Versuch es nicht jetzt. Du musst dein Herz frei machen und kalt«, erklärte Tarlin, als er Kerrs Beklommenheit bemerkte. »Aber versprich dir nicht zu viel: Vangeliu konnte es nicht, und ich kann dir nicht sagen, ob du es überhaupt kannst. Denn schließlich bist du kein Elf, und ihr Trolle seid viel mehr Kinder Kurperlas, als wir es sind.«

»Was?«, fragte Kerr.

»Sein Atem durchdringt euch weit mehr als uns. Seine Verletzung hat euch viel deutlicher verändert als alles andere.«

»Wir? Kinder des Dunkelgeistes? So richtig?«, hakte Kerr ungläubig nach. »Ich weiß, dass die Dreeg in uns schlagen und dass Menschen sie nicht hören können. Wir sind dem Herzen des Landes näher. Aber seine Kinder?«

»Zumindest ist sein Einfluss auf euch stark. Ihr hört seinen Herzschlag; seit er verletzt ist, seid ihr immer tiefer in die Erde gezogen, wohin auch er gegangen ist. Wir glaubten immer, dass ihr seine Nähe sucht. Ich dachte, das wüsstest du.«

»Nein. Wir reden nicht viel über unsere Vergangenheit, da hat Pard recht. Natürlich lebten wir einst weiter oben, aber der Krieg gegen die Zwerge trieb uns hinab.«

»Früher kamen Trolle häufiger an die Oberfläche. Der Wald war größer damals, reichte von den Bergen im Norden bis zu den Bergen im Süden. Manchmal trafen die Elfen auf Trolle. Aber diese Zeiten sind lange vorbei.«

Der Elf schwieg, und Kerr fragte sich, ob er die Wahrheit sprach. Es stimmte, dass die Dreeg schon immer ein Bestandteil des Trolllebens gewesen waren. *Vielleicht sind wir tatsächlich Kinder des Dunkelgeistes. Gibt es nicht die Geschichte über den alten Troll, der uns hinabgeführt hat und dessen Herzschlag wir spüren? Aber wir sind auf jeden Fall Kinder der Felsen, der Steine, der Tiefen, des Landes. Ich kann all das spüren.*

»Soll das heißen, dass die Trolle einst freundliche und friedliche Kreaturen waren, so wie der Weiße Bär?«, fragte Şten skeptisch.

»Kurperla ist ein Geist der Natur. Er hat mehr Seiten, als du dir vielleicht vorstellst, Freund Şten.«

»Was wirst du tun, wenn wir ihn finden?«

»Ich werde versuchen, seinen Schmerz zu lindern, seine Stimme zu hören, und ihn bitten, seine Kraft für sich zu behalten.«

»Das wird Anda schwächen?«

»Ich hoffe, dass ich ihre Verbindung ganz kappen kann. Aber es hängt davon ab, ob der Geist auf meine Geheime Stimme hört.«

»Kannst du mit allen Geistern reden? So wie ein Geistseher?«, erkundigte sich Şten, der sich wieder aufgesetzt hatte.

»Mit meiner Geheimen Stimme. Wir alle hören die Geister, können sie verstehen und mit ihnen sprechen. Aber nicht jeder kennt seine Geheime Stimme. Ich habe sie ausgeprägt, weil die Rufe der Geister für mich laut sind.«

»Was machen denn Geistseher eigentlich?«, fragte Kerr neugierig. Diese ganze ihm bisher verschlossene Welt der Geister faszinierte ihn. Natürlich hatten auch die Trolle Geschichten über diese Wesen, doch im täglichen Leben spielten sie ebenso wenig eine Rolle wie Menschen oder Elfen. Es waren ferne, unverständliche Wesenheiten, denen man keine Beachtung schenken musste. Wichtig war nur das Überleben, der Schlag des Herzens.

»Die Geister sind«, erwiderte Tarlin langsam, »in allem. Geistseher können sie sehen. Mit ihnen sprechen. Ihnen helfen oder schaden. Sie um Hilfe bitten.«

»Helfen die Geister euch Elfen?«

»Man hilft sich gegenseitig. Aber wir öffnen uns den Geistern nur selten, denn dann nimmt man auch Kurperlas Atem in sich auf. Und nicht alle Geister sind uns wohlgesonnen. Sie können gefährlich sein, hinterlistig und sehr launisch. Man bittet die Geister nicht einfach um Hilfe. Wer dies tut, gibt sich irgendwann auf und verliert sich in ihrer Welt. Mit der Geheimen Stimme mit den Geistern zu sprechen, ist immer nur die letzte Wahl.«

Kerr nickte, Şten hatte die Augen geschlossen, und auch Tarlin lehnte sich zurück an die Wand und schwieg.

Schließlich kroch Kerr zurück zu den anderen Trollen, die sich in der Zwischenzeit fast alle zum Schlafen zusammengerollt hatten.

Auch Pard lag auf der Seite, die Beine angezogen, wie ein Troll eben schlief. Doch seine Augen waren offen. Als der große Troll Kerrs Rückkehr bemerkte, blickte er den jungen Troll so finster an, dass dieser sich rasch hinlegte. *Pard sorgt sich. Anda lauert irgendwo dort draußen. Er weiß, dass wir in einem Kampf unterlegen wären.*

Die Luft war warm. Obwohl Kerr es immer wieder versuchte, konnte er den Schlag des Herzens nicht aus sich verbannen. Er war wie ein Teil von ihm. Die Dreeg hallten durch die Welt und durch den jungen Troll, egal, ob er darauf achtete oder nicht, ob er ging, rastete, sang, lachte oder sprach. Selbst im Schlaf drangen die Schläge in seine Träume und vermittelten ihm die Geborgenheit seiner Heimat.

Der Stamm legte trotz seiner Begleiter weite Wegstrecken zurück. Mensch und Elf hielten erstaunlich gut mit, auch wenn einige Trolle, allen voran Vrok, immer wieder über die angebliche Behinderung maulten und lästerten. Auch jetzt beschwerte sich der Jäger wieder, als sie eine Felskante emporklettern mussten. Die Klauen der Trolle fanden in dem rissigen Gestein gut Halt, aber Şten tat sich schwer, das Tempo zu halten, da er mit seiner Ausrüstung beladen war.

»Ein Zwerg könnte schneller klettern«, rief Vrok spöttisch, als er oben angekommen war. »Mit Rüstung und allem!«

»Wohl kaum«, keuchte Şten, ohne sich jedoch um die Worte zu scheren. Der Mensch war offensichtlich zu sehr damit beschäftigt, die Felswand zu erklimmen.

»Der Elf ist ja schon langsam, aber dieser Menschling? So brauchen wir noch viele Dreeg, bis wir auch nur in der Nähe des Herzens sind!«

»Halt deinen Mund«, knurrte Kerr, während er sich über die Kante schob und langsam aufstand. Verblüfft starrte Vrok den jungen Troll an. Kerrs Arme und Beine schmerzten von dem anstrengenden Klettern, und die Narben auf seinem Rücken sandten einen scharfen, ziehenden Schmerz durch seinen Leib. Obwohl sie schon lange verheilt waren, spürte Kerr die Wundmale immer noch, eine ständige Erinnerung an die Klauen und den Hass von Andas Trollen.

Vroks Augen waren gefährlich verengt, als der Jäger auf Kerr zuschritt und ihn mit einem verächtlichen Blick musterte. »Was willst du? Mir verbieten, meine Meinung zu sagen?«

»Şten kommt schon hoch«, erwiderte Kerr patzig. Die Blicke aller Trolle, die bereits oben im Gang standen, waren auf die beiden Streitenden gerichtet.

»So?« Vrok trat noch näher an Kerr heran, so nah, dass dieser einen Schritt zurückweichen musste. Hilfe suchend sah er sich um, aber keiner der anderen rührte sich.

»Willst du mir das Maul verbieten?«, herrschte der Jäger Kerr an. Unsicher sah der junge Troll zu Boden. Aus dem Augenwinkel sah er, wie Grena einen Schritt in seine Richtung tat, jedoch von Pard zurückgehalten wurde, der ihr die Hand auf die Schulter legte. Unter sich hörte Kerr Şten schnaufen, der sich langsam, aber sicher hocharbeitete.

»Ich ...«, begann Kerr leise, da schnauzte Vrok ihn an: »Was?«

Kerr sah die geballten Fäuste des Jägers, der ihn um einen ganzen Kopf überragte. Vrok war nicht viel älter als er, aber er galt als guter Jäger und Kämpfer; vielleicht würde er einst der Anführer des Stammes werden. Seine Meinung galt viel, und seine Kampfkraft wurde respektiert.

»Was du sagst, ist Zwergenmist! Und du bist undankbar. Şten hat uns geholfen, uns beschützt. Ohne ihn wären wir gar nicht hier! Und er war *hareeg* mit Druan«, brach es aus Kerr hervor, der von seinem eigenen Mut überrascht war.

Das Grollen in Vroks Kehle zeigte Kerr, dass er zu weit gegangen war. Im schwachen Licht der Flechten war Vroks Antlitz zu einer Fratze geworden, düster und Angst einflößend.

»Ich rede also Zwergenmist, du kleiner Trollarsch?«, zischte der Jäger.

»Ja, tust du«, rief Grena von der Seite, und einige andere stimmten ihr zu.

»Schnauze! Das ist eine Sache zwischen mir und dem Kleinen hier.«

»Nein. Dein Gerede brennt uns allen in den Ohren.«

Kerr konnte den Sprecher nicht sehen und erkannte auch die Stimme nicht, aber er war froh, dass sich Vrok von ihm abwandte.

»Was soll das? Wir werden ja sehen, wer recht hat!«

In diesem Augenblick schwang sich Şten über die Kante. Tarlin trat zu dem Menschen und reichte ihm die Hand, doch Şten stand allein auf und nickte dem Elfen dankbar zu.

»Er ist schon oben, Vrok. Du hast unrecht. Lasst uns weiterziehen«, sagte Pard betont ruhig und wandte sich ab. Die anderen Trolle folgten seinem Beispiel.

Fassungslos blickte Vrok den Trollen nach, dann trottete auch er in den Gang und lief schweigend an Kerr, Şten und Tarlin vorbei.

»Gute Arbeit«, flüsterte Şten dem jungen Troll zu, als Vrok vor ihnen im Dämmerlicht verschwand.

»Was? Ich habe ihm nur gesagt, was ich denke. Aber wir hätten kämpfen sollen.«

»Du hast ihn bloßgestellt. Das wird er dir nicht verzeihen. Wirklich sehr geschickt gemacht, wie du die Unterstützung der anderen Trolle eingeholt hast«, sagte Şten anerkennend.

Ratlos blickte Kerr den Menschen an.

Plötzlich erklang ein lang gezogenes Heulen, das von den Wänden widerhallte und aus allen Richtungen zugleich zu kommen schien. Die Trolle hielten an und sahen sich um. Unsicherheit breitete sich aus, Kerr konnte sie riechen. Furcht legte sich wie eine Wolke über den Stamm.

»Los!«, brüllte Pard. »Mir nach! Späher nach vorn und hinten! Los!«

Stimmen riefen, die Trolle rannten hinter Pard her, Späher tauchten in die Dunkelheit ein. Auch Kerr folgte dem Anführer. Neben sich spürte er Ştent, der verwirrt rief: »Was ist los? Was ist das?«

Kerrs Antwort ließ ihn selbst erzittern. »Anda!«

44

Mühsam trottete Szeg vorwärts. Der beständige Regen hatte die Straße aufgeweicht und das Erdreich in Schlamm verwandelt. Die Gräben links und rechts der Straße flossen bereits über, und das Wasser sammelte sich in jeder kleinen Senke zu tiefen Pfützen.

Missmutig hob Tamár die Schultern und spürte, wie Wasser in Bahnen über den dicken Stoff seines Mantels rann und sich in jeder Falte sammelte, wenn man sich nicht bewegte.

Immer wieder peitschten Böen den Regen fast waagerecht vor sich her. Der Wind kam von den Südlichen Sorkaten und brachte eisige Luft mit sich. Für Tamár wurde es immer schwieriger, seine Kleidung trocken zu halten, für die einfachen Soldaten war es unmöglich.

Hinter Tamár ritt seine Garde. Sie war seit Odöns Überfall niemals weit von ihm entfernt. Zwischen all den Kriegern der Armee mochten sich noch Odöns Spießgesellen oder sonstige Verräter befinden, die den Tod des jungen Marczegs planten. Auch Köves wich kaum noch von Tamárs Seite. Das alles erleichterte die Sorgen des Masriden um sein Leben, brachte aber auch ungeahnte Schwierigkeiten mit sich. Denn es hatte sich seit dem schicksalhaften Abend kein Moment mehr ergeben, in dem Tamár mit Flores allein geblieben wäre. Dabei brannte die Erinnerung an Flores' Berührungen wie Feuer in Tamárs Geist; es war, als hätten ihre Finger Wunden geschlagen, die ihn ihre Liebkosungen nicht vergessen ließen. *Sinnlose Träume,* schalt er sich selbst. *Aber ein hübscher Hintern, fürwahr.*

Die Straße wand sich weiter nach Süden. Sie hatten Dabrân bereits hinter sich gelassen, ohne die Stadt zu betreten. Tamár hatte die Armeen sogar in einem Bogen um Dabrân herumgeführt. Die Verlockungen von Wärme und Gastlichkeit waren ihm und den anderen Anführern zu gefährlich erschienen. Schon jetzt hatten die ersten Krieger die Truppe verlassen und waren fortgelaufen. Noch waren es zwar wenige Männer und Frauen, die ihr Glück lieber allein suchten, doch die Anführer konnten nicht zulassen, dass die Armeen auf diese Weise ausbluteten.

Viele Soldaten empfanden den Rückzug nach Désa als Flucht. Da Tamár ihnen trotz aller guten Gründe insgeheim zustimmte, fiel es ihm schwer, seine Untergebenen von etwas anderem zu überzeugen. Tief in seinem Herzen spürte er die Scham, geschlagen in die Berge zu flüchten, anstatt offen für sein Erbe und sein Haus zu kämpfen.

Dennoch galt es, die Moral der Soldaten zu heben und ihnen das Gefühl zu geben, dass ihre Treue nicht unbelohnt bleiben würde. Deswegen ritt Tamár voran, immer an der Spitze der Kolonne. Deswegen zeigte er sich stark, zuversichtlich und gelassen, selbst wenn der ständige Regen ihn niederdrückte, wenn die Verantwortung schwer an ihm zog, wie die nassen Gewänder, klamm, kalt und zu schwer für einen einzelnen Mann. Manchmal fragte er sich, wieso die Krieger ihm überhaupt noch folgten, nach all den Niederlagen. *Ist es der Name Békésar? Die Angst davor, den Heimweg allein nicht zu schaffen? Die Furcht vor Szilas' Zorn?*

Natürlich gab es einige wie Köves, die ihm einfach treu waren. Sie würden Tamár auch dann noch zur Seite stehen, wenn er ihnen befahl, in die ewige Finsternis zu reiten. Aber der Rest folgte Tamár aus ganz anderen Gründen. Die größte Sorge war daher Marczeg Laszlár. Sollte es ihm gelingen, sich als Bewahrer der masridischen Traditionen darzustellen, und sollten Tamárs Soldaten glauben, durch ihn einen Ausweg aus dem Krieg zu finden, dann würden sicherlich viele vom Greifen zum Drachen wechseln. Oder kurzerhand desertieren und nach Hause zurückkehren.

Mit diesen düsteren Gedanken war Tamár beschäftigt, als er den Ort erreichte, den die Vorhut als Lagerplatz für die Nacht auserkoren hatte. Mit erhobener Faust signalisierte er das Ende des Tagesmarsches. Um ihn herum begannen die Soldaten, das Lager zu errichten. Die schweren Trosswagen rumpelten in die Mitte und wurden prompt entladen. Anstatt, wie üblich, abzusteigen und sich an der Errichtung der Zelte zu beteiligen, blieb Tamár noch einen Augenblick im Sattel. Bevor der Lärm des Aufbaus begann, warf der junge Marczeg die Kapuze zurück und trieb Szeg in die Mitte des Lagers.

»Soldaten«, begann Tamár und richtete sich auf. »Der Weg nach Désa ist noch weit, und das Wetter ist mehr als bescheiden!«

Vereinzeltes Gelächter antwortete dem Adligen. Doch die meisten Krieger sahen den jungen Marczeg einfach nur erwartungsvoll an. Der Regen prasselte auf ihre bleichen Gesichter, ihre Augen waren zusammengekniffen.

»Wir gehen diesen Weg, weil wir ihn gehen müssen. Wir gehen diesen Weg, weil man uns dazu zwingt. Der Weg ist lang, er ist hart. Aber wir werden ihn gemeinsam bis zum Ende gehen! Wir werden unsere Häupter nicht neigen! Und der Tag wird kommen, an dem sich das Blatt wendet. Und dann werden wir Marczeg Laszlár besiegen!«

Jubel ertönte. Ohne darauf zu achten, sprang Tamár aus dem Sattel und ging zu den Ochsenkarren. Zusammen mit seiner Garde begann er, auch Zelte aufzubauen, was in dem Regen und Schlamm ein mühsames Geschäft war. Aber die Krieger waren geübt darin, und so stand schon vor Sonnenuntergang der Großteil des Lagers. Die ersten Kochfeuer wurden entzündet, und die Soldaten zogen sich in die flüchtige Wärme der Zelte zurück.

Auch Tamár machte es sich in seinem Zelt bequem. Er zog die nasse, dreckverkrustete Kleidung aus und hängte sie zum Trocknen auf, während er andere Gewänder anlegte. Wirklich sauber war mittlerweile keines seiner

Wäschestücke mehr, aber zumindest waren sie nicht nass. Mit einem Becher warmen Wein in der Hand beugte sich der junge Marczeg über seine Karte des Sadats. Noch lag ein gutes Stück flachen Geländes vor ihnen, bis es an den Aufstieg in das Hochland im Süden ging. Der südliche Sadat wurde immer unwirtlicher, bis er ins Mardew überging. Das Hochland selbst war karg. Dort fiel der Winter früher ein, war härter und dauerte länger als im tiefer gelegenen Norden. Bislang waren die Wege noch gangbar, aber die extreme Verschlechterung des Wetters gab Anlass zur Sorge.

Mit dem Finger folgte Tamár der dünnen Linie, welche die Straße darstellte. Der günstigste Aufstieg war östlich der kleinen Stadt Poleamt, vorbei am mittlerweile verlassenen Kloster Starig Jazek. Einst hatten in der Anlage die Priester des Albus Sunaş' ihre Riten durchgeführt, doch Ionna hatte sie nach der Eroberung des Sadats aus dem Kloster vertrieben; die einzige Gewalt, die offiziell von Seiten der Voivodin gegen den Orden ausgeübt worden war. Alle anderen Übergriffe waren angeblich zornigen Wlachaken zuzuschreiben, die gegen den Willen ihrer Fürstin handelten; eine Behauptung, der Tamár kaum Glauben schenken mochte.

Die Sonnenpriester waren indes nicht aus Ardoly verschwunden, sondern hatten sich an die Höfe der Masriden zurückgezogen. Die Gunst der Adligen wollten sie nun nicht verlieren, sodass sowohl mit seinem Heer als auch mit Szilas' Kriegern Angehörige des Albus Sunaş reisten, die gewiss beiden Seiten eifrig versicherten, dass ihre Sache gerecht und der einzig wahre Weg zum Göttlichen Licht sei. *Vermutlich hat Laszlár einen Weißkittel um sich, der den ganzen Tag nichts anderes tut, als ihm einen Spiegel vorzuhalten und ihm zu versichern, was für ein Segen sein güldenes Haar sei, der eitle Pfau,* dachte Tamár abfällig.

»Vezét?«, ertönte Köves' Stimme. »Eine Späherin ist aus dem Norden zurückgekehrt.«

Irritiert blickte der junge Marczeg auf. Seine Gedanken

waren umhergewandert, anstatt sich auf die Probleme, die vor ihm lagen, zu konzentrieren, und die Ankunft der Späherin erinnerte Tamár daran, dass er Wichtigeres zu tun hatte, als sich um die Beziehung der verblichenen Ionna und des höchst lebendigen Szilas zur Religion zu kümmern.

»Herein mit ihr.«

Die Frau, die das Zelt betrat, war nicht besonders groß, doch von so dürrem Wuchs, dass sie größer erschien. Ihre Kleidung war mit Schlamm bedeckt, und sie war vom Kopf bis zu den Füßen durchnässt. Das dunkelblonde Haar hing ihr in Strähnen ins Gesicht.

»Berichte, und dann such dir ein Zelt, etwas zu essen und wärm dich auf«, befahl Tamár, der bemerkte, wie ihre Hände zitterten.

»Ich habe die Vorhut von Marczeg Laszlárs Armee gefunden. Sie steht kaum noch zwei Tagesmärsche von hier.«

»Was?«, entfuhr es Tamár. Sein Herz begann heftig zu schlagen, und er blickte die Späherin ungläubig an.

»Viele Pferde, aber nicht nur das, Vezét. Ich habe außerdem Spuren gefunden. Reiter, die uns folgen.«

»Konntest du erkennen, wie viele?«

»Einige Dutzend sicherlich, aber wohl weniger als hundert.«

»Gut. Und die Vorhut ist nur zwei Tagesmärsche hinter uns? Märsche, keine Ritte?«

»Ja, Vezét.«

»Gute Arbeit. Du kannst dich entfernen. Lass dir vom Quartiermeister etwas Branntwein zum Aufwärmen geben«, wies der junge Marczeg sie an, bevor er sich an Köves wandte: »Hol mir die Voivodin her.«

Als die beiden das Zelt verlassen hatten, studierte Tamár erneut die Karte. *Zwei Tage nur, das ist kein großer Vorsprung. Der verfluchte Bastard ist uns zu schnell über den Fluss nachgesetzt, und jetzt macht er Boden gut. Zu viel, wie es aussieht. Verflucht!*

Die Stoffbahnen am Zelteingang bewegten sich, da Flores eintrat. Die Wlachakin hatte sich offensichtlich noch nicht ihrer Reisekleidung entledigt, denn sie trug ihre lederne Rüstung, die durch die Nässe fast schwarz erschien, und darunter ein ebenso nasses Hemd. Strähnen ihrer feuchten schwarzen Haare hingen ihr in die Stirn, und sie wischte sie ungeduldig mit der behandschuhten Rechten beiseite. Sie sah Tamár fragend an. »Euer Szarke meinte, dass meine Anwesenheit hier dringend erforderlich sei.« Sie warf einen Blick auf Köves, der hinter ihr eingetreten war.

Langsam nickte Tamár. Obwohl Flores ebenso erschöpft wirkte, wie er sich fühlte, spürte Tamár den unbändigen Wunsch, sie zu küssen. *Du bist ein Narr,* schalt er sich selbst. *Habt ihr nicht schon genug Unheil angerichtet?* Umständlich räusperte er sich. »Köves, geh hinaus und achte darauf, dass wir nicht gestört werden. Die Voivodin und ich müssen uns besprechen.«

Wortlos verschwand der Szarke und ließ Flores und Tamár allein. Der Blick der Wlachakin ruhte auf Tamár, doch er konnte ihren Gesichtsausdruck nicht deuten.

»Ich habe Nachrichten von meinen Spähern erhalten«, begann der junge Marczeg vorsichtig das Gespräch. »Schlechte Nachrichten.«

»Inwiefern?«

»Szilas ist uns dichter auf den Fersen, als wir bislang ahnten, und ganz gewiss näher, als uns lieb sein kann. Seine Vorhut ist nur zwei Tagesmärsche von hier entfernt.«

»Nur zwei?«, fragte die Wlachakin. Ihre Stimme klang überrascht. »Das ist verflucht wenig. Wenn er sein Marschtempo erhöht, kann er uns einholen.«

»Er hat Reiter ausgesandt. Die Späher haben Spuren entdeckt. Wir müssen mit einem Hinterhalt rechnen.«

»Verflucht. Der Mann ist ein wahrer Dunkelgeist!«

»Allerdings«, gab Tamár ihr recht. Er wies auf den Kartentisch. »Ich denke dennoch, dass wir weiterziehen sollten. Jedes noch so gewitzte Manöver könnte jetzt in einer Katastrophe enden, wenn Szilas uns stellt.«

»Wir müssen weiterziehen, je schneller, desto besser, das sehe ich genauso. Wir sollten außerdem die Lager wieder näher zusammenlegen. Vielleicht kommt es zu Streit unter den Kriegern, aber getrennt sind wir umso schwächer.«

»Völlig richtig«, pflichtete Tamár ihr bei und lehnte sich über den Tisch zu der Wlachakin. »Nur die Nähe gibt uns Sicherheit.«

Da er aufblickte, sah er ihre dunklen Augen, in denen sich sein Antlitz widerspiegelte. Kleine Lichtpunkte, die Flammen der Kerzen, tanzten in dem dunklen Braun ihrer Iris.

»Ich habe dich vermisst«, stellte Tamár nüchtern fest und war sich nicht sicher, ob er die Worte wirklich hatte laut aussprechen wollen. Schon wollte er sich abwenden, doch Flores beugte sich zu ihm, griff nach dem Kragen seines Gewandes, zog ihn zu sich heran und küsste ihn. Ihre Lippen schmeckten genauso herb und süß, wie er sie in Erinnerung behalten hatte.

»Dann lass uns keine Zeit verschwenden, Marczeg Tamár«, flüsterte sie mit rauer Stimme. Sein Blick wanderte zum Eingang des Zeltes, durch den gedämpft die Geräusche des Lagers drangen, doch dann hielt er sie schon in den Armen und vergaß für eine kleine Weile die Welt um sich herum.

Es war bereits dunkel und still im Lager, als Tamár sich vorsichtig aus Flores' Umarmung löste und sich erhob. Die Wlachakin öffnete trotz Tamárs Bemühungen, sie nicht zu wecken, die Augen und streckte sich katzenhaft. Ein Lächeln umspielte ihre Lippen, als sie Tamárs Körper betrachtete, während er sich ein Wams überstreifte.

»Das war sehr unvorsichtig.«

»Allerdings. Man hätte uns leicht bemerken können.«

»Oh nein«, neckte sie ihn. »Ich meinte, sich heimlich aus dem Bett zu stehlen. Das könnte meinen Unmut erregen.«

»Wie könnte ich das je wieder gutmachen?«

»Mir fällt schon etwas ein«, erwiderte Flores mit einem anzüglichen Lächeln und lehnte sich wieder zurück. »Eine Art Wegzoll vielleicht. Als Voivodin steht es mir wohl zu, jeden Zoll zu erheben, der mir angemessen erscheint.«

Leise lachend nickte Tamár und trank von dem kalt gewordenen Gewürzwein. Der kräftige Geschmack belebte seine Sinne, und der Marczeg reichte den Becher weiter an Flores.

»Voivodin auf Zeit, wenn ich die Gebräuche deines Volkes richtig verstehe. Müssen nicht alle Bojaren zusammenkommen, um ein neues Oberhaupt aus ihrer Mitte zu wählen?«

Flores, die gerade einen Schluck Wein trank, nickte nur.

»Erscheint mir wenig zweckmäßig.«

»Das mag sein. Dafür fällt bei uns so schnell kein Bojar dem Voivoden in den Rücken, da er weiß, wie viel Unterstützung dieser hat.«

Tamár runzelte die Stirn und versuchte zu ergründen, ob diese Worte eine Anspielung auf Odön sein sollten, aber Flores blickte ihn offen und ohne Häme an. Ihr Anblick, wie sie sich im dämmrigen Licht der wenigen Kerzen auf dem Lager räkelte, sich ihrer Blöße bewusst und dennoch ohne Scham, reizte ihn.

»Ich habe dem ganzen Unsinn nur zugestimmt, weil es nicht von Dauer sein wird«, erklärte die Wlachakin plötzlich ernst. »Die Adligen müssen einen neuen Anführer wählen. Alle Entscheidungen jetzt sind nur vorläufig.«

»Du willst die Macht wirklich nicht«, stellte Tamár kopfschüttelnd fest. Ihr Unwille, die Herrschaft zu akzeptieren, die man ihr angetragen hatte, erschien ihm fremd und unverständlich.

»Nein. Das ist nichts für mich. Mit ein wenig Glück wird es schon im nächsten Frühjahr einen anderen Voivoden geben.«

»Aber du führst diesen Titel!«

»Titel sind Schall und Rauch, weiter nichts. Sie nennen mich so, da sie einen Namen für ihre Anführerin brauchen. Die anwesenden Bojaren haben es so bestimmt, weil Neagaş an jedem Faden gezogen hat, den er mit Händen greifen konnte. Aber die Gruppe um Istran hat nur zugestimmt, weil sie wissen, dass es lediglich auf Zeit ist. Am Ende werden ohnehin alle Entscheidungen in Absprache mit den beiden getroffen.«

»Dein Volk ist seltsam«, sinnierte Tamár mehr für sich. »Ich würde eine solche Würde niemals ablegen!«

»Ich bin nun einmal nicht die beste Anführerin. Im Krieg, ja vielleicht. Ich kann ein Schwert führen, und ich habe keine Angst davor, an der Spitze meiner Leute in eine Schlacht zu reiten. Aber Politik? Istran könnte mich mit einer Rede vernichten, glaub mir. Ich sehne mich nicht danach, von allen geliebt zu werden, und es ist mir auch nicht gegeben. Mein Bruder wäre ein guter Voivode. Ihm sind die Wlachaken schon immer gefolgt, freiwillig und begeistert. Er hat das in sich, weißt du? Obwohl er das nicht immer wahrhaben wollte.«

Sie schwieg einen Moment und trank nachdenklich einen Schluck. *Ob sie darüber nachgrübelt, wie es ihrem Bruder gerade ergeht? Şten cal Dabrân. Der Rebellenführer, dem die Wlachaken so sehr vertrauten, dass sie mit ihm und seinen Trollen gegen uns in die Schlacht zogen. Habe auch ich das in mir? Wären mir meine Leute so treu ergeben, wenn ich keinen Titel hätte?*

Flores seufzte vernehmlich. Spielerisch legte sie die Hand vor den Mund und täuschte ein übertriebenes Gähnen vor. »Müssen wir wirklich über Politik reden? Haben wir nichts Besseres, um uns die Zeit zu vertreiben?«

»Doch«, erwiderte Tamár und grinste breit. Bevor er sich

jedoch wieder zu ihr legen konnte, erklang ein Hornsignal. Überrascht blickte der Marczeg auf, als er draußen Lärm vernahm. Hufschläge, einige Rufe.

Fluchend sprang Flores auf und griff nach ihrer Kleidung.

»Wir scheinen kein Glück zu haben«, scherzte Tamár düster, während er sich hastig ankleidete.

»Wollen wir hoffen, dass die Störung diesmal weniger bedrohlich ist!«

Zumindest gab es keine Alarmschreie, aber schon bald meldete sich Köves respektvoll von draußen: »Vezét?«

Schnell blickte Tamár zu Flores, um zu sehen, ob sie bekleidet war. Als er sah, dass sie nur noch den Gürtel festzog, rief er: »Ja. Komm herein, Köves.«

»Es sind Leute im Lager, Herr. Sie wollen mit Euch sprechen«, erläuterte der Szarke, wobei er es vermied, Flores anzusehen.

»Leute?«

»Sie behaupten, sie wären Dyrier.«

»Sargan?«, mischte sich Flores ein. »Rote Haare, eher klein?«

Köves nickte. Das Unbehagen des Szarken war offensichtlich, so offensichtlich, dass Tamár beinahe laut gelacht hätte.

»Führ sie herein«, befahl er stattdessen. »Und besorg uns frischen Wein und etwas zu essen.«

Kurz darauf betrat tatsächlich der drahtige Dyrier, den Tamár bei Ionnas Kriegsrat getroffen hatte, das Zelt und sah sich interessiert um. Hinter ihm schritt ein hünenhafter, dunkelhäutiger Mann in einer goldenen Rüstung, wie sie Tamár schon beim ersten Anblick im Lager bei Teremi fasziniert hatte. Ein weiterer Dyrier sprang vor und nahm Sargans Mantel entgegen, den dieser achtlos öffnete und fallen ließ. Die Gewänder des Gesandten waren prunkvoll, aber man sah ihnen die lange, regnerische Reise an. *Auch Dyrier werden nass, wenn es regnet,* dachte Tamár spöttisch, neigte aber höflich das Haupt. Flores tat es ihm gleich, während Sargan die Hände vor dem Bauch zusammenlegte und in die Faltenwürfe seiner Ärmel schob. Erst dann verneigte sich der Dyrier tief und lange.

»Seid gegrüßt, Marczeg Békésar. Und natürlich auch Ihr, Voivodin. Meinen Glückwunsch zu Eurem Titel.«

Das sarkastische Lächeln auf Flores' Lippen zeigte Tamár, dass die Wlachakin die Worte nicht ernst nahm, doch bevor er erraten konnte, weshalb dem so war, wandte sich Sargan an seinen Krieger: »Du kannst deinen Soldaten beim Aufbau des Zeltes helfen, Balaos.«

»Ist das klug, Gebieter?«, erkundigte sich der Mann mit tiefer Stimme.

»Ich bin mitten in einem Heerlager, umgeben von hunderten von Kriegern. Welche Gefahr sollte mir drohen?«

Der Blick des Gerüsteten zu Tamár und Flores sprach Bände, doch Sargan ließ sich nicht beirren. »Von mir aus beschütze mich, aber dann vor dem Zelt, ja?«

Der Krieger strahlte geradezu Widerwillen aus, als er sich zackig abwandte und vor den Eingang trat. Sargan lächelte nachsichtig und sagte entschuldigend: »Er ist so bemüht.«

»Was tust du hier?«, fragte Flores unverblümt.

Ihr Tonfall ließ Tamár eine Augenbraue heben.

»Ich brauchte Luft zum Atmen. Außerdem habe ich Neuigkeiten für dich, hochherrliche Voivodin.«

»Ich trage den Titel nur auf Zeit.«

»Ah. Ich hatte mich schon gefragt, wie sie dich dazu bekommen haben, Herrin über alle Wlachaken zu werden. Es erschien mir ein wenig, sagen wir einmal, seltsam. Obwohl ich die Wahl selbstverständlich unterstütze.«

»Jemand musste es tun, und besser ich als so mancher andere.«

»Falls Euch die Krone auf dem Haupt schwer wird, mein Angebot steht noch. Eine weitere Ehefrau käme mir sehr gelegen«, erklärte Sargan.

Verwirrt blickte Tamár von dem Dyrier zu Flores, die aber nur den Kopf schüttelte. Fragend sah der Marczeg sie an. Dann bemerkte er Sargans Blick.

»Oh. Wenn ich das gewusst hätte«, stellte der Dyrier fest. »Ich konnte doch nicht ahnen, dass ihr beide ...«

»Dass wir was?«, fragte Flores gefährlich leise.

»Nichts«, erwiderte Sargan mit einem leicht gezwungenen Lächeln. »Jedenfalls sollte ich meine Scherze über eine mögliche Heirat unterlassen. Es sei denn, Ihr wäret interessiert, Voivodin.«

»Nein«, entgegnete Flores bestimmt.

Der verbale Schlagabtausch hatte Tamár gewissermaßen mit heruntergelassenen Hosen erwischt. Offenbar gab es eine Verbindung zwischen Flores und dem imperialen Legaten, die ihm zuvor nicht bewusst gewesen war. *Waren die beiden ein Liebespaar? Oder sind sie es?* Eifersucht kochte heiß in ihm, wollte seine Sinne betäuben, doch er zwang sich, seine Miene unbewegt zu lassen. *Ich bin Marczeg der Masriden! Dies ficht mich nicht an! Es ist Sache der Wlachakin, für wen sie ihre Schenkel öffnet. Und es war nicht zu erwarten, dass sie dabei an ihre Ehre denkt.* Aber so sehr er sich auch bemühte, der Gedanke kehrte immer wieder zurück und ließ ihn einen Zorn auf den Dyrier verspüren, der sich kaum zügeln ließ.

»Ach ja, ich hätte beinahe die Neuigkeiten vergessen. Zunächst die schlechte: Trolle haben ein Holzfällerlager überfallen. Es gab viele Tote, noch mehr verängstigte Bauern und so weiter und so fort.«

»Neue Angriffe der Trolle?«, entgegnete Tamár düster. »Genau, was wir nun noch brauchen. Einen Feind mehr, den wir nicht einschätzen können.«

Der Dyrier hielt inne und setzte eine verschwörerische Miene auf. »Aber die gute Nachricht sollte Eure Stimmung aufhellen.« Mit großer Geste zog er die Hände aus den Ärmeln und breitete die Arme aus. »Viçinia cal Sareş lebt.«

Verblüfft schauten Tamár und Flores sich an. Sie beide

hatten das Ende der Wlachakin gesehen, begraben unter vielen Karrenladungen von Gestein.

»Damit dürfte sich auch Euer etwas – wie soll ich sagen? – *ungewollter* Anspruch auf den Thron erübrigen«, erklärte Sargan, dem die diebische Freude über ihre Überraschung ins Gesicht geschrieben stand.

In Tamárs Geist kreisten die Gedanken; mögliche Bilder der Zukunft formten sich und fielen wieder in sich zusammen. *Wenn Viçinia lebt, dann erbt sie den Titel der Voivodin, auch ohne Abstimmung der Bojaren.* Eine solche Meldung würde zumindest den Wlachaken Hoffnung schenken. *Und die Trolle? Man kann nur hoffen, dass sie als Nächstes einen von Szilas' Außenposten angreifen werden.*

Während Sargan um Wein bat, blickte Tamár wieder zu Flores, die den Dyrier fassungslos anstarrte.

»Viçinia hat überlebt?«, brachte die junge Frau schließlich hervor.

»Soweit ich weiß. Und sie ist nicht nur lebendig, sondern auch frei.« Der Dyrier hob seinen Becher zu einem Trinkspruch. »Möge ihr das Glück so hold bleiben!«

45

Die Umgebung wurde immer bizarrer. Obwohl Viçinia längst nicht mehr sicher sagen konnte, ob sie noch tiefer hinab gezogen waren, erschienen ihr die gezackten Felsformationen, um die sie sich herumarbeiteten, wie die tiefsten Eingeweide des Gebirges. Die steinigen Gebilde, die sie umgaben, hatten mit der Welt, die Viçinia gewohnt war, nichts mehr gemein. Der Fels war scharfkantig, und man musste aufpassen, sich nicht die Kleider oder gar die Haut an ihm zu zerschneiden, wie Viçinia schmerzhaft herausgefunden hatte. Die Trolle schienen sich jedoch nicht daran zu stören. Ihre zähe Haut konnte dem dunklen Felsen widerstehen, und sie schenkten ihrer Umgebung kaum Beachtung.

Es fiel Viçinia nicht leicht, mit den Trollen mitzuhalten. Die großen Wesen bewegten sich rasch und unermüdlich vorwärts. Selbst Keru, die schwerfälliger und langsamer war als ihre Brüder und Schwestern, war ausdauernder und schneller als Viçinia. So blieb der Wlachakin nichts anderes übrig, als die Zähne zusammenzubeißen, bis ihre Beine bei jedem Schritt schmerzten und ihr Geist leer war.

Bei jeder Pause, und war sie noch so kurz, verfiel Viçinia in unruhigen Schlaf. In ihren Träumen lief sie weiter durch dunkle Gänge, ohne Anfang, ohne Ziel, immer weiter und weiter, bis sie schweißgebadet aufwachte und erschöpft nach Atem rang. Die Luft, die in ihre Lungen drang, war überraschend warm, ebenso wie das Gestein.

Der Marsch erschien Viçinia endlos. Wenigstens hatten seit dem Kampf zwischen Turk und Drak die Kommentare der anderen Trolle aufgehört. Der Stamm akzeptierte nun die Entscheidung des Anführers ohne Murren, auch wenn die Wlachakin manchmal die finsteren Blicke bemerkte, die einige der Kreaturen ihr zuwarfen. Doch sie war zu müde, um sich mit diesen Gedanken zu beschäftigen. Ihr Leben lag in den Pranken der gewaltigen Wesen, so viel war sicher.

Immer wieder sandte Turk Späher aus, die den Weg erkundeten und nach Gefahren Ausschau hielten. Auch jetzt kehrte gerade wieder einer von ihnen zurück. Erschöpft erkannte Viçinia den Troll, der auf den Namen Schleicher hörte.

»Weiter vorn geht es nicht weiter, Turk«, berichtete der Späher leise. »Netze. Ich bin nicht näher ran, aber es sind bestimmt viele.«

»Zwergenmist«, fluchte der Anführer. »Gibt es einen Weg darum herum?«

Schleicher schüttelte den Kopf. »Wir könnten zurückgehen und nach einem anderen Gang suchen. Aber die letzten Tunnel führten noch weiter runter. Außerdem wär das ein Riesenumweg. Ich kenne die Gegend hier, da unten gibt es breite Spalten.«

»Tief?«

Der kleine Troll wiegte den Kopf bedächtig hin und her. Seine Hörner waren nicht sehr lang und lagen eng am Schädel an. »Schon. Viel Kletterei.« Bedeutungsvoll blickte er in Viçinias Richtung.

Turk fluchte wieder und belegte das Kleine Volk mit allerlei unflätigen Ausdrücken. Seine Wut ging so weit, dass er mit der bloßen Faust gegen die Felswand hieb. Steinsplitter flogen durch die Luft, und Viçinia konnte das dunkle Blut sehen, das langsam von Turks Fingern troff, doch der große Troll scherte sich nicht darum. »Entweder durch diesen Gang oder weiter runter? Was anderes gibt es nicht?«

»Nein. Oder wir drehen um.«

»Umdrehen wäre schlecht«, beschied Turk hart. »Wer weiß, ob Anda nicht an unseren Fersen hängt. Was für welche sind da vorn im Tunnel?«

»Sah nach den fetten Biestern aus, denen mit den gelben Flecken. Aber ich wollte nicht zu nah ran«, erklärte Schleicher entschuldigend. »Die Viecher sind schnell.«

»Scheiße.«

Unschlüssig blickte Turk Viçinia an und strich sich über seine kurz geschorenen Hornauswüchse.

»Was ist das Problem?«, erkundigte sich die Wlachakin vorsichtig. »Es liegt doch irgendwie an mir, oder? Kann ich euch vielleicht helfen?«

»Du? Uns helfen?« Von der Seite her kam das Lachen eines Trolls.

»Schnauze, Förs«, erwiderte Turk nicht unfreundlich, ohne den Troll anzuschauen. Stattdessen sah er Viçinia eindringlich an und zog dabei die Brauenwülste zusammen. »Der Gang vor uns ist dicht. Wir müssten uns durchkämpfen.«

»Schleicher hat von Netzen gesprochen. Was für Netze?«

»Zwergenspinnen.«

»Was?«, fragte Viçinia erstaunt. Aber dann tauchte der Fetzen einer Erinnerung in ihr auf. Eine Geschichte, die Sargan erzählt hatte. Der Dyrier hatte behauptet, dass er in den Bergen einigen monströsen Spinnen begegnet sei und diese nur mit knapper Not töten konnte. Damals hatte Viçinia diese Geschichte für eine der vielen leicht übertriebenen Anekdoten gehalten, die Sargan gern zum Besten gab. Der Dyrier verfügte über einen schier unerschöpflichen Vorrat an solchen Geschichten, eine haarsträubender als die andere. Diese schien jedoch zumindest einen wahren Kern zu besitzen.

»Du meinst große Spinnen, nicht wahr?«

»Ja. Größer als du, aber kleiner als ein Troll«, erklärte das Stammesmitglied, das Turk eben Förs genannt hatte.

»Die Zwerge halten solche Biester. Manchmal lassen sie die Mistviecher in Gängen frei, in denen Trolle sind.«

»Sie sind also nicht nur groß, sondern auch gefährlich«, stellte Viçinia fest.

»Oh ja. Eine nicht so sehr. Aber wenn es viele sind, können sie auch Trolle fressen. Sie machen Netze. Man kann sie zerreißen, aber die Fäden kleben, und man bekommt sie kaum wieder ab. Und wenn man Pech hat, dann bleibt man hängen. Und dann kommen die Spinnen.«

»Die mit den gelben Flecken sind die Schlimmsten«, warf Schleicher ein. »Wenn die Braunen beißen, tut es weh, aber die Gelben können einen Troll mit einem Biss töten. Sie haben Gift.«

Giftige Riesenspinnen, dachte Viçinia entmutigt. *Als wenn die Unterwelt nicht ohnehin schon gefährlich genug wäre.*

»Wir könnten sie jagen und töten. Aber die Netze sind gefährlich, und die Gelben verbergen sich immer in den Seitengängen hinter ihren Netzen, und man weiß nie, wo sie sind.«

»Das klingt nicht gut«, gestand die Wlachakin, woraufhin Förs wieder abfällig lachte.

»Deshalb werden wir wohl umdrehen müssen«, befand Turk achselzuckend.

Innerlich musste Viçinia Förs' Einschätzung recht geben: Sie würde gegen solche Ungeheuer kaum von Nutzen sein. Wenn selbst die gewaltigen Trolle den Spinnen aus dem Weg gingen, dann würde ein Mensch, ungerüstet und unbewaffnet, gegen diese Untiere nichts ausrichten können. *Außer man heißt Sargan und kann Dutzende von Riesenspinnen allein mit dem Verstand besiegen. Was hat er noch gesagt? Agdeles Atem wird auch mit Spinnen fertig.*

Was ist Agdeles Atem? Denk nach, Viçinia! Aber ihre Unterhaltungen mit dem Dyrier schienen so lange her zu sein, als hätten sie in einem anderen Leben stattgefunden.

Noch warteten die Trolle auf die Rückkehr der anderen Späher, dann würden sie umkehren und eine Abzweigung nehmen, die sie noch weiter in die Tiefe hinabführen würde.

Agdele hat Feuer in die Figuren aus Lehm geatmet; so sind angeblich die ersten Dyrier entstanden, erinnerte sich Viçinia plötzlich. »Wartet!«, rief sie laut, da ihr eine Idee kam.

Verwundert blickten die Trolle sie an.

»Die Netze … ihr sagt, die sind dick, ja?«

»Ja, natürlich. Sonst könnten sie wohl kaum einen Troll aufhalten, oder?«

»Brennen sie?«

Die Trolle blickten einander an. Keiner schien die Antwort auf diese Frage zu wissen, und Drak sagte: »Keine Ahnung. Wieso?«

»Weil die Netze kleinerer Spinnen brennen.«

»Wir benutzen nur wenig Feuer«, entgegnete Turk. »Feuer ist kostbar. Nur manchmal finden wir Brennstein.«

»Also habt ihr es nie ausprobiert?«

»Nein.«

»Vielleicht funktioniert es. Ich habe noch einen Rest Öl in meiner Lampe. Wir könnten versuchen, die Netze anzuzünden.«

Nachdenklich sah Turk sich um. Die anderen Trolle blickten ihn erwartungsvoll an, sagten jedoch nichts. Schließlich seufzte der große Troll. »Gut. Wenn es nicht klappt, dann können wir immer noch umkehren. Macht euch bereit für die Jagd auf die Gelbflecken!«

Während die Jäger ihre Beutel aufnahmen, kam Turk zu Viçinia und sah ihr interessiert zu, wie sie mit Feuerstein und Stahl ein wenig Zunder entzündete.

»Es ist nicht einfach, Brennstein anzuzünden«, erklärte der Troll. »Und wir finden ihn nicht häufig.«

»Ist Brennstein schwarz und bröselig? Kann man ihn in der Hand zerdrücken?«, fragte die Wlachakin, während sie die kleine Flamme vorsichtig an den Docht der Lampe hielt. Turk nickte überrascht.

»Dann ist es das, was wir Kohle nennen. So, fertig«, verkündete sie und erhob sich mit der Laterne in der Hand. Die Jäger versammelten sich um sie, ließen die Muskeln spielen und bleckten die Zähne.

»Wo sind eigentlich die Waffen und Rüstungen, die wir für euch geschmiedet haben?«, fragte Viçinia, als ihr mit einem Mal in den Sinn kam, dass die Wlachaken die gewaltigen Wesen vor der Schlacht gegen Zorpad entsprechend ausgerüstet hatten.

»Druan hat gesagt, dass es nicht die Art der Trolle ist, so was zu benutzen«, entgegnete Turk. »Wir haben Klauen und Hauer, wir brauchen keine Waffen.«

»Und unsere Haut ist dick«, warf Drak ein. »Wir brauchen auch keine Rüstungen.«

»Wir haben die Sachen an einem sicheren Ort versteckt, denn Druan hat recht: Es ist nicht unsere Art. Man ist unbeweglich und laut. Zwerge sind so. Aber wir nicht.«

Erstaunt sah Viçinia die Trolle an. Sie blickten ernst, keiner widersprach den Worten des Anführers, einige nickten sogar. *Sie sind wirklich eigenartig. Ich hätte gedacht, dass sie die Möglichkeit nutzen, mit den Waffen ihre Feinde rascher zu besiegen.*

»Aufbruch«, befahl Turk und riss Viçinia damit aus ihren Überlegungen. »Der Rest wartet hier. Schleicher, führ uns.«

Schnell huschte der kleine Troll in den Gang, die Jäger liefen hinter dem Späher her, und die Wlachakin folgte ihnen.

Der Gang war beinahe eben und machte eine ganz sanfte Kurve nach rechts. Viçinia versuchte, sich ganz darauf zu konzentrieren, mit den Trollen Schritt zu halten. Diese sprachen kein Wort und liefen geduckt vorwärts. Ihre breiten Füße verursachten kaum Geräusche, und der Wlachakin wurde ein weiteres Mal bewusst, warum die Zwerge die riesigen Wesen so hassten und fürchteten. Schon über der Erde waren sie gefährlich, doch in den Gängen und

Tunneln ihrer Heimat waren die Trolle die gefährlichsten Jäger, die man sich vorstellen konnte, stark, lautlos und grausam.

Vorn duckte sich Schleicher hinter eine Felskante und nickte Turk zu. Die Jäger verteilten sich an den Wänden des Ganges, während Turk sich neben Schleicher kniete.

»Menschin«, flüsterte der Anführer, als er um den Felsen gespäht hatte.

Leise schlich Viçinia zu ihm. Ihr schwaches Licht reichte nur wenige Schritt in den Gang hinein, aber sie konnte in dem Zwielicht graue Fäden erkennen, die miteinander verwoben zu sein schienen. Die Wlachakin konnte einzelne Stränge sehen, die so dick wie ihr Arm waren, doch der größte Teil wirkte fast wie Stoffbahnen, die in dem Tunnel hingen. Kein Laut war zu hören, kein Lufthauch zu spüren.

Ohne zu sprechen, nahm Turk die Laterne aus Viçinias Hand und erhob sich. Mit einer Geste sandte er die Wlachakin und Schleicher zurück hinter die lauernden Jäger. Er selbst trat gebückt vor. Ein klickendes Geräusch ertönte. Mit einem urtümlichen Brüllen schleuderte Turk die Laterne in Richtung der Netze.

Einen Moment lang geschah nichts, bis die Laterne gegen die Wand schlug und von dem Aufprall aufgerissen wurde. Das Öl spritzte umher, fing Feuer und floss über Wand und Boden bis zu den Strängen des ersten Netzes. Mit einem Mal stand der Gang in Flammen. Gelborange loderte das Feuer, an den Rändern stieg düster und schwarz Rauch empor. Fasziniert betrachtete Viçinia die Flammen, die innerhalb weniger Herzschläge den ganzen Gang auszufüllen schienen. Die gigantischen Schatten der Trolle tanzten an den Wänden.

Plötzlich brach ein Wesen mit einem nervenzerfetzenden Kreischen durch den flammenden Vorhang. Lange Beine, die über den Fels kratzten, ein tief geduckter Leib. Die Spinne bewegte sich rasend schnell, halb an der Wand, halb auf dem Boden. Ihr Leib zog Rauchschwaden hinter sich her. Entsetzt wich Viçinia zurück, doch Turk sprang hinter dem Felsen hervor und packte eines der haarigen Beine. Die Spinne fuhr herum. Turk wirbelte um die eigene Achse. Ein Knacken ertönte, als der Körper der Spinne gegen den Felsen schlug. Sofort war Turk über dem Tier und hieb mit der Faust auf es ein. Die langen, geknickten Beine zuckten, als die Schläge des großen Trolls nur so herabprasselten.

Der Rauch wallte in ihre Richtung und ließ Viçinia husten. Auch die Trolle keuchten, und Schleicher hob die Hand vor den Mund.

»Zurück!«, befahl Turk, der sich langsam rückwärts von den Flammen entfernte. Für einen Augenblick glaubte Viçinia, mehr Bewegung im Gang zu sehen, doch keine weitere Spinne tauchte auf. Dann traten der Wlachakin Tränen in die brennenden Augen, und sie musste schneller gehen, um dem beißenden Qualm zu entkommen.

Obwohl auch die Trolle husteten und spuckten, rief einer fröhlich: »Nachher gibt es gebratene Spinne!«, und Gelächter wurde laut.

In sicherer Entfernung hockte Viçinia sich hin und versuchte durchzuatmen. Der Rauch kratzte ihr im Hals, füllte ihre Lungen. Jeder Atemzug sandte schmerzende Stiche durch Viçinias Körper. Nur langsam drang frischere Luft in ihre Brust; die Krämpfe ebbten ab. Dankbar genoss die Wlachakin das süße Gefühl, am Leben zu sein.

Um sie herum kamen auch die Trolle wieder zu Atem.

»Verfluchter Zwergenmist, das ging schnell«, staunte Förs und blickte Viçinia bewundernd an.

»Wenn die Luft klarer ist, gehen wir rein und jagen die Spinnen. Wenn welche überlebt haben«, erklärte Turk. »Schleicher, hol schon mal den Rest.«

»Tut mir leid, ich wusste nicht, dass die Netze so gut brennen«, entschuldigte sich Viçinia mit rauer Stimme.

»Ha! Die Mistviecher wussten das bestimmt auch nicht«, erwiderte Drak und lachte laut. »Hat Spaß gemacht!«

»Ich fand's auch lustig!«

Die Heiterkeit der Trolle steckte sogar Viçinia an. Ihr Kopf fühlte sich leicht an, ihre Gedanken rasten ohne Sinn durcheinander. Die Wlachakin musste kichern, dann lachte sie laut auf. All die Erschöpfung und Angst entluden sich in einem gewaltigen Lachanfall, der ihren Körper schüttelte und ihr wieder Tränen in die Augen trieb. Sie musste sich mit der Hand an der Felswand abstützen, um nicht zu Boden zu fallen. Sie lachte und lachte, die Tränen strömten ihr über die Wangen. Doch dann schnürte ihr unvermittelt Trauer die Kehle zu, und ihr Lachen wurde zu einem Weinen. Ein Schluchzen ließ sie erbeben. Die Beine versagten ihr den Dienst, und sie glitt zu Boden, schlang die Arme um den Leib und ließ ihren Tränen freien Lauf. Sie lag in den Trümmern ihrer Welt, gefangen in einem fremden, Furcht erregenden Reich, umgeben von grausamen Monstern. Irgendwo über ihr kämpfte Şten vermutlich um Wlachkis, kämpfte ihre Schwester den scheinbar endlosen Krieg. *Ich werde sie nie wiedersehen. Ich werde sie niemals mehr in die Arme schließen können.*

Wie lange sie dort lag, konnte sie nicht sagen. Die Tränen versiegten schließlich, und ihr Atem ging regelmäßig, doch die alles verschlingende Trauer wollte sie nicht verlassen. Erst eine vorsichtige Berührung an der Schulter brach den Bann. Als erwache sie aus einem bösen Traum, blickte Viçinia auf und erkannte Keru, die mit gerunzelter Stirn neben ihr kniete und sie fragend ansah.

»Es geht mir gut«, erklärte die Wlachakin matt und richtete sich auf. Verwundert blickte sie auf ihre schmerzende Hand. Dort, wo sie sich aufgestützt hatte, war ein tiefer Schnitt, der pochend schmerzte. Behutsam nahm Keru die blutende Hand in ihre Pranke und untersuchte die Wunde. Die Wlachakin wollte die Hand wegziehen, aber Keru hielt sie mit sanfter Gewalt fest. Sie kramte in ihren Beuteln und zog ein Stück Leder hervor, in das etwas eingeschlagen war. Mit einem Schwung des Handgelenks öffnete die Trollin das Leder. Es kam ein dunkler, übel riechender Klumpen zum Vorschein. Als Viçinia die Absicht der Trollin erkannte, erklärte sie hastig: »Ich denke nicht, dass das nötig ist! Ich …«

Aber in diesem Moment presste Keru Viçinias Hand schon in die Masse. Die Wlachakin zuckte zusammen, sie rechnete mit Schmerzen, mit einem Brennen, doch stattdessen fühlte sich ihre Handfläche überraschend kühl an. Keru fletschte die Zähne zu einem Lächeln und ließ die Hand los. Der Klumpen gab Viçinia nur unwillig frei, war klebrig wie Harz.

Obwohl die Wunde noch immer schmerzte, war das kühle Gefühl angenehm. »Danke«, sagte Viçinia leise. Vorsichtig erhob sie sich und blickte sich um. Die Luft war noch mit Rauch geschwängert, doch das Atmen fiel der Wlachakin nicht mehr schwer. Der Trollstamm hatte sich versammelt und wartete auf die Rückkehr der Jäger, deren Rufe Viçinia weiter vorn hören konnte.

Schließlich kehrte Schleicher zurück und gab Turks Befehl zum Aufbruch weiter.

Im schwachen Licht der Flechten sah der Gang aus, als ob ein Drache in ihm gewütet hätte. Die Wände waren mit Ruß verschmiert, unter der Decke waberten noch Rauchwolken, zum Glück jedoch einen Schritt über den Häuptern der Trolle. Die Netze waren komplett verbrannt, und ein Übelkeit erregender Geruch von verbranntem Haar und Fleisch hing über allem. Mit Mühe unterdrückte Viçinia ein Würgen. Drak stand in einer Ausbuchtung und hob triumphierend einen Spinnenkadaver empor. Die langen Beine der Kreatur hingen schlaff herab, ihr Leib war geschwärzt und von den Flammen gezeichnet.

»Ich hab die noch nie gebraten gegessen«, tat Förs kund. »Schmeckt bestimmt gut!«

Die anderen Trolle betrachteten das Werk der Zerstörung mit großen Augen. Immer wieder sah Viçinia ihre Blicke auf sich ruhen.

Ein Knirschen ließ die Wlachakin herumfahren. Neben ihr polterte ein Stein zu Boden, der aus der Wand gefallen war. Ein weiterer Felsbrocken rutschte langsam herab. Hinter ihm gähnte schwarz ein Gang. Bewegung zuckte darin. Steine flogen umher, als eine Spinne durch das entstandene Loch sprang. Die Beine des Tieres bewegten sich unfassbar schnell. Es schoss auf Viçinia zu. Bevor die Wlachakin reagieren konnte, war die Spinne schon bei ihr. Viçinia konnte die unmenschlichen Augen sehen, in denen sich das Licht spiegelte. Unfähig, sich zu rühren, beobachtete sie, wie die Spinne sich vor ihr aufrichtete, die Beine weit gespreizt.

Ein Schemen prallte gegen das Tier, riss es von Viçinia fort und zu Boden. Die Beine kratzten über die Wände. Ein Troll schlug auf das Tier ein, andere brüllten. Es gelang der Spinne, sich halb aufzurichten und die langen Mandibeln in den Arm des Trolls zu schlagen. Ein weiterer Troll warf sich auf das Tier. Seine Klauen kratzten über den harten Panzer, rissen Haare aus. Er biss zu und trennte ein Bein ab, indem er seinen Kopf wild umherschleuderte. Warme Flüssigkeit traf Viçinia, die immer noch wie gelähmt dastand.

Weitere Trolle packten die Spinne, brachen ihr die Beine, schlugen auf den schwarzgelben Körper ein, bis das Tier sich nicht mehr rührte.

»Scheiße«, keuchte ein Troll, der am Boden lag. Er hielt seinen Arm mit der Faust umklammert und verzog das Gesicht vor Schmerzen. Wie durch einen Nebel erkannte Viçinia Förs.

»Sie hat ihn gebissen!«, schrie ein anderer Troll. Die Trollin Keru drängte sich an ihren Stammesgenossen vorbei und kniete neben Förs nieder. Auch Turk trat hinzu. Seine Miene spiegelte seinen Zorn wider, seine Stimme donnerte durch den Gang. »Sucht hier alles ab! Ich will nicht von noch so einem Vieh überrascht werden!«

Die Jäger und Späher beeilten sich, seinen Befehl zu befolgen, und suchten nach Verstecken.

Langsam trat Viçinia an Keru heran, die Förs' Wunde mit einer hellen Paste bestrich. Zu ihrem Entsetzen sah sie, dass sein ganzer Leib zuckte. Ein langer Speichelfaden troff dem Troll aus dem Mund.

»Ist er vergiftet?«, fragte die Wlachakin leise.

»Ja. Verdammtes Gelbfleckengift«, antwortete Turk grimmig.

»Er hat mich gerettet.«

»Er hat die Spinne zerquetscht, mehr nicht, Menschin. Er hätte das für jeden getan.«

»Wird er … wird er überleben?«

»Kann man nicht sagen. Das Zeug ist übel. Es frisst das Fleisch auf. Wird sich zeigen, ob er es schafft.«

So wie Förs dalag, auf dem Rücken, die Augen offen, aber wie blind, wirkte der Troll weit weniger gefährlich. Seine Muskeln zitterten, als wäre ihm trotz der warmen Luft kalt. Viçinia kniete neben ihm nieder und legte ihm die Hand auf die zähe Haut seiner Schulter. Sie konnte das Beben spüren, das durch den Troll hindurchlief.

»Halt durch«, flüsterte sie. Vor ihrem inneren Auge sah sie die Spinne, riesig, mit kalten Augen und feucht glänzenden Mandibeln. *Sie hätte mich zerfetzt, wenn Förs nicht dazwischengegangen wäre.*

Die Wlachakin blickte Keru an, die sanft über Förs' Stirn strich. Die Trollin wirkte müde.

»Nichts gefunden«, berichtete Drak, der wieder zurückgekehrt war.

»Dann weiter. Zwei von euch nehmen Förs«, wies Turk seinen Stamm knapp an und setzte sich an die Spitze.

Keru packte Viçinia am Arm und zog sie von Förs weg, der zitternd um sein Leben kämpfte. Drak und ein weiterer Troll griffen dem Liegenden unter die Schultern und hoben ihn an. Halb trugen sie den Troll, halb schleiften sie ihn vorwärts.

Auch Viçinia setzte sich wieder in Bewegung. Das Bild des verletzten Trolls, der von seinen Stammesgenossen getragen wurde, wollte ihr nicht aus dem Kopf. Auch wenn Turk behauptete, dass Förs nicht speziell *sie* hatte retten wollen, verspürte Viçinia Dankbarkeit. Zugleich fühlte sie sich schuldig, da der Troll gewissermaßen eben doch ihretwegen verwundet worden war. Obwohl sie ihn nicht sehen konnte, weil andere Trolle ihr die Sicht versperrten, konnte sie sein Stöhnen hören, das von seinen Schmerzen kündete.

Der Stamm ließ den geschwärzten Abschnitt des Gangs schnell hinter sich und zog immer weiter. Die Trolle verfielen in ihren üblichen Trott, der Viçinia alles abverlangte, wollte sie mit ihnen mithalten.

Nach einiger Zeit befahl Turk eine Rast in einer Höhle, und die Wlachakin setzte sich neben den bewusstlosen Förs, die Arme um die Knie geschlungen. Sie beobachtete den Troll. Sein Zittern hatte nachgelassen, und er stöhnte auch kaum noch. Unter seinen Lidern zuckten die Augen, und manchmal schlossen und öffneten sich seine Pranken.

Keru gesellte sich zu ihnen. Die Trollin drückte Viçinia einen Lederbeutel mit Wasser in die Hand. Dankbar benetzte die Wlachakin ihren gereizten Rachen. Als sie den Beutel zurückgeben wollte, wies Keru einfach auf Förs. Während die alte Trollin sich am Arm des Verletzten zu schaffen machte, versuchte Viçinia, ihm ein wenig Wasser einzuflößen. So sehr sie sich dabei auch anstrengte, das meiste lief wieder aus seinem Mund und floss auf den Felsboden.

Als ihr Blick auf die Wunde fiel, erschrak sie; wo vorher nur zwei tiefe, dolchartige Stiche gewesen waren, lag nun der Muskel des Trolls frei. Wülste hatten sich gebildet, die Haut schien wie vom Fleisch losgelöst.

»Beschissenes Gift«, knurrte Drak, der sich über Förs gebeugt hatte. Dann klopfte der Jäger dem Bewusstlosen auf die Brust. »Du schaffst es trotzdem!«

Der Anblick des leidenden Trolls verursachte Viçinia beinahe körperliche Schmerzen. Sie konnte es nicht länger ertragen, ihn anzusehen, und erhob sich schwankend. Schwindel griff nach ihr, und sie musste sich an der Wand abstützen. Es dauerte einige Herzschläge, bis die flirrenden Lichter vor ihren Augen verblassten und sie wieder klar sehen konnte.

»Du solltest dich ausruhen«, stellte Turk ruhig fest.

»Es geht mir gut.«

»So siehst du nichts aus, Menschin.«

»Mein Name ist Viçinia!«, erwiderte die Wlachakin bissig.

»Wir machen eine längere Rast. Förs braucht Ruhe«, erklärte der Anführer, ohne auf diesen Einwurf einzugehen, rutschte mit einem schabenden Geräusch an der Wand hinab und setzte sich laut seufzend hin. »Das Feuer war gut.«

Auch Viçinia ließ sich auf dem Boden nieder und streckte ihre schmerzenden Beine aus. »Dennoch muss Förs um sein Leben kämpfen.« Ihre Hand hatte wieder zu pochen begonnen, und ein dumpfer Schmerz zog sich von ihrem Gesäß bis in den Nacken. Die Erschöpfung ergriff auch ihren Geist, und ihre Lider wurden schwer.

»Die Viecher sind gefährlich. Keru tut, was sie kann.«

»Ich hätte gedacht, dass ihr ihn zurücklasst. Oder ihn einfach ausweidet«, sagte Viçinia schläfrig. Als sie jedoch Turks wütenden Gesichtsausdruck sah, schreckte sie aus den Armen des Schlafs hoch.

»Er lebt noch, und wir nehmen ihn mit!«

»Natürlich«, beeilte sich die Wlachakin zu sagen. »Ich dachte nur … ich meinte …«

»Falls er stirbt, nehmen wir sein Fleisch. Aber solange er lebt, gehört er zum Stamm. Wir lassen niemanden zurück, es sei denn, er ist schon so gut wie tot, und es geht nicht anders!«

»Es tut mir leid«, erklärte Viçinia, auch wenn ihr der

Gedanke, einen Troll um Entschuldigung zu bitten, für einen Moment absurd vorkam. »Ich wusste es nicht besser.«

Statt einer Antwort schnaufte Turk nur.

Viçinia hatte keine Ahnung, wie sie den großen Troll besänftigen sollte, deshalb wechselte sie das Thema. »Was ist mit Keru?«

»Sie ist alt.«

»Wieso kann sie nicht sprechen?«

»Zwerge. Eine Axt hat ihr den Kiefer gespalten und ihr die Zunge zerschnitten. Schon vor langer Zeit.«

Die Wlachakin nickte. »Sie ist heilkundig, nicht wahr?«

»Sie kann nur noch schlecht jagen und kämpfen. Aber sie weiß vieles.«

Viçinia dachte an die Gefahren, die überall lauerten. Nicht nur die Zwerge, sondern die gesamte Umwelt schien den Trollen feindlich gesonnen zu sein. »Ihr überlebt nur gemeinsam«, sagte die Wlachakin mehr zu sich selbst.

»Ja. Nur der Stamm bietet Sicherheit. Allein stirbt jeder Troll.«

»Was ist mit den Alten?« Viçinia strich sich über den Leib. Ihre Gedanken wanderten zu dem neuen Leben, das sie unter dem Herzen trug. »Was ist mit den Kindern? Wie beschützt ihr sie?«

»Die Kinder sind immer bei uns. Die Alten auch. Meistens werden Trolle aber nicht alt.«

In Turks Stimme klang ein Unterton mit, der Viçinia aufhorchen ließ. *Ihre Heimat fordert einen hohen Tribut von ihnen, so wie Wlachkis von uns. Trauert er, oder ist er stolz?*

»Wir sind so tief hinabgegangen, weil die Zwerge die oberen Gänge verpesten. Hier unten gibt es wenig Wasser und wenig Essen. Hier überleben selbst wir Trolle nur mit Mühe.«

»Dennoch wollte das Kleine Volk euch ausrotten«, gab die Wlachakin zu bedenken.

Der Troll lachte laut auf. Einige der anderen sahen zu ihnen herüber, wandten sich aber schnell wieder ab.

»Den Krieg gibt es schon lange«, erläuterte Turk. »Es ist klug, den Feind zu vernichten. Wir würden es ebenso tun, wenn wir könnten. Jeden einzelnen Zwerg töten, bis keiner mehr übrig ist.«

»Alle? Kinder? Alte? Schwache?«

»Alle. Erst dann haben wir gesiegt. Jetzt verstecken sich die kleinen Bastarde in ihren Hallen. Anda hat sie vertrieben, aber sie vermehren sich in ihren Hallen und Kammern. Sie schmieden Waffen, und sie schmieden Pläne. Sie werden wiederkommen, und der Krieg wird weitergehen. Bis es keine Trolle oder keine Zwerge mehr gibt!«

Entsetzt blickte Viçinia den großen Troll an. Der Krieg und Hass zwischen Masriden und Wlachaken schwelte seit Jahrhunderten, und es hatte furchtbare Grausamkeiten gegeben. Doch niemals war es um die Vernichtung eines ganzen Volkes gegangen. Die Trolle waren – gerade wie die Zwerge – im Krieg ebenso grausam und gnadenlos, wie es ihre Heimat war.

»Wir werden die Zwerge ausrotten, früher oder später. Zumindest da hat Anda recht.«

Bevor sich Viçinia nach Anda erkundigen konnte, kehrte ein Späher zurück und lief geradewegs zu Turk. Heftig schnaufend kniete er sich neben den Anführer. »Wir haben einen Troll gefunden.«

Neugierig spitzte Viçinia die Ohren.

Auch Turk lehnte sich vor. »Wo?«

»Weiter vorn im Gang. Schwer verletzt. Er sagt, er gehört zu Pard.«

»Pard ist in der Nähe?«, mischte sich die Wlachakin ein.

Turk warf ihr einen finsteren Seitenblick zu. »Wer hat ihn verletzt?«

»Anda«, erwiderte der Späher tonlos.

Turk fluchte und blickte sich vorsichtig um. Zwar sahen einige der Trolle zu ihnen herüber, doch die meisten schliefen bereits. »Führ mich zu ihm«, befahl er und erhob sich.

Auch Viçinia stand auf. »Ich komme mit«, sagte die Wlachakin resolut.

Einen Moment lang starrte der große Troll sie an, doch dann nickte er.

Sie folgten dem Späher in den Gang. Obwohl Viçinia etwas von den leuchtenden Flechten mitgenommen hatte, konnte sie nur wenig von der düsteren Umgebung erkennen. Selbst mit zwei Trollen in ihrer Nähe fühlte sie sich unsicher. Bislang war sie immer in Begleitung des ganzen Stammes gewesen. Jetzt waren nur Turk und der Späher bei ihr. Beklemmung stieg in der Wlachakin auf. Zu zahlreich waren die Gefahren tief unter der Welt, zu leicht konnte etwas geschehen.

Es dauerte eine ganze Weile, bis sie zu einer Stelle kamen, wo der Gang breiter wurde. Hinter einer Felsnadel konnte Viçinia eine Gestalt erkennen; einen Troll, der mit dem Oberkörper an der Wand lehnte. Als sie näher kam, sah sie die furchtbaren Verletzungen, die der Troll davongetragen hatte. Seine Haut war an vielen Stellen regelrecht zerfetzt, tiefe Furchen waren in seinen Leib gerissen.

»Hast du dich um seine Wunden gekümmert?«, erkundigte sich Turk.

Der Späher schüttelte den Kopf. »Zu viele«, murmelte er, ehe er noch weiter vorn im Gang Posten bezog.

Viçinia konnte sehen, dass er wohl recht hatte. Die Wunden waren tief, und auf dem Boden breitete sich eine große Blutlache aus.

»Wie heißt du?«, fragte Turk, der sich zu dem Sterbenden hinabbeugte.

»Remm.«

Die Augen des Trolls wanderten umher, als suche er den Sprecher, obwohl Turk direkt vor ihm stand.

»Was ist passiert, Remm?«

»Anda … ihre Trolle haben uns gefunden.«
»Wo ist Pard?«
»Tiefer gegangen. In die Spalten. Ganz nah beim Herzschlag.«
Remm würgte und spie Blut aus. Der Troll bleckte die Zähne zu einem furchtbaren Lächeln. »Die haben mich richtig erwischt. Lassen mich einfach liegen, wie beschissene Zwerge.«
»Wie viele seid ihr noch?«, fragte Turk, ohne auf das Gesagte einzugehen.
»Vier oder fünf Hände«, erklärte Remm hustend, »und der Elf und der Menschling.«
»Ein Mensch?«, hakte Viçinia verblüfft nach. »Hier?«
»Druans Menschen-Hareeg.«
Viçinia sprang vor und kniete neben dem verletzten Troll nieder. »Şten? Meinst du Şten?«
Remms Augen zuckten, sein Atem ging rasselnd. Ein letzter, verzweifelter Atemzug war zu hören, dann trat Stille ein.
»Nein! Sag es mir! Meinst du Şten?«, schrie Viçinia den toten Troll an. »Du musst es mir sagen!«
Sie packte den Schädel, der kraftlos auf die Seite gefallen war, aber Turk zog sie mit unwiderstehlichem Griff fort. »Er sagt nichts mehr. Er ist wieder in den Herzschlag eingegangen. Komm.«
Die Stimme des großen Trolls duldete keinen Widerspruch. Viçinias Gedanken rasten. Şten ist hier unten. Sucht er nach mir? Woher weiß er, dass ich hier bin? Wieso ist er bei Pard? Hat Druan ihn geholt? *Wie soll ich ihn finden?* Doch alle ihre Fragen blieben ohne Antwort, bis sie in die Höhle mit dem Rest des Stammes zurückkehrten.
»Aufwachen!«, brüllte Turk rücksichtslos. »Alle Jäger kommen mit mir!«
»Wohin?«, fragte Drak, der auf die Füße sprang und sich hektisch umblickte.
»Anda jagt Pards Stamm. Wir suchen sie.«

Gemurmel erfüllte die Höhle, als die Trolle die Neuigkeit verarbeiteten.

»Ich nehme Späher mit, Schleicher und Cas. Drak, du bleibst zurück und führst den Rest. Folgt uns vorsichtig. Im Gang liegt Fleisch, nehmt es mit.«

Bevor Viçinia sichs versah, hatte die Gruppe Jäger sich versammelt.

»Ich komme mit«, rief die Wlachakin.

Aber Turk schüttelte sein massiges Haupt. »Nein, zu gefährlich. Wir müssen uns schnell bewegen, du hältst uns nur auf.«

»Ich muss mitkommen«, erklärte Viçinia. »Şten ist da unten. Ich muss …«

»Nein, Vi-çi-nia«, erwiderte Turk fest, wobei er die Silben einzeln betonte. »Diesmal nicht.«

Damit wandte er sich ab und lief schnell in den Gang, gefolgt von den Jägern. Auch Viçinia wollte ihnen folgen, aber Drak trat ihr in den Weg.

Şten, was soll ich nur tun, dachte die Wlachakin verzweifelt, doch ihr fiel einfach keine Antwort ein.

46

Trotz des schlechten Wetters und der einfachen Lebensumstände war Sargan froh über das Lagerleben.

Flores und Tamár hatten ein rascheres Tempo befohlen, damit ihre Truppen das Mardew vor Szilas erreichten. Der stetig andauernde Regen und das harte Tagespensum drückten die Stimmung unter den Kriegern. Abends fielen sie erschöpft auf ihre Lagerstätten, morgens krochen sie bleich und zitternd wieder aus ihren Decken hervor. Aber da Sargan beritten war, erschöpften ihn auch die schnellen Märsche nicht allzu sehr.

Während er nun neben der Marschkolonne herritt, gefolgt von seiner Wache, sah er sich die Masriden und Wlachaken an, die mit leeren Augen weiterstapften. Die Soldaten versuchten, sich so gut es ging gegen den Regen zu schützen, doch die Nässe durchdrang ihre Mäntel, rann unter ihre Rüstungen und drang in ihre Stiefel ein.

Die Marschierenden verwandelten die Straße in tiefen Schlamm, in den die Stiefel einsanken und aus dem sie sich nur mit Mühe wieder befreien ließen. Immer wieder blieben Trosswagen stecken, die unter der Last der Ladung im Matsch versanken und von den Kriegern wieder in Fahrt gebracht werden mussten. Jeder Schritt war eine Anstrengung, ein Kampf gegen die Elemente.

Die Erschöpfung hatte sogar den schwelenden Zwist zwischen Wlachaken und Masriden erstickt; seit Sargans Ankunft hatte es kaum noch Zwischenfälle gegeben. Dafür forderte sie jetzt Tribut: Mehr und mehr Soldaten husteten und fieberten. Die Kolonne der Kranken, die in der Mitte der Formation marschierte, wuchs mit jedem Tag. Ebenso mussten Tag für Tag größere Gräber ausgehoben werden, um die Toten zu bestatten. *Eine Kette von Gräbern zieht sich durch Wlachkis,* dachte der Dyrier. *Verletzte, Kranke, Schwache. Väter, Schwestern, Söhne, Freunde. Sie alle werden vom Krieg dahingerafft, selbst wenn keine Schwerter geschwungen werden.*

Mit einem Schnalzen trieb Sargan sein Pferd an und ritt an den langen Reihen der ausgelaugten Armee vorbei. Schlamm spritzte, als der Dyrier zu den Reitern aufschloss, die sich an der Spitze des Zuges befanden.

Marczeg Békésar war in einen gewachsten Mantel gehüllt und saß in gerader Haltung auf seinem Hengst, obwohl der Regen in kleinen Bächen an ihm hinabströmte. *Der junge Marczeg will seinen Leuten ein Vorbild sein,* erkannte Sargan. *Das kann bei diesem Wetter keinen Spaß machen.* Der Dyrier hatte sich schon mehr als einmal gefragt, wie es sich anfühlen mochte, in der Haut des masridischen Adligen zu stecken, der seine Herrschaft mit dem Verlust seiner Heimatstadt begonnen hatte. *Dafür hält er sich ganz gut. Wenn er noch lernt, seinen unbändigen Stolz zu zügeln, wird vielleicht sogar ein akzeptabler Herrscher aus ihm.*

Erst als er Tamár erreicht hatte, verlangsamte Sargan seinen Ritt und ließ seine Stute neben dem Marczeg in einen Trott fallen.

»Ah, der ehrenwerte Legat«, begrüßte ihn der Masride und wischte sich einige Tropfen Regen von der Stirn.

»Was denkt Ihr, wie weit es noch ist?«, erkundigte sich der Dyrier. Sein Blick wanderte zu den Sorkaten, die bereits hoch vor ihnen aufragten. Die Gipfel der Berge verschwanden in den tief hängenden Wolken, die den Himmel bedeckten. Die grauen Flanken der Berge verschmolzen mit den ebenso grauen Wolken. Vermutlich lag das Mardew im dichten Nebel.

»Wir sollten die Berge heute noch erreichen. Aber vor morgen werden wir den Aufstieg nicht beginnen können. Wir müssen am Fuß des Gebirges lagern.«

»Mit den Wagen wird dieser Weg sehr anstrengend werden«, vermutete Sargan.

»Das Gelände ist dort felsiger. Wenigstens wird es keinen verfluchten Schlamm mehr geben. Aber es wird hart, ja.«

Nachdenklich blickte der Dyrier über die Schulter zurück. Die Soldaten wirkten nicht, als könnten sie ein weiteres Stück harter Wegstrecke überstehen. Vielmehr schien es Sargan, als ob die meisten schon jetzt an Ort und Stelle zu Boden sinken wollten.

»Wir reiten ein Stück vor und sehen uns den Weg an«, fuhr Tamár fort. »Wollt Ihr uns begleiten, ehrenwerter Gesandter?«

»Warum nicht? Der Tag war recht einförmig, da sehnt man sich geradezu nach Abwechslung.«

Gemeinsam ritten sie bis zur vordersten Gruppe, wo Flores im Kreise einiger Bojaren marschierte. Die Wlachakin war von ihrem Pferd abgestiegen und führte das Tier am Zügel. Mit dem fleckigen Ledermantel und der tief ins Gesicht gezogenen Kapuze wirkte die Voivodin eher wie ein Wegelagerer als wie die Feldherrin der Wlachaken.

»Wir schließen zur Vorhut auf«, rief Tamár erklärend. »Den Lagerplatz ansehen.«

Stumm nickte die Wlachakin und sprang behände in den Sattel. Die drei trieben ihre Reittiere zu einer schnelleren Gangart an. Hinter sich konnte Sargan die Hufe der Pferde hören, als ihre Krieger ihnen folgten.

Vor der Masse des Heerzugs war die Straße noch in einem einigermaßen guten Zustand, und so kamen sie schnell voran. Dennoch begann es bereits dunkel zu werden, als sie die Vorhut erreichten. Die Soldaten hatten sich auf einer großen Wiese etwas abseits der Straße niedergelassen und im Schutz einiger Zeltplanen Feuer entzündet. Als die kleine Truppe vorbeiritt, grüßte eine Handvoll Krieger respektvoll, die meisten jedoch blickten nicht einmal auf.

»Der Platz ist gut«, befand Flores. »Eben und groß genug für das Lager. Wir stellen Wachen an der Straße und am Waldrand auf.«

»Es gefällt mir nicht, dass wir Szilas' Reiter immer noch nicht zu Gesicht bekommen haben«, erwiderte Tamár ernst. »Es waren zu viele, um einfach nur Späher zu sein.«

»Aber zu wenige, um uns anzugreifen oder auch nur aufzuhalten«, gab Flores zu bedenken.

»Vermutlich. Lass uns den Weg überprüfen, solange es noch ein wenig Licht gibt. Das verfluchte Wetter macht die Welt früh düster.«

Der Marczeg galoppierte die Straße entlang, die sich langsam in Richtung der Berge wand. Das Land war hier bereits hügelig; das Vorgebirge schob sich bis tief in die Ebene des Sadats hinein. Das Mardew war ein kleines Stück Land, das sich als Hochplateau im Herzen der Südlichen Sorkaten an die hohen Berge schmiegte. Obwohl das Mardew im Vergleich zum übrigen Wlachkis sehr klein war, boten seine einzigartige Lage und das nur schwer passierbare Terrain einen guten Schutz gegen Angreifer. *Hierhin hatten die Freien Wlachaken sich nach der Niederlage gegen Arkas Dîmminu zurückgezogen und sich mehr als zwei Jahrhunderte verteidigt. Es ist schon beinahe legendär, dass kein Masride Ionnas Vorfahren von hier vertreiben konnte.*

Es gab nur eine Handvoll Aufstiege in das Hochland, die für eine Armee geeignet waren. Der wichtigste lag vor ihnen, der Anschluss an die Straße, die vom Magy aus in den Süden führte. *Straße ist gut,* dachte Sargan verächtlich. *Festgetretener Lehm, mehr nicht. Im Goldenen Imperium würde der Verwalter der Provinz sich schämen und um seinen Kopf fürchten, wenn Reisende auf solchen Straßen unterwegs sein müssten.*

Tatsächlich wurde der Untergrund aber schon bald felsiger, genau wie Tamár vorhergesagt hatte, und der Weg führte stetig bergauf. Vor ihnen erhob sich ein schroffer, steiler Hang, der bis hinauf in die untersten Wolkenfetzen reichte. Einige Büsche krallten sich in den kargen Boden, etwas Gras wuchs dort, aber ansonsten wirkte das Hochland unbelebt und öde.

Während Sargan noch schaute, ob er in den grauen Wolken den oberen Teil des Hanges erkennen konnte, ritt Tamár schon auf dem Weg zwischen den Felsbrocken nach oben. Flores folgte ihm, und hinter den beiden ritten ihre Krieger in einer Reihe, deren Anblick Sargan an eine Schlange erinnerte, die sich den Berg hinaufwand.

Gerade wollte Sargan ebenfalls hinterherreiten, da bemerkte er oben am Hang eine Bewegung. Misstrauisch kniff der Dyrier die Augen zusammen und versuchte, Genaueres zu erkennen. Doch Nebel und Wolken versperrten ihm die Sicht und hüllten den oberen Hang in graues Nichts. Unvermittelt ging ein tiefes Rumpeln durch die Erde. Weit oberhalb der Reiter lösten sich Steine und Felsen. Es wirkte zögerlich, fast bedeutungslos, wie die gewaltigen Brocken zu rutschen begannen, doch Sargan erkannte die Gefahr sofort.

»Zurück!«, brüllte er. »Ein Erdrutsch!«

Hastig wendeten die Reiter ihre Tiere. Auf dem schmalen Weg war dieses Manöver nicht einfach, und die Pferde waren nervös. Eines tänzelte zur Seite und rutschte mit dem Hinterlauf aus. Sein Reiter stürzte aus dem Sattel und rollte ein Stück den Hang hinab. Das Pferd brach zusammen und überschlug sich mehrfach.

Entsetzt blickte Sargan hinauf zu der Lawine, die sich trügerisch langsam ihren Weg hinab bahnte und immer mehr Geröll mit sich riss. »Beeilt euch!«, schrie der Dyrier und winkte wild mit den Armen. Seine Stute schnaubte und legte die Ohren an. Er spürte, wie sie unter ihm zitterte, und hielt sich am Sattel fest.

Die meisten Reiter preschten bereits den Weg hinab. Flores war bei dieser Gruppe, doch Tamár befand sich noch weiter oben. Aus der Entfernung konnte Sargan sehen, wie der Marczeg zu dem Gestürzten schaute und dann einen

Blick über die Schulter warf. Mit einem Mal trieb er sein Pferd an, und es sprang den Hang hinab. Der Masride saß gebeugt im Sattel, sein Pferd tänzelte geradezu über die rutschige Erde. Schon war Tamár bei dem gestürzten Soldaten, der sich gerade aufrappelte. Er packte den Krieger und zog ihn wie einen nassen Sack quer über den Sattel. Ein Stück über dem Marczeg donnerte die Lawine gen Tal, die selbst gewaltige Felsen unaufhaltsam mit sich riss. *Das schafft er niemals,* dachte Sargan, als Tamár sein Pferd wieder anspornte und dabei selbst kleine Lawinen auslöste. Steine flogen um die Hufe des Pferdes, als es mit weit aufgerissenen Augen den steilen Hang hinabgaloppierte. Fasziniert sah Sargan Tamár zu, der wie ein Besessener ritt.

»Weg!«, schrie Flores, die an Sargan vorbeischoss. Der Dyrier aber konnte die Augen nicht von Tamárs Ritt abwenden. Der Marczeg lenkte sein Pferd von Rutschpartie zu Rutschpartie; mehrfach knickten dem Tier die Beine ein, aber jedes Mal gelang es Tamár, sich im Sattel und sein Pferd aufrechtzuhalten.

»Gebieter«, ertönte Balaos' tiefe Stimme.

Erdklumpen wirbelten durch die Luft; Steine sprangen umher; Felsbrocken prallten mit Getöse gegeneinander. Die ersten Findlinge rollten an Tamár vorbei. Ein Stein traf ihn an der Schulter und schleuderte ihn nach vorn. Nur mit Mühe konnte er sich im Sattel halten. *Jetzt ist es um ihn geschehen! Gleich erreicht die Lawine den Weg und begräbt ihn unter sich.*

»Gebieter, wir sollten weiter zurück«, empfahl Balaos.

Unwillig nickte Sargan und wendete sein Pferd. Ein letzter Blick über die Schulter zeigte ihm Tamár, den das ins Tal donnernde Gestein schon fast eingeholt hatte. Dann wurde der Marczeg vom wallenden Erdreich verschluckt. Sargan gab seinem Pferd die Sporen und galoppierte hinter Flores her. Selbst im Reiten konnte er das Beben der Erde spüren, und der Lärm der Lawine war ohrenbetäubend.

»Wo ist Tamár?«, rief Flores, als Sargan sich zu ihr gesellte. Die Wlachakin hatte mit den Soldaten hinter einigen Felsen Schutz gesucht und war abgestiegen.

»Der Erdrutsch …«, begann Sargan vorsichtig.

Ungläubig schüttelte Flores den Kopf. »Der Narr!«

Sie umrundete die Felsen und lief zurück zum Hang. Der Dyrier wollte ihr folgen, da lenkte Balaos ihm sein Pferd in den Weg.

»Mach Platz«, befahl Sargan, doch die Wache rührte sich nicht.

»Impertinenter Sylke!«, fluchte der Dyrier, aber Balaos ließ sich nicht erweichen. So konnte Sargan nur zusehen, wie Flores zum Hang lief und dabei Tamárs Namen rief.

Plötzlich löste sich ein Schemen aus den Staubwolken. Eine dunkle Gestalt, deren Umrisse nur langsam schärfer wurden, bis Sargan den Marczeg erkannte, der sein Ross zu Flores traben ließ. Im Lärm der letzten ins Tal stürzenden Geröllmassen konnte Sargan nicht verstehen, welche Worte zwischen den beiden gewechselt wurden, aber Flores' ausladende Gesten zeugten von ihrem Zorn.

Ein Lächeln stahl sich auf Sargans Lippen, als er an das pikante Geheimnis dachte, das Wlachakin und Masride anscheinend teilten. Vor anderen mochten sie es ja verborgen halten können, aber der Dyrier hatte die Blicke gesehen, die sie sich zuwarfen. *Dann muss ich mir wohl eine andere Braut als Flores suchen,* dachte er belustigt. *Sie ist mir ohnehin zu impulsiv und zu schnell mit der Klinge bei der Hand. Ich habe einfach kein Glück mit den Wlachakinnen.*

Nach kurzer Zeit kehrten Tamár, Flores und der gerettete Krieger zurück zu den anderen. Auf den Zügen des Marczegs zeigten sich seine widerstreitenden Gefühle.

»Keine Verluste«, stellte Flores fest.

»Wir hatten Glück«, erwiderte Tamár. »Falls man es Glück nennen kann, wenn die halben Sorkaten auf uns niederprasseln!«

»Der Regen hat wohl den Boden aufgeweicht. Vielleicht hat unser Ritt den ersten Steinschlag ausgelöst.«

»Vielleicht«, sagte Sargan zweifelnd. »Vielleicht aber auch nicht. Ich habe kurz vor dem Ereignis etwas gesehen.«

»Was?«, fragten Flores und Tamár gleichzeitig.

»Ich weiß nicht genau. Eine Bewegung. Vielleicht einen Menschen. Ich bin mir nicht sicher, es war oben, im Nebel.«

»Szilas!«, rief Tamár und fluchte ausgiebig. »Er hat erraten, wohin wir uns wenden würden.«

»Was seit einiger Zeit nicht mehr sehr schwer ist. Wir haben alle Städte links liegen lassen«, gab Flores zu bedenken. »Aber denkst du wirklich, er hat seine Hände im Spiel? Vielleicht war es ein gewöhnlicher Erdrutsch. Vielleicht hat Sargan einfach nur einen wilden Mufflon gesehen.«

»Ich spüre es in meinen Knochen«, erwiderte Tamár düster und blickte zu dem Hang, der inzwischen wieder zur Ruhe gekommen war.

»Jedenfalls werden wir hier nicht in das Mardew hinaufsteigen können«, stellte Flores fest. »Zumindest nicht mit Pferden und Wagen.«

»Nein. Wir müssen einen anderen Aufstieg nehmen. Aber wir sollten Späher hinaufsenden, die nach Szilas' Soldaten Ausschau halten. Ich will nicht noch so eine Überraschung erleben.«

»Wenn es Szilas' Krieger waren, wieso haben sie nicht gewartet, bis mehr von uns auf dem Weg waren? Sie hätten die halbe Armee unter Geröll begraben können!«

»Vielleicht haben sie Euch erkannt, Marczeg, und wollten sich die Gelegenheit nicht entgehen lassen«, vermutete Sargan. »Oder sie wollten sicher gehen, dass der Aufstieg unpassierbar ist, und sich nicht darauf verlassen, dass der erste Versuch funktioniert.«

»Diese Überlegungen führen zu nichts. Ich sende noch heute Abend Späher aus. Wenn es Szilas' Leute waren, dann will ich ihre Köpfe. Aber jetzt sollten wir ins Lager zurückkehren. Wir müssen eine neue Route finden.«

Gemeinsam ritten sie zurück zu dem Lagerplatz, wo der Hauptteil der Truppen schon damit beschäftigt war, die Zelte zu errichten.

Es war bereits dunkel, als Sargan sich, gewaschen und umgekleidet, Tamárs Zelt näherte. Zwar hatte er eigentlich bei den Kriegsräten nichts verloren, aber das machte dem Dyrier wenig aus. In diesen Versammlungen entschied sich das Schicksal des Landes und damit auch Sargans Erfolg oder Misserfolg. So weit er die Lage einschätzen konnte, stand der Krieg auf Messers Schneide. *Ein Fehler, und Szilas kann die ganze Führungsriege seiner Feinde mit einem Schlag auslöschen. Davon würden sich weder Masriden noch Wlachaken mehr erholen.*

Hinter sich hörte der Dyrier Balaos durch den Matsch stapfen. Der Regen spielte ein leises Lied auf der Rüstung des Sylken, der diese Unannehmlichkeit jedoch, wie jede andere auch, klaglos ertrug. Sargan hatte ihm verziehen, dass er sich ihm in den Weg gestellt hatte. Anscheinend war Balaos wirklich an seinem Wohlergehen interessiert und kein Spion seiner Feinde.

Durch den Eingang des großen Zeltes schimmerte warmes, einladendes Licht, und Sargan beschleunigte seine Schritte. Bevor er jedoch eintreten konnte, stellte sich ihm unter dem Vordach eine Wache entgegen. Vorsichtig, um nicht unnötig nass zu werden, schob der Dyrier seine Kapuze zurück.

»Du?«, fragte die Wache erstaunt. Ihr Gesicht lag im Schatten, und das Licht des Zeltes blendete Sargan, sodass er sie nicht erkennen konnte.

»Verzeih«, bat der Dyrier und kniff die Augen zusammen. Das blonde Haar deutete auf eine Masridin hin. Sie wendete das Gesicht ein wenig. Das Licht erhellte ihre Züge und zog scharf die Linien ihres Antlitzes nach. Es dauerte einen Augenblick, bis Sargan sie erkannte. »Maiska!«

»Und du bist … Ihr seid Sargan, der Schreiber aus dem Dyrischen Imperium.«

»Ich habe einen kleinen Karrieresprung gemacht«, erwiderte Sargan wahrheitsgemäß, als er sich daran erinnerte, dass er die junge Frau im letzten Jahr im Hinblick auf seinen Beruf getäuscht hatte. Erinnerungen an gemeinsame Nächte stiegen in ihm auf. Maiska hatte stets gewusst, was sie wollte. Er hatte Mühe, ein Grinsen zu unterdrücken.

»Dann hat Euer rotes Haar Euch tatsächlich Glück gebracht.«

»Und du bist von der Torwache in Turduj zur Leibwache des Marczegs aufgestiegen? Vielleicht hat mein Haar ja uns beiden Glück gebracht«, erwiderte Sargan und zwinkerte der jungen Masridin zu.

»Ich will Euch nicht aufhalten, Herr.«

»Oh, du hältst mich nicht auf. Nun ja, ein kleines bisschen«, gestand Sargan. »Vielleicht können wir weiterreden, wenn die Versammlung vorbei ist.«

Mit einer höflichen Verbeugung trat die Kriegerin zur Seite und neigte das Haupt, während Sargan an ihr vorüberschritt. *Vermutlich trifft Balaos der Schlag, wenn ich mich mit Maiska treffe,* dachte der Dyrier seufzend. *Eine ständige Leibwache macht Liebeleien nahezu unmöglich.* Zum ersten Mal kam ihm der Gedanke, dass ihm möglicherweise nicht seine Feinde, sondern seine Frauen Balaos mit auf die Reise gegeben hatten.

»Ist die Last der Welt so schwer, Sargan?«, fragte Flores spöttisch und hob einen Becher zum Gruß.

»Was?«

»Euer Seufzen. So tief und lang, als ob Ihr die Sorgen der ganzen Welt tragen müsstet.«

»Nein. Ich muss nur das Wetter in Wlachkis ertragen. Obwohl mancher Philosoph sagen würde, dass es einfacher wäre, die Sorgen aller auf sich zu nehmen, als noch einen weiteren Tag diesen aus dem Himmel stürzenden Ozean zu ertragen, den ihr schlicht ›Regen‹ nennt.«

»Ich kann Euch meinen Mantel schenken, Legat«, erwiderte Tamár frostig. Der Marczeg saß auf einem einfachen Schemel und hatte eine Karte auf den Knien. Seine Stirn war in Falten gelegt, und er blickte angestrengt auf das bemalte Pergament. *Er kann mich nicht leiden,* dachte Sargan belustigt. *Er versucht es zu verbergen, aber es gelingt ihm nicht sonderlich gut.*

»Nein, danke. Mein Herr, der Goldene Imperator, versorgt mich mit allem, was ich benötige. Aber Euer Angebot ehrt mich natürlich, Marczeg Békésar.«

Irritiert schaute der Masride ihn an, aber Sargan setzte ein entwaffnendes Lächeln auf.

»Wo sind die anderen Ratsmitglieder?«, erkundigte sich der Dyrier, während er Balaos mit einem Handzeichen wieder aus dem Zelt schickte.

»Wir rufen sie erst später zusammen«, brummte Tamár, und Flores erklärte mit einem Seitenblick zu dem Masriden: »Wir wollen erst einmal sehen, welche Möglichkeiten sich uns bieten. Dann dauert der Rat nicht so lange.«

»Sehr vernünftig. Und?«

Jetzt war es an der Wlachakin zu seufzen. »Eigentlich gibt es nur zwei Wege: Westen oder Osten. Bei Poleamt oder bei dem ehemaligen Kloster Starig Jazek.«

»Eine Umkehr kommt wohl nicht in Frage?«, vermutete der Dyrier. An das Kloster hatte er unangenehme Erinnerungen. Dort war er Zorpad in die Hände gefallen, der sich als äußerst schwieriger Gastgeber erwiesen hatte.

»Nein, damit würden wir Szilas direkt in die Arme laufen. Wir müssen das Mardew erreichen. Aber egal wohin wir uns wenden, geben wir Marczeg Laszlár Gelegenheit, gefährlich nah an uns heranzukommen. Im Westen liegt Poleamt, aber um die Straße dorthin zu erreichen, müssten wir etwa einen halben Tag zurückmarschieren. Damit wäre Szilas weniger als einen Tagesmarsch entfernt. Nah genug, um uns mit Plänklern zu binden.«

»Und der Osten?«

»Dorthin führt von hier keine Straße, nur ein oder zwei alte, halb zugewachsene Wege. Wir müssten die Trosskarren durch schwieriges Gelände bewegen.«

»Aber das Problem hätte Szilas doch auch, oder nicht?«

»Ja«, meldete sich Tamár zu Wort. »Deswegen ist der Osten auch die bessere Möglichkeit.«

Fragend blickte Sargan zu Flores, die zögerlich nickte. »Vermutlich. Bis Szilas merkt, dass wir die Richtung gewechselt haben, sind wir schon im Mardew.«

»Du zweifelst«, stellte Sargan fest, als er Flores' besorgte Miene sah. Bei der vertraulichen Anrede verfinsterte sich Tamárs Gesichtsausdruck noch weiter. *Ach, darum geht es hier?*, dachte Sargan. *Er hat mein Werben um Flores ernster genommen, als ich das tat.* Einen Moment lang überlegte er boshaft, die Angesprochene noch mit einem Kosenamen zu bedenken, aber dann entschied er sich dagegen. *Ich möchte nur ungern Bekanntschaft mit dem Streithammer des jungen Hitzkopfs machen.*

»Wir müssen quer durch das Gelände«, erklärte die Wlachakin unterdessen. »Aber von Norden her führt eine Straße zu dem verlassenen Kloster. Wenn Szilas diese nimmt …«

»Wenn er weiß, wohin wir wollen, kann er uns einfach den Weg abschneiden, egal, wohin wir uns wenden«, brauste Tamár auf. Er sah die beiden anderen an, dann lehnte er sich wieder zurück und rieb sich die Schläfen. »Wir können nur hoffen, dass wir schnell genug sind.«

»Wenn der Erdrutsch allerdings von Szilas ausgelöst wurde …«

Sargan musste den Satz nicht vollenden. Die Lawine hatte den direkten Weg blockiert; nun musste die Armee eine andere Möglichkeit finden, in das Mardew zu gelangen. Vielleicht hatte Szilas genau das geplant.

»Wir haben keine andere Wahl, und es ist müßig, darüber zu diskutieren«, befand Tamár düster.

»Osten?«, fragte Flores.

»Osten«, bestätigte der Marczeg und rief nach Maiska, der er befahl, den Rat zu versammeln.

»Mögen die Geister uns beistehen, wenn wir die falsche Entscheidung getroffen haben«, sagte Flores und schüttelte resigniert den Kopf.

Falls es überhaupt richtig oder falsch gibt, fügte Sargan in Gedanken hinzu. *Wenn es brennt, vergeht der trockene Stamm genauso wie der feuchte Zweig. Manchmal lauern die Übel überall, und man kann sich nur für das kleinere entscheiden.*

47

Die wilde Flucht ließ die Unterwelt noch gefährlicher erscheinen, als es ohnehin schon stets der Fall war. Das Heulen der Verfolger klang einmal näher, einmal weiter entfernt, doch es war stets zu hören. Und es zehrte an Mensch, Elf und Trollen. Şten konnte die Furcht in den Augen der riesigen Wesen sehen, auch wenn sie sich kämpferisch gaben.

Pard ließ seinen Stamm laufen und machte nur selten Halt für eine kurze Rast. Die Trolle waren zäh, und Tarlin ertrug die anstrengende Flucht, ohne zu murren. Şten spürte jeden Muskel in seinem Leib, aber auch er klagte nicht. Die Jahre des Kampfes gegen Zorpad hatten ihm einiges abverlangt, und er war es gewöhnt, bis zur totalen Erschöpfung zu laufen.

Als sie an einem schmalen Wasserlauf vorbeikamen, der quer durch eine Höhle floss und dann in einer Felswand verschwand, ließ Pard rasten. Erschöpft tranken die Trolle; einige tauchten den ganzen Schädel in das kühle Wasser. Auch Şten trank gierig, bevor er zu Pard hinüberging, der aufmerksam in einen der Gänge spähte.

»Sie treiben uns vor sich her«, bemerkte der Krieger.

»Ja«, antwortete der gewaltige Troll einsilbig.

Auch Kerr gesellte sich zu ihnen. »Das haben sie mit mir und Druan auch gemacht.« In seinem Gesicht konnte Şten wilde Entschlossenheit erkennen.

»Wie bist du entkommen?«, fragte Şten.

»Gar nicht. Sie haben uns erwischt. Druan wurde dabei getötet, und mich haben sie in eine der Spalten geworfen.«

»Keine guten Aussichten …«

»Nein«, stimmte Pard grimmig zu. »Immer, wenn wir

die Richtung ändern, kommt ihr dämliches Gejaule von woanders. Sie lenken uns ab. Irgendwo wartet Anda auf uns.«

»Dann müssen wir einen Ausweg finden. Wir können uns doch nicht in die Falle treiben lassen!« Der junge Troll sprach voller Zorn, aber Pard schüttelte den Kopf. »Zwei Späher sind nicht zurückgekehrt. Ich kann niemanden mehr allein vorschicken.«

»Wir suchen eine Richtung aus und greifen die Jäger dort an. Sie können nicht alle überall gleichzeitig sein. Wir könnten sie besiegen!«

»Das ist eine Möglichkeit«, gab Pard zu. »Aber sie werden auch einige von uns töten.«

»Was willst du dann tun? Ihnen in die Falle tappen?«, erkundigte sich Şten, der Pard zu gut kannte, um daran zu glauben. Bislang war der große Troll noch nie einem Kampf aus dem Weg gegangen.

»Nein«, erwiderte Pard grinsend. »So blöde bin ich nicht. Kerr hat recht, aber wir gehen erst tiefer hinab. Ich kenne die Gegend da unten. Es gibt einige tiefe Risse in der Welt. Wir sind nicht weit vom Herzschlag entfernt. Und der Schacht, der von dem Haus der Sonnenmagier hinabführt, geht tief. Viel tiefer, als wir damals hinuntergeklettert sind.«

»Und?«, fragte Kerr verwirrt, während Şten sich vorzustellen versuchte, wie Pard zum Dunkelgeist gelangen wollte. Das Kloster lag also irgendwo über ihnen. Wie viele Schritt, vermochte Şten nicht einmal zu schätzen. Aber der tiefe Schacht, in dessen Nähe der Dunkelgeist hauste, führte sehr tief in die Eingeweide der Welt hinab. Durch diesen Schacht hatten die Sonnenmagier des Albus Sunaş ihre Magie gewirkt, die den Dunkelgeist gegen die Trolle aufgebracht hatte.

»Wir brechen unterhalb der Kette von Andas Trollen durch und erreichen den Schacht. Wir klettern ihn ein Stück hinauf, wenn es sein muss.«

Plötzlich ertönte Tarlins Stimme hinter Şten: »Werden unsere Verfolger das nicht kommen sehen?«

»Sie wollen uns vor sich hertreiben, deswegen die Rufe. Sie hoffen, dass wir vor Angst den Kopf verlieren. Aber wir sind keine Graupelze und auch keine Zwerge. Wir sind Trolle! Wir finden einen Weg.«

»Das klingt nach einem guten Plan«, stellte Şten fest.

»Wir müssen bald weiter. Sie sollen denken, dass wir uns aus Angst keine Rast erlauben. Sie sollen glauben, dass wir fliehen wie gehetzte Schlinger.«

Gemeinsam lauschten sie dem Heulen, das in den Gängen von überall zugleich zu kommen schien.

»Genug überlegt«, befand Pard und wandte sich um. »Weiter geht's! Los, wir brechen auf!«

Obwohl an den Gesichtern der Trolle deutlich abzulesen war, dass ihnen dieser Befehl nicht gefiel, erhoben sich alle und folgten Pard in den Gang, der merklich abwärts führte. Die Luft war warm und wurde zunehmend stickiger. Während sie weiterliefen, überprüfte Şten vorsichtig seine Waffen. *Nicht, dass ich mir große Möglichkeiten gegen einen Gegner ausrechne, vor dem selbst Pard flieht.* Dennoch war es ein gutes Gefühl, den lederumwickelten Griff des Schwertes zu spüren.

Die Wärme trieb Şten Schweiß auf die Haut, und seine Kleidung fühlte sich rasch warm und feucht an. Zu lange schon trug er die einfachen Ledersachen und die leichte Rüstung. Er hatte sich seit vielen Tagen nicht die Mühe gemacht, sich zu rasieren, und inzwischen hatte er einen richtigen Bart. Seine Gedanken wanderten hinauf, durch Fels und Stein, bis sie das Land erreichten. Irgendwo dort oben waren Flores und Ionna. Vielleicht hatten sie ihre Schlachten schon geschlagen. Oder sie kämpften noch immer, um die Freiheit der Wlachaken zu verteidigen. *Und die der Masriden, so seltsam und fremdartig der Gedanke auch sein mag.*

Nicht zum ersten Mal bereute Şten seinen Entschluss,

dem Krieg den Rücken zu kehren. Aber nun hatte er in den Gebeinen der Sorkaten eine Aufgabe gefunden, die vielleicht noch wichtiger als der Feldzug war. *Mögen die Geister meine Schwester beschützen und sie leiten. Ich habe ihr keine leichte Aufgabe hinterlassen.*

»Wir müssen hier runter«, rief Pard, der neben einem dunklen Loch in der Felswand kniete. Die Öffnung gähnte düster vor ihnen, im Lichtschein der Flechten konnte man nur wenige Schritt weit sehen. Es schien sich um einen sehr steil nach unten führenden Gang zu handeln.

»Einfach rutschen«, erklärte Pard knapp und ließ sich mit den Füßen voran in das Loch fallen. Innerhalb weniger Augenblicke verschwand der mächtige Troll. Şten blieb verblüfft zurück und sah zu Tarlin hinüber, der mit den Schultern zuckte. Einer nach dem anderen sprangen die Trolle ohne zu zögern in die Dunkelheit und verschwanden aus seiner Sicht. Zuletzt war Kerr an der Reihe, der sich helfend an Şten wandte: »Es geht auch langsamer. Man muss sich nur an der Wand abstützen.«

»Ich komme schon runter«, erwiderte Şten, obwohl ihm das dunkle Loch nicht wirklich einladend erschien. Der Troll nickte und wurde ebenfalls von der Dunkelheit verschluckt.

»Nach dir«, sagte Şten zu Tarlin, der ohne zu zögern sprang. Einen Augenblick lang blieb Şten einfach stehen, dann nahm er den Rucksack von seinen Schultern, schnallte ihn sich vor die Brust und stieg mit den Füßen voran in die Öffnung.

Vorsichtig verkeilte der Wlachake die Beine und ließ sich Stück für Stück hinab. Der Fels war rau und fühlte sich warm an. Die Enge des Schachtes legte sich wie ein eisernes Band um Ştens Brust. Er fühlte sich wie in einem Grab gefangen. Die leicht haftenden Flechten, die er auf den Rucksack gelegt hatte, beleuchteten die dunklen Felswände um ihn herum nur unzureichend.

Unvermittelt ertönte ein lautes Brüllen am oberen Ende

des Schachtes. Beinahe hätte Şten vor Schreck den Halt verloren. Zwar konnte er über sich nichts erkennen, doch er hörte ein lautes Schnüffeln, und ein Tropfen irgendeiner Flüssigkeit fiel ihm auf die Stirn. Ohne wirklich darüber nachzudenken, löste er seinen Halt. Sofort rutschte er hinab, glitt rasend schnell durch den Schacht. Der Fels rieb über seine Lederrüstung, seine Hand berührte die Wand und war im Nu aufgescheuert. *So eine verfluchte ...*

In diesem Moment öffnete sich um ihn herum die Welt. Kein Fels war mehr um ihn herum zu sehen. Einen Moment lang war Şten verwirrt, dann schlug er auf einer Wasseroberfläche auf.

Die Wucht seines Sturzes trieb ihn in das Wasser, es brandete über seinem Kopf zusammen und verschluckte ihn. Seine Füße traten ungezielt ins Leere, und der Wlachake kämpfte gegen die Panik an, die in ihm aufstieg. Seine Lungen brannten, er wollte nach Luft schnappen, doch da war nur Wasser, bis ihn schließlich eine schwere Pranke packte und ihn hochzog. Hustend und keuchend durchbrach Şten die Oberfläche. Um sich herum hörte er Gelächter. Unfähig, einen klaren Gedanken zu fassen, ließ er sich durch das warme Wasser ziehen, bis er festen Boden unter den Füßen spürte. Sein Herz raste immer noch, sein Atem ging keuchend. Wütend wischte er sich die nassen Haare aus dem Gesicht. »Du dämliches Arschloch«, fauchte er Pard an, der ihn mit belustigtem Blick betrachtete.

»Wieso? Macht doch Spaß, oder?«

»Spaß? Mir wäre fast das Herz stehen geblieben! Und dann wäre ich beinahe ertrunken!«

Aber der Wlachake konnte sehen, dass die Trolle von seinem Wutausbruch nur noch mehr erheitert waren.

»Da oben war etwas«, zischte Şten und schüttelte den Kopf, um das Wasser aus den Ohren zu bekommen. »Wir sollten weiterziehen.«

»Ich kenne den Weg«, erklärte Pard, noch immer grinsend. »Folgt mir.«

Der große Troll lief los, und Şten schloss zu ihm auf.

»Du kanntest den See«, stellte der Wlachake mit grimmigen Blick fest.

»Ja.«

»Warum hast du uns nicht gewarnt?«

»Ein kleiner Scherz«, erwiderte Pard achselzuckend und warf einen Blick zurück. »Sie konnten einen Lacher gebrauchen.«

Grimmig funkelte Şten den Troll an, doch der blieb ungerührt und stapfte einfach weiter. Mit einem Seufzen gab der Wlachake auf und öffnete seinen Rucksack, um seine Vorräte zu überprüfen. Zum Glück hatte der Sturz nichts weiter beschädigt, nur seine Öllampe war voll Wasser gelaufen.

Ein kleiner Scherz, dachte Şten zornig. *Ich wäre beinahe gestorben!* Die Angst verließ seinen Körper nur langsam, und sein Kopf fühlte sich leicht an. Erstaunt bemerkte er, dass seine Hände zitterten. Unzählige Male hatte er sein Leben mit der Waffe verteidigen müssen; schon mehrfach hatte er dem scheinbar sicheren Tod ins Auge geblickt. Aber hier, so weit von seiner Heimat entfernt, von allem getrennt, was ihm wichtig war, spürte er die Last des Furcht stärker als je zuvor.

Zwei kurze Verschnaufpausen später lief die Gruppe weiter durch das Innerste der Welt. Sie waren noch tiefer hinabgelangt. Hier wirkte sogar der Fels fremd und seltsam. Allerdings hatten Mensch, Elf und Trolle seit dem Schacht keinen Laut ihrer Verfolger mehr gehört. Noch war Şten nicht ganz sicher, ob er dies begrüßte oder nicht. Die Ungewissheit, ob sie verfolgt wurden, zehrte ebenso an seinem Gemüt wie das Jagdgeheul von Andas Trollen.

Pard hatte mit seiner Erzählung Recht behalten: es gab einige tiefe Spalten, viele Dutzend Schritt breit und sehr viel tiefer als das. Eine solche Kluft konnten sie umgehen, doch in eine andere mussten sie hinabsteigen.

Die Kletterpartie war lang und gefährlich. Das Licht reichte kaum aus, um eine gute Route zu erkennen. Nach dem anstrengenden Lauf befürchtete Şten sogar, dass er abgleiten und einfach hinabstürzen könnte, doch es gelang ihm, sich bis zur Sohle hinunterzuarbeiten. Als sie sich unterhalb der gewaltigen Felswand versammelten, zog sich ein langer Laut durch die warme Luft, ein hohes Heulen, das von den Wänden zurückgeworfen wurde und von allen Seiten auf Şten einzuströmen schien.

»Da sind sie wieder«, meinte Pard, scheinbar ungerührt.

»Wir sollten uns beeilen, von hier wegzukommen«, drängte Kerr, aber Pard schüttelte den Kopf.

Dankbar nahm Şten noch einen Schluck Wasser aus seinem Schlauch. Er hatte sich an die Felswand gesetzt. Über seinem Kopf erhob sich der grobe Stein. Kein menschliches Gebäude war so groß wie dieser Spalt, der die Welt zerteilte. Die gewaltige Größe ließ Şten erschauern, denn sie zeigte ihm, wie unbedeutend sein Leib im Vergleich dazu war. Die Fundamente des Landes waren wahrhaft ehrfurchtgebietend. Die Dinge, die auf der Oberfläche geschahen, waren kurzlebig und vergänglich, während die Unterwelt ewig schien.

»Weiter.«

Der Befehl kam unerwartet, aber Şten raffte sich auf und folgte Pard, der zielstrebig die Spalte entlanglief und in einen hohen und breiten Gang eintauchte.

Offensichtlich wurde der Gang immer breiter, denn schon bald konnte Şten keine Wände mehr im Lichtschein der Flechten sehen. Ihre Schritte hallten auch hier wider, aber der Wlachake konnte nicht abschätzen, wie groß der Tunnel war. Erst nach einigen Dutzend Schritt bemerkte er ein fernes Glühen über sich, das seine Aufmerksamkeit erregte. Ein handtellergroßer Fleck schwebte über ihnen. Dann sah Şten noch einen, etwas kleiner, zu seiner Linken. Mehr und mehr der unregelmäßigen Lichtflecken entdeckte der Wlachake, bis er Kerr scharf einatmen hörte.

»Die große Halle«, sagte der junge Troll ehrfürchtig. Als würde sich Ştens Perspektive damit verschieben, erkannte er plötzlich, dass die kleinen Lichtflecken eigentlich Flechtenteppiche waren, die in unermesslicher Entfernung an den Wänden wuchsen. Schwindel überkam ihn, als ihm bewusst wurde, dass er durch eine majestätische Höhle lief, deren Wände und Decke hunderte von Schritt von ihm entfernt waren.

»Du weißt, wo wir sind?«, fragte der Wlachake.

Kerr nickte eifrig. »Das ist die große Halle. Ich habe davon gehört, aber ich war noch nie hier. Angeblich kann ein Troll viele Dreeg klettern, bis er die Decke erreicht.«

»Selbst in der Dunkelheit wirkt sie ... überwältigend.«

Şten konnte nicht mit Worten ausdrücken, was er empfand. Die Höhle war wie eine eigene Welt in der Tiefe. Ganz Teremi würde in ihr Platz finden und sie nicht einmal annähernd ausfüllen. *Diese Halle ist den Trollen angemessen.* Selbst das Geheul der Verfolger klang fern und schwach, als verschlucke die Kaverne ihren Zorn einfach.

Pard führte sie ungeachtet der gewaltigen Schönheit des Ortes weiter. Der mächtige Troll schien den Weg gut zu kennen, denn er umrundete Steinsäulen, die sich in der Dunkelheit verloren, führte sie durch Senken und über kleine Hügel, bis sie einen Gang erreichten, der im Boden der großen Halle verschwand.

»Wir gehen hier runter.«

»Das hier ist die große Halle«, sagte Kerr. »Darunter liegt ...«

»Ja. Wir gehen zu dem heißen Wasser«, unterbrach Pard den kleineren Troll. »Ich kenne einen Weg, der uns von dort aus wieder weiter nach oben bringt.«

»Es ist gefährlich«, gab Vrok zu bedenken.

»Meinst du, die sind nicht gefährlich?«, fragte Pard kalt

und deutete mit einer Klaue zurück. »Ich kenne diesen Weg, und umkehren können wir nicht!«

Die Augen des großen Trolls blitzten kampfeslustig, aber keiner widersprach ihm. Also wandte er sich ab und führte seinen Stamm noch tiefer hinab.

Tarlin und Şten blieb keine andere Wahl, als den Trollen zu folgen.

48

Vor sich konnte Flores Tamár sehen, der hoch aufgerichtet im Sattel saß, den Rücken durchgedrückt, jede Handbreit ein Marczeg. Der Regen schien ihm nichts auszumachen, so als perle er an Tamárs Gleichgültigkeit ab. Der Blick des Masriden war nach vorn gerichtet, auf die Zukunft, als hätte er all die Niederlagen und Entbehrungen des Jahres längst hinter sich gelassen. Aber Flores wusste, dass Tamár innerlich von Sorgen erfüllt war, die er lediglich vor seinen Untergebenen verbarg. Der Verlust seines Vaters, der Fall Turdujs, die Niederlage gegen Marczeg Laszlár, Odöns Verrat, dies alles hatte ihn schwer erschüttert und ihm sein Selbstvertrauen genommen.

Direkt hinter dem Marczeg ritt ein Teil seiner Garde. Der Szarke Köves, Maiska und einige andere. In ihren Blicken konnte Flores erkennen, was sie auch in den Gesichtern der anderen Masriden und Szarken sah: Treue, ja sogar Hingabe. Flores wusste, warum die Krieger Tamár weiter folgten. Weil er in jeder Situation bei ihnen war und selbst niemals aufgab. Sie wussten, dass sie sich auf ihn verlassen konnten. Er verlangte viel von seinen Soldaten, doch er selbst leistete noch mehr. *Aber er sieht das nicht. Er fürchtet, zu versagen und der Grund für den Untergang des Hauses Békésar zu sein. Die Vorwürfe, die er sich selbst macht, legt er seinen Kriegern in den Mund.*

Natürlich musste Flores zugeben, dass die Ereignisse der letzten Wochen niederschmetternd waren. Auch sie spürte die Last der Verantwortung, die sich unversehens auf ihre Schultern gelegt hatte.

Selbst wenn sie Szilas entkamen, würde der Krieg im nächsten Jahr mit gleicher Härte und ungewissem Ausgang weitergeführt werden. Das Land und seine Bewohner würden weiter leiden. *Aber wir haben keine andere Möglichkeit. Wir Wlachaken werden uns nicht unterwerfen und die Unterdrückung neuerlich ertragen. Dazu wurde unsere Freiheit zu teuer erkämpft; zu viele sind dafür gestorben.* Einen Moment lang stutzte Flores. *Bei allen Geistern, ich klinge schon wie Şten und Nati!* Der Gedanke ließ sie lächeln, auch wenn die Erinnerung an Natiole immer noch schmerzte. Sie wusste, dass der Rebell in diesem Moment stolz auf sie wäre. Und sie konnte ihn jetzt besser verstehen als je zuvor.

Seit sie die Ausläufer der Sorkaten erreicht hatten, war das Wetter noch kühler geworden. Getrieben von einem eiskalten Wind, der von den höchsten Gipfeln der schneebedeckten Berge wehte, peitschte der Regen auf die marschierenden Soldaten nieder, die sich, so gut sie konnten, dagegen zu schützen suchten.

Trotz all dieser Widrigkeiten schleppten die Krieger sich weiter, denn ihre einzige Hoffnung lag in der legendären Feste Désa, die von den Voivoden im Laufe des jahrhundertelangen Kampfes gegen die Masriden immer weiter ausgebaut worden war, bis sie als uneinnehmbar galt. Flores hatte gemeinsam mit Şten ihre Jugend in der Festung verbracht, die auf einem Plateau über der gleichnamigen Stadt thronte. Beide, Stadt und Feste, lagen am Ende des Désa-Tals und waren von mehreren trutzigen Mauern geschützt. Jeder Angreifer musste diese erst überwinden, bevor er die Burg überhaupt angreifen konnte.

Auch Flores setzte all ihre Hoffnung auf Désa, denn sie war des Kämpfens und Reitens müde. Dabei wusste sie, dass der Marsch für die einfachen Fußsoldaten noch schlimmer war. Man konnte es sehen, an den durchnässten Mänteln, den eingefallenen Gesichtern, den leeren Augen.

Das Geräusch von galoppierenden Hufen schreckte Flores aus ihren Gedanken auf. Von vorn näherte sich ein Masride im gestreckten Galopp. Erdklumpen wirbelten durch die Luft; der Mann hatte seinen Kopf gesenkt, um die Augen vor dem Regen zu schützen. Als er nur noch wenige Schritt entfernt war, riss er an den Zügeln und lehnte sich nach hinten. Sein Tier scheute beinahe, die Hufe glitten auf dem rutschigen Untergrund aus, doch der Masride warf sich zur Seite und hielt so das Gleichgewicht. Während das Pferd schnaubend zum Stehen kam, rief der Reiter: »Die Vorhut wird angegriffen!«

Sofort ritt Tamár neben ihn und packte ihn am Arm. »Von wem? Und wie vielen?«

»Reitern, Vezét. Einigen Dutzend«, berichtete der Bote atemlos.

»Wer führt die Vorhut?«, erkundigte sich Flores.

»Rurjos«, antwortete Tamár und lenkte sein Pferd herum. Der Marczeg stellte sich in die Steigbügel und rief: »Reiter nach vorn! Macht euch zum Kampf bereit!«

Flores wandte sich an die Gruppe Wlachaken, die an der Spitze der Kolonne marschierte: »Folgt uns schnell, aber seid vorsichtig, es könnte ein Hinterhalt sein.«

Dann trieb sie ihr Pferd an und folgte Tamár, der inmitten seiner Garde bereits voranritt. Ein Blick über die Schulter zeigte der Wlachakin, dass die Berittenen rechts und links der Marschkolonne vorbeipreschten und sich ihnen anschlossen.

Der kalte Regen war wie eine endlose Folge von kleinen Stichen im Gesicht, bis die Haut so kalt war, dass Flores kaum noch etwas spürte. Sie ritten in halsbrecherischem Tempo den Weg entlang, und der aufgeweichte Boden war gefährlich. Die Wlachakin konnte in Tamárs Miene lesen, dass es dem jungen Marczeg zu langsam voranging, doch selbst die geübten Reiter der Masriden mussten sich dem Wetter beugen.

Trotz des prasselnden Regens hörte Flores schon bald die Geräusche eines Kampfes. Als sie durch ein letztes Stück Wald ritten, sah die Wlachakin zwischen den Bäumen hindurch das Gefecht. Die Vorhut hatte sich ein Stück den Hang hinauf zurückgezogen und bildete einen Wall mit ihren Schilden. Von unterhalb ritten immer wieder leicht gerüstete Reiter heran und schossen mit kurzen Bögen auf die Verteidiger. *Szarken,* erkannte Flores. *Plänkler.* Die Fußsoldaten erwiderten vereinzelt den Beschuss, aber es waren nur wenige Schützen unter ihnen, und das ständige nasse Wetter hatte den Sehnen nicht gut getan. Die Banner der Vorhut hingen nass herab, und die Seite des Hangs war von Füßen und Hufen aufgewühlt.

Die vordersten Reihen der Masriden brachen aus dem Wald hervor und stürmten auf die Angreifer ein. Die Feinde bemerkten dies, als Tamár gellend den Kriegsruf seines Hauses ausstieß: »Békésar!«

Einen Moment lang blieben die Plänkler unschlüssig stehen, aber dann wandten sie sich geschlossen zur Flucht. Die Masriden setzten ihnen nach, allen voran Tamár, der, den Streithammer in der Hand, im gestreckten Galopp tief über den Hals seines Streitrosses gebeugt, nur so dahinflog. Flores selbst verlangsamte das Tempo ihres Pferdes, da sie nicht hoffen konnte, bei dieser Geschwindigkeit mitzuhalten, und ritt den Hang hinauf zu der Vorhut, deren Reihen sich öffneten.

Einige Krieger stellten ihre schweren Schilde ab, andere ließen sich erschöpft zu Boden fallen. Verletzte wurden fortgetragen und versorgt.

»Wo ist Rurjos?«, fragte Flores den erstbesten Soldaten, der wortlos auf die Mitte der langsam aufbrechenden Formation wies. Mit einem mulmigen Gefühl im Magen ritt Flores weiter und erreichte einen kleinen, offenen Platz, wo mehrere Männer sich bereits um die Verwundeten kümmerten. Zur Linken der Wlachakin legten die Helfer die Toten ab, während ein Priester des Albus Sunaş sich neben die Gefallenen kniete und betete. Sein ehemals weißes Gewand war schmutzig, nass und mit Blut bespritzt, doch seine Anwesenheit schien den Masriden Mut und Kraft zu geben.

Als er sein Gebet beendet hatte, ging er zu den Verletzten, sprach ihnen Trost zu und nutzte seine Gabe, um ihre Wunden mit Feuer zu reinigen. Die Schreie der so Behandelten gellten Flores in den Ohren.

Dann entdeckte die Wlachakin Rurjos, der auf dem Boden saß und den Feldscher beschimpfte, der sich gerade an der Schulter des Barós zu schaffen machte. Ein Pfeil ragte aus der Rüstung des alten Kriegers. Der Heiler, ein blasser, junger Mann mit langem, blondem Haar, sah Rurjos unruhig an, als er den Pfeil mit der Zange packte. »Sieht nach einem Kriegspfeil aus, Herr. Sonst wäre er nicht trotz der Rüstung so tief eingedrungen. Er sollte also keine Widerhaken haben.«

»Verfluchter Mist, Junge, halt deinen Mund und zieh das verdammte Ding ’raus. Ich habe keine Lust, mir noch lange dein Gerede anzuhören, während mir zwei Handspannen Holz aus dem Leib ragen.«

Derart zurechtgewiesen, schluckte der Feldscher und zog mit einem Ruck an dem Pfeil. Rurjos stöhnte, biss aber die Zähne zusammen.

Der Feldscher legte die Zange mit dem Pfeil zur Seite und begann, die Schnallen der Rüstung zu lösen. Dabei stellte er sich jedoch so ungeschickt an, dass Flores hinzusprang und ihn wegschob.

»Ich mache das schon«, erklärte sie, als sie den empörten Gesichtsausdruck des jungen Mannes sah. Schnell hatte sie die Schulterplatten von der Brustplatte gelöst. Der Pfeil war einen Fingerbreit neben der Kante der Brustplatte eingedrungen und hatte die Schulterplatten durchschlagen. Das wattierte Wams und das Metall der Platten hatten das Schlimmste verhindert, aber dennoch war das Geschoss sicherlich eine Fingerlänge tief eingedrungen. Mit zitternden Händen säuberte der Feldscher die Wunde und legte Rurjos einen einfachen Stoffverband an.

»Gute Arbeit, Junge«, sagte Rurjos, als der Feldscher die Enden des Stoffes verknotet hatte.

»Soll ich den Priester holen, damit er für Eure Genesung betet, Herr?«, fragte der junge Mann.

Der Krieger schnaubte. »Hol mir stattdessen lieber einen Schluck Schnaps. Das Beten übernehme ich dann schon selbst.«

Der Feldscher hielt ihm den Arm hin, um ihm beim Aufstehen zu helfen, doch der alte Krieger starrte diesen so abschätzig an, dass der junge Masride ihn hastig zurückzog und sich entfernte.

Vorsichtig erhob sich Rurjos und sah Flores an. »Verfluchte Bastarde. Kamen wie aus dem Nichts.«

»Sind das alle Toten?«, fragte Flores mit einem Blick auf die Reihe der Gefallenen. Sie schätzte, dass es zwanzig waren, die den Angriff nicht überlebt hatten.

»Ja. Bis jetzt. Sie haben nicht gestürmt, sondern nur mit Bögen geschossen. Ein Glück, dass Ihr rechtzeitig gekommen seid, bevor es wirklich ernst wurde.«

»Euer Bote hat uns erreicht.«

»Wir haben auch einige erwischt«, stellte Rurjos mit grimmiger Befriedigung in der Stimme fest und wies den Hang hinab, wo ebenfalls Tote und Verwundete lagen. Masriden schritten bereits zwischen diesen umher und beförderten die Verletzten auf die Dunklen Pfade. *Ihre eigenen Brüder und Schwestern,* dachte Flores erschaudernd. *Wenigstens kämpfen wir nicht gegen unser eigenes Volk.*

»Woher kamen sie?«, erkundigte sich die Wlachakin und blickte den Weg entlang nach Osten.

»Genau von dort. Kein gutes Zeichen. Wo die Szarken sind …«

»… wird Szilas nicht weit sein«, ergänzte Flores den Satz. Der alte Krieger hatte recht. Vermutlich waren es Vorreiter, die den Weg der Hauptstreitmacht erkunden sollten.

»Noch zwei, drei Tage bis zum Aufstieg westlich von Starig Jazek«, murmelte Flores mehr zu sich selbst und sah auf, als die Reiter langsam über den Weg zurückkehrten. Zuerst konnte Flores Tamár nicht sehen, aber dann erkannte sie seinen blonden Schopf zwischen den Kriegern seiner Garde. Die Berittenen sahen erschöpft aus, aber nicht niedergeschlagen. Einige lachten und winkten.

Der junge Marczeg ritt durch die Reihen der Vorhut und sprang aus dem Sattel, als er bei Flores und Rurjos ankam. »Der größte Teil ist entkommen, aber wir haben da hinten an der Wegbiegung einige eingeholt und niedergemacht.«

Tamárs Blick fiel auf Rurjos' Verband. »Du bist verletzt?«

»Ein Kratzer«, sagte der Veteran und winkte ab. »Ein verfluchter Pfeil ist direkt über den Schild gesegelt. Aber dafür zwängt man sich ja morgens in das ganze Metall!«

Sowohl Flores als auch Tamár lachten. Aber die Wlachakin wurde schnell wieder ernst. »Wir müssen Späher aussenden. Das war kein Spähtrupp, dafür waren es zu viele.«

»Ich weiß. Das kann nur bedeuten, dass Marczeg Laszlár in der Nähe ist. Der verfluchte Hund! Man könnte meinen, dass er jeden unserer Schritte vorausahnt!«, ereiferte sich Tamár.

»Vermutlich waren es tatsächlich seine Krieger, die den Erdrutsch ausgelöst haben. Sie mussten nur aufpassen, in welche Richtung wir uns dann wenden. Haben deine Späher eigentlich jemanden von ihnen entdeckt?«

»Nur einige Spuren. Falls es Soldaten von Szilas waren, sind sie wie vom Erdboden verschluckt. Das üble Wetter macht sie Suche aber auch nicht gerade einfacher.«

»Und was sollen wir nun machen?«, mischte sich Rurjos ein.

»Wir ziehen weiter«, sagte Flores. »Da uns kein anderer Weg geblieben ist, müssen wir den Aufstieg einfach vor Szilas erreichen.«

»Und wenn uns das nicht gelingt?«, wisperte der alte Krieger leise, um keinen seiner Leute mit seiner Furcht anzustecken. Dabei sah er sich vorsichtig um.

»Dann werden wir uns dem Drachen stellen müssen.«

»Immerhin«, sagte Tamár und rieb sich die Stirn. »Dann ist der Krieg wenigstens vorbei, bevor der Winter beginnt.«

Flores nickte mit gespielter Zuversicht, aber ihre Gedanken waren düster. *Und wir ruhen vermutlich in der nassen Erde. Ich wünschte, ich wüsste, wo Viçinia ist und wie es ihr geht. Vielleicht ist es schon bald an ihr, unser Volk vor Szilas zu beschützen.*

49

Die Nähe des Herzens brannte in Kerrs Brust. Er spürte jeden Dreeg in jeder Faser seines Körpers. Trotz des schwachen Lichts benötigte der junge Troll seine Augen kaum noch, um sich zu orientieren. Jeder Dreeg zeichnete ein Bild seiner Umgebung in Kerrs Gedanken, denn die Herzschläge vibrierten in allem.

»Haltet euch an den Händen fest«, befahl Pard, der früher bereits durch diese Gänge und Tunnel gegangen war, denn die Dampfschwaden, die den Tunnel emporzogen, nahmen dem gesamten Stamm die Sicht. »Nicht loslassen. Wenn ihr den Anschluss verliert, dann ruft laut. Hier kann man sich leicht für immer verirren!«

»Oh, gut«, erwiderte Şten mit einem Stöhnen. Der Mensch ergriff Kerrs ausgestreckte Hand. Selbst Trollkinder hatten kräftigere Hände als Menschen, weshalb Kerr sehr vorsichtig war, um Şten nicht zu verletzen.

Durch den feuchtwarmen Nebel drangen die Rufe ihrer Verfolger nur gedämpft, und der Dunst verschluckte ihre eigenen Schritte.

»Verflucht, ist das warm«, schimpfte Şten. »Mir läuft der Schweiß in Strömen herunter.« Durstig griff der Krieger nach dem Wasserschlauch und trank einen Schluck.

Auch Kerr schwitzte bald. Die Luft wurde immer heißer. Je tiefer sie den Gang hinabstiegen, desto schwüler wurde es. Hinter sich hörte er Şten leise fluchen. *In seinen dicken Tierhäuten muss es ihm unerträglich sein,* überlegte Kerr mitfühlend.

Der Dunst wurde so dicht, dass der junge Troll kaum noch seinen Vordermann erkennen konnte. Hätte sich Kerr nur auf seine Augen verlassen müssen, dann hätte er sich verloren gefühlt. So jedoch zeigte ihm der Herzschlag des Landes, was jenseits seiner Wahrnehmung lag, die Gänge und Tunnel um sie herum, die gewaltige Höhle, die sie bald erreichen würden.

Irgendwo in den Dampfschwaden hinter ihnen war Tarlin, der bisher jegliche Mühsal klaglos ertragen hatte. Auch jetzt folgte der Elf dem Stamm schweigend und lautlos. Kerr war dankbar, dass der Waldbewohner mit ihnen gegangen war, denn er hatte bereits viel von ihm gelernt. Immer wieder musste Kerr an Tarlins Worte denken, doch es wollte ihm nicht gelingen, sein Herz den Dreeg zu verschließen. Nicht einmal ignorieren konnte er den mächtigen Schlag des Herzens, nicht hier, so dicht bei seinem Ursprung. So nah war der junge Troll dem Herzen noch nie gewesen, und er fragte sich, wie es wohl aussehen würde. *Ist es das Herz eines uralten Trolls? Oder ein weißer Bär, der aber verletzt ist?* Von Bären hatte Kerr schon gehört, auch wenn er selbst keinen gesehen hatte. Einst waren Trolle gern in die Höhlen hinaufgestiegen, in denen die Tiere lagerten, und hatten frisches Fleisch mitgebracht. Doch seit sie noch weiter in der Tiefe lebten, geschah dies kaum mehr.

»Wir erreichen gleich das heiße Wasser«, kündigte Pard an, der unermüdlich an der Spitze des Stammes lief. Die Stimme des Anführers klang seltsam und verzerrt. Kerr konnte nicht sagen, ob es am Nebel lag, oder ob in Pards Stimme Angst mitschwang. »Folgt mir genau, und passt auf, wohin ihr tretet!«

Tatsächlich war über dem Heulen jetzt auch ein beständiges Zischen zu hören, ein Geräusch wie von einem wütenden Fluss.

»Meine Güte«, entfuhr es Şten. »Was, bei den Geistern, ist das?«

In diesem Moment traten sie aus der Enge des Ganges in eine mächtige Kaverne. Nach einigen Schritt lichteten die Nebelschwaden sich etwas, und Kerr konnte nun auch mit den Augen sehen, was sein Geist bereits erfasst hatte. Vor ihnen lag eine große Wasserfläche, die immer wieder von Felsen unterbrochen war, die wie Inseln aus dem Wasser ragten, das nicht ruhig dalag, sondern brodelte und zischte, Blasen warf, dampfte, sich hier und da wie ein lebendiges Wesen aufbäumte und in die Höhe spritzte.

»Dieser ganze See … kocht?«, fragte Şten, und Kerr konnte die Verblüffung in der Stimme des Menschen hören.

»Wenn man hineinfällt, dann schafft man es nicht mehr, wieder zurückzuschwimmen, bevor einem das Fleisch von den Knochen fällt!«, rief Vrok feixend.

Auch Kerr starrte nun entgeistert auf den brodelnden See. Natürlich hatte er schon von dem heißen Wasser gehört, aber es mit eigenen Augen zu sehen war etwas ganz anderes. Fasziniert bemerkte er, dass der ganze See zu leuchten schien, in einem kaum erkennbaren, tiefdunklen Rot, das nichtsdestotrotz die gesamte Kaverne erhellte. In der Höhle war es noch heißer als in dem Gang, und die feuchte, schwere Luft verklebte die Lungen beim Atmen regelrecht.

Weit über ihnen ballten sich die Dampfwolken an der Decke. Die Luft in der Höhle war in ständiger Bewegung, trieb den Nebel vor sich her und ließ die aberwitzigsten Gestalten und Formen in ihm entstehen.

Ein Brüllen hinter ihnen ließ Kerr herumfahren. Es klang nah, viel zu nah, als wären ihre Verfolger bereits in dem Gang, den der Stamm gerade erst verlassen hatte.

»Weiter!«, befahl Pard.

»Ich glaube, sie sind hinter uns«, rief Vrok laut.

Vielleicht kommen wir trotzdem bis zum Herzen, ohne gegen Anda kämpfen zu müssen, dachte Kerr hoffnungsvoll. Er packte Ştens Hand fester und lief weiter.

Der Schlag des Herzens dröhnte durch die Welt, durchdrang Kerr und ließ Abbilder von allem um ihn her im Geist des jungen Trolls zurück.

Die Höhle war groß, aber der einzig gangbare Weg führte an der Felswand entlang. Doch da war noch etwas; neben Fels und Stein spürte Kerr mehr, vier, fünf Gestalten, die sich vor ihnen befanden. Seine Augen weiteten sich vor Schreck, als er die Falle erkannte. »Gefahr!«

Der Stamm kam abrupt zum Stehen. Alle spähten umher, einige blickten Kerr durch den Nebel verwundert an. Von vorn brüllte Pard: »Was ist los?«

Bevor der junge Troll antworten konnte, lösten sich gewaltige Umrisse aus dem Nebel. Kerr schien es, als nähme der Dunst selbst Gestalt an. Schemen verfestigen sich zu mächtigen Trollen, die sich lautlos auf Pards Stamm stürzten. *Sie haben uns aufgelauert, genau wie Druan und mir,* schoss es Kerr durch den Kopf. *Ich hätte es kommen sehen müssen.*

Doch es gab keine Zeit für Reue. Trolle brüllten, Zähne wurden gefletscht, und ein bedrohliches Knurren stieg aus vielen Kehlen auf. Hinter sich hörte Kerr ein metallisches Klirren, als Şten seine Klinge zog. Einer der Feinde sprang vor, aber aus dem Nebel tauchte Pard auf, fast so groß wie der Angreifer, und schlug mit seinen Klauen nach dem Troll. Inmitten der weißen Dunstschleier entbrannte ein tödlicher Kampf. Auch Kerr sprang vor, doch in den umherwirbelnden Schwaden konnte er Freund und Feind kaum auseinanderhalten. Er sah Şten neben sich, der die Waffe erhoben hatte. Der Geruch von Angst und Wut stieg Kerr flammend in die Nase.

»Hinter uns«, rief Tarlin. »Dort sind noch mehr von ihnen!«

Tatsächlich konnte jetzt auch der junge Troll die Verfolger hören, deren Rufe immer lauter geworden waren über dem Lärm des Kampfes.

»Es kommen noch mehr!«, warnte Kerr seinen Stamm. Vor ihm tauchte eine monströse Gestalt auf, ein Troll, der sicherlich sogar Pard um Haupteslänge überragte. Ohne nachzudenken, sprang Kerr vor und biss zu. Seine Hauer drangen durch Haut und Fleisch, und ein schmerzerfülltes Brüllen belohnte ihn. Etwas traf ihn an der Schulter, riss ihn herum und schleuderte ihn zu Boden. Der junge Troll wollte sich wieder aufrappeln, doch sein Gegner baute sich über ihm auf, die Fäuste erhoben, das Gesicht wutverzerrt.

Zischend fuhr ein Schwert durch die Luft, als Şten aus dem Nebel auftauchte und mit seiner Klinge nach dem Bein des Trolls schlug. Nebelfetzen wirbelten hinter der Klinge, welche die Haut zerschnitt; doch der Angreifer schien den Schlag gar nicht zu bemerken. Şten duckte sich unter dem Bein des gewaltigen Trolls hindurch, packte seine Waffe mit beiden Händen und warf sich mit all seinem Gewicht nach vorn. Diesmal schrie der Troll auf, da das Schwert in seinen Fuß eindrang und Şten es mit einer Drehung herausriss. Kerr sprang auf, als der Troll den Menschen gerade packen wollte, und prallte mit voller Wucht gegen seinen massigen Leib. Der Riese taumelte, schlug mit den Armen um sich und ging zu Boden. Während Kerr sich abrollte, kroch Şten auf allen vieren zu dem gestürzten Troll und hieb mit dem Schwert nach dessen Gesicht.

»Wir müssen hier weg!«, schrie Pard, der vor ihnen einen Gegner gefällt hatte. »Mir nach!«

Eine Klaue traf Şten und warf ihn zurück, während Kerr wieder auf die Füße kam. Der gegnerische Troll sprang auf, Mordgier in den Augen. Doch plötzlich grub sich ein Pfeil sirrend in sein Bein, dann noch einer und noch einer. Er wirbelte herum, und ein weiterer Pfeil bohrte sich in sein Auge. Sein Aufheulen ließ Kerrs Ohren klingeln, aber Şten hatte seine Waffe wieder gepackt und schlug mit aller Kraft nach der Ferse des Trolls. Erneut stürzte ihr Feind zu Boden. Kerr wollte sich auf ihn werfen, ihn zerfetzen, töten, doch Tarlin tauchte mit seinem Bogen aus dem Nebel auf.

»Komm mit, Kerr.«

Die Dringlichkeit in der Stimme des Elfen duldete keinen Aufschub, und so drehte Kerr sich um und folgte ihm in die wabernden Dunstschwaden, in denen er noch gerade die schemenhaften Gestalten anderer Trolle erkennen konnte. Auch Şten folgte ihnen, und sie schlossen schnell zu dem Stamm auf, der in wilder Flucht weiterlief.

»Verfluchter Mist«, grollte Pard unvermittelt. »Zwergenscheiße!«

Verwundert rannte Kerr weiter, doch dann sah er, warum Pard so zornig klang. Unabsichtlich waren sie auf eine kleine Landzunge gelaufen, anstatt dem Weg an der Wand zu folgen. Vor ihnen versank der sichere Boden in schäumendem Wasser, und links und rechts von sich spürte Kerr ebenfalls nur das tödliche Nass. *Wir sitzen in der Falle!*

Hinter ihnen ertönte das Brüllen ihrer Verfolger, die sich ihnen wieder näherten. Einer stürmte heran, als Kerr sich umwandte. Bevor er dem Angreifer entgegentreten konnte, hatte Tarlin bereits zwei Pfeile in ihm versenkt, die aus dem Hals des Trolls ragten. Doch dieser ließ sich davon nicht aufhalten, sondern sprang auf den Elfen zu. Ehe Tarlin ausweichen konnte, warf sich Vrok auf den Troll. Kerr lief an dem Elfen vorbei, um dem Jäger zu helfen, der mit dem Angreifer zu Boden gestürzt war. Die beiden Trolle rollten über den Fels, fauchend und brüllend, immer in Gefahr, gemeinsam in den kochenden See zu fallen. Ihre Fänge gruben sich in Fleisch, und ihre Klauen zerfetzten Haut. Das rote Glühen warf einen unheimlichen Schein auf ihren gnadenlosen Kampf.

»Vrok!«, schrie Kerr, als sie plötzlich über die Kante der Landzunge stürzten. Ohne seinen Gegner loszulassen, riss Vrok ihn mit sich in das brodelnde Wasser. Beide heulten vor Schmerz, als sie eintauchten, doch Vrok klammerte sich fest und zerrte den Feind mit sich, und die Kämpfenden wurden vor Kerrs Augen von dem schäumenden Wasser verschluckt. Aber der junge Troll hatte keine Zeit, den Verlust zu betrauern, denn Andas Trolle näherten sich ihnen langsam, nun, da ihre Beute in der Falle saß.

»Ihr seid totes Fleisch!«, rief einer höhnisch. Aus dem Dunst schälten sich mehr und mehr Gestalten, zehn insgesamt, die ihnen den Rückweg abschnitten und sich vor ihnen aufbauten.

Pard trat vor, die Fäuste geballt, die Stirn gesenkt. »Wo steckt Anda?«, fragte er finster. Auf dem Rücken des großen Trolls konnte Kerr Klauenspuren sehen, aus denen dunkles Blut troff.

»Die kommt früh genug. Jetzt musst du erst einmal mit uns vorlieb nehmen, Pard.« Die Stimme des monströsen Trolls triefte vor Verachtung.

Zehn Gegner, dass können wir niemals schaffen. Sie werden uns umbringen!

»Willst du warten, oder sollen wir es jetzt hinter uns bringen?«, fragte der Troll, der so groß war, dass er auf Pard herabblicken konnte. Selbst der kleinste der zehn war so groß wie Pard selbst. Der Anführer richtete sich auf und bleckte die Zähne. Gerade als er etwas sagen wollte, hörten sie alle das Geräusch rennender Füße.

»Da kommt Anda«, erklärte der riesige Troll mit einem hämischen Lachen. »Genau, wie du es wolltest.«

Hinter den Verfolgern tauchte plötzlich ein gewaltiger Schemen auf, der die Arme emporriss. Verzweifelt sah Kerr sich um, doch es gab keine Möglichkeit zur Flucht. Um sie herum war nur der dampfende See.

Mit einem Brüllen rannte die Gestalt aus dem Dunst. Erschüttert riss Kerr die Augen auf, da der herannahende Troll sich auf ihre Angreifer stürzte. Hinter ihm erschienen mehr Trolle, die Andas Trollen ebenfalls in den Rücken sprangen.

Pard zögerte keinen Augenblick, sondern schrie: »Drauf! Zerfetzt sie!«, und warf sich auf einen feindlichen Troll.

Kerr wurde von seinem Stamm mitgerissen, der vorwärtsstürmte. Er erwischte einen Gegner an der Brust und schlug wild mit den Klauen nach dessen Gesicht. Vier, fünf Trolle stürzten sich auf jeden Feind, rissen ihn zu Boden, schlugen auf ihn ein. Einer wurde in den zischenden See geworfen, ein anderer schrie, als Pard ihm die Klauen in die Seite rammte. Kerr verbiss sich in den Hals eines Feindes, schüttelte den Kopf, riss Haut und Fleisch heraus. Seine Sicht wurde vom Blut verdunkelt, seine Instinkte ließen ihn wieder und wieder zubeißen und schlagen, unermüdlich, bis er eine Hand auf seiner Schulter spürte.

»Es ist gut«, sagte eine Stimme wie aus weiter Ferne.

Verdutzt blinzelte der junge Troll. »Sie kommen wieder«, entgegnete er rau. »Sie sind nicht tot. Werft sie ins Wasser.«

»Ihr habt ihn gehört!«, rief Pards Stimme, deren vertrauter Klang Kerr beruhigte. Langsam erhob sich der junge Troll und sah sich um.

Viele Leiber lagen auf dem warmen Stein, vielleicht zwanzig, alle von grausamen Wunden gezeichnet. Blut lief in zähflüssigen Strömen über den Fels in den See, wo es zischend verschwand. Einige Trolle rollten und schoben ihre erschlagenen Feinde zum Rand der Landzunge und versenkten sie im siedenden Wasser. Neben Pard stand ein anderer Troll, ebenso groß wie er, über dessen Gesicht fünf lange Klauenspuren vom Ohr zum Mund verliefen.

»Turk«, erkannte Kerr, nickte dem Anführer zu und stellte sich ihm vor.

»Wir haben herausgefunden, dass Anda euch jagt, und wollten euch nicht den ganzen Spaß allein lassen«, rief einer der Neuankömmlinge. *Jetzt müssen sie wieder die Muskeln spielen lassen,* dachte Kerr, während sein Blick über den Schauplatz des grausamen Gemetzels wanderte. *Immerhin sind auch wir für sie ein fremder Stamm.*

»Oben waren noch mehr von den Monstern. Die lassen bestimmt nicht lange auf sich warten. Wo ist Druan?«, fragte Turk gelassen und wischte sich etwas Blut aus einem Auge.

»Tot. Wir sind alle, die noch übrig sind«, erklärte Pard müde.

Turk hob erstaunt die Brauenwülste.

»Anda hat alle zu sich geholt oder umgebracht«, erklärte Kerr. »Seid ihr denn noch mehr?«

»Allerdings«, brummte Turk. »Der Rest kommt bald nach. Wir Jäger sind vorgelaufen. Wir haben übrigens auch einen Menschling dabei. Wir haben sie am großen Fluss gefunden.«

»Was?«, mischte sich Şten ein, der bislang abseits gestanden und nur zugehört hatte. »Einen Menschen?«

»Ja, sie heißt Vi-çi-ni-a. Sie ist bei den anderen«, erläuterte Turk und wandte sich an Pard: »Wohin wolltet ihr?«

Kerr folgte dem weiteren Gespräch nur mit einem Ohr, denn zu seinem Erstaunen sah er, dass Şten mit weit aufgerissenen Augen auf Turk starrte. Der Mensch wirkte wie von Sinnen, sein Mund öffnete und schloss sich, doch er brachte keinen Ton hervor.

»Şten? Geht es dir gut?«, fragte Kerr besorgt und trat zu dem Krieger.

»Sagtest du Viçinia?«, sprudelte es aus Şten hervor, und er sprang mit einem Satz zu Turk.

Verwirrt blickte der große Troll auf den Menschen herab, der ihn immer noch fassungslos anblickte. »Ja.«

»Wie sieht sie aus?«, verlangte Şten zu wissen.

»Klein, so wie du, und ebenso mager. Das Haar ist lang und hat die Farbe des Bodens hier.« Der große Troll deutete auf das rote Glimmen. »Sie ist oft wütend oder traurig. Und sie kennt dich. Sie wollte zu dir«, fügte er nach kurzem Zögern noch hinzu.

Als versagten seine Beine ihm den Dienst, sank Şten auf die Knie. Seine Waffe entglitt seinen Händen und fiel klirrend zu Boden. Tränen liefen über seine Wangen, gruben lange Bahnen in Schmutz und Schweiß.

Die Trolle starrten den Menschen verblüfft an, bis Pard nachsichtig erklärte: »Seine Gefährtin.«

Daraufhin wandten sie sich ab und besprachen leise murmelnd, was die beiden Stämme nun als Nächstes tun würden.

»Wir sollten meinen Stamm finden und weiterziehen«, empfahl Turk. »Immer weiter, nicht anhalten. Dann erwischen sie uns nicht so leicht.«

»Es gibt einen langen Schacht nach oben, den müssen wir hoch, aber ich weiß nicht, wie weit. Lass uns von hier verschwinden, der Dunst macht meinen Kopf schon ganz schwer.«

Da die Leichen alle im See versenkt waren, stand dem Aufbruch nichts mehr im Wege. Vorsichtig kniete sich Kerr neben Şten nieder und sprach den Menschen an: »Wir müssen weiter.«

Als erwache er aus einen Traum, blickte Şten den jungen Troll an. Langsam nickte der Mensch. Er nahm Kerrs ausgestreckten Arm mit zitternden Händen und richtete sich auf. Seine Stimme klang heiser, als er, immer noch ungläubig, flüsterte: »Sie lebt.«

»Ja. Das ist doch gut, oder?«

»Ja. Ja, das ist es. Bei den Geistern, daran hätte ich nicht zu glauben gewagt. Ich muss …«

Die Stimme des Menschen versagte, und er schüttelte den Kopf. Plötzlich grinste er breit, und die Benommenheit schien von ihm abzufallen. Schnell hob er seine Waffe auf und schloss sich den Trollen an, die nun gemeinsam ihren Weg fortsetzten.

Als sie die Dampfhöhlen schon lange hinter sich gelassen hatten, kehrte einer der ausgesandten Jäger zurück und berichtete, dass Turks Stamm beinahe zu ihnen aufgeschlossen hatte.

»Ich warte hier«, erklärte Şten kategorisch, als er die Neuigkeit hörte. Kerr sah ihn an und wusste plötzlich genau, dass sich der Mensch nicht mehr von der Stelle bewegen würde, es sei denn, er würde niedergeschlagen und weggetragen. »Vielleicht sollten wir alle rasten«, schlug Kerr daher vor, zumal er den Kampf und die wilde Flucht noch in allen Knochen spürte.

Auf Pards und Turks Befehl hin ließen die Trolle sich schnaufend nieder, und Kerr fand endlich Zeit, nachzusehen, wer alles im heißen Wasser zurückgeblieben war. Vrok war tot, aber der Jäger war nicht der Einzige, der in der Höhle geblieben war. Von Turks Stamm waren fünf Jäger getötet worden, und sie selbst hatten sieben Trolle verloren. Sieben Trolle, an die Kerr sich erinnern konnte, seit er den Schlag des Herzens vernahm. Sieben weitere Tote, die Anda zu verantworten hatte. Ein Gefühl von Scham beschlich den Troll, als er erleichtert feststellte, dass Grena den Kampf überlebt hatte. So viele waren tot, aber Kerr freute sich doch, dass sie überlebt hatte.

Bevor er weiter darüber nachdenken konnte, stießen Turks Trolle zu ihnen. In ihrer Mitte befand sich eine viel kleinere Gestalt, die in schmutzige und zerrissene Kleider gehüllt war. Eine Menschenfrau, der das lange, rote Haar bis weit über den Rücken reichte.

»Şten!«, rief sie laut und dann, wie von Sinnen, noch einmal: »Şten!«

Sie drängte sich zwischen den Trollen hindurch, rannte auf ihn zu, stolperte beinahe über einen Felsen, ohne deswegen auch nur ein wenig langsamer zu werden, und fiel dem Menschen in die weit ausgebreiteten Arme. Kerr konnte hören, wie sie immer wieder seinen Namen murmelte. Şten hielt sie fest, die Augen geschlossen. Dann nahm er ihr Gesicht in seine Hände und schaute sie lange an. Er sagte etwas zu ihr, geflüsterte Worte, die Kerr nicht verstehen konnte. Die Frau, die Turk Viçinia genannt hatte, erwiderte etwas, ebenso leise. Dann hob sie eine Hand und strich Şten über die dunklen Haare am Kinn. »Du hast dir ja einen Bart wachsen lassen«, sagte sie mit einem Schnauben, das halb wie ein Lachen und halb wie ein Schluchzen klang.

»Ich habe vergessen, mich zu rasieren. Es vergessen, wie so viele andere Dinge. Nichts war mehr wirklich wichtig, als ich dachte … als ich dachte, dass du …«

Die Stimme des Menschen versagte, und er sprach nicht weiter.

Kerr blickte die beiden Menschen ebenso verblüfft wie fasziniert an.

»Bring mich fort von hier«, bat Viçinia plötzlich. »Bring uns wieder nach oben.«

»Ich verspreche es dir. Wir helfen den Trollen bei dem, was getan werden muss, und dann kehren wir zurück. Nach Wlachkis, ins Tageslicht. Ich verspreche es dir.«

50

In der Dunkelheit lauerte Anda auf die Beute. Ihre Jäger würden die letzten, jämmerlichen Überreste des Stammes zu ihr treiben. Ihr Sieg würde erst vollständig sein, wenn Pard, ebenso wie Druan, vernichtet wäre. *Er ist damals geflohen, als die Menschen Zdam getötet haben. Er ist kein Troll, er verdient es nicht, in meiner Heimat zu leben.*

Die Rufe der Jäger hatten sich entfernt, aber Anda hatte überall in den Gängen Gruppen von ihnen postiert. Die Beute konnte nicht entkommen.

Dennoch wurde die Trollin allmählich unruhig. Ein Kribbeln lief ihr über den Nacken, ein seltsames Gefühl von Veränderung beschlich sie. Hastig legte sie die Klauen an die Wand und öffnete sich ganz dem Schlag des Herzens.

Das Labyrinth der Gänge und Höhlen war endlos. Sie spürte jeden Felsen, jedes Wesen, das sich zwischen diesen bewegte. Sie erkannte ihre Trolle, stark und mächtig, die unangefochtenen Herrscher dieser Welt. Aber sie spürte keine schwachen Trolle, nirgends in ihrer Nähe.

Ihr Brüllen hallte durch die Finsternis und schreckte ihre Begleiter auf.

»Was ist?«

»Sie sind entkommen! Der Feigling muss sie weiter in die Tiefe geführt haben!«

Ohne lange zu überlegen, lief Anda los, zum nächsten Gang in die tiefer liegenden Regionen. Ihre Schreie riefen die verstreuten Jäger zusammen, doch einige waren zu weit entfernt und würden zu lange brauchen, um zu ihnen aufzuschließen. *Er denkt, er ist schlauer als wir. Er geht da-*

hin, wo selbst Trolle kaum überleben können. Aber er kann uns nicht entkommen!

Der Weg hinab war lang, doch Anda und ihre Jäger waren schnell und ausdauernd. Sie erreichten die großen Spalten, die wie Wunden in der Welt waren, und durchquerten die gewaltige Halle. Obwohl ihr Leib so nah beim Herzschlag erbebte, beachtete Anda ihre beeindruckende Umgebung nicht. Ihr Sinn war nur auf ein Ziel gerichtet: Pards Stamm zur Strecke zu bringen.

Andere Gruppen von Jägern schlossen sich ihnen an. Sie reihten sich hinter Anda ein, die unermüdlich vorwärtsrannte. Als sie den Dampftunnel erreichten, stoppte die Trollin. Der Geruch von Blut lag in der Luft, Trollblut. Um sie herum schnüffelten ihre Jäger. Der Geruch reizte sie, machte sie wütend und wild.

Zornig lief Anda in den Tunnel. Bald erreichte sie das heiße Wasser. Dort trieb der Geruch nach Blut, Angst, Hass und Tod in den trägen Dampfschwaden. Die Trollin folgte dem Geruch, der sie hinaus in den See führte, über ein schmales Stück Fels, das gerade eben aus dem kochenden Wasser ragte. Der Boden war dunkel vom Blut der Trolle. Andas eigenem Blut, das hier vergossen worden war. Keiner ihrer Jäger war zu sehen und keine Spur der schwachen Trolle zu entdecken. Sie kniete nieder und strich über den Fels. Mit dem Dreeg kamen Sinneseindrücke, flossen Bilder durch ihren Geist. Hier unten waren keine weiteren Jäger, nur Pards Trolle, die sich immer weiter in Richtung des Herzschlags entfernten.

Rasend vor Wut, brüllte Anda auf. Dunkler Groll pochte in ihrem Herzen. *Er hat wahre Trolle getötet! Ich werde ihn zerquetschen!*

»Folgt mir!«, befahl sie. Ihre Stimme klang donnernd, und selbst ihre Trolle bebten vor Furcht, als sie sie vernahmen. »Unsere Beute flieht zum Herzen. Sie ist unserer Falle entkommen. Aber sie kann nicht vor uns weglaufen. Wir bringen es zu Ende!«

Ihre Trolle heulten auf, als sie die Worte verstanden und den Verlust begriffen, den sie erlitten hatten.

Anda indes lächelte, denn sie wusste, dass sie Pard und die Seinen bald eingeholt haben würden. *Und dann werden wir sie reißen, sie vernichten und ihr Fleisch fressen!*

51

Im letzten Licht des Tages errichteten die Soldaten das Lager und bestatteten die Toten des Tages. Obwohl sein Leib nach Ruhe verlangte, konnte Tamár nicht untätig in seinem Zelt sitzen. Eine tiefe Unruhe hatte von ihm Besitz ergriffen und ließ ihn wie einen gefangenen Wolf im Käfig auf und ab laufen. Er sehnte sich nach Flores' Nähe, doch die wenigen Momente, in denen sie allein sein konnten, waren rar gesät. Und gerade jetzt, so kurz vor dem Ziel, konnte er kaum alle Arbeit seinen Kriegern überlassen, um Zeit für sie zu gewinnen. Wie so oft, wenn er über Flores nachdachte, war es ihm unmöglich, seine widerstreitenden Gefühle in Einklang zu bringen.

Erst als ein berittener Späher durch das Lager preschte, löste sich Tamárs Anspannung mit einem Schlag. Der Moment der Entscheidung war da, und nichts, was er tat, würde jetzt noch etwas ändern.

Der Reiter sprang ab und lief zu Tamárs Zelt und verneigte sich knapp, und dann sprudelten die Worte wie ein Wasserfall über seine Lippen: »Szilas ist auf der Straße. Die ganze Armee. Er marschiert in hohem Tempo gen Süden.«

»Wie nah?«, fragte Tamár ruhig, doch tief in sich kannte er die Antwort bereits.

»Mit der Dämmerung wird er auf dieser Höhe sein.«

Unbewegt starrte Tamár den Mann an, dann nickte er. »Danke. Du kannst gehen.«

Die verschiedensten Möglichkeiten rasten durch seinen Geist, während er Köves anwies, die Voivodin zu ihm zu holen. Flucht, Aufgabe, Kampf. Aber es konnte nur einen Weg geben.

Wenige Momente später stürmte Flores herein, sah seinen Gesichtsausdruck, und ihre Augen weiteten sich.

»Wir werden gegen Szilas kämpfen«, eröffnete der junge Marczeg ihr. »Er blockiert hier den Zugang zum Aufstieg ins Mardew.«

»Er hat uns den Weg abgeschnitten?«

Stumm nickte Tamár. Er sah seine Gefühle auf Flores' Gesicht gespiegelt. Ihre Hoffnung zerbrach ebenso wie seine eigene. Aber in seinem Geist hörte er die letzten Worte seines Vaters widerhallen. *Dann kämpfen wir! Wir werden dem Hund die Zähne ziehen und ihn mit eingezogenem Schwanz nach Hause jagen. Wenn es sein muss, dann kämpfen wir!*

Angriffslustig ballte er die Fäuste und sah Flores an.

»Nun, es hat auch ein Gutes«, befand die Voivodin widerwillig. »Die endlose Flucht hat ein Ende. Diesen Winter verbringen wir in Frieden, entweder siegreich oder zwei Schritt unter der Erde.«

Tamár wusste, dass sie diesen Mut nicht nur vortäuschte. Sie hatte ihr Leben in vielen Kämpfen verteidigen müssen. Vielleicht war sie, genau wie er selbst, auf eine Art froh darüber, dass die Zeit der Unsicherheit vorbei war. Jetzt konnten sie ihr Schicksal wieder in die eigenen Hände nehmen, auch wenn der Vorteil deutlich bei ihren Feinden lag.

»Wir suchen uns morgen eine gute Stellung in den Hügeln hier und errichten dort ein Lager. Diesmal soll er kommen und uns angreifen«, schlug Tamár grimmig vor.

Die Wlachakin zögerte kurz, erwog seine Worte und nickte dann. Der Feuerschein fiel auf ihr Gesicht und ließ in ihren dunklen Augen Funken tanzen. Ohne weiter nachzudenken, trat Tamár an sie heran und küsste sie. Schon vergaß er sich in der Berührung ihrer Lippen, da zog Flores sich widerwillig zurück.

»Rufen wir die Hauptleute«, sagte sie mit rauer Stimme. »Wir müssen uns vorbereiten.«

Unfähig, etwas zu erwidern, senkte Tamár die Lider.

Sein Körper fühlte sich leicht an, als würden seine Füße sich gleich vom Boden heben, als könne er fliegen. Die dunkle Zukunft war fern, lag hinter der Nacht, hinter Flores' Augen, deren Blick ihm so kostbar geworden war.

Ein Knacken und Zischen aus der Feuerschale riss den Marczeg zurück in die Wirklichkeit.

Flores wandte sich ab und verließ das Zelt.

Von seiner Warte aus konnte Tamár die sehnsüchtigen Blicke der Soldaten sehen. Das Kloster Starig Jazek erhob sich vor ihnen, kaum einen Tagesmarsch entfernt, aber so unerreichbar wie Teremi oder Turduj. Den Weg versperrte ein Zeichen, das Tamár zu hassen gelernt hatte: der Drache. Da der Regen die Banner lustlos an ihren Stangen herabhängen ließ, hatte Szilas sein Feldzeichen an einer Kreuzstange befestigen lassen, sodass es trotz der Nässe gut zu erkennen war.

Die Truppen des Feindes hatten etwa neunhundert Schritt vom Lager Aufstellung bezogen. Sie würden den Hang hinauf angreifen müssen, gegen die Speere der Infanterie und die einfachen Befestigungen, die sie errichtet hatten. Direkt vor den Fußtruppen waren dünne Stämme in den Boden gerammt, deren Spitzen gegen den Feind ragten. Die Barrieren würden es den zahlenmäßig überlegenen Berittenen des Feindes erschweren, einen Sturmangriff gegen die Linien durchzuführen.

Vor den eigenen Reihen hatte Tamár einen kleinen Wall aufschütten lassen, der wiederum hinter einem Graben lag, der sich langsam, aber sicher mit braunem, schaumigem Wasser füllte. Die Arbeit hatte den Gutteil des Morgens in Anspruch genommen. Jetzt standen einige Soldaten bereit, um die Stellung zu verteidigen, während andere hinter ihnen behelfsmäßig einige Zelte aufbauten.

Ihr Standort war gut, das stellte Tamár nicht in Frage. Hinter ihnen lag der steile Hang, der ins Mardew führte. Sie hatten die Linien in einem Halbkreis angeordnet, sodass sie gut zu verteidigen waren. Keine Seite war schwach, und kein Umgehungsmanöver würde Szilas von Nutzen sein. Aber ihre Verwundbarkeit lag nicht im Terrain begründet, nicht in der Ausrüstung oder der Vorbereitung. Ihre Schwäche entsprang den Herzen der Krieger, deren Kampfeswille schwach war und deren Hoffnung auf den Sieg gebrochen schien.

Ein Blick über die Schulter zeigte Tamár sein eigenes Zeichen, den Greifen, der hoch über ihm prangte. Das Banner sollte seinen Soldaten Mut einflößen, sie zusammenhalten und ihnen Weg und Ziel zeigen, doch nicht einmal Tamár selbst fühlte sich augenblicklich beim Anblick des Greifen besser.

»Was macht der Bastard?«, knurrte Rurjos, der sich trotz seiner Verletzung wieder in seine Rüstung gezwängt hatte. Dicke Wassertropfen standen auf den metallenen Platten und sammelten sich zu kleinen Sturzbächen.

»Er will uns zermürben«, erwiderte Tamár finster. »Er hat alle Zeit der Welt, denn wir werden nicht fortgehen. Er hat uns genau, wo er uns haben will. Jeder Moment zerrt an den Nerven unserer Krieger.«

»Aber auch seine Soldaten werden nervös!«

»Glaubst du? Wir stehen hier wie in die Enge gedrängte Wiesel. Ja, wir haben noch Biss, aber uns steht das Wasser bis zum Hals, ihnen nicht.«

»Zumindest der Matsch steht mir bis hier«, grummelte der Veteran und hob die Hand bis zur Stirn.

»Nach dem Feldzug ist wohl eine neue Rüstung fällig«, scherzte Tamár. »Diese hier dürfte dann vollkommen eingerostet sein, und das Leder verfault beim Zusehen!«

Der alte Baró lachte. Tamár bewunderte den unverwüstlichen Charakter des Mannes. Sie sahen einer Schlacht entgegen, deren Vorzeichen mehr als schlecht für sie standen. Und dennoch ließ Rurjos sich seine Zuversicht nicht nehmen.

Aus den Reihen ihrer Feinde löste sich ein Reiter, der

mit gesenktem Banner auf sie zukam. Der Unterhändler ritt langsam über das schlammige Feld.

»Sollen wir ihn aus dem Sattel holen?«

Der Gedanke war verlockend, aber Tamár verneinte. Stattdessen lief er zu Szeg, klopfte dem Hengst beruhigend auf den Hals und sprang in den Sattel.

»Ich höre mir an, was er zu sagen hat. Köves, Maiska, ihr beiden begleitet mich.«

Damit lenkte er sein Pferd durch die schmale Öffnung in ihrem mit einfachsten Mitteln errichteten Verteidigungsbollwerk. Ohne auf die beiden Krieger seiner Wache zu warten, näherte er sich dem Gesandten, der knapp außerhalb der Reichweite eines Bogens angehalten hatte und den Marczeg nun erwartete.

Der Unterhändler war ein älterer Szarke von großem Wuchs, mit breiten Schultern und kurz geschorenen, dunklen Haaren. Als Tamár noch einige Schritt entfernt war, neigte der Szarke respektvoll das Haupt.

Tamár hingegen sah ihn nur verächtlich an. »Was will dein Herr?«

»Er bietet Euch eine Kapitulation an, die es Euch erlaubt, Leben und Ehre zu behalten«, erwiderte der Bote, worauf Tamár schnaubte.

»Mein Herr lässt Euch ausrichten, dass er von dem Zustand Eurer Soldaten weiß. Diese Schlacht wird ein Massaker werden. Ihr habt Euch tapfer geschlagen, Marczeg Békésar. Mein Herr weiß, dass Ihr verführt wurdet und Eure Treue nur fehlgeleitet ist. Unterwerft Euch ihm, und er wird gnädig sein.«

»Das Leben für uns«, erwiderte Tamár kalt. »Was ist mit den Wlachaken?«

»Sie haben Land an sich gerissen, das nicht das ihre ist. Ihr Aufstand muss beendet werden, ein für alle Mal.«

»Marczeg Laszlár will, dass ich mein Bündnis verrate? Dass ich die Wlachaken seiner *Gnade* ausliefere?«

»Marczeg Békésar«, entgegnete der Unterhändler eindringlich. »Hört Eure eigenen Worte. Ihr zieht Wlachaken Masriden vor. Bedenkt, dass sie Untergebene sind, besiegte Bauern, mehr nicht. Sucht Eure Freunde nicht unter diesem Haufen von Rebellen und Abschaum. Ich flehe Euch an, mein Herr fleht Euch an: Kehrt zurück zu Eurem Volk!«

»Sag deinem Herrn dies: Wenn er mir das nächste Mal gegenübersteht, werde ich zwei Spannen Stahl in seinen Körper rammen. Ich verbünde mich lieber mit Wlachaken als mit doppelzüngigen, giftigen Schlangen!«

»Marczeg ...«

»Lauf, du szarkischer Hund, bevor ich mich entscheide, meine Botschaft in dein Fell zu schneiden!«

Kopfschüttelnd wandte der Gesandte sich ab, Unverständnis über Tamárs Worte vortäuschend, aber der junge Marczeg spürte die Furcht des Mannes. Es juckte ihn in den Fingern, seinen Zorn an ihm auszulassen, doch er zügelte seine Wut und ritt zurück in sein eigenes Lager. Der Regen war so sehr zu seinem täglichen Begleiter geworden, dass er ihn kaum noch wahrnahm. Als er abstieg, kam Flores zu ihm.

»Was hat er Euch gesagt?«

»Das Übliche: Wer sich mit einem Vrasya zu Bett legt, darf sich nicht wundern, wenn er mit Flöhen aufwacht.«

Die Wlachakin zog eine Augenbraue hoch, ging aber nicht darauf ein.

»Er hat versucht, einen Keil zwischen uns zu treiben. Wäret Ihr dorthin geritten, hätte er Euch gelobt und Euch alles Gold der Zwerge versprochen, wenn Ihr mich verratet.«

»Verrat?«

»Selbstverständlich soll ich mich von Euch Wlachaken lossagen und mich ihm anschließen.«

Überrascht bemerkte Tamár einen Anflug von Sorge in Flores' Antlitz. Schnell fügte er hinzu: »Ich habe ihn natürlich in die Finsternis gewünscht. Mein Weg liegt deutlich vor mir. Und er führt nur über Szilas' Leiche!«

52

Unversehens hatte sich alles geändert, war die unterirdische Welt nicht länger ein einziger, nicht enden wollender Albtraum. Zwar befand sich Şten noch immer in den Eingeweiden der Berge, tief unter allem, was er kannte, aber jetzt war Viçinia an seiner Seite. Viçinia, die Totgeglaubte, deren unbegreifliche Rettung Şten nicht nur Sciloi zu verdanken hatte, sondern auch Turk und seinem Stamm. *War es Glück, dass Sciloi uns im letzten Jahr entkommen ist? War es Schicksal? Der Wille der Geister? Ich kann kaum glauben, dass sie wahrhaftig noch am Leben ist.*

Während sich die Gedanken in Ştens Kopf überschlugen und er sie vergeblich zu ordnen suchte, führte Pard sie zielsicher durch die verwirrenden Gänge. Für den Moment ordnete sich Turk Pards Führungsanspruch unter, aber Şten hatte das unbestimmte Gefühl, dass Reibereien zwischen den gewaltigen Wesen unausweichlich waren. Beide Trolle waren große Krieger und Jäger, führten ihre jeweiligen Stämme schon lange und genossen den Respekt derer, die ihnen folgten.

Im schwachen Licht der Flechten warf Şten einen Blick zur Seite und schaute Viçinia an, als fürchtete er, dass sie ihm wieder genommen worden sei, während er seinen Gedanken nachhing. Aber sie lief neben ihm, von Kopf bis Fuß schmutzig, in zerrissener Kleidung, erschöpft, doch schöner als alles, was Şten jemals gesehen hatte. Vorsichtig griff er nach ihrer Hand, um sich ihrer Nähe zu versichern. Als sie seine Berührung spürte, lächelte Viçinia.

»Ich kann es immer noch nicht fassen«, murmelte Şten.

»Und ich kann es nicht fassen, dass du hier unten bist«,

entgegnete Viçinia und erwiderte den Druck seiner Hand. »Dich auf ein solches Wagnis einzulassen. Du Narr!«

»Niemand sonst von uns Menschen wollte oder konnte den Trollen helfen. Und es ist sehr bedeutsam, was hier geschieht. Wenn es stimmt, was Vangeliu gesagt hat, dann entscheidet sich hier unten das Schicksal des Landes. Für Wlachaken und Masriden gleichermaßen.«

»Es ist nicht mehr weit«, verkündete Pard plötzlich. »Der Schacht ist direkt vor uns.«

»Sehr gut«, wisperte Viçinia. »Ich freue mich schon darauf, die Sonne wiederzusehen.«

Nach der Ankündigung beschleunigte Pard seine Schritte noch einmal. Die beiden Stämme hatten ihre Verwundeten in die Mitte genommen. Neben dem von der Riesenspinne Vergifteten mussten noch zwei weitere Trolle gestützt oder geschleppt werden. Das schien den Trollen aber nichts auszumachen. In regelmäßigen Abständen wechselten sie sich ab, und jeder half, sogar Pard und Turk. Nur die Späher, die vorausgeschickt worden waren, schienen von dieser Pflicht entbunden zu sein. Überrascht erkannte Şten, dass er von dem Zusammenhalt der Trolle beeindruckt war. Selbst auf der Flucht vor gefährlichen, ja, tödlichen Feinden kümmerten sie sich umeinander.

Ein Brüllen schreckte den Wlachaken aus seinen Gedanken. Hinter ihnen schrie ein Wesen in urtümlicher Wut. Der Schrei hallte durch die Gänge und ließ sie herumfahren.

»Anda«, flüsterte Kerr.

»Beeilung«, drängte Pard und lief los. Alle folgten ihm, so schnell sie konnten. Der Fels um sie herum wurde heller, manchmal funkelten die Wände im Licht, als die Gruppe sie passierte. Aber Şten hatte keine Zeit, auf die Umgebung zu achten. Er konnte nur laufen und dabei stets ein Auge darauf haben, dass Viçinia immer an seiner Seite war.

Nach einiger Zeit erreichten sie eine kleine Höhle, von der mehrere Tunnel abgingen. Mit einer Klaue deutete Pard auf einen von diesen: »Der führt direkt zu dem Schacht, der unter dem großen Steinhaus liegt.«

»Wir müssen klettern?«, erkundigte sich Kerr.

»Ja. Ich weiß nicht genau, wie weit. Die Dreeg werden uns leiten.«

»Was ist mit denen?«, fragte der junge Troll und sah zu den Verwundeten. Pard runzelte die Stirn.

Unvermittelt trat Turk vor. »Wir müssen uns trennen. Wir kommen niemals alle zusammen einen Schacht hoch. Schon gar nicht, wenn Anda so nah ist, dass sie uns bereits in den Hintern beißen kann.«

»Trennen? Wer weiß, was uns erwartet? Wir brauchen jeden Troll«, stellte Pard grimmig fest.

»Willst du sie zurücklassen?« Kerrs Stimme klang überrascht.

In Pards Gesicht arbeiteten die Muskeln. Bevor er antworten konnte, fuhr Kerr fort: »Sie gehören zu uns. Sie brauchen unseren Schutz.«

»Es ist zu gefährlich! Wir müssen unser Ziel erreichen! Sonst wird es bald keine Trolle mehr geben, sondern nur noch Andas Bastarde!«

»Wenn wir sie zurücklassen, dann werden sie sterben. Aber Trolle töten keine Trolle. Wenn wir so anfangen, dann werden wir bald genauso sein wie Anda. Dann können wir auch gleich zu ihr gehen und uns ihr anschließen«, erwiderte Kerr leise.

Erstaunt verfolgte Şten den Wortwechsel. Gespannt blickte er Pard an, der eine Pranke drohend erhoben hatte, aber immer noch schwieg.

»Scheiße«, platzte der große Troll plötzlich heraus. »Das ist alles schlimmer als eine Höhle voller Zwergenmist!«

»Druan hätte …«, begann Kerr, aber Pard fiel ihm brutal ins Wort: »Druan ist nicht hier! Er ist tot, Kleiner, verstanden? Und wir wissen nicht, was er gemacht hätte.«

Für einen Augenblick dachte Şten, dass Pard Kerr schlagen würde, aber der große Troll strich sich nur mit der

Pranke über den Schädel, und diese Geste ließ ihn unendlich müde wirken. Als er weitersprach, war seine Stimme ruhig. »Du hast recht. Wenn wir sie hierlassen, könnten wir sie auch gleich selbst erledigen.«

»Dann trennen wir uns«, entschied Turk. »Wir schicken einige Jäger mit. Und Schleicher soll ebenfalls mitgehen; er ist der beste Späher in den gesamten Tunneln. Er soll sie an Andas Trollen vorbeiführen.«

Obwohl Pard sich offensichtlich Sorgen machte, nickte er. Gemeinsam mit Turk suchte er eine Handvoll Jäger aus, welche die Schwachen und Verletzten begleiten sollten.

»Was sollen wir tun?«, fragte Viçinia Şten, der den Trollen noch immer aufmerksam zuhörte.

»Ein Pfad ist so gefährlich wie der andere. Niemand kann sagen, wen Anda verfolgen wird.«

»Dieser Schacht führt hinauf? Ins Kloster?«

»Ja. Allerdings habe ich bislang nur das obere Ende gesehen. Er ist sehr tief«, erläuterte Şten mit einem schiefen Grinsen.

»Ich denke, wir sollten trotzdem mit Pard gehen. Vielleicht kann er uns eher brauchen, und er nimmt sicherlich den schnelleren Weg nach oben. Ich muss mich nur noch verabschieden«, erklärte seine Frau und trat zu der kleinen Gruppe Trolle, die sich um die Verletzten versammelt hatte. Sie kniete neben dem vergifteten Troll nieder, legte die Hand auf seine Schulter und dankte ihm. Dann lächelte sie noch einer Trollin zu, die sich um die Verletzten kümmerte und zur Erwiderung ihre Hauer bleckte, jedoch kein Wort sprach, und schon drängte Pard zum Aufbruch.

»Versucht, weiter nach oben zu gelangen. Wir treffen euch nahe der Oberfläche, nahe am Herzen«, gab Turk der anderen Gruppe noch mit auf den Weg, dann liefen sie weiter, während die anderen in einem anderen Tunnel verschwanden.

Tatsächlich behielt Pard recht mit dem, was er über ihren Weg gesagt hatte. Schon bald erreichten sie das Ende des Ganges. Ein immer deutlicherer Luftzug war zu spüren, je weiter sie rannten, bis Pard plötzlich innehielt. Der große Troll stand vor einem Loch im Boden und in der Decke. Ein fauliger Geruch nach Schwefel lag in der Luft, dazu ein leises Pfeifen, wie von einem Windhauch, der über die Felsen strich.

»Die dampfenden Quellen. Das ist ihr Geruch«, stellte Turk fest, der die Nase erhoben hatte und witterte. »Sie liegen unter uns. Dann ist das hier der hohe Schacht.«

»Das Herz ist über uns«, flüsterte Kerr. »So nah!«

»Los«, befahl Pard ungeduldig und schlug seine Klauen in den Fels. Der große Troll zog sich hoch und begann überraschend schnell zu klettern. Vorsichtig beugte sich Ṣten vor und sah in das Loch hinab. Seine Haare wurden von dem schwachen Windhauch bewegt, und der üble Geruch reizte seine Nase, aber er konnte nichts erkennen. *Schon von ganz oben sah der Schacht unendlich aus. Hier ist es genauso. Ich frage mich, wie tief er wirklich ist und wie lange man fällt, wenn man abstürzt.* Eine dunkle Schwermut legte sich mit einem Mal um sein Herz und drohte ihm den Atem zu nehmen. In seinem Geist sah er seine Freunde und Familie sterben, das Land in Flammen stehen, bis der Rauch den Himmel verdunkelte. Ihm wurde schwarz vor Augen, als die erlittenen Verluste ihn wie ein Hammerschlag trafen. *Was geschieht mit mir?*, fragte er sich benommen. Dann verließen die Bilder ihn so schnell, wie sie gekommen waren.

Viçinia, die neben ihm stand, schien seine Sorgen nicht zu teilen. Sie band sich die roten Haare zurück und betrachtete den Schacht, als ob sie lediglich seine Ausmaße schätzen wolle. Als sie seinen Blick bemerkte, fragte sie: »Was ist mit dir? Geht es dir nicht gut?«

»Sei vorsichtig, ja? Ich habe ein ungutes Gefühl bei dieser Sache.«

»Natürlich. Ich bin im Mardew groß geworden. Ich konnte klettern, bevor ich laufen konnte.«

Zwar zweifelte Şten an dieser Aussage, aber er seufzte nur und ergriff einen Vorsprung. Langsam zog er sich nach oben. Er mochte nicht an die Gefahr denken, denn er konnte die Vorstellung nicht ertragen, Viçinia zu verlieren, jetzt, da er sie gerade wiedergewonnen hatte.

Stück für Stück arbeiteten sie sich den Schacht hoch. Die Wände waren rau, voller Kanten und Risse, wodurch das Klettern zwar nicht weniger anstrengend, aber zumindest weniger schwierig wurde. Die Trolle kletterten mit ihren starken Klauen schnell und geschickt, und Şten und Viçinia hatten Mühe, mit ihnen mitzuhalten. Nach einigen Dutzend Schritt erreichten sie eine Höhle, wo Pard sie Halt machen ließ.

Şten streckte seine Hand aus und half seiner Frau, die letzten Meter zu überwinden. Dann ließen sie sich nebeneinander auf dem Boden nieder. Er legte einen Arm um ihre Schultern, während um sie herum mehr als zwei Dutzend Trolle schnaufend und grunzend eine bequeme Position suchten, um sich auszuruhen.

Während er Viçinia über den Kopf streichelte, fiel Şten auf, dass sie trotz der Wärme, die sie umgab, zitterte. »Leg dich ein bisschen hin«, sagte er sanft, zog sie zu sich und bettete ihren Kopf in seinen Schoß. Sie streckte sich aus und schloss die Augen.

»Es kann nicht leicht für dich gewesen sein, hier unten mit den Trollen umherzuziehen, oder?«, fragte Şten nach kurzer Zeit zögerlich, da er nicht wusste, ob sie bereits eingeschlafen war.

»Nein, das war es nicht«, entgegnete Viçinia leise. »Sie sind so unglaublich … fremdartig. Ich habe mich dauernd gefragt, was du wohl an meiner Stelle tun würdest. Und wie du, bei allen Geistern, deine letzte Reise mit den Trollen bloß überstanden hast.«

Der wlachkische Krieger musste lachen. »Ich bin immer einen Schritt nach dem anderen gegangen und habe dabei versucht, den Geruch zu ignorieren.«

»Sonst hält man es nicht aus.«

Viçinia stimmte in sein Lachen ein.

»Kann ich dich etwas fragen? Der neue Marczeg der Masriden, Tamár Békésar, hat gesagt ... er meinte, dass ich traurig sein müsse, gleichzeitig Frau und Kind zu verlieren ...«

»Tamár hat das gesagt? Woher wusste er davon?« Dann seufzte sie. »Aber das ist ja auch egal. Ja, er hat recht gehabt. Ich bin schwanger.« Die letzten Worte hatte sie so leise gesprochen, dass sich Şten zu ihr hinabbeugen musste, um sie zu verstehen. Sie öffnete die Augen und sah ihn an.

»Bei allen Geistern, das ist die beste Nachricht, die ich erhalten habe, seit Turk mir gesagt hat, dass du noch am Leben bist. Und damit ist es wohl die zweitbeste, die ich in meinem ganzen Leben bekommen habe.«

Mit einer Hand zog Viçinia ihn zu sich, und in dieser Umarmung verharrten sie eine lange Weile.

Aber viel Ruhe war ihnen nicht vergönnt, denn Pard sprang schon bald wieder auf die Füße und rief zum Aufbruch. Als Şten gerade aufstehen wollte, bemerkte er Kerrs Gesichtsausdruck. Der junge Troll wirkte, als bewege er sich in einem Traum.

»Geht es dir gut?«

»Das Herz. Es ist so nah«, erwiderte Kerr geistesabwesend.

»Gut. Dann hat diese verfluchte Kletterei ja bald ein Ende.«

Tatsächlich aber mussten sie noch viele Schritt nach oben klettern, bis sie auf der nächsten Ebene anlangten. Der Geruch nach Schwefel war schwächer geworden, auch wenn immer noch ein Lufthauch von unten wehte. Ştens Arme schmerzten mittlerweile, und er hatte das Gefühl, als steckten glühende Nadeln in seinen Schultern. Als er die Kante erreichte, griff er dankbar nach der Hand, die Pard ihm hinhielt, und ließ sich ziehen. Direkt hinter ihm schwang sich Viçinia in den flachen Gang. Überrascht stellte Şten fest, dass sie weniger erschöpft aussah, als er befürchtet hatte. Als sie seinen Blick bemerkte, beugte sie sich vor und raunte ihm ins Ohr: »Ich sagte doch: Im Mardew lernt man erst klettern und dann laufen!«

»Wir müssen durch diesen Gang«, stellte Kerr fest. »Das Herz befindet sich ganz in unserer Nähe.«

Verblüfft sah Şten Pard an, der mit den Schultern zuckte. Ohne abzuwarten, lief Kerr los. Die niedrige Decke zwang ihn, gebückt zu gehen, während Pard und Turk sich beinahe auf alle viere hinablassen mussten. Mit einem letzten Blick zu dem Schacht folgte Şten den Trollen.

Die Wände hier waren glatt; an einigen Stellen spiegelte sich sogar das Licht in ihnen. Verwundert strich Şten mit den Fingern darüber und stellte fest, dass sie sich wie das kostbare Glas anfühlten, das in Wlachkis so selten war. Verschlungene Muster aus braunen und gelblichen Farbtönen zogen sich die Wände entlang, bildeten Wirbel und lange Bahnen. Kerr lief an diesen Wundern einfach vorbei, ohne sie eines Blickes zu würdigen, bis sie eine große Höhle erreichten.

Ein dämmriges Zwielicht empfing sie, nur unterbrochen von einem Funkeln an den Wänden, das Şten den Atem verschlug. Unendlich viele Kristalle reflektierten das Flechtenlicht, und es schien, als tanzten sie auf und ab, nur um wieder im Dunkel zu verschwinden.

Neben sich hörte Şten Viçinias Stimme: »Bei allen Geistern!«

Er sah, wie sie mit offenem Mund an ihm vorbeistarrte und folgte ihrem Blick. An der Seite der Höhle senkte sich die Decke weiter ab, und in diesem schmalen Stück kniete Kerr. Hinter dem Troll war die Schwärze undurchdringlich. Vor Ştens Augen schien sie ihre Gestalt zu verändern, sich auszudehnen, ja wie ein lebendiges Wesen vor Kerr zurückzuweichen. Gefühle brandeten über Şten hinweg, Trauer, Zorn, Hass, Angst; in so schneller Folge, dass sie den

Wlachaken auf die Knie zwangen, unfähig, sich zu rühren oder gar dagegen anzukämpfen. In der Dunkelheit erahnte er eine Gestalt, mächtig, stark, mit weißem Pelz und gütigen, schwarzen Augen. Doch die Vision verschwand wieder, ersetzt durch Ströme von Blut, die Şten zu ertränken drohten. Er brach zusammen und wollte schreien, seine Qual, seine Angst hinausbrüllen, doch kein Laut entrang sich seiner Kehle. Er war gefangen in Schmerz, Hass und Angst; von schattigen Bändern gefesselt; zerschlagen in tausend Stücke.

Eine Hand berührte seine Stirn, kühl und trocken. Die Berührung war ein Labsal, eine Insel der Ruhe in dem Sturm, der in Ştens Geist tobte. Er konzentrierte sich darauf, nur auf dieses eine Gefühl, bis alle anderen Empfindungen zurückwichen und er sich endlich aus den Tiefen seines Geistes erhob. Mühsam schlug er die Augen auf und sah Tarlin, dessen blasse Züge von großer Ruhe erfüllt waren.

»Ihr seid Kurperla näher, als ich gedacht hätte«, sagte der Elf freundlich.

Ştens ganzer Körper zitterte, Schweiß lief ihm über Stirn und Hände und benetzte den Boden der Höhle. Hastig sah er sich nach Viçinia um, die mit angezogenen Beinen und geschlossenen Augen neben ihm lag. Ihr ganzer Leib bebte, als wäre sie an einem tödlichen Fieber erkrankt. »Hilf ihr«, wisperte der Wlachake rau.

Der Elf kniete sich neben Viçinia und berührte sie mit leichter Hand.

Ungeschickt rollte sich Şten auf die Knie. Seine Gliedmaßen wollten ihm kaum gehorchen. Er zwang sich, seine Augen auf seine Umgebung zu richten.

Die Trolle schienen nicht von der Nähe des Dunkelgeistes beeinflusst zu sein. Jedenfalls standen sie alle noch aufrecht und blickten neugierig zu Elf und Menschen hinüber. Ein Husten schüttelte Şten, aber langsam kehrte die Kraft in seine Glieder zurück. Noch immer tönten in seinem Hinterkopf furchtbare Stimmen, sah er aus den Augenwinkeln verstörende Bilder, die verschwanden, wenn er sie genauer betrachten wollte. Die Höhle um ihn herum war fremdartig, die ganze Welt war dem Wlachaken unverständlich geworden, nur Viçinia blieb wirklich. Auf allen vieren kroch er zu ihr und ergriff ihre Hand. Tarlin kniete neben ihr und presste seine Finger auf ihre Stirn. Die Berührung holte auch sie zurück aus den grausamen, so wirklich scheinenden Albträumen, die auch Şten bis eben noch gefangen gehalten hatten. Als sie die Augen aufschlug, rollten Şten vor Erleichterung Tränen über die Wangen.

»Macht eure Herzen kalt«, empfahl der Elf. »Füllt eure Gedanken mit Erinnerungen. Dann könnt ihr es leichter ertragen. Sein Atem ist stark, hier, wo er ruht.«

»Anda war hier«, erklärte Kerr, der noch immer vor der wabernden Dunkelheit kniete. »Hier ist ihr Geruch. Und Blut. Ihr Blut und anderes Blut auch.«

»Bringen wir es zu Ende«, bestimmte Pard grimmig. »Wir müssen uns beeilen; die anderen brauchen uns, wenn sie verfolgt werden.«

Tarlin erwiderte nichts, sondern nickte lediglich und setzte sich mit überkreuzten Beinen auf den Boden. Sein Gesicht war der alles Licht verschluckenden Dunkelheit zugewandt, deren Anblick Şten Schauer über den Rücken jagte. Schnell sah der Wlachake zu Viçinia hinüber, die schwach lächelte.

»Du bist bei mir.«

»Ja«, antwortete Şten leise. »Ich bin bei dir.«

Ihr Lächeln drang in sein Herz und errichtete eine eiserne Festung gegen die Finsternis in seinen Gedanken. Vorsichtig richtete sie sich auf und blickte zu Tarlin hinüber, der unbeweglich wie eine Statue auf dem Felsboden saß.

»Was tut er jetzt?«

»Er versucht, die Verbindung zwischen Anda und dem

Dunkelgeist zu kappen. Vielleicht spricht er mit dem Geist; er sagt, er könne die Stimmen der Geister hören, so wie ein Geistseher.«

Nicht nur die Menschen, auch die Trolle starrten den Elfen an. Die gewaltigen Wesen versammelten sich schweigend um ihn, bis auf die Späher, die Pard in den Gängen postiert hatte. Auch Kerr hatte sich endlich umgedreht und kniete nun vor Tarlin. Er ließ den Elfen nicht aus den Augen. Die Züge des jungen Trolls waren angespannt, nur hin und wieder leckte er sich beunruhigt über Lippen und Hauer.

Şten hatte Viçinias Hand ergriffen und schaute ebenso gebannt wie sie auf das undeutbare Schauspiel vor ihnen. Die Zeit verging, doch er konnte nicht sagen, wie lange sie schon warteten.

Unvermittelt stöhnte Tarlin auf und sackte dann in sich zusammen. Als würde sein Körper von einer gewaltigen Kraft getroffen, wurde der Kopf des Elfen nach hinten geschleudert, und er schrie. Schrie wie ein weidwundes Tier, wie ein Sterbender; ein Schrei, der Şten durch Mark und Bein fuhr und andauerte, bis der Elf kraftlos zu Boden sank.

53

Der Blick auf die aufgewühlte Erde des Hangs war niederschmetternd. Wohin sie auch schaute, überall sah Flores nur Schmutz, verdrecktes Wasser und Unrat. Selbst wenn die Soldaten die schützende Nähe des Lagers verließen, um sich zu erleichtern, blieben sie doch so nah, dass der Gestank inzwischen ein ständiger Begleiter war. Jetzt war Flores sogar für den Regen dankbar, denn das Wasser spülte den Schmutz und die Exkremente wenigstens nach und nach weg.

»Er will uns mürbe machen«, murmelte Neagaş neben der Voivodin.

»Bei mir klappt das ganz gut«, erwiderte Flores leise und seufzte. »Er ist ein Bastard.«

»Da habt Ihr wohl recht, Voivodin!«

Flores' Blick wanderte die Reihen der Krieger entlang zur Mitte, wo Masriden und Wlachaken Schulter an Schulter standen.

Tamár hatte seine berittenen Krieger absitzen lassen, um die Linien des Fußvolks zu unterstützen. Der Marczeg stand vorn in der ersten Reihe, den Schild vor sich in die weiche Erde gerammt, den Helm in den Nacken geschoben. Sein scharf geschnittenes Profil war leicht zu erkennen. Offenbar schaute er hinab zu den Feinden, die sich in der Senke gesammelt hatten. Wie alle anderen auch wartete Tamár auf Marczeg Laszlárs Angriff. Die Drohung hing bereits den ganzen Morgen in der Luft, doch bisher hatte Szilas nur seine Truppen Aufstellung beziehen lassen und wartete ab.

»Ich hätte nicht übel Lust, selbst den Sturm zu befehlen«, zischte Flores. Bevor Neagaş widersprechen konnte, fuhr sie fort: »Ich weiß. Das wäre Wahnsinn. Aber dann wäre diese elende Warterei wenigstens vorüber.«

»Wir werden noch früh genug kämpfen.«

Linkerhand war die schwächste Position ihrer Stellung. Dort führte Istran die Flanke, deren Reihen mit denen bestückt war, die verletzt oder krank waren, aber noch eine Waffe führen konnten. Ihre spärlichen Reserven waren angewiesen worden, besonderes Augenmerk auf den linken Flügel zu haben. Am liebsten hätte Flores Neagaş als Kommandeur der schwächeren Einheiten gehabt, denn der alte Kämpe war ein gewiefter Stratege und gut darin, seine Krieger auch im härtesten Getümmel beieinanderzuhalten. Aber Istran hatte auf sein Recht gepocht, die Flanke zu übernehmen. Und da er als Bojar im Rang über Neagaş stand und Flores den einflussreichen Kämmerer in dieser ohnehin schon so schwierigen Situation nicht vor den Kopf stoßen wollte, hatte sie widerwillig ihre Zustimmung gegeben. *Selbst im Angesicht des Untergangs feilschen wir noch um Einfluss und Ehre. Manchmal verstehe ich meine eigenen Leute kaum.*

Da Szilas' Truppen im Tal weiterhin keinerlei Anstalten machten, sich zu bewegen, löste sich Flores aus den Reihen und lief hinter den Kriegern zu Tamár. Im Lager war der Boden von unzähligen Füßen aufgeweicht, und Flores musste bei jedem Schritt aufpassen, damit sie nicht ausglitt. Als sie Tamárs Position erreichte, trat der Marczeg zurück und sah sie fragend an.

»Vielleicht sollten wir einige Soldaten zurückziehen und ihnen etwas Ruhe gönnen«, schlug die Wlachakin vor.

»Was, jetzt?« Tamár zog fragend eine Augenbraue in die Höhe.

»Ja. Wenn wir alle jederzeit bereitstehen, arbeiten wir Szilas doch nur in die Hände. Er spielt ein Spiel mit uns, aber ich weigere mich, nach seinen Regeln zu spielen.«

»Er hofft doch nur darauf, dass wir einige Krieger abziehen. Wenn wir uns eine Blöße geben, wird er diese sofort ausnutzen. Die Reihen mitten im Angriff wieder zu füllen wäre äußerst heikel und schwierig zu bewerkstelligen.«

Grübelnd blickte Flores den Masriden an. Sie verstand seine Argumente nur zu gut, doch es missfiel ihr, sich von Szilas auf diese Weise das Vorgehen aufzwingen zu lassen. Sie war von Unruhe erfüllt; das Warten auf die Schlacht zerrte an ihren Nerven, und alles in ihr schrie danach, die Klinge in die Hand zu nehmen und die Entscheidung herbeizuführen, so oder so. Zur Untätigkeit verdammt zu sein widersprach ihrem Wesen so sehr, dass sie beinahe ein körperliches Unwohlsein verspürte.

»Es wird früh genug zur Schlacht kommen«, sagte Tamár beruhigend, der ihre Zerrissenheit wohl erahnt hatte, und Flores musste lachen.

Der junge Marczeg runzelte die Stirn. »Was ist daran lustig?«

»Das sind fast die gleichen Worte, die Neagaş benutzt hat.«

»Vielleicht sollte dir das zu denken geben? Ungeduld ist in der Kriegsführung nicht gerade eine Tugend«, erklärte Tamár grinsend.

Flores verdrehte die Augen. »Und Humor ist nicht gerade deine stärkste ...«, begann sie, wurde jedoch von einem Hornsignal unterbrochen. Für einen Augenblick glaubte sie, dass Szilas den Befehl zum Angriff gegeben hatte, doch es näherte sich lediglich ein Reiter.

»Kein Unterhändler«, stellte die Wlachakin fest, als sie das hoch aufgerichtete Drachenbanner sah, das der Berittene in der Faust trug. Gemeinsam mit Tamár drängte sie sich durch die Reihen der Krieger nach vorn, um besser sehen zu können.

»Eine Herausforderung«, vermutete Tamár. »Womöglich sucht er den Zweikampf.«

»Szilas? Gegen dich? Bei diesem Wetter? Das würde der eitle Laffe niemals wagen. Sein Mantel könnte ja mit Schlamm bespritzt werden«, entgegnete Flores abfällig.

Der Bannerträger ritt näher, bis er nur noch ungefähr zweihundert Schritt entfernt war. Dann lenkte er sein Pferd zur Seite und ritt die Linie ab. Seine Stimme ertönte hell und deutlich, selbst durch den Regen: »Masriden! Marczeg Laszlár Szilas weiß, dass ihr es hasst, an der Seite der schwachen Wlachaken kämpfen zu müssen! Er weiß auch, dass ihr glaubt, eurem verräterischen Herrn treu sein zu müssen, und er ehrt euch deshalb!«

»Schießt den Bastard vom Pferd«, knurrte Rurjos.

Einige Bogensehnen sirrten, doch die Schüsse verfehlten den Boten, der unbeirrt fortfuhr: »Doch werft euer Leben nicht sinnlos weg! Folgt den wlachkischen Hunden nicht bis ins Grab. Die Zeit der blinden Treue ist vorbei! Marczeg Laszlár Szilas, der letzte wahre Marczeg des Landes Ardoly, bietet einem jeden, der sich ihm anschließen will, Frieden und Ehre an! Entscheidet euch, für wen ihr kämpfen wollt! Morgen kommt der Sturm, und wenn ihr bis dahin nicht an der Seite eurer wahren Verbündeten steht, werden wir euch für Wlachakenfreunde halten, und ihr werdet mit ihnen gemeinsam hinweggefegt!«

Mit diesen Worten wendete er sein Reittier und galoppierte zurück zu Szilas' Linien. Einige Pfeile flogen hinter ihm her, aber der Bote hielt sich sicher außerhalb ihrer Reichweite.

»Wer seinen Posten verlässt, den schneide ich persönlich in Stücke«, rief Rurjos den Masriden zu, die ihre Blicke alle auf die kleine Gruppe um Tamár gerichtet hatten. In den bleichen Gesichtern sah Flores Zweifel, Unsicherheit und Furcht.

»Nein!«, rief Tamár laut und sprang mit einem Satz auf den flachen Wall. Behände setzte er über den Graben und wandte sich wieder um: »Nein, Rurjos.«

Der Marczeg schloss kurz die Augen und nahm den Helm ab. Er legte den Kopf in den Nacken. Regen tropfte ihm ins Gesicht, lief über Stirn und Wangen. Dann fixierte Tamár seine Krieger. Er schritt die Linien ab, blickte den

Masriden und Szarken ins Antlitz, deren Augen ihm gebannt folgten.

»Wir haben diesen Krieg nicht begonnen. Nicht wir kamen wie Diebe in der Nacht in das Haus unserer Brüder und Schwestern! Nicht die Wlachaken waren es, die uns überfielen, sondern Szilas und seine Schlangenbrut.« Mit großer Geste wies Tamár in Richtung von Szilas' Armee.

Langsam ging er an seinen Kriegern vorbei, den Blick fest auf sie gerichtet. Bis auf das Plätschern des Regens war kein Geräusch zu hören. Flores lauschte Tamárs Worten ebenso gebannt wie die dichten Reihen seiner Krieger.

»Ich werde mich Szilas niemals unterwerfen! Ich vergesse nicht, was er Turduj angetan hat! Was er unseren Familien angetan hat! Ich werde den Tod meines Vaters weder vergessen noch vergeben, und ich werde bis zum letzten Atemzug kämpfen, bis dieses Unrecht gesühnt ist. Und wenn dabei mein Blut die Erde tränkt, dann soll es so sein!«

Tamár machte eine Pause. Er hob den Streithammer hoch über den Kopf und rief: »Aber wenn wir in die Schlacht ziehen, will ich niemanden an meiner Seite wissen, der mir nicht treu ergeben ist! Niemanden, auf den ich mich nicht verlassen kann! Niemanden, dem ich nicht bereitwillig mein Leben in die Hände lege! Wer also nicht an mich glaubt, wer Turduj vergessen kann, wer nicht mit uns sein Blut vergießen will, der soll gehen! Keiner wird Hand an euch legen, wenn ihr mich jetzt verlasst! Darauf habt ihr mein Wort!«

Die letzten Sätze hingen noch in all ihrer Ungeheuerlichkeit in der Luft, als Tamár wieder den Wall erklomm und in die Reihen seiner Soldaten zurückkehrte. Flores sah ihn mit großen Augen an. Sie zweifelte nicht daran, dass er ernst meinte, was er soeben gesagt hatte, und das tat offenkundig auch niemand sonst. Keiner hier misstraute seinen Worten. Er würde jeden ziehen lassen. *Er ist entwe-*

der verrückt, verzweifelt oder genial. Oder vielleicht auch ein wenig von alledem.

»Békésar!«

Es war nur eine Stimme, irgendwo verborgen unter all den Gesichtern zu ihrer Rechten. Eine einzige Stimme, ein wenig zittrig und doch klar, die das Schweigen durchbrach. Halb erwartete Flores, dass die Reihen sich lichten würden, dass die Masriden und Szarken nun einzeln oder in Gruppen zu Szilas überlaufen würden, anstatt an der Seite der verhassten Wlachaken zu kämpfen.

»Békésar!«

Andere fielen in den Ruf ein. Mehr und mehr brüllten den Namen ihres Marczegs, schrien mit aller Kraft, bis jeder einzelne Krieger den Schlachtruf brüllte, immer und immer wieder. Ihr Ruf donnerte über den Hügel, brandete in die Senke, war ohrenbetäubend. Selbst Flores wurde von der Gewalt des Schreis mitgerissen und rief aus vollem Hals den Namen ihres alten Feindes, ihres Freundes, ihres Liebhabers.

Sie sah Tamár, der scheinbar unbeteiligt zwischen den jubelnden Soldaten stand. In diesem Moment wirkte er wie aus Stein gemeißelt. Nur die Blässe seiner Züge zeugte von seiner Anspannung.

Unten im Tal wendete sich eine Gruppe Reiter ab und lenkte ihre Pferde in Richtung des feindlichen Lagers, das hinter dem nächsten Hügel lag. Flores glaubte, Szilas' blondes Haar zwischen den Berittenen entdecken zu können.

Noch immer zeigte Tamár keine Regung, auch wenn der Jubel unvermindert anhielt. *Verrückter Hund,* dachte Flores. *Nun werden sie dir direkt in die Finsternis folgen und sich jedem Feind gegenüberstellen, sei es Masride oder Dunkelgeist.*

»Ich dachte, alles wäre vorbei«, gestand Tamár später im Zelt. Im Licht der glimmenden Kohlen wirkten seine Züge beinahe unheimlich ruhig. Irgendwo im Lager hatten sich einige Wlachaken um ein Feuer versammelt und sangen alte Weisen, von denen Fetzen bis zu ihnen herüberdrangen. Die tiefen, traurigen Gesänge vermischten sich mit dem Geräusch des unaufhörlichen Regens.

»Stattdessen hast du ihre Herzen erobert. Jeder von ihnen würde nun alles für dich tun, Tamár. Das war genau die richtige Antwort, die du deinen Leuten gegeben hast.«

»So?«

Sie konnte seine Gedanken nicht ergründen. Seine Augen waren wie Spiegel, die Flores' Blick nur zurückwarfen, aber nichts von seinen Gefühlen preisgaben.

»Ich habe es ernst gemeint«, erklärte er und seufzte. »Ich wollte keine Herzen für mich gewinnen. Es war kein Plan, keine Strategie, der ich gefolgt bin. Ich habe nur gesagt, was ich dachte.«

»Und deswegen werden sie morgen alle an deiner Seite stehen.«

»Das verstehe ich nicht.«

»Du meinst es ehrlich. Wenn du in diesem Augenblick von dem Wall herabgestürmt wärst, um Szilas anzugreifen, ich wäre dir gefolgt. Sie alle wären dir gefolgt. Ich denke, du solltest dir weniger Sorgen um die Treue deiner Krieger machen.«

»Einige von ihnen haben mich bereits verraten, hast du das vergessen? Und bisher habe ich den Rest nicht gerade von Sieg zu Sieg geführt. Eher im Gegenteil. Bevor ich ihr Marczeg wurde, lebten sie in Frieden und Sicherheit. Nun sitzen sie an einem Berghang fest und sehen ihrem Ende entgegen. Sie haben allen Grund, das Lager zu wechseln und zu Szilas überzulaufen.«

»Du weißt, dass nichts von dem, was in Turduj geschehen ist, deine Schuld war. Und deine Krieger wissen das ebenfalls. Denkst du, dass auch nur einer von ihnen die Dunkelheit nutzen wird, um sich aus dem Staub zu machen?«

Jetzt musste Tamár grinsen. Er richtete sich auf und schüttelte den Kopf. »Nein.«

Die Müdigkeit in Flores' Knochen meldete sich drängend. Erschöpft streckte sie ihre Glieder und gähnte. »Ich sollte gehen und mich schlafen legen. Wenn Marczeg Laszlár sein Wort hält, dann greift er morgen endlich an. Ich sehe dem Tod gern ausgeschlafen ins Gesicht«, erklärte die Wlachakin mit einem Augenzwinkern.

Tamár erhob sich schnell und trat auf sie zu. »Ich möchte nicht, dass du gehst.«

Seine Worte erfreuten sie, obwohl ein Teil ihres Geistes ihr zuflüsterte, dass es falsch war, zu bleiben. Aber wie so oft brachte allein seine körperliche Gegenwart diese Stimme zum Verstummen. Tamárs Nähe jagte ihr einen wohligen Schauer über den Rücken. Sein Duft stieg ihr in die Nase, ein wenig Schweiß, Leder; ein Geruch, der sie wünschen ließ, sich an ihn zu drücken.

»Ist das klug?«, fragte sie dennoch.

Als sie sein Lächeln sah, wusste sie, dass ihre Frage schon beantwortet war. Es war nicht klug, es war nicht angemessen, es war vielleicht der Ruin des Bündnisses. Niemand konnte sagen, wie die Soldaten reagieren würden, wenn Gerüchte über ein Verhältnis zwischen Flores und Tamár die Runde machten.

Doch in Tamárs Zügen sah die Wlachakin, dass es ihn im Augenblick nicht kümmerte, was geschehen würde, wenn jemand herausfand, dass er sie begehrte, hier und jetzt. Der Gedanke ließ ihren Körper leicht wie Luft werden.

»Vielleicht fallen wir morgen. Vielleicht sieht die morgige Sonne den letzten Tag unser beider Häuser«, erwiderte der Masride mit heiserer Stimme. »Wenn dies meine letzte Nacht ist, dann will ich bei dir sein.«

Flores verstand ihn, verspürte das gleiche Verlangen, das gleiche Drängen, und so schlang sie ihre Arme um ihn und küsste seine Lippen.

54

Der Schrei des Elfen gellte durch die Höhle. Die Trolle sahen sich verwirrt um, riefen sich aufgeregt Fragen zu, bis Pard brüllte: »Schnauze!«

Kerr lief zu dem umgesunkenen Elfen und kniete sich neben ihn. Tarlins Augen waren geschlossen, seine Haut wirkte noch bleicher als zuvor. Vorsichtig legte Kerr dem Elfen die Hand auf die Stirn; doch nichts geschah. Als er die Hand wieder hob, schimmerte etwas daran im Licht. Einzelne Haare des Elfen, die an Kerrs rauer Haut hängen geblieben waren. Erstaunt blickte der junge Troll sie an, dann stöhnte Tarlin, als litte er große Schmerzen.

»Tarlin! Was ist?«

Anstatt zu antworten, warf der Elf sich plötzlich zur Seite. Sein Körper krümmte sich unter einem Hustenanfall, der kein Ende nehmen wollte. Die langen, ebenmäßigen Gliedmaßen bebten, der Atem ging in kurzen, abgehackten Stößen dann blieb Tarlin wie tot liegen.

Vorsichtig drehte Kerr ihn wieder auf den Rücken und hob den Oberkörper des Elfen an, damit er besser Luft bekommen konnte. Blut befleckte Tarlins blasse Lippen, in sein Gesicht waren tiefe Linien gegraben. Die Augen waren immer noch geschlossen. Tief in sich spürte Kerr den Dreeg, den Schlag des Herzens, so stark und nah, wie er ihn noch niemals vernommen hatte.

»Zu schwach«, raunte Tarlin.

»Was?«

»Ich bin … zu schwach. Der Atem reißt mich … fort, wenn ich mein Herz öffne. Zu schwach …«

»Nein, du bist stark! Du schaffst das! Du musst es schaffen.«

Die blutverschmierten Lippen des Elfen verzogen sich zu einem Lächeln. Langsam wiegte er den Kopf hin und her.

»Sein Atem ... ist in mir, Freund Troll.«

Ein erneuter Hustenanfall schüttelte den Elfen. Von der Seite kam Şten heran und sank neben Tarlin nieder. Der Mensch wirkte gehetzt und erschöpft. Er sah kaum besser aus als Tarlin.

»Es ... tut mir ... leid. Sei stark ... Freund Troll. Du kannst, was ich nicht ...« Ein tiefer Atemzug folgte noch, dann lag Tarlin still in Kerrs Armen.

Verständnislos blickte der junge Troll den Elfen an. In das einst so zeitlos scheinende Gesicht hatten sich die Spuren des Verfalls gegraben. Als Kerr den leblosen Leib zu Boden gleiten ließ, waren seine Finger voller Haare des Elfen, weiß und lang, ganze Büschel, die einfach hängen blieben. Ohne Leben wirkte Tarlins Leib weniger fremd, weniger besonders. Er war nur totes Fleisch, der Geist hatte ihn verlassen.

»Dreimal verflucht«, murmelte Şten. »Er schien sich seiner Sache so sicher zu sein.«

»Er ist tot«, erwiderte Kerr und sah Pard an. »Er ist tot. Ich glaube nicht, dass er es geschafft hat!«

»Verfluchte hochnäsige Elfen. Jetzt stehen wir mit leeren Händen da!«, zischte Pard in hilflosem Zorn. Die Schultern des großen Trolls hingen herab, sein Rücken war gebeugt.

Alles umsonst, dachte Kerr verzweifelt, während ein weiterer Schlag des Herzens ihn durchlief. *Wir sind so weit gelaufen, nur um unser Ziel nicht zu erreichen.*

»Wir sollten von hier verschwinden.« Turks Stimme klang drängend.

Zweifelnd blickte Kerr zu dem Dunkelgeist, dessen Formen er in der Finsternis nur erahnen konnte. Hörner, Klauen, Hauer; ein Troll, verletzt, aber immer noch mächtig; weitaus gewaltiger als Pard oder Turk oder sonst irgendein lebender Troll.

»Das solltet ihr wohl«, ertönte plötzlich eine tiefe Stimme.

Entsetzt blickte Kerr zu dem Ende der Höhle, wo der Gang lag, der zum Schacht führte. Aus den Schatten löste sich eine übergroße Gestalt. *Anda!*

»Aber dafür ist es jetzt zu spät.«

Ihr Tonfall klang hämisch, und sie entblößte ihre riesigen Hauer, die weiß und bedrohlich aufblitzten. Herausfordernd sah sie die Trolle an. Spöttisch hob sie eine blutbesudelte Klaue. »Eure Wächter? Keine Gegner für wahre Jäger, fürchte ich. Unaufmerksam, schwach. So wie ihr.«

Ihr Blick richtete sich auf Pard, der sich nicht regte. Hinter ihr konnte Kerr andere Trolle erkennen, offenbar ihre Anhänger, die aus dem Gang traten und sich hinter der Trollin aufbauten. Es waren viele, ein Dutzend oder mehr, zu viele für einen Kampf, wie Kerr erkannte. *Sie werden uns töten.* Der Gedanke kam unvermittelt, aber der junge Troll verspürte keine Angst.

»Ihr habt das Herz gefunden. Genau wie ich. Aber anders als ihr Schwächlinge habe ich getan, was mich stark macht. Ich schrecke nicht vor der Macht zurück, so wie ihr!«

»Du bist kein Troll mehr«, erklärte Pard leise. Er sah niedergeschlagen aus, besiegt und kraftlos. Selbst seine Stimme hatte all ihr Feuer und ihre Stärke verloren.

Die Trollin legte den Kopf in den Nacken und lachte. »Du hörst immer noch auf Druans Geschwätz, Pard. Aber er hat uns auf den falschen Pfad geführt. Er hat zugelassen, dass wir Trolle von Menschen getötet werden. Und jetzt ist er selbst tot. Nur die Starken überleben, die Schwachen gehen zugrunde!«

»Du bist kein Troll mehr«, wiederholte ihr Gegenüber.

Wütend starrte sie Pard an, den sie weit überragte. Ihre Macht war augenscheinlich, strahlte aus jeder Pore, zeigte sich in jeder noch so kleinen Bewegung.

»Ich bin mehr Troll, als du ahnen kannst. Ich sehe

und weiß mehr, als du dir vorstellen kannst. Ich werde die Zwerge aus unserer Heimat vertreiben. Ich werde die Menschlinge lehren, was es bedeutet, einen Troll zu töten. Ich werde Zdam und die anderen rächen. Und ich werde jeden zerfetzten, der sich mir in den Weg stellt, egal ob Menschling, Zwerg, Elf oder Troll. Jeden!«

»Du bist kein Troll mehr.« Pards Stimme war nun lauter, stärker, schien in Anbetracht des Zorns seiner Gegnerin an Kraft gewonnen zu haben.

Anda schnaubte verächtlich. »Worte sind alles, was dir geblieben ist. Trolle sind stark, Pard, aber du bist schwach. Ich kann dir deine Stärke zurückgeben. Einst warst du anders. Jetzt ziehst du mit Menschlingen und Elfen umher, bringst sie in unsere Heimat, die nur uns gehört. Schließ dich mir an, und du wirst wahre Macht erlangen!«

»Du bist kein Troll mehr!«, brüllte Pard und blickte auf. Seine Fäuste waren geballt, Speichel troff ihm von den Hauern. Seine gewaltigen Muskeln spannten sich.

»Gut. Dann werde ich hier und jetzt allen zeigen, was Stärke ist. Komm, Pard, bringen wir es zu Ende!«

Mit einem donnernden Brüllen sprang Pard nach vorn, die Pranken zum Schlag erhoben. Anda erwartete ihn, wich nicht aus, sondern fing seinen brachialen Ansturm ab. Jetzt brüllte auch sie, triumphierend, da sie Pard zur Seite riss und gegen die funkelnde Wand schleuderte.

Gebannt verfolgte Kerr den Kampf. Keiner der anderen Trolle rührte sich. Keiner würde sich rühren, denn dies war ein Kampf unter denen, die einen Stamm führten. Wer verlor, konnte kein Anführer mehr sein.

Pard schüttelte den Schädel und warf sich herum. Wieder prallten die beiden gewaltigen Trolle gegeneinander. Ihr Brüllen ließ den Fels erbeben und erfüllte die Höhle. Sie wirbelten umher, Klauen schlugen zu. Pard senkte seine Hauer in Andas Seite. Sie packte ihn und stieß ihn zurück.

Schwer atmend richtete Pard sich auf. Er hatte tiefe

Wunden am Arm und der Schulter. Blut lief langsam seine Gliedmaße entlang und troff von den Fingern auf den Felsboden.

Ihm gegenüber stand Anda, den Kopf hoch erhoben. Sie lächelte bösartig, während sie mit den Klauen über die Wunde in ihrer Seite strich. Die Wundränder schlossen sich vor Kerrs Augen, und der junge Troll gab ein entsetztes Stöhnen von sich. So konnte Pard niemals gewinnen, und mochte er noch so zornig sein.

Ein Dreeg hallte durch die Welt, ließ Kerr erneut zu dem verborgenen Dunkelgeist blicken.

»Du kannst nicht gewinnen, Pard. Du kannst mich nicht einmal dauerhaft verletzen. Deine Zeit ist vorbei. Nun beginnt meine Zeit!«

Noch während sie sprach, stürzte sie sich auf Pard und riss ihn mit sich zu Boden. Sie waren ein Knäuel aus Gliedmaßen, aus Pranken, Klauen und Hauern. Ihr Brüllen fuhr Kerr bis ins Mark. Anda war stärker als Pard, sie zwang den großen Anführer zurück, gewann die Oberhand. Seine Abwehr war schwach, ihre Schläge prasselten auf ihn ein, rissen seine Haut auf, bis ihre Fäuste blutig waren.

Unvermittelt ließ sie von ihm ab und erhob sich. Pard rollte auf die Seite, kam schwankend auf die Knie. Anda atmete schwer, sie blickte den verletzten Troll an.

»Schließ dich mir an, Pard«, sagte sie eindringlich. »Du weißt, was Stärke ist. An meiner Seite kannst du über all unsere Feinde siegen! Werde ein wahrer Troll!«

»Du …«, begann Pard, doch seine Stimme stockte.

Ein Dreeg fuhr durch die Welt, ertönte dunkel und stark in Kerrs Herzen.

»… bist kein Troll mehr.«

Langsam und unsicher kam Pard auf die Füße. Sein Leib war von Wunden übersät, Blut lief aus Dutzenden von Rissen. Er stand vornübergebeugt, drückte mit der Pranke gegen seine Seite. Dunkles Blut quoll zwischen seinen Klauen hervor. Ein Auge war so geschwollen, dass er es nicht mehr öffnen konnte, und er hatte Probleme, Atem zu schöpfen. *Er wird sterben. Sie wird ihn zerfetzen. Und dann werden wir alle sein Schicksal teilen.*

Kerrs Blick wanderte umher, fand Ştên, der immer noch neben Tarlins leblosem Leib kniete. Viçinia war zu ihm gerobbt und schmiegte sich an seine Seite. Der Mensch sah aus, als ob ihn die entsetzliche Erkenntnis ebenfalls durchdrungen hätte. Seine Hand lag auf seiner Waffe, doch er zog sie nicht. In Ştens Augen sah Kerr die Verzweiflung, die auch in seinem eigenen Inneren wütete.

Anda lachte. Ihre Erheiterung war grausam, ihr Lachen kratzte über Kerrs Geist, hinterließ flammende Spuren der Scham in seinem Herzen. Die Trollin trat zu Pard, der taumelnd zurückwich, einen Arm in einer sinnlosen Geste der Abwehr erhoben. Sie ignorierte den schwachen Schlag, der sie traf, und schüttelte belustigt den Kopf: »Du bist der letzte Zeuge einer toten Welt. Ich trete in die neue Welt, die Welt der Trolle.«

Unvermittelt stand Kerr auf. Andas Blick fiel voller Verachtung auf ihn. »Du kommst auch noch dran, keine Sorge. Wir hätten sichergehen sollen, dass du tot bist, du schwaches, erbärmliches Wesen!«

Ein Dreeg nahm Andas Worten ihre Bedeutung. Als würde sein Blick von der Dunkelheit unwiderstehlich angezogen, schaute Kerr zu dem Dunkelgeist. Ohne wirklich zu wissen, was er tat, trat er vor, halb geleitet von Tarlins Worten. Weit entfernt brüllte Anda voller Wut auf, doch Kerr erreichte ihr Schrei nicht mehr. Die Finsternis umfing ihn, liebkosend, flüsterte ihm Versprechungen von Geborgenheit und Schutz ins Ohr. Die Stimme war angenehm, wie der Ruf des Stammes. Kerrs Klauen berührten Haut, rau und kühl, die Haut eines Trolls.

Das Herz schlug. Und Kerr nahm die Welt in sich auf.

55

Nur aus dem Augenwinkel sah Viçinia, wie der junge Troll Kerr auf die Dunkelheit zuschritt, welche die Wlachakin selbst nicht anzusehen wagte. Die grausamen Visionen waren an den Rand ihrer Sicht gerückt, die flüsternden Stimmen in ihrem Geist kaum noch verständlich, aber die absolute, alles verschlingende Finsternis war noch da, lauerte darauf, dass Viçinia einen Moment der Schwäche zeigte. Deshalb hielt sie die Augen abgewendet und blickte stattdessen Ştefan an. Sie konnte die widerstreitenden Gefühle in ihm ringen sehen, den Wunsch, Pard zu helfen, und das ohnmächtige Wissen, dass dies unmöglich war.

Plötzlich verstummten die leise murmelnden Stimmen. Die Bilder verblassten. Erstaunt sah Viçinia auf. Die Dunkelheit war noch vorhanden, eine sich ständig bewegende Schwärze, aber sie wirkte weniger bedrohlich, weniger fremdartig.

Viçinias Blick wanderte zu Pard und Anda, die sich gegenüberstanden. *Wie zwei Seiten einer Münze,* dachte sie benommen. Sie bemerkte Andas ungläubigen Gesichtsausdruck. Die Trollin starrte an ihrem Körper herab, und als Viçinia dem Blick folgte, sah sie, wie all die Wunden, die Pard geschlagen hatte, wieder aufbrachen, sich öffneten wie Blumen, die dunkles Blut preisgaben.

»Du bist kein Troll mehr«, flüsterte Pard und warf sich auf Anda. Bevor die Trollin reagieren konnte, wurde sie zu Boden gerissen. Die unglaubliche Kraft der Trolle überwältigte Viçinia, die den Atem im Angesicht solcher Wut anhielt. Die beiden rangen wie Urgewalten miteinander, in einem gnadenlosen Kampf gefangen.

Andas Trolle wichen zurück. Auf ihren Mienen zeigte sich Unsicherheit, ja Angst. Turk sprang aus den Schatten, lief an den Kämpfenden vorbei und stürzte sich brüllend auf einen der Feinde. Andere Trolle folgten ihm, und innerhalb von wenigen Herzschlägen war die Höhle von ihrem Gebrüll erfüllt. Diesmal heilten die geschlagenen Wunden nicht sofort, diesmal waren Turks Jäger ihren Gegnern ebenbürtig.

Auch Şten sprang mit gezogener Klinge auf die Beine. Er duckte sich unter den wirbelnden Armen eines Trolls durch und schlug nach dessen Gegner. Es fiel Viçinia schwer, den Blick von ihm zu lösen, ihre Angst um ihn zu beherrschen, doch sie sah zu Pard, der über Anda kniete, die Faust erhoben. Wieder und wieder sauste die Pranke herab, schlug Andas erhobene Arme zur Seite, traf ihren Schädel.

Langsam drängten Turk und die Jäger ihre Feinde zurück. Schritt für Schritt, über die Gefallenen schreitend, bis in den Gang.

Pard hob die Pranken hoch über den Kopf und hieb nach Andas Schädel. Die Trollin bäumte sich auf. Dann lag sie still. Es ging wie ein Wispern durch ihre Trolle, sie wandten sich zur Flucht und stürmten in den Gang.

Einige andere Trolle wollten sie verfolgen, doch Turk rief: »Nicht!«, und sank zu Boden. Er sah übel zugerichtet aus, aber er fletschte die Zähne und grinste.

Pard, der noch immer unbeweglich über Anda kniete, kippte plötzlich zur Seite weg. Zahllose Wunden bedeckten seinen Leib, er atmete schwer. Mühsam schob er sich an der Wand hoch und lehnte sich mit dem Rücken an den Fels.

Aus der Mitte der Dunkelheit trat Kerr. Die Finsternis schien ihn nicht freigeben zu wollen, sie klebte an ihm, umrankte ihn, hielt ihn fest wie eine Geliebte. Doch der junge Troll tat ein paar unsichere Schritte, bis er aus der Schwärze entkommen war, dann knickte er ein und stürzte auf die Knie.

Mit ungeahnter Wucht kehrten die Stimmen zurück, die unablässig auf Viçinia einredeten. Sie sah das brennende Teremi, den toten, geschändeten Leib ihrer Schwester, ihren Mann, aus entsetzlichen Wunden blutend. Trauer und Angst drohten sie zu überwältigen, bis eine Berührung die Nachtgesichter vertrieb. Şten stand neben ihr, und seine Hand umfasste ihren Arm. Aus einer Schramme an der Stirn lief ihm Blut, das er achtlos mit der Hand wegwischte.

»Nicht daran denken.«

Seine Stimme war warm; ihr Klang übertönte das gehässige, wortlose Flüstern in ihrem Geist. Dankbar lächelte sie ihn an. Dann fiel ihr Blick wieder auf Kerr, dessen Augen in eine andere Welt zu blicken schienen. Turk trat an den jungen Troll heran und legte seine Hand auf dessen Schulter. »Gut gemacht.«

Verwirrt schaute Kerr den Anführer an, blinzelte zweimal und nickte dann langsam.

»Was hast du getan?«

»Ich habe es gesehen«, flüsterte der junge Troll.

»Was? Was hast du gesehen?«

»Alles!«

Şten ging zu Pard und kniete sich neben den verletzten Troll.

Pard grinste blutig. »Ich habe gesiegt«, raunte er grimmig.

»Das hast du«, bestätigte Şten. Viçinia konnte die Trauer in seiner Stimme hören. Pards Wunden waren tief; es war ein Wunder, dass er überhaupt noch atmete. Zu seinen Füßen lag Andas regloser Körper. Ihrer beider Blut vermischte sich auf dem Felsboden.

Ein Schrei ließ sie alle herumfahren. Aus einem Gang, der vom Schacht wegführte, kam einer der Späher gelaufen. Sein Blick wanderte über das Schlachtfeld, und seine Augen wurden groß.

»Was?«, herrschte Turk ihn an.

»Da sind mehr Feinde«, antwortete der Späher aufgeregt. »Viele, zwei oder drei Hände. Sie kommen durch den Gang!«

Sofort wandte sich Turk an Kerr: »Heilen ihre Wunden nie mehr?«

»Ich weiß es nicht. Das Herz schlägt wieder in der Welt, wie vorher.«

»Kannst du das noch einmal machen?«

Matt schüttelte der junge Troll den Kopf.

»Dann müssen wir hier weg. Zum Schacht!«

»Die Verletzten, sie können nicht schnell genug klettern«, widersprach Kerr ernst. »Diese Wunden brauchen lange, bis sie heilen.«

»Noch so einen Kampf stehen wir nicht durch.«

Turk schien verzweifelt, er blickte sich wild um, als suche er nach einer Öffnung, einer Möglichkeit zur Flucht. Viçinia nahm eine Bewegung wahr. An der Wand zog sich Pard langsam hoch. Seine Züge waren schmerzverzerrt, aber er löste sich vom Gestein und trat bedächtig vor.

»Führ sie hinaus, Turk. Es ist jetzt dein Stamm.«

Pards Blick fiel auf Kerr, der den großen Troll anstarrte. Er nickte ihm langsam zu: »Schreib auf, was ich getan habe; was ich tue.«

Stumm nickte der junge Troll.

Pard schritt an ihnen allen vorbei, eine Hand in die Seite gepresst, wo sein Lebenssaft aus der furchtbaren Wunde lief. Viçinia konnte sehen, dass jeder Schritt dem mächtigen Troll schwer fiel, aber er ging weiter, setzte einen Fuß vor den anderen, bis er in den Gang trat.

Ein Heulen ertönte, das Heulen von Andas Trollen, voller Zorn und Hass.

»Ihr habt ihn gehört! Wir verschwinden von hier!«, befahl Turk und wollte sich abwenden, da hielt Şten den Troll am Arm fest. »Was tut er da?«

»Er wird sie aufhalten«, antwortete Turk, dann wandte er sich an seine Trolle: »Nehmt die Verwundeten.«

»Nehmt den Elfen mit«, flüsterte Kerr. »Er gehört nicht hierher.«

Ein Krachen ertönte aus dem Gang, dann noch eins. Im Dämmerlicht sah Viçinia Pard, der sich mit großer Wucht gegen die Felswand warf. Die massige Gestalt des großen Trolls brach Steinbrocken aus der Wand, Staub wallte auf, eine helle Wolke aus zermahlenem Gestein. Wieder prallte Pard mit aller Macht gegen die Wand; Viçinia konnte den Aufprall in ihren Beinen spüren.

»Los!«, schrie Turk und lief davon. Die Trolle folgten ihrem Anführer. Sie schleiften die Verwundeten mit sich. Auch Kerr brauchte Unterstützung, und einer hatte sich Tarlins leblosen Leib über die Schulter geworfen. Nur Viçinia konnte ihren Blick nicht von Pard abwenden, der allein im Gang stand und auf den harten Fels einschlug.

Şten nahm ihre Hand in die seine. »Komm«, bat er leise.

Erst als die massige Gestalt des Trolls vom wallenden Staub verschluckt wurde, folgte die Wlachakin ihrem Mann aus der Höhle.

Hinter ihnen ertönte ein ohrenbetäubendes Donnern.

56

Der Himmel sah aus wie flüssiges Blei. Während über den undurchdringlichen Wolken die Sonne aufging, nahm die graue Welt erst Konturen und dann Farbe an. Die kühle Nässe des Morgens legte sich auf Sargans Geist. Er hatte das Gefühl, als ob alle Augen im Lager auf ihn gerichtet wären. Während Balaos und seine Sylken die Pferde bereit machten, stand Sargan unter einem Vordach und blickte regungslos zu seiner Leibwache hinüber. Nur wenige Tropfen trafen das kostbare Gewand, das der Dyrier heute angelegt hatte. Bevor das Grau gänzlich vom Licht vertrieben wurde, kehrte Balaos zu Sargan zurück und berichtete: »Es ist alles bereit, Gebieter.«

»Sehr gut. Wartet auf mich.«

Der Sylke zog sich mit einer Verbeugung zurück, während Sargan durch das Lager schritt. In der Mitte der Linien hatten die Krieger eine Plane zwischen drei Pfosten gespannt, die den Regen leidlich abhielt. Unter der Plane waren Flores und Tamár gerade dabei, über den möglichen Verlauf der Schlacht zu diskutieren, als Sargan zu ihnen trat.

»Ich möchte mich von Euch verabschieden«, verkündete Sargan ernst.

»Nun denn«, erwiderte Tamár, der seine Freude über diesen Umstand nur schwer verbergen konnte. »Reisende soll man nicht aufhalten. Möge das Göttliche Licht Eure Wege bescheinen, Legat.«

»Und mögen die Götter Euch Glück bescheren.«

Mit einem schwer zu deutenden Blick zu Flores wandte sich der Masride ab und lief zu Baró Rurjos.

»Kopf hoch«, flüsterte die Wlachakin Sargan zu.

»Was?«

»Nicht alle hier haben so eine schlechte Meinung vom Gesandten des Dyrischen Imperiums wie der Marczeg.«

»Das ist gut zu wissen«, erwiderte Sargan säuerlich. »Ich bin sicher, Marczeg Békésar hat einen triftigen Grund für seine Gefühle.«

»Er verfällt leicht dem Gedanken, dass jemand, der nicht für ihn ist, gegen ihn sein muss.«

»Und überdies ist er eifersüchtig wie ein verliebter Kater«, murmelte Sargan.

Flores musterte ihn zunächst verdutzt und zog dann zornig die Stirn in Falten, doch schließlich musste sie grinsen. »Eifersüchtig? Dein Selbstbewusstsein hat jedenfalls nicht unter dem Regen gelitten, nicht wahr? Tamár kennt dich einfach nicht so gut wie ich. Ich weiß, dass eine Schlacht kein geeigneter Ort für Sargan Vulpon ist.«

»Man hat mich daran erinnert, dass ich mehr repräsentiere als nur mich selbst. Meine Anwesenheit hier ist nicht erforderlich und wird auch niemandem von Nutzen sein. Sie ist sogar ganz im Gegenteil gefährlich. Deshalb muss ich aufbrechen. Ich bin das Goldene Imperium.«

Amüsiert zog Flores eine Augenbraue hoch.

»Das sind nicht meine Worte«, stellte Sargan klar und sah bescheiden zu Boden. Der allgegenwärtige Schlamm hatte den Saum seines goldenen Gewandes beschmutzt. »Sondern die meiner Untergebenen.«

»Natürlich.«

»Jedenfalls wünsche ich dir viel Glück.«

»Danke. Wenn die nächsten Tage hier schlecht laufen, dann komme ich vielleicht auf dein Angebot zurück.«

Verzweifelt zermarterte Sargan sich den Schädel, welches Angebot sie meinen könnte. *Sehe ich da einen Lichtstrahl am Horizont und bekomme doch noch eine temperamentvolle vierte Frau?* Aber als Flores seinen Gesichtsausdruck sah, erklärte sie: »Die Reise ins Imperium.«

»Tatsächlich? Du würdest Wlachkis hinter dir lassen? Und den jungen Marczeg mit dazu?«

»Nein«, seufzte Flores. »Vermutlich nicht. Zumindest nicht, solange ich hier gebraucht werde. Aber der Gedanke ist verlockend.«

»Ich stehe zu meinem Wort.«

»Das weiß ich. Deshalb musst du mir etwas versprechen.«

»Ja?«

»Wenn wir verlieren, dann musst du versuchen, meinen Bruder und Viçinia zu finden. Şten soll erfahren, dass seine Frau noch lebt. Er selbst wird Wlachkis niemals verlassen, solange er lebt, aber wenn alle unsere Hoffnungen sterben, dann musst du Viçinia in Sicherheit bringen. Wenn Szilas das Land beherrscht, dann gibt es die hier nirgendwo für sie. Und Viçinia ist die letzte Bojarin von Dabrân und die Erbin der Voivodenwürde. Gewähre ihr und ihrem Kind Schutz im Imperium.«

Der drängende Tonfall und die Bitte selbst überraschten Sargan. *Es muss schlecht stehen für ihre Sache, wenn sie mir das Leben ihrer Schwägerin in die Hände legen will. Und Viçinias Kind? Offenbar hat Freund Sten daheim in seiner Baronie doch nicht nur an den Wiederaufbau gedacht. Ob er davon weiß?* Doch ohne eine Gegenfrage zu stellen, antwortete er: »Ich werde es versuchen.«

»Danke. Und sichere Wege, Sargan.«

Einen Moment lang blickte er die Wlachakin noch an. Seine Kehle war wie zugeschnürt. Dann wandte er sich ab, ohne noch ein Wort zu sagen, und schritt zurück zu dem wartenden Balaos. Immer noch schweigend, stieg der Dyrier in den Sattel. Während er durch die Reihen der Soldaten ritt, waren nun tatsächlich alle Augen auf ihn gerichtet. Sargan hielt den Kopf starr geradeaus und ließ keine Regung erkennen. Kaum ein Soldat war in der Nacht desertiert, aber er spürte die sehnsüchtigen Blicke der Krieger und konnte beinahe ihre Gedanken lesen. *Sie wünschen sich an einen anderen Ort. Auch wenn Tamárs Rede sie bis an das Ende an ihn gebunden hat, fürchten sie die Schlacht.*

Langsam ritt die kleine Gruppe aus dem Imperium den aufgewühlten Hang hinab, direkt auf Szilas' Soldaten zu, die im ersten Licht des Tages wieder Aufstellung bezogen hatten.

»Haben wir eigentlich ein Banner?«, erkundigte sich Sargan, als er sah, wie Bewegung in die Reihen unter ihnen kam.

»Nein, Gebieter.«

»Vielleicht hätten wir uns eines ausleihen sollen«, murmelte Sargan mehr zu sich selbst. Seine kleine Schar Berittener stellte natürlich keine Gefahr dar, dennoch lösten sich um die zwanzig schwer gepanzerte Reiter aus der Formation der Kavallerie und kamen ihnen entgegen. Direkt vor ihnen fächerten sie auf und nahmen Sargan samt seiner Wache in die Zange. Ihre Anführerin, deren Züge hinter einem dunklen Helm verborgen waren, hob die Hand und wies Sargan an, sein Reittier zu zügeln. Als der Dyrier dem Befehl nachkam, erhob sie ihre Stimme, die erstaunlich dunkel war: »Mein Herr, Marczeg Laszlár Szilas, bittet Euch, ihm Gesellschaft zu leisten.«

»Es ist mir eine Ehre«, erwiderte Sargan, so demütig er konnte, und neigte das Haupt. Die Reiterin wendete ihr Streitross, und Sargan folgte ihr, umgeben von masridischen Kriegern. Eigentlich hätte er in seiner Funktion als Gesandter des Imperiums sicher sein sollen, doch die finsteren Blicke und die Hände der Masriden an ihren Waffen ließen ihn an seiner Sicherheit zweifeln.

Vor ihnen öffneten sich die Linien der Soldaten, und Sargan wurde durch sie hindurchgeschleust. Auf halber Höhe des nächsten Hügels standen drei prachtvolle Zelte. Vor dem größten war das Drachenbanner in den Boden gerammt und wies so den Weg zu Marczeg Laszlár. Die Vorderseite des Zeltes war geöffnet und gab den Blick auf das Innere frei.

An einem runden Tisch hatten sich mehrere Männer und Frauen versammelt. Aufgrund der Beschreibungen erkannte Sargan sofort den Mann in der Mitte. Das lange, blonde Haar und die ebenmäßigen Züge ließen Marczeg Laszlár aus seinen Untergebenen herausstechen. Zu seiner Erleichterung entdeckte der Dyrier seine Verbündete, Sciloi Kaszón, die etwas abseits stand. Der Ausdruck auf ihren Zügen verhieß jedoch nichts Gutes.

Die masridischen Reiter hielten vor dem Zelt an. Mit einem immer stärker werdenden unheilvollen Gefühl stieg Sargan ab. Sofort reihten sich Balaos und seine Krieger hinter dem Dyrier ein. Da ihn niemand vorzustellen schien, trat Sargan so an das Zelt heran, wurde jedoch von zwei schwer gerüsteten Wachen aufgehalten, die ihm in den Weg traten und ihre Speere vor seiner Brust kreuzten. Hinter sich hörte er Balaos ob dieses beleidigenden Benehmens nach seiner Waffe greifen, doch Sargan hob die Hand und schüttelte vorsichtig den Kopf. Lange Zeit geschah gar nichts; Szilas unterhielt sich mit der Frau, die neben ihm saß, und trank aus einem goldenen Pokal. Er schien den Gesandten gar nicht bemerkt zu haben. Der Regen prasselte weiter herab und durchnässte Sargans Gewänder. Gerade als der Dyrier das Wort ergreifen wollte, sah Marczeg Laszlár auf und blickte ihm direkt in die Augen. Die Miene des Masriden war unbewegt, als er mit einem Wink Sciloi zu sich rief. So laut, dass es jeder im Zelt hören musste, erkundigte sich der Marczeg: »Ist er, wer er zu sein vorgibt?«

Langsam wurde das ungute Gefühl in Sargans Eingeweiden von einer dunklen Wut vertrieben. Die respektlose Anrede, die absichtliche Unaufmerksamkeit, das alles waren gewollte Angriffe auf seinen Status. Sciloi nickte, aber Sargan ließ Szilas keine Gelegenheit mehr, noch etwas zu sagen.

»Ich bin, wer ich bin«, erklärte er mit Bestimmtheit und starrte auf den Marczeg nieder. »Ich bin der Mund des Goldenen Imperators, der von Agdele Gesalbte, Auge und Hand des Palastes, Träger der Goldschwinge, Großberater des Goldenen Triumvirates, Begleiter des Irdenen Stieres.

Ich bin Sargan Vulpon, Legat des Goldenen Imperiums!« *Und ich danke Agdele mit Inbrunst, dass es mir eben zum ersten Mal gelungen ist, all meine verfluchten Titel aufzuzählen.*

Seine Stimme ließ die Gespräche verstummen. Alle Gesichter richteten sich auf ihn. Langsam senkte er seinen Blick auf die beiden Speere, die sich vor ihm erhoben. Er gab sich alle Mühe, seine Verachtung auf seinen Zügen zu zeigen. Er sah, wie Zorn über Marczeg Laszlárs Gesicht huschte, einer Gewitterwolke gleich, um dann jedoch von einem breiten Lächeln ersetzt zu werden. *Ich durfte bereits einmal die Gastfreundschaft eines Marczegs genießen,* dachte Sargan. *Aber diesmal werde ich die Spiele dieser primitiven, schmutzigen, provinziellen Stammeshäuptlinge nicht mitmachen. Ich bin das Goldene Imperium!*

»Willkommen in meinem Lager«, rief Szilas scheinbar erfreut. »Ihr müsst verstehen, dass wir von dem verzweifelten Haufen dort oben jede Art von Hinterlist erwarten müssen.«

Einige der anwesenden Masriden und Szarken lachten, als habe Szilas einen köstlichen Witz gemacht.

»Natürlich«, erwiderte Sargan mit einem gekünstelten Lächeln, als er zwischen den beiden Wachen hindurchtrat, die ihm bei den Worten des Marczegs Platz machten. »Krieg ist ein anstrengendes Geschäft, wie ich sehe.«

»Aber er ist bald vorbei. Morgen wird Ardoly endlich unter einem einzigen Herrscher vereint sein.«

»Morgen?«, hakte Sargan nach und strich sich etwas Wasser aus dem Haar. Er achtete darauf, seine Bewegung geziert zu halten. *Unterschätz mich, Marczeg. Glaube, dass ich eine hirnlose Hofschranze bin,* wünschte der Dyrier in Gedanken.

»Ja.«

»Aber hattet Ihr nicht ein Ultimatum gestellt, das heute ablaufen sollte?«

»Das hatte ich«, bestätigte Szilas und lächelte. »Aber ich

denke, ein weiterer Tag der Angst und Sorge tut der nassen, zusammengewürfelten Bande dort oben recht gut. Bis zum morgigen Tag wird dem armen Békésar-Jungen vermutlich die Hälfte seiner Leute fortgelaufen sein. Außerdem trifft hier heute Abend Verstärkung ein.«

»Mehr Krieger?«, erkundigte sich Sargan vorsichtig. Seine Gedanken überschlugen sich beinahe. *Schlechte Neuigkeiten für Flores. Noch mehr Feinde. Ich sollte ihr eine Warnung zukommen lassen.*

»Natürlich mehr Krieger. Ich hatte Reiter nach Poleamt gesandt, falls Tamár und seine wlachkischen Hündchen sich nach Westen wenden. Diese sind nun auf dem Weg hierher, ihre Vorreiter sind bereits eingetroffen.«

»Ihr habt alle Möglichkeiten genau bedacht und bestens genutzt«, sagte Sargan mit gespielter Bewunderung.

»Natürlich. Würdet Ihr nicht sagen, dass angesichts unserer Übermacht die Lage meiner Feinde verzweifelt ist?«

»Oh doch, das ist sie. Euer Feldzug steht kurz vor seinem krönenden Abschluss. Doch wenn Ihr mich nun für einen Moment entschuldigen würdet – ich würde mich gern frisch machen.«

»Aber, aber, ehrenwerter Legat. Ihr könnt uns doch nicht schon so bald die Freude Eurer Anwesenheit entziehen. Wir sind hier alle Krieger im Feld, und nur so, wie Ihr jetzt seid, werdet Ihr uns unser raues Auftreten und die harschen Manieren verzeihen.«

Mit einem Blick auf Marczeg Laszlárs teures, sauberes und perfekt sitzendes Gewand hob Sargan eine Augenbraue.

»Nein, lieber Gesandter. Wir erfreuen uns an Eurer Anwesenheit. Wir verlangen sogar nach ihr!«

Vor dem Zelt waren die zwanzig Berittenen versammelt, die Sargan ins Lager geführt hatten. Andere masridische Wachen standen bereit und ließen keinen Zweifel daran, dass sie jeden Widerstand von Seiten der Sylken im Keim ersticken würden.

»Wenn Ihr mich so nachdrücklich um meine Gesellschaft bittet, wäre es wohl nicht geraten, Euch jetzt zu verlassen«, entgegnete Sargan mit einem gezwungenen Lächeln.

»Nein. Das wäre es wohl nicht«, stimmte der blonde Marczeg kalt zu.

Er denkt, er durchschaut mich, erkannte Sargan. *Er wird mir keine Gelegenheit bieten, irgendwem eine Warnung zukommen zu lassen.*

57

Das Donnern des einstürzenden Gesteins war schon lange verklungen, doch in Ştens Geist klang der Hall noch immer nach. *Jetzt sind sie alle tot: Zdam, Roch, Druan, Anda und nun auch Pard,* dachte er, noch benommen vom Schock des gewaltigen Kampfes gegen Anda und ihre Trolle.

Der Wlachake wusste nicht, wie es geschehen war, aber sie hatten den Ansturm überlebt. Nicht nur das, sie hatten sogar gegen Anda gesiegt; Pard hatte die übermächtige Trollin eigenhändig überwunden. Bis zu seinen letzten Augenblicken war der gewaltige Troll sich selbst treu geblieben, unbeugsam, hart und jede Handbreit der Anführer seines Stammes. Überraschend stellte Şten fest, dass er Pard, trotz seiner wilden, urtümlichen Art, vermisste.

»Du trauerst um ihn«, sagte Viçinia neben ihm. Wieder einmal war Şten erstaunt über ihre Fähigkeit, seine Gedanken und Gefühle zu erkennen, ohne dass er etwas erklären musste. Wortlos nickte er.

»Ich ebenfalls«, stellte Viçinia fest. »Ich hätte das niemals für möglich gehalten. Aber ich hätte auch nicht geglaubt, dass es etwas gibt, was Pard umbringen kann. Er war stets so ... unerschütterlich. Mehr eine Naturgewalt als ein Lebewesen.«

Das brachte Şten zum Schmunzeln. Seine Erinnerungen an den Troll waren keineswegs nur guter Natur, und mehr als einmal hatte er den kriegerischen Riesen verflucht, aber im Laufe der Zeit hatte Pard sich dennoch als wahrer Freund erwiesen.

Nun blieb ihnen keine andere Möglichkeit als die Rückkehr zum Schacht, denn Pard hatte den anderen Ausgang aus der Höhle des Dunkelgeistes einstürzen lassen. Schon roch Şten Schwefel und hörte das leise Pfeifen des Luftzugs.

Als sie am Schacht anlangten, blickte der Wlachake skeptisch hinauf. Pard hatte gesagt, dass irgendwo dort über ihnen das Kloster Starig Jazek sei. Aber in der Dunkelheit konnte Şten nichts erkennen.

»Dort oben sind viele Menschlinge«, ließ Kerr sich unvermittelt hinter ihm vernehmen. »Sehr viele Menschlinge.«

Überrascht blickte Şten zu dem jungen Troll hinüber, der an einer Felsplatte lehnte.

»Was? Woher ...«

»Ich habe sie gesehen. Ich habe alles gesehen. Ich habe sie gerochen, geschmeckt, gehört. Ich habe ihren Hass gespürt, ihre Angst, Verzweiflung, Freude. *Alles.*«

Der Blick des Trolls ging an Şten vorbei, als könne er durch die Wände, die Felsen, ja, die ganze Welt blicken.

»Was ist mit dir geschehen, in der ... Schwärze?«, fragte Şten ehrfürchtig. Bislang hatte er sich über Kerrs Verhalten in der Höhle des Dunkelgeistes kaum Gedanken gemacht, doch plötzlich wurde ihm bewusst, dass der Troll sich verändert hatte. Seine Stimme klang fester, seine Worte bestimmt, und seine Miene drückte eine Gelassenheit aus, die Şten angesichts ihrer Lage verwirrte.

»Ich habe den Schlag des Herzens in mich aufgenommen. Ich war ... ich war alles. Jeder Stein, jeder Felsen, das ganze Land. Alles. Ich kann es nicht beschreiben.«

»Das Herz schlug nicht«, stimmte Turk zu. »Zum ersten und einzigen Mal, seit ich zurückdenken kann, hatten die Dreeg aufgehört.«

»Und was geschieht dort oben?«, unterbrach ihn Viçinia beinahe ungeduldig. »Du hast gesagt, dass dort viele Menschen sind? Wo sind sie genau?«

»Fast direkt über uns. Zwei große Stämme«, erklärte Kerr. »Es gibt dort viel Hass und Angst.«

»Zwei große Stämme? Zwei Armeen? Gab es einen

Kampf?« Ştens Stimme klang drängend. Der Krieg gegen Marczeg Laszlár, der bei seinem Aufbruch mit den Trollen gerade ausgebrochen war, hatte die ganze Zeit über nur eine untergeordnete Rolle in seinen Gedanken gespielt, war ihm fern gewesen wie eine alte Wunde. Doch nun brach diese wieder auf, und Şten spürte kalte Angst in sich aufsteigen. *Findet hier eine Schlacht statt? Dann hat der Krieg sich an die südliche Grenze verlagert. Aber über uns liegt schon Ionnas Herrschaftsgebiet; Szilas greift also an.*

»Vielleicht. Die Menschlinge haben viel Metall an den Körpern und Waffen und bunte Stoffe an langen Stangen. Es waren viele, so viele Trolle habe ich noch nie auf einmal gesehen. Menschlinge auch nicht.«

»Dreimal verflucht! Wir müssen den Schacht hinauf!«, entfuhr es Şten. Unruhe ergriff von ihm Besitz und vertrieb alle Müdigkeit und Erschöpfung. Die Erinnerungen an den Krieg, an Flores und Ionna kamen mit Macht zurück, verdrängten jeden anderen Gedanken.

»Der Weg ist weit. Wir sollten uns vorher ausruhen.«

»Hast du auch die anderen gespürt? Schleicher und den Rest der Stämme?«, fragte Turk.

Es schien, als versuche Kerr, sich an etwas lang Vergangenes zu erinnern. Langsam nickte er. »Sie nähern sich ebenfalls der Oberfläche, aber sie entfernen sich vom Herzen.«

»Wurden sie verfolgt?«

»Ich glaube nicht, aber ich weiß es nicht sicher. Es gibt viele von Andas Trollen. Und es ging alles so schnell.«

»Das ist etwas, was wir im Moment nicht ändern können. Aber ich muss wissen, was an der Oberfläche passiert«, unterbrach Şten die Trolle. Er konnte sehen, dass Viçinia ähnlich dachte. »Wir müssen wieder ans Tageslicht gelangen. Wenn dort oben eine Schlacht stattfindet, dann kämpft dort unser Volk. Unser Stamm. Und das bedeutet, dass wir zu ihnen müssen. Das versteht ihr doch sicher.«

Nachdenklich blickte Turk in den Schacht; zuerst hinab,

dann hinauf. »Wir haben den anderen gesagt, dass wir sie oben wieder treffen. Wir würden sie sowieso nicht einholen, wenn wir unten entlanggehen. Lasst uns also mit den Menschlingen nach oben steigen.«

Selbst die Verletzten folgten dem großen Troll, der geschickt den Schacht erklomm. Die Wunden der Trolle verheilten bereits, eine Besonderheit, die Şten zwar inzwischen gut kannte, die ihn aber immer noch in Erstauen versetzte. Auch er und Viçinia begannen den Aufstieg, wenn auch langsamer als die Trolle.

»Einfach Stück für Stück«, flüsterte Viçinia. »Nicht an die ganze Strecke denken.«

»Und schon gar nicht an die Strecke nach unten«, scherzte Şten halblaut, in dessen Geist sich die Gedanken beinahe überschlugen. Freude und Angst rangen in seinem Inneren: Vorfreude auf das Tageslicht, bekannten Boden unter den Füßen und seine Heimat und die Furcht vor dem, was sie an der Oberfläche vorfinden mochten.

Der Aufstieg war beschwerlich. Glücklicherweise gab es immer wieder Felsvorsprünge oder Nischen, in denen die Trolle und Menschen sich ausruhen konnten. Einige Male kamen sie auch an Gängen und Höhlen vorbei, die in die Dunkelheit führten.

Dennoch war der Weg nach oben kräftezehrend. Nach kurzer Zeit schmerzten Ştens Finger, seine Schultern, seine Oberschenkel. Jeder Zug, jeder Tritt war eine Qual. Viçinia schien es nicht viel besser zu ergehen. Im dämmrigen Licht der Flechten konnte Şten den Schweiß auf ihrer Stirn, die Konzentration und Anspannung auf ihren Zügen erkennen. Trotzdem hielt sie gut mit und war meist sogar schneller als Şten selbst, da sie mit viel Geschick weniger Kraft zum Klettern einsetzte. *In ihr brennt das gleiche Feuer wie in Ionna. Nur scheint es nicht so nach außen, weshalb es immer wieder überrascht, wenn man seine Hitze spürt,* dachte der Wlachake stolz.

Wie viel Zeit letztendlich verging, wie viele Schritt sie

überwinden mussten, konnte Şten nicht sagen. Sein Geist war einzig und allein darauf ausgerichtet, weiterzuklettern, sicheren Halt zu finden und die Oberfläche zu erreichen.

So überraschte es ihn, als er wieder einmal hinaufsah, dass sich über ihm eine runde Öffnung im Licht andeutete. Kurz darauf rief Turk: »Gleich haben wir es geschafft!«

Als wolle ihn das Schicksal verhöhnen, spürte Şten mit einem Mal eine so unaufhaltsame Schwäche in seinen Gliedmaßen, dass er für einen Moment glaubte, so kurz vor dem Ziel noch zu scheitern und in den endlos tiefen Schacht zu stürzen. Doch Viçinias Stimme gab ihm die benötigte Stärke zurück: »Noch ein Stück, dann sind wir daheim.«

Mit einer letzten Kraftanstrengung zog sich Şten weiter, erreichte die Kante und schob sich über sie hinweg. Einige Zeit blieb er auf dem Rücken liegen, schwer atmend, den Blick auf die Decke der großen Höhle gerichtet, die wie ein Keller unter dem Kloster lag. Hier hatten die Trolle vor einem Jahr die Rituale des Albus Sunaş gestört und den Sonnenmagiern blutig das Handwerk gelegt. Seitdem war Şten nicht mehr an diesem Ort gewesen; die Vertreibung des Ordens hatten Ionnas Krieger ohne den damals frisch eingesetzten Bojaren durchgeführt.

»Ich frage mich, ob es Tag oder Nacht ist. Wie lange waren wir wohl unter der Erde?«, fragte Viçinia, die bereits wieder aufgestanden war und sich zwischen den Stalagmiten neugierig umsah.

»Ich weiß nicht.« Mit einem Lächeln betrachte Şten seine Frau, während die Trolle sich nahe dem Schacht versammelten und sich leise besprachen.

»Wir sollten hinausgehen und nachsehen.«

Seufzend erhob sich Şten. Auch wenn sein Körper unwillig war, die Ungeduld trieb ihn ebenso an wie Viçinia.

»Wir gehen hinauf«, kündigte er an. »Was ist mit euch?«

Die Trolle starrten zuerst ihn an und blickten dann zu Turk. Bevor der große Troll antworten konnte, erwiderte Kerr: »Ich komme mit.«

»Schaut erst nach, was mit dem Himmelslicht ist«, bat Turk, ließ sich ohne viel Federlesens nieder, lehnte sich gegen einen Stalagmiten und schloss die Augen.

Der Rest der Trolle entschied sich offensichtlich dagegen, die Menschen zu begleiten, denn sie folgten Turks Beispiel.

Achselzuckend wandte Şten sich ab und verließ mit Viçinia und Kerr die Keller des Klosters. Die Schritte von Menschen und Troll hallten von den Wänden wider und verliehen dem Ort eine unheimliche Atmosphäre. *Oder bilde ich mir das nur ein, weil ich weiß, dass Starig Jazek leer steht?* Ohne eine Antwort auf diese Frage zu finden, führte Şten seine Begleiter in den Durchgang, der in den Tempel im Herzen des Klosters führte. Die Anlage war auf drei Ebenen errichtet worden; die Höhle lag unter der höchsten, wo sich auch der eigentliche Tempel befand. Einst hatten nur die höchsten Würdenträger des Ordens diesen Ort betreten dürfen. Jetzt schritten Şten und Viçinia mit einem Troll in den leeren Tempelraum, dessen weiße Wände Spuren des überhasteten Aufbruchs zeigten, zu dem Ionnas Soldaten die Sonnenmagier gezwungen hatten.

»Nacht«, stellte Şten fest, denn der Gebetsraum hatte in seiner Kuppel hohe Sonnenschlitze, durch die bei Tag helles Licht fiel. Aber jetzt war nur Dunkelheit zu erkennen; nicht einmal Sterne funkelten am Himmel.

Obwohl seine Erinnerung an die Erlebnisse im Kloster verschwommen waren und in den anderen extremen Situationen des letzten Jahres beinahe untergingen oder mit diesen verschmolzen, fand Şten seinen Weg durch die hohen Gänge. Die mit Gold beschlagenen Türen waren geplündert worden, nur ihre Angeln waren noch vorhanden. Alles Mobiliar war entfernt worden, ob von den Priestern des Albus Sunaş selbst oder von den Wlachaken, konnte Şten nicht sagen. Selbst die Goldfarbe an den Wänden war abgekratzt worden, in der weißen Tünche zeigten sich jetzt statt goldener Linien graue Risse.

»Ich hatte gehört, dass Starig Jazek prächtig sei, aber ich hätte mir den Ort niemals so vorgestellt«, sagte Viçinia ehrfürchtig. »Selbst jetzt noch kann man erkennen, wie schön die Räume einmal gewesen sein müssen.«

»Hier haben die Sonnenmagier ihre Zauber gewirkt?«, fragte Kerr, und Şten nickte. Der junge Troll bleckte die Zähne und schnüffelte vorsichtig. »Seltsam. Es riecht nicht schlimm. Ganz anders, als ich es mir immer gedacht habe.«

Vor ihnen führte eine Treppe nach unten, zu den tieferen Ebenen des Klosters, aber Şten erspähte eine dicke, geschlossene Holztür. Als er an sie herantrat, stellte er fest, dass ihr Riegel mit einem fest verkeilten Metallstift blockiert worden war. Also trat er zurück und sah Kerr fragend an: »Würdest du …?«

Ohne zu antworten, warf sich der Troll gegen die Tür und riss sie mit sich aus dem Rahmen. Ein frischer Windhauch wehte Şten ins Gesicht. Er brachte einen Geruch von Erde und Nässe mit sich, der dem Wlachaken süßer erschien als alles, was er je zuvor gerochen hatte.

Der Ausgang führte auf das flache Dach des mittleren Gebäudeteils. Tatsächlich war es Nacht, und die kühle Dunkelheit umfing sie wie ein Mantel. Auf den ersten Blick sah Şten im Westen das Licht vieler Feuer. Zwei Lager, in denen sich viele hundert Krieger befinden mussten.

»So nah beieinander«, flüsterte er. »Die Schlacht muss direkt bevorstehen.«

Sein Blick wanderte nach Osten, wo ein silbriger Streif den Horizont erhellte.

»Die Sonne geht bald auf. Wenn wir jetzt aufbrechen, dann erreichen wir das Schlachtfeld vielleicht bis zum Mittag. Allerdings müssen wir zuerst noch den Abstieg vom Kloster hinter uns bringen.«

»Was geht da vor?« Viçinias Stimme klangt besorgt. »Du hast gesagt, zuletzt sind Ionna und Marczeg Békésar nach Turduj gezogen. Warum stehen diese Armeen jetzt hier, so weit im Süden? Warum wird auf wlachkischem Boden gekämpft?«

»Ich weiß es nicht«, gestand Ştenn, dem es schwer fiel, seine Gedanken zu ordnen. »Ich habe kein gutes Gefühl, wenn ich mir das so ansehe.«

Er wechselte einen Blick mit Viçinia und wandte sich dann entschlossen an den jungen Troll: »Vielen Dank, Kerr«, sagte er ruhig. »Du hast eine große Aufgabe erfüllt, und ich denke, dass Druan sicherlich stolz auf dich wäre. Ich kann nicht behaupten, wirklich zu verstehen, was Tarlin und du getan habt, aber was immer es war, es hat uns alle gerettet. Doch nun müssen wir uns verabschieden. Euer Kampf ist vorüber, aber unser Krieg ist es noch nicht. Unser Stamm wartet auf uns.«

»Werdet ihr gegen andere Menschen kämpfen?«

»Vermutlich. Zwei Armeen, die sich so nah gegenüberstehen, das bedeutet eine Schlacht. Wenn der Morgen graut, wird sie wohl beginnen.«

»Das Himmelslicht erscheint bald«, stellte Kerr fest. »Wir Trolle sollten dann unter der Erde sein.«

»Ja. Und wir müssen uns beeilen, wenn wir dort unten noch etwas ausrichten wollen. Berichte Turk, dass wir gehen mussten.« Mit einem schiefen Grinsen fügte er hinzu: »Pass gut auf deine Trolle auf, Kerr. Sichere Wege!«

Anstatt zu antworten, brummte der junge Troll nur, blieb wie angewurzelt stehen und starrte nachdenklich nach Osten. Verwirrt blickte Ştenn ihn an, doch seine Aufmerksamkeit wurde wieder von den Feuern im Tal unter ihnen angezogen, wo seine Freunde und Familie vermutlich lagerten. *Ich hoffe, wir kommen noch rechtzeitig. Andererseits … was können zwei Menschen in einer Schlacht schon bewirken?*

Düstere Vorahnungen beschlichen den Wlachaken und

zerrten an seinem Inneren. Ungewollt tauchten die Bilder aus seinen Visionen wieder vor seinen Augen auf, die Ströme von Blut, das brennende Land. Tod und Vernichtung hatte er gesehen, und mit einem Mal war er nicht mehr sicher, dass dies nur Schreckgespenste gewesen waren. *Was, wenn ich nicht die Zukunft gesehen habe, sondern das, was bereits geschehen ist? Was, wenn die finsteren Gesichte bereits Wirklichkeit sind?*

58

Als Tamár die Augen öffnete, lag die Welt noch in Dunkelheit. Die kleine Feuerschale in seinem Zelt war erloschen. Für einen Augenblick wanderte seine Hand, suchte Flores' Körper, doch dann erinnerte er sich, dass die Wlachakin in ihrem eigenen Zelt schlief. Enttäuscht ließ er sich zurückfallen und schloss die Augen. Die kurzen Momente mit Flores bedeuteten für ihn Ruhe in einer Welt des Sturms. In seinem Geist lauerte die Erkenntnis, dass es unmöglich so weitergehen konnte, aber bislang hatte er jeden Gedanken an die Zeit nach der Schlacht erfolgreich verdrängt. *Noch einen Moment,* dachte Tamár. *Dann gehe ich hinaus in den Regen.*

Es dauerte einige Zeit, bis Tamár bemerkte, dass es kein Geräusch von Regen auf den Zeltplanen gab. Überrascht öffnete er die Augen, stand nun doch auf, schlüpfte in die kühle Kleidung und legte seinen Waffengurt um. Als er vor das Zelt trat, sah er die Wachen, die am Wall und zwischen den Zelten postiert waren. Einige Feuer brannten noch, und ihr Geruch lag in der Luft, würziger Rauch, der diesmal nicht von den ewigen Sturzbächen niedergeschlagen wurde.

Am Himmel zeigte sich der Mond nur noch halb hinter Wolken verborgen, denen er einen silbrigen Schein gab. Wolkenbänder jagten einander, aber zwischen ihnen sah Tamár Sterne leuchten. *Die Nacht ist die Zeit der Finsternis und der Feinde des Göttlichen Lichts,* erinnerte sich Tamár an eine der vielen Litaneien des Albus Sunaş. *Doch das Göttliche Licht sendet uns den Mond, der uns vor der alles verschlingenden Dunkelheit beschützt. Der Tod geht in der Nacht um, holt die Alten und Kranken, die Kinder und die Schwachen. Nur das Göttliche Licht kann uns vor der ewigen Dunkelheit bewahren.* Kindern erzählte man diese Worte, und Tamár wunderte sich, dass er sie immer noch auswendig hersagen konnte. Sein Vater hatte den Orden des Albus Sunaş immer nur als Mittel gesehen, um seine Macht zu festigen, und sich nicht um den Glauben geschert. Auch Tamár hatte die morgendlichen Andachten mehr als ein notwendiges Übel empfunden, aber offensichtlich hatten die Ermahnungen der Sonnenpriester tiefere Wurzeln in seinem Geist geschlagen, als ihm bewusst gewesen war.

Der Wind wehte immer noch kalt von den Sorkaten herab, aber ohne den alles durchnässenden Regen war er kaum mehr als ungemütlich. Tamár fühlte sich unerklärlich beschwingt, als ob mit dem Regen auch seine düstere Stimmung verschwunden wäre. Schnell ging er zurück in sein Zelt und begann, seine Rüstung anzulegen. *Heute wird Szilas angreifen. Er wäre ein Narr, wenn er dieses Wetter nicht ausnutzen würde. Die Ankunft seiner Reiter gestern hat seinen Soldaten Mut gegeben, und er weiß, dass sie bei uns das Gegenteil bewirken muss.*

Die Sonne färbte bei ihrem Aufgang die Wolken rot. Zunächst in einem tiefen, dunklen Ton, der Tamár an Blut erinnerte, jedoch schnell heller wurde, bis der östliche Horizont in Rosa erstrahlte. Um den jungen Marczeg herum genossen die Soldaten die Strahlen der Sonne auf ihrer Haut. Auch Tamár schloss kurz die Augen. *Immerhin noch einmal die Sonne spüren, bevor …* Wütend versuchte er, die ungebetenen Gedanken zu verscheuchen. Mit dem Licht kam allerdings auch Szilas' Armee aus ihrem Lager, und Tamár spürte tief in seinem Innersten, dass die Wartezeit nun zu Ende ging. In den Reihen seiner Feinde entdeckte der Masride eine Spannung, eine allgegenwärtige Bereitschaft, die er in den letzten Tagen nicht bemerkt hatte.

Sein Blick wanderte über seine Soldaten. Neben ihm

ergriff Köves den Speer fester; der Lederhandschuh des Szarken knirschte leise. Seine Augen waren starr auf Szilas' Truppen gerichtet, über denen das Drachenbanner im Wind knatterte.

»Heute kommen sie«, flüsterte Köves fast unhörbar. Trotz der Kälte hatte er Schweißperlen auf der Stirn.

»Ja«, erwiderte Tamár und zwang sich zu einem Lächeln. »Heute bringen wir es endlich hinter uns.«

Aber zunächst ließ Marczeg Laszlár seine Truppen nur Aufstellung beziehen, die Fußsoldaten in langen Reihen, die Reiter dahinter. Fast ohne es zu wollen, blickte Tamár zu Flores, die inmitten ihrer Bojaren stand. Auch die Wlachakin ließ ihre Feinde nicht aus den Augen.

Unerträglich langsam stieg die Sonne höher. Jedes Geräusch, jeder Ruf aus der Senke ließ die Soldaten aufschrecken. Aber es kam kein Angriff. Szilas befand sich immer noch in seinem Zelt, wie seine persönliche Standarte zeigte.

Von der feuchten Erde und dem nassen Gras stieg Nebel auf. Die dünnen Fetzen trieben im Wind umher und wirkten auf Tamár wie die geisterhaften Schemen der Toten, welche schon auf diejenigen warteten, die heute fallen würden. Schließlich wurde der Nebel von der Sonne vertrieben. Als sie fast den höchsten Punkt ihrer Laufbahn erreicht hatte, war von den Spukgebilden nichts mehr übrig. Hatten die Krieger den Morgen über noch gebannt am Wall gewartet und jeden Augenblick mit dem Sturm gerechnet, löste sich die Anspannung nun an vielen Stellen in rauen Scherzen und heiserem Gelächter.

Aber dann ertönte ein Hornsignal aus dem Tal, lang und tief.

»Bogenschützen!«, brüllte der junge Marczeg und hob die Hand, als sich unter ihnen die Fußtruppen in Bewegung setzten. In den hinteren Reihen machten sich die Fernkämpfer bereit, hakten die Sehnen ihrer Bögen ein und nahmen ihre Pfeile zur Hand. Vor ihnen begannen auch die wenigen Armbrustschützen, die noch übrig waren, ihre Waffen zu spannen.

»Bereit!«

Die Pfeile wurden angenockt, die Bögen locker gespannt. Dann zogen die Bogenschützen die Sehnen zurück und hoben dabei ihre Waffen. Im Tal schritten nur die Fußkämpfer vor, die Berittenen blieben zurück. Eine eiskalte Ruhe hatte von Tamár Besitz ergriffen. Als ob er plötzlich ein anderer sei, schätzte er gelassen Wind und Flugbahn. Für einen winzigen Moment wurde sein Blick von einem Raubvogel abgelenkt, der über dem Schlachtfeld kreiste, dann ließ er den Arm fallen. »Los!«

Das Sirren der Sehnen ertönte, die Pfeile senkten sich wie hungrige Raubtiere auf die vorrückenden Truppen nieder. Sie blieben zitternd in Schilden stecken, fuhren in den Boden, drangen in Rüstungen ein und gruben sich in Fleisch. Schmerzensschreie belohnten den Angriff, doch Tamár blieb keine Zeit, sich die Auswirkungen der ersten Salve anzusehen. Die Fernkämpfer ihrer Gegner erwiderten den Beschuss und zwangen Tamár, sich hinter seinen Schild zu ducken.

Die Bogenschützen schossen, so schnell sie konnten, während die Gegner mit erhobenen Schilden vorrückten. Überall schrien die Getroffenen. Bald stimmte der harte Schlag der Armbrüste in das Sirren der Sehnen ein, doch ihre Feinde waren zu zahlreich und zu gut geschützt, um sich von den Fernwaffen allein aufhalten zu lassen.

Schreiend überbrückten die Angreifer die letzten Dutzend Schritt, warfen sich mit aller Macht gegen die Barrikade. Ein Meer von Speeren reckte sich ihnen entgegen, Schilde hielten den Schlägen stand.

Auf der ganzen Linie des Walls griffen Szilas' Soldaten an, aber Tamár konnte sich nur um seinen Abschnitt kümmern. Er musste sich darauf verlassen, dass die Wlachaken den ihren hielten. Erinnerungen an die verlorene Schlacht bei den Drei Schwestern kamen in ihm auf. Doch sein

Vertrauen in Flores ließ die bitteren Gesichte wieder verschwinden.

Mit Schild und Hammer stand Tamár in der Mitte seiner Krieger. Jeder Feind, der es an den Spitzen der Speere vorbei schaffte, wurde mit Hieben eingedeckt, zurückgedrängt oder erschlagen. Die Erde des Walls war immer noch feucht und rutschig, der Graben davor mit Regenwasser gefüllt. Schon bald häuften sich die Leichen der Feinde vor der einfachen Befestigung, und das brackige Wasser färbte sich blutrot.

Nach einer endlos erscheinenden Zeit rief ein Signal die Angreifer wieder zurück.

Schwer atmend rammte Tamár seinen Schild in den Boden und sah sich um. Die Reihen hatten gehalten, nirgends hatten die Feinde einen Durchbruch erzwingen können. Die dunkle Erde war getränkt mit dem Lebenssaft von Masriden und Wlachaken, Leichen bedeckten beide Seiten des Walls. Die Verletzten schrien, um Gnade, nach Hilfe oder einfach nur vor Schmerz. Der junge Marczeg verhärtete sein Herz gegen die grausamen Rufe, in denen so viel Leid mitschwang. *Noch viele werden heute schreien, noch viele ihr Leben in die Erde rinnen sehen.*

Der Boden war aufgewühlt, aber die Barrikade hatte bislang gehalten, auch wenn ihre provisorischen Aufbauten gegen die Reiter an vielen Stellen umgestürzt oder aus der Erde gerissen worden waren. Lockere Erde war in den Graben gerutscht und bedeckte nun die Gefallenen.

Bevor Tamár sich von dem Kampf erholt hatte, preschten von unten Reiter heran. Leicht gerüstete Szarken, die in wildem Ritt auf die Verteidiger zustürmten, nur um in Bogenreichweite abzudrehen und einen Pfeilhagel niedergehen zu lassen. Die Antwort von Tamárs Bogenschützen war schwach und traf die schnell davonreitenden Szarken kaum.

Direkt nach dem Beschuss setzten sich die gepanzerten Reiter aus Szilas' Armee in Bewegung. »Schließt die

Lücken«, befahl Tamár laut und nahm den eigenen Schild wieder auf. Selbst hangaufwärts erreichten die Reiter eine beeindruckende Geschwindigkeit.

»Schilde!«

Als sie noch knapp fünfzig Schritt entfernt waren, senkten die Reiter ihre Lanzen. Tamárs Blick wanderte über die Reiter, ihre prachtvollen Streitrösser, die lehmverschmierten Hufe, die gebleckten Zähne der Pferde. Er sah die Schilde mit den Kriegszeichen, die starken Rüstungen, die langen Lanzen. Dann brach der Sturm über sie herein.

Lanzen splitterten, Speere brachen, Bolzen gruben sich in Leiber. Der Aufprall war mörderisch, doch der Wall hielt. Pferde brachen in den Graben ein, prallten mit gebrochenen Beinen gegen den Erdwall. Reiter wurden aus den Sätteln gerissen.

»Schlagt sie zurück!«, rief Tamár mit donnernder Stimme, der sich in die Breschen warf und auf die Feinde eindrang. Aus dem Sturmangriff wurde ein Handgemenge, ein wildes Durcheinander von schnaubenden Pferden, schreienden Menschen, Waffen, Schilden, Schlamm und Blut. Wieder und wieder hieb Tamár nach seinen Gegnern, duckte sich, hob den Schild, bis auch dieser Angriff genauso abrupt endete, wie er begonnen hatte. Die Panzerreiter zogen sich zurück.

Einige Heißsporne wollten ihnen folgen, doch Rurjos brachte mit scharfen Befehlen wieder Ordnung in die Reihen. Während Tamár die Feinde in der Talsenke nicht aus den Augen ließ, wurden die Verletzten in das Lager geschafft und dort notdürftig versorgt. Ihre Schreie hallten über das Schlachtfeld.

Ein prüfender Blick zeigte Tamár, dass die Sonne kaum weitergewandert war. *Ein Angriff abgewehrt. Wie viele werden noch folgen?*

Er schaute an seine Seite, wo Köves stehen sollte. Doch der Szarke war nirgends zu sehen. Fragend suchten Tamárs Augen die Reihen ab. Dann sah er ihn. Köves lag auf dem Wall, die Beine angezogen, die Arme um den Leib geschlungen. Schnell sprang Tamár auf seinen treuen Krieger zu, doch er sah auf den ersten Blick, dass jede Hilfe zu spät kam; Köves war bereits tot, seine Augen blicklos und leer. Trauer und Wut griffen nach Tamárs Herz, doch er konnte diesen Gefühlen nicht nachgeben. Mit steifen Fingern packte er den Szarken, dessen Brustpanzer von einer Lanze durchstoßen worden war, und trug ihn in das Lager.

Mögest du deinen Weg im Göttlichen Licht finden, dachte der junge Marczeg, als er Köves' Leib zu Boden gleiten ließ. *Wir alle werden dir früh genug folgen.* Nur einen Moment lang beneidete er den Szarken, dessen Gesicht im Tod so viel friedvoller erschien. Dann wandte er sich ab und kehrte zurück zu den Lebenden, für deren Schicksal er verantwortlich war.

59

Die Schlacht war ein Albtraum ohne Ende. Sechs oder sieben Angriffe hatten sie schon abgewehrt. Das Feld war aufgewühlt, Leichen bedeckten Hang und Wall, lagen halb verschüttet im Graben. Keiner hatte mehr Kraft, sie fortzuschaffen, und so wurden sie mit jedem Angriff tiefer in die feuchte Erde getrampelt. *Das Land trinkt unser Blut,* erinnerte sich Flores an Ştens Worte. *Und es frisst unsere Toten. Selbst Neagaş* ist gefallen.

Die Sonne stand tief am Himmel, färbte ihn rot. Es erstaunte die Wlachakin, dass sie so lange hielten, dass sie noch nicht besiegt waren. Mit unvorstellbarer Zähigkeit klammerten die Wlachaken sich an das blutige Stück Land, das sie sich für ihr letztes Gefecht auserwählt hatten.

Im Osten war es Tamár immer wieder gelungen, die brutalen Attacken zurückzuschlagen; wie, das konnte Flores nicht sagen, die vor Müdigkeit und Erschöpfung kaum noch einen klaren Gedanken fassen konnte. Im Osten erhob sich auch das Kloster Starig Jazek. Die untergehende Sonne tauchte die dunklen Mauern des Gebäudes in leuchtendes Gold und Rot. *Bald haben wir es geschafft, bald kommt die Nacht.* Eine unbestimmte Freude erfüllte die Wlachakin bei diesem Gedanken, aber dann überkam sie die ernüchternde Erkenntnis: *Und danach ein neuer Morgen. Wir siegen nicht, wir verlieren nur sehr langsam.*

An einigen Stellen im Lager hatten die Heiler Feuer entzündet. Das Stöhnen und die Schreie der Verwundeten waren zu einer beständigen Tortur geworden, die jeder ertragen musste.

Langsam schob sich die Sonne weiter hinab, bis nur noch eine Handbreit über dem Horizont stand. Wilde Hoffnung erfüllte Flores. *Wenn es dunkel wird, ziehen wir uns zurück. Oder wir greifen Szilas in der Nacht an. Wir werden das Geschick ändern, das Blatt wenden.*

Ein Hornsignal aus der Senke machte jedoch all ihre Hoffnungen zunichte. Wieder einmal setzten sich ihre Feinde in Bewegung. Diesmal ritten die verbliebenen Panzerreiter wieder, dicht gefolgt von den Fußsoldaten. Noch immer hing Szilas' Standarte vor dem Zelt, zeigte, dass der Marczeg es nicht für nötig hielt, persönlich in die Schlacht einzugreifen. So nahm er seinen Feinden die Möglichkeit, ihn im Kampf zu töten und seine Armee so zu besiegen.

Langsam schob Flores den Helm zurück auf den Kopf und spannte die Gurte ihres Schildes. Sie stellte sich zwischen ihre Krieger und hob ihre Waffe.

Die stürmenden Reiter bildeten eine lang gezogene Linie; je näher sie jedoch kamen, desto enger rückten sie zusammen, bis sie wie ein Keil gegen die Mitte der vereinten wlachkischen und masridischen Linien prallten. Entsetzt sah Flores, wie einige Krieger zurückwichen, wie sich Lücken öffneten, dann strömten auch die feindlichen Fußsoldaten heran, und die Wlachakin musste um ihr Leben kämpfen.

Offenbar hatte Szilas in einem letzten Versuch, die Schlacht noch an diesem Tage zu entscheiden, alles aufgeboten. Alle Stellen der Formation gerieten in Bedrängnis; Flores selbst hielt mit ihren Kriegern den Wall, doch links und rechts der Wlachakin zeigte die schier endlose Anstrengung Wirkung. Zwischen Wlachaken und Masriden brachen die Reihen auf und ließen Reiter in ihre Mitte. Weiter links konnte Istran die Flut der Feinde nicht dämmen, sondern wurde Schritt für Schritt zurückgezwungen. Erbittert focht Flores weiter, versuchte allein mit der Kraft ihrer Gedanken, ihres Hasses, die Feinde aufzuhalten. Doch obwohl sie den Wall hielt, bröckelten die Stellungen und drohten, sie isoliert inmitten ihrer Feinde zurückzulassen.

Das Licht der Sonne färbte das Schlachtfeld rot. Ihre Strahlen blendeten Flores, als sie sich nach Istran umsah. Sie nahm nur Schemen war, Umrisse von Kriegern, die über die einstigen Verteidigungsstellungen strömten und auf die Wlachaken eindrangen.

Ihr Atem ging schwer, dennoch rief sie ihre Krieger zu sich, während sie langsam zurückwich. Ihre Feinde folgten ihr, wie ein Rudel Hunde, das Schwäche wittert, doch Flores kämpfte weiter und hielt ihre kleine Gruppe zusammen. Es gelang ihnen, Anschluss an andere Krieger zu finden, eine Linie zu bilden, die Schilde erhoben, Schulter an Schulter.

Aber noch immer griffen Szilas' Soldaten erbarmungslos an.

Von der Sonne war nur noch ein schmaler Streifen über dem Horizont, als die Verteidiger sich in einem engen Kreis wiederfanden, umringt von ihren Feinden. Flores konnte Tamár rufen hören; der Marczeg hielt seine Krieger zusammen, doch seine Stimme klang gepresst. Die Wlachakin sah, dass er sich die Seite hielt. Der Schild war ihm vom Arm gerissen worden, und er führte den Streithammer mit der linken Hand. Seine Schläge fanden ihr Ziel, doch auch er musste zurückweichen.

Die Sonne verschwand genau in dem Moment, als eine Klinge Tamár in die Brust traf. Mit einem Schrei stürzte er zu Boden. Sofort sprangen Soldaten seiner Garde zu ihm, bauten sich über ihrem gefallenen Herrn auf, verhakten die Schilde, doch Flores sah dies nicht mehr. Sie sah nur Tamárs leblosen Leib im Dämmerlicht der hereinbrechenden Nacht, das ihr wie ein Vorbote einer niemals enden wollenden Finsternis erschien.

60

Der Gang war lang. Ohne darüber nachzudenken, war Kerr etwas zurückgefallen und so aus dem Lichtschein der Flechten geraten. Doch die Dunkelheit beunruhigte ihn nicht. In den Tunneln waren noch viele von Andas Trollen unterwegs, aber Kerr spürte den Schlag des Herzens so stark wie nie zuvor, und er war sicher, dass er jedes Wesen, gleich ob Troll, Mensch, Grauer oder Schlinger, entdecken würde, lange bevor sie auch nur in seine Nähe kamen. Er hatte Turk mit absoluter Sicherheit den Weg gewiesen, denn die Stollen und Gänge unter den Bergen hielten keine Geheimnisse mehr für ihn bereit. Es schien ihm, als wäre er bereits an jedem Ort unter der Welt gewesen und kenne nun alles. *Irgendwie war ich das auch. Ich war überall. Zur gleichen Zeit.*

Schnell näherten sie sich ihrem Ziel; Kerr konnte es spüren. Er beschleunigte seine Schritte und schloss zu den anderen Stammesmitgliedern auf.

»Wartet. Hier ist es.«

Der neue Anführer Turk blickte den jungen Troll an. »Wie sieht es aus?«

Mit geschlossenen Augen setzte sich Kerr nieder und wartete. Der Dreeg ertönte, dunkel und klar. Das Echo floss durch die Welt und brachte seine Abbilder zu Kerr. Es war schwierig, sich nicht darin zu verlieren, aber der junge Troll konzentrierte sich. Hass und Angst rannen durch die Welt, strömten wie Wasser durch den Fels, umgaben Kerr wie einen Mantel.

»Es ist Zeit. Dort, wo der Stein Risse hat. Er wird dir nachgeben.«

»Zurück!«, befahl Turk und griff an die Decke des niedrigen Ganges. Seine Muskeln spannten sich, als er an einem hervorstehenden Felsen zerrte. Ein langsames Knirschen ertönte, und Staub rieselte auf die Schultern des Trolls herab. Sein Stamm zog sich ein Stück zurück. Auch Kerr erhob sich. Seine Aufgabe war getan, nun war es wieder an Turk, den Stamm zu führen.

»Werden wir es rechtzeitig schaffen?«, fragte Ştens Gefährtin besorgt.

»Noch fließt Blut. Vertrau mir, wir kommen nicht zu spät …«

Bevor Kerr weiter erklären konnte, was er erfühlt hatte, brach der Fels. Mit einem Brüllen schleuderte Turk einen gewaltigen Steinbrocken von sich und sprang zur Seite. Felsmassen ergossen sich in den Tunnel, als die Decke mit ohrenbetäubendem Getöse einbrach. Erde folgte dem Fels. Der Staub nahm Kerr die Sicht, aber er spürte das Loch, das bis an die Oberfläche reichte. Zufrieden bleckte er seine Hauer, als er die Schreie vernahm, die über ihnen erklangen.

»Los!«, donnerte Turk, der bereits über die Felsbrocken lief und auf allen vieren den Geröllhaufen hinaufkletterte. Kerr folgte dem Anführer des Stammes. Es war Turks Zeit. Es war Zeit zu kämpfen.

Als Kerr den oberen Rand erreichte, schlug ihm der Geruch der Oberwelt entgegen. Erde und Pflanzen, fremd und aufregend, aber auch Blut, Schweiß, Angst und Tod. Er legte den Kopf in den Nacken und brüllte.

Um ihn herum regierte das Chaos. Menschen schrien, liefen durch die Dunkelheit. Eine Gestalt sprang mit einer Lanze auf Kerr zu, die Metallspitze bohrte sich schmerzhaft in seine Seite. Wütend packte der Troll die Lanze und riss sie herum. Der Mensch wurde davongeschleudert, während Kerr die Waffe über den Kopf hob und zerbrach wie einen trockenen Ast.

Neben sich hörte Kerr Şten schreien, der soeben aus dem Loch sprang. »Tirea!«

Die Stimme des Menschen drang laut durch die Nacht. In einiger Entfernung wurde sein Ruf aufgenommen: »Tirea!«

Feuer erhellten den Ort der Schlacht. Der Himmel war von Wolkenfetzen bedeckt, aber selbst das schwache Licht der Sterne reichte Kerrs empfindlichen Augen. Er sah einen Kreis von Kriegern, die gegen eine erdrückende Übermacht kämpften. Sie wurden Schritt für Schritt einen Hang hinaufgetrieben.

»Dort«, schrie Şten und deutete auf die Eingeschlossenen. »Meine Leute! Mein Stamm!«

Turk, der seine Jäger um sich versammelt hatte, nickte und setzte sich in Bewegung. Seine Schritte ließen den Boden erbeben, sein gewaltiger Leib wurde von den Feuern rot ummalt.

Kerr blickte sich nach den Menschen um. Şten hatte Viçinia die Hand gereicht, als sie aus dem Loch kletterte. Die Gefährtin des Menschen hob nun einen Schild und ein Kurzschwert vom Boden auf, während der Krieger seine Waffe bereits gezogen hatte. Dann liefen die beiden Menschen los, und Kerr folgte ihnen. Er konnte sehen, dass Şten stets bemüht war, seine Gefährtin vor möglichen Angriffen zu schützen; mehr sogar, als auf seine eigene Sicherheit zu achten.

Der junge Troll sog die Witterung der Oberfläche in seine Nase ein, die seltsamen und die vertrauten Gerüche, das Gefühl von der Weite der Welt um ihn herum.

Aus vollem Lauf brach Turk in die Reihen der Feinde ein, von denen sich einige bei seinem Nahen umwandten. Ängstliche Schreie ertönten, Menschen flohen in kopfloser Panik. Ohne langsamer zu werden, schlug Turk nach links und rechts. Seine gewaltigen Fäuste trieben die Menschen zu Boden, zerbrachen Schilde und Rüstungen. Seine Jäger taten es ihm gleich, zogen eine Schneise des Todes hinter sich her. Auch die Menschen, die standhalten wollten, mussten schließlich vor dem Ansturm der Trolle weichen.

Nur wenige brachten den Mut auf, sich ihnen direkt entgegenzustellen, und diese wurden überrannt, von Trollfäusten erschlagen und von Trollfüßen zerquetscht.

Şten stürzte sich an der Seite der Trolle in das Getümmel und versuchte, zu den Eingeschlossenen am Hügel durchzudringen. Viçinia stieß ein helles »Tirea!« aus, und Kerr konnte sehen, wie die Menschen am Hügel plötzlich zu ihnen blickten, wie sie Zeichen machten und auf die rothaarige Menschenfrau deuteten, dann stimmten sie in den Schrei ein. Immer wieder ertönte nun der Kampfruf, aus vielen Kehlen. *Ihr Stamm bekommt seine Anführer zurück,* erkannte Kerr. *Sie gehorchen den beiden. Und Menschen brauchen ebenso jemanden, der sie in der Schlacht führt, wie wir Trolle.*

Anstatt an der Seite der übrigen Trolle zu kämpfen, blieb Kerr bei den Menschen, folgte ihnen den Hügel hinauf, hieb und schlug mit ihnen gemeinsam einen Weg zu den umringten Kriegern von Ştens Stamm.

Viele ihrer Feinde flohen bereits vor der ungebändigten Wut der Trolle. Da spürte Kerr hinter sich eine Veränderung. Als er sich umwandte, entdeckte er eine Gruppe von Menschen, die sich auf Reittieren näherten. Die Reiter brachen durch ihre eigenen Reihen hindurch, ohne darauf zu achten, wer unter die Hufe der Pferde geriet. Aber Turk hatte diese neuen Feinde ebenfalls bemerkt und stellte sich ihnen entgegen. Mit einem ohrenbetäubenden Krachen prallten die Berittenen gegen die Trolle. Einige der Jäger stürzten zu Boden, doch ihre Gruppe hielt stand, und die Angriffslinie zerschellte.

Zornig brüllend packte Turk eines der Pferde und hob es mitsamt seinem Reiter über den Kopf.

»Verflucht«, flüsterte Şten ehrfürchtig neben Kerr und hielt mitten in seiner Bewegung inne, als er sah, wie Turk das Tier über die Köpfe der Menschen um ihn herum schleuderte, bis es mitten in eine Gruppe ihrer Gegner hineinstürzte. Der Aufprall des Tieres wurde von Schreien begleitet. Entsetzte Menschen liefen vor Turks Kraft davon, brandeten um Kerr und seine Schützlinge herum. Viçinia wurde von der Menge der Flüchtenden davongerissen. Mit einem Schmerzenschrei stürzte sie zu Boden.

»Nein!«

Noch bevor Ştens Ruf verhallte, warf sich der Wlachake auf seine Feinde. Kerr konnte den wendigen Bewegungen des Menschen kaum folgen, der sich duckte, schlug, drehte, parierte und innerhalb weniger Augenblicke im Getümmel verschwand. Kerr sprang hinter ihm her, rannte zwischen den Feinden hindurch und schleuderte sie links und rechts von sich achtlos zu Boden. Er sah Ştên kurz auftauchen, der einen gepanzerten Krieger zur Seite stieß. Dann nahmen andere Menschen Kerr die Sicht. Als er den Wlachaken wieder entdeckte, stand dieser über der gestürzten Gestalt seiner Gefährtin und wehrte sich verzweifelt gegen den Strom der Fliehenden, deren Füße Viçinia zertrampeln würden. Mit einigen Schritten war Kerr bei ihm und stemmte sich gegen die Flut, die Ştên davonzuspülen drohte, bleckte die Hauer und brüllte. Die Flüchtenden stieben zu beiden Seiten davon. Ihre Angst erfüllte die Luft, gerade wie der schwere Geruch des Blutes.

»Viçinia?«, fragte Ştên zittrig, der neben seiner Gefährtin niedergekniet war. Die Wlachakin kam taumelnd auf die Knie, obwohl ihr Blut aus einer Platzwunde am Kopf über die Wangen lief. Ihre Rechte hielt noch immer das Schwert umklammert, aber ihren Schild hatte sie offenbar in dem Getümmel verloren.

Kerr blickte sich um und erkannte, dass um Turk herum alle Feinde geflohen oder niedergemacht worden waren. Die ganze Aufstellung ihrer Feinde war im Begriff, zusammenzubrechen. Zufrieden sah Kerr, wie sein neuer Stamm immer mehr Feinde besiegte, tötete, vor sich her trieb. Er hob den Kopf noch einmal und stieß einen triumphierenden Schrei aus. *Wir gewinnen. Wir werden die Menschlinge vertreiben. Wir sind Trolle!*

Der Ring um die Eingeschlossenen am Hügel war zerbrochen. Die Krieger, die nicht geflohen waren, starben nun unter den Schwertern von Ştens Stamm.

Einige Kämpfer kamen langsam und mit gesenkten Waffen auf Kerr zu. Er roch ihre Furcht, sah die Angst in ihren Augen. Mit gefletschten Zähnen hob der Troll die Pranken, doch als sie zurückwichen, erkannte er, dass sie ihn nicht angreifen wollten. Er senkte die Fäuste, um ihnen zu zeigen, dass sie keine Furcht zu haben brauchten.

Eine junge Menschenfrau näherte sich und blieb schließlich vor Kerr stehen. Die Tierhäute, die ihren Körper bedeckten, waren blutverschmiert. Ihr dunkles Haar hing nass zu beiden Seiten ihres Helmes herab. Ihr Gesicht erschien Kerr bekannt, aber viele Menschen sahen nun einmal gleich aus.

Noch während der Troll die Menschenfrau betrachtete, trat plötzlich Şten einen Schritt vor. Er blickte an Kerr vorbei und rief: »Flores!« Ohne auf den Troll zu achten, stürzte die Frau zu dem Krieger und seiner Gefährtin und rief dabei ihre Namen.

»Ihr lebt! Bei den Geistern, ihr seid hier!«, stieß sie immer wieder hervor. Die Freude der Frau endete jedoch abrupt, als sie Viçinias Blut sah.

»Ist es schlimm?«

Matt schüttelte Viçinia den Kopf und brachte ein Lächeln zustande. »Ich wurde zu Boden gerissen und habe einige Tritte abbekommen. Es geht schon. Bei allen Geistern, es ist gut, dich zu sehen.«

Kerr wandte seinen Blick von der kleinen Gruppe, die sich hier in der Schlacht gefunden hatte, und schaute sich suchend nach seinem Stamm um. In seiner unmittelbaren Nähe waren keine Feinde mehr in Sicht. Viele von ihnen flohen den Hang hinab in die Dunkelheit, verfolgt von Menschen und Trollen. Irgendwo hangabwärts ertönten Turks Brüllen und die Geräusche eines Kampfes, doch hier auf dem Hang war es ruhig geworden.

Sanft legte sich Şten den Arm seiner Gefährtin über die Schulter und half ihr aufzustehen. Sein Gesicht zeigte Erleichterung, als Viçinia auf die Füße kam. Dann blickte er die andere Frau verwirrt an: »Wo ist Ionna? Was ist überhaupt geschehen? Wieso kämpft ihr hier so kurz vor dem Mardew? Dreimal verflucht, Flores, was geht hier eigentlich vor?«

»Ionna ist gefallen«, erwiderte die Menschenfrau ernst. »Schon in der ersten Schlacht. Wir waren auf der Flucht vor Szilas' Truppen, aber der Bastard hat uns hier in die Enge getrieben.«

»Ionna ist tot?«, fragte Viçinia leise. Şten drückte sie fester an sich, aber seine Miene war undeutbar.

»Ja. Wir sind mit den Masriden gezogen. Tamár führt sie an, aber er ist … verwundet. Ich habe gesehen, wie seine Leute ihn fortgetragen haben.«

»Wer führt unsere Krieger an? Neagaş?«, erkundigte sich Şten.

»Nein … ich führe sie. Ich bin von den Bojaren zur Voivodin ernannt worden.«

Überrascht bemerkte Kerr bei diesen Worten, die er nicht wirklich verstand, dass Şten erst grinste und dann laut lachte. Auch Viçinias Gesicht drückte Erstaunen aus, so als habe sie einen Troll mit zwei Köpfen gesehen.

»Du, Schwesterchen, bist die Kriegsherrin?«

»Du hast einen ganz hübschen Bart, Şten«, erwiderte Flores säuerlich, ohne auf die Frage zu antworten. »Möchtest du den Schädel dazu behalten?«

»Was habt ihr Frauen nur alle mit meinem Bart?«, wunderte sich Şten.

»Ich finde das auch seltsam«, ließ Kerr verlauten. »Haare im Gesicht. Sieht komisch aus.«

Als er das sagte, wandte sich die Menschenfrau, die Şten Flores genannt hatte, ihm zu: »Und wer bist du? Ihr gehört zu Pard, nicht wahr? Ich habe ihn vorhin mitten im Getümmel gesehen, breit und stark wie immer.«

Traurigkeit stieg Kerr in die Kehle. »Pard ist tot«, sagte er schlicht. »Er hat große Dinge getan, um uns Trolle zu retten. Turk führt den Stamm jetzt in der Schlacht.«

»Und Kerr hier wird sicher auch ein großer Anführer der Trolle werden«, fügte Şten hinzu.

»Pard ist tot?« Flores riss erstaunt die Augen auf.

»Ich werde dir gern später die ganze Geschichte erzählen, aber das würde nun zu weit führen«, meinte ihr Bruder. »Was ist mit Marczeg Laszlár?«

»Er war nicht bei seinen Soldaten«, erklärte Flores betrübt. »Er hat in seinem Lager gewartet. Wenn kein Wunder geschieht, dann wird er entkommen.«

»Hauptsache, er ist geschlagen. Alles Weitere sehen wir später.«

»Ich werde zum Lager vorgehen«, sagte Flores plötzlich, als erinnere sie sich mit einem Schlag an etwas. »Ich will … sehen, was mit Tamár ist.«

Ohne auf eine Antwort zu warten, lief die Menschenfrau davon.

Einige der Feuer waren bei der wilden Flucht erloschen, einfach niedergetrampelt worden durch zahllose Füße, sodass nur wenig Licht das Schlachtfeld erhellte. Überall lagen Verwundete und Tote. Einige Pferde liefen orientierungslos zwischen den Gefallenen umher und scheuten vor dem Troll. Kerr merkte, wie sich die Aufregung des Kampfes, die Blutlust und der Zorn in seinem Inneren legten und er wieder ruhig auf das entfernte, aber deutliche Schlagen des Herzens lauschen konnte.

»Es ist schon erstaunlich, welche Wirkung zwei, drei Dutzend Trolle haben können«, sagte Ştens Gefährtin. »Zumindest wenn sie im Rücken einer Armee aus dem Boden brechen.«

»In der Nacht von riesigen Bestien angegriffen zu werden, kann selbst den stärksten Krieger entsetzen«, entgegnete der Menschenkrieger.

»Wir haben gesiegt, weil wir Trolle sind und weil wir

stark sind. Wir haben uns nicht gefürchtet«, meinte Kerr stolz, und Şten nickte anerkennend.

»Ionna ist tot. Ich weiß gar nicht, wie mir ist«, bekannte Viçinia unvermittelt.

»Ich weiß, was du meinst«, sagte ihr Gefährte schlicht. »Im Moment ist es fast, als würde ich gar nichts fühlen. Es ist einfach zu viel geschehen. Mein Geist kann nichts mehr aufnehmen, weder die guten noch die schlechten Neuigkeiten.«

Zu viel. So wie in dem Moment, als ich die Dreeg in mich aufgenommen hatte. Ich weiß, wie sich das anfühlt, wenn du keinen Platz für all das hast, was da ist, dachte Kerr, aber er wusste nicht, wie er das den Menschen sagen sollte. Er bemerkte, dass er es nicht ausdrücken konnte, und schwieg, als er sah und witterte, dass die Menschen bereits um ihre Verluste trauerten.

»Lass uns einen Platz finden, wo wir uns hinlegen können«, schlug Şten vor. »Ich bin todmüde. Wo ist dieses Lager, von dem Flores gesprochen hat? Ich bin mir sicher, wir werden auch morgen noch genug Gelegenheit haben, uns den Kopf zu zerbrechen.«

Gemeinsam folgten sie den Soldaten der Wlachaken, die in einem langsamen Zug das Schlachtfeld verließen. Kerr sah immer wieder die erstaunten Gesichter der erschöpften Krieger. Er hörte, wie Ştens und Viçinias Namen geflüstert wurden, wie sie von Mund zu Mund sprangen, bis alle sie gehört hatten. Er sah und fühlte die ängstlichen, bewundernden, ungläubigen Blicke, die ihm und seinem Stamm galten.

Plötzlich tauchte über der Kuppe eines Hügels Turk auf, gefolgt von wenigstens einem Dutzend weiterer Trolle. Viele von ihnen hatten Kratzer und Risse in der Haut, die von scharfkantigem Metall stammten, aber Kerr erkannte sofort, dass keine der Wunden wirklich gefährlich für einen Troll war. Als die Trolle die Gruppe um Kerr sahen, kamen sie auf sie zu.

»Dieses Tier mit dem Reiter wegzuschleudern, war eine gute Idee«, sagte soeben Sek zu dem Anführer, und dieser lachte brüllend auf.

»Da hatten die Menschen mehr Angst vor uns als die Graupelze!«, entgegnete er mit gebleckten Hauern.

Die Trolle bildeten langsam einen Kreis um Kerr.

»Was machen wir jetzt?«, fragte Turk. Erstaunt erkannte der junge Troll, dass sein Stamm nun, da die Schlacht vorüber war, von ihm eine Entscheidung erwartete. Er holte tief Luft.

»Ich will bald unter die Erde zurück«, entschied er, da er sich unter den Blicken der vielen Menschen unwohl fühlte. »Wir können morgen Nacht zurückkehren.«

Unter den Trollen erhob sich zustimmendes Gemurmel. Sie alle wollten zurück in die Gebeine der Welt.

Dann wandte sich Kerr an die Menschen. »Ihr seid hier sicher?«

»Ja. Danke, Kerr«, antwortete Viçinia mit einem Lächeln.

Şten trat vor und legte dem jungen Troll die Hand auf den Arm. »Sichere Wege, Kerr. Und danke für alles.«

»Ihr seid hareeg«, erwiderte Kerr einfach, wandte sich ab und schritt in die Dunkelheit der Nacht, deren Endlosigkeit ihm verlockend erschien.

61

Über Nacht war Schnee gefallen und hatte den ewigen Regen verdrängt, ein sicheres Zeichen dafür, dass der Herbst endlich doch zu Ende gegangen war und dem Winter Platz gemacht hatte. Nun lag eine schwere, weiße Decke über der Gegend und ließ diese wie ein fremdes Land wirken.

Das habe ich mir selbst zuzuschreiben, dachte Flores, die sich mit einiger Mühe einen Pfad über den Hof der Feste Rabenstein bahnte. *Hätte ich nur ein wenig länger geschlafen, dann wäre gewiss ein anderer vor mir aufgestanden, und der Weg wäre bereits freigeräumt.* Aber sie wusste, dass Tamár für gewöhnlich schlecht schlief, und deshalb nahm sie es beinahe jeden Morgen auf sich, als Erste in der Feste von Dabrân unterwegs zu sein, um nach dem verletzten Masriden zu schauen.

Nach der Schlacht bei Starig Jazek hatten sich die Wlachaken und Masriden vor dem anbrechenden Winter in Sicherheit bringen wollen, und die meisten der Krieger waren in ihre jeweilige Heimat zurückgekehrt. Da der Weg nach Dabrân nicht weit war, hatte Şten angeboten, einige der Verletzten, die noch nicht reisetauglich waren, vorläufig auf Burg Rabenstein unterzubringen, während der größere Teil nach Désa gebracht wurde. Deshalb war nun eines der Nebengebäude in eine große Krankenstube verwandelt worden, und auf der Burg herrschte ein aufgeregtes Durcheinander, um die vielen unfreiwilligen Gäste zu versorgen und zu verköstigen.

Aber ein Durcheinander anzurichten ist für meinen Bruder ja nicht gerade unüblich. Und eigentlich ist der Schnee gut für uns; vielleicht überdeckt er einige der Wunden, die dem

Land geschlagen wurden, sinnierte Flores, während sie am westlichen Ende des Hofes die Tür eines flachen Gebäudes öffnete und ihr eine Wolke warmer Luft entgegenschlug. Feuerschalen und ein Kamin sorgten dafür, dass diese Unterkunft auch in der Nacht nicht auskühlen konnte. Zielsicher durchquerte die Wlachakin den Raum, schritt vorbei an provisorischen Schlafstätten, mit Tüchern abgetrennten Nischen, an stöhnenden und schlafenden Männern und Frauen, die hier von ihren Verletzungen genasen.

Tamár genoss dank seiner Stellung natürlich das Privileg eines eigenen Gemachs, aber ihn in der Feste selbst unterzubringen hatte der junge Marczeg nachdrücklich abgelehnt. »Wie würde es aussehen«, hatte er gescherzt, »wenn alle meine Leute hier sind, während ich mich in der Burg von meiner Geliebten pflegen lasse? Meine Krieger würden glauben, dass ich eine Wunde vortäusche, um mir ein angenehmes Leben zu machen.«

Den Umstand, dass ohnehin niemand davon wissen durfte, dass er ihr Geliebter war, hatte er nicht erwähnt, aber Flores wusste auch so, dass die jetzige Lösung besser war.

»Guten Morgen, Marczeg Békésar«, sagte sie übertrieben laut und fröhlich, als sie Tamárs Kammer erreichte und den Vorhang, der die Tür verschloss, hinter sich zufallen ließ. Der Masride lag auf einem schmalen Bett, das beinahe von Wand zu Wand reichte, und er grinste schief, als die junge Kriegerin den spärlich eingerichteten Raum betrat. Eine Waschschüssel auf einem Gestell und ein niedriger Hocker bildeten das einzige andere Mobiliar. Auf Letzteren ließ Flores sich sinken und griff nach der Hand des Verwundeten. »Guten Morgen, Tamár«, wiederholte sie wesentlich leiser und nur für seine Ohren bestimmt. *Er sieht in den letzten Tagen immer besser aus,* dachte sie. *Nicht mehr wie der lebende Leichnam, den wir hier hereingetragen haben.*

Ein fester Verband bedeckte die Brust des Masriden,

und als er sich in eine aufrechte Position hievte, verzog er das bleiche Gesicht vor Schmerzen. Die gebrochenen Rippen heilten gut, aber sie brauchten ihre Zeit; das hatte zumindest Livian gesagt.

»Was gibt es Neues, Nemes Flores?«, verlangte er zu wissen.

»Schnee, und zwar eine ganze Menge. Wenn er den Tag über so weiterfällt, gibt es bald auf den Pässen kein Durchkommen mehr.«

»Dann hoffe ich, dass das Wetter keinen Bestand hat. Ich möchte noch vor dem Frühjahr nach Turduj zurückkehren. Die Reste von Szilas' Soldaten müssen vertrieben werden, und wir müssen uns auf das Frühjahr vorbereiten. Der Hund leckt jetzt seine Wunden, aber schon bald wird er wieder bellen und versuchen zu beißen!«

Wissend nickte Flores. Sie konnte gut verstehen, wie schwer die erzwungene Untätigkeit für den Masriden sein musste.

»Du wirst es schon schaffen, rechtzeitig wieder auf die Beine zu kommen«, sagte sie mit gesenkter Stimme. »Livian sagt, dass du bald aufstehen kannst.«

»Ich danke dem Göttlichen Licht dafür, wenn ich endlich aus diesem Loch herauskomme«, knurrte Tamár. »Obwohl Dabrân unbestreitbar auch seine schönen Seiten hat«, ergänzte er mit einem anzüglichen Seitenblick auf Flores.

»Wenn du schon wieder *daran* denken kannst, wird es Zeit, dass ich dich zu einem kleinen Faustkampf herausscheuche, damit du aufhörst, den ganzen Tag faul im Bett zu liegen«, entgegnete Flores ungerührt.

»Ich bin bereit! Zumindest, wenn du dir die Augen verbindest und vielleicht ein Bein in einen Eimer steckst«, räumte der Masride ein.

Das brachte Flores zum Lachen, doch sie wurde rasch wieder ernst, als ihr einfiel, welche Nachricht sie dem Marczeg noch überbringen musste.

»Ich gehe vielleicht noch vor dir fort«, begann sie zögerlich. »Gestern Nacht ist ein Bote aus Désa hier eingetroffen. Die Bojaren um Istran Ohanescu wollen so rasch wie möglich eine Zusammenkunft einberufen, um einen neuen Voivoden zu bestimmen. Da ich diesen Titel im Augenblick noch führe, werde ich natürlich nach Teremi reisen müssen, ebenso wie Şten und Viçinia. Eigentlich ist es nur eine Formalität; jeder weiß, dass Viçinia den Titel verdient. Ich werde froh sein, wenn ich diese Bürde los bin, aber es bedeutet auch, dass wir uns verabschieden müssen.«

Unwillkürlich hatte sie Tamárs Hand fester ergriffen, und er erwiderte schweigend ihren Händedruck. Eine Weile lang sahen sie sich nur an, dann sagte der Masride: »Wie bald ist *so rasch wie möglich?*«

»Mein Bruder will morgen aufbrechen, bevor das Wetter noch schlechter wird.«

»Vielleicht sollte ich doch darauf hoffen, dass noch mehr Schnee fällt«, murmelte Tamár leise.

Flores wandte den Blick zu Boden, um zu verbergen, dass ihr plötzlich Tränen in die Augen traten.

»Wenn ich Viçinia offiziell die Voivodenwürde übergeben habe, werde ich nicht hierher zurückkehren. Ich bleibe in Teremi.«

Verwunderung zeigte sich auf Tamárs Zügen, doch Flores fuhr fort, bevor er etwas sagen konnte: »Ich gehe ganz aus Wlachkis fort.«

»Was? Du willst deine Heimat verlassen? Warum?«

»Ich werde mir das Dyrische Imperium anschauen. Der Gesandte hat mich eingeladen. Wenn die Pässe wieder frei sind, reisen wir ab.«

»Also doch. Sargan in seinem goldbestickten Lätzchen.«

»Das glaubst du doch nicht wirklich, oder?«

Fragend musterte die Wlachakin ihren Geliebten, der schließlich widerstrebend den Kopf schüttelte.

»Was ist dann der Grund dafür?«

»Du. Du bist der Grund. Ich will Marczeg Békésar nicht treffen müssen, wenn ich Tamár verliere«, sagte sie so leise, dass er sich nach vorn beugen musste, um ihre Worte zu verstehen.

»Aber du verlierst mich nicht. Warum solltest du? Ich will mit dir zusammen sein, ist dir das nicht klar?«

»Doch. Aber ich habe lange und gründlich darüber nachgedacht, und es gibt keinen Ort in Wlachkis, wo das möglich wäre. Wenn ich mit dir nach Turduj ginge, wäre ich immer eine fremde Söldnerin an der Seite des Herrschers, die deine Leute verachten würden. Wenn deine Untergebenen dir diese Wahl überhaupt vergeben würden; denk an Odön. Und hier in Dabrân ist es dasselbe für dich. Der Krieg hat unsere Völker für kurze Zeit verbunden, aber schon jetzt brechen die alten Feindschaften wieder auf. Noch können Masriden und Wlachaken nicht in Frieden zusammenleben, noch ist Trennung der einzige Weg, und das gilt daher auch für dich und mich.«

Tamár schluckte.

»Und wenn ich das nicht glauben will?«

»Du weißt, dass ich recht habe.«

In seinem Gesicht arbeiteten die Muskeln, sein Blick wanderte über Flores' Gesicht. Sie konnte sehen, dass er nachdachte, dass er nach Argumenten suchte. Doch er fand sie ebenso wenig wie die Wlachakin.

»Was bleibt mir dazu noch zu sagen?«, wisperte der Masride. »Wenn du es dir eines Tages anders überlegst, wirst du immer in Turduj willkommen sein.«

Flores beugte sich über ihn und küsste seine Lippen. Sein vertrauter Duft, sein Geschmack und seine Nähe ließen ihr erneut die Tränen in die Augen steigen.

Als sie sich eben von ihm lösen wollte, umfasste er ihren Hals mit der linken Hand und hielt sie fest. Ihre Gesichter waren so nah beieinander, dass sie sich in seinen Augen gespiegelt sehen konnte.

»Sichere Wege, Nemes Flores.«

62

Der Mann blickte gehetzt auf, als Sargan eintrat. Die weiten, goldenen Gewänder des Dyriers strichen raschelnd über den Boden. Mit einem gezwungenen Lächeln wies Marczeg Laszlár auf den Stuhl, der dem seinen gegenüber am Tisch stand. Bedächtig ließ Sargan sich darauf nieder. Der Marczeg sah erschöpft aus; dunkle Ringe zeichneten die Haut unter seinen Augen. Doch seine Kleidung war so makellos wie stets, und sein langes, blondes Haar war perfekt gekämmt.

»Willkommen, ehrenwerter Legat. Ich hoffe, der Ort sagt Euch zu. Es ist nicht einfach, eine unseren Wünschen entsprechende Unterkunft zu finden.«

Betont langsam glättete Sargan die Falten seines Gewandes und sah erst dann auf. Ein huldvolles Lächeln umspielte seine Lippen. »Ich schätze Eure Anstrengungen, Marczeg. Aber ich hoffe doch, dass Ihr meine Gründe für die konspirative Art dieses Treffens versteht?«

»Sicherlich, ehrenwerter Legat. Der Feind hat seine Augen und Ohren überall.«

»Genau. Und deshalb ist es besser, einen so abgelegenen Ort für unser Treffen zu wählen. Keine Zeugen für unsere kleine … Absprache.«

Schon wurde Szilas' Lächeln selbstbewusster. Die Niederlage musste dem Marczeg noch in den Knochen stecken, auch wenn er einen großen Teil seiner Soldaten hatte retten können. Seine Verluste waren geringer als die des Bündnisses gewesen. So sehr die Trolle auch gewütet hatten, sie waren nur wenige gewesen, und ihr Auftauchen hatte der Moral der Truppen einen größeren Schlag verpasst als den Kriegern selbst.

»Ich hoffe, Eure Reise war angenehm? Trotz der schlechten Wege?«, erkundigte sich Marczeg Laszlár höflich.

»Der Winter erleichtert das Reisen nicht gerade. Ich nehme an, dass Eure Vorräte weniger knapp sind als die der Wlachaken?«

»Vermutlich«, gestand Szilas ein. Er warf dem Dyrier einen misstrauischen Blick zu.

Er fürchtet, dass ich Geheimnisse an seine Feinde preisgebe. Amüsant, dachte Sargan, ehe er fortfuhr: »Nun, in Teremi ist die Lage schwierig. Die Vorratskammern sind leer, die Ernte war mehr als mager. Es ist eine Schande, dass die Wlachaken einen Gesandten des Goldenen Imperiums auf diese Art und Weise behandeln. Als wenn es angemessen wäre, dass ich am Hungertuch nage!«

Angesichts der Empörung in Sargans Stimme lächelte der Masride. Er neigte das Haupt und wies auf die Karaffe mit Wein. »Etwas *Drachenblut?* Aus meinem Keller; ein vorzüglicher Jahrgang. Süß und schwer, so wie Wein sein sollte.«

»Drachenblut? Ich weiß nicht, ob mir das mundet«, scherzte Sargan.

»So nennt das einfache Volk den Wein aus meiner Heimat«, erklärte Szilas. Als er nach der Karaffe griff und einschenkte, verdrehte Sargan für einen Moment die Augen. *Er hält mich immer noch für einen Popanz aus dem Goldenen Imperium.* Aber als der Marczeg aufsah, lächelte Sargan bereits wieder und nahm den Pokal dankend entgegen. Obwohl er das Metall durch seine Handschuhe nicht spüren konnte, bewies sein Gewicht, dass das Gefäß aus Gold sein musste.

»Steht es wirklich so schlecht um diese ›Freien‹ Wlachaken?«

Die Neugier in der Stimme seines Gegenübers ließ Sargan innerlich grinsen. Innerhalb weniger Sätze war aus dem misstrauischen Marczeg ein leutseliger Mann geworden.

»Herrschten in einer Provinz des Goldenen Imperiums derartige Zustände, dann würden Köpfe rollen. Nachdem man die bisherigen Träger dieser Köpfe nackt durch Colchas getrieben hätte!«

Lächelnd nahm der Marczeg diese Worte auf. Er spielte mit seinem Pokal, ohne von dem Wein zu kosten. Mit einem Nicken hob Sargan das Trinkgefäß und setzte es an die Lippen. Da endlich tat Szilas es ihm gleich.

»Etwas Ähnliches dachte ich mir bereits. Die Wlachaken sind nicht in der Lage, allein und aus eigener Kraft ein Land zu bewirtschaften. Sie brauchen Führung.«

»So ähnlich klangen auch Marczeg Békésars Worte.«

»Békésar«, rief Szilas abfällig aus und winkte ab. »Tamár ist kein wahrer Masride. Er hat sein Volk verraten, und seine Untergebenen werden dies schon bald erkennen. Sich den Wlachaken anzudienen war ein Fehler. Die Gerüchte besagen, dass er sich während der Flucht sogar eine wlachkische Buhle genommen hat.«

»Das erscheint mir in der Tat recht eigentümlich. Sein Volk wird ein derartiges Verhalten kaum akzeptieren, oder?«

»Nein. Im Frühjahr …«, begann Szilas, doch dann hielt er inne.

Sargans Miene blieb unbewegt. *Was man nicht alles für das Wohlergehen des Goldenen Imperiums tun muss,* seufzte er in Gedanken.

»Im Frühjahr werde ich den Kampf wieder aufnehmen. Ihr sagt es selbst, ehrenwerter Legat: Die Wlachaken sind schlecht vorbereitet. Tamár ist noch nicht von seinen Wunden genesen; vielleicht erliegt er ihnen noch. Schon jetzt strömen die aufrechten Masriden zu meinem Banner, denn sie sehen, wohin das Haus Békésar sie geführt hat. Meine Stärke wächst mit jedem Tag, während meine Feinde schwächer und schwächer werden.«

Ein selbstgefälliges Lächeln huschte über Szilas' Antlitz. Sargan nickte bedächtig. Plötzlich gab es einen dumpfen

Stoß von der Tür her. Der Masride sprang auf, die Hand auf der Waffe, während sich Sargan vorsichtig umsah. Langsam öffnete sich die Tür, und Balaos blickte herein.

»Gebieter, Attaga hat die Geschenke vorbereitet.«

»Lass sie herein«, befahl Sargan und wandte sich dann Szilas zu, der Balaos argwöhnisch anblickte: »Es sei denn, der Marczeg hätte etwas dagegen einzuwenden?«

»Was? Nein, natürlich nicht«, erwiderte Szilas und ließ sich wieder nieder. Sargans Blick fiel auf Balaos' Faust, die der Krieger vor die Brust gehoben hatte. Die dunklen Augen des Sylken verrieten keinen seiner Gedanken, während Sargan unmerklich nickte.

»Verzeiht, Gebieter«, sagte Attaga, die den Raum mit einem Tablett in den Händen betrat. Sie bewegte sich, ohne aufzusehen, und verneigte sich tief. »Ich bin gegen die Tür gestoßen.«

»Wir werden später über deine Verfehlungen sprechen. Erfülle jetzt deine Pflicht.«

Ohne zu antworten, trat die Dyrierin an den Tisch und stellte zwei kleine Teller und eine Schüssel voller Obst auf den Tisch. Geschickt ergriff sie ein silbernes Messer und schnitt die Früchte auf. An Szilas' Blick erkannte Sargan, dass der Marczeg diese Art von Obst noch nie gesehen hatte.

»Das sind Feuertrauben. Manche nennen sie auch *Tränen der Agdele*«, erklärte er deshalb. »Eine besondere Köstlichkeit, die nur in einigen wenigen Gebieten des Imperiums gedeiht. Eine Frucht, die dem Goldenen Imperator selbst angemessen ist!«

Interessiert sah Marczeg Laszlár der Dyrierin zu, wie sie die Früchte gewissenhaft schälte, sie dann rundherum aufschnitt und aufbrach. Das gelblich rote Fruchtfleisch glänzte im Licht der Kerzen. Sehr sorgfältig entkernte Attaga die Hälfen und schnitt sie in gleichmäßige Viertel, die sie auf den Tellern platzierte.

»Für gewöhnlich trinkt man dazu einen mit Wasser verdünnten herben Wein, denn die Frucht ist sehr süß, doch ich fürchte, ich habe meine mageren Vorräte aufgebraucht, da ich sonst als Gast der Wlachaken nur schmutziges Wasser aus dem Magy bekommen hätte!«

»Ich bin sicher, dass diese wunderbaren Früchte auch zu Drachenblut hervorragend munden«, erwiderte Szilas höflich, während sich Attaga rückwärts zurückzog und den Raum verließ.

»Vermutlich.«

»Drachenblut und Feuertrauben; das klingt bereits wie eine Einheit«, fuhr Szilas fort, während er sich Stücke der Früchte in den Mund steckte. »Vielleicht könnt Ihr dem Imperator einige Fässer des Weins mitnehmen, mit einem besonderen Gruß von mir!«

»Oh, ich bin sicher, der Goldene Imperator wird begeistert sein«, entgegnete Sargan, wobei ihn die Vorstellung, seinem Herrscher Wein aus Ardoly zu kredenzen, halb amüsierte und halb entsetzte. *›Wählerisch‹ ist ein viel zu schwaches Wort für den erlesenen Geschmack des großmächtigen Gebieters.*

Der Dyrier ließ Szilas nicht aus den Augen, der bereits einige Stücke der kostbaren Früchte verschlungen und mit dem süßen Rotwein heruntergespült hatte.

»Feuertrauben sind sehr selten und in Colchas mehr als ihr Gewicht in Gold wert. Das liegt nicht nur an ihrem köstlichen Geschmack, den Ihr sicherlich schon bemerkt habt«, begann Sargan seine Ausführungen. Szilas nickte lächelnd. Eine Schweißperle stand dem Masriden auf der Schläfe.

Betont langsam ergriff Sargan mit der behandschuhten Hand ein Stück von seinem Teller und steckte es in den Mund. Der süße Saft rann über seine Zunge, und er schloss die Augen. *Wie kann man diesen Geschmack mit solchem Wein mischen?*

»Sondern daran, dass ihre Zubereitung, wie soll ich sagen? Heikel, ja, sehr heikel ist.«

»Heikel?«, fragte Szilas heiser. Fahrig wischte der Marczeg sich über das Gesicht.

»Seht Ihr, die Frucht selbst ist eine harmlose Delikatesse, doch die Kerne sind aus besonderem Stoff. Sie enthalten ein Gift, das für einen Menschen tödlich sein kann.«

Szilas' Augen weiteten sich entsetzt; er wollte etwas sagen, doch kein Ton kam über seine zuckenden Lippen.

»Wenn man sie nicht mit besonderer Sorgfalt entfernt, dann besteht Gefahr für Leib und Leben. Auch das Fruchtfleisch direkt an den Kernen kann von dem Gift durchdrungen werden, deshalb muss man es entfernen. Allerdings schmälert man so das Gewicht und auch den Preis der Frucht. Ein steter Anreiz für die Händler, nur das Allernötigste des Fruchtfleisches zu entfernen.«

Freundlich blickte Sargan zu dem Marczeg hinüber und wischte einen Tropfen Fruchtsaft, der an seinen Handschuhen klebte, am Tischtuch ab.

»Zum Glück ist Attaga eine Spezialistin. Sie weiß genau, wie viel der Frucht sie entfernen muss, damit keine Gefahr besteht.«

Mit weit aufgerissenen Augen umklammerte Szilas seinen Hals.

»Pferde können die ganze Frucht einfach so essen. Es macht ihnen nichts aus. Verwunderlich, nicht wahr?«

Die Augen schienen Szilas nun aus den Höhlen zu treten. Er riss an dem Kragen seines Gewandes.

»Ihr versteht sicherlich, dass mir die Hände gebunden sind, Marczeg. Das Goldene Imperium wünscht gute Handelsbeziehungen mit diesem Land, so rückständig und primitiv es auch sein mag. Der Krieg ist unseren Interessen nicht dienlich. Die Spaltung, die ihr hervorrufen wollt, würde den Handel stören. Es ist bedauerlich, aber ich kann es nicht ändern.«

Mit einer Verbeugung erhob sich Sargan. Sein Gegenüber wollte aufstehen, doch seine Beine trugen ihn nicht, und so stürzte Marczeg Laszlár in seinen prächtigen Kleidern zu Boden, wo er sich unter krampfartigen Zuckungen herumwarf.

»Macht Euren Frieden mit dem Göttlichen Licht, denn Ihr werdet ihm bald begegnen«, riet Sargan, während er zur Tür schritt. Dann drehte er sich noch ein letztes Mal zu dem sterbenden Mann um. »Eines wollte ich Euch noch wissen lassen: Ich warte nicht gern wie ein Hund im Regen, Marczeg.«

Damit trat Sargan hinaus. Vor der Tür lag Szilas' Wache, ein junger Masride, in einer sich langsam ausbreitenden Blutlache. Vorsichtig hob der Dyrier sein Gewand und stieg über den Toten hinweg.

»Folge mir, Balaos. Und Attaga: Sorge dafür, dass man den Leichnam des Marczegs findet. Ich will keine Legendenbildung über ein mysteriöses Verschwinden.«

»Ja, Gebieter«, antworteten beide Untergebenen wie aus einem Munde. Zufrieden schritt Sargan durch den düsteren Gang. *Wenn hier bis zum Frühjahr möglichst geordnete Verhältnisse herrschen, dann kann ich schon bald Ardoly den Rücken kehren. Ardoly? Wohl eher Wlachkis. Ach, wie auch immer.*

63

Die Luft war kühl. In den Tälern stand Nebel, doch ansonsten war der mit Sternen übersäte Himmel klar zu sehen. Es roch nach Schnee und nach Kälte, obwohl in den letzten Tagen das erste Tauwetter eingesetzt hatte. Aber nachts gefror das Wasser immer noch in den Fässern im Hof, und große Eisschollen trieben den Magy hinab.

Ohne große Eile schritt Şten cal Dabrân im Licht des Vollmonds den Hang des Hügels hinab. Obwohl er schon bald in den dichten Nebel eintauchte, verlor er seinen Weg nicht. Die Welt um ihn her verschwand in den grauen Wolken, rückte fort von ihm, aber er spürte sie dennoch. Auch im dichtesten Nebel war sein Weg deutlich für ihn.

Bald schon erklomm er den felsigen Berghang auf der anderen Seite des schmalen Tals. Die Felsbrocken tauchten schemenhaft im Nebel auf, wie Geister. Ihre Formen wirkten durch den Nebel seltsam verzerrt. Dann lichtete sich der Dunst, und Şten sah wieder den nächtlichen Himmel über sich und vor sich die dunkle Höhle, die wie ein altes, zahnloses Maul in der Flanke des Bergs gähnte.

Ohne zu zögern, trat der Wlachake in die Dunkelheit. Er überlegte kurz, die Laterne zu entzünden, die er bei sich trug, entschied sich dann aber dagegen. In der Ferne glaubte er, ein dumpfes Grollen zu vernehmen. *Spüre ich den Schlag des Herzens?*

Doch das Geräusch verging, ohne dass Şten sagen konnte, was es gewesen war. Das Mondlicht drang nur gedämpft in die Höhle, und Ştens Atem bildete im Dämmerlicht Wölkchen.

»Willkommen in meiner Heimat, hareeg.«

Die Stimme war klar und freundlich, auch wenn sie aus der undurchdringlichen Dunkelheit kam, die im hinteren Teil der Höhle herrschte. Eine massige Gestalt trat vor. Als das Licht auf den Troll fiel, erkannte der Wlachake sogleich Kerr, obwohl dieser sich verändert zu haben schien. Er wirkte größer und mächtiger, und seine Haltung hätte sicher in jedem anderen Menschen Furcht ausgelöst. Doch Şten empfand nichts anderes als Widersehensfreude.

Geschickt wickelte der Troll ein kleines Bündel auf, und das Licht der darin enthaltenen Flechten umgab sie mit diesem eigentümlichen, schwachen Schein, dessen Fremdartigkeit Şten schon fast vergessen hatte.

»Es ist kalt in deiner Welt«, erklärte der Troll und entblößte dabei seine Hauer.

»Willkommen zurück in Wlachkis, Kerr.«

»Die Alten sagen, dass es bald wieder wärmer wird. Dass Schnee und Eis gehen müssen, so wie in jedem eurer Jahre.«

»Das stimmt. Der Frühling steht bevor. Die Winter sind lang und hart in Wlachkis, aber sie gehen vorüber.«

»Das ist gut. Ich mag die Kälte nicht«, stellte Kerr trocken fest.

»Das ist die erste Gemeinsamkeit, die ich zwischen dir und Sargan feststelle.«

Bei dieser Bemerkung grinsten sowohl Mensch als auch Troll.

»Wie geht es euch? Führt Turk euren Stamm noch an?«, fragte Şten dann.

»Ja. Wir haben jene gesucht und um uns versammelt, die übrig sind. All die Stammeslosen, die Gejagten, die Verlorenen. Es sind viele, und es werden immer noch mehr. Wir sind ein neuer Stamm, und wir sind groß und stark. Wir Trolle haben wieder Hoffnung.«

Verwundert blickte Şten den jungen Troll an. *Er hat sich verändert. Wir haben uns alle verändert, aber er besonders. Aus dem ängstlichen, jungen Troll ist ein echter Anführer geworden, weitsichtiger und gelassener als andere Trolle. Er erinnert mich an Druan.*

»Ich habe Pards Geschichte in die Wände geritzt. Manche Trolle lernen Lautmalen, indem sie von Pards Taten lesen.«

»Das ist gut. Er hat es verdient, dass man sich seiner erinnert.«

»Ich habe auch über Anda geschrieben. Damit auch ihre Geschichte nicht vergessen wird. Warum die Trolle sich bekriegt haben; warum Pard sie tötete und selbst starb.«

»Was ist mit Andas Trollen?«, erkundigte sich Ṣten. »Sind noch viele übrig?«

»Ja. Wir halten sie fern vom Herzen, aber sie verbergen sich. Ohne Andas Führung sind sie schwächer. Ihnen fehlt der Zusammenhalt. Sie töten sich gegenseitig, denn sie sind keine Trolle mehr. Einige sind unter den Bergen hindurch geflohen, in Tunnel, die kein Troll kennt. Einige von uns glauben, dass hinter diesen Tunneln etwas anderes liegt, ein anderes Land mit viel mehr Stollen, Kavernen und Höhlen, als wir uns vorstellen können. Wenn wir sie endgültig besiegen wollen, müssen wir ihnen vielleicht irgendwann folgen.« Kerr schien den Verlust jedes einzelnen Trolls zu bedauern, ob an den Tod oder an Andas Versprechen.

»Und das Kleine Volk?«

»Noch verbergen sich die Zwerge in ihren Höhlen. Aber wir wissen, dass sie wiederkommen werden. Turk sagt immer, dass sie bald genug Waffen und Pläne geschmiedet haben. Zwischen uns herrscht eine Waffenruhe, aber mehr nicht.«

Als er dies hörte, musste Ṣten schmunzeln.

»Warum lachst du?«, fragte Kerr.

»Als ich Pard das erste Mal traf, da konnte er nicht verstehen, dass es eine Waffenruhe zwischen Wlachaken und Masriden gab. Er konnte nicht begreifen, dass wir unsere Feinde nicht ständig bekämpfen.«

»Diese Pause ist gut für den Stamm. Unsere Feinde sind überall. Solange die Zwerge nicht zu uns kommen, werden wir sie in Ruhe lassen.«

»Sehr weise. Und, wirst du den neuen Stamm eines Tages führen?«

Kerr schüttelte den Kopf. »Ich bin kein Jäger. Aber was ich sage, wird gehört. Turk folgt meinem Rat. Außer, wenn wir kämpfen.« Der junge Troll lächelte, bevor er fortfuhr: »So ist es gut. Trolle brauchen einen starken Anführer. Aber ein guter Anführer weiß, auf wen er hören muss.«

»So ist es«, stimmte Ṣten zu, der an seine eigene Situation dachte. Gemeinsam mit Viçinia hatte er den Titel des Voivoden angenommen, der ihnen von vielen Stimmen zugesprochen worden war. *Und nun bleibt mir nichts anderes übrig, als an Voivodin Viçinias Seite zu herrschen. So wie Turk und Kerr ihren Stamm führen, müssen wir die Wlachaken in den Frieden führen.*

»Dein Blick ist nicht hier«, stellte Kerr fest. Erneut war Ṣten erstaunt über die Scharfsichtigkeit und das Verständnis, das der Troll aufbrachte.

»Es tut mir leid; ich musste an unsere Zukunft denken.«

»Geht es deiner Gefährtin gut?«

»Ja. Sie ist wohlauf. Unser Sohn …«, sagte Ṣten, doch noch immer ließ ihn das Glück dieses Gedankens innehalten. »Unser Sohn hat das Licht der Welt in einem freien Wlachkis erblickt. Vielleicht ist ihm vergönnt, zu erleben, wofür so viele ihr Leben gelassen haben. Wir haben ihn Natiole genannt.«

»Ich freue mich für dich, Ṣten. Kinder sind der Schatz eines jeden Stammes. Behüte ihn gut, und erzähl ihm alles, was du weißt.«

»Das werde ich«, erwiderte der Wlachake inbrünstig.

»Ich werde jetzt wieder hinuntergehen. Der Stamm wartet auf mich. Wir müssen weiterziehen.«

»Gut. Werden wir uns wiedertreffen?«

»Du kannst an diesem Ort eine Nachricht für mich hinterlassen, wenn du mich sehen willst. Mal Zeichen an die Wände. Die Zeit, in der wir Trolle immer tiefer gehen, ist vorbei. Der Dreeg hat uns zusammengeführt, Şten. Ich glaube daran, dass es so sein soll.«

Şten nickte. Mit belegter Stimme sagte er: »Sichere Wege, Kerr.«

Lächelnd nickte der Troll und schritt dann zurück in die Dunkelheit, in seine Welt, in der Licht selten und der Tod allgegenwärtig war.

Şten sah ihm noch lange, nachdem er aus seinem Blickfeld verschwunden war, nach. Dann wandte er sich ab und trat hinaus in das silbrige Licht des Mondes. Seine Schritte führten ihn zurück zu seinem kleinen Lager, wo Dansa auf ihn wartete. Er tätschelte den Kopf des Pferdes, das leise schnaubte, als er an das Tier herantrat. Vermutlich witterte es den Trollgeruch an ihm. »Ruhig«, flüsterte der Wlachake. »Komm, bring mich zurück zur Burg. Heute Nacht wird dich kein Troll mehr erschrecken.«

Der Morgen graute schon, als Şten Désa erreichte. Auf den Wachtürmen brannten noch die Feuer der Nacht, und ihr Rauch stieg kerzengerade in den klaren, sich langsam erhellenden Himmel. Niemand hielt den Wlachaken auf, als er durch die mächtigen Tore ritt und Dansa in den Stall brachte. Gewissenhaft rieb er das Pferd ab, bevor er es an den Stallburschen übergab.

Die frische Luft des neuen Tages drang kalt in seine Lungen, und er genoss das Gefühl heimzukehren.

In der dunklen Festung brannten noch eine Handvoll Feuerschalen. Die wenigen Fenster waren hoch und schmal und ließen nur wenig Licht in das Gemäuer. *Wir werden den Kleinen mit nach Teremi nehmen, damit er nicht in dem ständigen Zwielicht dieser Festungsstadt aufwachsen muss*, dachte Şten. *Wir werden Radus Herrschaftssitz wieder mit Leben erfüllen. Wenn das Land erst einmal zur Ruhe gekom-*

men ist, soll Teremi eine Hauptstadt sein, in der jeder ohne Furcht leben kann.

Vorsichtig öffnete Şten die Tür und spähte in sein Schlafgemach. Ein Lichtstrahl fiel auf das breite Bett und ließ Viçinias Gesicht aufleuchten. Die Schönheit seiner Frau fuhr Şten bis ins Herz und ließ es ihm bis zum Hals schlagen. Obwohl er behutsam in den Raum schlich, öffnete sie die Augen und sah ihn lächelnd an.

»Du bist zurück«, stellte sie schläfrig fest.

»Ja«, flüsterte Şten, darauf bedacht, die ruhigen Atemzüge seines Sohnes nicht zu stören, der neben ihrem Bett in einer Wiege schlief.

»War er dort?«

»Wie verabredet. Es geht ihnen gut. Kerr hat eine Weisheit erlangt, die seinem Volk von großem Nutzen sein wird. Und Turk ist ein mächtiger Krieger. Sie sehen der Zukunft hoffnungsvoll entgegen«, berichtete Şten von seinem Treffen mit dem Troll.

»Das ist schön. Ich wünsche ihnen, dass sie ein gutes Leben führen können. So, wie sie es sich vorstellen.«

»Und bei dir? Geht es euch gut?«

Viçinia verdrehte die Augen und warf spielerisch eines der Kissen nach Şten. »Hör auf, uns wie Schwerverletzte zu behandeln, Şten! Dein Sohn ist klein, nicht krank. Und ich habe guten Grund zu der Annahme, dass er mit der Zeit von selbst wächst.«

Ihre Stimme verriet, dass sie ihre Worte nicht ernst meinte, und er grinste breit. Ohne zu antworten, trat Şten an die Wiege, in der Natiole unter einer weichen Felldecke lag. Die Augen des Kleinen waren fest geschlossen, seine winzigen Hände zu Fäusten geballt. Eine wilde, dunkle Locke stand von seinem Köpfchen ab. *So hilflos, so zerbrechlich,* dachte Şten einen Augenblick bestürzt. *Aber wir werden dich beschützen. Kerr hat recht: Kinder sind der Reichtum eines jeden Stammes. Und wenn du alt genug bist, werde ich dir alles von dem Mann erzählen, dessen Namen du trägst. Von Natioles Mut, von seinen Taten, von seiner Hoffnung und seiner Liebe; von den Opfern, die er gebracht hat, damit du sie nicht bringen musst. Ich möchte, dass du eines Tages stolz auf deinen Namen bist.*

»Komm ins Bett«, bat Viçinia. »Es ist kalt ohne dich.«

»Der Schnee schmilzt. Im Sadat werden wohl schon die ersten Frühlingsblumen blühen. Wir müssen binnen kurzem aufbrechen.«

»Ich weiß«, entgegnete Viçinia. »Wir sollten bald nach Teremi reisen. Unser Land hat reichlich Schwierigkeiten, die unsere Aufmerksamkeit benötigen.«

»Ich habe nachgedacht«, verkündete Şten mit einem zustimmenden Nicken. »Kerr hat mir erzählt, dass Turk der Anführer des Stammes ist, aber auf Kerrs Wort hört. Er sagte, ein guter Anführer weiß, wessen Meinung er vertrauen kann.«

»Das ist sehr schlau von Turk.«

»Ja. Und deshalb denke ich, dass wir etwas von den Trollen lernen können. Ich würde gern den Rat wieder einsetzen. Es gibt so viel, was getan werden muss, und wir können nicht alles allein tun. Wir wissen nicht einmal, wie man viele der Probleme lösen könnte. Ich will mehr Stimmen im Rat haben; Ratgeber, die sich auskennen. Schreiner, Bauern, Steinmetze, Händler. Wir haben lange genug nur auf die Krieger gehört. Es ist an der Zeit, an den Frieden zu denken.«

»Es wird viele Adlige nicht erfreuen, wenn du Bauern und Handwerker zu Beratern machst und ihnen eine Stimme im Rat gibst«, gab Viçinia zu bedenken.

»Das ist mir egal. Ich glaube, dass eine neue Zeit vor uns liegt. Wir brauchen Menschen, die in Frieden miteinander leben wollen und können. Oder denkst du, dass von Marczeg Tamár Krieg droht?«

»Nein. Sein Anspruch auf sein Land ist jetzt, nach Szilas' Tod, sicher. Er wird das Valedoara besetzen, aber ich glaube, dass er sich an unsere Abmachung halten wird und niemals den Titel eines Königs fordert«, erklärte Viçinia ernst. »Zumindest, wenn wir unseren Teil einhalten und niemanden zum Kralj oder zur Kralja krönen. Ich glaube, dass er ein guter Mann ist, der auch hofft, dass unsere Nachkommen eines Tages in einem Land leben, das weder ganz Wlachkis noch ganz Ardoly ist, sondern das Beste beider Länder verbindet.«

»Dann wird in den nächsten Jahren Frieden herrschen. Und im Frieden sind Krieger nun einmal nicht die besten Ratgeber. Deshalb will ich einen neuen, größeren Rat.«

Seufzend zog sich Şten das Hemd über den Kopf, entledigte sich seiner Beinkleider und schlüpfte unter die Decke.

»Und wie stellst du dir das vor?«, fragte seine Frau, während sie sich an ihn schmiegte. Ihr warmer Körper fühlte sich an seiner Haut so lebendig an, dass Şten einen Moment schwieg und einfach ihre Nähe genoss.

»Die Wlachaken sollen die Ratsmitglieder bestimmen. So wie die Bojaren uns aus ihrer Mitte gewählt haben.«

»Das könnte funktionieren. Zumindest ist sicher, dass das Volk dich dafür lieben wird. Aber das tun sie ja ohnehin schon«, entgegnete seine Frau mit einem Lächeln. »Durch des finst'ren Schurken Mauern«, begann sie leise das Lied zu singen, das vor langer Zeit über den wlachkischen Krieger gedichtet worden war.

Şten stöhnte auf: »Das einzig Gute an der Voivodenwürde ist, dass ich künftig jeden aufhängen lassen kann, der dieses dreimal verfluchte Liedchen trällert.«

»Jeden außer mir«, entgegnete Viçinia ungerührt, was ihren Mann noch lauter seufzen ließ.

Dann gähnte sie: »Lass uns später weiter über Wlachkis und den Rat reden, ja?«

Lächelnd nickte Şten und nahm sie in den Arm. Er war müde, doch das Treffen mit Kerr beschäftigte seinen Geist, und so wollte sich der Schlaf nicht einstellen. *Vielleicht kann ich Flores überreden, dem Rat anzugehören, wenn sie aus dem Imperium zurückkehrt, ehemalige Voivodin hin oder her. Sie wäre ein guter, wenn auch reizbarer Ratgeber.*

Wir haben zum ersten Mal seit ewigen Zeiten Frieden in unserem Land, das so tiefe Wunden und Narben von all dem Hass trägt. Wir brauchen Menschen, die nicht mehr auf die Schmerzen der Vergangenheit hören. Vielleicht können sich Masriden, Wlachaken und Szarken eines Tages in wahrer Freundschaft die Hand reichen. Es wird ein langer Weg werden, aber wie jede Reise beginnt auch diese mit dem ersten Schritt. Sein Blick wanderte zu der Wiege, in der Natiole schlief. *Und wir werden diesen Schritt gehen.*

Epilog

Etwas veränderte sich. Für einen flüchtigen Augenblick verschwanden Schmerz, Verwirrung, Hass und Zorn. Als die Welt zurückkehrte, war sie ruhiger geworden. Die Schmerzen verebbten, der unbändige Hass, der sich auf den Dunkelgeist gelegt hatte und seine Träume vergiftete, löste sich auf und verschwand.

Sein Bewusstsein lag in der Finsternis, doch am Rande des Erwachens. Er spürte den Kampf über sich, die Blutlust und die Todessehnsucht, die er auch in seinem Inneren trug. Die ungebändigte Trauer, die zu einem grenzenlosen Zorn geworden war.

Seine Kinder liefen durch die Gebeine der Welt, durch die endlosen Gänge und Höhlen, gehasst, gejagt, gefürchtet. Bei einigen konnte er die Dunkelheit spüren, die von ihnen Besitz ergriffen hatte. Seine Dunkelheit. Ihr Hass loderte in ihm, eine grausame Flamme, die seinen Geist nicht zur Ruhe kommen ließ. Sein Hass glühte in ihnen, verbrannte ihren Geist.

Aber es gab noch eine andere Stimme in der ewigen Nacht der Unterwelt. Eine ruhige Stimme, eine beruhigende Stimme. Sie drang durch den Schmerz und die Angst und besänftigte die Gedanken. Ihr Gesang war ein Labsal, eine Insel der Ruhe im Sturm der Wirklichkeit.

Langsam glitt der Dunkelgeist zurück in den Schlaf. Schnee fiel auf das Land, bedeckte es, trieb das Leben in seine Verstecke. Mit der Kälte kam die Ruhe, die beste Zeit.

Die alten Wunden brannten, doch sie hielten ihn nicht wach. Die neuen Wunden wurden zu Narben. Nicht mehr als alte, unerfreuliche Erinnerungen; einige unter vielen.

Oder waren es nur Träume gewesen? War geschehen, was er gespürt hatte? Oder war alles nur ein Traum und niemals wirklich gewesen?

Danksagung

Man sagt, der zweite Schritt sei einfacher als der erste. Das mag auf manchen Wegen stimmen, doch wenn es um Bücher geht, möchte ich widersprechen. Jedes Buch stellt den Autor vor ganz eigene Probleme. Deshalb gibt es eine ganze Reihe von Personen, denen ich Dank für ihre Hilfe schulde, diese Probleme zu meistern. Zuerst natürlich meiner Frau, deren literarischer Geist stets Ansporn, Kritik und Lob für mich bereithielt. Auch meiner Familie, die mir immer Rückhalt gab, gebührt mein Dank.

Gerade zu Beginn der Reise benötigt man gute Orientierungshilfen, um sein Ziel im Auge zu behalten. Mein Dank geht an Andreas, Daniel, Sebastian, Ute, Jule sowie Magnus und Stephanie, deren richtungsweisende Kommentare eine große Hilfe waren. Natürlich möchte ich auch meiner Agentur Schmidt & Abrahams GbR danken, sowie dem Team bei Heyne, das mich mit Kritik und Anregungen dazu brachte, ein weitaus besseres Buch zu schreiben: Martina Vogl, Sascha Mamczak und Bernd Kronsbein. Und zuletzt geht noch ein besonderer Dank an meine Lektorin Uta Dahnke, die den Text mit großer Sorgfalt und viel Verständnis bearbeitet hat.

Christoph Hardebusch